Copyright © 2016 por Lucy Vargas
Copyright © 2016 por Editora Charme

Todos os direitos reservados. Nenhuma parte deste livro pode ser utilizada ou reproduzida sob qualquer meio existente sem autorização por escrito dos editores.

Esta é uma obra de ficção. Nomes, personagens, lugares e acontecimentos descritos são produtos de imaginação do autor. Qualquer semelhança com nomes, datas e acontecimentos reais é mera coincidência.

2ª Impressão 2021

Produção editorial: Editora Charme
Revisão: Equipe Charme
Capa e produção: Verônica Góes
Foto da capa: Shutterstock - PI imagens

### FICHA CATALOGRÁFICA ELABORADA POR
Bibliotecária: Priscila Gomes Cruz CRB-8/8207

V297u    Vargas, Lucy

Uma Dama Imperfeita/ Lucy Vargas; Revisão: Equipe Charme; Capa e produção gráfica: Verônica Góes
Campinas, SP: Editora Charme, 2021.
2ª Impressão.
384 p. il.

ISBN: 978-85-68056-35-6

1. Romance Brasileiro | 2. Ficção Brasileira -
I. Vargas, Lucy. II. Equipe Charme. III. Góes, Veronica. IV. Título.

CDD B869.35

www.editoracharme.com.br

# UMA DAMA Imperfeita
## OS PRESTON - 2

## LUCY VARGAS

Editora Charme

*Dedicatória*

Para minha mãe, que mais do que nunca tem me apoiado para que eu consiga tempo para escrever. Para todos os leitores que acreditam no meu trabalho e continuam me apoiando.

E especialmente para todas as damas perfeitamente imperfeitas que jamais devem pensar em mudar algo. Acreditem em si mesmas.

# O GRUPO DE DEVON E CONHECIDOS

**Bertha, Srta. Gale:** Srta. Graciosa
**Lydia, Srta. Preston:** Srta. Esquentadinha/Endiabrada
**Eric Northon, Lorde Bourne:** Diabo Loiro
**Lorde Deeds:** Lorde Pança
**Lorde Greenwood:** Lorde Murro
**Lorde Keller:** Lorde Tartaruga
**Lorde Hendon:** Lorde Sobrancelhas
**Lorde Glenfall:** Lorde Vela
**Janet, Srta. Jones:** Srta. Amável
**Lorde Richmond:** Lorde Apito
**Ruth, Srta. Wright:** Srta. Festeira
**Lorde Cowton:** Lorde Soluço
**Eloisa, Srta. Durant:** Srta. Sem-Modos
**Lorde Huntley:** Lorde Garboso
**Srta. Brannon:** Srta. Insuportável
**Sr. Sprout:** Sr. Querido
**Amelia, Srta. Gilbert:** Srta. Entojo
**Lorde Latham:** Lorde Bigodão
**Sr. Duval:** Sr. Malévolo

# CAPÍTULO 1
*Londres*

Início da temporáda de 1816

— Minha nossa! Eu acho que ele está morto!

Bertha se adiantou para checar o corpo caído bem ao lado do sofá amarelo. Aliás, amarelo até demais, era alegre e chamativo, não combinava com a cena. Parecia até que estava caçoando da situação.

— Eu duvido! — respondeu Lydia.

— Isso é tudo culpa sua! — Bertha resolveu não tocar o suposto morto e colocou as mãos na cintura, franzindo o cenho para a amiga.

— Na verdade, é culpa sua. Foi você quem teve essa ideia absurda e pavorosa de me arrumar com Lorde Pança. — Lydia também colocou as mãos na cintura.

Enquanto isso, Lorde Deeds seguia caído aos pés dela, à frente do chamativo sofá amarelo e com sua situação de vida ou morte ainda indefinida.

— Eu não a arrumei com ele. Eu só disse que ele era educado e poderia ser um marido mais gentil, comparado aos que já vimos. Eu não disse que era para ser o *seu* marido. E você não precisava bater com o bule na testa dele!

— Ele se inclinou para cima de mim, eu entrei em pânico — explicou Lydia. — E se ele me beijasse? Eu não quero ter essa terrível lembrança do meu primeiro beijo. Sinto calafrios só de pensar. — Ela mostrou seu braço, mas, como estava coberto pela luva perolada até o cotovelo, ficava difícil comprovar.

— Estamos tão absolutamente encrencadas — disse Bertha, passando os dedos enluvados pela testa; já estava até suando.

Elas ouviram um barulho perto da porta e se sobressaltaram. Ambas pularam no lugar e se moveram em volta do corpo, procurando o que fazer.

— Vamos ter que escondê-lo! — disse Lydia.

— Como? — Bertha olhou em volta e seu olhar bateu justamente no tal sofazinho amarelo. Para piorar, ele tinha apenas dois lugares, como a maioria deles. — Vamos empurrá-lo para baixo do sofá.

Lydia olhou do corpo para o sofá e franziu o cenho.

— Você acha que Lorde Pança vai caber embaixo desse sofá ridículo? Olha o tamanho dele. Não é fácil ter essa circunferência.

— Lydia, você não tem respeito nem pelos mortos? Isso não é hora de chamá-lo por esse apelido odioso. Você tem que parar com isso, seus irmãos já estão pegando essa mania e eles são tagarelas.

— Mas a culpa é do meu pai! — defendeu-se Lydia.

— Ninguém vai acreditar que o marquês de Bridington veio para Londres dar apelidos para metade da sociedade londrina.

— Mas foi exatamente isso que ele fez, desde que chegou aqui! Além disso, não sabemos se Lorde Pança está morto.

— Eu acho que está — opinou Bertha.

— Não está nada, olhe. A barriga dele está subindo e descendo.

— Não estou vendo.

— Abaixe-se e sinta o pulso dele.

— Eu não vou pôr a mão nele! — Bertha recolheu as mãos, como se precisasse defendê-las.

— Ora, não seja tola. Desde quando você tem medo de animais mortos? — Lydia se abaixou e tentou sentir o pulso do homem, mas suas luvas não ajudavam muito. — Enfim, vamos arrastá-lo e deixá-lo atrás do sofá.

— Eu sempre soube que você gostava de cavalgar, mas não sabia que esse tipo de exercício dava a força de três homens a uma dama — observou Bertha, sarcasticamente.

— Não banque a esperta logo agora. Segure as pernas dele. Eu vou segurar os braços, e vamos arrastá-lo.

Bertha olhou para as pernas cobertas por meias brancas e os sapatinhos pretos e lustrosos nos pés. Ela nunca havia reparado que Lorde Deeds tinha pés tão pequeninos para sua altura e largura.

— Eu não sei se ele é do tipo que toma banho fora do verão. — Bertha olhava para o corpo caído e para a perspectiva de pegar nas pernas dele.

Lydia riu, mas tampou a boca para não fazer barulho.

— Bem, enquanto estava se inclinando para cima de mim, ele não cheirava a nada além de creme. Ou seja, bolinhos.

E esse devia ser um dos motivos para ele ter ganhado esse apelido infame. Afinal, Lorde Deeds nunca foi gordo, ele era guloso. Com o passar do tempo, foi desenvolvendo uma fantástica largura ali pelo meio do torso. Sendo sutil, sua cintura era tão avantajada que os alfaiates colocavam remendos para dar conta da constante expansão. O resto do seu corpo não acompanhava esse aumento na mesma velocidade, assim o óbvio aconteceu.

As duas se abaixaram e cada uma agarrou nas extremidades dos seus membros e fizeram força, tentando levantá-lo pelos braços e pernas. E foi exatamente assim que elas foram pegas no flagra.

A porta se abriu subitamente e dois cavalheiros entraram. Um deles segurava o outro pela casaca formal e dizia:

— É muita ousadia sua aparecer aqui agora. E depois de tudo ainda tem o desplante de me dirigir a palavra!

No entanto, eles logo notaram que não estavam sozinhos e todos paralisaram. Bertha e Lydia ainda seguravam Lorde Deeds pelas extremidades e os cavalheiros continuavam frente a frente, mas, agora, olhavam para elas.

— Ah, Deus. Meu pai vai ficar tão danado da vida — murmurou Lydia.

— Seu pai? — indagou Bertha. — Espere até sua mãe saber disso.

— Eu não tenho mais idade para ficar de castigo! — ela reclamou.

— Lady Caroline discorda veementemente.

E bem no meio, Lorde Deeds deu um suspiro e depois estremeceu, como se tivesse dado um solavanco, e sua cabeça caiu para o outro lado.

— Ah, Deus! Agora ele morreu! — Lydia o soltou rapidamente e se afastou.

Os cavalheiros mudaram a observação para o corpo no chão, porque precisaram de uns segundos para digerir a cena. Afinal, o que aquelas jovens faziam levantando os braços e as pernas de Deeds? Não parecia que elas estavam carregando-o, pois ele não se moveu nem um centímetro.

— Suma daqui! — disse o cavalheiro mais novo e empurrou o homem porta afora, depois tornou a fechá-la e se virou para a cena. — Então, as senhoritas cometeram um assassinato — ele disse, em tom de leve brincadeira.

— Veja se está morto mesmo! — disse Lydia.

Ela esperou que Bertha se abaixasse para checar, mas esta deu um chute na lateral do corpo e esperou para ver se reagia.

— Pelo amor de tudo que é sagrado, Bertha! — exclamou Lydia.

— Nós não matamos ninguém, senhor. — Bertha olhou para o rapaz parado na entrada. — É apenas um breve infortúnio.

Ele se aproximou e olhou o corpo, ainda prostrado à frente do sofá amarelo. Depois, apoiou o braço no patamar da lareira e disse com pouco caso:

— Como as senhoritas pretendem cuidar disso?

— O senhor deveria nos ajudar, pois acabou de se tornar cúmplice — disse Bertha, colocando as mãos na cintura em reprovação ao cavalheiro.

— E o que eu vou ganhar com isso? — Ele continuava na mesma posição e as olhava, como se isso fosse óbvio.

— Seu diabo loiro! — acusou Lydia, apontando para ele. — Vou bater em você com um bule também!

— Se eu não fosse sutil, apontaria o fato de que a senhorita também é loira, aliás, muito mais do que eu. O que torna esse insulto uma via de mão dupla. Afinal, como a senhorita confessou, não fui eu que bati em alguém com um bule. — Ele pausou e desviou o olhar para o corpo. — Porém, eu sou muito educado.

E até que era engraçado, porque sua entonação foi comicamente sarcástica e decorada com pouco caso fingido.

— O senhor poderia ver se ele está vivo. — Bertha lhe lançou um olhar muito incisivo.

Ele se afastou da lareira e chegou perto de Bertha, ignorando o olhar que ela lhe lançava.

— A senhorita é mesmo uma bela visão, aliás, ambas são muito divertidas. Já sei o que quero em troca da minha ajuda: meu nome no cartão de ambas.

— O senhor não tem um pingo de vergonha — ralhou Bertha.

— Tenho sim. Bastante. Eu juro. A senhorita vai ver quando formos dançar. Sou extremamente tímido — ele disse, com um leve sorriso.

— Então, o senhor trate logo de dar a sua colaboração. — Lydia o observou de forma irritada. — Não danço à toa!

— Nem eu, madame, nem eu. — Ele se abaixou e inclinou-se sobre o corpo. — Ah, veja só, que incômodo.

— O quê? — ambas perguntaram ao mesmo tempo.

Ele mudou de posição e fez algo muito estranho. Apoiou as mãos no torso do homem, uma em seu peito e outra na barriga expansiva. Então, deu um empurrão, usando seu peso.

— O senhor está louco? — exclamou Lydia.

Algo pulou no ar entre eles. Algo redondo, de cor indescritível. O cavalheiro levantou a cabeça, acompanhando o projétil desconhecido, e elas arregalaram os olhos. Logo depois, seja lá o que subiu, caiu de novo na cara do suposto morto. E então rachou e deu para ver um pouco de creme branco sair.

— Eu não acredito nisso! — Bertha estava mesmo danada da vida agora.

Mas ela não conseguiu ficar irritada por muito tempo porque o cavalheiro que "salvou o morto" se inclinou para trás e começou a gargalhar. Sem parar. Intensamente. Daquele jeito que a pessoa perde até o ar e a barriga dói.

— Isso é mais nojento do que um parto na fazenda! — Lydia colocou as mãos no rosto e riu.

Lorde Deeds começou a tossir, vermelho e perdido. O homem o puxou para se sentar e ele tossia e balançava a mão, pedindo algo. Bertha correu e lhe deu uma xícara de chá frio. Ele bebeu assim mesmo.

— Ele não queria me beijar, estava se inclinando para mim porque estava com esse confeito redondo e recheado de creme preso em algum lugar aí dentro! — Lydia era uma mistura de descrença e alívio.

— A senhorita se livrou de uma grande furada e não estou falando do defunto — disse o cavalheiro, ficando de pé, mas ainda com lágrimas perto dos olhos, de tanto rir.

— Eu jamais tentaria beijá-la — Deeds conseguiu dizer, com a voz esganiçada.

— E por quê? — Lydia levantou a sobrancelha para ele.

— A senhorita é louca. As duas! — ele exclamou, ainda no chão, mas o outro cavalheiro o ajudou a sentar-se no tal sofá amarelo.

— Pois o senhor tem que parar de colocar tantos confeitos na boca ao mesmo tempo. E eu jamais o beijaria. Passe bem! — Ela foi em direção à porta.

Bertha e o cavalheiro que as ajudou foram em seu encalço, ambos ainda se divertindo com o encerramento do problema.

— Quer dizer que, agora que ele está vivo, a despedida é apenas um "passe bem"? A senhorita não tem coração — brincou o novo cúmplice delas.

— E o senhor não vai contar nada disso — instruiu Bertha.

Ele virou o rosto para ela, novamente com aquela expressão de interesse e diversão.

— Quero a minha parte em danças — ele informou.

— O senhor já pediu isso — ela lembrou.

— Agora são duas, uma por ajudar e outra por acobertar — explicou.

— Seu salafrário! — exclamou Lydia.

— Aceito o pagamento dividido em bailes diferentes, para não chamar muita atenção — ele continuou.

Bertha o olhou de forma desconfiada.

— E desde quando precisa negociar danças? Não deveria estar correndo delas?

— Não é todo dia que se encontra duas jovens damas tão belas, criminosas e engraçadas.

— E não é todo dia que se encontra... — começou Lydia.

Bertha esticou o braço e tampou a boca da amiga, antes que ela piorasse muito o problema.

— Se o senhor for algum tipo de execrado com quem não podemos nos relacionar, esse trato estará desfeito — avisou Bertha, em sua expressão mais séria.

— E como vou saber que as senhoritas não são as damas mais mal faladas de todos os bailes londrinos? Afinal, olhe só em que situação estamos. Também tenho uma reputação a manter.

Lydia empurrou a mão de Bertha e disse:

— Não somos nada disso!

— Ótimo, eu também sou um modelo de candura. — Ele fez uma bela reverência para elas. — Foi um prazer, senhoritas. Vou voltar antes, para não desconfiarem de nossa associação.

Ele foi se retirando, mas Bertha se lembrou de um problema naquele acordo.

— E quem é o senhor? Preciso do nome para o cartão de baile.

— Bourne! Lorde Bourne. — E continuou se afastando.

Elas conseguiram sair incólumes do acidente do confeito entalado. E para não abusar da sorte, se retiraram mais cedo do baile. Depois da apresentação na corte, aquele era seu primeiro baile e já demonstrava que teriam problemas.

— Por que vocês voltaram tão cedo? — Aaron, o irmão de oito anos de Lydia, estava com a cabeça para fora da porta do seu quarto, espiando as duas.

— Vai dormir, garoto — disse Lydia.

— O que vocês aprontaram para voltarem cedo? — Ao invés de entrar, ele saiu mais.

— Não aprontamos nada, mas ir a tantos eventos é cansativo — disse Bertha, com muito mais paciência.

— Não sei se acredito em vocês. — Ele as olhava, em dúvida.

— Vou contar à mamãe que você fica acordado de madrugada e por isso não quer fazer a lição de manhã — ameaçou Lydia, já na porta do seu quarto.

— Sua delatora! Estamos do mesmo lado! — ele reclamou e tornou a entrar no seu quarto.

Havia quartos suficientes na casa para cada um ter o seu, mas, ao invés disso, Bertha e Lydia estavam dividindo um na lateral da casa, pois era longo e havia espaço para as duas camas ao estilo rainha Anne. Elas eram separadas por um criado-mudo, o que lhes dava bastante espaço, mas era perto o suficiente para conversarem baixo e ninguém do lado de fora ouvir. Elas dividiam o quarto sempre que dormiam no mesmo lugar; eram inseparáveis desde crianças.

Quando tinham em torno de cinco e seis anos, pois Bertha era um pouco mais velha, a tia dela até tentou acabar com a ilusão que achava ser aquela amizade. Porém, não previu que o marquês e a futura marquesa entrariam em seu caminho para garantir que as meninas pudessem continuar juntas. Elas conheciam outras garotas que moravam perto no campo, mas eram as únicas amigas uma da outra. Bertha foi muito importante para impedir a solidão de Lydia em sua infância.

Elas acabaram crescendo e fazendo tudo juntas. Estudaram juntas com a mesma preceptora. Brincaram e descobriram o mundo à sua volta. E agora, estavam juntas em sua primeira temporada. Em posições diferentes, mas juntas. Ninguém que olhasse saberia o que havia de diferente entre elas. Se chutassem, provavelmente errariam.

Por mais que suas roupas estivessem sempre perfeitas — bem, quase sempre —, Lydia jamais poderia fingir o talento que Bertha tinha. Sua amiga era uma verdadeira lady, como aquelas das pinturas que elas viam. Ou como a marquesa, que não se deixava abalar por nada. Lydia tentava, mas não podia explicar, simplesmente não foi feita para a perfeição nesse departamento. Em sua família, todos a adoravam exatamente assim. Porém, nos salões, estava sendo mais difícil para ela.

Bertha havia tomado como missão pessoal ajudar a melhor amiga a encontrar o amor de sua vida. Ela gostava de fantasiar, achava aqueles bailes lindos, adorava as decorações, a orquestra tocando e todas aquelas pessoas extremamente bem vestidas dançando no mesmo ritmo. E sob a luz de centenas de velas. Naqueles lindos salões com o pé direito tão alto que parecia um domo. Nem todos eram assim, mas, quando buscava em suas memórias, Bertha sempre escolhia usar os maiores e mais fantásticos salões de baile.

Antes de chegar a Londres, ela nunca havia visto nada assim, mas já tinha ido a bailes campestres. Depois da reforma, a mansão de Bright Hall voltou a brilhar e o salão era belo e iluminado. Porém, não era como a mágica da temporada na cidade, onde toda aquela opulência foi feita de propósito, com um único intuito. E havia tanta gente. E tantos convites. Não era possível que o amor da vida de alguém não entrasse por uma daquelas portas ricamente entalhadas, certamente usando uma casaca formal perfeitamente cortada, com um belo nó no lenço e preenchendo sua vestimenta com seu corpo atlético e bem proporcionado.

— O problema com isso é que será muito mais fácil você tombar com a pança de Lorde Deeds ou o enorme bigode de Lorde Latham, antes desse moço da descrição sequer enxergar-me. Afinal, haverá ao menos umas vinte outras moças se acotovelando em volta dele — disse Lydia, estragando a fantasia.

— Claro que ele vai enxergá-la. Você é linda, carismática, alegre, cheia de vitalidade como nenhuma outra moça daqueles salões. E seu cabelo brilha como ouro sob a luz das velas; é impossível não vê-la.

— Eu não sou a única loira, há um mar delas.

— Ouro, Lydia. Você brilha como ouro — disse Bertha.

— Duvido muito disso. — Lydia se virou na cama. — Essas criaturas atléticas, ativas e animadas não estão nos encontrando. Acho que estão em falta. Depois de Lorde Pança, há Lorde Soluço. Toda vez que bebe algo forte, ele começa a pular no lugar e soluçar. Ele não é nada atlético, é até muito esguio. E ele sempre bebe algo forte. Como eu passaria a vida assim? Eu certamente o apunhalaria com alguma coisa.

— Bem, Lorde Richmond...

— Qual deles? Há uns três deles. Minha nossa...

— Aquele que conseguiu chegar quase à nossa altura — disse Bertha, um pouco sem jeito.

— Deus, Bertha. Lorde Apito? Eu pensei que você me amasse como a uma irmã. Quando ele fica cansado, sempre fica sem fôlego, e sua respiração sai em apitos. Já imaginou uma coisa dessas na sua face, bem no momento... você sabe de qual momento estou falando. Aquele que nunca vimos, apenas ouvimos falar.

— Sim, acredite, eu imaginei. Não foi uma memória que quis guardar. — Bertha fez uma expressão de temor. — Mas há tantos outros.

— Onde?

— Bem, você fez amizade com todos aqueles rapazes jovens.

Lydia levantou a sobrancelha e ficou tentando lembrar de alguma "amizade" que tivesse feito. Ela nunca foi boa em fazer amigos. Bertha era tímida e estava se esforçando para interagir mais, mesmo assim, ambas não eram exatamente as rainhas da popularidade, daquelas que acabavam rodeadas de seguidores, sorrindo e escutando suas piadas, flertes e histórias. Também não tinham animação para seguir as estrelas dos bailes. Tampouco se encaixavam na categoria das florzinhas de parede, sempre deixadas no canto, esquecidas.

Lydia até gostaria de ser deixada no canto em alguns momentos. E Bertha se recusava a sair de seu papel. Ela era a acompanhante e pronto. Tinha que ter certeza de que a reputação delas não seria arruinada e que Lydia encontraria o amor de sua vida. E ela não ia falhar nisso, levasse o tempo que fosse.

— Não fiz amizade com ninguém — resmungou Lydia.

— Fez sim... na verdade, com Lorde Keller e os outros. São todos divertidos. E parece que o grupo está aumentando. Não seria fantástico? É uma ótima coincidência que tenhamos vindo do mesmo lugar. Até conhecemos Deeds ainda na pré-temporada em Devon, mas não todos.

— Não sei se vamos ser amigas de Lorde Keller e todos os outros. — Lydia cruzou os braços, incerta sobre seus novos amigos, pois a maioria eram rapazes.

Elas precisavam de pares que completassem sua associação, pois sempre seriam inseparáveis. E Bertha continuaria encobertando o que Lydia aprontava. Ela sempre teve mais talento para criar problemas sem chamar atenção, já Lydia custou a entender o que era discrição. E não parecia que elas conseguiriam passar por essa temporada sem muito estardalhaço.

## CAPÍTULO 2

O marquês havia saído logo cedo e retornou enquanto a família estava terminando um café da manhã tardio. As crianças ainda estavam à mesa, porém Caroline só apareceu quando o escutou chegando.

— Tenho novidades! — ele anunciou e tirou um papel do bolso interno do paletó.

A marquesa entrou na saleta matinal que ficava na parte de trás da casa e dava para o pequeno jardim. A casa não era como as típicas construções de Mayfair, com um minúsculo jardim atrás, pois os Preston gostavam de ar livre. Porém, não era nada que pudesse ser comparado ao vasto espaço de Bright Hall. Ainda assim, era suficiente para lhes dar uma boa vista e a sensação de estar perto de algo verde enquanto tomavam o café.

— Henrik, o que você foi aprontar a essa hora da manhã?

— Eu tive um encontro. — Ele se sentou e negou a oferta de algo para comer, mas aceitou o café que o pajem colocou em sua xícara.

Todo mundo parou o que estava fazendo e olhou para o marquês, até mesmo as crianças, que, com aquela pouca idade e o fato de estarem na temporada, já entendiam o conceito de ter um encontro com alguém. Ele não disse que foi um encontro de negócios. Caroline foi a única que não franziu o cenho para ele.

— O que você está aprontando? Diga logo. Quando fica com essa cara, já sei que andou fazendo das suas — ela respondeu.

— Consegui o voucher para entrada no Almack's. As garotas poderão ir se misturar com todas as criaturas mais esnobes da sociedade, com mais dinheiro e mais partidos com ego gigante. E ainda com a opção de se entediar profundamente, para receber a aprovação de mulheres com complexo de importância exagerado e o melhor: limonada fraca e quente, com bolos secos! Resumindo, consegui as entradas para o salão de baile mais disputado pelas famílias.

— Como? — Lydia levantou a sobrancelha para ele.

Já que os Preston ficavam pouco tempo em Londres e antes daquele ano não tinham mocinhas para casar, pouco se importaram com a manutenção de sua entrada no Almack's. O marquês sequer esteve pagando os dez guinéus necessários pela entrada na temporada.

— Eu pedi, ora essa — ele contou.

— Com todas as famílias da nobreza com filhas ou filhos para casar, solicitando voucher para entrar, você conseguiu em uma manhã? — perguntou a filha.

— Meu charme é uma arma de muito valor. — Ele abriu aquele seu sorriso.

Agora sim Caroline estreitou o olhar para ele.

— Qual das patronesses do Almack's você foi seduzir? — indagou Caroline.

— Lady Sefton, claro. Duvido que conseguiria alguma coisa com Sra. Drummond, que congelou há décadas, ou com as outras, que têm o ego tão gigante que eu nunca sei se estou falando com elas ou com o temido ego. Lady Sefton é mais amigável.

— Papai seduz pessoas? — perguntou Aaron. — Também posso fazer isso?

— Quando você crescer — disse Bertha.

— E ficar bonito porque, com essa carinha minúscula, ninguém cairá em seus encantos — implicou Lydia.

Aaron mostrou a língua para ela, mas botou a mão no rosto, como se checasse se seu rosto era mesmo pequeno.

— Não tem nada de errado com seu rosto. — Caroline sorriu para ele. — Você é pequeno, seu rosto tem de ser pequeno.

O menino voltou a lançar um olhar para Lydia enquanto a mãe aceitava só uma torrada e chá puro como desjejum. Henrik franziu o cenho para seu café da manhã tão sem substância.

— Vejo que você tomou seu café da manhã na companhia de Lady Sefton. — Caroline olhou para a xícara de café dele, pois Henrik sempre se alimentava muito bem pela manhã.

Ele geralmente não voltava para a refeição da tarde que a família fazia. Porém, ali na cidade, havia mais chance de ele estar em casa e acabar comendo alguma coisa também.

— Ela convidou e eu estava numa missão, mas nossos bolinhos são infinitamente melhores.

— Eu acho que ela está louca de amor por você, pai — intrometeu-se Lydia. — Fará qualquer coisa para agradá-lo.

— Ela não é a única — comentou Bertha.

— Eu só tenho olhos para a minha marquesa. — Ele pegou a mão de Caroline e a beijou levemente.

Porém, ela puxou a mão e a colocou na cintura, mesmo estando sentada.

— Fico muito feliz que tenha feito isso pelas meninas. Porém, você não vai fazer uso do encantamento de certas damas por você para conseguir favores, estamos entendidos? — Caroline o olhava seriamente.

— Não sei de que encantamento vocês estão falando, eu sequer me visto na última moda para me admirarem pelos salões. Mas, nesse caso, achei que a amizade de Lady Sefton por mim encurtaria o caminho. — Parecia até que ele estava falando sério, no entanto, tinha uma expressão travessa.

Para a temporada em Londres, até o marquês estava com o guarda-roupa renovado. Ele podia não ser um dândi com todos os acessórios e afetações da última moda, mas estava em dia; seu botão até ficava fechado quando saía de casa. Todas as peças que usava eram de perfeita qualidade, novas e feitas sob medida para ele. Claro que Henrik reclamou de fazer tantas provas, mas Caroline o persuadiu, e ele queria se apresentar bem na primeira temporada das meninas.

Porém, nenhuma roupa nova e bem-passada acabava com seu estilo. Maduro, prático e masculino. De alguém que era ativo, saudável, atlético e estava sempre pronto para se ocupar com alguma atividade. Só podia ser esse o fascínio que ele estava exercendo em certas damas.

— Ela não tem amizade por você. — Como não podia falar na frente das crianças, eles só trocavam olhares.

Era óbvio que Caroline estava insinuando que a mulher queria era saber o que o marquês tinha por baixo da camisa, porque os boatos diziam que ele ainda tinha um corpo incrível. E Henrik estava levantando a sobrancelha para ela, brincando com a questão. Ele sabia muito bem que Caroline não achava que ele se envolveria com Lady Sefton. Ela não queria era que ele criasse escândalos ou deixasse a mulher com esperanças. Afinal, eram os Preston. Não dava para explicar como eles nem percebiam o quanto aprontavam.

— Eles estão fazendo aquilo de novo? — Era a voz fina e infantil de Nicole.

— Sim. — Aaron revirou os olhos.

Com todas aquelas pestinhas em casa, Henrik e Caroline já haviam desenvolvido um diálogo muito vasto através de olhares e gestos, principalmente agora que Aaron e Nicole entendiam as coisas.

— Então, vocês estão animadas para o baile de hoje? — Caroline virou o rosto para Lydia e Bertha. Ela e o marquês já haviam terminado sua conversa.

Eric Northon, formalmente conhecido como Lorde Bourne, entrou no baile da quinta-feira. E não passou despercebido. Causou logo alvoroço no coração de mães que esperavam para caçar o partido da temporada. Ele se divertiria em admitir que era tudo pelos seus belos olhos e corpo atlético e robusto, que dava todo um significado especial e masculino à sua imaculada vestimenta formal. Ou quem sabe fosse seu humor perspicaz e sua leveza de espírito. Talvez seus comentários inteligentes. Não?

Quem sabe era aquele sorriso cativante e levemente travesso que acelerava o coração de qualquer dama? Será que não poderia ser um conjunto da sua beleza? Ao menos de atração visual ele entendia. Tudo bem, Eric também sabia que não era nada disso. Ao menos, não era só isso.

Ele estava cumprindo uma agenda, geralmente saindo dia sim, dia não. Dependendo do convite, nem pulava dias. Ontem, passou o dia com a sobrinha e jantaram juntos, enquanto traçavam planos. Hoje, era dia de colocar seus planos em prática.

A verdade era que Eric estava atrás de uma noiva. E pretendia encontrá-la nessa temporada. Já havia algumas candidatas, porém nada sério de sua parte. Perdeu a conta de com quantas mocinhas havia dançado. Até em bailes no campo ele compareceu na pré-temporada. Deve ter levado pelo menos vinte jovens adoráveis para passear pelos jardins.

Tinham acabado de entrar na alta da temporada, e todas as famílias já estavam em Londres a essa altura. E ele voltou à sua missão. Precisava se casar. Algo que era extremamente irônico. Enquanto seus conhecidos estavam correndo das matronas, escondendo-se e alegando até doenças, ele estava disponível. Mas era óbvio que ele não dizia isso em voz alta, nunca, jamais, de forma alguma. Seria como assinar sua sentença de "lorde disponível e à procura".

Disponível ele estava, assim como vários outros. No entanto, "à procura" mudava completamente o status de um homem em meio à sociedade inglesa. Quando se espalhava a notícia de que um herdeiro jovem como ele e que se tornaria conde muito em breve estava atrás de uma esposa... Minha nossa. Apareciam pessoas de todos os lados. Eram jovens adoráveis demais para alguém dar conta de dançar tanto, cortejar e flertar adequadamente. Em algum momento, nomes seriam confundidos, não havia como evitar.

Há um tempo, Eric leu o volume um do que parecia um romance. O livro era dividido em três volumes e foi comprado para Sophia, sua sobrinha, que ainda não o havia lido. Se a preceptora não o fizesse, ele costumava ler tudo antes que ela pegasse, para saber se era apropriado ou se deveria esperar uns anos. E o livro, de uma senhora chamada Jane Arthur, ou Astin, ou Austen... ele não lembrava bem, havia sido publicado há pouco tempo. E dizia na entrada: *É uma verdade universalmente reconhecida que um homem solteiro na posse de uma bela fortuna necessita de uma esposa.*

Isso era verdade. A maioria fugia até ser a hora em que necessitava de uma. E era o caso dele. Eric estava à procura, pois precisava de uma esposa. Alguém para lhe fazer companhia e ajudá-lo a criar sua pequena sobrinha, que para ele era uma filha. Além de ter seus próprios filhos. Afinal, sua família estava desaparecendo. Atualmente, resumia-se apenas ao seu velho e desagradável avô, sua sobrinha e ele. Os pais dela haviam falecido. Seu avô já ultrapassara a expectativa de vida atual há anos. E Eric ainda era jovem, mas era também o único herdeiro do conde de Sheffield.

Havia apenas ele. E Sophia, que era uma criança e não podia herdar o título nem a propriedade.

Então, o que um jovem nobre, solteiro, único herdeiro, com a corda no pescoço e em posse de uma grande fortuna fazia? Procurava uma esposa.

Bourne só queria saber como é que todas aquelas mulheres descobriram que ele estava, sutil e discretamente, procurando um par para sua vida. Ele estava mais perseguido do que ladrão de coroa no hall do palácio. Até passou o início da temporada fingindo que não estava mais interessado, parou de dançar, evitou alguns eventos. E não flertou nem cortejou ninguém.

Pensaram que ele havia desistido, mudado de ideia ou se encantado por alguém e por isso parou de conversar com outras damas. Nada disso, senhoras. Eric estava à procura, mas ele queria algo específico. Encantamento. Ora essa, passaria o resto de sua vida com a dama escolhida. Como o faria sem encantamento? Paixão seria um bônus, afinal, esqueciam de adicionar que isso não costumava ser requisito para um jovem em posse de grande fortuna. Porém, ele precisava se encantar por aquela dama especial que estava ali em algum lugar.

— Lorde Bourne, que prazer reencontrá-lo nessa temporada. Minha filha e eu achamos que tivesse desistido de vir — disse uma senhora, da qual ele não lembrava o nome, junto com sua bela e jovem filha.

Eric tinha quase certeza de que havia levado aquela moça adorável para passear entre as flores dos jardins de alguém. No entanto, ele havia passeado entre flores com jovens demais para se arriscar a buscar a memória.

— É um imenso prazer revê-las em tão boa saúde nessa temporada. — Ele fez uma mesura.

— Eu gosto de dançar, apenas não vejo pares desejáveis por aqui — reclamou Lydia.

— Não pode se esconder perto das paredes. É sua primeira temporada, precisa aparecer e se divertir — instruiu Bertha.

— Você está parecendo a minha mãe — a outra reclamou.

— Não estou, mas a troco de que estamos tão arrumadas se você não vai dançar? É um baile, há um motivo para ter vindo. Pare de rejeitar todos os pretendentes.

— Não estou rejeitando. — Lydia bufou. — Só um pouco... muito pouco.

— Completamente — ela corrigiu.

— Sou uma moça seletiva.

Bertha respondeu com uma risada e teve até que cobrir a boca, afinal, moças não ficavam gargalhando em público; era indiscreto.

— Está dizendo que não sou seletiva?

— Veja, lá vem mais um pretendente.

— Eu não tenho pretendentes — corrigiu Lydia. — Não aceitei nenhum pretendente. Não há uma regra que diz que para ter esse título eles precisam ser aceitos?

— Não, Lydia. Você aceita ou não suas atenções. Mas, desde que pretendam cortejá-la, eles ganham o título. Afinal, são eles que estão pretendendo alguma coisa.

— Você está soando como a minha mãe, outra vez!

— Eu cresci com ela, lembra? Pelo visto, absorvi muito mais... — alfinetou Bertha.

— Eu ouvi isso.

Lorde Glenfall se aproximou e as cumprimentou, pedindo para inserir seu nome do caderninho de Lydia. Ele ficou tomado pela animação quando percebeu que era o primeiro da noite a ser aceito.

— Tudo bem, Glenfall não é entediante e nunca tenta flertar. Na verdade, até conta umas histórias interessantes — sussurrou Lydia. — Mas ele não é meu pretendente.

— Senhoritas. — Ele sorriu para ambas ao ver que estava na hora de formar os pares para a dança.

— Temos de arranjar logo um apelido para ele — Lydia disse através de um sorriso.

Bertha se recolheu perto de algumas cadeiras; havia tanta gente dançando e outras observando que ocorreu o raro fenômeno de haver lugar para sentar. É claro que Bertha supostamente era a acompanhante de Lydia. Porém, muitas famílias mais conservadoras diriam que ela era péssima em seu trabalho. Lydia e ela estavam sempre juntas, mas ela não tomava conta da amiga como esperado. Era diferente, ela a auxiliava e protegia, não fiscalizava.

As pessoas só não sabiam disso. Na verdade, a maioria sequer sabia que aquela jovem dama era a acompanhante da Srta. Preston. Na opinião deles, ela era apenas uma dessas jovens tímidas e comportadas que ficavam perto das paredes e nunca dançavam.

Bertha fingia que não se importava. Ela era uma moça inteligente, sabia onde estava entrando. Ou melhor, no covil onde teria de viver. Porém, ela jamais deixaria sua melhor amiga sozinha. E com a aceitação do seu papel, conseguiu parar de se importar. Não se ocupava mais em observar a dança de longe. De qualquer forma, ela era uma moça jovem como todas as outras que tinham não só o direito como o dever de estar ali. Lydia preferiria mil vezes ficar junto com ela, olhando e comentando as estranhezas alheias, mas era ela quem estava em sua temporada de apresentação.

Ao menos no campo havia mais festas públicas, bailes campestres e, apesar das divisões serem claras, em alguns, a participação era aberta àqueles que tinham condições de ir. Não que as pessoas mais simples sequer conseguissem imaginar como realmente eram os eventos da temporada da *ton* — a alta sociedade — em Londres.

— A senhorita me obrigou a dizer o meu nome, mas não revelou o seu — disse Lorde Bourne, dando-lhe um baita susto.

Bertha foi se virando lentamente, obrigando-se a não responder fisicamente ao sobressalto.

— Ah, é o senhor...

— Desapontada?

— De forma alguma.

— Pois bem, passemos às apresentações adequadas. — Ele fez uma breve mesura. — Lorde Bourne, ao seu dispor.

— Srta. Gale — ela respondeu, com uma reverência muito breve e cordial.

— É adequado que, após uma aventura tão intensa, eu finalmente saiba seu nome e da sua amiga, a jovem dama loira.

— Srta. Preston, esse é o seu nome.

— Interessante. Pois bem, a senhorita dança?

— Não se quiser manter meu orgulho próprio — ela disse rápido e desviou o olhar, mas ficou com terror de ter sido indelicada e voltou a olhá-lo. — Agradeço a sua gentileza ao indagar.

— Não foi gentileza — respondeu Eric, franzindo o cenho para ela. — A senhorita gostaria de dançar comigo?

A próxima dança ainda demoraria um pouco e isso lhe dava tempo.

— Eu...

— Sabe dançar, não sabe?

— Sei...

— Não estou à altura de suas expectativas? — ele perguntou, continuando a conversa.

Bertha tinha certeza de que havia escutado errado. Ela tornou a se virar lentamente, olhando-o bem de frente. Ele era exatamente como ela se lembrava daquele dia em que quase mataram Lorde Deeds com um confeito. Lydia havia lhe dado um péssimo apelido, ela era mesmo muito mais loira do que ele, pois, enquanto seu cabelo tinha um tom dourado de loiro, o dele era discreto e mesclado. E penteado como estava, era possível ver pelo menos dois tons, um mais escuro do que o outro.

Sem permissão, a mente de Bertha a fez pensar em como ele ficaria com aquelas ondas despenteadas pelo vento e no meio do campo; certamente mostraria melhor a cor certa do cabelo. Seus olhos eram claros, mas ela teria de fazer um esforço mental para nomear a cor. Algo entre o verde de um lago e um tom claro de castanho. Era uma cor turbulenta. Por que ele não podia simplesmente ter olhos azuis ou castanhos ou verdes? Como ela, que tinha olhos castanhos; os olhos de sua mãe. Eram iluminados, a cor era quente, mas distinguível.

— Perdão? — ela indagou, perdida.

— Expectativas para companhia no baile. Se eu for atrapalhar alguma associação que pretenda ter com outro cavalheiro...

— De forma alguma — ela disse rápido. — Não me associo com ninguém.

— Devo entender, então, que seu cartão não lhe permite me ceder a próxima dança — ele continuou.

Bertha sequer tinha um cartão. Ela não estava liberada para dançar. Ninguém queria dançar com ela. Queriam até seduzi-la, mas não dançar na frente de todos. E, naquele momento, ela não quis dizer isso a Bourne. Ela preferia continuar em paz, sem perguntas.

— Sim, claro, eu... estou com toda a minha lista de danças tomada.

— E onde está sua companhia?

— Dançando.

— Onde?

— É claro que o senhor deve tê-la enxergado, é como procurar ouro no meio da multidão. Todos sempre enxergam.

— Não, senhorita, não vi. Está falando da outra dama com quem estava, a mesma que também me deve uma dança?

— Sim, o senhor a viu?

— Não, não vi. Enxerguei a senhorita, escondendo-se atrás das cadeiras.

Bertha soltou o ar e procurou um jeito de escapar daquela situação. Como ela faria para despistá-lo se Lydia estava ocupada?

— Oh, veja só, acho que aquela é minha tia. E ela vai me ver aqui, sem participar de atividades, sozinha com o senhor... Vai contar tudo para minha mãe. Imagine que infortúnio. Passar bem, milorde!

Bertha fugiu, enfiando-se no meio dos outros convidados. Ela andava calmamente, com o olhar preso em nenhum lugar à frente, suas costas eretas e a elegância natural. Assim também parecia que não queria estabelecer contato e ninguém se importaria com o passeio da jovem dama de companhia. Ela preferia não pensar na impressão que passava, mas quem se dava ao trabalho de pensar nisso realmente achava que ela era alguma parente distante.

Ela sempre dizia que era *apenas a companhia* quando a abordavam junto a Lydia. O problema é que Lydia tinha outros planos. E protegidos e parentes empobrecidos eram postos descritos exatamente assim: apenas companhia. Até solteironas eram "companhia" quando, na verdade, estavam perfeitamente disponíveis para aproveitar tudo que a temporada tinha a oferecer. As pessoas ali só pareciam esquecer disso.

Alguns minutos depois, Bertha acalmou seu coração — pelas mentiras e por despistar Lorde Bourne e a dívida que tinha com ele — bebendo um bom copo de ponche. Estava doce demais e tinha pouco álcool, mas ela bebeu com vontade.

— Bertha, finalmente a encontrei. Eu também quero beber isso que você está segurando — disse Lydia. — Olhe quem eu encontrei, o Diabo Loiro.

Bertha engasgou na mesma hora. E usou todas as suas forças para se impedir de cuspir o líquido da cor de vinho aguado. O álcool era pouco, mas, do jeito que ela se forçou a engolir, desceu ardendo por sua garganta.

— Eu pensei que ia encontrar sua tia fofoqueira — comentou Eric, sem um pingo de constrangimento em trazer isso à tona.

— Não temos tia fofoqueira alguma — comentou Lydia, aproveitando para conseguir um copo de ponche.

— É mesmo? — Ele usou um tom de fingida descoberta.

Recuperando-se, Bertha foi se virando e estampou um leve sorriso, dirigido a ambos.

— É bom que tenham se apresentado devidamente por conta própria. — Então, olhou para Lydia. — Já foi pagar nossa dívida com Lorde Bourne?

— Não seja apressada. — Lydia bebeu golinhos do ponche.

— Temos um baile inteiro pela frente. — Eric sorriu para ela. — Não é algo que costumo escolher, mas vou acompanhá-las no ponche.

Bertha aceitou mais ponche, apenas para ter com o que ocupar sua mão e sua boca.

— Eu estava conversando com Lorde Bourne enquanto ele me ajudava a encontrá-la e descobri que não moramos muito longe — comentou Lydia. — Se ele não tivesse deixado Devon para atender à pré-temporada com amigos, já teríamos nos encontrado.

E tudo só piorava. Bertha foi pega numa mentira, e sua amiga ainda usou a pessoa para quem ela mentiu em sua busca por ela. Bertha nunca foi uma boa mentirosa, ela ficava culpada logo depois e agora nem conseguia olhar para Lorde Bourne. E o pior é que ele tinha aquela expressão de quem sabia que a pegara.

— Aí estão vocês. Depois de quase me matarem, resolveram acabar com o ponche da festa — disse Deeds, dispensando cumprimentos formais e juntando-se a eles no ponche.

— Pança! Que bom vê-lo recuperado — exclamou Lydia.

— Por tudo que é mais sagrado! — exclamou Bertha, fuzilando a amiga com o olhar.

Eric inclinou a cabeça e riu, e Deeds colocou a mão na sua cintura redonda e estreitou os olhos para elas.

— Não se preocupe, Srta. Gale. Eu sei perfeitamente sobre meu apelido carinhoso. Porém, eu agradeceria se a Srta. Preston não o espalhasse para além de nosso círculo.

— Fico feliz que não esteja mais zangado comigo. — Lydia era péssima em se redimir.

— Qual é o apelido dele? — Deeds perguntou, apontando para Eric.

— Ele não tem... — Bertha começou.

— Diabo Loiro! — contou Lydia.

A resposta de Eric foi apenas mover a cabeça e dar um sorriso lateral.

— Ele nem é tão loiro. — Deeds olhou criticamente para o cabelo claro e mesclado do amigo, penteado para conter as ondas. — A senhorita é muito mais.

— Eu tentei apontar esse fato. Afinal, qual o apelido dela? — perguntou Eric.

— Srta. Esquentadinha — contou Deeds.

— Isso não é verdade! — reclamou Lydia.

— E da Srta. Gale? — ele continuou.

— Eu não tenho — interferiu Bertha. — Não tenho nada que leve a apelidos.

— Bem, precisamos mudar isso — Eric sugeriu.

— Precisamos é descobrir quem começou com tudo isso. Há pessoas indignadas com seus apelidos, já outras estão zangadas por ainda não terem recebido um — contou Lorde Pança.

— Bem, o meu quem inventou foi a Srta. Preston. — Eric a olhou, implicando-a na história.

— Foi apenas o seu, por causa das circunstâncias, não tenho essa imaginação — disse Lydia, calmamente.

Ambas sabiam perfeitamente quem começou isso, mas jamais diriam, nem sob tortura. Afinal, a lealdade delas sempre estaria com o marquês.

— Parece que os pares para a próxima dança vão se formar, creio que vocês precisam ir — Bertha insistiu, querendo mandar Lydia para a pista de dança com Bourne. — Ah, meus pés doem tanto.

Eric estreitou o olhar para ela, mas descansou seu copo e ofereceu o braço a Lydia.

— Vamos lá, madame, eliminar parte da dívida.

— Eu não consigo decidir se gosto de você. — Lydia aceitou o braço e lá foram eles.

Enquanto se distanciavam, Deeds também observou e disse:

— A senhorita não gosta muito de dançar, não é?

— Ah, por favor, Deeds, não me convide.

— Eu não faria algo assim, não sou adepto de danças. Não sei como vou cortejar alguém no dia em que for obrigado a me casar. No entanto, vi a mesa de doces do buffet, a senhorita gostaria de ir comer alguns bolinhos minúsculos?

— Isso eu aceito.

Depois de comer dois daqueles bolinhos de tamanho de um dedo mindinho, Bertha resolveu deixar Deeds lá. Ele ainda estava ocupado procurando algum outro aperitivo doce. Ela viu ao longe que Lydia estava conversando com a Srta. Jones, que também havia acabado de dançar. Antes que fosse confrontada com sua mentira e sua dívida, ela resolveu parar, casualmente, atrás de uma planta.

— Ei, abaixe-se! — uma voz sussurrou atrás dela.

Por instinto, Bertha se abaixou imediatamente. Levou um segundo para perceber que aquilo não fazia sentido. Ela ficou ereta e se virou. Apenas para dar de cara com Lorde Bourne.

— Por que o senhor me disse para abaixar?

— A senhorita viu o tamanho daquele bigode? — Ele olhou para o homem que ia se afastando. — Era tão grande que eu tenho certeza de que alguém tinha de se esconder dele.

— Eu não acredito nisso. Aquele é Lorde Bigodão! Ele é inofensivo.

Eric apenas tornou a baixar o olhar para ela e disse:

— Eu sei disso. Mas a senhorita tem certeza de que esse é o nome de seu título ancestral? Se esse é o título, qual seria o sobrenome? Costeletas?

— Lorde Latham... — ela disse mais baixo. — Desculpe, eu falei num impulso.

— Não, por favor, não se desculpe. Mas do que a senhorita está se escondendo? Eu estava com a Srta. Preston, então imagino que não há nenhum outro corpo nas proximidades.

— Não há. O senhor pode, por favor, não mencionar este episódio?

— Qual episódio? — Ele viu os pares tornando a se formar. — Veja só, nossa vez.

— Eu não danço.

— Vergonha?

— Não.

— Então...

— Sou apenas a companhia, não costumo dançar.

— Nunca?

— Não na temporada. — Ela já havia dançado, antes de chegarem a Londres. E foi uma ótima aluna nas aulas de dança. — Gosto da discrição do meu posto.

— Atrás da planta?

— De acompanhante.

Eric ficou observando-a. Ela devia ser a mais encantadora companhia que ele já havia visto. Sem contar que seu vestido claro e esverdeado era fantástico. Certamente feito apenas para ela, com o decote sutil e levemente promissor. Ela o usava tão naturalmente, que ele tinha certeza de que nunca ficaria bom em outra pessoa. Assim como seu penteado intacto, mantendo seu cabelo castanho-escuro no lugar, com os cachos tocando os ombros. Tudo combinava com suas bochechas coradas e olhar esperto.

E aquele seu jeito adorável de ficar embaraçada. Ele achou muito engraçada a forma como ela ficou quando percebeu que ele havia descoberto sua mentira.

Eric conhecia várias companhias. Se lembrava bem, até passeou com elas. Talvez tivesse dançado também. Primas de alguém, sobrinha esquecida, filha mais velha e taxada de solteirona... Sim, pensando bem, ele deve ter dançado com elas também. Nunca fazia distinções.

— Eu odeio cometer a grosseria de lembrar uma dama de suas dívidas, mas a senhorita está me devendo duas danças.

— Podemos negociar?

— Uma hoje e outra na próxima vez que nos encontrarmos.

— Outro tipo de negociação.

— Bem, senhorita, na atual situação da minha vida, só posso trocar danças por beijos. E não nos conhecemos o suficiente para que aceite.

Bertha sentiu seu rosto inteiro esquentar, até seu pescoço deve ter mudado de cor.

— Não posso deixar passar uma oportunidade dessas, estou considerando todas as possibilidades em minha busca — ele comentou.

— Busca do quê?

— No momento, um par para a quadrilha. Venha, vamos passar vergonha na frente de todos.

Bertha soltou o ar e olhou para o braço dele. Não sabia explicar o que sentia. Ao mesmo tempo em que estava derrotada por não poder fugir e também por ser algo muito sério ter uma dívida de honra com alguém, havia um fundo de euforia. Ela iria mesmo se arriscar a dançar com alguém como ele? E num baile na cidade? E por que ele insistiu tanto? Se era só pela dívida, poderia ter esquecido.

Porém, antes de se aventurar na pista, ela encontrou com Lydia, pois, se era a acompanhante, não podia deixá-la desacompanhada.

— Você tem alguma ideia para me salvar disso? — Bertha sussurrou.

— Claro que não, eu tive de ir. Você vai também.

— Lydia...

— Nem pensar. Ao menos por isso você terá de passar. Além disso, até que o Diabo Loiro dança bem. Ele nem me deixou errar os passos.

Sem saber exatamente o que temia, Bertha aceitou o braço de Eric e entrou na fila de pares. Era como se ela esperasse alguém aparecer a qualquer momento e gritar que ela não podia estar ali. Ou simplesmente arrancá-la da pista de dança bem na frente de todos. Era um temor irracional, ninguém faria algo tão violento. Não era assim que os convidados para um baile como aquele se comportavam. Mas era certo que alguém a notaria ali. Como se fosse um patinho azul em meio a uma fila de patos brancos.

— O senhor não vai falar nada? — ela indagou, estranhando o fato de ele ter ficado mudo subitamente, assim que chegaram ao seu destino.

— Eu lhe disse que sou tímido, estou honrando a minha palavra.

— O senhor não é tímido!

— Nem mentiroso. Eu pretendia manter minha timidez por mais um tempo. Na verdade, tenho um lado que fica muito tímido perto de damas como a senhorita. Porém, esse ano tive de suprimi-lo.

— E por quê?

— Acho melhor deixarmos essa explicação para nosso quinto encontro. — Ele a levou em frente.

— Não creio que iremos tão longe. — Bertha franziu o cenho, confusa com aquela conversa dele.

— Claro que iremos, estamos na mesma cidade, atendendo ao mesmo tipo de evento em dias variados da semana. Não há como fugir.

— Bem, até lá terei terminado de pagar as danças — ela lembrou-o, pois pretendia voltar ao seu canto de acompanhante assim que estivesse quite com ele.

— E terá se envolvido em mais problemas, tenho certeza. — Ele sorriu, como se soubesse das coisas.

Boa dançarina como era, Bertha se concentrou em executar os passos com leveza e elegância. E sem errar nenhum. Ela pretendia ser apenas mais uma mulher na roda. Não queria destoar, tinha receio de chamar atenção. Como se fosse fácil. Afinal, ela estava com um dos solteiros suspeitos de estar à procura de uma esposa. Mães preocupadas o mantinham sob leve vigilância, esperando que ele sinalizasse que estava mesmo procurando. E enquanto ele não dava tais pistas, elas o interpelariam de qualquer forma, tentando sair na frente na corrida.

Lorde Bourne se comportou majestosamente durante a dança. Só depois do cumprimento final foi que ele apertou sua mão por mais tempo do que deveria.

— A senhorita é uma dançarina fantástica — elogiou, ainda levando-a pela mão. — Não vejo a hora de nos envolvermos na valsa.

— Isso jamais acontecerá. — Bertha puxou a mão e, como a perfeita dama que era, descansou-a sobre a manga de sua casaca formal por conta própria.

Assim que chegaram até Lydia, Bertha se afastou dele e se fechou. Eric soltou o ar, notando que ela procurou qualquer outra coisa para distraí-la, menos ele.

— Espero encontrar as senhoritas em breve. Obrigado pelos momentos de entretenimento.

Ele fez uma mesura e partiu. Lydia virou-se para a amiga imediatamente.

— O que ele fez?

— Foi um perfeito cavalheiro.

— Você o dispensou.

— Não fiz nada disso — ela se defendeu e se virou, olhando em volta e vendo que Bourne já estava bem afastado e conversando com outras pessoas.

— Bem, de nós duas, você é a mais versada nas regras e sutilezas. No entanto, quando uma dama volta de uma dança ou de um passeio com um cavalheiro e procura o afastamento, físico e visual ou seja lá quais outros modos existem para se afastar, é de entendimento dele que está devidamente dispensado.

Bertha engoliu a saliva e pensou se faltava muito para o jantar; ao menos comer ela podia.

— Não foi minha intenção.

— Se aquele Diabo Loiro foi inconveniente, eu vou lá e lhe dou um chute.

— Você está proibida de chutar a canela alheia desde que tinha oito anos, lembra? Eu duvido que Lady Caroline tenha tirado a proibição.

— Eu já sou adulta.

— Diga isso a ela. Você sabe por que eu o dispensei: eu não danço. E ele me fez dançar, foi apenas isso.

— Não fique assim, Bertha. — Lydia tocou seu braço acima da luva perolada e apertou levemente. — Vocês foram os mais belos dançarinos da pista. Eu assisti daqui. — Ela sorriu, feliz em ver a amiga dançar.

— Era exatamente isso que eu preferia evitar.

Apertando as mãos, Bertha lembrou com acidez do comentário dele. Ela nunca dançaria a valsa em Londres. Não tinha permissão e não a obteria. Ela era só a companhia. E acompanhantes não valsavam. Ela nem tinha a árvore genealógica que a permitia ser uma acompanhante nobre. Valsa era parte de uma das regras estritas para jovens damas. Elas não podiam simplesmente sair valsando nos braços de qualquer cavalheiro como se não houvesse um após. E muitos olhares sobre eles.

# CAPÍTULO 3

*Uma semana depois...*

— Elas já vão sair? — Aaron olhava, amuado, para Bertha e Lydia, que estavam em seus vestidos de eventos diurnos.

Ambas estavam penteadas, bem-vestidas, com seus acessórios no lugar e devidamente encantadoras para um evento que duraria o dia todo. A Sra. Birdy, a fiel camareira da marquesa e consequentemente das meninas, movia-se em volta delas, procurando ter certeza de que não deixou nenhum detalhe fora do lugar.

— Bonito. — Nicole estava em pé na poltrona, mexendo no vestido de Bertha.

Ela estava com um vestido todo creme, claro e bonito, com pequenos detalhes de flores cor-de-rosa escuro. E a fita em sua cintura era da mesma cor, só que num tom mais forte. As mangas levemente bufantes eram presas aos braços, mas continuavam com um babado único e solto, com a borda em linha dourada. Bertha havia escolhido as cores de todo aquele vestido diurno; ele era lindo e romântico.

— Posso ter um igual? — Nicole perguntou, com os dedos na manga bufante.

— Claro que sim. — Bertha acariciou seu rosto e ajeitou o cabelo bagunçado, afinal, ela tinha fugido de pentear o cabelo para ver as meninas saírem.

— Mas nós tomamos café há pouco tempo. — Aaron levantou a cabeça e ficou olhando para a irmã mais velha, que deu um tapinha em sua cabeça.

— Para de ser chato, menino! — disse Lydia.

— Elas saem muito mais do que a gente. Eu nunca vi isso que elas vão... sarau ao ar livre. O que é isso?

— É música com gente bebendo e comendo aperitivos num jardim — disse o marquês, ajeitando seu lenço e parando para Caroline ver se estava no lugar. — Isso continua me pinicando — ele lhe disse, mas estava tão perfeito que ninguém saberia o selvagem que era.

— Eu quero ir — reclamou Aaron.

— Eu também. De vestido — disse Nicole, que se virou de costas, desceu da poltrona e foi atrás da irmã, o olhar em seu vestido azul-claro.

— Esse não é para crianças. Em casa, nós faremos um sarau infantil, que tal? —

Caroline checou as meninas e deu-lhes tapinhas leves para irem logo.

— Mas infantil não tem graça. — Aaron franziu o cenho.

— Elas não são grandes — interveio Nicole, querendo dizer que Bertha e Lydia não eram adultas. Ao menos não em sua cabeça.

— São sim, meu bem, venha cá. Você e eu temos um encontro com a escova. — Caroline pegou a filha no colo. — Boa sorte, meninas, comportem-se e divirtam-se.

Henrik parou ao lado dela e acariciou o cabelo bagunçado da filha. Nicole tinha o cabelo misturado, não era castanho-escuro como o do pai nem o castanho mais aberto da mãe, pois era um pouco mais claro, como se tivesse sofrido a influência da genética de Hilde. Afinal, a marquesa viúva agora estava grisalha, mas, devido ao tom claro do cabelo, ficou algo bem discreto. Aaron puxou esse lado da família.

— E você, trate de não aprontar nada — Caroline se dirigiu ao marquês.

— Da próxima, será sua vez de ir em trabalho solo, madame.

— Pai. — Nicole abraçou-o para se despedir, mas não saiu do colo da mãe. — Não apronte. Mamãe disse.

— Nem você. Agora vá pentear essa juba — ele brincou e saiu atrás das meninas depois de se despedir de Aaron também.

— O que é juba? — Nicole perguntou, enquanto Caroline a levava para as escadas.

— É aquele pelo volumoso que os leões têm em volta da cabeça — explicou a mãe.

— Nunca vi isso.

Aaron ia atrás delas, afinal, se não podia ir ao tal sarau para adultos, ia andar um pouco atrás da mãe e da irmã mais nova.

— Eu sei o que é, vou lhe mostrar. Tem num livro, um leão grande — ele disse, animado.

— Se os dois se arrumarem, depois do livro, posso levá-los para passear — sugeriu Caroline.

— De verdade? — perguntou o menino, muito mais animado do que antes, a ponto de pular.

— Sim, preciso caminhar um pouco.

— Vamos correr! — gritou Nicole. Pois se a mãe ia para algum lugar que podia fazer caminhada, certamente eles poderiam correr nesse local.

— Escutem bem, meninas — disse Henrik, enquanto liderava o caminho para o jardim dos Fawler. — Essas pessoas moram longe, estou com o traseiro quadrado e preciso esticar as pernas. Não vou ficar de chaperone. Vão fazer amizade e não derrubem nada nesses vestidos bonitos. Senão teremos de sair correndo.

— Pai, nós paramos de derrubar coisas no vestido há anos — comentou Lydia.

— Até onde eu sei, na semana passada, você estava com uma mancha de ratafia no vestido. — Ele levantou a sobrancelha.

Bertha riu, afinal, não adiantava negar, Lydia realmente causava acidentes com líquidos. E até cremes de bolinhos.

— Não foi isso que mamãe lhe disse para fazer como nosso acompanhante.

— Sua mãe não está aqui. Vá socializar com as pessoas.

— Você está soando como a marquesa viúva — observou Bertha.

— Ela já teria se livrado de vocês há dois minutos e, lembrem-se, nada de beber muita ratafia.

— Duvido que sirvam ratafia a essa hora, pai.

— Azar o de vocês, certamente encontrarei algum vinho para suportar meu dia de chaperone.

— Para você, tenho certeza de que haverá — disse Bertha.

— Bem, estou vendo um bando de jovens da sua idade, vão até lá beber limonada com eles. — Henrik bateu com a mão, ajeitou o paletó e rumou jardim acima para a casa, onde havia mesas do lado de fora, pajens servindo e "adultos" como ele.

Bertha e Lydia tomaram o caminho contrário, descendo pelo jardim, para onde havia toalhas, cestas e mesas baixas com guloseimas em cima. Já havia alguns convidados lá, conversando em um tom bem mais alto e animado do que se via num baile.

— Ah, aí estão vocês, pensei que só apareciam em eventos na calada da noite — disse Lorde Keller, de pé à frente dos outros que já haviam chegado.

Elas não conheciam todos eles, mas a cada dia algum integrante novo entrava em seu círculo. O suposto sarau foi ideia da nova Lady Fowler. Ela vivia com o marido, um filho de dois anos e a Srta. Wright, a enteada por quem tinha muito apreço. A moça era resultado do primeiro casamento dele, e Lady Fawler tomou como missão de vida enturmá-la com os outros jovens da nobreza e casá-la com algum bom partido. Assim, começou a imaginar eventos para atraí-los.

Vários membros da *ton* estavam torcendo o nariz para suas ideias modernas.

Ou, talvez, excludentes. Afinal, ela queria os jovens e eles se davam liberdades demais em certos momentos.

— Ora, vamos, está tocando música bem no meio do jardim — disse Lorde Richmond, também conhecido como Lorde Apito.

Ele adorava dançar, pena que, ao final da dança, se fosse algo muito enérgico, começava a ofegar e consequentemente a apitar.

— Isso parece delicioso. — Bertha se abaixou sobre uma das toalhas e comeu um rolinho alto, que parecia um canapé, mas era recheado com creme salgado. Uma especialidade do chef da casa.

— Depois você me critica quando digo que vim para comer — brincou Lydia, apoiando-se no ombro dela e sentando-se sobre uma almofada quadrada.

Bertha tratou de arrumar o vestido da amiga, pois uma dama numa toalha não podia perder a compostura, o que, em certos momentos, tornava a experiência deveras desconfortável.

Mais convidados se juntaram ao grupo e, enquanto mastigava, Bertha viu que Bourne estava logo ali ao lado, com pelo menos seis mocinhas rindo à sua volta. E elas estavam mesmo rindo, mas não daquela forma afetada que as pessoas escolhiam para conter risadas em bailes e eventos formais. Ele estava no meio, alto, bonito, atlético e com seu afiado senso de humor.

Olhando em volta, Bertha não viu um chaperone. Era terra de ninguém; algo totalmente fora da rotina.

Lorde Deeds juntou-se a eles, já com um belo e grande bolinho de creme na mão. Ao seu lado, a Srta. Jones também segurava um doce, mas algo bem menor. Lorde Huntley chegou com estardalhaço, junto com mais cinco cavalheiros. Todos se espalharam, sentaram-se em toalhas ou procuraram o que comer. Alguns apreciaram a música animada e outros entraram na conversa.

— Minha nossa, resolveu sair da toca, Greenwood? — Deeds limpou a mão no lenço e foi cumprimentar um dos recém-chegados.

— Sempre conte comigo para atividades ao ar livre — ele comentou.

— Eu também gostaria que todas fossem ao ar livre, ao invés de centenas de velas sobre as nossas cabeças — Lydia comentou displicentemente e mordeu um morango com creme.

— Isso é creme? — Deeds olhou para o que estava servido nas cestas e bandejas sobre a toalha que elas dividiam.

Greenwood se abaixou e assim ficou no nível do olhar de Lydia.

— E o melhor é que, sendo ao ar livre e de dia, eles sempre servem frutas com creme. — Ele pegou uma metade de damasco coberta de creme na parte de dentro e comeu. — Greenwood — ele se apresentou.

— Preston — ela respondeu.

Ele sorriu por ela responder à apresentação igualmente ao invés de fazer o correto de colocar o senhorita na frente e tudo mais.

— Então, Deeds. — Greenwood ficou de pé novamente. — Vai largar esse bolo e vir dançar?

— Ora, não seja bobo, homem. — Ele riu. — Se te escutarem, vão acreditar que você tiraria um rechonchudo como eu para dançar. Eu nem sei os passos.

— Estamos no jardim, de que passos está falando?

— Eu sou tímido — Deeds continuou a brincadeira.

— Covarde. — Greenwood sorriu e balançou a cabeça para ele, então olhou para baixo como se tivesse acabado de acender uma luz em sua mente. — E a senhorita dança?

— Aqui? — Lydia levantou a sobrancelha para ele.

Greenwood apenas deu um passo para o lado. Os outros estavam dançando em pleno jardim, dando as mãos e indo no ritmo da música. Com certeza aquilo não era nenhum tipo de dança aprovada pelo bom gosto e etiqueta.

— Aqui é fresco — ele comentou.

— Eu nem o conheço — Lydia teimou.

— Vamos até lá, eu até lhe conto onde moro.

— Não vou lhe dizer onde moro. — Ela ficou de pé e limpou as mãos, apesar de não ter tocado o chão.

— Preston, não é? Acho que não moramos muito longe.

— Não pode ser. — Ela parecia indignada.

— Acredite. — Ele ofereceu o braço como se fosse levá-la pelo meio do salão e não alguns passos no jardim.

Lydia ficou desconfiada, mas aceitou o apoio e se dispôs a ser inapropriada, dançando no jardim como uma dama mal comportada. Isso parecia divertido para ela.

— Vamos lá, Deeds! — Greenwood chamou, mesmo sem olhar para trás.

Lorde Pança terminou de comer seu bolo, olhou para a Srta. Jones e tomou coragem.

— A senhorita gostaria de ir passar vergonha comigo? Vou me mexer muito pouco, não quero nos envergonhar.

— Não seja tolo, Deeds. Há quanto tempo o conheço? Você não me envergonha. Vamos. Tenho certeza de que minha mãe morrerá ao ver o que estou fazendo.

Bertha sorriu ao ouvi-los e continuou observando enquanto eles se juntavam aos outros que estavam à frente do trio que executava a música com violinos e um violoncelo. Os casais estavam efetivamente dando as mãos e mantendo uma dança com seus corpos completamente afastados, mas estavam com as duas mãos dadas, sorrindo e dançando. Alguns em círculos, outros indo de um lado para o outro. Ela pegou outro morango coberto de creme e se ajeitou melhor na toalha.

De longe, parecia que Lydia estava se divertindo, Greenwood e ela eram o casal mais enérgico.

Lá em cima, nas mesas perto da casa onde o clima era completamente diferente, algumas pessoas observavam o que se passava lá embaixo.

— Essa juventude está perdida, estou lhe dizendo. Eles não têm mais o mínimo de compostura — disse um cavalheiro, enquanto segurava seu copo de limonada. — Meu filho é um desses despudorados sem modos.

— Ao menos eles não cometem esse tipo de desvio nos bailes. Estive em um evento ontem, e achei muitos deles sem educação. Esses pais não estão criando bem esses jovens. Porém, ninguém causou alteração — opinou uma mulher, enquanto remexia um doce com seu garfo.

Na outra mesa, uma senhora baixou sua xícara e falou nervosamente para sua companhia:

— Eu não sei o que fazer. Não posso deixar que Janet se desvie dessa forma, mas como poderia separá-la de seus pares? Se estivesse aqui sentada, não estaria em contato com possíveis pretendentes — disse a mãe da Srta. Jones.

— Bem, veja pelo lado bom. Eles estão se comportando muito mal, porém olhe quantos jovens disponíveis estão lá. Daqui posso ver vários herdeiros. Greenwood é um conde e solteiro. O outro mais ao fundo é Lorde Huntley, tem uma grande renda, solteiro também. Aquele é o neto do conde de Sheffield, não é?

— Sim, Lorde Bourne. Vai herdar em breve e dizem que necessita de uma esposa para essa temporada — contou outra.

— Ótimo, pelos meus cálculos, vários daqueles jovens já necessitam de uma esposa. Vou fingir que não estou vendo o desvio momentâneo de minha filha, mas vamos conversar quando chegarmos em casa.

E mais na ponta, o marquês estava jogado numa cadeira, apoiando as botas de cano curto num banquinho. Ele descansou o copo ao lado e cruzou os braços.

— O senhor não acha que essa nova geração está um tanto abusada demais? — perguntou um cavalheiro, incluindo-o na conversa dos outros homens por perto.

E isso porque ele estava quase dormindo.

— Ah, sim, claro. Estão totalmente desviados — ele disse, sem prestar a mínima atenção.

— Ainda mais para nós, com filhas em apresentação — completou outro.

— Imagino, o problema das filhas deve ser terrível — Henrik respondeu.

— O senhor sabe, com sua filha mais velha debutando e envolvida com esse grupo de jovens desregrados.

— Sim, tão sem controle. — Henrik virou o rosto e apertou os olhos, localizando Lydia e Bertha.

Uma dançava na grama de mãos dadas com um jovem e a outra estava numa toalha com um rapaz. Totalmente inapropriado. Ele não sabia nem o que ia dizer a Caroline quando voltasse e, pior ainda, quando tivesse de dar satisfações aos pais de Bertha. Teria de dizer que estavam ambas desviadas. Henrik engoliu a risada e tornou a pegar seu copo para disfarçar.

Bertha se sobressaltou quando alguém estragou seu sonho diurno. Ela olhava para os casais sobre a grama, divertindo-se e rindo. Alguns já haviam até tropeçado.

— O que diabos a senhorita está fazendo aqui? Está com problemas nos pés? — perguntou Bourne, franzindo o cenho para ela.

— Isso não é maneira de se falar com uma dama — ela respondeu rápido, fingindo que não estivera ali como uma boba e com o olhar sonhador. Ele era a última pessoa que deveria descobri-la. Bertha achava que ele estava dançando com suas seis. Sim, seis moças o rodeando de uma vez.

— Ah, bem, peço as mais sinceras desculpas. Vou me redimir. A senhorita poderia me dizer se algum mal físico a aflige, para mantê-la aqui sentada ao invés de participar da divertida pantomima que se desenrola à nossa frente? — Ele não tinha como fingir aquele sarcasmo.

— Não, senhor, nenhum mal me aflige. Obrigada por perguntar.

— Vamos para a grama — ele convidou.

— Não posso.

— Claro que pode, se não há nenhum mal físico a afligindo.

— Não é possível.

— Eu não admito que Deeds, que nunca dança, esteja lá no meio e nós estejamos aqui. Vamos lá partilhar de sua animação. Sabe como será raro no futuro dizer que participou de uma dança com Lorde Deeds?

Ela foi obrigada a rir enquanto olhava para o lorde em questão. Sim, seria um grande feito dizer isso. No entanto, era provável que, a partir de hoje, ele se permitisse algo mais além de creme.

— Além disso, numa confusão no jardim, não há companhias. A senhorita deveria saber disso. Se está aqui embaixo, tem de participar. — Ele ficou de pé e lhe ofereceu a mão.

— Onde estão os seus seis outros pares?

— Preocupadas com o adequado da questão. Não me diga que a senhorita também pensa nisso.

Sim, é claro que ela pensava. Especialmente porque Bertha não se iludia sobre o seu lugar na vida. Ela podia ter sonhos diurnos, mas agia conforme sua posição. E mesmo assim, tinha anseios e vontade de participar e se divertir. Apesar de sua timidez.

— Um pouco.

— É o suficiente para uma dama com certo juízo.

Aceitando sua mão, ela não esperava que ele cometesse o desatino de puxá-la e colocá-la de pé num pulo.

— Lorde Bourne — ela ralhou. — Comporte-se.

— Vamos lá, Srta. Gale, temos um Allemande para dançar. Vamos rodar tanto que ficaremos tontos.

Eric não soltou sua mão, tampouco deu-lhe o braço, apenas carregou-a jardim abaixo, puxando-a alegremente com a mão apertando a sua. Quando chegaram lá, ambos pararam lado a lado e saudaram os outros dançarinos, pois a posição para iniciar essa dança era exatamente de mãos dadas: o cavalheiro fazia o movimento de tirar o chapéu e a dama fazia uma reverência, segurando as laterais de seu vestido.

Então, voltavam a dar as mãos, ficavam de frente e começavam a rodar por baixo de suas mãos dadas. Era uma dança barroca, antiga e que costumava estar presente nos bailes. Era divertida, mas famosa por causar acidentes em dançarinos bêbados, já que os pares davam muitas voltas um por baixo do braço do outro e depois chegava um momento que tinham de dar ambas as mãos e rodar juntos. Uma pessoa levemente inebriada poderia cair no chão.

Como nenhum deles estava bebendo e mais brincavam do que dançavam, os passos estavam mais rápidos e animados do que o padrão da dança. Os rapazes rodavam as moças por baixo de suas mãos, mais rápido do que a música ditava, porém elas riam.

— Chega, chega de me rodar! — disse Deeds, já tonto.

— Meu Deus, ele vai cair! — disse outro deles.

— Espere aí, Deeds! Não role sem mim! — Glenfall correu para ajudá-lo.

Os pares se separaram. A Srta. Wright precisou ser amparada e se sentou numa das toalhas. Alguém tropeçou e havia uma dama no chão. Os rapazes se apressaram para levantar a moça, porém eram muitos deles. Alguns colidiram, e Lorde Greenwood acabou segurando Huntley. Deeds caiu sentado de todo jeito, porque sua pança não ajudava no equilíbrio.

Eric segurou Bertha. Ainda bem que estiveram dançando a alguns passos da confusão que se formou e nenhum dos dois estava tonto.

— Volte aqui, Sprout, para onde você está indo? — perguntou Bourne, quando viu o rapaz tropeçando e dando vários passos para trás, tentando se firmar.

— Não! — alguém gritou.

— Segure-o! — Foi a voz de uma das moças.

Logo depois, Huntley tinha corrido e não conseguiu segurá-lo, mas o empurrou, para que ele não caísse de traseiro nos bolos cobertos com todo tipo de creme. Sprout caiu por cima de quatro moças que estavam sentadas e acabou no meio delas, sobre suas saias. Quando abriu os olhos e viu as quatro olhando-o, ficou vermelho imediatamente e tão envergonhado que nem conseguiu se mover. Ele só murmurava:

— Perdoem-me, perdoem-me...

Não era à toa que ele era o Sr. Querido. Sprout era um fofo, tímido e amigável, ninguém se lembrava de já tê-lo visto flertando.

— Veja só o que estão aprontando agora, dançando como selvagens no jardim. — Lorde Talbot estava irritadíssimo com aquilo.

Talvez porque ninguém ia convidá-lo. Afinal, aquele grupo de jovens estava interessado apenas em suas próprias atividades. E certas pessoas não estavam felizes com essa tendência. Se todas as mocinhas estivessem se comportando mal junto com jovens cavalheiros, com quem esses "senhores" conservadores iriam se casar? E com quem certas senhoras casadas teriam novos casos? Essa nova tendência desses jovens românticos era muito estranha.

Na verdade, eles estavam até ressuscitando itens de moda com inspiração da era romântica. Era só olhar os vestidos daquelas mocinhas. E estavam rebeldes, com essa teimosia de se apaixonar. Quem precisava disso? Agora falavam de passar o tempo juntos, de viver e ter liberdade para escolher companheiros. Isso complicava muito as coisas, mas todos tinham de admitir que, mesmo para debutantes e herdeiros, os tempos estavam mudando. E algumas famílias estavam liberais demais, contaminando a mente dos jovens.

— Como os Preston — sussurrou uma mulher.

Os outros olharam para o Marquês de Bridington, chefe da família Preston, mas ele continuava com suas longas pernas esticadas e as botas no banquinho. Agora estava comendo um daqueles aperitivos salgados, compridos e com textura de pão. E não parecia gastar nem um minuto do seu dia se preocupando com os desvios, tendências ou ideias descabidas da nova geração. A não ser, é claro, para colaborar.

Uma pena que era um curto tempo de diversão aquele das festas da temporada. Porém, para muitos daqueles jovens, a realidade batia à porta, antes das viagens de volta para o campo. E certos casos eram caprichosamente cruéis.

— É por isso que acabamos com tantos novos apelidos carinhosos — disse Keller, sentado preguiçosamente em uma das toalhas.

— Quase toda a sociedade tem apelidos novos — apontou a Srta. Wright, recentemente taxada de Srta. Festeira. — Só não sabemos quem começou a espalhá-los. Eu não sou assim tão festeira, apenas respondo os convites.

Eles estavam até parecendo adequados após tanta animação, com as moças juntas em toalhas, almofadas e banquinhos, e os cavalheiros sentados em volta. Finalmente estavam todos apreciando o lanche diurno, ao invés de apenas roubar um pedaço aqui e ali. E pajens andavam em volta, repondo bandejas e servindo bebidas. Estavam tão mais comportados que Lady Fawler veio lhes fazer companhia por um tempo, como anfitriã da festa.

É claro que a acusavam de também incentivar o comportamento "escandaloso" dos jovens atuais.

— Temos certeza de que foram pessoas que chegaram tardiamente para a temporada. Na pré-temporada e entre janeiro e fevereiro, ninguém tinha novos apelidos. Ao menos, não tão famosos — observou Lorde Cowton, que, quando não estava soluçando por causa de bebidas fortes, era bastante observador. Porém, isso lhe rendeu o nome de Lorde Soluço.

— Claro que há desconfiança, sem contar os usuais suspeitos e fofoqueiros. No entanto, ao que parece, poderia ser qualquer um aqui. Até mesmo o Sr. Sprout!

Sprout foi pego de surpresa enquanto os outros riam e justamente quando ele estava com a boca cheia.

— Eu não teria imaginação para isso — ele respondeu, assim que engoliu. — Mas desconfio que seja um de vocês. Afinal, quase todos os cavalheiros presentes já ganharam apelidos.

Todos trocaram olhares, como se pudessem descobrir qual deles era o culpado. Enquanto isso, Lydia não parava de mastigar. E Bertha estava sentada como uma santa, pois ambas sabiam muito bem quem era o culpado do escândalo. E ele estava presente naquela festa.

Entre eles, todos achavam graça de seus apelidos. Até porque, Lydia e Bertha também eram culpadas de alguns deles. Porém, em outros círculos, havia pessoas muito irritadas, insultadas e enciumadas. Seria um escândalo se descobrissem. O problema é que, mesmo se acusassem, jamais acreditariam.

Quando Lydia riu de um dos apelidos que os outros estavam citando, Bertha lhe deu um beliscão. Principalmente porque...

— A Srta. Preston sempre sabe todos os apelidos, ela costuma trocar os nomes pelos apelidos sem sequer perceber. Acho que é a culpada — disse a insuportável Srta. Gilbert.

— Acho melhor não nos acusarmos tão abertamente — interferiu a Srta. Wright, lançando um olhar para a outra. — Afinal, ninguém aqui se importa.

— Eu não gosto de ser a Srta. Esquentadinha. — Lydia olhou para a Srta. Gilbert com antipatia. — Se fosse a culpada, com certeza me daria um apelido elogioso. Duvido que a senhorita goste do seu apelido.

— Você é esperta demais para isso — comentou o Sr. Duval. Ele nem sempre estava presente nos mesmos eventos que a maioria ali, mas, quando estava, era com eles que socializava.

— Então eu escolheria Srta. Esperta! — ela respondeu.

Mal sabiam eles que o verdadeiro culpado já havia deixado de ser o único há muito tempo. Afinal, eles já estavam criando apelidos para aqueles que não os tinham recebido. Além disso, o marquês tinha mais o que fazer, não podia participar de todos os eventos para arranjar tantos apelidos.

— Lorde Greenwood chegou atrasado, ele poderia ser Lorde Soco! — brincou Deeds.

— Ou Lorde Corredor! — disse Cowton.

— Lorde Pugilista! — sugeriu Bourne.

— Senhores, por favor, vocês estão me deixando com uma péssima imagem na frente das damas. — Ele levantou as mãos com um sorriso.

— Diga isso ao Perci! Lembra aquele dia que você ganhou a corrida e, no final, ele o acusou de roubar e levou um soco tão forte que precisamos chamar um médico e um padre? — Keller era terrível, não se importava que brincassem com ele, mas, em compensação, tinha lembranças dos momentos mais inoportunos.

— Lorde Murro! — disse Lydia, sem conseguir se conter.

Bertha também não conseguiu se segurar e tampou os olhos. Elas iam acabar encrencadas.

— Perfeito! — Riu Huntley, que, dentre todos, era quem conhecia Greenwood há mais tempo. — Esse é perfeito! Vamos anotar.

Greenwood estreitou o olhar para ela, apesar de haver diversão em sua face. E Lydia deu-lhe um sorriso leve, porém travesso. Bertha correu o olhar em volta e viu que estavam todos se divertindo. Então, ela pegou Eric olhando-as atentamente e levantando a sobrancelha, com o melhor dos olhares desconfiados.

— A senhorita sabia que Greenwood luta boxe? Além de sempre vencer nossas corridas ilegais? — contou Deeds.

— Eu gosto de cavalgar, coincidentemente, de cavalgar rápido. Tenho bons cavalos, só isso.

— Nós temos a melhor criação de cavalos da região. — Lydia empinou o nariz.

— É mesmo? Como eu lhe disse, não moramos muito longe, irei conhecer seus cavalos quando voltar ao campo — sugeriu Greenwood.

— Não somos vizinhos. — Ela franziu o cenho para ele.

— A senhorita só não quer admitir que alguém na região é mais rápido.

— Quem lhe disse isso?

— Eu moro depois da propriedade dos Ausworth. Eu disse, não é longe.

Lydia continuou de cenho franzido para ele e virou o rosto, concentrando-se em comer. Bertha alternou o olhar entre os dois. Os outros continuavam conversando, sem dar atenção à sua conversa paralela. Depois, ela olhou para Lorde Bourne e novamente para Lydia. Subitamente, Bertha estava em dúvida. Para quem não tinha nada em vista, agora ela tinha dois candidatos que achava combinarem com o jeito de ser de Lydia. Como faria?

Sua amiga não colaborava e não parecia nada preocupada com isso, porém Bertha não se esquecia de sua missão de acompanhá-la e ajudá-la a ter sucesso na temporada. Isso implicava em lhe arranjar um bom pretendente.

Após o lanche, alguns rapazes foram jogar críquete. Não era todo dia que se encontrava um jardim com espaço para isso ali e onde eles poderiam se engajar em tal atividade. Já outros, voltaram a aproveitar a música.

Bertha e Lydia foram atrás de outras moças, atender à toalete. Lá em cima, encontraram o marquês, que foi ao encontro delas, segurando uma taça de algum tipo de vinho.

— Estão intactas? Vestidos limpos? Cabelos no lugar? — Ele deu a volta, olhando o penteado delas.

Depois da dança animada e de penteados batendo no antebraço de parceiros durante a Allemande, elas foram ao toalete justamente se recompor.

— Sim, estamos bem — confirmou Bertha.

— Algum cavalheiro colocou as mãos onde não devia? Vi que estão todos sem luvas.

— Pai! — ralhou Lydia.

— Eu sou o chaperone, tenho que fazer as perguntas incômodas.

— Estou com minhas luvas. — Bertha levantou as mãos, mostrando luvas delicadas de passeio, combinando com seu vestido.

Henrik desviou o olhar para a filha.

— Eu só tirei para lavar as mãos! — Lydia se defendeu, enquanto recolocava-as.

— Eu não disse nada. — Ele bebeu um gole de sua taça. — Nós não vamos ficar até o fim, tratem de ir aproveitar o chá.

— Já está na hora do chá? — estranhou Bertha.

— Quase lá. Pelo visto, vocês se divertiram tanto que não viram o tempo passar. — Ele tirou o relógio do bolso e o olhou. — Depois do primeiro bolinho, peçam licença, agradeçam alegremente a anfitriã e vamos partir.

Elas foram se afastando, mas ele as lembrou:

— Ah, acho melhor não voltarem para uma segunda dança no jardim, assim posso fingir que me importo com seus desvios nos jardins alheios. Afinal, moças, isso é um comportamento muito moderno. Esses grupos mistos de jovens deixam certas pessoas muito nervosas. Mas o críquete está liberado.

— Mesmo? — Lydia franziu o cenho, afinal, ela sabia como jovens damas não deviam se envolver em atividades extenuantes, muito menos em público.

— Sem correr. Eu tenho uma reputação de chaperone a manter. — Ele se virou e voltou para as mesas.

Lydia acompanhou a Srta. Jones, ambas animadas com as próximas atividades da festa no jardim. O Sr. Duval ofereceu o braço para ajudar Bertha a descer pelos pequenos degraus que levavam à extensão do jardim, e ela aceitou a gentileza.

— Estou surpreso e ao mesmo tempo encantado por finalmente ver a senhorita ser tão amigável num evento — ele comentou.

— Eu sempre sou amigável, ao menos espero... — Ela ficou sem graça, pois era tímida, não antipática. E não era algo que podia lembrar às pessoas o tempo todo. Havia superado muito de sua timidez para ser uma acompanhante efetiva.

— A senhorita é muito reservada, eu nem sabia se podia lhe endereçar.

— Claro que o senhor pode.

— Em seu posto como companhia, desde que a vi pela primeira vez, sua postura era bem rígida. Porém, recentemente, tenho notado um arrefecimento.

— Bem, eu não sabia o que esperar, mas, com mais experiência na temporada, passei a me portar de acordo.

Eles seguiram juntos pelo caminho do jardim, em direção onde estava armada toda a estrutura que recebia os convidados.

— E eu a vi dançar, devo dizer que desde então não consegui tirar tal imagem da cabeça.

— O senhor... viu? — Ela ficou apreensiva, só havia dançado uma vez. — Foi hoje?

— Não, creio que foi num baile há umas duas semanas. E hoje, também. Eu quis convidá-la, mas achei que isso seria inapropriado em sua posição.

— Eu não costumo dançar... — ela disse baixo, ainda desconfortável.

— É bom que a desenvoltura de Lorde Bourne conseguiu convencê-la... duas vezes.

Bertha engoliu a saliva, sentindo-se estranhamente pega no flagra.

— Ainda bem que não perdi os passos, não é? — Ela sabia mudar uma conversa para outro rumo, com sutileza e se mantendo no assunto.

O Sr. Duval, por outro lado, entendeu o que ela fazia. E ele não estava ali à toa.

— Eu achei ótimo, agora tenho certeza de que aceitará meu pedido, mesmo que eu não tenha o carisma de Bourne. Porém, ele conseguiria fazer a mais conservadora das moças levantar para uma valsa, não é?

— Imagino que sim.

— Por isso que vive tão rodeado de damas. Só quero saber como fará para escolher uma esposa dentre todas elas. A senhorita concorda?

— Claro.

— Talvez o esteja encorajando.

— Perdão?

— Para sua protegida, apesar de a senhorita ser jovem demais para ter uma protegida. Fiquei até surpreso quando soube de sua posição.

— Se o senhor está me sondando para saber dos interesses da Srta. Preston, saiba que não há um pretendente sério em vista.

— Não, eu a estou sondando estritamente por interesse pessoal na senhorita. — Ele sorriu levemente.

Bertha se sentiu mais desconfortável.

— Eu não creio que seja exatamente um objeto de interesse...

— Claro que é. Dançaremos, eu espero.

— Quando possível — ela disse, querendo fugir, porque não pretendia ficar dançando em eventos.

O Sr. Duval estava olhando-a fixamente; ele tinha uma expressão estranha, mas lhe dava uma sensação de ser observada por um predador.

— Bertha, vamos! — chamou Lydia.

Assim que se virou e a viu tão junto do Sr. Duval, Lydia imaginou que havia alguma coisa errada. Já estava voltando pelo caminho quando Bertha meneou a cabeça se despedindo e veio rapidamente em sua direção.

— O que foi aquilo com o Sr. Malévolo? — perguntou Lydia.

— Ele nunca nos fez nada — contrapôs Bertha.

— Eu sei, é só aquele sorriso dele. Parece malévolo, mesmo que ele não seja.

— Esse apelido você não pode dizer alto.

— Eu sei.

— Ele quer dançar comigo.

— Nossa... por quê?

— Eu gostaria de saber, afinal, ele mesmo me lembrou da minha posição.

— Ele fez o quê? — Lydia colocou as mãos na cintura.

— De ser nova demais para já estar me passando por matrona.

— Você não faz isso.

— Claro que faço. — Bertha enlaçou o braço no dela. — Aliás, lembra-se daquela nossa conversa sobre os cavalheiros ativos, jovens e atraentes estarem sumidos?

— Vagamente... — Lydia já a olhou com desconfiança.

— O que acha de Lorde Bourne?

— Ele tem uma personalidade muito cativante — respondeu Lydia, ainda desconfiada.

Ao invés de se aproximar dos outros, Bertha seguiu em sua pesquisa de campo.

— Sim e um belo físico, simpatia, carisma...

— Quando foi que você notou tudo isso?

— E é tão bonito, não seria um... — Ela se aproximou para sussurrar. — Terrível suplício observá-lo em momentos íntimos.

— Bem, não... — Lydia franziu o cenho, pensando na questão.

— E ele é muito ativo, soube que sai para cavalgar de manhã. Ouviu isso? De manhã! Onde acharia algo assim?

— Estou começando a ficar desconfiada desse assunto. É por isso que está aceitando passar alguns minutos com ele? — Lydia continuava com o cenho franzido ao olhar a amiga pelos cantos dos olhos.

— E eu gostei muito de conhecer Lorde Greenwood, você não? — Bertha se manteve no que lhe interessava.

— Eu sabia! Eu sabia! — exclamou Lydia, soltando o braço e a encarando. — Está tentando me arranjar um pretendente.

— Ele é másculo, acho que um dos mais fantásticos que já vi. E é melhor do que você sobre um cavalo! — ela disse, só para provocá-la.

— Não sei se acredito nisso!

— Ao menos, podem passear alegremente e juntos para se conhecer. Ele me pareceu divertido e charmoso. Por acaso ele estava flertando com você?

— Bertha, pare com isso. — Lydia não queria corar, mas sentiu que suas bochechas esquentaram. — Ninguém estava flertando comigo. Pare de parecer uma matrona.

— Será que ele mora mesmo perto de Bright Hall?

— Não mora! — exclamou Lydia. — Vamos tomar o chá!

— Você não queria jogar?

— Não quero mais.

Ela viu que todos os rapazes, inclusive os atuais alvos dos elogios tendenciosos de Bertha, estavam lá. Lydia preferiu ficar na mesa com as outras moças, enquanto Bertha mantinha um sorriso divertido.

# CAPÍTULO 4

Caroline continuou subindo as escadas, carregando sua filha adormecida no colo. Lydia ia atrás dela, ainda falando. Ela finalmente iria ao Almack's, como toda debutante sonhava. A maioria não conseguia, mas as filhas da alta sociedade já tomavam como garantido. Ao menos aquelas que tinham os recursos para isso. E Lydia não conseguia se conformar por Bertha não passar pelo mesmo "sofrimento", pois era isso que ela considerava.

Apesar de suas reclamações, Lydia entendia perfeitamente o propósito de tudo isso, e achava que era algo que Bertha tiraria muito mais proveito e até se divertiria mais do que ela. No entanto, apesar de tudo que faziam e de como gostavam de Bertha, havia certas coisas que nem eles podiam mudar.

— Podemos dizer que ela é americana — sugeriu Lydia, em mais uma de suas ideias mirabolantes. — E por isso não gosta de falar de seu passado.

— Isso seria uma péssima mentira — apontou a mãe.

— Claro que não, seria perfeita.

— Não encobriria a verdade, Lydia.

— Ninguém perguntaria as origens dela. Americanos não têm origens comprovadas. Eles são de Deus sabe onde, ninguém entende de onde saíram quando chegam aqui.

— Bertha não conseguiria fingir aquele sotaque horrendo que escutei de alguns deles, nem para salvar sua vida — lembrou Caroline.

— Podemos dizer que ela foi trazida para cá quando era criança e adquiriu nossos costumes e maneira de falar.

— E como foi que chegou aqui?

— Adotada por um parente distante? — sugeriu Lydia, ainda seguindo Caroline.

— Tenho certeza de que os pais dela achariam isso muito interessante.

Lydia perdeu o raciocínio com aquilo, afinal ela gostava dos seus "tios". Ao longo dos anos, tornou-se próxima deles. Eles dividiam memórias, histórias e muitos momentos de sua infância e crescimento. E pelo bem de sua filha, abriram mão de tê-la em casa a maior parte do tempo. Afinal, para o futuro dela, seria muito melhor passar mais tempo com a preceptora e os professores que passaram por Bright Hall durante o crescimento das duas.

Lydia não tinha a menor intenção de tirá-los da história inventada, queria colocá-los como personagens, mas como faria isso? Ela estava ocupada em arranjar a vida de Bertha.

— Eles não estão aqui — ela arriscou.

— Mentiras têm perna curta.

— Mas, mas... ficarei sozinha. Nesse tormento!

— Não ficará, eu estarei lá.

Elas entraram no quarto de Nicole, e Caroline deitou a filha com todo cuidado em sua cama. Depois, começou a despi-la para que pudesse dormir. Lydia agora estava sussurrando para não acordar a irmã.

— Isso é injusto. Bertha aproveitaria isso muito mais do que eu.

Caroline ficou ereta e olhou para Lydia. Não estavam discutindo só sobre o Almack's, aquele era apenas o assunto do momento. Aliás, estava resolvido.

— Essa não é a vontade dela, você não consegue respeitar os desejos da sua melhor amiga? Ela já disse que não quer nada disso. Deixe-a tomar suas decisões. Às vezes, certas decisões são tudo que temos na vida e elas valem muito. Não foi assim que te ensinei?

— Ah, mãe... — Lydia bateu com as mãos dos lados do quadril. — Eu só queria... Bertha é romântica e pensa em casamentos e nessas coisas. Ela só não admite.

— Ela é prática, aliás, mais prática do que você. Ela sabe o que deseja da vida.

— Claro que não sabe. Se for assim, eu também sei.

— Da última vez que falamos seriamente sobre isso, você queria ser capitã de um navio... pirata — disse Caroline, adicionando sarcasmo.

— Eu tinha dez anos!

— Não sei se as coisas mudaram muito desde então. — Ela levantou a sobrancelha e terminou de tirar o vestido da filha. — Além disso, está atrasada, a pirataria acabou por essas águas há muito tempo.

— Essa era minha ambição, eu a traria de volta.

Caroline só lhe deu aquele olhar, de quem dizia que estava certa sobre suas constatações.

— Deixe a Bertha em paz, ela ficará muito irritada se souber que você está tramando por suas costas. Além disso, ela já tem um vestido para o Almack's, eu já a convenci a não ficar com as crianças. Sossegue.

Lydia deu uma olhada na direção da porta, para ter certeza de que Bertha não havia chegado.

— Não estou tramando nada. Só estava conjecturando uma forma de fazê-la ir ao Almack's, mas você já a convenceu.

— Ótimo, agora encontre seu irmão e mande-o para a cama.

Lydia saiu, mas continuava inconformada. Era tudo tão bobo. Eles podiam dizer que Bertha era alguma parente distante, era só não chamarem muita atenção e os outros não fariam muitas perguntas. Mas, para a apresentação, todos acabavam sabendo exatamente quem você era. E Bertha... Era como diziam, não tinha origens. As pessoas eram tão más e seletivas naquele círculo. Se nem mesmo os ricos comerciantes e industrialistas conseguiam comprar sua entrada antes de se associarem com a nobreza através do casamento, Bertha não teria a menor chance sem uma história muito bem inventada.

E ela se recusava a isso. Terminantemente. Lydia só queria vê-la feliz. Ela estava gostando de ver a amiga mais enturmada e participando das atividades. E menos rígida. Ela era tão perfeita em seu papel que era Lydia quem tentava copiá-la para saber se estava se portando bem. Era só olhar a amiga em busca de exemplo, isso costumava salvá-la em todas as ocasiões. Bertha sempre sabia o que dizer. Quando ficava em dúvida, ela a deixava falar e tirá-las do caminho de cometer uma gafe.

Os Preston ficavam fantásticos quando queriam. Depois de dez anos, muita gente não conhecia a fama deles. As pessoas ouviam histórias dos mais velhos sobre as peripécias do Marquês de Bridington e fofocas sobre o passado da marquesa, uma jovem viúva que diziam ter uma língua mais afiada do que era adequado à sua posição e ao seu luto. Ao menos era o caso quando ela chegou a Bright Hall.

Poucos podiam atestar sobre os fatos do que se passou naquela propriedade. No geral, era tudo especulação e as versões contrastavam e se contradiziam. Uma dizia que o marquês era um viúvo com uma esposa viva. Aliás, certas pessoas alegavam que ninguém via a falecida marquesa há tantos anos que pensavam que ela já estava morta muito antes de quando foi anunciado. Segundo o Dr. Koeman, um dos médicos preferidos das damas da alta sociedade, a antiga marquesa esteve viva e ele a consultou até seus últimos dias.

Alguém espalhou que a atual marquesa foi a Bright Hall de propósito, encantar o marquês e garantir que ele se casaria de novo. Com ela. A suspeita estava sobre

Lady Calder, mas ela não era vista com frequência em Londres, especialmente depois que seus filhos se casaram. Por outro lado, certas damas contavam que foi amor à primeira vista. Ou seja, isso significava que eles tiveram um caso antes de se casar?

Ninguém jamais saberia.

Uma década se passara.

Alguém disse que foi tudo armado pela marquesa viúva, aquela velha ardilosa que não viajava mais a lugar nenhum que lhe fizesse ficar horas numa carruagem. Não dava para saber se essa pessoa gostava de Hilde, afinal, os termos usados não foram os mais educados. Porém, em parte, eram corretos.

E, afinal, naquele tempo que Caroline esteve em Londres acompanhando a marquesa viúva, ela teve ou não um *affair*? Ninguém sabia que ela esteve esperando o marquês pacientemente. E quantas amantes ele escondeu naquela propriedade que ninguém visitava? Os empregados jamais falariam sobre isso.

O casamento foi muito súbito, não é? Dizem que eles não esperaram o ano de luto que era adequado. Ali em Londres, as pessoas não lembravam bem, mas eles tinham vizinhos, alguém devia lembrar as datas com exatidão.

Era verdade que o marquês costumava escandalizar esses mesmos vizinhos com seu comportamento inadequado? Uma dama, que não revelou detalhes, disse que ele não tinha vergonha em revelar seus dotes físicos através de uma camisa mal abotoada. E que dotes.

De qualquer maneira, quando os Preston resolviam, eles fascinavam. Era um belo grupo de se ver. O marquês, alto e forte, como se estivesse vendendo saúde e prometesse viver por muito tempo. E a bela marquesa, com um leve sorriso, uma expressão calma e uma pose confiante. Como poderiam acreditar que ela era tão geniosa? Devia ser boato.

As crianças não podiam ir junto, mas Lydia era uma beleza dourada. Diziam que era mal comportada, mas, enquanto os seguia, com o vestido branco e impecável e concentrada em seus passos, ninguém poderia afirmar algo sobre seus desvios. E alguém poderia explicar quem era aquela graciosa jovem que sempre os acompanhava? Adorável e discreta era uma descrição muito apreciada pelas pessoas daquele círculo. E Bertha conseguia se encaixar nela. Ela era a protegida? A prima distante? Como assim, era a acompanhante? Eles a acolheram de algum lado perdido da família da marquesa?

A família de Caroline não era das mais ricas, tampouco tinha recursos para sempre atender à temporada londrina. Porém, ainda fazia parte da nobreza. Eles podiam ter resgatado aquela jovenzinha de lá, faria sentido, pois era uma incógnita que as pessoas não se importavam o suficiente para desvendar.

Claro que os Preston causavam muito interesse no Almack's. E eles foram perfeitamente trajados; uma pessoa precisaria de muita coragem para falar mal deles. Só de olhá-los, você já queria gostar deles, invejá-los, falar mal deles, elogiá-los e saber o que aprontavam pelas costas de todos ali.

— Se há um lugar que eu gostaria de lhes pedir para não saírem da linha, é este — disse Caroline, quando seu pequeno grupo familiar parou.

— Por que está dizendo isso e olhando para mim? — indagou Lydia.

— Força do hábito. — A marquesa mudou o olhar para Bertha e Henrik. — Por favor, comportem-se. São apenas algumas horas, tenho certeza de que conseguem.

O marquês cruzou os braços e olhou seriamente para a esposa.

— É a senhora quem tem a estranha mania de sair bailando com outros cavalheiros. Bem embaixo do meu nariz.

— Eu não danço embaixo do seu nariz. Eu danço à frente do nariz dos cavalheiros que me convidam — ela corrigiu, divertindo-se ao provocá-lo.

— Pai, pare de ser chato. Eles a convidam porque ela é encantadora, não é, mãe? — Lydia sorriu para ela, ajudando a importuná-lo.

— Eu não vou perdoá-la no final da noite só por ter me elogiado — esclareceu Caroline, e a filha fechou a expressão.

Henrik levantou a sobrancelha.

— Lorde Saltinho, Lorde Peruca Torta, Lorde Calça Justa, Sr. Exasperado, Lorde Aflição, Lorde Degenerado... — Ele olhava todas aquelas figuras, indicando-as apenas com seu olhar ou o levantar de seu queixo bem esculpido. — Todos já fizeram propostas indecentes à sua mãe. Eu tenho uma lista, que mantenho atualizada.

— Henrik. — Caroline ficou levemente encabulada por ele contar isso na frente das meninas e deu um tapinha no seu antebraço. — Comporte-se.

— Até aquele lorde da calça apertada, que usa dois números menores na braguilha? — Bertha pareceu ter um leve arrepio de asco. — Ele é tão indiscreto.

— Lorde Aflição? Como foi que ele conseguiu lhe dizer algo inapropriado sem ter um ataque? — Lydia olhava na direção do homem.

— Na verdade, eu não sei. Seu pai apareceu atrás dele, lhe deu um susto e ele desmaiou. — Caroline balançou a cabeça, mas havia diversão em seu olhar.

— Desmaiou? — elas perguntaram um pouco alto demais.

— Falem baixo... — Caroline franziu o cenho para elas.

— Onde eu estava? — indagou Lydia.

— Em outro evento — esclareceu Caroline.

— De toda forma, eu trouxe a minha lista. — O marquês lançou um olhar atento em volta. — E ela é longa. Gente despudorada.

— Sabe, querido, eu tenho uma lista também. — Caroline estreitou o olhar para ele. — Porém, eu sou uma mulher e nossa memória é fantástica, especialmente para assuntos tão instrutivos. Eu guardo todos os nomes de suas admiradoras. Decorados. Lady Sefton está olhando para cá e esperando que vá cumprimentá-la. Vá logo, afinal, foi assim que conseguiu os convites. Estou te observando. — Ela levantou sua mão enluvada e fez o sinal universal de estar de olho em alguém.

— Nossa, pai, o destruidor de corações de senhoras assanhadas! — Riu Lydia.

— Lorde Destruidor de Corações! — completou Bertha, rindo.

— Corações e anáguas — completou Caroline. — Vamos dançar, seu galanteador. Você vai até lá depois.

O marquês franziu o cenho para as três, mas ofereceu o braço à esposa e os dois saíram, conversando e cumprimentando pessoas. E certamente se alfinetando discretamente.

Eles dançavam em casa, com as crianças. Porém, havia uma magia em dançar juntos num baile. Ainda mais um tão esperado. Não era rotineiro para eles e sempre lhes trazia boas memórias, como a noite de sua primeira vez dançando, que também foi a primeira vez que se entregaram ao que sentiam e não resistiram mais um ao outro.

Bertha observou a dança por uns minutos, com um leve sorriso no rosto. Havia tanto em jogo para muitos ali, como os próximos casamentos e alianças. Porém, ela só enxergava os belos casais. Alguns não combinavam fisicamente, o que não fazia a menor diferença para ela. A imagem era bela. Outros estavam desconfortáveis, mas se mantinham fiéis aos passos.

E havia os casais em pura sintonia, como o marquês e a marquesa. Eles não eram os mais exatos em seguir os passos simples, mas havia plena harmonia no que faziam, como pessoas que vinham bailando juntos há muito tempo e entendiam para onde o parceiro ia, onde seu passo ia levá-lo e em que momento eles iam trocar um sorriso ou olhar de diversão.

— Bertha! — Lydia chamou pela terceira vez. Ela também esteve observando a dança, mas sua amiga gostava mais da mágica.

— Sim?

— Vamos, não somos as únicas sofredoras da noite na roda do casamento em forma de baile.

Lydia avançou e Bertha olhou a dança mais uma vez antes de segui-la. Elas encontraram alguns dos costumeiros companheiros. Lorde Keller, que parecia nunca perder uma festa, estava mais bem arrumado do que em qualquer dia. Mas o Almack's era um dos lugares para encontrar alguém em suas melhores vestimentas. Mesmo ali, ele continuava provocando os outros. Lorde Hendon, melhor amigo de Keller, também compareceu, porém dançava com a Srta. Gilbert. Eles acenaram para Lorde Huntley, mas Greenwood não estava com ele.

— Ah, eu duvido que ele venha, só quando estiver necessitando de uma esposa — brincou Deeds, falando de Greenwood, que ele conhecia do colégio.

Aliás, Lorde Pança era outro que adorava uma festa, algo que contrastava um pouco com sua personalidade. Ele era simpático, porém tímido, e dizia que não se envolvia em assuntos amorosos, pois só o faria quando fosse se casar. Ele gostava mesmo era da diversão da companhia constante e não se importava que alguns dos rapazes brincassem com sua falta de casos amorosos.

Ao longe, Eric estava mais uma vez no meio de um grupo de mulheres.

— Pobre Bourne, acho que estão tentando fazê-lo confessar que necessita de uma esposa. — Keller balançou a cabeça como se precisasse sentir pelo enterro de um amigo e o pior foi que Deeds fez o mesmo.

Porém, logo depois, Keller viu alguém de seu interesse, pediu desculpa e, quando eles olharam, o viram abrindo seu sorriso para a Srta. Brannon. Ele não ia tirar nada dali, mais azeda do que ela só a Srta. Gilbert.

— Não entendo o que ele vê nela — comentou a Srta. Wright, quando viu Lorde Hendon deixar a pista com a Srta. Gilbert.

Claro que Lady Fawler, ativa em sua missão de casar a enteada, não deixaria de levá-la para o Almack's. Era uma surpresa que não tivessem retirado seu voucher depois daquelas festas "modernas" no jardim. Pelo jeito, as patronesses não achavam algo assim tão escandaloso.

— Não me diga que está interessada em Lorde Sobrancelhas — Bertha sondou num sussurro, achando o caso surpreendente.

Lorde Hendon — Sobrancelhas — não era má pessoa. Porém, seu gosto e bom senso eram discutíveis. Por algum motivo, ele quase não tinha sobrancelhas, algo que não era de acordo com a moda masculina. E ele resolveu seu problema com os implantes de pelo que homens usavam para disfarçar falta de cabelo ou barba. Muitas vezes era cabelo de animal. A aposta era que o implante de sobrancelha dele era do seu próprio cabelo.

Ele sempre tocava discretamente e apertava, para ter certeza de que estava no lugar. Não deu para ignorar esse detalhe e o nome foi óbvio.

— Não, nele não. É só que o acho agradável e um pouco tolo. Não combina com ela.

— Ah, Deus. Você está interessada nele. — Bertha cobriu a testa com os dedos enluvados.

— Nele não... — O olhar da Srta. Wright se desviou, e Lydia e Bertha quase quebraram o pescoço tentando ver para quem exatamente ela olhava.

— Lorde Huntley? Minha nossa! — disse Lydia.

— A senhorita escolhe bem... — Bertha deu um leve sorriso.

Do grupo que eles encontravam com frequência, Huntley era um dos mais bonitos e sabia valorizar o que tinha; não foi à toa que ganhou o apelido de Lorde Garboso. Era um daqueles rapazes que atraíam Lydia e Bertha. Ambas tinham atração por cavalheiros atléticos, ativos e masculinos. Sem grandes afetações e com algum tipo de encanto, mesmo que particular, algo que nem todos enxergariam. Não que elas estivessem interessadas nele, apenas não eram cegas.

— Eu não escolhi nada, eu apenas... observo. — A Srta. Wright ficou sem jeito e desviou o olhar do seu objeto de interesse.

— Mande uma mensagem — disse Lydia.

— Aqui? — Ela arregalou os olhos.

— Claro, por que não?

— Bem no meio do Almack's?

— Onde está sua ousadia? — instigou Bertha.

— A senhorita é bem comportada demais para me dizer algo assim.

— Eu tenho meus momentos. — Bertha sorriu.

A Srta. Wright sacou seu leque e o apertou com força, sem coragem de ousar.

— Ele nem está olhando para cá.

— Espere... — disse Lydia.

Elas mantiveram o olhar nele e Huntley acabou voltando para o pequeno grupo que eles formavam. Foi quando, nervosamente, a Srta. Wright lhe mandou uma mensagem via leque.

— O que você mandou? — Bertha arregalou os olhos.

— Eu o convidei para dançar.

— Olha, eu sou péssima nessa linguagem de abre, fecha e vira leque, mas isso não parecia um chamado para a dança.

De fato, Lorde Huntley tinha estacado no meio do caminho. Ele pendeu a cabeça e franziu o cenho como se tivesse visto algo muito suspeito.

— Ah, meu Deus! Eu preciso consertar! — exclamou a Srta. Wright.

Ela mandou outra mensagem, seu leque se movendo tão rápido que as moças duvidavam que Huntley tivesse entendido. Mesmo assim, ele continuou seu caminho até elas.

— Senhoritas, é um prazer reencontrá-las — ele cumprimentou.

Elas responderam em murmúrios rápidos, mais ocupadas em esperar uma reação.

— Srta. Wright. — Ele tornou a lançar um olhar desconfiado. — Acredito que deva...

— Convidá-la para dançar! — exclamou Bertha, sem conseguir conter sua natureza de consertar problemas.

— Sim, claro, imediatamente. Veja só, os pares estão se formando — completou Lydia.

— Claro, para dançar. A senhorita estaria disponível para... — ele continuou.

— Estou livre no momento — ela respondeu, tentando esconder seu nervosismo.

Eles partiram para sua primeira dança, e Bertha ficou com um sorriso no rosto, mas virou-se para a amiga, com sua animação renovada.

— Pronto, agora precisamos lhe arranjar um par.

— Isso não será problema, senhoritas. — Lorde Richmond chegou praticamente deslizando sobre o piso, como uma entrada estratégica. — Eu vim colocar meu nome em seu cartão.

— Lorde Richmond... — começou Lydia. Ela se sentia muito desajeitada ao dançar com ele.

Lydia não era uma moça baixa, mas Richmond era um cavalheiro que não foi agraciado com centímetros a mais em sua altura. Ele ainda tinha sorte, pois seus irmãos eram mais baixos. Mas Lydia estava tentando aceitar o fato de que não era uma moça graciosa, dessas que sempre dançavam com leveza e naturalidade. Ela não passava vergonha, mas parava por aí. E quando dançava com ele, sentia-se ainda mais fora do ritmo. Ela tinha até que se inclinar e isso a fazia ter a sensação de ser uma torre sobre ele.

Porém, Richmond era um cavalheiro tão cortês que ela tinha terror de magoá-lo com sua recusa.

— Vamos lá, Lydia. Está um tanto enferrujada, precisa dançar para manter-se afiada — incentivou Bertha.

Não era que ela tivesse alguma esperança que Lydia se apaixonasse por Lorde Richmond, ela apenas queria que Lydia fosse vista. E assim todos veriam como ela era única, bela e interessante.

— Vamos dançar, cachos de ouro. A noite mal começou. — Ele abriu um sorriso.

Bertha riu do apelido; era bom que Lydia levasse de volta um pouco do que fazia.

— O que a senhorita está aprontando hoje? — perguntou Eric, juntando-se a ela para observar de longe os novos pares para a dança.

Ao som da voz dele, ela se virou rapidamente e o encarou. Seu olhar era interessado e sua expressão demonstrava que Eric estava pronto para a diversão. Em momentos assim, seu apelido combinava perfeitamente. Ele era um diabo de bonito e um danado, pronto para diabruras nas quais dama alguma devia se envolver.

— O senhor não estava... — Ela tornou a olhar para onde o havia visto cercado por jovens e mães.

— Estava, porém não resisto à oportunidade quando a vejo sozinha.

Isso deu um estalo na mente de Bertha e ela foi pendendo a cabeça lentamente, com a maior discrição da qual era capaz. Quando finalmente conseguiu olhar pela lateral de seus ombros largos, viu que todas as mulheres que o estiveram cercando e de quem ele fugira acintosamente assim que a viu sozinha estavam agora olhando para eles. E os olhares não eram nada perto de amistosos, para ser sutil.

Faltou pouco para Bertha pular no lugar com os olhos arregalados. Ela não podia conceber a ideia de que ele esteve lá naquela roda de talvez dez mocinhas, com dez mães e até tias tentando fisgá-lo para suas protegidas e, de algum modo, conseguiu enxergá-la sozinha ali. Era tudo que ela não podia fazer: chamar atenção. Sem saber como sair daquela enrascada, Bertha se virou e saiu em fuga.

Como ela não disse nada, óbvio que Eric entendeu que deveria acompanhá-la. Ele a seguiu, sem entender se era uma fuga, algum tipo de charme ou uma brincadeira.

— Lorde Bourne. — Bertha virou-se repentinamente, quando achou que estava longe o suficiente. Ela tornou a pender para o lado e espiar as damas que o mantinham sob a vigilância da patrulha do casamento. — Não sei se ficou claro, mas eu estava no meio de uma saída estratégica.

— Não ficou claro, de forma alguma. Eu não faço ideia do que a senhorita tem em mente.

— Uma separação!

— De quais partes?

— A nossa!

— Eu não sabia que já havia aceitado minhas atenções para termos tempo de nos separar.

— Eu não aceitei nada.

— Ainda não propus muito, imaginei que a uma moça discreta como a senhorita não se fazia propostas sem preparação.

— O senhor não fará proposta de forma alguma!

— Eu acho que nunca a vi exclamar tanto — ele observou, intrigado.

Tudo que Bertha fez foi dar uma espiada discreta, mas duvidava que sua situação tivesse melhorado.

— Por favor, Deus, permita que elas pensem que está me perseguindo por causa da minha protegida.

— A senhorita é jovem demais para ter uma protegida. Quantos anos ela teria, cinco?

— Pois eu tenho! E a Srta. Preston...

— Ah, claro, não se preocupe, cobrarei a segunda dança dela em algum momento. Mas estou mais interessado na sua dívida.

— Não, dessa vez, eu não atenderei a sua lembrança de minha dívida. Não é possível, não aqui. Jamais aqui!

Sua recusa tão veemente deixou Eric mais intrigado, porém ele a entendia da forma errada. Ele a achava uma linda borboleta presa num casulo. A mais bela borboleta de Londres, como a ideia se fincava em sua mente. E não havia muitos desses belos insetos voando pela cidade, a não ser em alguma paragem afastada. Quem sabe no parque.

Eric não queria deixá-la ser uma dessas moças esquecidas, sem enxergar seu valor e beleza. Deixando-se ficar de lado, comparada à posição daquelas à sua volta, pois, para ele, a Srta. Gale parecia sempre muito interessada nas atividades e encantada com a música e a dança. Ela apenas não participava. Eric precisava admitir que tinha de parar de espioná-la. Se descobrisse, era capaz de assustá-la, porém ele a via como ela se comportava nos bailes. Ela estava sempre atrás, sempre falando baixo, jamais causando tumulto e mantendo a Srta. Preston fora de problemas.

Pensando assim, era verdade, a Srta. Gale era uma protetora. Ela jamais deixava a Srta. Preston envolver-se em situações mais desastrosas do que poderiam controlar.

A não ser acidentes inevitáveis como aquele em que Lorde Deeds se entalou com um confeito. E estava sempre por perto para completar frases, impedir gafes, até de outras companhias femininas. Como o recado completamente errado que a Srta. Wright mandou para Lorde Huntley. Sim, ele viu, pois estava justamente esperando que as outras fossem dançar e a deixassem.

Bertha sempre ficaria sozinha por alguns momentos, exatamente por não participar das atividades como as outras. Porém, ele tinha de saber aproveitar a oportunidade, porque Lydia voltava correndo para junto dela e era provável que batesse na cabeça de qualquer um que a estivesse incomodando.

— Timidez? — ele indagou, mas já sabia que vencer a timidez era um dos problemas dela.

Ao mesmo tempo em que queria manter o olhar nele, Bertha não conseguia acalmar sua mente e se preocupava com tudo à sua volta. Com Lydia que ela não conseguia ver, com o marquês e a marquesa que deviam estar circulando pelo salão. E com sua posição ali, sozinha com Lorde Bourne.

— Volte já para o meio de suas candidatas. Vou fingir que esteve procurando pela...

— Ou asco pela minha atenção?

— Asco? — ela perguntou, indignada.

— Sim, ou aversão.

— Lorde Bourne...

— Covardia, Srta. Gale? — O tom dele era de uma dúvida surpresa. — Eu achei que uma dama tão protetora teria mais coragem de agir em prol de suas próprias vontades.

— O senhor não sabe quais são as minhas vontades! — Ela se exaltou.

— Sei que não é ficar aqui.

— Não sabe! Na verdade, está me atrapalhando!

— Em se esconder?

— O senhor sequer faz ideia do que está em jogo para mim.

— O casamento da sua protegida? Eu achei que a senhorita se resumisse a mais do que isso.

— Não, eu não me resumo a nada! — Ela apontou para ele. — Sabe de uma coisa? É exatamente isso. — Bertha respirou fundo e recobrou a compostura. — Deve me enxergar como uma matrona.

— É a matrona mais encantadora que já vi — ele respondeu, quebrando sua linha de raciocínio e minando sua irritação.

— Não sou! Trate-me como trataria uma matrona. E saiba, Lorde Bourne, que estou com meus olhos em você.

— Eu não poderia pedir outra coisa, eu também estou com meus olhos em você, Srta. Gale — ele devolveu, sem perder um passo naquela conversa.

Ela bufou, voltando a ficar irritada com ele. Será que o homem não podia facilitar um pouco?

— Para a minha protegida — ela explicou.

Então, ele deu uma risada espontânea e contagiante.

— Claro que está, minha compatibilidade com a sua protegida deve ser tanta quanto a de nosso amigo Deeds com um bolinho.

— Estou considerando-o. Não me desafie, Lorde Bourne. Posso ser novata nesse trabalho, mas sei o que faço. Trate de me ver como uma das matronas tomando conta dos melhores solteiros do baile. Posso causar tanto estrago como uma mãe em missão de casar as cinco filhas.

— Eu sou um tanto ciumento, quem mais está atraindo seus olhos? — Ele franziu o cenho para ela.

— E fique longe de mim e da missão que tenho. O senhor só me atrapalha!

Bertha esperava que isso fosse um grande insulto e não quis ficar para ver. Virou-se e foi comida viva pelo desespero para olhar por cima do ombro enquanto se afastava. Ao menos ela não estava escutando os passos dele em seu encalço.

Enquanto Bertha se afastava, sem rumo e claramente irritada, Lydia cruzava os braços ao lado de Deeds.

— Eu odeio a comida desse lugar — ele resmungou.

— As coisas mais inesperadas acontecem aqui — comentou Lydia, enquanto via Lorde Bourne permanecer exatamente onde Bertha o deixou, também observando-a se afastar.

— Sim, desagradáveis também. Não sei por que insisto em vir aqui às quartas-feiras, quando poderia estar num jantar com uma sobremesa fantástica — continuou Deeds.

— Vamos, vamos. — Lydia deu o braço a ele. — Leve-me até lá.

Lorde Deeds a acompanhou, mais sendo guiado do que o contrário.

— Onde?

— Venha, finja que veio me entregar.

— Entregar a quê?

— Está vendo Lorde Bourne?

— Não me diga que a senhorita também está extasiada com essa história de ele estar em busca de uma esposa para essa temporada?

— Não, Lorde Bourne é muito atraente, mas não estou interessada nele nesses termos.

— Eu sei que ele é atraente, todo mundo com olhos sabe disso. Assim como todas as mocinhas casadouras em todos os salões de Londres. Mas por que estamos...

— Shh... entregue-me.

— Por que sempre acabo envolvido em suas maquinações?

Lydia parou e olhou para Deeds.

— O senhor sabe o sentido da amizade?

— Creio que sim.

— Estou pensando em considerá-lo um bom candidato à minha amizade.

— Eu tenho poucos amigos, isso seria muito agradável. Desconfio, porém, que estaria envolvido em problemas com mais frequência do que estou acostumado.

— O senhor tem visto a Srta. Jones?

— Não muito, por quê?

— Nada, só a pergunta de uma amiga. — Lydia deu um leve sorriso.

— O que isso quer dizer? — Deeds ia com ela, mas agora estava até nervoso.

Eles chegaram a Eric quando ele já estava se virando para partir.

— Lorde Bourne, que prazer encontrá-lo aqui. Não pensei que, com as suspeitas que pairam em sua cabeça, viria justamente ao Almack's — cumprimentou Lydia.

— Sim, eu... talvez tenha sido um erro. — Ele com certeza estava incomodado.

Lydia deu uma cotovelada em Deeds.

— Mas eu pensei que ele era seu próximo par para a dança, desculpe se me enganei. Seu voucher não é para esse set de quadrilha? — disse Deeds, fazendo seu papel.

— Ah, Lorde Bourne? Não, eu... não ia dançar com ele. — Lydia fingiu embaraço por Deeds ter pensado isso.

Eric também ia corrigir o mal-entendido, mas não tinha outro compromisso e escapara de colocar seu nome em cartões de outras moças. Eram tantas que não houve como ele se comprometer com uma em detrimento das outras presentes. E a única que ele abordou havia acabado de deixá-lo ali plantado. Além disso, aquela era uma boa oportunidade de aproximação. A Srta. Preston era a protegida de quem a Srta. Gale falava tanto.

— Claro que ia, ainda temos uma dança para pagar, lembra-se? — Ele sorriu, recobrando o bom humor. — Tenho certeza de que Deeds ainda não esqueceu do confeito.

— Como poderia? Uma pena não haver nada assim aqui.

— Então, se me dá licença... — Lydia fez uma leve mesura para Deeds e saiu com Eric.

Os casais ainda iam se formar, então Lydia acabou exatamente na situação da qual Bertha esteve fugindo desesperadamente: sob os olhares de outros convidados, porque estava passeando de braço dado com Bourne. Um cavalheiro em necessidade de uma esposa e passeando com uma dama, após fugir de outras tantas, era algo que levantava muitas orelhas. E ajudava o plano de Bertha, pois, assim, todos achavam que o único motivo para Lorde Bourne se preocupar em dar atenção a uma acompanhante era para se aproximar de sua protegida.

Falando nisso...

— Minha vida seria um completo inferno sem a Srta. Gale me ajudando. Eu ainda estou me habituando a todas as pequenas regras e gafes que jamais posso cometer. É a Srta. Gale que me mantém a salvo — Lydia dizia, prestando atenção nele.

— Eu estava pensando justamente nisso agora há pouco.

— Estava? Mas que coincidência — ela disse, cínica.

Por sua interação com Bourne, Lydia não achava que ele estava atrás de Bertha por sua causa e sim por interesse em sua amiga. Mas ela queria saber das intenções dele, pois, se estivesse lhe incomodando ou lhe propondo algo indecente, ela iria matá-lo.

— Sim, eu tive uma breve conversa com a Srta. Gale.

*Eu vi!*

— Imagino, ela é uma maravilhosa companhia para conversas. Esperta e inteligente. E entende tão bem esse nosso mundo. Ela tem até visões políticas, gosta muito de ler essa seção do jornal. E faz graça de todas as bobeiras de nosso círculo. O senhor se incomoda com isso?

— Eu gosto de conversar sobre todos os tipos de tópicos.

— Mesmo com uma dama? — Ela levantou a sobrancelha para ele.

— De certo, por que não?

— Mesmo que ela tenha visões políticas diferentes, devido ao seu... suas experiências?

— Sim, conversar apenas com pessoas que concordam com você em tudo é monótono, não acha?

— Claro! O senhor gosta do campo?

— Muito.

— Passa um bom tempo em sua propriedade?

— Em ambas.

— Ora, que fantástico! Eu gosto muito de passar as estações mais quentes no campo. Assim como a Srta. Gale.

— É bom saber disso.

— Claro, ela está conosco desde que me entendo por gente. Meus pais a amam como uma filha e eu como uma irmã. Seria terrível irritá-los ao maltratá-la.

— Eu também ficaria muito irritado se alguém a magoasse.

— Somos dois. — Lydia estreitou o olhar para ele. Não havia como ser mais clara em sua mensagem.

Chegou a hora de formarem os casais, então eles resumiram seu passeio e juntaram-se aos outros. Durante a dança, não havia como manter uma conversa complexa.

Bertha se refugiou e observou enquanto Lydia e Bourne passeavam e depois quando foram dançar. Ela lembrou das palavras dele. Não era covarde, apenas sabia bem onde era o seu lugar. Mesmo assim, sentiu uma estranha tristeza e olhou em volta, procurando companhia, alguém com quem fosse seguro uma acompanhante conversar. Foi quando viu a marquesa sentada sozinha numa linha de cadeiras. Ela foi até lá imediatamente.

— Por que está aqui? Está bem? — Bertha se inclinou para ela e falou baixo.

— Claro que estou bem. E você, está se divertindo? — Caroline sorriu para ela.

— Estou gostando muito de ver todos...

Uma outra dama chegou rapidamente, sentou-se ao lado da marquesa e lhe passou uma xícara sobre um pires.

— Aqui, coloquei bastante açúcar. Beba devagar.

Caroline agradeceu e aceitou o que devia ser chá, afinal no Almack's não havia tantas opções. Ela bebeu pequenos goles e depois sorriu para ambas.

— Essa é a Srta. Miller. Ela é muito prestativa e amável — ela apresentou a outra dama a Bertha. — E esta é a Srta. Gale, uma das minhas garotas.

A Srta. Miller deu-lhe um belo sorriso. Ela era uma dama bonita e com cativantes olhos verdes. Não parecia uma debutante, mas, pela apresentação, era solteira. Depois de cumprimentá-la, Bertha tornou a focar na marquesa.

— Tem certeza de que está bem?

— Claro que sim, mas eu não devia ter recusado a refeição da tarde. Chá bem doce sempre resolve. Tenho feito muito uso disso.

— Quer um bolinho? Acho que posso conseguir algo antes da hora — ofereceu Bertha.

— Aquele bolo seco? — Caroline assumiu uma expressão de sofrimento.

— Eu ofereci. — A Srta. Miller se divertiu com a recusa dela. — Eu também ficaria apenas no chá.

— Deixem disso. — Caroline se levantou, segurando sua xícara. — Já estou me sentindo muito melhor. Vamos circular, quero parar perto de uma janela para tomar um pouco de ar.

— Devo chamar o marquês? — indagou Bertha.

— Para quê? Carregar-me? — Caroline riu. — De forma alguma. Ele é um homem, é chegado a dramas. Vai achar que preciso me sentar. Quando tudo que preciso é de ar fresco e este chá.

Elas avançaram pelo local. A Srta. Miller continuava a lhes fazer companhia e a marquesa seguia cumprimentando pessoas com um leve menear de cabeça.

— Ah, eu sabia que ela iria conseguir ter seu momento em público com ele — comentou Caroline, enquanto seguia com sua xícara. — Sabe, moças, ao longo do tempo, caso um dia se casem e tenham de viver nesse meio, verão que certos passos contam mais quando feitos em público.

Talvez fosse cedo demais tanto para Bertha quanto para a Srta. Miller entenderem o que a marquesa estava dizendo, porém ela estava nesse jogo há muito mais tempo. Em diferentes estados, ela já sofrera nele, fora subjugada, sobrevivera, dera a volta por cima e agora jogava displicentemente. Exatamente como alguém que sabia aonde estava indo.

— Sorriam e acenem — disse a marquesa.

Com sua xícara sobre o pires na mão esquerda, Caroline levantou a mão direita e acenou para um grupo de conhecidos onde o Marquês era "vítima" de alguma conversa da qual ele ainda não conseguira fugir. Bertha e a Srta. Miller acenaram também, abrindo sorrisos falsos, o que tornou o grupo comicamente cínico, a começar pela líder, que carregava uma xícara sobre um pires.

— Ela ainda deve estar brigando silenciosamente com Lady Benetton — comentou Caroline, ainda acenando. — E com tantos jovens, alguns tão atraentes, elas resolveram que querem um marquês sem modos. Essas senhoras são mesmo excêntricas.

Bertha e a Srta. Miller pararam o aceno e franziram o cenho para as senhoras em questão.

— Lady Sefton deve ter achado um absurdo ele dançar com Lady Benetton e bem no salão dela. Que afronta! — Caroline brincou.

Uma das mulheres acenou de volta, sem entusiasmo. O marquês olhou para a esposa, em seguida, olhou de novo como se tivesse visto algo atípico ali. Ele usou seu dever de acompanhante como desculpa e as encontrou perto da janela.

— Então você está sendo jogado de um lado para o outro — ela disse.

Henrik viu a xícara vazia na mão dela e franziu o cenho.

— Eu pensei que você me resgataria. — Ele pegou a xícara e olhou em volta, procurando um lugar adequado ou uma bandeja. Deu alguns passos e a deixou no patamar da janela.

— Eu tinha outros assuntos para tratar.

— Sem mim? — Ele abriu as mãos.

— Sim, sem você. Eu o deixo por poucos minutos e você acaba no jogo de sedução daquelas senhoras.

— Mas eu não seduzi ninguém. Nem pretendo — ele interveio e riu da situação.

— Não você, seu tolo. Você é o prêmio da competição.

— É por isso que eu gosto de ficar no campo. Lá, só os meus cavalos querem me agradar para ganhar mais maçãs e cenouras.

— Mas eu acho que as damas em questão não estão interessadas em maçãs e cenouras — Bertha opinou, exatamente como suas crianças faziam, intrometendo-se quando o casal conversava na frente deles.

— Já lhe apresentei a Srta. Miller? Ela foi muito prestativa comigo essa noite.

— Um prazer, madame. Obrigado. — O marquês fez uma breve reverência para a Srta. Miller, que devolveu o cumprimento.

— Eu tenho alguns contatos para fazer, foi um prazer. — A Srta. Miller partiu. Ela estava em sua própria missão de casamento, mas pela prima.

Henrik se aproximou de Caroline e tocou seu rosto, franzindo o cenho para ela.

— Você está bem?

— Perfeitamente.

— Não está não — Bertha resmungou, enquanto mantinha o olhar em outro local.

Henrik deu um leve sorriso.

— Nós ensinamos essas crianças a não se intrometerem na conversa dos adultos, não foi? — Caroline perguntou sarcasticamente.

— Por que ela está dizendo isso? — ele perguntou.

— Eu vou ficar ainda melhor depois do jantar — explicou Caroline.

— Eu consigo roubar um bolinho, se você quiser.

— Vocês podem, por favor, parar de me oferecer esse bolo seco? E você, pode voltar para os seus assuntos — ela disse ao marquês e continuou: — Bertha, vá se divertir. Lydia já terminou de dançar.

Bertha assentiu e foi em busca de sua amiga.

— Não vou voltar para os meus assuntos, tenho a dama mais fantástica do baile como companhia, para onde eu iria? — perguntou o marquês.

Caroline apoiou a mão no antebraço dele e fez um sinal para acompanhá-la.

— Vamos, temos umas pessoas para cumprimentar. Ainda não acenei para Lady Benetton hoje; ela torce a boca sempre que me vê. Tenho esperança de que um dia sua boca não volte ao lugar.

Bertha não rumou para onde Lydia estava, pois ela estava com Lorde Bourne e ele tinha de devolvê-la a alguém. Ela parou e ficou aguardando. Lydia se apressou assim que a viu.

— Foi um prazer dividir essa dança com a senhorita — disse Bourne, ao se despedir. Ele fez uma leve mesura para ambas e lançou a Bertha aquele olhar sério de quem ainda não esquecera um desentendimento. Então partiu.

— Bertha, o que está acontecendo? — perguntou Lydia, encarando-a.

# CAPÍTULO 5

A pergunta de Lydia pegou Bertha desprevenida, e ela ficou logo imaginando se o maldito Lorde Bourne havia dito algo.

— O que ele lhe disse?

— Bourne? Nada. Quero dizer, disse muitas coisas.

— O quê? — ela insistiu.

— Isso não importa. Por que eu acho que a vi destratando-o?

— Eu não o destratei. Se ele disse isso, é mentira.

— É mesmo? — Lydia levantou a sobrancelha para ela.

— Acha que estou mentindo?

— Acho que está um pouco alterada e, de nós duas, geralmente eu sou a alterada. — Lydia riu de todas as exclamações e perguntas rápidas da amiga.

Bertha respirou fundo outra vez; estava precisando repetir esse ato por vezes demais naquela noite.

— Encontrei seus pais agora há pouco. São onze horas, então já podemos experimentar o famoso pão com manteiga?

— Famoso por ser péssimo — comentou Lydia.

— Vamos cear na volta? — perguntou Bertha, pensando nisso com animação.

Os Preston costumavam carregar cestas com lanches frios e práticos. O Almack's não era o único lugar que eles visitavam que servia uma comida ruim, apesar de ser com certeza o mais sem imaginação. Nem o pão era apreciado.

— Claro que sim, minha mãe mandou preparar uma cesta. Mas vamos experimentar o pão com manteiga, quero ter do que falar mal! — Lydia deu-lhe o braço para tomarem seus lugares na espera.

E eles não tinham o menor constrangimento em se divertir na carruagem, assaltando os pães, bolos e frios da cesta, trocando pedaços e matando a fome. Claro que ficava bem mais bagunçado quando as crianças estavam junto.

Pouco depois, as duas se afastarem de sua decepcionante experiência com os aperitivos do Almack's, pois chamar de ceia era um desacato às ceias que os Preston e certamente boa parte dos convidados estavam acostumados. Porém, era assim que funcionava e, se algum dia mudasse, a tradição seria perdida.

— Srta. Preston, que bom vê-la — cumprimentou a Srta. Durant, que se aproximou com o seu grupo de senhoras.

Lydia e Srta. Durant tinham algo em comum: ambas eram orgulhosas garotas do campo que só vieram passar um tempo em Londres na hora de sua apresentação. Porém, a Srta. Durant demorou ainda mais para vir a Londres. E talvez por ser tão cativante ou ter inocentemente cativado a atenção do pretendente de alguém, ela gerava certa antipatia e sofria bem mais do que Lydia. Era chamada de caipira, entre outros insultos. Ela não reagia, e Lydia não entendia, pois, se fosse com ela, provavelmente já teria dado um soco em alguém.

Mesmo assim, a Srta. Durant sempre estava sob a proteção das Margaridas, um grupo de ladies que tomavam como missão casar as moças que eram relacionadas a elas. Ninguém sabia como, mas, com a ajuda delas, sua protegida sempre acabava casando com quem escolhia. Bertha as achava fantásticas.

Bertha cumprimentou as senhoras e elas a elogiaram.

— Tão absolutamente encantadora — disse Lady Daring.

— Ela sempre está tão graciosa, independentemente de seus trajes — opinou Lady Ferr.

Bertha também gostava de encontrá-las, porque elas nunca tinham olhares reprovadores, torcidas de nariz ou comentários ácidos para lhe dirigir. Como acompanhante, ela já havia ficado na periferia dos eventos e encontrado com essas senhoras algumas vezes. E teve de lhes dizer que era apenas uma acompanhante, pois elas já queriam ajudá-la a encontrar um par para dançar.

— Eu vi outro dia que a senhorita não precisa mais de nossas maquinações para dançar — comentou Lady Lorenz.

— Sim, eu a vi encantando um salão inteiro junto com Lorde Bourne — concordou Lady Baldwin.

Bertha quis cair dura ali. Encantando um salão inteiro significava que eles haviam chamado atenção? Mas ela fez de tudo para ser discreta, conteve seus movimentos o máximo que pôde.

— Ah, Bourne! — exclamou Lady Baldwin, atrás dela. — É um belo espécime, não é mesmo? — Ela piscou, justamente quando Bertha se virou.

— Eu... eu... estava... — Como ela ia dizer bem ali que estava pagando uma dívida? — Foi uma aposta. Só isso.

— A senhorita está se envolvendo em apostas? — Lady Hampson deu-lhe uma olhada surpresa.

— Não, eu não! Quero dizer... De certa forma, mas foi inofensiva. Eu tive apenas de dançar. Uma vez — ela mentiu, sabendo que ainda devia mais uma dança.

Porém, depois da forma que se separou de Bourne, de como foi ríspida e o jeito que ele a olhou ao se despedir, começava a duvidar que ele voltaria a cobrar algo. E isso era bom, ela tentava se convencer de que era ótimo. Assim, estaria longe de problemas e da atenção alheia.

— Pois arranje outra aposta inofensiva, querida — Lady Ferr aconselhou. — Não deixe o momento escapar.

— Ele parecia muito interessado e eu estou nesses salões, montando casamentos, há mais tempo do que posso admitir. — Lady Lorenz deu um pequeno sorriso.

Nenhuma delas parecia muito idosa, Bertha calculava que estavam entre cinquenta e sessenta anos.

— Chegue antes dos abutres, sempre — aconselhou Lady Hampson.

— Nesse caso, que já temos vários carniceiros em cima, os caminhos indiscretos e secretos são o que mudam um jogo — disse Lady Daring.

— Como apostas inofensivas... — completou Lady Baldwin com um sorrisinho.

Bertha tentava olhar para todas enquanto elas falavam. Lydia continuava conversando com a Srta. Durant e agora estavam até bebendo limonada. E isso foi algo que Bertha gostou em Londres, pois Lydia descobriu outras pessoas. Até ela, como acompanhante, também conheceu pessoas agradáveis. Elas costumavam ser muito sozinhas, mesmo com a ocasional interação com outras garotas da vila. Geralmente, era apenas as duas.

Quando se separavam e, isso tinha de acontecer, pois, apesar de Bertha passar vários dias em Bright Hall, ela morava com os pais, ambas ficavam sozinhas e não tinham outras pessoas para se corresponder. Bertha ainda conhecia mais gente, exatamente por viver fora de Bright Hall por alguns dias na semana. Ela tinha oportunidade de interagir com as moças da Sra. Garner, a modista, encontrava com filhos dos outros arrendatários que não tinham motivo para ir até a casa do marquês, mas se aventuravam pela vila e brincavam mais perto da casa dela.

Lydia geralmente interagia com grupos maiores, quando ia junto com Bertha à sua casa. Sem contar o certo distanciamento que acontecia ao contrário. Era de se esperar que o marquês preferisse que sua filha não interagisse com crianças de uma posição social tão abaixo dela e com quem não teria como manter laços futuros, pois teriam vidas muito distintas.

Porém, apesar de saber seus limites, os Preston não impunham separação para as brincadeiras dos filhos. Eram os pais das crianças que tanto lhes diziam para não desrespeitar, machucar ou se iludir com a filha do marquês que, por vezes, Lydia acabava ficando de fora. Fosse por cuidado, deferência ou pelas crianças não saberem o que fazer com ela, pois ela foi uma menina levada.

— Eu acho que são ótimas dicas para minha missão de casamento — comentou Bertha.

— Você quer fisgar Lorde Bourne?

— Não! — ela exclamou, exasperada. — Ao menos, não para mim.

— Meu marido gosta muito de pescar — comentou Lady Daring. — Em minhas experiências com ele, quando um peixe só gosta de um tipo de isca, não adianta jogar outra que ele não vai morder.

A expressão de Bertha foi de confusão; ela entendia o conceito do que a dama queria dizer, porém não fazia sentido em sua mente. Afinal...

— Como acompanhante, eu estou em uma missão. Toda acompanhante está — ela esclareceu.

— A senhorita se parece com uma dama disponível, jovem, saudável e encantadora — disse Lady Ferr.

— Fala como uma — completou Lady Daring.

— Dança maravilhosamente como uma — lembrou Lady Hampson.

— Age como uma. — Lady Baldwin moveu a mão, como se indicasse o óbvio.

— Tem o bom senso e a teimosia das melhores damas. — Sorriu Lady Lorenz. — Ao menos aquelas que sabem se divertir. Aliás, divertir-se é ótimo.

— E é o que precisa em seu coração — Lady Hampson continuou. — Tenho de lembrar a minha sobrinha disso o tempo todo. Para que não se importe apenas com os outros e suas opiniões. — Ela balançou a cabeça, pois era a tia da Srta. Durant.

— Não me surpreende que Lorde Bourne tenha partido cedo, sendo perseguido pelos abutres e desprezado por esse encanto de moça. Eu também teria ido embora com o rabo entre as pernas. — Ela deu uma boa risada. Sempre era possível contar com Lady Baldwin para comentar o que não devia e ainda rir do fato.

Bertha ficou sem saber como esconder seu embaraço. Ela não tinha desprezado ninguém. Era para todo mundo pensar que Bourne só esteve atrás dela naquele dia por seu interesse em Lydia. Era muito difícil enganar as Margaridas, mas esperava que elas fossem as únicas com uma ideia tão deturpada.

— Eu... bem, vou esperar ali. Tenho que... fazer planos.

Afastando-se delas, Bertha encontrou novamente os conhecidos que ainda estavam no baile. Infelizmente, não viu Lorde Pança. Talvez ele tivesse fugido mais cedo. Ele era o tipo que certamente teria uma cesta de bolinhos na carruagem após passar horas no Almack's. No entanto, ela encontrou a Srta. Jones, com mais uma dama que ela apresentou como prima. E Lorde Glenfall, fazendo-lhes companhia. A Srta. Gilbert havia parado para conversar com eles e a moça ao seu lado devia ser sua irmã, pois eram parecidas. O Sr. Duval os acompanhava, mas ele não costumava ser o mais falador das rodas.

— Ah, Srta. Gale! Se está por aqui, a Srta. Preston deve estar por perto. Vocês pretendem ir à caça ao tesouro? Lady Fawler já está armando, logo só se falará disso — indagou Janet, a Srta. Jones.

— Creio que sim — respondeu Bertha.

— Espero que ela abra mais os convites — disse a Srta. Gilbert.

— Só se for para cavalheiros jovens e procurando esposas — a Srta. Jones, brincou.

— É como o Almack's, que se diz tão seletivo, mas minhas melhores amigas estão em casa. Enquanto pessoas como a Srta. Gale conseguem entrar.

A Srta. Jones parecia ser a única que prestava atenção no que a Srta. Gilbert dizia. Além de Bertha, é claro. Os cavalheiros estavam falando sobre outra coisa.

— Como foi que Lorde Bridington fez para que você entrasse? — ela perguntou diretamente. — Você não é filha de ninguém importante, aliás, de ninguém mesmo. Não é uma dama reconhecida que as patronesses estendem o convite pela sua popularidade. E como uma ninguém como você está aqui e minha prima e minhas melhores amigas não têm vouchers? E agora, eles ainda nos fazem passar vergonha no jornal.

— Amelia, pare com isso... — Janet disse baixo, chamando-a pelo nome, para ver se sua atenção era chamada.

— Eles nos ridicularizam nos jornais, contam como não tivemos o privilégio de entrar na seleta lista do Almack's. Dão os nomes e até citam os rejeitados que atenderam a algum outro baile de convidados duvidosos, porque todos de interesse estavam no Almack's.

— Tenho certeza de que seu nome não está lá, sempre está nos melhores eventos — interrompeu o Sr. Duval.

Bertha não conseguia nem falar, ela estava mortificada. A Srta. Gilbert sempre a ignorou, mal lhe dirigia a palavra, torcia o nariz para ela, mas sua animosidade não costumava ser tão velada.

— Pensei que deixaria seu canto de acompanhante e também iria dançar a quadrilha aqui. Seu voucher por acaso diz em qual set de dança você entra ou está escrito em qual canto deve ficar? — ela tornou a perguntar. — Eu a vi outro dia com Lorde Bourne. Ele estava na casa da minha prima na noite anterior, eles dançaram e conversaram. Mas o voucher da minha família não se estende à dela. Enquanto várias pessoas inúteis estão presentes — ela continuou, em tom baixo, como se tudo que dissesse sequer fosse um insulto, como se o seu tom moderado e adequado não machucasse. E suas palavras não fossem feitas de veneno.

— Chega de chorar pela sua prima, Srta. Gilbert — cortou o Sr. Duval e mudou de lugar para o lado de Bertha. — Tenho certeza de que a Srta. Gale sequer sabe de quem se trata. Talvez por isso ela não tenha um voucher.

— Claro, Duval, como se uma acompanhante qualquer não saber quem são os membros da alta sociedade contasse para medir a importância de alguém.

— Eu sei quem são — respondeu Bertha, sentindo a saliva descer com dificuldade em sua garganta apertada pela humilhação. — Eu sei quem são todos. Melhor do que a senhorita.

— Sabe? Foi observando de qual canto que descobriu isso?

— De todos os cantos. Como diz, sou só uma acompanhante e tenho de saber com quem permitir ou não que minha protegida interaja. E com a minha função, sei que ela está mais bem colocada do que a senhora sua prima. E sim, eu sequer lembro dela — respondeu Bertha, juntando todas as suas forças para levantar o queixo. — Também não lembro de suas amigas. Imagino que não devem ser memoráveis. Os cavalheiros aqui não devem saber o nome delas. Já a dama que acompanho, todos eles lembram. Porque eu sou uma ótima acompanhante, madame.

— E insolente, uma ninguém insolente. — Dessa vez, a Srta. Gilbert se exaltou pelo insulto. Não havia nada mais pesado do que insultar a importância de pessoas tão vaidosas e egocêntricas em meio à sociedade. Era pior do que insultar a aparência ou o caráter. A Srta. Gilbert não se esqueceria disso.

Como o tom subiu algumas oitavas acima de uma conversa agradável, os outros perceberam do que se tratava.

— Vamos, Srta. Gale, eu tenho certeza que não é obrigada a suportar um dos ataques de inconformismo da Srta. Gilbert, isso é usual. Já escutei muitos deles — disse o Sr. Duval, pegando-a pelo braço e afastando-a.

— Volte para sua própria acompanhante, Srta. Gilbert — disse Glenfall. — Precisa recompor sua calma.

Ele ofereceu o braço a Janet, que estava um tanto chocada; ela era gentil demais para conceber esse tipo de situação. É claro que ela sabia que Bertha era uma dama adorável e discreta e que sim, não tinha raízes nobres. Mas isso não fazia diferença para Janet. Bertha apenas os acompanhava, era agradável e conversava bem. Além de ser prestativa. Ela era tão perfeita em seu comportamento que eles só sabiam de sua posição porque encontravam muito com ela e a Srta. Preston.

Talvez, esse fosse exatamente o problema da Srta. Gilbert. Enquanto Bertha era insignificante para ela, estava tudo bem. Mas assim que ela começou a participar mais e a se divertir como os outros, sua antipatia aumentou. Então, Bertha, como a moça agradável e encantadora que era, conquistou apoio e interagiu mais com pessoas importantes. A Srta. Jones não lembrava de detalhes, pois não era algo que prestava atenção. Porém, lembrava de vê-la dançando com Lorde Bourne no dia do piquenique no jardim.

A Srta. Gilbert era solteira e estava no mercado do casamento, assim como suas primas. É claro que Eric estava no radar delas. E Bertha, em algum momento, deve ter ousado interagir com ele, mais do que faria uma acompanhante insignificante ao olhar delas. Assim, ela precisava ser esmagada e posta no seu lugar em todas as oportunidades possíveis. Janet tinha certeza de que Amelia e suas companheiras não perderiam essas oportunidades.

O Sr. Duval levou Bertha para o salão adjacente, mas ela nem viu para onde foi. Não pensava em nada, sua mente era um vazio chocado e machucado. Ela não havia feito nada errado e, quando caiu em si, estava insultando uma dama muito acima dela socialmente. Já era a segunda pessoa com quem ela era ríspida apenas na primeira noite de sua vida dentro do Almack's. E isso porque achou que nunca colocaria os pés naquele lugar, já que era exatamente o que Amelia disse: uma ninguém.

E ninguéns sem nome, sobrenome, título, uma bela participação na sociedade e de preferência uma árvore genealógica nobre não eram admitidos no Almack's.

— Não se preocupe com nada do que houve. A senhorita quer que eu a leve lá fora? Seria melhor tomar um ar — disse o Sr. Duval, ainda a conduzindo.

Bertha não respondeu nada, ela apenas queria morrer em algum canto, como uma boa acompanhante faria. Ela só conseguia pensar que estava tão feliz por Lydia não ter presenciado isso. Sabia o que aconteceria se a amiga estivesse lá. Seria um verdadeiro escândalo, pois Lydia a defenderia de uma forma nada sutil e ignoraria seus pedidos para manter a discrição. Por Deus, por tudo que sabia, se Lydia perdesse a calma, a Srta. Gilbert poderia levar um empurrão.

E depois, como ela encararia a amiga, que certamente não esqueceria isso e tomaria como missão fazer a Srta. Gilbert pagar caro por tê-la destratado na frente dos outros? Então estariam encrencadas, envolvidas em falatório. Bertha não poderia mais dizer que era uma acompanhante tão boa se deixasse sua protegida ser alvo de algo assim. Não, ela não deixaria.

— Por favor, não chore, venha... — ele disse baixinho.

Ela não estava chorando, mas sentiu a mão dele em suas costas e o toque inesperado acordou seus sentidos. Bertha estacou no lugar. O Sr. Duval a puxara para perto demais e a levava com ele.

— Não, eu não posso sair. Esse lugar não tem um jardim, é apenas a saída, não posso sair com o senhor. — Ela deu um passo para trás, movendo as mãos, e sua dispensa pareceu brusca.

— Estou apenas tentando salvá-la, Srta. Gale. Afastá-la de tudo que a Srta. Gilbert deve estar dizendo agora.

— Sobre mim?

— Certamente.

— Não... — A voz dela saiu num sussurro machucado. — Não posso permitir. Preciso da minha reputação intacta para o meu trabalho.

— Não pense nisso, vamos.

— Sair daqui com o senhor não me ajuda! — ela exclamou, tentando fazer sua mente funcionar.

O Sr. Duval endireitou sua postura e a olhou.

— Eu estava apenas tentando salvá-la. E sim, infelizmente, não há um jardim, pois eu ouviria seu sofrimento em meio a um passeio. Para acalmá-la.

— Não, não. Não passearia com o senhor. — Ela virou o rosto, procurando alguém que pudesse ajudá-la.

— A senhorita está sendo mal agradecida, mas entendo que seja o momento.

— Perdoe-me.

Sem nem mesmo uma mesura, ela voltou pelo salão, com dificuldade de se localizar. Olhando em volta desesperadamente, ela viu Lydia com As Margaridas, mas não poderia aparecer na sua frente assim. Então, viu o marquês e a marquesa e quis fugir deles também. Porém, qual apoio poderia ser mais forte? Então, foi até lá, tentando controlar sua expressão, antes de se apresentar à sua frente.

— Bertha, que bom encontrá-la, não vamos demorar a partir. Estou com fome, sabe onde está Lydia? — perguntou Caroline.

— Lá. — Ela apontou na direção onde vira a amiga quando passou.

A marquesa olhou para ela e depois para o lugar onde ela apontava.

— Henrik, vá buscar Lydia, sim?

O marquês alternou o olhar entre elas, mas assentiu e partiu.

— O que lhe fizeram? — Caroline perguntou logo.

— Nada, eu...

— Não adianta mentir para mim, Bertha. Para o seu azar, eu a conheço desde que tinha seis anos. Sei quando mente.

— Não é nada com que deva se preocupar. Está se sentindo melhor?

— Você não vai conseguir desconversar comigo. Diga-me agora. O que lhe fizeram? Você voltou sozinha, algo lhe fizeram.

Bertha balançou a cabeça, porém sentia vontade de abraçar Caroline e lamentar em seu ombro. Era aquela sensação de quando tudo estava indo muito mal e a pessoa se mantinha composta, segurando o turbilhão de emoções dentro de si. Porém, era só ver a mãe ou a figura que a representava e tudo saía incontrolavelmente.

— Foi uma conversa desagradável, eu não queria tê-la prolongado, mas não consegui.

— Tudo bem, tenho certeza de que você não piorou a situação.

— Piorei, na verdade, piorei muito. Agora devo ser odiada. E mal falada. Pelo que sei, a pessoa está falando de mim agora. Terei de partir e deixar Lydia, pois estarão apontando o dedo para mim por todos os lados.

— Calma. Respire. — Caroline levantou o dedo enluvado e esperou. — Isso. Diga-me nomes. Agora.

— A Srta. Gilbert, mas, por favor, eu...

— Gilbert, não é? Sei. — Caroline se virou e seu olhar de águia a encontrou. — Continue contando — ela mandou enquanto se virava.

O marquês voltou acompanhado de Lydia, e Caroline percebeu que não podia deixar Bertha lá à mercê deles. Henrik não sabia de nada e seria difícil controlar o acesso de raiva que Lydia teria se soubesse que alguém levou Bertha à beira das lágrimas. Ela provavelmente sapatearia no penteado bem-feito da Srta. Gilbert e aí sim estariam em maus lençóis.

— Venha comigo. — Caroline a pegou pelo pulso, como estava acostumada a fazer com todos os seus filhos. Na verdade, ela fazia isso até com o marido.

Quando viu para onde estavam indo, Bertha arregalou os olhos e se recuperou.

— Vai piorar tudo. Se me vir agora, ela vai me odiar ainda mais.

— Bertha, meu bem, esse tipo de coisa não pode ser deixada para marinar. Quanto mais tempo uma pessoa mal intencionada tem para colocar sua língua em funcionamento, mais difícil fica para conter. Ainda mais nesse círculo que vivemos. Como diz a marquesa viúva, ervas daninhas devem ser arrancadas pela língua. Agora, sorria.

Apesar de seu sentimento não corresponder, Bertha sentia que os seus músculos faciais estavam esticados, então ela estava sorrindo. E a marquesa era muito atrevida.

— Srta. Gilbert, que prazer revê-la — Caroline disse à moça, tirando-a de sua conversa com mais duas jovens. — Acho que só nos encontramos uma vez, não é?

— Sim, milady. Infelizmente, não tivemos muitas oportunidades de conversar. Porém, sempre encontro a sua enteada.

Em geral, as pessoas se referiam a Lydia como filha da marquesa, porque era sabido que ela a adotou como tal quando era criança e se referia a ela assim, mas é claro que não a Srta. Gilbert; ela gostava de mostrar que sabia dos pormenores.

— Engraçado, ela nunca fala de você — comentou Caroline e tocou o ombro de Bertha. — E a Srta. Gale, minha adorada protegida, talvez a senhorita também a encontre com frequência. Apesar de ela nunca ter citado.

— É, eu imagino que não teria motivos para citar.

— Mas eu tenho motivos para citá-la. — Caroline sorriu quando segurou suas mãos e as apertou. De longe, parecia que estavam em um cumprimento animado. Até a marquesa continuar. — É engraçado como quase não nos encontramos e eu também sei tudo sobre a senhorita, suas primas e aquelas suas amigas. E vou cortar a sua língua se não parar agora de alfinetar, perseguir e se referir acintosamente à minha filha e à minha protegida. Eu também sou uma acompanhante fantástica, Srta. Gilbert.

— Eu não estou...

— E se voltar a pôr em dúvida os vouchers que a minha família recebe e como nós os usamos, a senhorita vai desejar ter ficado no campo. Em seus aposentos. E jamais ter vindo a essa temporada. Não haverá lugar que a senhorita entre nessa cidade que não fale de suas escapadas e da inimizade que cavou comigo. E sim, pode contar tudo para a sua mamãe. Eu cuidarei dela também.

A marquesa soltou suas mãos e a Srta. Gilbert ficou olhando-a, como se ela tivesse cometido o absurdo ato público de lhe dar um tapa na cara. Bertha não se movia, mas seu olhar ia de uma para a outra.

— Mas eu tenho certeza de que jamais precisaremos chegar a tais extremos. — Caroline abriu um sorriso. — E os próximos eventos serão muito agradáveis, afinal, desentendimentos acontecem. Especialmente entre os mais jovens. Podemos contar com a discrição de todos, não acha? E você, Bertha, concorda?

— Claro, eu concordo. — Bertha jamais se atreveria a não responder rápido.

— Foi um prazer reencontrá-la, milady. — A Srta. Gilbert fez uma breve mesura.

— Mande lembranças para a sua mãe, não a vi hoje — recomendou Caroline, enquanto a moça assentia e se retirava.

A marquesa ficou lá com um sorriso, observando-a ir. Quando se deu por satisfeita, apagou o sorriso, virou-se e deu o braço a Bertha.

— Regra número um, Bertha: encerre o caso onde ele aconteceu — ela disse, agora muito séria. — Sempre que puder, claro. Certas situações demandam retiradas rápidas e estratégicas. Essa não é uma delas. Até amanhã, após o *brunch*, ela teria distorcido tudo, deixando-lhe muito mal retratada nesse quadro.

— Eu não tenho poder de fogo para isso — murmurou Bertha.

— Mas tem inteligência. Dê um golpe direto em sua garganta, deixando-a sem palavras. Figurativamente, claro. Ela tem muito a perder, use isso a seu favor. Eu não me importo, eles podem falar. E não tenho receio de contra-atacar. Passei tempo demais em minha vida com a marquesa viúva para deixar uma moça mimada ameaçar as minhas garotas. Vocês também devem ter aprendido umas cinco ou dez coisas com ela. Direto na garganta, Bertha, pois a arma que ela usará será a língua. Esteja preparada.

— Eu a respondi e até insultei sua posição na sociedade, mas acho que ela só me odiou mais — comentou Bertha.

— Boa menina. Eu ficaria muito decepcionada se engolisse tudo sem dar nada em troca. Damas bem criadas sempre sabem o que oferecer em troca do que recebem e você foi muito bem criada. — Caroline sorriu para ela.

Quando chegaram de volta ao marquês, Bertha estava até sorrindo das lições de Caroline. E a expressão no rosto da Srta. Gilbert, quando a marquesa disse que ia cortar sua língua, foi memorável. Lydia já estava desconfiada e, como não conseguia mentir para ela, Bertha escolheu uma versão editada dos fatos. Mas cuidaria para não encontrarem a Srta. Gilbert, suas primas e suas amigas até que fosse inevitável.

Eles partiram imediatamente após se reunirem, pois aquele último ato minou as energias da marquesa. Mas ela recuperou o corado de suas bochechas enquanto eles ceavam na carruagem, de volta para casa. E se divertiram, falando mal do pão duro com manteiga ruim enquanto comiam pães fofinhos, frios, patês e bolinhos recheados.

# CAPÍTULO 6

Após o café da manhã, Lydia e Bertha permaneceram com as crianças, entretendo-as com histórias de tudo que viram no baile da noite passada. Caroline não falou muito naquela manhã e aceitou apenas chá com torradas. Ela sequer gostava de torradas, sempre preferiu pães frescos e macios para deslizar uma generosa camada de geleia, patê ou manteiga por cima. Ela esteve um pouco sem apetite quando estava nervosa pela apresentação de Lydia e a aceitação das meninas em Londres. Porém, isso já havia passado. E ela continuava tensa.

Henrik iria a Bright Hall dali a alguns dias, deixando sua família em Londres. Seriam poucos dias, mas ele não conseguiria ir sem que tentasse arrancar dela o motivo de sua preocupação, pois ela vinha desconversando. Ele entrou na saleta na lateral da casa, onde Caroline gostava de ficar e resolver seus assuntos. Depois de dias de seu comportamento estranho, ele notou que não era apenas um daqueles períodos ou certos dias em que alguém não estava de bom humor. Sua esposa estava preocupada e se comportando de uma forma que não era o seu habitual.

Assim que entrou, ele a viu sentada na escrivaninha ao fundo, perto da janela. Ela estava distraída, apoiando os cotovelos sobre o tampo de madeira e descansando o queixo sobre os nós de suas mãos juntas. Ele não quis assustá-la, então se sentou na namoradeira perto da mesa e esperou que ela saísse de seu estado contemplativo.

Caroline demorou um pouco, e Henrik cruzou os braços, apenas olhando para o seu perfil. Isso o fazia lembrar dela lá na sala amarela de Bright Hall. Até hoje, aquela era a sala dela e ele ainda ia até lá roubar biscoitos e vez ou outra levava reprimendas pelo que aprontava. Só que agora, muitas vezes, tinha a companhia das crianças.

Até Aaron e Nicole sabiam que não deviam fazer bagunça na sala da mãe, mas eles eram crianças e isso nem sempre funcionava. Essa sala tinha o tema lavanda, com móveis antigos, românticos e de madeira escura avermelhada, contrastando com a cor leve das cortinas e estofados. E era menor do que a sala amarela. Devido à sua localização dentro da casa, as crianças iam menos ali do que na sala de Caroline no campo, que ficava bem na entrada e oferecia uma visão do jardim frontal.

— Eu não o vi entrar — disse Caroline. Depois, abriu uma gaveta de sua escrivaninha e tirou o tinteiro.

Henrik foi tirado de seus pensamentos, mas não se sobressaltou. Ele observou enquanto ela arrumava o material na mesa, para começar a responder e enviar correspondências.

— Vim vê-la. — Isso era óbvio, porém seu tom era de quem tinha algo a dizer.

Ela se virou na cadeira e o olhou. Henrik deu uma leve batidinha no pequeno sofá de dois lugares e Caroline foi até lá, sentando-se ao seu lado.

— Há algo a preocupando. O que é? Não pode ser nada com as crianças, acho que teria me dito.

— Não, não há nada de errado com elas.

— Nem mesmo com Lydia e Bertha?

— Bem, nada além do esperado com ambas à solta em Londres, mas você sabe disso. Viemos prontos para tirá-las de todo tipo de confusão.

Henrik franziu o cenho e se inclinou um pouco, olhando-a atentamente.

— Eu fiz algo que a desagradou? — ele perguntou com certo receio.

— Não. — Ela juntou as mãos sobre a saia e as apertou. — Desde quando você apronta das suas e não lhe digo? Eu sempre digo, mesmo antes de ser meu dever fazê-lo.

O olhar dele desceu para suas mãos. Quando elas as apertava assim sobre o seu colo era porque havia algo de errado. Se estivesse de luvas, estaria repuxando o tecido das pontas dos dedos. Ele já a conhecia muito bem.

— Caroline, pare de me enrolar. Não sou muito bom em ter tato, acabo dizendo o que não devo.

— Não estou te enrolando. — Ela virou o rosto. — Não há nada demais.

Henrik não estava acreditando em sua tentativa de desviar o assunto, até que ela disse:

— Não somos mais jovens como éramos quando nos casamos, faz algum tempo.

— Demoramos um pouco a nos encontrar, infelizmente. Mas creio que, se tivesse acontecido antes, eu não teria percebido que havia encontrado o amor da minha vida. Acho que você teria me assustado quando começasse a me alfinetar e me dizer tudo que os outros não tinham coragem.

Ela tornou a virar o rosto para ele e pareceu um tanto exasperada.

— Adoro quando você resolve ser doce. — Ela sorriu, mas balançou a cabeça como se isso apenas lhe complicasse.

— Sempre sou doce com você, é o nosso segredo. — Ele abriu os braços. — Venha aqui, se não é nada, por que está aí sentada longe de mim? Aproveite que estamos sozinhos.

Caroline se aproximou dele e se aconchegou contra seu corpo, relaxando em seus braços. Ela deitou a cabeça, encaixando-a no seu pescoço e ele descansou o queixo sobre seu cabelo castanho. Eles aproveitaram o momento de paz, sem seus pequenos levados os interrompendo. Ou Lydia e Bertha aparecendo com mais um problema no qual se envolveram. Até que Caroline se afastou um pouco, apoiou as mãos na coxa dele e disse:

— Eu estou esperando outra criança.

As sobrancelhas do marquês se elevaram imediatamente; ele não havia imaginado que esse poderia ser o motivo para ela estar tão pensativa.

— Mesmo?

— Não é a minha primeira vez, eu reconheço os sintomas e os indícios. — Ela tornou a se sentar de forma mais ereta. — E já faz algum tempo que os notei.

— Muito tempo? — ele perguntou, cauteloso. Porém, franziu o cenho.

— Algum tempo... — Ela evitou olhá-lo.

— Isso é... — O marquês a estudou. — Fantástico! — Ele abriu um sorriso.

— Henrik... Isso não deveria ter acontecido.

— Eu sinto muito, sei que lhe prometi celibato, mas não pude cumpri-lo. Tenho uma séria paixão por você. Juro que lutei contra o meu desejo, mas é forte demais.

— Não seja tolo! Você nunca me prometeu isso! — Ela sentia vontade de rir de seu tom cínico.

— Eu sei, seria uma grande mentira. — Ele ainda sorria.

— Eu não deveria estar grávida.

— Bem, acontece. Aconteceu antes, eu vi, há duas miniaturas nossas lá fora, tenho certeza de que foi assim que elas aconteceram.

— Pare de brincar com isso, Henrik. Não seja endiabrado agora.

— Eu gosto de crianças.

— Nós já estamos um tanto além do tempo para isso.

— Nós? Eu posso lhe fazer uma lista de todos os nossos velhos companheiros de baile que já passaram do "além do tempo" há anos. E alguns deles deviam desconfiar de que há algo de errado nas gravidezes de suas novas esposas, porque eles certamente não foram os responsáveis. Estamos ótimos. E jovens.

— Pelo amor de Deus! Faz uns cinco anos que estive grávida pela última vez. Devíamos ter evitado isso de alguma forma.

— Sim, bem... — Ele tornou a lhe lançar aquele olhar cauteloso. — Nós não temos evitado há um longo tempo e nada aconteceu. Eu pensei que... há uma época em que mulheres param de conceber, não é? Imaginei que você...

— Nesse caso, está muito cedo para mim. Não sei como isso foi acontecer depois de todo esse tempo. — Ela balançava a cabeça. Aos trinta e oito anos, não deveria estar surpresa pela gravidez, mas foi algo que deixou de cogitar, até acontecer.

Agora o olhar dele foi engraçado, pois ele pendeu a cabeça, como se fosse lhe dizer o óbvio.

— Como eu disse há poucos instantes, eu sou incapaz de manter o celibato.

— Eu sei perfeitamente disso e, mesmo assim, há anos que não acontece.

— Temos sido cautelosos, mas é um método falho. Melhora se eu assumir a culpa?

— Mas a culpa é toda sua. Eu o considero o culpado.

— Usarei todo o meu cavalheirismo para aceitar minha grande culpa nisso. Porém, devo lembrar que a senhora não me ajudou a manter o celibato.

— Você nunca tentou ser celibatário desde que me casei com você.

— Por motivos muito óbvios. A senhora é irresistível.

— Pare de tentar ser educado!

— Você é tentadora demais para mim, Caroline. — Ele abriu um sorriso. — Vamos comemorar!

— Não!

— E contar para todos na casa.

— Não!

— Tomara que seja mais uma menina parecida com você!

— Henrik!

— Porém, eu adoraria outro garoto, um bem endiabrado, respondão como você e ativo como eu. Não consigo me decidir.

Caroline também não conseguia, pois pegou a almofada e bateu nele.

— Estou um tanto receosa sobre ter um bebê agora, depois de todo esse tempo. Não consigo entender como aconteceu. Eu até havia parado de pensar nessa possibilidade. Esse é o momento em que eu devia começar a me preocupar por Lydia e Bertha acabarem arranjando casamentos e daqui a pouco entrarem pela nossa porta com um bebê na barriga. E não para eu estar esperando um.

Henrik chegou mais perto e a abraçou, depois a beijou levemente e a acariciou com carinho, procurando confortá-la.

— Eu não comecei a ter filhos na idade que os outros esperam, nem você. Acabamos de bater a idade para ser possível nos tornarmos avós sem que nossos filhos sejam crianças botando outras crianças no mundo. Eu não acho que Lydia esteja com pressa para ter filhos, mas sabe como a vida nos surpreende. Acabou de surpreender. Porém, pelo que sei, as pessoas só conseguem parar de ter filhos uns dez anos após a idade que temos agora. Bem, você é mais jovem do que eu, Caroline.

— Esse apenas não é o momento que eu escolheria. Não consegui me recuperar da surpresa. Estava tão concentrada em estar em Londres na temporada de apresentação das meninas e fui obrigada a perceber que havia algo... diferente acontecendo comigo.

Ele assentiu, deixando que ela colocasse para fora toda a sua exasperação, e entendendo perfeitamente o que ela dizia. Mas o que eles poderiam fazer? Assistiam esse tipo de coisa acontecer todos os dias. Ao menos eles tiveram uma longa pausa. Nas famílias dos vizinhos, as crianças poderiam formar uma escadinha e a senhora da casa estava com mais um na barriga. Era algo complicado. Henrik agradecia pela pausa, por todos eles. Essa notícia era uma surpresa e tanto.

Era um mistério interessante para algumas pessoas especular onde aquelas damas tão ativas na sociedade colocavam seus bebês, pois, diferente do século XV, eles estavam no século XIX, e, nesse tempo, não era moda parecer grávida mesmo quando não estava. Por outro lado, não era difícil disfarçar a gravidez, ir viajar ou voltar ao campo antes ou chegar atrasado na temporada. E já sem carregar o bebê e com um belo e apertado corset por baixo do vestido.

— Vai ficar tudo bem, meu amor. — Ele acariciou seu rosto e a olhou atentamente. — Você vai ficar bem, todos nós vamos.

O marquês tornou a abraçá-la bem apertado, mas sorriu e a olhou.

— Foi uma grande surpresa!

— Seu grande tolo!

— Vamos comemorar a notícia no jantar!

— Não. — Ela apertou o braço dele e o olhou com um pedido. — Vamos esperar vingar. Você sabe que da última vez que estive grávida... Ainda estou nos primeiros meses, não dá para notar pelo meu vestido. Contaremos quando despontar.

Henrik assentiu e a beijou com carinho; podiam esperar um pouco mais. As crianças, incluindo Lydia, que, na época, era mais nova, não sabiam que ela havia passado por uma gravidez que não vingou. Caroline não sofreu fisicamente, foi uma perda repentina que foi percebida pelo sangramento anormal que ela sofreu em certo dia e eles mantiveram o assunto entre eles, culpando um resfriado por sua necessidade de repousar. Nicole era um bebê de um ano e meio.

A gravidez de uma dama, seu estado e o que se passava não era um assunto a ser discutido publicamente. A Sra. Daniels e a Sra. Birdy sabiam, pois elas a ajudaram com o acontecido. Paulie viu as toalhas e outros indícios, mas nunca disse nada. E isso ficou no passado, até esse momento.

As pessoas só começavam a falar disso quando uma dama começava a "falhar" em dar um herdeiro ao título do marido. Porém, não se importavam com as implicações e as consequências que haveria para a mulher. Ou se, talvez, o problema não fosse ela. Não era o caso dos Preston; esse era um dos poucos assuntos que eles não chamavam atenção. Mesmo que alguns tivessem notado o fato de que a marquesa "deu apenas" um herdeiro ao marquês e algo assim não era garantido. Como se as duas meninas não estivessem lá.

Caroline já havia tido dedos apontados para ela quando "falhou" em dar um herdeiro ao barão, mas ela jamais quis fazê-lo. Não podia explicar e também não se falava sobre o assunto, mas ela sentia alívio. Era infeliz demais naquela época para conceber um filho. Ela desprezava o homem com quem se casara e o interesse físico não era o forte deles. Mas quem se importava? Aquelas pessoas só lembravam que ela falhou. E depois, Caroline apenas lembrava de que estava livre daquela família e era feliz com seus filhos e o homem que amava.

No final daquela semana, Bertha já estava empenhada em seu papel de acompanhante outra vez. Porém, empenhada até demais. Ela deitou em sua cama após o dia do Almack's e afogou-se em sua mágoa e humilhação. Então, foi deixando correr por ela como água. Sentia falta do rio que cortava Bright Hall e da água sempre em movimento, que a faziam sentir-se melhor.

Eventualmente, Lydia parou de pressioná-la, pois a última coisa que queria era ver sua melhor amiga triste. E, pelo jeito, sua mãe havia cuidado de tudo. Bertha estava ainda mais decidida a não deixar que Lydia fosse infeliz. Não depois que elas se separassem. Afinal, Lydia se casaria e iria morar em outro lugar. E Bertha provavelmente voltaria para casa.

Ela não poderia ficar em Bright Hall, a menos que tivesse algum trabalho lá. Agora era adulta, tinha de ter uma função. Sabia que tinha um lugar lá, assim como em casa. Mesmo para pessoas mais simples como seus pais, uma filha também se tornava uma solteirona. Para ficar em casa, ela pretendia arranjar uma renda para ajudá-los. Com sua educação refinada, Bertha pensava em usar isso de alguma forma.

Grande parte das pessoas ainda crescia sem saber ler, principalmente mulheres, as mais privadas de uma educação, porque não achavam necessário para elas. Bertha poderia conseguir um emprego mais humilde ensinando ou, com toda aquela educação de nobreza que teve, ensinar as moças de classe alta. Aliás, ela poderia ser uma acompanhante valiosa, ainda mais se tivesse casamentos em seu currículo.

Infelizmente, Bertha não conseguia ser calculista. Simplesmente não fazia parte de sua natureza e de seu caráter. Suas motivações eram diferentes do que precisava para cavar uma boa fama de casamenteira. E ainda era nova demais; não acreditariam nela. As madames da classe média, na qual ela tinha mais chance de conseguir um bom emprego, não queriam mocinhas bonitas e jovens enfurnadas em sua casa para ensinar suas garotas.

Perguntariam logo se ela "se perdeu" na indecência e falta de moral generalizada da nobreza e de quantos nobres foi amante. Jovem demais, aparência errada, história estranha. Ela precisava de uma carta de recomendação. A marquesa lhe daria um sermão sobre toda essa ideia e teria de ser convencida. Lydia iria matá-la.

Bertha podia escutar a falação e o som vindo da sala de música dos Knowles, a família de Lorde Richmond. Ele tinha seis irmãos, todos em escadinha. Sua primeira irmã a ter idade para casar estava debutando aos dezessete, mas eles não estavam com pressa de casá-la nessa temporada.

O dia não estava bonito e mesmo assim havia pessoas no pequeno jardim da casa, incluindo Lorde Richmond, conversando animadamente com seus conhecidos. Bertha encostou a testa contra o vidro frio e fechou os olhos, deixando que todos os sons passassem por ela, assim como seus sentimentos. Todos conflituosos.

Uma batida dupla e leve na janela onde ela estava refugiada fez com que Bertha abrisse os olhos, mas foi tão leve que não a sobressaltou. Assim que levantou a cabeça, ela viu Lorde Bourne do outro lado do vidro, inconfundível, com o queixo bem feito e perfeitamente trajado para o dia. As laterais da boca dele levantaram em um sorriso discreto.

Bertha o classificava como um problema de falta de responsabilidade, pois ele conseguia passar pelas defesas do bom senso e dos deveres de sua mente. Por curtos momentos, ela voltava a ser uma jovem de dezenove anos, com humor e vontade de se divertir. E apta a se apaixonar pela pessoa errada.

Ao menos nisso ela estava de acordo com as pessoas com quem se relacionava. Eles eram mestres em se apaixonar por alguém, mas acabar casando com a opção mais adequada e depois se apaixonar novamente por outra pessoa que não era seu marido ou esposa.

Eric continuou de pé do outro lado das grandes janelas divididas em quadrados largos e combinando com as portas francesas que davam para o jardim. Bertha sorriu de volta. Ninguém podia impedi-la de sorrir, não é? Como ele não se moveu, ambos permaneceram dividindo o vidro, mas ela foi ficando cada vez mais sem graça, com sua timidez atacando-a. Havia vidro grosso entre eles, mesmo assim, ainda era muito perto.

Como se desconversasse daquela conversa muda, ela se virou e foi andando ao lado do vidro da galeria. Eric fez a mesma coisa e a acompanhou em passos lentos. Bertha arregalou os olhos para ele, como se lhe pedisse para terminar essa brincadeira agora. Porém, ela só descobriu que ele não atenderia quando continuou andando e ele acompanhou.

— Pare com isso, volte para lá — ela lhe disse, apenas formando as palavras através do vidro.

— Vamos passear — ele também respondeu apenas com o movimento dos lábios e um movimento de cabeça.

Ela negou com um balançar de cabeça e olhou na direção da sala de música, onde estavam os outros, inclusive Lydia. Alguém estava cantando e tocando piano. Haviam acabado de aplaudir a performance anterior. E, no jardim, os rapazes estavam sentados ao fundo, compartilhando suas caixinhas de rapé.

Com um movimento de sua mão enluvada em direção à janela, Bertha lhe disse para ir também, ficar com os outros rapazes. Eric apontou para o nariz e balançou a cabeça; não dava para saber exatamente o que dizia. Se estava resfriado ou se não cheirava rapé.

Bertha continuou se afastando, com os dedos de sua mão enluvada raspando pela janela, passando pelo vidro e pelas divisórias de madeira clara. Eric se adiantou, tocou o vidro também e acompanhou o dedo sobre o toque dela. Havia um pedaço de parede no meio e, quando Bertha reapareceu lá do outro lado, ele a tinha acompanhado.

Ela acabou rindo dele, baixou o rosto e tentou disfarçar, porém ele podia ver. Lorde Richmond tinha uma longa galeria na parte de trás da casa, com janelas e portas francesas. Bertha foi até o fim. Eric a acompanhou. Quando ela passou pelas portas do meio, ele pôde vê-la inteira, com seu vestido verde-claro balançando pelos movimentos do seu corpo.

Chegaram quase ao final, depois de uma dupla de cortinas amarradas com cordões dourados. Bertha parou, colocou as duas mãos no vidro e pendeu a cabeça, com um olhar desapontado. Ela negou muito levemente, dizendo-lhe silenciosamente que não, eles não passeariam. Tampouco se encontrariam. E ela não terminaria de pagar aquela dívida, pois eles não dançariam outra vez.

Vendo-a tão perto do vidro, Eric aproximou-se também, mantendo-se bem à sua frente. Ele apontou na direção dela, depois para ele, formando "você e eu" e moveu a cabeça para o lado. Bertha apenas continuou olhando-o. Não, também não ia se divertir com ele. Depois, ele poderia fazer o que quisesse, mas a vida não era tão gentil com ela.

Eric desceu o olhar para os lábios dela com anseio transparecendo em seu rosto e voltou a encará-la. Ele não estava sendo travesso, era o que desejava. E Bertha não queria ver aquele olhar desejoso em sua face porque não tocaria nele. Provavelmente seria expulsa de Londres por todas as matronas se a vissem agora, brincando com ele através de uma janela.

Às vezes, ela ainda era aquela moça de dezenove anos.

Bertha aproximou o rosto do vidro e dizer que ela o surpreendeu seria minimizar a questão. Eric ficou como um tolo quando aquele rosto tão bem feito e gracioso, com provocantes olhos castanhos, se aproximou até seu nariz encostar no vidro. Então ela deixou um beijo sobre o vidro frio que os separava.

Se a Srta. Gale pensava que o dispensaria outra vez, agora com um beijo no vidro, ela estava enganada por duas vidas.

Bertha deixou suas mãos sobre o vidro, mas tornou a se afastar. E Eric ficou olhando para aquele exato local onde ela encostara os lábios, como se pudesse ver a marca de um beijo ali, mesmo não havendo nada. Foi ele quem chegou mais perto dessa vez, apoiando as mãos onde as dela estavam.

— Outra vez — ele pediu e seu olhar tornou a descer para os lábios dela.

A respiração dela acelerou como se estivesse mesmo à frente dele e pudesse sentir o toque de sua pele, o seu cheiro e a suavidade dos lábios nos seus. Eric a olhava como se também pudesse sentir. Bertha negou e ele encostou a testa no vidro e balançou a cabeça como se ela só lhe trouxesse problemas.

— Ceda-me uma fantasia, por favor — ele lhe disse, através do vidro.

O olhar dela ficou nos seus lábios para lê-los, porém continuaram lá quando ele terminou de falar. Uma vez, o filho do dono da hospedaria local havia se lavado, colocado suas melhores roupas e tomado coragem para convidá-la para passear. E isso porque ela já o desencorajara, mas ele era muito simpático e até agradável ao olhar. Ao final do passeio, ele encostou os lábios nos seus, assustado e nervoso como um coelho, com medo de assustar a jovem mais bonita da vila.

Lydia não parou de perguntar como foi. Bertha não sofreu nenhum encantamento; duvidava que beijos pudessem ser tão sem retorno sentimental e físico. Ao mesmo tempo, sua amiga queria ir lá dar com uma pá na cabeça do rapaz. Como ele ousava tomar essas intimidades?

E, nesse momento, protegida pelo vidro, Bertha sentia seu coração batendo em sua garganta; seu pulso nunca se alterou tanto sem que estivesse correndo. Sua boca ficou seca e a mistura de encantamento e perigo nublava seu bom senso.

*Diga adeus, Bertha. Diga adeus.*

*É educado.*

Ela chegou perto novamente e encostou os lábios contra o vidro, formando um beijo. Eric tinha que se inclinar para que sua boca tocasse o vidro exatamente do outro lado e ele o fez. Quando Bertha abriu os olhos e o viu tão perto, deu um passo para trás e segurou as mãos à frente do corpo. Ela escutou o som do próprio ofego e ficou olhando para ele e para o vidro, como se tivesse sido pega.

Por seu lado, Eric manteve as mãos contra o vidro e pendeu a cabeça com um sutil sorriso divertido, levantando o lado esquerdo de seu rosto anguloso. Bertha olhou de um lado para o outro, ainda ouvindo a música no final da galeria. Ela voltou pelas janelas e Eric não se apressou para segui-la.

Assim que chegou ao lugar onde começou, ela escutou um som que a fez estacar. Seu olhar voou para as portas francesas do meio, mas continuavam fechadas. Lá no final da galeria, porém ela viu Lorde Bourne à frente das portas. Exatamente como esperava, alto, irresistível, bem vestido para o evento diurno, cabelo claro penteado e um sorriso de quem não estava para a bondade. Era um traço dele, ela já notara, o olhar travesso, os lábios juntos e o sorriso leve, mas com todos os significados.

— Agora eu não estou mais do outro lado do vidro — ele anunciou.

— Minha nossa! — Bertha sabia que essa era uma daquelas situações que a marquesa falava que necessitavam de uma retirada rápida.

Ela se virou e correu para a sala de música. E escutou a risada dele e seus passos vindo na mesma direção. Bertha atravessou por trás das cadeiras. A casa tinha uma sala de música intimista. Não havia muitos lugares e a maioria dos convidados estava em sofás e cadeiras.

Ela não confiava nele para não aprontar nada. Lorde Bourne era um diabrete. Ela localizou um lugar ao lado da avó de Richmond e foi para lá que partiu e sentou-se rápido demais. A senhora olhou para o lado e Bertha assumiu uma pose plácida, com a coluna tão ereta quanto um cabo de vassoura.

Suas mãos se fecharam sobre o colo quando ela viu Eric dar um tapa na cabeça do irmão de Richmond. O garoto de cerca de quinze anos levantou e ele se sentou ao lado de Lydia. Ela ficou surpresa ao vê-lo de repente e, quando a música parou, eles conversaram por uns dois minutos. Eric levantou e o garoto tornou a sentar.

Antes que fosse capturado pelas matronas da sala de música e preso eternamente no ciclo de "viu como minha sobrinha/neta/filha está adorável hoje?", Eric partiu, de volta para o jardim onde os outros rapazes estavam sendo uns sem educação por não vir participar das músicas.

Recusando-se a se denunciar, Bertha não perguntou a Lydia o que ela esteve conversando com Lorde Bourne. Mas teve de remoer sua curiosidade. Ele certamente não contou nada, ou Lydia estaria atrás dela fazendo mil perguntas.

Depois, Bertha voltaria a pensar naquele momento. Arrependida por não ter perguntado, assim teria se preparado para o que vinha em sua direção.

## CAPÍTULO 7

— *B*ertha! — chamou Lydia ao entrar no quarto que elas dividiam. — Lorde Bourne está aqui.

Bertha deu um pulo tão alto na cadeira onde estava que seus chinelos voaram, o banquinho onde ela estava apoiando os pés virou e ela também tombou no chão. Porém, ficou de pé num pulo.

— O que você fez? — Foi a primeira coisa que ela exclamou e aquele momento na sala de música voltou à sua mente imediatamente.

— Como assim? — Lydia desceu o olhar por ela, notando que ainda estava com seu simples vestido matinal, o robe e os chinelos. Sequer fizera o penteado diurno; usava um coque simples.

— Você o convidou? Não me diga que o convidou! — Bertha juntou as lapelas do robe e correu para o seu lado do closet.

Lydia, bem mais esperta, tocou a sinetinha, chamando a Sra. Birdy, a camareira. Ela já estava vestida para o dia, não para sair, mas estava composta. Bertha havia escolhido passar a manhã recolhida aos aposentos, lendo e escrevendo uma carta para sua mãe.

A Sra. Birdy entrou rapidamente e foi direto para o closet.

— Lydia, vamos precisar levantar esse penteado. Bertha, se vai entreter o jovem cavalheiro que acabou de ser aceito na sala de estar, vamos precisar de traje completo — dizia a camareira, enquanto movia-se entre elas com a destreza de quem fazia isso para viver todos os dias.

— Ele acabou de ser recebido na sala de estar? — repetiu Bertha, transformando a informação numa exclamação. — Pela marquesa? — Isso ela gritou.

A Sra. Birdy parou imediatamente e franziu o cenho para ela. Não lembrava de já tê-la visto proferir uma frase com tamanha alteração. Lydia colocou a mão sobre a boca, fazendo de tudo para não rir. E falhando.

— Bem, mocinha, quem recebe cavalheiros na sala de estar sem precisar de permissão só pode ser a dama desta casa. Só temos uma marquesa vivendo aqui.

— O que você fez, Lydia? — Bertha tornou a virar-se, agora trajando apenas a roupa de baixo e com o cabelo castanho caindo por cima de seus ombros e costas.

— Vamos, vamos, andando. — A Sra. Birdy deu batidinhas em seu traseiro, mandando-a para a penteadeira. — Termine de colocar essas meias. — Ela deu-lhe um par de meias claras e duas presilhas.

— Você o convidou? — Bertha insistiu.

— Ele mandou um cartão antes. E eu posso ter aceitado ou convidado levemente...

— Ninguém convida um cavalheiro levemente, muito menos um cavalheiro solteiro — corrigiu a Sra. Birdy, enquanto parava atrás de Lydia, puxava seu cabelo sem dó e começava a refazer o trabalho, agora num penteado para receber.

— Exato! — respondeu Bertha, amarrando as meias com força demais.

— Eu não sei por que você fica exaltada quando Lorde Bourne é mencionado — comentou Lydia.

— Não estou exaltada! — respondeu Bertha, claramente exaltada.

A Sra. Birdy apenas lhe lançou um olhar afiado através do espelho e disse:

— Separei dois vestidos de passeio, escolha entre o verde ou o salmão. Aquele cavalheiro não está trajado para uma visita formal e sim para um passeio.

— É mesmo! — exclamou Lydia. — Creio que vamos aproveitar um pouco o ar do parque.

— Lydia! Eu vou lhe mandar sem acompanhante! — disse Bertha.

— Eu duvido. Além disso, todos estamos precisando passear. São tantos eventos, está muito difícil espairecer. E o Hyde Park no final da tarde é um transtorno, toda aquela gente chata desfilando suas roupas e veículos novos. — Lydia revirou os olhos. — Nós sequer podemos cavalgar, aquilo é muito chato. Ao menos, a essa hora, não haverá nenhum conhecido, pois eles ainda não acordaram.

— Falem menos e movam-se mais — disse a Sra. Birdy. — Bertha, venha aqui para eu ajeitar esse vestido. Lydia, vá se trocar. Isso não é aceitável para sair. Separei três peças adequadas. Faça-me um favor e não escolha branco.

Quando elas chegaram à sala, devidamente penteadas, com os acessórios nos lugares e trajadas de acordo com a ocasião, as crianças estavam fazendo um inferno em volta do convidado.

— Mas eles vão até o parque? — perguntou Aaron.

— Eu quero ir! Eu quero ir! — repetia Nicole.

— Estamos aqui há décadas — exagerou Aaron.

— Bertha, eu quero ir. — Nicole foi para ela e levantou os braços.

— Ela não vai pegá-la agora, Nicole. Está arrumada para sair — disse Caroline, de onde estava sentada.

— E quem vai tomar conta delas com este senhor? — Aaron olhou com suspeita para Eric, que havia se levantado assim que as duas entraram na sala.

— É, com o senhor — completou Nicole.

— Eu irei, para tomar conta delas — disse Aaron.

— Quietos. Aqui, já. — Caroline olhou seriamente para os dois e usou o tom que ambos conheciam.

As crianças viram como a mãe as olhava, colocaram seus rabinhos entre as pernas e foram sentar perto dela. Eric sorriu enquanto olhava os dois se ajeitarem, um de cada lado da marquesa.

— Minha sobrinha faz isso, é impossível passear sem dar satisfações a ela — comentou Eric.

Nicole fazia um bico e uma expressão de sofrimento e tristeza enquanto olhava para os adultos. Aaron estava entre emburrado e verdadeiramente triste. E também olhava para cima, de um lado para o outro. Eles estavam sofrendo muito na cidade por sempre serem deixados para trás nas diversões. Ali, as crianças não eram convidadas nos eventos, muito menos à noite.

Porém, no campo, eles estavam sempre seguindo os adultos durante o dia e participando das atividades. Mesmo quando saíam para eventos sociais, eles tinham tanto para fazer e já haviam brincado demais para se importar. Também brincavam ali, mas não era a mesma coisa. Em Londres, todos estavam fora o tempo todo. Especialmente Lydia e Bertha, sempre ocupadas com seus assuntos e eventos e sem dar a atenção que eles estavam acostumados.

— Eu não me importaria com mais companhia — comentou Eric.

— De verdade? — perguntou Lydia.

— É um passeio, não um baile — ele respondeu. — Temos que aproveitar enquanto ainda permitem crianças nos parques.

— Vão proibir? — perguntou Aaron, acreditando. — Mãe, temos de ir antes!

Lady Caroline não parecia exatamente convencida de deixar seus dois filhos menores irem junto no passeio das garotas mais velhas. Não sabia se eles iriam atrapalhar, aprontar algo ou criar problemas.

— Se Lorde Bourne disse que adoraria passar parte do seu dia conosco e com as crianças, por que não? — defendeu Bertha, que achava a ideia de levá-los fabulosa.

Eric não tinha dito exatamente isso, porém ele realmente não se importava em levar as duas criaturinhas. Estava começando a ficar com pena delas e o faziam lembrar de Sophia. Ele achava difícil que em outra família sequer conjecturassem sobre a possibilidade de deixar o acompanhante solteiro das damas levar as crianças também.

— Ajudarei a olhá-los, madame — ele disse à marquesa. — Tenho adquirido experiência com crianças ao longo dos últimos anos.

— E como o senhor adquiriu esse conhecimento? — perguntou Bertha.

— Eu crio a minha sobrinha, ela tem sete anos. Aliás, chegou a um momento particularmente complicado em que não sei bem o que fazer com ela.

— Eu já passei por isso, na verdade, o meu pai — comentou Lydia, porém não se aprofundou no assunto. — Podemos, mãe?

— Tudo bem — cedeu Caroline e tocou a sineta. — Vamos trocá-los, esperem.

A Sra. Birdy e a Srta. Jepson carregaram as crianças rapidamente, trocaram suas roupas, pentearam e os prepararam para sair. Caroline estava se sentindo um tanto indisposta e se limitou a sorrir e apressar os filhos, para que ninguém percebesse. Depois, ela deu seus avisos sobre comportamento e todos partiram.

Lorde Bourne entregou os pequenos às duas moças e entrou por último. Eles iam passear na sua elegante caleche, um típico veículo urbano. Como sabia que seriam no mínimo três pessoas, achou a melhor escolha. A caleche era perfeita para dias quentes e frescos, porém não protegeria bem se uma chuva caísse. O veículo era todo aberto, com exceção das laterais baixas, que permitiam aos viajantes verem tudo e serem vistos por todos na rua.

A bela construção e o design aberto explicavam a tendência dos membros da nobreza de usarem o veículo para passear no Hyde Park. Era moderno e assim podiam mostrar suas melhores roupas de passeio.

As rodas traseiras eram maiores e os cocheiros iam à frente, bem acima dos viajantes. Na parte de trás, havia o teto dobrável que poderia ser puxado para proteger quem estava nos assentos traseiros do sol e de chuva fina. Havia lugar para quatro pessoas, ou mais, se estivesse disposto a ser visto apertado pela cidade, com as duplas de frente uma para a outra nos assentos.

Nicole foi no colo de Bertha, e Lydia sentou-se em frente com Aaron, deixando lugar para Lorde Bourne se ajeitar ao lado de sua amiga.

— Lydia também dirige um faetonte, lá no campo. Ainda não tivemos muitas oportunidades aqui na cidade — contou Bertha.

— É mesmo? E a senhorita também sabe guiar? — Eric a olhava, por cima da linha de seu ombro.

— Claro que sabe! — interveio Lydia. — E bem. Ela ganhou um cabriolé de aniversário e o dirige sozinha até a vila. Mas sabe guiar qualquer veículo.

— Eu já andei com ela — contou Aaron.

— Sorte a sua. — Ele sorriu para o menino. — Fico feliz em saber que fora da cidade a Srta. Gale é uma aventureira que vence as estradas por conta própria — ele provocou.

— Não sou nada disso — ela negou rápido. — Lydia é quem faz essas coisas.

— E você também! — teimou Lydia.

— Nós vamos ver bichinhos? — perguntou Nicole, olhando para Eric.

— Tem pássaros lá. E a essa hora você nem precisará ver os pavões. — Ele estava se referindo às pessoas que iam lá só para serem vistas.

— Pavão é pássaro? — ela perguntou.

— Sim, ele é colorido e gosta de se mostrar.

Eles não iriam longe com as crianças, então o destino certo era o Hyde Park. Naquele horário considerado "fora de moda". Era cedo demais para já começar a se mostrar para os outros membros da sociedade, porém era uma boa hora para liberar a energia acumulada daqueles dois.

Quando se falava do Hyde Park, parecia que todos estavam indo para o mesmo lugar e com certeza se encontrariam, já que estavam no mesmo parque. Levando em conta que eram quase quatrocentos acres de parque, isso com certeza era mentira, mas era uma boa desculpa para uma dama dizer que encontrou seu adorado pretendente por acaso. Bem ali, no enorme Hyde Park. Sabe como é, impossível entrar lá e não avistar alguém. Em quatrocentos acres...

A menos, é claro, que estivessem todos se apertando na Rotten Row, parodiando em seus belos veículos.

Não era o caso do grupo de Lorde Bourne. Eles desceram da caleche e, assim que tocaram o chão, as crianças estavam prontas para bagunçar.

— Você jamais me pegará! — Aaron gritou para a irmã.

A pequena Nicole não tinha chance de alcançar o irmão mais velho, mas isso não significava que ela não tentava com grande entusiasmo. Eles partiram pela grama e correram para perto do Rio Serpentine.

— Se vocês caírem nessa água suja, vou deixá-los virar comida de pato — disse Lydia, ignorando aquela história de compostura e gritando para seus irmãos.

— Não! — Nicole precisava parar de acreditar quando lhe diziam esse tipo de coisa.

— Ela não vai fazer isso, boba. Mamãe a colocaria de castigo — respondeu Aaron, como se o castigo fosse a pior das consequências para algo assim.

Nicole parou, olhando a água, então franziu o cenho, mas o irmão já estava a uns bons passos de distância.

— Essa água não é bonita como a do nosso rio — ela comentou, certa de que o rio que cortava parte da propriedade do Marquês pertencia somente a eles.

— É suja, ela mancha o vestido de mocinhas arteiras. — Bertha chamou-a com a mão.

Lydia resolveu que não perderia sua oportunidade de investigar. Não era fácil conseguir chances como essa, sem várias pessoas as observando e imaginando se ela estava flertando e pavimentando seu caminho para um casamento.

— O senhor não mora muito longe de Bright Hall, eu espero. — Lydia afrouxou um pouco o laço do chapéu e seguiu ao lado dele.

— Acredito que estamos no mesmo distrito. Aliás, segundo Lorde Greenwood, somos quase vizinhos.

— Lorde Greenwood? — Lydia franziu o cenho. — Então ele mora onde diz que mora?

— Sim, por que ele diria o contrário?

Ela tentou não se concentrar nisso e voltou ao assunto.

— O senhor gosta de receber hóspedes?

— Não sou muito versado no assunto.

— Como assim?

— Família pequena, poucos amigos. Nunca tenho hóspedes. Preciso de ajuda com essa parte.

— É por isso que está procurando uma esposa nessa temporada ou a acusação é infundada? — Lydia perguntou e depois olhou por cima do ombro. Ainda bem que Bertha não estava escutando. Esse seria o momento em que levaria uma cotovelada por ser tão indiscreta.

— Acusação é uma ótima palavra. Sinto-me acusado, declarado culpado e perseguido em alguns momentos. Porém, eu juro que não estou procurando uma esposa para organizar festas. — Ele sorriu. — Seria divertido, mas, em algum momento, eu cansaria de uma rotina tão festeira.

— Mas o senhor é um festeiro, não há um bom evento que eu atenda ou saiba do acontecimento e o senhor não tenha comparecido.

— Ora essa, a temporada é para isso. Como vou arranjar uma esposa?

— Para que quer uma esposa, afinal?

Eric levantou a sobrancelha para a pergunta abrupta e pessoal. Também não fosse a pergunta certa, pois a esposa que ele precisava conseguir era apenas o nome, a posição e logo o título. Ainda não estava ligado a algo real, que ele desejaria. Era como estar numa busca dupla, almejar algo, mas não encontrar a conexão com o que precisava e devia estar empenhado em conseguir.

— Para ter uma esposa, para que mais?

— Nada de encontrar o amor da sua vida?

— Eu não tenho esse tipo de sorte, senhorita.

— E se tivesse?

— Eu abraçaria a oportunidade, mas estou contente com meus encantamentos atuais.

— No plural? — ela exclamou, um tanto escandalizada.

Dessa vez, até Bertha escutou e ficou ainda mais desconfiada daquela súbita preferência de Lydia por Lorde Bourne. Ela o convidou, aceitou o passeio e agora com certeza estava sendo indiscreta. E dizendo o que não devia. Talvez o divertindo.

— Não exatamente, porém minhas chances não parecem promissoras. E eu não sei se suporto outra temporada como essa.

— E então se contentaria com algo abaixo? — Agora Lydia estava mantendo a conversa por pura curiosidade de saber o que motivava alguém como ele. Era provável que lhe desse pistas que seriam úteis no futuro.

— Seria difícil, eu queria ser mais conformista. Acho que é um defeito. E esperar por mais tem me impedido de encontrar o que preciso. Porém, casamentos são feitos assim.

— O senhor tem muito mais terreno para escolher e negociar. Bem mais do que as garotas, debutando ou voltando para o mercado dos casamentos.

— Eu acho que, na sua família, a senhorita tem todo o terreno que quiser. — Ele lhe lançou um olhar inquiridor.

— Isso foi um elogio à minha família?

— Certamente.

— Então, sim.

— E a Srta. Gale? Quanto terreno tem?

— Ah! — exclamou Lydia. — Começo a simpatizar com a sua causa. Um pouco, não se anime. Ainda farei muitos testes.

Pela primeira vez, Bertha pensou na possibilidade de seu suposto plano dar certo. E não saberia como se comportar. Ficaria constrangida e culpada como nunca antes em sua vida. Especialmente porque esteve mentindo. Mentiu para Eric e para sua melhor amiga.

Só lembrava de ter citado Bourne para Lydia com a intenção de juntá-los uma única vez. E disse a ele que estava perseguindo-o para se casar com sua protegida. Quando, na verdade, estava pensando nele durante o dia e como poderia explicar aquela sua "despedida" pela janela. E, agora, participava de um passeio com ele. Parecia tudo menos um adeus. Sequer um até logo.

As crianças estavam correndo e brincando com uma peteca, apesar de não terem trazido as raquetes. O pequeno objeto com suas penas balançando no ar caía no chão o tempo todo. Aaron ria e Nicole corria atrás para pegá-lo outra vez. Com sua mãozinha pequena, ela tinha dificuldade de acompanhar. Mesmo assim, estava se divertindo plenamente. Então, agarrava a peteca e jogava o mais longe e alto que podia, dando trabalho ao irmão mais velho para rebatê-la ou persegui-la. Ao invés de ficar no lugar esperando-o jogar de volta, ela corria para mais longe, obrigando-o a persegui-la para jogar de novo.

Os adultos os seguiam, porém, mesmo com suas pernas bem mais curtas, eles acabaram indo longe demais. O único medo deles era os pequenos caírem na água. Eles até sabiam nadar, mas em água límpida. E os veículos particulares passavam lentamente, porém eram cavalos e eram crianças correndo.

— Vamos, deixem-me jogar — disse Eric, apressando-se atrás deles e os alcançando.

Ele salvou a peteca várias vezes, entretendo-os, e até Lydia e Bertha ajudaram. Nicole parou de repente quando chegaram perto de outras pessoas e ficou olhando-os, esquecendo da peteca. Os outros a seguiam, pois iam parar seu jogo com as crianças para descansar. Na inocência dos seus seis anos recém-completados, Nicole mostrou a Eric o que parecia tão diferente para ela.

— Elas pegaram muito sol? — ela indagou. — Mamãe diz que papai pegava muito sol. E me diz para não ficar muito no sol.

Aaron os alcançou e parou junto à irmã, para saber o que era tão interessante que Lorde Bourne se abaixou para falar com ela. Eric olhou para as pessoas e acabou entendendo o que era: Nicole nunca devia ter visto pessoas negras. Ou não faria esse tipo de pergunta, mesmo sendo pequena.

— Não é sol. É a cor da pele deles, essas pessoas são negras, é uma raça — ele explicou.

— Papai mostrou numa imagem, num livro! — reagiu Aaron, lembrando do que o pai mostrara, mas, no dia, Henrik estava lhe falando sobre a Índia. Porém, o garoto não sabia distinguir a imagem do livro das diferenças reais.

— Não vi. — Nicole fez um bico. — Eles são de onde? É longe? Podemos ir lá?

Bertha ficou parada perto deles, enquanto Lydia comia uma maçã. Claro que os adultos já tinham visto pessoas negras em diversas oportunidades. Não apenas em quadros, mas pela cidade. No século passado, era comum pintar damas com sua camareira negra sentada atrás dela. Ou famílias com uma babá negra ao fundo; as pessoas pensavam que dava-lhes status.

Lá no campo, porém, não havia nenhuma comunidade negra próxima à área de Bright Hall. E as crianças nunca haviam visto e até mesmo Bertha e Lydia não cresceram encontrando pessoas negras com frequência, apenas após passarem mais tempo em Londres, pois era onde estava concentrada a população negra do país.

— Sim, é longe — afirmou Eric. — Você tem que fazer uma longa viagem de navio para chegar a terra Natal deles.

— E por que eles vieram para cá?

Essa era a hora em que eles não tinham como fazer duas crianças de oito e seis anos entenderem o que era a escravidão, pois seria muito utópico achar que aquelas duas pessoas faziam parte da ínfima população negra que chegou àquela ilha por vontade própria.

— Fora daqui existem muitas pessoas negras — disse Bertha.

Aquela questão não era muito discutida nem entre os adultos; explicar era mais complicado ainda.

— Na verdade, a minoria veio para cá. Grande parte foi traficada para as colônias. — E então Eric parou, porque as crianças ainda não sabiam o que eram colônias. Ele olhou para cima em busca de ajuda, pois Bertha e Lydia deviam saber melhor o que lhes ensinavam.

Pelo histórico dos Preston, ele duvidava que eles ainda ensinassem propriedade de pessoas. Ou até lhes dessem a definição para negros de uma enciclopédia do ano passado, que havia definido uma raça inteira como algo abaixo da humanidade.

— Pessoas negras eram escravas, retiradas de suas casas à força, para trabalhar — disse Bertha, se abaixando e falando baixo. Ela virou Nicole para ela e puxou a mão de Aaron, pois era falta de educação ficar espionando uma pessoa. — Quando crescerem mais, a Srta. Jepson pode lhes ensinar sobre isso. Não tenho certeza se será um tema no colégio de meninos, mas ela pode falar disso.

— Ou podem perguntar ao papai — sugeriu Lydia. — Ele odeia política e raramente se envolve, mas sempre foi contra. No jantar que os Roberts nos visitaram, eles estavam falando sobre o patrocínio à causa abolicionista, pois Lorde Roberts tem um assento no Parlamento; ele sabia muito sobre o assunto.

— Mas por que eles saíam de casa à força? Eles estão brincando — disse Aaron, se referindo à babá negra que brincava com as duas crianças brancas. E o cavalariço, também negro, que fumava e conversava com um pajem branco. Ambos usando o mesmo libré da família que os empregava.

— Aqui na Inglaterra — disse Bertha. — Lembra que moramos na Inglaterra, não é? É proibido ter escravos desde o século passado. Lembra que um século tem cem anos?

Aaron assentiu, concordando, mas Nicole negou com a cabeça. Sua educação ainda não estava nessa parte.

— Sequer faz dez anos que proibiram a Inglaterra de se envolver no tráfico de escravos. — Eric tornou a ficar de pé. O comentário dele foi para Lydia e Bertha, pois as crianças também não sabiam o que era tráfico.

— Então, as pessoas negras daqui foram libertadas antes de todos nós nascermos. E podem trabalhar e receber por isso. Um dia, todos farão isso lá nos outros países — Bertha explicou, notando pelo olhar deles que ao menos uma parte estava fazendo sentido.

— Elas podem até ter um monte de dinheiro. Tem cavalheiros negros, sabia? — disse Lydia, focando na parte agradável da abolição.

Era verdade, havia intelectuais, músicos, abolicionistas e outras personalidades negras que foram famosas no final do século passado. Era um número insignificante, comparado ao de ex-escravos na miséria, pedindo dinheiro pelas ruas, sendo explorados e aceitando todo tipo de trabalho para comer. No entanto, não era o que eles ensinariam às crianças naquele dia. Em algum momento, elas saberiam. Ver aquelas pessoas ali no parque, por sua conta, era um bom começo.

— Há um tempo, eu vi uma atriz negra. Foi uma das vozes mais belas que já ouvi — contou Eric.

— Onde foi? — perguntou Lydia, pois nunca tinha visto uma peça com uma pessoa negra.

— Numa companhia de teatro, eu estava na faculdade. Já vi outros artistas negros, mas ela foi a primeira que vi no papel principal.

O fato de que eles sabiam que não veriam uma atriz negra no papel principal do Drury Lane ou de outro teatro Real em nenhum momento próximo ficou implícito entre eles.

— Há uma camareira negra lá em casa, a Srta. Solarin. Ela está conosco há alguns anos e faz companhia a Sophia — contou Eric. — Ela estava no campo e, quando viemos para cidade, pediu para vir. Disse que lá não havia ninguém como ela. Acho que está contente aqui.

— E como ela chegou lá? — Lydia perguntou, com curiosidade.

— Veio da casa da minha irmã, que a contratou em algum momento após o nascimento da minha sobrinha. É uma pena Sophia não ter vindo, ela teria adorado. Agora terei de jogar peteca com ela para recompensá-la.

Aaron e Nicole estavam completamente confusos, mais ainda com os adultos conversando entre si. Não fazia o menor sentido para eles. No momento, tudo que entendiam é que pessoas com a pele escura trabalhavam com as pessoas brancas que tinham emprego na casa de alguém. Eles estavam certos, a população negra em Londres já havia ultrapassado os dez mil e estava limitada à classe trabalhadora. Com raríssimas, excêntricas e populares exceções. Como artistas, boxeadores e intelectuais. Atualmente, estes já eram netos de ex-escravos.

— Eles jogam peteca? — Aaron pegou a peteca e, em sua cabeça, ver mais duas crianças para brincar era tudo que importava.

— Meus pés já estão doendo — reclamou Bertha, recusando-se a seguir as crianças novamente.

Lydia os seguiu, pois a babá não ia deixar seus protegidos brincarem com qualquer criança que aparecesse no parque. Se as roupas não denunciassem, alguém tinha que explicar que seus irmãos não eram duas pestes perdidas. Nicole, ainda sem entender de sutilezas, aproveitou que estava perto da babá e ficou olhando para ela. Ainda achava que havia sol envolvido na história e agora que havia visto que a pele do cocheiro era mais escura que a pele da babá, ela tinha certeza que era sol.

— Vamos nos refrescar, eu conheço um lugar. — Eric colocou as crianças na caleche.

Elas finalmente estavam cansadas e famintas. Quanta energia tiveram para gastar! Depois que encontraram aqueles outros dois meninos travessos, foi impossível contê-los. Em algum momento, até Lydia desistiu. Eles perderam os sapatos, sujaram as meias e, antes de levá-los para o veículo, os três, a babá e os dois cocheiros tiveram de andar na grama atrás dos sapatos das quatro crianças.

Agora, praticamente fugiam, pois estava no horário das pessoas elegantes da sociedade chegarem ao parque para trotarem em seus cavalos pela Rotten Row e exibirem suas roupas em seus veículos abertos. Tinham que tirar as crianças dali e sumir, antes que todo mundo soubesse que os três passaram o dia juntos.

Refrescar-se significava ir tomar um sorvete na confeitaria Gunter's, na Praça Berkeley. Eles fugiram dos conhecidos no Hyde Park, porém havia outros, com seus veículos estacionados em frente a Gunter's, e damas sentadas dentro, o que, além de ser mais respeitável, só provava que elas gostavam de serem servidas. E garçons corriam da praça para a confeitaria, com bandejas servindo sorvete e desespero.

Porém, lá dentro, havia grupos apenas de moças, o que lhes permitia usufruir do local. Quando Eric conseguiu seu próprio garçom, as crianças estavam com os olhos brilhando de ver tantos doces passando de um lado para o outro.

— Bolo — disse Aaron. — Não, sorvete. Não...

— Bolo! — disse Nicole e olhou para Bertha. — Um pouco de sorvete?

Não era todo dia que eles tinham a oportunidade de ver tantos sabores de sorvete. E tudo tão colorido que uma criança tinha de ficar em dúvida. Sorvete estava na moda desde que ficou popular no meio do século passado, nas confeitarias que se instalaram na cidade, geralmente de confeiteiros franceses e italianos. Tanto que, para muitos membros da sociedade, era costume parar ali em seu caminho para um dos passeios elegantes de carruagem.

Desde que ficassem no veículo, até rapazes cortejando uma jovem debutante podiam parar ali na praça e tomar um sorvete juntos. E imaginem, até mesmo sem acompanhante, apesar de ser ousado. O que o sucesso do sorvete não fazia!

— Eu lhe dou um pouco do meu sorvete se escolher bolo — Bertha disse a Nicole.

Aaron olhou para Lydia na mesma hora e ela empinou o nariz e segurou o sorriso.

— Não vou lhe dar nem uma colherada, decida-se.

O menino fez um bico e olhou para Lorde Bourne.

— Eu lhe compro os dois, se sua irmã permitir. Mas terá de tomar o sorvete primeiro, pois derrete num piscar de olhos. Talvez nem queira mais o bolo.

Algum tempo depois, quando o garçom voltou com o pedido, as crianças já estavam ansiosas. Eric estava aprendendo uma coisa ou duas com a experiência de ficar com a sobrinha, pois pediu biscoitos compridos para as crianças. Aaron escolheu chocolate. Lydia pediu o sabor de nozes queimadas e Bertha optou por uma mistura de limão e flores. E Nicole acabou com o sabor mais chique, afinal, abacaxi ainda estava em alta.

Nicole e Aaron passaram por seu momento mais quieto do dia, ambos apertados lado a lado no banco, com as mãos pequenas enfiadas em um dos braços da taça. E as colheres trabalhando. Vez ou outra, alguém dizia a Nicole para tomar cuidado, estava derramando, e para Aaron comer devagar. Lydia estava bem ao lado deles em seu papel de irmã mais velha.

As crianças acabaram enfiando a colher um no sorvete do outro, o que não era nada educado, e Aaron deu uma mordida no biscoito da irmã. Nicole se vingou roubando uma boa colher do seu sorvete e Lydia impediu que ele fizesse o mesmo.

Enquanto isso, Bertha sentia como se tivesse acabado sozinha com Eric. Ele escolheu um estranho sabor de café e pelo que parecia levava algum tipo de licor. Como o sorvete realmente derretia rápido, Bertha sentia tudo gelado, pois não parava de tomar colheradas.

Tudo ficou ainda pior quando ela avistou as amigas da Srta. Gilbert em outra caleche. Eric estava muito mais interessado em descobrir sobre os sabores que ela mais gostava.

— Limão com jasmim? Eu sequer posso dizer que gosto a flor teria.

— É muito agradável, quebra o azedume do limão, mesmo que eles acrescentem tanto açúcar — ela explicou. — É mais doce que o de chocolate, que é um tanto amargo.

— O café também vem um tanto amargo, creio que é o uso do licor que melhora. Quais outros doces a senhorita gosta?

— Todos os tipos... Os gelados têm minha afeição. Frutas com creme também.

— Bolos?

— Sim, daqueles bonitos. — Ela deu um leve sorriso.

— Eu posso acompanhá-la de volta à confeitaria em qualquer dia, caso aceite o meu convite, para comermos bolo.

— O senhor aprecia tanto assim os bolos?

— Um pouco, mas eu apreciaria um pedaço de bolo em sua companhia.

Bertha colocou uma colher bem cheia de sorvete na boca e tornou a passá-la gentilmente pelo fundo, capturando tudo que já derretia.

Ao lado, pessoas passavam em suas carruagens e algumas acenavam. E viam a cena incomum do grupo com duas crianças, Lorde Bourne, a filha do marquês de Bridington e uma jovem que devia ser a companhia. Havia algo de estranho ali. Se o garçom reparou no estado um tanto deplorável das crianças, nem piscou. Ele que não iria conjecturar sobre como aquelas pessoas excêntricas da nobreza apresentavam seus filhos naqueles caríssimos veículos.

— Eu não tenho muito tempo livre — ela mentiu.

— Tem sim — intrometeu-se Aaron. — Toda vez que não está em algum lugar com Lydia, está em casa.

Lydia manteve a colher na boca e apertou os lábios, para não perceberem que estava rindo.

— Bem, eu não lembro de nossa agenda para os próximos dias — disfarçou Bertha.

— Estarei à disposição para receber seu bilhete com o horário mais apropriado para buscá-la — concedeu Eric.

Bertha baixou sua taça vazia e virou-se um pouco para ele.

— Lorde Bourne, eu não vou comer bolos com o senhor. Eu não posso.

As crianças ficaram com seus olhos bem abertos, acompanhando tudo.

— A senhorita poderia esperar para dispensar minha companhia após um encontro desagradável.

— Pare com isso. — Ela balançou a cabeça.

— Bem, então creio que continuaremos passeando em grupo.

— Não! — ela respondeu.

— Sim! — disseram Nicole e Aaron.

— Vocês estão começando a ficar indiscretos — brincou Lydia. — E isso, vindo de mim, significa algo.

— Está anoitecendo, acho melhor voltarmos — disse Bertha.

Foi quando Nicole virou sua taça, derramando o restinho derretido que sobrara ali dentro bem em cima da saia do vestido. E levantou o olhar lentamente, com aquela expressão de culpa infantil.

# CAPÍTULO 8

— Nós brincamos de peteca! — exclamou Aaron.

— E comemos sorvete! — contou Nicole.

— E conhecemos crianças! — continuou o irmão.

Os dois estavam rodando em volta do pai. Ele assentia e perguntava, incentivando-os a contar. E conforme ele foi deixando a sala, os dois continuaram em volta dele, contando tudo.

Caroline havia se sentido indisposta a tarde toda e foi deitar um pouco, antes de todos se reunirem para o jantar.

— Um cavalheiro deixou um cartão — informou o Sr. Roberson. — A marquesa o recebeu, mas disse que era para a senhorita.

Bertha segurou o cartão e viu que pertencia ao Capitão Rogers. Ela se lembrou dele imediatamente, do campo. Ele vivia nas redondezas de Bright Hall, não era vizinho deles, mas a vila de Red Leaves era a maior e mais perto. Era lá que todos naquela região iam, onde o comércio local ficava. E ele esteve na pré-temporada.

— Capitão Rogers? — perguntou Lydia, olhando o cartão. — Eu me lembro dele. Não sabia que viria a Londres.

— Se minha memória não estiver falha, ele é irmão de um barão, mas não consigo lembrar o nome.

— O cavalheiro que deixou o cartão pediu permissão para visita e ofereceu um horário de sua escolha, caso prefira uma ida ao parque.

— Eu duvido que ele queira me visitar. — Lydia foi passando por eles. — Acredito que causou uma boa impressão.

— Estou muito ocupada para isso. — Bertha foi atrás dela, levando seu cartão.

O mordomo seguiu-as até a escada.

— Caso as senhoritas prefiram, posso enviar uma permissão — ele lembrou.

Mesmo sendo irmão de um visconde, o capitão não podia simplesmente vir tocar a campainha da casa do marquês e esperar ser recebido. Não se ele quisesse mostrar que tinha boa educação e intenção. Mais ainda se havia acabado de chegar à cidade e queria ter acesso a uma dama solteira na casa. Ele deixava um cartão.

— Não. — Bertha parou na escada. — Não se preocupe, Sr. Roberson, enviarei um horário para um passeio.

— Muito bem. — Ele assentiu. — O jantar estará pronto a partir de nove horas, será servido assim que a marquesa disser.

— Eu também vou — disse Lydia, seguindo à frente no corredor.

— Você não precisa.

— Não há a menor possibilidade de eu deixá-la ir sozinha a um encontro com esse senhor que não lembro bem da personalidade, do caráter e tudo mais.

— Você vai aproveitar seu tempo em casa. Já fez muito por hoje.

— Não acredito que ainda está zangada por eu ter arma... facilitado um dia de passeio com Lorde Bourne. Foi divertido e agradável. Agora, Aaron e Nicole estão encantados com ele. E você precisa parar de mentir. Quando vai passear com ele?

— Jamais. Não se eu quiser continuar com meu trabalho, minha reputação e minha paz. — Ela entrou no quarto e começou a tirar os grampos do cabelo.

Bertha enviou um bilhete ao capitão, dizendo-lhe que só teria a agenda livre dali a dois dias. Ele ficou intrigado com isso. Quando foi até lá e deixou seu cartão, também foi informado de que ela não se encontrava.

Horace — Capitão Rogers — lamentava ter chegado atrasado a Londres, porém ele tinha seus deveres. E não fazia parte da sociedade elegante, com vários compromissos e bailes para atender durante a temporada. Em compensação, seu irmão mais velho, o barão de Prior, costumava atender a eventos com a esposa.

Eles não eram exatamente a família mais famosa e popular da roda, recebiam muitos convites, porém não eram parte dos círculos mais seletos. Eram só mais uma família de nobres, com dinheiro para gastar, moças para casar e acotovelando-se na temporada pelos melhores convites. A baronesa esteve muito ocupada em evoluir esse quadro, conseguindo sucesso em sua missão, mas não era problema de Rogers.

Quando finalmente encontrou a Srta. Gale no parque, ela não estava com a filha do marquês. E ele nunca a havia visto sem ela, a não ser nas poucas ocasiões em que a encontrou na vila e ela estava com a mãe ou seu irmão mais novo. Certo dia, ela foi até lá sozinha, dirigindo seu faetonte. Ela era uma jovem bem moderna, ele havia notado. Sensata e bela, ele havia notado isso também. E uma verdadeira dama, apesar de suas raízes, algo que ele estava ciente dessa questão.

Mesmo para ele, a Srta. Gale estava um tanto abaixo na hierarquia social, mas era um militar e não havia perigo de herdar o título. Seu irmão já havia produzido dois herdeiros e não se intrometia em sua vida. Claro que o barão veria com bons olhos o casamento do seu irmão mais novo com a filha de algum outro nobre ou mesmo uma herdeira para alavancar a conta e a árvore genealógica da família.

Porém, Rogers não era esse tipo de cavalheiro social. E a Srta. Gale era mesmo uma dama, criada e educada como tal. Seria uma esposa notável, inteligente e com ensinamentos para passar aos seus filhos. Ele não achava que ela reclamaria da vida de esposa de um militar, mesmo quando viajassem.

— Eu fico feliz que a senhorita tenha conseguido me encontrar aqui na cidade — ele disse, assim que Bertha desceu do faetonte. Não era o veículo dela, mas do marquês.

Ela veio guiando o veículo, com a Sra. Birdy ao seu lado, e era uma daquelas coisas que ela fazia e o capitão achava um tanto ousadas, classificadas como alguns dos excessos que a nobreza se permitia. Afinal, era o veículo mais em alta no momento para passeios curtos. Era leve, puxado por dois cavalos e perigoso. Com as rodas de trás bem maiores, o assento era lá no alto e, no caso do faetonte do marquês, o corpo foi construído mais para trás. Era a preferência dele. O veículo que Bertha dirigia no campo tinha o corpo mais para frente, o que ela achava mais fácil para controlar os cavalos.

O cavalariço desceu do reservado atrás do assento, mas o capitão foi quem as ajudou a descer.

— O senhor foi muito gentil em me convidar. Fiquei surpresa por lembrar-se que eu também estava aqui — ela comentou.

— Não tanto, eu não costumo fazer promessas vãs. Eu disse que a encontraria quando chegasse.

— É claro. — Ela abriu um leve sorriso, só para disfarçar. Devido a tudo que já passara desde que chegara a Londres há uns bons dois meses, não tinha como se lembrar disso. — Esta é a Sra. Birdy, ela estará conosco.

A camareira o cumprimentou. Ela aproveitou que iria ao parque e combinou de encontrar sua irmã mais velha, que era a governanta de outra família. Assim, Bertha acabaria com duas acompanhantes, enquanto as irmãs conversavam e mantinham um olho no gato e outro no peixe.

— Eu lamento muito ter chegado tão atrasado à temporada. Perdi muitas novidades?

— Não muitas, nada que o senhor se interessasse.

— Digo, em relação à senhorita.

— Não, de forma alguma, eu tenho participado de muitos eventos, é claro. Porém, meu foco é a Srta. Preston.

— Fico feliz, como ela está passando?

— Muito bem, divertindo-se imensamente na temporada.

— Assim como a senhorita — ele sondou.

— De certa forma. — Ela deu outro sorriso leve.

Enquanto passeava com ela, Rogers pensava que estava passando a perna nos outros rapazes lá do campo e aqueles que conhecia de perto da vila. O filho do dono da mercaria, o dono da ferraria, o herdeiro do negócio de hospedagens, outros militares que conheceu na pré-temporada, todos com seus olhos brilhando quando viam a Srta. Gale.

Bertha era uma moça muito encantadora e sua educação muito acima da posição de sua família chamava atenção. Em círculos menos seletos e daqueles que não precisavam de uma herdeira para pagar suas dívidas, ela era concorrida. Lá no campo, rapazes começaram a aparecer para visitas na casa de seus pais sempre que ela estava lá, porque eles não podiam ou não tinham coragem de aparecer em Bright Hall. Não era apropriado para pessoas tão abaixo na escala social irem bater na porta de um marquês, atrás de sua protegida.

Oficiais com meios próprios, comerciantes locais, arrendatários e seus filhos, até o novo vigário. Todos queriam ser notados por uma jovem tão bela e almejavam ter uma dama como esposa. Ela havia recebido uma educação melhor do que eles. Alguma hora, Bertha teria de escolher um deles, não é? Antes que ela acabasse partindo como acompanhante da filha do marquês, quando Lydia se casasse com algum nobre endinheirado.

O que levava o Capitão Rogers a conjecturar sobre o que a Srta. Gale estaria aprontando na cidade. Sem seus pais. Claro, ela cresceu com os Preston, porém eles eram muito permissivos. E eram moralmente excêntricos e liberais, como a maioria das pessoas na alta sociedade. Sempre envolvidos em escândalos e boatos. Com comportamentos que chocavam as pessoas mais simples, especialmente a classe média em geral. Rogers receava que Bertha estivesse muito envolvida nesse mundo deles.

— Ficarei na cidade pelos próximos meses, imagino que nos encontraremos com certa frequência — ele comentou.

Bertha não poderia opinar sobre isso, ela não sabia que tipo de convite a família dele recebia.

— Espero que sim, vai ser muito agradável ter alguém do campo aqui.

A irmã da Sra. Birdy juntou-se à camareira e elas conversavam intensamente, enquanto se mantinham a vários passos de distância do casal. Em certo momento, elas começaram a trocar pequenos embrulhos que tiravam de suas bolsas. Ambas carregavam bolsas de braço, maiores do que uma retícula tradicional, porém discretas.

Os dois continuaram caminhando e deram a volta por um dos caminhos do parque. Um pouco à frente, já dava para ver alguns cavaleiros na Rotten Row, do outro lado do rio. Rogers estava contando a Bertha sobre seus conhecidos em comum em Devon, deixando de fora — propositalmente — os supostos pretendentes dela. Ao menos aqueles que ele conhecia e viu que se aproximaram dela.

Havia todo um mundo de rapazes que ele nunca via, pois não faziam parte de seu círculo. Estavam abaixo, como o filho do dono de duas das hospedarias locais, ou muito acima, como Lorde Bourne, que Rogers jamais imaginaria que estava propondo passeios a Bertha.

— Eu não imaginei que eles formariam um casal — respondeu Bertha, sobre a filha mais nova dos Bryant e o tenente Dalton.

Eles haviam se encontrado na casa da família da moça, em um chá da tarde. A família estava justamente apresentando as filhas solteiras a rapazes locais. Eram uma família de classe média, donos de algumas terras. Tinham parentesco distante com algum nobre e certas expectativas sobre os rapazes com quem iam deixar suas filhas casarem. E um tenente não parecia ser o que eles perseguiam. Eles queriam casamentos para subir socialmente.

— Ninguém imaginou, mas os dois tinham outros planos — ele especificou. — Planos dos quais os pais da moça não estavam a par.

— Ah, claro. — Ela assentiu, entendendo. — Uma pena que eu não estivesse lá para o casamento. Eu teria gostado de lhes desejar felicidades.

Quando atravessaram a grama para tomar o caminho do outro lado, Bertha manteve a mão enluvada sobre o antebraço dele, como se não se importasse com a proximidade. E manteve seu pequeno guarda-chuva na outra mão, protegendo-a do sol. Parecia que ela fazia esse tipo de passeio todos os dias. Não havia aquele embaraço de jovens debutantes passeando sozinhas com um pretendente. E isso só deixava o capitão com a pulga atrás da orelha, muito preocupado com suas atividades.

— Se a senhorita estiver disposta nas manhãs, eu acharei um horário mais saudável para cavalgar. — O Capitão Rogers estava procurando maneiras de encontrá-la sem que sempre precisasse convidá-la para passeios formais.

Bertha o olhou e disse, sinceramente:

— Na maior parte das manhãs, eu estou alerta e disposta. Porém, quando chegamos muito tarde de algum baile ou mesmo do teatro, não consigo encontrar a mesma disposição de quando acordo pela manhã lá em Devon.

Ele chegou a torcer a boca ao saber que ela estava chegando em casa de madrugada, pelo jeito que falava, constantemente.

— Posso deixá-lo saber dos dias na semana em que poderei acompanhá-lo pela manhã, não quero atrapalhar seu exercício.

— Eu duvido. Mesmo que prefira trotar, eu apreciarei o tempo que passaremos juntos — ele respondeu, regulando seu tom para não ser muito incisivo.

— O senhor gosta de teatro? Eu gosto muito de comédias, porém sempre choro nas óperas, especialmente as românticas. Nunca vi uma montagem com aquele humor cantado, apesar de o marquês dizer que algumas já passaram pela cidade.

— Deve soar inesperado, mas fico muito entretido por dramas intensos. Especialmente pela emoção de bons atores num palco. Ainda não consegui ir a boas comédias, eram sempre tão óbvias ou vulgares. Imagino que nesse tempo em Londres terei mais oportunidades.

Ele não deixou de notar sua sutil, porém decisiva, mudança de assunto e pensou que ela continuava dando-lhe sinais confusos. Ele avançava e recuava com ela, desde que seu interesse nasceu. E aquela separação, além da partida dela para a temporada, não ajudou sua causa. Rogers nunca conseguiu desvendar suas atitudes ou passar tempo suficiente em sua companhia para saber se ela correspondia o interesse.

A Sra. Birdy se aproximou junto com sua irmã e disse:

— Bertha, precisaremos de tempo para a preparação para o jantar, não se demore na volta.

Assentindo, Bertha virou-se para o capitão e disse:

— Tenho um jantar para ir essa noite.

— A senhorita estará sozinha? — Ele não conseguiu se conter.

— A Srta. Preston estará comigo.

O Capitão Rogers sabia que isso era o equivalente a estar sozinha, em várias situações permissivas demais e impróprias para uma jovem solteira. E sem acompanhamento adequado.

Eles voltaram pelo mesmo caminho. Rogers não pôde mais insistir sobre informações do que Bertha faria naquela noite; seria muito intrusivo. E ele queria se tornar oficialmente seu principal pretendente antes de ficar intrusivo.

— A senhorita deixou uma impressão muito forte em mim — ele lhe disse, antes que chegassem ao faetonte. — Mesmo após esse tempo, eu gostaria de ter a oportunidade de passar mais tempo em sua companhia.

Dessa vez, Bertha puxou o ar lentamente e o soltou; era como se tivesse postergado esse momento o máximo que pôde, porém a temida hora chegou. Não importava quão humilde uma moça fosse, para um cavalheiro voltar atrás dela depois de intensificarem sua relação na pré-temporada, algum interesse além de amizade ele deveria ter.

— Eu lhe enviarei um bilhete com meu próximo dia livre. Espero exercitar um dos cavalos do marquês. — Ela sorriu e aceitou sua mão para subir no veículo. Assim que pegou as rédeas, eles partiram, deixando o capitão na calçada do parque.

A Sra. Birdy colocou a mão em seu chapéu para ter certeza de que não voaria e olhou por cima do ombro.

— Aquele cavalheiro parece muito interessado em você. De onde o conhece?

— Do campo, porém só nos tornamos mais próximos na pré-temporada.

— E quão próximo isso seria? — A Sra. Birdy franziu o cenho.

— O equivalente a encontros na vila e eventos em comum.

— Não me parece tão próximo quanto ele gostaria.

— Imagino que não.

— Você está interessada nele?

— É muito cedo para dizer — Bertha disse sucintamente, manobrando o faetonte por uma curva.

— Seria muito cedo para dizer se você está apaixonada, mas interesse é um sentimento traiçoeiro e esquivo. Ele é capaz de acontecer em um único encontro e se consolidar caso os encontros se repitam. Como você o encontrou algumas vezes, saberia dizer se sente interesse.

A Sra. Birdy sempre tinha um conselho ou um contraponto lógico para dar. Isso certamente tornava seu valor como camareira imensurável. Afinal, uma camareira inteligente e experiente era a salvação da vida das damas que tinham o privilégio de ter alguém assim a seu serviço. Se fosse alguém fiel e dedicado como a Sra. Birdy, era melhor paparicá-la para mantê-la eternamente, pois era insubstituível.

— Pelo seu silêncio, concluo que esse não é o cavalheiro que desperta seu interesse. Eles geralmente deixam moças com sentimentos alterados.

— Não estou com meus sentimentos alterados — teimou Bertha.

Sua mente traiçoeira levou-a a pensar exatamente no motivo para suas alterações: Lorde Bourne. Ele era o mais perfeito exemplo de interesse despertado. Desde o primeiro encontro. Ela nem soube reconhecer o que aconteceu. Então, na segunda vez, o interesse deu-lhe um beliscão mais forte, para ela sentir que algo acontecia. Atualmente, o tal do interesse estava dando-lhe tapas tão fortes que ela sentia-se tonta. E corria, rápido, para longe. Temendo chegar ao ponto de ser nocauteada.

— Claro que não está, meu bem. Essa noite, usaremos modelos mais alegres, está bem? Algo mais colorido do que branco. — A Sra. Birdy sorriu levemente.

Era aniversário de Janet — Srta. Jones — e seu pai, o conde de Asquith, permitiu um jantar em comemoração. A diferença de tratamento não passou despercebida, mesmo que Janet aceitasse o fato como algo inevitável com o qual ela não queria se irritar. Quando seu irmão, o herdeiro do condado, completou trinta anos, seu pai ordenou um baile. Foi grandioso e caro. O conde tinha esperança de acabar com a solteirice convicta do filho.

Sua filha estava completando vinte anos e ele estava lhe proporcionando um jantar discreto, com todos os pratos necessários para demonstrar seu status e do seu chef italiano. O conde também queria saber quando sua filha se casaria com algum jovem herdeiro que não envergonhasse a família e viesse com um título notável e terras próprias. Ao menos, ele estava deixando a pergunta para os ouvidos da esposa.

Os rapazes começaram a chegar com buquês de flores para a dama; presentes acima disso podiam ser mal vistos por pessoas de fora da família. As moças prepararam fitas e caixinhas de flores para enfeitar sua penteadeira. Aniversários não eram exatamente grandes comemorações; passavam discretamente para a maior parte das pessoas.

Com exceção da realeza, claro. Todos esperavam as enormes e escandalosas festividades para comemorar o aniversário do rei e de seus pares. A nobreza, extravagante e com meios para isso, vez ou outra também dava bailes enormes e adicionavam que era pelo aniversário do herdeiro, da dama da casa, alguém importante. Abaixo disso, ficava-se com as felicitações familiares.

Janet estava feliz em dar seu primeiro jantar em Londres, e exclusivamente por sua causa. Ela tinha quinze convidados; todos os lugares à mesa estariam ocupados. Ela teve liberdade para convidar quem quisesse e escolheu seu costumeiro grupo de jovens acompanhantes, mesmo que sua mãe tenha resmungado que isso excluía completamente certas "pessoas importantes". E seu pai criticou a libertinagem e a falta de modos desses "jovens românticos" com quem Janet estava andando.

No mais, os pais não interferiram. Seus amigos jovens, libertinos, sem modos, românticos e com ideias esquisitas eram herdeiros de condados, marquesados, filhas de algum conde, terceiros filhos de algum marquês. E, no mínimo, bem relacionados se seus títulos — ou futuros títulos — já não fossem tão notáveis.

— Isso está divino — comentou Lorde Pança, apreciando uns aperitivos que Janet serviu.

A escolha dela para o menu também não seria o que sua mãe normalmente colocaria à mesa, porém os convidados da condessa eram outros.

— Eu sabia que você apreciaria. — Janet sorriu para ele e olhou seus convidados, todos acomodados nos sofás, poltronas e cadeiras acolchoadas distribuídas na sala de estar principal. — E gostaria de agradecer a todos vocês por terem dado preferência a esse meu jantar íntimo ao invés de suas agendas ocupadas para a temporada.

Houve um coro de frases similares e ditas em conjunto:

— É claro que eu viria prestigiá-la.

— Eu jamais deixaria de vir.

— Foi o melhor convite que recebi para a semana.

— A senhorita é encantadora demais para ter um jantar rejeitado.

Bertha havia sido convidada por conta própria, o convite até chegara em seu nome. Eles eram individuais e, pela primeira vez, havia um Srta. Gale escrito num convite. Ela sentia-se tola por tê-lo guardado com tanto carinho, dentro do seu livro de anotações e memórias. Porém, era ali que ela registrava e guardava pequenos pedaços de suas experiências desde que chegara a Londres.

E... Lorde Bourne estava sentado bem ao seu lado, algo que a deixava um tanto inquieta. Enquanto Lydia estava no sofá mais afastado, conversando animadamente com a Srta. Wright e com Cowton — Lorde Soluço —, que ainda não havia começado a soluçar. Eric bebia pequenos goles do ponche do qual Janet escolhera o sabor e conversava com Greenwood, pois até ele havia comparecido.

A Srta. Durant estava longe demais, sentada ao lado de Richmond e com Lorde Hendon na poltrona à sua direita. O número de convidados não estava harmônico entre damas e cavalheiros, outro feito que a condessa criticou e Janet teimou em não consertar. Ela disse que seus amigos não se importavam com isso.

Bertha estava achando estranho que Lorde Bourne estivesse se comportando como se nada tivesse acontecido. E justamente hoje que ele estava livre, pois sempre tinha moças e mães à sua volta, sondando sua posição sobre a esposa que procurava para essa temporada.

Ele estava atrasado, pensou Bertha, pois não tinha nenhuma pretendente em vista. Se tivesse, já teria se tornado uma fofoca. E as outras que tivessem interesse nele não gostariam isso. Porém, suas mães odiariam. Nesse ritmo, ele teria de ficar em Londres na baixa temporada ou seguir os eventos campestres atrás de senhoritas que não tivesse conhecido ou numa tentativa de reencontrar outras que...

— Srta. Gale? — chamou Eric, num tom de quem estivera chamando há algum tempo.

Havia um pajem, com um copo de ponche numa bandeja de prata, oferecendo-o a ela, que esteve com todos aqueles pensamentos na mente e nem percebeu que virou todo o líquido como se estivesse sedenta.

— Ah, não, obrigada. Vou esperar o jantar. — Ela entregou seu copo, como se fosse algo muito perigoso.

Lorde Greenwood foi conversar com Deeds, por quem ele parecia ter afeição, deixando-os por sua conta até que mais alguém trocasse de lugar. Tentando parecer normal, sem nenhum resquício de alteração emocional ou sequer de sua respiração quando estava na presença de Eric, Bertha iniciou uma conversa:

— E como está sua busca pela esposa perfeita? — ela indagou. — Não tem muito tempo sobrando para dispensar bailes e outros tipos de festividades e vir a um jantar íntimo com seus conhecidos mais próximos.

— Eu chamo alguns aqui de amigos, Srta. Gale. Outros estão bem perto disso. E eu gosto de manter contato com meus amigos. Tenho muito apreço pela Srta. Janet, não deixaria de vir. Não é todo dia que vemos uma dama comemorando seu aniversário.

Ela notou que ele focou em outro aspecto da pergunta e não lhe disse como estava sua busca. Bertha sabia que parecia uma matrona interessada nos compromissos dele e isso lhe dava vontade de rir e mascarava seu indesejado interesse.

— Eu dou muito valor a amizades verdadeiras — ela comentou.

— Eu notei, sua relação com a Srta. Preston é algo que eu apenas poderia almejar.

— O senhor não tem amigos de infância?

— De certa forma. Eu tinha a minha irmã. Porém, conheço alguns dos cavalheiros presentes desde o colégio.

Ela não queria chegar mais perto dele nem saber do seu passado, suas mágoas e sua história. Já sabia o suficiente para terem conversas educadas, pois era o único tipo de conversa que deveriam ter. Breves. Impessoais.

— Uma única irmã? — ela indagou, tomando o caminho contrário ao bom senso.

— Sim.

— Então a sobrinha da qual fala tanto... Sinto muito. Eu pensei que houvesse outras.

— Ela era mais velha do que eu. Foi um acidente há pouco mais de três anos.

— Está com ela desde que tinha quatro anos?

— Ela completou quatro anos comigo. — Ele pausou, olhando-a. — O nome dela é Sophia. Ela é um pouco mais calma que Aaron e Nicole, porém não deixa de ter os seus momentos. Imagino que, se tivesse crianças para interagir, ela daria vazão ao seu lado bagunceiro mais vezes.

Claro que ele havia memorizado o nome das crianças. E certamente não esqueceria tão cedo que passou um dia inteiro com elas, num acerto que era melhor não mencionar nos bailes. Esse era o tipo de boato que estava circulando, porém os lugares estavam trocados.

Alguém viu Lorde Bourne na companhia da Srta. Preston numa caleche, tomando sorvete no Gunter's. As duas crianças que os acompanhavam só poderiam ser os filhos do marquês de Bridington, irmãos dela. Diziam que eles haviam estado no Hyde Park, num passeio no horário da manhã. Ou seja, em torno de uma da tarde.

Se eles estavam no Gunter's em torno das cinco da tarde, foi um passeio deveras comprido para um pretendente. Aliás, o que os filhos do marquês faziam lá? Será que as negociações já estavam tão adiantadas que ele estava levando as crianças?

Ah, a jovem acompanhante da Srta. Preston também foi vista junto.

— E onde ela fica? — indagou Bertha.

— Onde eu estiver.

— Mas...

— Ela não pode ficar sozinha, não é?

— Sim, é claro que não. Eu só pensei que...

— E tampouco com meu avô. Seria um tanto tedioso para uma criança de sete anos.

— Seu avô?

— Meu pai não tinha a melhor das saúdes e acabou partindo cedo.

— E sua mãe? — ela perguntou rápido, já totalmente envolvida pela vida dele.

— Não sei.

— Como o senhor não sabe? Não tem ideia se está viva?

— Bem, ela me escreve umas três vezes ao ano. Quatro, se contar a carta anual que manda para a neta.

117

Bertha franziu o cenho. Não era da sua conta, porém sua curiosidade estava borbulhando. Ela olhou para os lados e tornou a virar-se em sua direção.

— É algum segredo que o senhor preferiria que os outros não soubessem?

— Eu acho difícil que todos não saibam que minha mãe está em outro local que não é seu posto de viscondessa viúva. Porém, ela nunca foi do tipo que faz o que os outros esperavam dela.

Como ele estava contando a parte da sua mãe com um tom leve e certo humor em sua fala, Bertha não conseguia descobrir se ele fazia isso por não se importar, por ter desistido de se importar ou para esconder sua mágoa. Talvez um pouco de tudo isso.

— E... ela os deixou há muito tempo?

— Meu pai faleceu e ela resolveu viajar para espairecer. Raramente a encontrava. Mas Napoleão aconteceu e uma guerra entrou em seu caminho. Ela voltou correndo para a Inglaterra e descobriu que sua filha havia morrido. Segundo ela, a dor era muito grande, então partiu de novo, mas antes me pediu para não morrer, pois era tudo que lhe sobrava.

— E onde ela está agora?

— Sua última carta veio da Grécia. Ela afirmou ter chegado lá sem muitos problemas, apesar de o sentimento pós-Napoleão permanecer em certos locais e não ter sido uma grande festividade como fizeram aqui em Londres. O que ela escreve é muito interessante. Ela disse que vai lançar alguns livros de memórias e viagens.

— Parece ser uma pessoa bem interessante.

— Ela é. Infelizmente para mim e minha irmã, minha mãe nunca deveria ter tido filhos. Casar e tê-los foi justamente a parte que ela atendeu da expectativa dos pais. Ser a viscondessa dava-lhe muita liberdade. Depois, ela descobriu que ser uma viúva rica era melhor ainda. — Ele sorriu. — Espero que ela nos visite em breve, Sophia quer conhecê-la.

— Ela não a conhece?

— Sim, mas tinha quatro anos e diz não lembrar. — Ele também não parecia se importar.

Pelo jeito que ele vinha falando desde o dia que saíram para passear, Bertha percebeu que, na verdade, Lorde Bourne tinha uma filha. Era assim que ele falava da menina: como se fosse sua. Devia chamá-la de sobrinha para as pessoas não ficarem confusas, mas dava para ver que estava além disso.

— O senhor pensa que ela não fez nada muito diferente do que vemos as pessoas, especialmente seus pares, fazendo com seus filhos. Por isso está tão decidido a criar sua sobrinha?

— Não estou decidido, eu já a crio, muito mal, tenho certeza. Mas ela ficará comigo. Minha irmã não a deixava para trás, estava sempre com ela. Eu já a deixo tempo demais com a Srta. Solarin, mas eu preciso.

— É por isso que quer uma esposa? — Bertha perguntou baixo.

Ela amaldiçoou aquele seu interesse desmedido. Se não tivesse ideias tolas sobre Eric, ela o colocaria no primeiro lugar de pretendentes aceitáveis para Lydia. Ele tinha até pessoas loucas em sua família; histórias estranhas e escandalosas que ele contava com bom humor. Tinha tragédias e perdas que ele claramente ainda tentava superar, dava para ver em sua expressão quando falava da perda da irmã. E no franzir de cenho determinado e no tom carinhoso ao falar da sobrinha.

Ele também era ousado, persistente e bem-humorado. E ativo. Atlético e bonito. Rico, claro, isso contava, pois Bertha era a matrona mais jovem de Londres. E matronas sempre pensavam no futuro financeiro de suas protegidas. Lydia era uma herdeira, não colocaria sua fortuna em risco. Mas Eric não precisava se casar por dinheiro. Era a combinação perfeita na mente de uma matrona.

Infelizmente, por algum motivo, Bertha não via uma combinação entre sua amiga e Bourne; havia algo que não os encaixava. Eles não eram o par correto e um não tinha interesse pelo outro, além de camaradagem.

— Sinceramente? Também — ele respondeu, decidido a não esconder um dos motivos, ainda mais dela.

E ele era sincero. Lydia também era sincera. Eles se dariam bem, pois ele não parecia se importar com excentricidades e moças de gênio forte que não cabiam em padrões. Ou que não fossem perfeitamente comportadas e exemplos de elegância e comportamento de uma dama bem criada. Lydia era muito bem criada.

— Porém, só isso não me motiva. Posso manter babás e preceptoras para ocupar o tempo que eu não estiver.

— O senhor tem uma lista do que espera numa esposa?

Ele franziu o cenho e chegou a se virar mais para ela.

— A senhorita está de brincadeira? Isso funciona?

Bertha soltou o ar com alívio. Se ele tivesse uma daquelas listas, seria eliminado imediatamente.

— O senhor ficaria surpreso se pensa que poucos cavalheiros têm essas tais exigências listadas.

— A senhorita teria uma lista de exigências para um pretendente?

— Não seja tolo. — Ela virou o rosto, reparando nos outros na sala.

— E exigências informais?

— Não tenho nada disso.

— Então, eu posso colocar meu nome na lista?

— Eu não tenho uma lista!

Eric ficou olhando-a, notando suas mãos apertadas e sua postura defensiva, assim como sua respiração alterada. Eles ficaram em silêncio por um tempo, até que Bertha não conseguiu se segurar e o olhou pelos cantos dos olhos, antes de tornar a virar a cabeça em sua direção.

— Eu quis muito vir ao jantar para encontrá-la. Longe de todas aquelas pessoas, eu tinha certeza de que conseguiria entretê-la numa conversa — ele comentou, assim que ela o olhou.

— O senhor não poderia saber disso.

— Eu sou bem astuto. Por acaso astúcia está na sua lista de qualidades para possíveis pretendentes?

— Para minha protegida? Certamente. Porém, o senhor também é esquivo.

— E muito decidido sobre o que quero. Nem um pouco confuso sobre sentimentos, não tenho aquele traço dramático, tão intrínseco aos meus nobres conhecidos e poetas.

— E juízo, sobrou algum para sua vida amorosa?

— A senhorita gostaria de descobrir?

Bertha ficou olhando para ele com seu cenho franzido, mas sua expressão estava paralisada e seus lábios permaneciam entreabertos. Ela não estava acostumada a ser exposta a esse tipo de flerte direto e incisivo. Isso sequer era um flerte, era uma conversa que estava no caminho para sair dos trilhos.

— Não, eu não. De forma alguma.

— Quando é o seu aniversário? — ele perguntou abruptamente. — Gosta de flores silvestres, não é?

— Apenas no fim do ano. E não me mande flores.

— E quanto aos seus pais? — ele continuou, disposto a não perder aquela chance rara de conversar com ela por tanto tempo, sem ninguém para importuná-los.

— Meus pais são vivos — ela disse rápido.

— E onde estão?

— Em Devon.

— E virão a Londres?

— Não, eles não virão.

— Tem certeza?

— Para que quer saber?

— Para ser adequado, seu pai precisa estar de acordo.

— Com o quê? — ela exclamou.

— Minha adequação para cortejar a senhorita.

— Por tudo que é mais sagrado, pare de me dizer essas coisas.

Eric assentiu e se recostou contra o assento, porém logo depois ficou de pé, pois anunciaram o jantar.

— Foi um prazer conversar com a senhorita. Espero que tenhamos outra oportunidade. Contei-lhe muito sobre minha vida, espero o mesmo de sua parte.

Bertha pulou de pé rápido demais, diferente de seu usual modo gracioso de se levantar.

— Isso não é da sua conta!

Eric lhe lançou um olhar divertido, que parecia ainda mais travesso por ele ter de olhar para baixo e por cima da linha do seu ombro.

— Eu aprecio damas insolentes e geniosas, madame. De fato, já que perguntou, isto está na lista imaginária de exigências que tenho para uma esposa. Cuidado, está começando a se parecer muito com a escolha perfeita.

Com um leve sorriso, ele se afastou para assumir seu posto na fila de entrada do jantar. Devido ao número desigual de damas e cavalheiros, alguns deles entrariam desacompanhados. Lydia acabou com Lorde Greenwood, que não resistiu à chance de provocá-la.

— Será um prazer acompanhá-la, vizinha.

— Nós não somos vizinhos — ela respondeu.

— É um preconceito dizer isso só porque moro do outro lado e uso outra estrada.

— Não lembro do senhor e eu cresci lá.

— Incrível como o destino é cruel. Eu diria que teríamos brincado juntos, porém descobri que sou um pouco mais velho. Eu não convidaria uma criança de cinco anos para minhas corridas.

— De qualquer forma, eu não iria — ela respondeu com pouco caso.

— Só porque eu já tinha uns onze anos e seu pai não permitiria — ele completou, irritando-a.

Com dezoito anos, Lydia era a mais jovem daquele grupo, depois dela vinha Bertha e então a Srta. Jones, que estava completando vinte anos. Os rapazes mais velhos tinham completado vinte e cinco anos recentemente.

Bertha acabou longe de Eric, pois, apesar de tudo ter sido conforme Janet desejava, os lugares à mesa ainda atendiam à colocação por status social. Porém, numa mesa de um jantar normal, com os números harmônicos, ela estaria ainda mais longe dele. Lá no final, bem longe de um visconde, que em breve seria um conde.

E estava óbvio que faltavam algumas pessoas ali. A Srta. Jones era do tipo que não tinha talento para conflitos, ela era amável e sua voz era doce e seu tom costumava ser baixo. Era uma companhia agradável, aquela pessoa do grupo que trazia calma só por estar ali. Consequentemente, os acontecimentos dessa temporada vinham afastando-a ainda mais da Srta. Gilbert. Janet a achava rude, maldosa e rancorosa. No Almack's, convenceu-se de que havia muita maldade nela. E reclamava demais.

Porém, pegaria mal se não a convidasse. Havia outras pessoas que ela também não gostaria de ver no dia do seu aniversário e não sabia o que fazer. Temendo um embaraço social, antes de enviar os convites, ela perguntou o que Lydia achava.

Justo a quem.

— É o seu aniversário, tem o direito de escolher o que quer. Como disse, é a primeira vez que o comemoram assim. Eu não convidaria, ninguém poderia me obrigar. É a minha comemoração.

Os Preston sempre comemoravam entre eles e faziam eventos para as datas marcantes. Porém, não era o comum em outras famílias.

No fim, Janet inspirou-se na rebeldia de Lydia e só convidou quem ela realmente queria ver naquele dia e quem tinha certeza de que proporcionaria bons momentos no jantar.

Claro que isso gerou certa fofoca. O que era a temporada senão drama e intriga? Mesmo para moças tão discretas quanto a Srta. Jones.

# CAPÍTULO 9

Quando a história do jantar estava começando a incomodar, chegou a data de um grande evento que causaria muito mais burburinho e mágoa por falta de convite: a Caça ao Tesouro de Lady Fawler. Não havia maior receita para o desastre, ao menos assim diziam. Ela convidou vários jovens para irem ao Parque Richmond, logo nas primeiras horas da manhã, pois passariam muito tempo lá.

Para lhe fazer companhia, ela teria alguns amigos "mais velhos" que atestariam o bom gosto e a adequação do evento, enquanto os jovens cavalheiros e damas espalhavam-se pelo parque para cavalgar, depois lanchar ao ar livre e dar início à caça ao tesouro.

Claro que Lydia jamais perderia essa oportunidade. Ela poderia montar e dar rédeas ao seu cavalo. Richmond era justamente o local perfeito para isso, era fora de Londres, porém perto o suficiente para um dia de passeio. E junto com ela, estava toda a sua trupe dos eventos. Todos os convidados do jantar, assim como aqueles que ficaram de fora, mesmo as figuras que apareciam vez ou outra no grupo.

Todos caçariam urnas com tesouros dentro e, no final, quem tivesse mais delas, seria o grande vencedor. Havia prêmios do primeiro ao terceiro lugar. Mas era tudo simbólico, não era pelo valor monetário dos itens.

— Eu não sou muito bom em corridas pelo campo — comentou Glenfall, que não ganhou o apelido de Lorde Vela à toa. Ele precisava passar um tempo no sol urgentemente.

— Azar o seu, companheiro. Coloque essas pernas para se exercitarem! — disse Lorde Greenwood, com um grande sorriso.

— Ah, Deus, se minha mãe me vir correndo, ficarei uma semana sem doces! — Riu a Srta. Jones, porém estava apenas parada entre os outros e segurando seu vestido com as pontinhas dos dedos.

A moda no momento ditava vestidos com a barra acima dos sapatos e até nos tornozelos, o que permitia mais movimento. As moças mais espertas, como Lydia e Bertha, vieram com botinas elegantes. Outras, menos dadas a comportamento ativo em meio à grama, estavam com suas sapatilhas. E logo perceberiam que não foi uma boa escolha.

— Eu deduzo que tombos acontecerão — comentou Lydia.

— E isso é exatamente o que a senhorita quer — disse Keller. — Ver a bancarrota dos adversários.

— Sempre! — concordou Lorde Bourne.

Bertha usava botas, pois pretendia ajudar Lydia e andar por todo o espaço demarcado para caçarem. Porém, ela não pretendia participar ativamente. Tinha certeza de que não deveria pontuar na caça, e deixaria isso para os convidados. Mesmo que Lady Fawler e a sua filha, Srta. Wright, não a deixassem de fora.

— Vocês estão cansados antes de começar? Nunca participaram de uma verdadeira caça ao tesouro por uma propriedade inteira? — perguntou Greenwood.

— Isso sim é uma aventura! — concordou Lorde Huntley. — Pode durar dias! Depende de quão travesso é o anfitrião.

— Eu já cacei por uma propriedade inteira. Preparem-se! — desafiou a Srta. Durant, que devia se dar muito bem com Lydia, porque ela só fingia que tinha modos. Mas ainda tinha o espírito de uma garotinha levada do campo, embora disfarçasse muito bem. Assim, começaram a chamá-la de Srta. Sem Modos.

— Vou deixá-los para trás, cavalheiros — anunciou Lydia, parando ao lado da Srta. Durant. Ela olhou para seu lado direito, esperando ver Bertha, sua comparsa, mas ela estava mais atrás. — Venha aqui, não irá fugir de se comportar mal!

— Sim, Srta. Gale! Não finja que é a dama mais comportada desse evento — provocou Eric.

— Até a Srta. Graciosa terá de suar hoje — brincou Keller, com o novo apelido que tinham designado para Bertha, a despeito de seus protestos.

Em meio a risadas, eles se posicionaram na base do parque, onde havia acontecido o lanche há pouco tempo. Lady Fawler segurava uma pistola e seu mordomo estava ao seu lado, certificando-se de que ela não fizesse nada errado com a arma.

Mal havia começado e falariam tão mal de todos se os convidados voltassem e resolvessem contar os detalhes. Era revoltante para alguns como aquele grupo era popular e estava na linha tênue do adequado e divertido, sem nenhuma reputação arruinada. Porém, com acontecimentos tão inadequados em seu histórico.

— Preparar! — gritou Lady Fawler. — Em suas marcas!

Ela ia dizer algo mais, porém apertou o gatilho com a arma para cima e, assim que ela disparou, tropeçou para trás, direto nos braços do mordomo que já esperava.

E todos saíram correndo. Os rapazes rindo à frente, chamando os retardatários e implicando uns com os outros.

— Vamos, Deeds, vamos! — Keller empurrava Lorde Pança, que se esforçava para dar velocidade em suas pernas.

Era permitido formar duplas, mas, para o benefício de apenas um, pois ambos não podiam entrar no ranking dos buscadores na mesma colocação. Assim, permitia-se a participação daqueles que não iam caçar com afinco, mas, se encontrassem uma urna, poderiam colocar na numeração de um amigo.

— Ora essa, Latham! Esse bigode pesa tanto assim? — brincou Lorde Hendon, indo à frente dele.

Lydia bem que tentou ser uma dama e sequer se colocou entre os rapazes, assim ninguém poderia dizer que a viu correndo no meio de vários homens. Porém, ela passou na frente de vários deles, fazendo seu próprio caminho. Lorde Vela e Lorde Apito ficaram para trás.

Bertha correu por entre as árvores, procurando alguma urna. E elas se separaram. A Srta. Gilbert, torcendo o nariz de reprovação, puxava a prima pela mão e percorria um dos caminhos.

— Cuidado com as galhadas, Sprout! — um dos rapazes brincou, quando o Sr. Querido deu de cara com um cervo e estacou.

O parque era originalmente para caça de cervos pelo rei, e eles teriam de dividir o espaço em alguns momentos. Logo, os caçadores de tesouro foram se espalhando mais e se afastando. Alguns começaram a aparecer com urnas embaixo dos braços e, quando ficava difícil carregar, voltavam e deixavam sua pilha à frente das damas mais velhas que acompanhavam Lady Fawler. Ela escrevia o nome de cada um e colocava sob sua pilha de urnas.

A questão não era a velocidade. Richmond era feito para longas caminhadas, eram dois mil e quinhentos acres de muita vegetação, colinas, lagoas e extensos gramados, entrecortados por caminhos de terra, com grandes arbustos floridos e carvalhos centenários se amontoando. Havia várias plantações cercadas para os cervos não as comerem. Lindos jardins cobertos de flores. Eram camélias, azaleias, magnólias e rododentros enfeitando os jardins e os caminhos.

Na primavera, o campo azul de jacintos era algo a ser visto. Era perfeito para sentar, ouvir o zumbido dos insetos, o canto dos inúmeros pássaros que moravam ali e deixar o ambiente atenuar o espírito e encher os olhos de beleza. E, além de caçar, era justamente o que os convidados estavam aproveitando, enquanto encontravam urnas embaixo de arbustos e escondidas em raízes altas.

Lady Fawler havia dito para seus lacaios, cavalariços e arrumadeiras não serem muito inventivos nos esconderijos, pois a caçada deveria durar poucas horas.

Lydia entrou correndo por um caminho entre a beira das lagoas Pen e arbustos altos e coloridos. Logo à frente, Lorde Greenwood pulou entre dois dos gordos e grandes arbustos floridos, fazendo-a estacar para não se chocar contra ele.

— Vi algo brilhando aqui. — Ele se abaixou.

— Eu vi primeiro. — Lydia se abaixou também.

Os dois procuraram, tateando e vendo pouco, com as folhas e flores na sua frente. Até que Greenwood agarrou algo que fez barulho e Lydia sentiu o mesmo com as pontas dos dedos. Ele pegou e ficou de pé. Ela também levantou e o encarou.

— Seu ladrão de tesouro — ela acusou.

— Eu peguei primeiro. — Ele sorriu, divertindo-se com a irritação dela.

— Você é um ladrão desagradável! — ela o atacou, surpreendendo-o, e agarrou uma parte da urna.

Lorde Greenwood deixou-a segurar, porém não esperava que o objeto fosse se abrir ao meio e derrubar uma pulseira com fitas azuis amarradas nela. Lydia franziu o cenho, tentando entender o que era aquilo na sua mão e viu que a urna se abria fácil demais. Ou, talvez, os dois que eram destruidores de urnas do tesouro.

— Você quebrou. — Ela olhava para o pedaço na mão dele.

Greenwood se abaixou e pegou a pulseira.

— A senhorita me atacou. Se eu soltasse, ia cair sentada ou quem sabe até na lagoa.

— Dê-me a outra parte — ela exigiu.

Um sorriso divertido apareceu na face dele.

— Vamos dividir o prêmio.

— Jamais!

— Então. — Ele balançou seu lado da urna. — O tesouro é de quem chegar lá primeiro!

Dito isso, ele se virou e correu pelo caminho à beira do rio.

— Seu patife! — Ela agarrou um lado da saia e pôs-se em perseguição.

Os dois correram por um caminho estreito que se afastava das lagoas, em meio à vegetação. Greenwood olhou para trás e surpreendeu-se com o fôlego da Srta. Preston. Ele se divertiu por ela continuar correndo e não desistir e cortou caminho pela grama, só para ver se ela aceitaria o desafio. Lydia achou uma ótima ideia, para isso que veio de botinas. E o seguiu, atravessando todo o caminho e a vegetação baixa até chegarem a Lady Fawler. Ela havia saído para ver por onde andava sua filha, que ainda não viera deixar nenhuma urna. Porém, suas amigas estavam lá, mantendo a contagem.

Greenwood parou e ofegou, recuperando o fôlego. Quando Lydia chegou, a passos rápidos, seus olhos verdes estavam chispando.

— Eu não acredito que me fez vir até aqui. — Ela parou e respirou pesadamente, retomando o fôlego. Foi um longo caminho. — Se eu não posso pontuar, você também não pode.

Ele se aproximou, colocou a pulseira dentro da sua parte e segurou sua mão. Antes que ela puxasse, Greenwood encaixou as duas partes da urna. Deixando o tesouro completo na mão dela.

— A senhorita estava no caminho primeiro e eu me recuso a não lhe devolver isso, para deixar registrado meu elogio pela melhor corrida que já vi uma dama completar. E num vestido tão bonito. — Ele sorriu e meneou a cabeça, em um cumprimento.

Lydia se surpreendeu e entreabriu os lábios, então puxou a mão e abraçou a urna, franzindo o cenho para ele, sem saber o que fazer. Onde estava Bertha quando precisava dela? Ela com certeza saberia responder a isso, diria algo simpático ou agradeceria com um sorriso charmoso. Lydia apenas ficou olhando para ele, entre zangada, surpresa e contente pelo elogio.

— Você fez isso de propósito — ela disse baixo.

— Foi divertido. — Ele pendeu a cabeça, levantando as sobrancelhas.

Ela soltou o ar, relaxando o franzido da testa e não parecendo mais irritada. Porque sim, foi divertido. E Lydia não era de fingir. Como ela não disse mais nada e já não parecia irritada com ele, Greenwood voltou pelo caminho, em busca de mais urnas. Agora Lydia sentia-se suada e devia estar corada e com o cabelo fugindo do penteado, então, era bom que ele fosse embora para ela poder se recompor em paz.

Nesse momento, depois de um par de horas de caça, mães já buscavam suas preciosas filhas, que deviam estar perdidas. Lady Fawler não convidou algumas pessoas que ficariam ali dizendo que aquilo era errado. Em compensação, não havia companhia suficiente ou efetiva.

Bertha havia encontrado uma urna e a carregava dentro de sua retícula, enquanto procurando mais delas, porém não podia negar que a beleza do parque a estava distraindo. Da última vez que achou ter visto algo brilhante, parou para ver os cisnes.

Pelo menos cinco dos convidados a encontraram. Lorde Pança parou ao seu lado e descansou. Lorde Bigodão parecia desalinhado e comentou sobre o tempo antes de se despedir. Ela viu Amelia, a Srta. Entojo, e se escondeu atrás de um carvalho. Lorde Sobrancelhas passou por ela, carregando duas urnas, e perguntou se ela estava retornando também.

Eric, porém, não chegou ali procurando por urnas, tampouco estava apenas de passagem ou usando o encontro como pretexto para descansar. Ele esteve procurando tesouros e depois mudou de rumo e foi procurar algo que lhe interessava muito mais. Quando a avistou, ela estava do outro lado de um caminho cercado por arbustos gordos.

Ela o viu se aproximar e parar. Eric observou as plantas e um olhar divertido apareceu em seu rosto, devia estar lembrando do mesmo que ela: o dia em que estiveram um de cada lado do vidro. Ele passou pelo espaço entre os arbustos, para o mesmo lado em que ela estava.

— Agora eu não estou mais do outro lado do vidro. — Eric se aproximou lentamente, com o olhar preso nela.

Bertha pensou em sair correndo, mas só de pensar na ideia já achava-a ridícula. Então pensou em lhe pedir para não chegar mais perto. Ela não sabia como lidar com esse tipo de sentimento. Havia apenas a negação. E o desejo de continuar onde estava e escutar sua voz, saber o que pretendia. Sentir um pouco do que se permitia, apenas um pouco.

— Você achou — ela disse baixo, seu olhar descendo para a mão dele. — Achou um dos tesouros.

Eric deixou a pequena urna cair sobre a grama, não era aquele tesouro que o interessava. Bertha sentiu seu coração pular uma batida e sua mente lhe avisava que estava a ponto de entrar numa enrascada. Seu problema estava como ela imaginara: naturalmente desalinhado, o cabelo claro despenteado pelo vento, dando-lhe um ar de perigo. A vestimenta mais rude combinava com a ocasião e com seu visual masculino.

— Seu nome. — Ele parou bem em frente a ela, dentro de seu espaço pessoal, perto demais do seu corpo e longe o suficiente do adequado. — Eu vim em busca disso. Precisa me dizer o seu nome.

Ela apenas franziu o cenho, ninguém jamais havia lhe perguntado, ou melhor, pedido seu nome.

— Não pode ter vindo até aqui por isso, vamos achar mais tesouros — ela convidou.

— Como ninguém nunca diz o seu nome? É fácil descobrir, alguém sempre sabe, porém ninguém soube me dizer o seu.

— O senhor perguntou isso para mais alguém?

— Sutilmente... — Ele não parecia minimamente preocupado. — Eu sempre escuto nomes, Lady Lydia, Lady Janet... além do senhorita, há nomes. Porém, você é sempre e apenas Srta. Gale.

Bertha sabia disso e também sabia por que, em sua posição, ela devia ser apenas a Srta. Alguma Coisa. E não havia amigos ali para denunciar seu nome, apenas Lydia, que, curiosamente, não havia dito seu nome em voz alta na frente dele. Não que alguém fosse prestar atenção.

— Eu não sou Lady nada, não sou ninguém nessa roda. É natural e respeitoso.

— Perdoe-me, mas não quero ser apenas natural e respeitoso. Você não precisa de um título à frente do seu nome. Você é única, há apenas uma Srta. Gale no mundo e isso é suficiente. Diga-me o seu nome. Por favor.

— Lorde Bourne... — Ela iniciou aquele tom de quem ia agarrar seu juízo e colocá-lo onde devia.

— Meu nome é Eric Northon. Como vou beijá-la sem saber qual nome sussurrar contra os seus lábios?

Não houve como deter seu olhar de descer para os lábios dele. E Eric levantou a mão e tocou o rosto dela. Assim que sentiu o toque quente, Bertha baixou a cabeça, tentando esconder sua reação. Não podia ficar ali, olhando para ele, deixando-o ler em sua face o choque e o encantamento ao toque dele. Ela fechou os olhos, tentando se esconder e sentindo que falhava. Daquela forma, a palma da mão dele deslizou pela sua bochecha e seus lábios tocaram sua pele.

Ela nem sentiu quando ele puxou o laço do seu chapéu e o deixou cair atrás dela. Bertha tornou a levantar o rosto e ficou presa no seu olhar fixo e intenso ao dizer:

— Bertha.

Eric a beijou assim que escutou seu nome. Segurou a lateral de seu pescoço delicado e a inclinou, tomando sua boca. Sentindo seus lábios macios sob os seus, aceitando seu beijo, cedendo para ele, mas paralisados em resposta à paixão da carícia.

Um beijo tão direto e forte foi uma surpresa que roubou a reação de Bertha. Ela soltou o ar quando ele afastou os lábios e manteve os olhos cerrados, incapaz de abri-los e deixar que o momento passasse antes que ela correspondesse. Ela deixou a bolsa cair e o tocou com suas mãos enluvadas, apoiando-as em seu peito, sobre sua casaca de montaria. Eric encostou seus lábios nos dela; Bertha podia sentir a pressão do contato.

Levando-a além naquele momento íntimo, ele beijou o canto de sua boca e foi beijando-a levemente pela lateral do rosto, seguindo o formato retangular de sua mandíbula. Bertha tinha um rosto expressivo e bem cortado; não era o formato mais comum e isso só a tornava mais especial para ele. Assim como seu nome de batismo, que não era um dos mais usados.

Ela era única para ele. A cor dos olhos, o timbre da voz, aquele sorriso leve, a forma como ela era naturalmente uma das mulheres mais graciosas em que ele já colocara os olhos. Podia ser apenas seu encantamento por ela falando e colocando fantasias em sua mente, mas era real para ele.

Eric sempre lembraria da primeira vez que a viu, carregando Deeds, chutando-o para ver se estava vivo e envolvida até a raiz dos cabelos em um problema. Agindo como se estivesse sempre em meio a episódios como aquele.

— Você pode abrir os olhos, Bertha — ele lhe disse baixo, observando-a bem de perto.

Ela os abriu imediatamente, sem se dar conta de que era uma armadilha, pois ele estava perto demais, com aquele seu olhar dedicado e sedutor sobre ela. E assim que ela o focalizou, Eric voltou a beijá-la. Pelo outro lado do seu rosto. Ela podia sentir a mão dele na pele do seu pescoço e a outra tocando o final de suas costas.

Quando ele tornou a beijar seus lábios, Bertha o beijou de volta. E ele a trouxe para mais perto, pressionando a boca contra a sua outra vez. Umedecendo seus lábios, tirando-a de qualquer pensamento sobre o mundo real. Não havia o lugar onde eles estavam, a caça ao tesouro, o fato de que alguém ia flagrá-los e a certeza de que ela estava onde nunca deveria ir. Havia a sensação de proximidade, uma intimidade tão forte que ela não saberia descrever. E os lábios dele, exigindo os seus. Eric lambeu seu caminho para o interior de sua boca e a acariciou.

Bertha sentiu seu corpo corresponder instantaneamente e imaginava se a reação poderosa podia afetá-lo também. Ela estremeceu, abrindo-lhe espaço para aprofundar o beijo e deixar ambos perdidos, sem noção do que faziam. O ato de abraçá-la ao beijá-la com tanta paixão era tão instintivo que Eric não precisou pensar. Seus braços se estreitaram em volta dela, apertando-a contra ele. E as mãos dela subiram para seus ombros, dando mais espaço para seus corpos se conectarem.

O toque daquele beijo era tão contínuo e entregue que não houve como deter seus corpos de exalar desejo e procurar mais contato. Eric a sentia perfeitamente, macia e quente sob o vestido fino. Imprensada contra seu corpo, coberto por roupas mais grossas e que não eram nem de perto gentis como deveriam.

As mãos dele subiram por suas costas e ele jamais esteve tão feliz por ter tirado as luvas. Agora sabia o seu nome, o gosto da sua boca, a sensação do seu corpo no seu abraço e sob suas mãos. Ele continuou até seus ombros, segurou seu rosto e só então deixou-a se afastar. Bertha engoliu a saliva e pressionou os lábios, tentando de tudo para recompor seu corpo e sua mente. Suas pálpebras ficaram baixas e ela olhou para a boca dele, pensando em como havia chegado tão longe. Eric pendeu a cabeça e deu-lhe um beijo leve, terno e breve. E ela sentiu um arrepio na nuca.

— Lorde Bourne, nós precisamos voltar. Pegue o seu tesouro — ela disse muito baixo e deu um passo atrás.

Eric voltou para onde havia deixado a urna e a pegou, depois a encarou.

— Eric — ele corrigiu. — Vou repetir meu nome até que comece a dizê-lo.

— Eu não posso.

— Pode, estamos sozinhos. — Ele lhe ofereceu a urna. — Vamos, leve o tesouro.

— Não estou participando. — Ela recuperou sua retícula.

— Claro que está, vou procurar mais urnas para lhe dar.

— Nem pensar.

— Vai voltar lá ao menos com umas sete, sou ótimo para encontrar coisas.

Bertha percebeu que Eric era impossível. E encantadoramente inconsequente. Daquela forma divertida que dava vontade de acompanhar e deixar a vida levar. Algo que ela não podia se dar ao luxo. Então, virou-se e saiu o mais rápido que podia, com o vestido claro dançando contra as pernas.

Eric a seguiu e os dois entraram bem no caminho de um problema em andamento. Maior do que o deles.

— Por favor, não diga a ninguém! — pedia a Srta. Wright.

— Isso não poderia ter acontecido, Ruth! — disse Lady Fawler, claramente desesperada.

— Milady, eu tomo toda a responsabilidade, foi culpa minha — disse Lorde Huntley, dando um passo à frente.

— Não! Não foi! — A Srta. Wright, passou à frente, implorando-lhe com o olhar.

— Ainda bem que está assumindo a culpa por isso, rapaz. Pois é assim que vai assumir a responsabilidade — definiu Lady Fawler.

Lorde Pança estava bem ali no meio, completamente perdido e sem ação. Olhava de uma pessoa para outra, sem saber o que fazer. E a Srta. Jones, nervosa, deu um passo em direção a Ruth, certamente tentando acalmá-la.

— Viu? Agora mais pessoas sabem. — Lady Fawler indicou Bertha e Eric, que haviam acabado de entrar na cena. — Nós temos que resolver isso.

— Não, eu não vou me casar assim! Não vou obrigá-lo a ficar comigo.

— Isso não é questão de... — começou Lady Fawler.

— Se falarmos baixo, talvez menos pessoas venham ver o que aconteceu — sugeriu Bertha, sem conseguir se conter ao ver a perturbação da Srta. Wright.

— Você está tão desesperada para me casar e se livrar do fardo que vai fazer isso de bom grado! — a Srta. Wright acusou.

— Não, querida, por favor. Eu tenho de zelar por você, e se deixar essa situação... — Lady Fawler se aproximou e falou baixo. — Estamos num lugar público, um parque deste tamanho. Querida, eu não preciso usar palavras baixas para que entenda o que todos acreditarão que esteve fazendo aqui.

A Srta. Jones até cobriu os olhos com a mão. O terror da vida de uma jovem estava acontecendo. Ainda mais de uma debutante promissora, com tanto a fazer e escolher.

— Não, não faça isso. Ele me odiará e eu o odiarei — pediu Ruth, afastando-se da madrasta.

Ela acabou voltando para junto de Huntley, que a amparou. Ele assumiria qualquer responsabilidade, porém não podia dizer com sinceridade que estava pronto para assumir o casamento. Estava justamente descobrindo, flertando e passando um tempo com Ruth. E foi a primeira vez que acabaram se beijando e deu tudo errado.

Foi quando Bertha lembrou que ela e Lydia haviam incentivado a Srta. Wright a convidá-lo para dançar, pois estava interessada nele. Pelo jeito, daquele dia até o momento, a relação evoluiu mais do que o esperado.

— Eu prometo que não a odiarei — ele lhe disse, tentando acalmá-la.

Eric olhou em volta. Além do casal e de Lady Fawler, estavam Deeds, a Srta. Jones e Bertha. Dando alguns passos, ele se certificou disso, porém outros convidados da caça ao tesouro já estavam se aproximando.

— Terminem isso agora, ninguém aqui vai dizer uma palavra. — Ele olhou para todos presentes.

— Eu juro pela minha honra — disse Deeds.

— Eu sequer estava presente — assegurou a Srta. Jones.

— Eu nunca diria uma palavra — prometeu Bertha.

— Nem eu — completou Eric.

A Srta. Wright virou-se, olhando para todos, sem saber se chorava de emoção, gratidão ou por ainda estar presa naquela situação.

— Meu Deus, Ruth. Se isso se espalhar, nem sei o que direi ao seu pai. Ele me odiará por deixar que a arruínem. Eu não quero vê-la triste — disse Lady Fawler.

— Nós podemos falar sobre isso assim que voltarmos, madame, pois de minha boca nada será dito. — Huntley foi até ela e deu-lhe o braço. — Venha comigo.

Bertha ficou ali parada, com o coração na mão enquanto Lady Fawler se afastava com a enteada, e Lorde Huntley seguia junto, levando uma das urnas, como se fosse adicioná-la à contagem da caça ao tesouro.

Só de olhar para ela, retraindo-se e baixando a cabeça, Eric sabia o que estava se passando pela sua cabeça. Eles não foram o único casal a perder o juízo e se deixar dominar por sentimentos naquela tarde.

Subitamente, o brilho do seu primeiro beijo verdadeiro apagou-se junto com o desespero na face da Srta. Wright. Bertha sentia empatia demais. Ao ver a moça, ela sentiu a sua aflição.

E eles sequer sabiam se, mesmo prometendo segredo, Huntey e a Srta. Wright não acabariam forçados a uma união antes de desejá-la. Ela tinha certeza de que nenhum dos dois armou aquele encontro, os sentimentos em suas faces e reações eram sinceros demais. Bertha baixou a cabeça e apertou as mãos. Pensando que, se fosse pega em tal situação, estragaria tudo para Lydia.

E para ela. Seria tão humilhada. Acusada se tentar seduzir alguém muito acima da sua posição social para galgar degraus. Porém, era só a acompanhante, poderia voltar para o campo e ser esquecida lá. Nem lembrariam do nome da moça que acompanhava a filha do marquês e se envolveu com um dos partidos mais caçados da temporada. Essa era a parte boa de ser uma ninguém: não iam atrás dela com suas indiscrições em Londres. Desde que ela continuasse invisível.

Arrancada de suas conjecturas, Bertha se assustou ao sentir mãos segurando seus braços.

— Não. Você não vai se retrair assim — disse Eric, franzindo o cenho enquanto a encarava. — Não vai condenar nossa relação por tudo que acontece à nossa volta.

Ela não pensou em se mover, apesar de ele não a estar restringindo. O toque de suas mãos era uma mistura de lembrança com conforto e preocupação.

— Nós não temos nada — ela sussurrou, como se o tom baixo pudesse impedir que outros a vissem. — Nada. — O final foi um sussurro tão sutil que o som ficou escondido no vento.

Eric balançou a cabeça, claramente decepcionado com as conclusões dela.

— Nós não fizemos nada de errado. Eu não me arrependo nem por um minuto e espero que você também não. Bertha. — Ele fez questão de dizer seu nome com sua melhor pronúncia.

Dando um passo para trás, ele recuperou a urna outra vez e saiu a passos largos e frustrados. Bertha tornou a olhar para baixo, ainda pensando na Srta. Wright. Logo após, ela viu um par de botinas femininas entrarem no seu campo de visão, assim como uma barra de vestido que tocava a parte de cima dos calçados. Levantando o olhar lentamente, Bertha já sabia que ia encontrar os grandes olhos verdes de Lydia.

— Você precisa parar de esconder esse assunto de mim, Bertie — Lydia disse suavemente. — Por que faria isso?

— Porque não existe nada para contar.

— Claro que existe. Lorde Bourne não consegue ficar longe. Todas as vezes que a encontra, ele acha seu caminho até você. E você sempre fica nervosa e diferente. E então, pensativa e triste. Estamos juntas desde que éramos pequenas, eu sei quando algo a incomoda.

Bertha chegou a balançar a cabeça, como se fosse negar. Porém, se inclinou contra Lydia e encostou a testa em seu ombro.

— Eu não sei o que tem acontecido comigo — ela murmurou. — Eu me sinto fora de controle. É tudo tão inadequado. Não é assim que devo me sentir.

— Tudo bem, tudo bem. Tenho certeza de que é a primeira vez que se apaixona. — Lydia esfregava suas costas levemente, confortando-a.

Ela levantou a cabeça imediatamente e encarou a amiga, como se tivesse acabado de levar um grande susto ou até mesmo um tapa na testa.

— Eu não estou apaixonada!

— Claro que está, tem todos os sintomas de insanidade do coração.

— Lydia! O que você entende disso?

— Alterada, estranha, sozinha pelos cantos. Pensativa, volátil na presença do objeto de sua afeição. Confusa em vários momentos. E escondendo coisas de mim. Até eu consigo enxergar.

— Não estou não!

— Está. Geralmente sou eu que exclamo coisas em nossas conversas. Até você ser arrebatada por Lorde Bourne.

— Meu Deus, não!

— Sim. É terrível. — Lydia balançou a cabeça. — Mas não tema, minha amiga, estarei ao seu lado para ajudá-la nesse momento difícil.

— Minha nossa, eu preciso fugir para casa.

— Sim, vamos, vai chover. — Ela olhou para o céu e viu que todos passavam apressadamente.

— Não, para o campo!

— Eu te mato! Não pode me deixar sozinha, não saberia como me portar sem você. Quem me tiraria de gafes e evitaria confusões? — exclamou Lydia.

— Eu não estou apaixonada, recuso-me a aceitar esse fardo, essa... essa...

— Sandice? — sugeriu Lydia.

— Não!

— Desatino.

— Mais adequado.

Elas se apressaram em direção aos outros. Lydia deu a mão a Bertha e correu, puxando-a para chegarem mais rápido. Todos estavam se reunindo em volta de Lady Fawler e contando seus tesouros. Bertha lembrou da urna em sua retícula e entregou a Lydia, que adicionou à sua contagem.

— Lorde Greenwood achou o maior número de tesouros — anunciou a anfitriã.

— Aquele maldito! — exclamou Lydia, sem conseguir se conter.

— O que ele fez? — indagou Bertha.

— Roubou metade do meu tesouro.

— Como?

— Roubando. — Ela cruzou os braços.

Lady Fawler terminou de contar e olhou em volta, parabenizando Lorde Richmond pelo segundo lugar, Lorde Bourne e Lorde Keller pelos vários achados. Assim como Lydia e a Srta. Durant, por estarem entre os melhores caçadores. E recitou os números de todos.

— E Srta. Preston! Parabéns! Foi a dama mais bem colocada na busca, superando a maior parte dos cavalheiros! — Ela sorriu. Nem parecia que estava disfarçando pela altercação que havia acontecido com sua enteada.

Os convidados aplaudiram e Deeds gritou, incentivando-a, enquanto a Srta. Jones ajudava. Lydia sorriu, um pouco sem graça, e viu Greenwood com um enorme sorriso e a aplaudindo enquanto ela ia buscar seus tesouros. Ele tinha aquele sorriso de quem sabia a história de uma de suas urnas "perdidas".

Todos foram colocados com seu número de tesouros e os mais valiosos. Havia desde presilhas de cabelo até um colar. Assim como brincadeiras que tinham apenas valor de entretenimento. Todos escreveram bilhetes para serem postos nas urnas e alguns eram piadas. Outros eram anônimos. E risadas ecoaram quando alguns bilhetes foram lidos em voz alta.

— Quem escreveu essa indecência? — uma das moças exclamou ao ler em seu bilhete um convite para um encontro atrás das moitas.

Bertha viu Eric abrindo as urnas que pegou. Ele perdera tempo de caça, pois estivera muito ocupado a beijando enquanto os outros caçavam, mesmo assim conseguiu tesouros para estar entre os cinco melhores caçadores. E agora ela olhava para ele como se tivesse acabado de descobrir um segredo sujo sobre seu passado.

— Corram, senhoras! Ou teremos vestidos transparentes demais para olhar! — um dos rapazes brincou e correu para a carruagem.

Algumas pessoas foram em veículos abertos e agora estavam entrando rapidamente nas carruagens dos amigos. Os cavalos foram atrelados rapidamente para aqueles que vieram montados. E a chuva que abriu sua participação subitamente numa poeira gelada foi engrossando na mesma velocidade que cavalheiros davam os braços às moças e se apressavam ao seu lado, impedindo que alguém escorregasse na grama ou que um acidente ocorresse.

Lydia correu, com Bertha ao seu lado, ambas segurando os chapéus, e elas riam, sentindo os pingos baterem no rosto. Foram umas das primeiras a chegarem às carruagens, correndo como se fugissem depois de roubar frutas das árvores do marquês.

As carruagens começaram a partir, os cavalariços manobrando veículos para tirá-los da frente de quem estava indo embora. Pessoas apressavam as outras e alguém tentava contar os convidados, para ter certeza de que não havia ninguém perdido no parque.

O Sr. Duval, que chegou montado, aproveitando uma boa cavalgada até o parque, voltou na carruagem da Srta. Gilbert e sua prima. Era mais um evento em que ela não estava satisfeita pelos convites. Afinal, suas amigas não vieram. Felizmente, Jemima, a prima que ela gostava, havia ido também. Porém, seu objeto de interesse, Lorde Bourne, foi impossível de encontrar. Assim que a largada foi dada, ele sumiu pelo parque, em busca dos tesouros.

Durante a busca, muitos socializaram e foram vistos caminhando e conversando. Porém, outros desapareceram, comprometidos com o jogo. Coincidentemente, os desaparecidos foram exatamente os mais bem colocados na caça ao tesouro.

— Eu só encontrei aquela urna, junto com você — reclamava Jemima. — Não sei como a Srta. Preston encontrou tantas.

— Ela é uma endiabrada e não tem modos. Viu o seu vestido? Estava todo sujo na frente. Ela deve ter se arrastado no chão procurando as urnas. — A Srta. Gilbert fez pouco caso.

— O que a salva é a sua acompanhante diligente — observou o Sr. Duval com um toque de malícia, mas isso era característico dele.

— Nem me fale dela — resmungou a Srta. Gilbert. — Não sei por que está tão interessado naquela fulana.

— Eu tenho motivos muito óbvios, beleza e desprendimento. Atiçou meu interesse. E não preciso me casar para descobrir seus segredos mais íntimos.

— Não seja inadequado na frente da minha prima — ralhou Gilbert.

— Não seja tola, Amelia, eu não sou nenhuma criança. Tenho apenas um ano a menos que você — respondeu Jemima, que não era inteiramente a par das ações da prima.

— Há tantas outras mulheres interessadas em um jovem amante. — Amelia revirou os olhos. — Ao invés daquela fazendeirazinha.

— Ela é fazendeira? — perguntou Jemima.

— Lorde Bourne parece muito interessado em fazendas — comentou o Sr. Duval, estreitando os olhos.

As duas o olharam em choque, esperando que ele elaborasse aquela alegação.

— Não é uma suspeita, eu os vi juntos. E agora tenho certeza de que posso investir no que quero.

— Aquela mulher desclassificada! Não se preocupe com isso. — A Srta. Gilbert deu tapinhas na mão da prima. — Ele não a leva a sério também.

— Mas está perdendo seu tempo e o meu. Está me atrapalhando — declarou Duval. — E creio que as senhoritas prefeririam que certos rapazes concentrassem sua atenção em damas com quem podem se casar.

A Srta. Gilbert entendeu o que ele queria dizer. Porém, Jemima ficou curiosa com a direção daquela conversa.

— E o senhor, suas atenções não estão no lugar errado?

O Sr. Duval deu um pequeno sorriso.

— Eu não vou me casar nessa temporada, não estou em Londres caçando uma esposa. No entanto, uma amante, uma nova conquista, é algo que pretendo obter logo.

# CAPÍTULO 10

O marquês entrou no quarto que dividia com a esposa e ela estava sentada perto da janela, com os pés em cima do pufe estofado que era idêntico à poltrona. Eles ainda não haviam contado sobre o bebê.

— Todas as crianças estão na cama, incluindo nossos dois patos — ele brincou, falando da chegada de Lydia e Bertha com as roupas molhadas.

— Tenho certeza de que, se perguntar, vou descobrir que muita coisa deu errado nessa caça ao tesouro — comentou Caroline.

— Eu sei que você perguntará.

— E elas não vão me dizer.

— Estamos na primeira temporada e as duas já começaram a esconder coisas?

— Sim... — Ela se moveu, sonolenta e sem vontade de sair daquela posição tão confortável. — Porém, os grandes problemas sempre acabam chegando aos meus ouvidos, não se preocupe.

— É engraçado você dizer para eu não me preocupar. Não é todo dia que escuto isso. — Ele foi até lá e parou perto dela. — Vai para a cama agora? Está tarde.

— Eu estou na cama, não estou? — Ela fechou os olhos, mas sorria.

Henrik a pegou da poltrona e carregou pelo curto espaço até a cama. Assim que sentiu o colchão, Caroline se moveu, livrando-se do robe.

— Eu já me sinto mais pesada, acho que você não vai poder me tirar da poltrona por muito tempo.

— Eu a carregava escada acima quando estava perto de dar à luz às crianças. — Ele foi para o seu lado da cama.

Caroline se encolheu contra os travesseiros e ficou olhando para baixo, com a mão sobre a barriga.

— Não vai acontecer o mesmo dessa vez — ele lhe assegurou, esticando o braço e pegando sua mão. — Eu não sei o que fazer com você tão preocupada.

— Não estou, são apenas coisas demais acontecendo.

Henrik deitou do seu lado e ficou sem saber o que fazer para ajudar a esposa. Ele não gostava de vê-la perturbada. Ele sabia que a primeira temporada das meninas a deixou preocupada, mas as crianças estavam saudáveis, o que era menos uma preocupação. Da última vez, eles caíram doentes ao mesmo tempo, logo na virada para o inverno. Até Lydia ficou de cama e enviaram Bertha para casa, antes que também pegasse o que eles tinham, alguma espécie de resfriado duradouro e com febre alta.

Desde então, nada similar aconteceu. Então veio a temporada de apresentação de Lydia em Londres. E Caroline descobriu a gravidez.

— Eu não vou mentir, estou um pouco preocupada com a temporada. Acho que Bertha tem tido problemas; desde o Almack's, eu notei algo. Confio nela para superar. E há essa minha novidade que não sei quando contar.

— Eu sei que você não pretendia algo assim...

— Não, eu só não esperava. Mas eu já o amo, espero que esse bebê fique conosco — ela disse baixo e moveu a mão sobre a barriga.

— Claro que vai ficar.

Caroline desencostou dos travesseiros e sentou sobre as pernas, enquanto puxava sua camisola.

— Olhe, já despontou, creio que estava mais avançada do que calculei.

Henrik chegou mais perto dela e sorriu levemente, vendo sua barriga distendida, já arredondada pela gravidez, como havia ficado antes, em torno do quarto mês de gestação.

— Acho que ele ou ela vai ser grande. Não posso ter errado muito nas contas, posso? — perguntou Caroline.

Ele tocou sua barriga e acariciou de um lado para o outro, sobre o umbigo. Eles eram um tipo de casal bem íntimo, estavam sempre juntos. E dividiam carinho físico e verbal em seus momentos de paz, a sós. Era fácil encontrá-los no mesmo cômodo da casa, mesmo em tarefas diferentes. Quando as crianças iam dormir, mesmo que fosse cedo para eles, era provável que se retirassem, para aproveitar o tempo que teriam juntos, sem um dos filhos os chamando ou com decisões a tomar e criados entrando e saindo o tempo todo.

Sua relação diferia do comum aos casais na sociedade em que viviam, mas eles eram os Preston, diferir era seu estilo de vida.

— Não, creio que não. — Ele levantou o olhar e trouxe-a para deitar junto dele.

— Vamos contar nos próximos dias, em algum jantar que todos estejam presentes — Caroline disse baixo.

Henrik concordou e puxou as cobertas para aquecê-los, enquanto pensava como seria engraçado terem novamente um bebê em casa, agora que sua mais nova, Nicole, estava conquistando mais independência e se desapegando dos pais. Era mais notável com Caroline, a quem a menina era muito agarrada. Porém, ela tinha novas ocupações: sua nova aventura e a descoberta da cidade, a casa diferente e o irmão procurando-a para brincar. Assim como suas aulas com a preceptora, agora que começara a receber mais material para estudar.

— Henrik... — Caroline disse baixo. — Será que há tortinhas de frutas lá embaixo?

— Você está com fome? Precisa da ceia? Ainda é cedo, posso pedir.

— Não, a ceia não. Não quero nada do que havia hoje.

— Por quê?

— Havia um peixe lá. Um peixe!

— Você gosta de peixe.

— Não gosto mais. — Ela até se arrepiou ao pensar no peixe fresco, inteiro, lindamente servido num prato de louça e decorado com limões e molho à parte.

— Temporariamente?

— Eu quero algo doce, com frutas. Um pouco ácido também.

— Doce e ácido. — Ele sentou na cama. — Não posso explicar isso através da sineta, não é?

— Groselha... morango. Será que encontramos cerejas? Aqui na cidade é tudo tão mais complicado. Amanhã eu irei à confeitaria.

— Claro, Caroline. Fico muito feliz que tenha me convidado para acompanhá-la à confeitaria — disse Henrik, levantando-se. — Eu aceitarei e irei com você no horário de sua escolha.

— Não seja bobo, é claro que você pode ir. — Ela bateu com a mão.

Ele balançou a cabeça e deixou o quarto, para ir lá embaixo na cozinha perguntar a Alberta se por acaso ela tinha alguma torta ou bolo. Ele viu algo assim na sobremesa do jantar. Tinha que certeza de que ao menos geleia das frutas citadas pela esposa eles tinham. Era o que eles e as crianças mais passavam nos biscoitos.

Eric estava sozinho numa mesa no canto do clube, fazendo companhia à sua segunda dose de uísque. Ele havia pensado em passar a noite em casa, na companhia da sua própria garrafa de bebida, porém já tinha aceitado um convite e compareceu ao baile, onde permaneceu apenas por tempo suficiente para não ser rude partir.

Ele não estava num bom dia para ser inquirido e perseguido. Estava sofrendo o mal da paixão. Chegou a Londres com o intuito de encontrar uma esposa nessa temporada e suas ambições eram bem humildes. Ele queria uma dama que o encantasse, com quem se identificasse, alguém que poderia manter conversas com ele por longos momentos. Afinal, o inverno chegava para todo mundo.

E não queria ser surpreendido, esperava uma esposa que quisesse manter os votos do casamento e não resolvesse usar sua liberdade de casada para atividades extraconjugais. Sua família já tinha um passado trágico com essa questão, quando as duas partes não entravam num acordo sobre desfrutarem de tal liberdade.

Como tinha bom humor, precisaria de uma companheira que também apreciasse algumas conversas divertidas e alfinetadas entre eles. Eric se divertiria mais se sua futura esposa fosse ousada, insolente também. Assim se entenderiam melhor quando ela batesse o pé sobre o que queria, o que certamente não seria o mesmo que ele queria. De que adiantava se casar se sua companheira fosse concordar em tudo? Nem sua governanta concordava com tudo que ele dizia.

Aliás, a Sra. Mateo se divertia em tratá-lo mal. Ele tinha de rezar por uma esposa que o tratasse com muito mais carinho do que sua governanta tagarela e indispensável.

Havia outra questão importante que ele não podia citar para a dama em sua sala de chá: ele esperava desejar muito a mulher. O suficiente para noites longas, sozinhos, em seus aposentos. Em passeios ou onde a paixão os arrebatasse. Ele não era tímido nem modesto nessa área. Tinha planos muito indecentes para a esposa. Só não sabia como descobriria antes do casamento se ela gostava de intimidades extremamente exageradas que eram dignas de ser chamadas de sexo. Senão, teriam aquele problema das liberdades extraconjugais e ele já havia citado as tragédias que isso gerava.

Só precisava convencer esse seu sonho de futura viscondessa e condessa de que ele era digno para ela e era melhor se casarem, pois essa sua fantasia virou um sonho de criança quando encontrou tudo isso e muito mais numa dama que não estava disponível para ser cortejada.

A realidade era para adultos e ele a conhecia, era de carne e osso. Feita nas formas mais sedutoras que um vestido fino podia conter. Com os mais belos olhos castanhos que passaram a assombrá-lo dia e noite. Com toda a graciosidade que ele achava só existir nas damas dos livros. E misturava uma sedutora timidez à teimosa e insolência de uma forma que o fazia sorrir e querer beijá-la. E abraçá-la novamente. Sem dúvida, sentir o toque macio e o gosto dos seus lábios outra vez. Repetidamente. O tempo todo.

Tudo que ele achou que não encontraria ao sair para procurar uma esposa agora se resumia à sua agonia. E o insistente aperto no peito, a constante necessidade de ver a realidade que brilhava muito mais que os seus sonhos. Quando começou com essa empreitada, nada disso estava incluído. Havia deixado todo o possível sofrimento de fora, pois, em sua mente, seria só mais um cavalheiro que necessitava de uma esposa e ia à temporada encontrar uma dama que o aceitasse.

Era um processo bem simples. Toda temporada era assim. Dezenas de casamento aconteciam. Por que não podia ser assim para ele? Não contou com a remota possibilidade de se encantar até demais pela dama mais perfeitamente imperfeita para o posto.

— Bourne! — chamou Lorde Richmond, aproximando-se de sua mesa. — Eu sabia que o encontraria escondido em algum canto.

Não foi preciso oferecer a poltrona vazia do outro lado da mesa. Richmond tratou de sentar-se e fazer seu pedido. Quando o garçom chegou com a bebida, Lorde Keller apareceu e os avistou lá do outro lado do salão do clube, se aproximando a passos largos.

— Seus traidores, vieram beber e deixaram-me para trás. — Ele também não precisou ser convidado, puxou uma cadeira e juntou-se a eles.

— O que estava fazendo sozinho aqui? A perseguição da noite foi tão intensa assim? — perguntou Richmond.

— Está perguntando para mim ou para o partido da temporada? — Keller caçoou, referindo-se a Bourne.

E justamente quando o garçom chegou com o vinho de Keller, Lorde Deeds — que não era o mais assíduo dos frequentadores — tirou a noite para aparecer também.

— Cavalheiros, que prazer termos escolhido o mesmo local para terminar a noite. — Ele também puxou uma cadeira e sentou, sem precisar de convite.

— Pelo amor de Deus, homem, traga logo a garrafa de uísque, eu pago — disse Bourne, antes que o garçom atraísse mais alguém. E ele calculou certo, pois, logo depois, Lorde Cowton juntou-se a eles.

— Eu sabia que, se viesse aqui, não acabaria sozinho, mas se iam marcar uma reunião deveriam ter me avisado. — Ele franziu o cenho para eles e sentou-se também.

— Acabamos de chegar — disse Keller.

— Eu fiquei com pena de deixar a nossa beldade da temporada beber sozinho. — Richmond indicou Eric, enquanto dava um sorriso zombeteiro.

Todos riram e continuaram a brincadeira:

— Um futuro conde, com três propriedades, quem resistiria? — Até Deeds o estava provocando.

— Ouvi dizer que são todas integradas, são terras a perder de vista — disse Cowton, forçando um tom de conspiração.

— E a fortuna da família! — Keller imitou um tom histérico. — As matronas não têm coração para isso!

— Dois títulos, a dama será uma lady duas vezes! Dormirá com um visconde e acordará com um conde! — exclamou Richmond, sendo dramático de propósito.

— E como é garboso. — Keller revirou os olhos.

— Bem provido! — Riu Deeds e bebeu um gole de vinho.

— E esse rosto que faz parte dos sonhos das damas — completou Cowton.

— Elas sequer estão dormindo! — contou Keller, arrancando risadas.

— Vocês são todos ridículos. — Eric bebeu mais um longo gole, sentindo queimar a garganta.

Eles pediram aperitivos também. Pelo jeito, pretendiam demorar.

— Eu estava no mesmo lugar que você, Bourne. Saiu de lá fugido — contou Cowton.

— Não estou em um dos meus melhores dias — ele respondeu, mas seu humor já não estava tão soturno quanto antes.

Os outros implicaram entre si por alguns minutos, falando mal um do outro, contando momentos vergonhosos das últimas semanas, desde a caça ao tesouro até aquela noite. Até que o assunto voltou a Eric.

— E essa história de que está cortejando a Srta. Preston? É verdade, Bourne? Minhas irmãs estão desesperadas com tanta fofoca — disse Richmond.

— Elas já têm idade para debutar? — Deeds franziu o cenho. Os Richmond tinham tantos filhos que ele não conseguia lembrar.

— A mais velha sim, as outras são apenas abelhudas — ele explicou.

— Não estou cortejando a Srta. Preston — negou Eric, sem dar-se ao trabalho de articular.

— Algumas moças o viram num passeio em família com ela. Se isso não é cortejar uma dama, não sei mais como é feito nesse século — disse Cowton.

— Mas a Srta. Preston é um tanto doida, não é uma opção para um cavalheiro de coração fraco — Deeds disse baixo, para ter certeza de que só eles escutariam.

— Isso lá é coisa que se diga de uma dama — ralhou Richmond, mas estava sorrindo, porque concordava.

— Mas é a mais pura verdade. — Deeds assentiu. — Ela é fantástica.

— No começo da temporada, eu pensei que você estivesse interessado nela — comentou Richmond.

— Eu tenho muito apreço por ela, ouso dizer que desenvolvemos uma amizade. Mas não, eu não tenho saúde para acompanhar a Srta. Preston. E creio que não sou o tipo que ela procura.

— Bourne tem saúde sobrando, deve ser o tipo certo também — comentou Cowton, ainda desconfiando do possível interesse de Eric em Lydia. — Richmond também estava um tanto enamorado por ela no começo da temporada.

— Eu não! — exclamou Richmond, sem graça. — Bem, ela chamou atenção assim que chegou. Porém, ela é um tanto alta para mim...

— Um tanto? — perguntou Keller, sem tato algum. Afinal, Richmond não tinha culpa de ser o mais baixinho do grupo.

— Eu não tenho culpa se alguns de vocês têm parentesco com aqueles malditos nórdicos que tomaram essa terra e cresceram mais do que deviam! — disse Richmond. — Saibam que estou na média francesa!

— Está explicado. — Riu Cowton.

— E não estou atrás da Srta. Preston, mas também acho que estamos desenvolvendo uma amizade.

— É ótimo, pois sobra mais terreno para mim. — Keller levantou o queixo.

Todos viraram a cabeça para ele.

— *Você* está interessado nela? — A pergunta de Eric foi pura descrença.

Os outros riram e começaram a caçoar das poucas chances de sucesso de Lorde Keller.

— Qual é o problema? Sou um bom partido. Também tenho saúde de sobra. E tenho bom humor! Ela é uma linda moça, inteligente e divertida. Tenho ao menos que participar do grupo de pretendentes.

— Qual grupo? Ela não está encorajando ninguém. Nem sei se ela já sabe fazer isso — disse Richmond. — Acho que terá de esperar até ela voltar.

— Ora essa, Bourne já encontrou seu caminho para os passeios matinais com ela. — Keller olhou para Eric.

E todos tornaram a se concentrar nele.

— Por acaso está tão rabugento por ela tê-lo rejeitado? — indagou Deeds.

— Veio afogar as mágoas? — Richmond continuou.

— Não estou interessado nela, não desse jeito. Não sejam tolos. Seremos no máximo amigos.

— Então, em quem diabos está interessado, homem? Pois tem passeado com a dama errada — disse Keller.

— Em outra... — Ele apoiou o queixo na mão e voltou à sua expressão soturna.

Eric estava sofrendo com a falta de oportunidades de encontrar Bertha. Ele continuava aceitando convites, na esperança de ela estar lá acompanhando Lydia. Porém, não sabia para onde elas estavam indo nesses dias. Ele até passou em frente à casa do marquês por duas vezes, em sua cavalgada matinal e em outro dia quando levou Sophia para passear.

Estava pensando em quanto complicaria sua já difícil relação com Bertha se aparecesse lá para visitá-la. Ele já foi um bocado abusado ao lhe enviar flores. No entanto, não a deixaria pensar que ficariam por isso mesmo e que ela continuaria com seus planos de fingir que nada aconteceu, simplesmente restringindo-o às regras que regiam suas posições. Exatamente como todos à sua volta faziam. Ele não seria prisioneiro das regras alheias; já convivia com várias delas. E o impedimento entre eles não era algo que ele cederia.

Estava sendo um cabeça dura. E até egoísta, recusando-se a enxergar o lado dela. De fato, ele até entendia, apenas não ia racionalizar todos os motivos que ela tinha. Porque Bertha certamente teria uma lista de mil e um itens para citar.

Os outros rapazes na mesa ficaram conjecturando entre eles, ao mesmo tempo em que se alfinetavam com as opções ridículas que apresentavam.

— Nem morto — disse Richmond. — Se ele disser que quer cortejar a Srta. Gilbert, vamos ter de agir e enviá-lo para tratamento em águas minerais.

— A Srta. Víbora quer casá-lo com sua pequena prima — apontou Keller, sempre informado.

— Pobrezinha, não sabe com quem se envolveu. — Cowton balançava a cabeça.

— Não é esse o apelido que escutei das moças — comentou Deeds.

— Elas devem chamá-la de algo bem menos sutil, mas temos um respeito a manter pela dama, apesar de tudo — brincou Keller.

— Estamos sem opção. Ele sai para conhecer as crianças dos Preston, vive conversando com a Srta. Preston, porém diz que não é ela — comentou Richmond.

— De fato. — Deeds foi puxando a memória e lembrou até daquele dia em que Eric o salvou do confeito. — Ele costuma aparecer quando...

A luzinha se acendeu sobre a cabeça de Lorde Pança e ele virou a cabeça bruscamente.

— Seu maldito! — Ele reagiu e empurrou Eric pelo ombro. — Saiba que a Srta. Gale é uma dama muito direita e querida para mim!

— A Srta. Gale? — Cowton exclamou, mais alto do que deveria.

Deeds e Keller praticamente pularam sobre sua cabeça para calá-lo e olharam em volta, tentando disfarçar.

— Vocês podem manter a voz baixa, por favor? — pediu Eric. — Minha dor de cabeça está aumentando.

Todos se inclinaram para frente e puxaram as cadeiras para mais perto. O garçom chegou com novas doses e eles receberam e o dispensaram rapidamente, dizendo não precisar de mais nada.

— Vocês estão parecendo matronas mexeriqueiras — Eric resmungou.

— Meu bom homem. — Richmond estava entre o modo chocado e sua versão de companheiro de todas as horas. — O que está pretendendo arrumar com a acompanhante da Srta. Preston?

— Eu também tenho apreço pela Srta. Gale — disse Cowton. — Ela pode ser tímida, mas é uma boa companhia, sempre diz coisas agradáveis nos momentos necessários.

— Eu não estou fazendo o que vocês pensam que estou, não precisam começar a me criticar. Não estou tentando desencaminhar uma donzela, por Deus. — Eric mergulhou o rosto nas mãos e respirou fundo.

— Isso vai ser um escândalo, ele está enrabichado por ela — disse Deeds.

Todos ficaram em silêncio, assimilando a notícia. Eric não ajudou em nada, pois continuava de péssimo humor e com as mãos segurando a cabeça.

— Isso não pode sair dessa mesa, cavalheiros — instruiu Deeds. — Não por esse tolo, mas pela dama. Já imaginaram o que farão com ela?

— Poupe-a disso, Bourne — disse Keller, em um dos seus poucos momentos sérios. — Esqueça essa moça.

— Não posso — ele respondeu e só se moveu para beber mais.

— Você já tentou? — indagou Richmond.

— Todos os dias.

— Ela está interessada em você? — indagou Cowton, acompanhando tudo como o desenrolar de uma peça.

— Não costuma me dar esperanças. Na verdade, faz o contrário.

— Pobre homem. — Richmond inclinou-se e deu-lhe um tapinha no ombro.

— Eu sei que é indelicado dizer isso, Bourne, mas a Srta. Gale não só não foi criada para ser uma amante que você deixa na cidade enquanto leva sua nova condessa para ter os seus herdeiros no campo, como também não está disposta a isso. — Deeds já estava usando um tom de reprimenda. — Sou o mais próximo delas e sei perfeitamente do que estou falando. Ela tem um futuro honrado pela frente. Trate de não estragar isso.

— Ela prefere o campo — Eric grunhiu.

— Perdão? — Eles não entenderam o que ele disse.

Eric levantou a cabeça e os encarou.

— A Srta. Gale prefere o campo. E eu não sei o que pensam de mim, seus bastardos, mas eu quero levá-la para Sheffield.

Os outros ficaram um tanto confusos, entre a conclusão óbvia para a declaração dele sobre levá-la para o condado e a conclusão usual sobre relações entre nobres na posição deles e jovens na posição da Srta. Gale, que acabavam se tornando amantes.

— Para torná-la Lady Bourne e, mais tarde, Lady Sheffield. Eu preciso desenhar isso? Deixei o giz em casa.

Os quatro ficaram olhando para ele, tentando entender como lidar com a situação; era a primeira vez para todos. Era algo bem atípico. Eles o criticariam e reprovariam se ele estivesse perseguindo a Srta. Gale para torná-la sua amante. Em compensação, não sabiam o que fazer com sua ideia de torná-la uma condessa, porque todos eles sabiam as reações que isso geraria.

A menos que fosse algo rápido, como ele pedir sua mão e partirem para casar na capela do condado, ela seria terrivelmente rejeitada. As pessoas não aceitariam que o partido da temporada resolvesse se casar com a acompanhante. E justamente a acompanhante dos Preston. Era bem esperado deles vir apresentar a filha na temporada e acabar envolvidos num escândalo dessa magnitude, mesmo que indiretamente.

Era certo que sobraria para eles. Diriam que o marquês e a marquesa incentivaram esse disparate.

— Eu acho que vocês precisarão fugir — opinou Richmond.

— Em completo segredo — adicionou Keller.

— Com todas as matronas de Londres o caçando — lembrou Cowton.

— Ela não vai aceitá-lo! — exclamou Deeds, como se fosse o único a notar esse óbvio impedimento.

Eric voltou apoiar o queixo na mão. Cowton começou a soluçar por causa da bebida, mesmo assim deu um empurrão no braço de Deeds. Keller abriu as mãos no ar, reclamando silenciosamente.

— Você não está ajudando, Deeds! Não vê que ele já está desiludido? — ralhou Cowton, antes de outro soluço.

# CAPÍTULO 11

Levou alguns dias até que todo o grupo de amigos voltasse a se reunir, pois vinham se encontrando apenas em pequenos grupos. O encontro não ocorreu em um daqueles eventos criticados, que não eram algo planejado para jovens ousados e deixava algumas pessoas com sentimento excludente, mas proporcionavam a eles um ambiente para serem inadequados e livres para pender certas regras.

Lady Daring tinha um belo jardim, para o qual contratou um paisagista. Pelos padrões de Londres, ele chegava a se equiparar àquele da mansão dos Fawler. Estava cheio de camas de flores, arbustos cortados cirurgicamente formando caminhos, paredes francesas com vasos de belas plantas exóticas pendurados. Havia duas pequenas fontes com peixes coloridos, onde os convidados estavam conversando e comendo canapés.

Tinha também o grande chafariz, centralizado mais abaixo, no final da fotografia perfeita que era a construção do jardim. Atrás dele, ficava um incrível grupo de arbustos floridos em toda sua beleza de primavera. Foi ali que o grupo mais divertido da temporada se encontrou novamente.

— Ah, Lydia! Finalmente! Estávamos nos desencontrando tanto — disse Janet, estendendo as mãos para ela.

Elas se encontraram a meio caminho e começaram a conversar sobre o que fizeram nos últimos dias. Bertha cumprimentou os conhecidos com breves acenos de cabeça, enquanto ia em direção ao seu objetivo.

— Srta. Wright, é bom vê-la aqui. Como tem passado? — ela perguntou, chegando sutilmente, pois não podia perguntar logo o que precisava.

Ruth deu-lhe um leve sorriso e estendeu sua mão enluvada para ela.

— Como não a encontrei desde a caça ao tesouro, não tive oportunidade de agradecê-la pela discrição — ela disse rápido, aproveitando que estavam momentaneamente sozinhas.

— Não precisa. Eu queria saber se tudo correu bem. Não recebi a notícia de um noivado, então...

— Não haverá, ao menos no momento. Não contamos ao meu pai. E Lorde

Huntley concordou com minha decisão de nos afastarmos para evitar possíveis comentários.

Bertha tinha acabado de ver Huntley perto da fonte e, ao ouvir seu nome, virou a cabeça e o olhou discretamente. Ele estava olhando exatamente para onde ela estava, ou melhor, para a Srta. Wright. De longe, ele não se parecia com alguém que havia "concordado" com afastamento algum. De fato, parecia esperar sua oportunidade de ter uma breve conversa com Ruth.

— Concordou? — comentou Bertha, voltando a olhá-la. — Imagino que estejam aliviados.

— Sim... Imagino que ele esteja extremamente aliviado.

Pois não parecia.

— Então, não estão mais passeando juntos?

— Eu preferi não arriscar.

Ah, isso começava a explicar a expressão contrariada de Huntley, se ele estivesse interessado nela.

Lorde Latham e Sr. Sprout juntaram-se ao grupo, e a Srta. Durant veio cumprimentar suas conhecidas. Lydia ficou feliz em vê-la. O lanche foi servido logo após e eles acabaram todos no buffet ao mesmo tempo, conversando e provendo companhia uns aos outros para as mesas ou os bancos. Bertha estreitou os olhos ao ver Eric com sua comitiva. Era por isso que ele não estava lá no chafariz.

Todas aquelas mulheres irritantes estavam em volta dele; ela nem sabia como ele podia dar conta de falar ou escutar todas elas. De longe, parecia que falavam ao mesmo tempo. E sorriam para a maior parte do que ele dizia. Claro, ele era espirituoso. O maldito.

O grupo moveu-se para sentar, outros foram para o buffet e Eric conduziu uma dama mais velha, que, pela velocidade que sua boca se movia, estava citando todas as qualidades de sua filha. Afinal, nem estavam lhe dando tempo para conversar com as senhoras casadas que podiam lhe fazer propostas mais liberais. Ele era o partido da temporada, elas tinham de ir procurar outro possível amante, pois o monopólio sobre bons partidos à procura de esposa era das matronas e damas solteiras.

Eric viu Bertha com o prato cheio de bolinhos, canapés e doces. Uma das partes boas de ser a acompanhante é que ela podia comer e comer, como se fosse um passatempo. Lydia tinha vários tipos de doces no prato, mas não tinha um pingo de consciência. E Bertha se recusava a impedi-la de ser feliz com doces.

Tudo que Bertha quis foi estreitar o olhar assim que percebeu que ele estava acompanhando a senhora, escutando três moças que babavam sobre ele e se jogariam sob uma carruagem para ele lhes dar preferência. E mais três os seguiam. Ele olhava para ela como se dissesse "preciso falar com você". Se tivesse um leque, provavelmente era essa mensagem que mandaria.

Ignorando a mensagem subliminar daquele olhar fulminante, Bertha partiu com seus doces e sentou-se na mesa mais afastada que conseguiu. Como estava irritada, disse ao pajem que não queria chá. Ele lhe serviu chocolate quente, que ela adicionou creme e não adoçou. A mistura amarga com seus doces foi fantástica. Ela até suspirou.

Mas toda a sua paz e o súbito bom humor causado pelos doces e pela deliciosa bebida foram por água abaixo. Um prato de louça com uma seleção bem escolhida de aperitivos salgados apareceu à sua frente. A cadeira foi puxada e, em seguida, Bertha estava olhando para a face atraente e aqueles olhos claros a encaravam diretamente.

Seu chocolate desceu queimando pela garganta, como um bolo duro e não mais uma mistura líquida. Ela ficou sem saber o que fazer. Se levantava e saía correndo, escondia-se embaixo da mesa ou saía gritando em desespero.

No segundo seguinte, luvas brancas apareceram no seu campo de visão quando um pajem depositou outro prato na mesa, com mais uma seleção de rolinhos salgados e alguns doces de chocolate. E então a xícara de Eric foi servida, com chá fumegante e mel.

— O que você está fazendo aqui? Por acaso veio se desculpar por aqueles arranjos de flores que enviou para a casa do marquês? Ou pelo seu comportamento na caça ao tesouro?

Ela simplesmente não conseguiu manter tudo para si, estava há dias discutindo mentalmente com ele. Em seus delírios, já havia até o empurrado, pisado no seu pé e o beijado. Como suas emoções estavam organizadas!

— Gostou das flores? — Ele provou um gole do chá.

— Você não pode me enviar flores!

— Eu paguei por elas, sei o endereço, a senhorita é solteira. Nada me impede.

— Isso é absolutamente inadequado. Saia daqui.

Bertha nem quis olhar em volta. Ela baixou um pouco a cabeça e cobriu a testa com a mão, tentando recuperar sua calma. Sua outra mão continuava posada na alça da delicada xícara de porcelana.

— Você não disse que não queria as flores, Bertha. Disse apenas que eu não podia — ele notou.

— Não diga meu nome aqui — ela sussurrou.

— Eu tomei a liberdade de trazer algo salgado para você também, achei que precisaria. — Ele indicou o prato extra.

Ela não conseguiu reagir, apenas balançou a cabeça. Tentou levantar a xícara, mas sua mão não parecia confiável, então desistiu.

Logo depois, Lydia e Deeds juntaram-se a eles. O pajem trouxe mais pratos extras. No caso de Lorde Pança, um prato inteiro de doces cobertos de creme, que eram seus preferidos. E mais chá foi servido.

— Finjam que não estamos aqui — disse Deeds e deu uma bela mordida em um muffin recheado de creme.

Lydia assentiu e ao menos usou sua boa educação para comer um rolinho com o garfo. Como não estavam mais sozinhos, o coração de Bertha parou de tentar fugir pela boca. Ela respirou fundo e voltou a beber o chocolate. Eric só empurrou o prato para mais perto dela, enquanto um leve sorriso iluminava seu rosto. E o pior é que ela queria mesmo comer algo salgado. Esteve tão zangada com ele no buffet que pegou doces como se não houvesse amanhã, agora, sabia que não comeria tudo aquilo.

— O pior é que tudo isso não ajudará na sua causa, Srta. Preston — disse Deeds.

— Não me importo. — Lydia bateu a mão no ar. — Ela é minha melhor amiga.

— Do que você está falando? — Bertha deu a Lydia aquele olhar de quando ela estava aprontando algo e era para fingir ter ficado paralisada. Assim evitava gafes.

— Bourne. — Deeds parou de comer apenas pelo tempo suficiente para dizer o nome.

— Acho que é a melhor torta salgada que comi na vida — comentou Eric, nada preocupado.

— Supostamente, eu tenho um suposto pretendente — disse Lydia.

— E este está supostamente necessitado de uma esposa — completou Deeds e bebeu um gole de chá, para ajudar a empurrar todos os doces que estava comendo.

— Para esta temporada — completou Lydia. — Não se preocupe, eu aguento o sofrimento público por você — ela assegurou à amiga.

— Não há sofrimento público!

— Eu não vou fingir que estou cortejando a moça errada, eu quero a Srta. Gale — declarou Eric, direto demais ao ponto.

Deeds parou com a cobertura de um doce enfiada na boca, Lydia franziu o cenho e ficou muito sem graça. E Bertha apenas fechou os olhos por um momento.

— Para cortejar — completou Eric, para aliviar a declaração.

— Meu Deus, como eu...

Sem conseguir manter a máscara de dama bem controlada ou suas emoções no lugar, Bertha levantou-se subitamente e se afastou a passos rápidos. Antes que Eric se levantasse também, Lydia tocou o braço dele.

— Quando ela tem esses arroubos, nem adianta. Acredite em mim.

Deeds apenas mordeu um rolinho doce e olhou por cima do ombro; mal viu quando ela levantou.

— Mas ela quase não comeu — disse Eric, olhando para o prato dela e o que ele havia lhe trazido. — Tudo bem, diga-lhe para voltar.

Eric levantou e partiu, foi para as mesas que estavam mais juntas e sentou-se com Lorde Garboso e Greenwood. Bertha não o viu partir, então Lydia pediu licença a Deeds e foi buscar a amiga.

— Eu não sei mais como ajudá-la — dizia Lydia enquanto elas retornavam.

— Deixe-me comer meus doces.

— Mas, Bertha... Eu realmente estou perdida. Você não gosta dele, de verdade? Se for assim, vou dizer ao papai para se livrar dele.

— Não, por tudo que é mais sagrado! Não envolva o marquês nisso.

— Ele faria Lorde Bourne nunca mais importuná-la. Estou falando de uma conversa, não de matá-lo.

— Não! — exclamou Bertha. — Deixe-o.

— Se não gostasse dele, nem um pouco que fosse, me deixaria maltratá-lo e pedir ao meu pai para afastá-lo de você.

— Essa não é a questão! Deixe de ser tola! Você sabe muito mais do que isso. Sabe tão bem quanto eu que isso é tolice e insanidade. E loucura! E é ridículo! Não estou aqui para ser cortejada, eu sequer sou uma opção viável para qualquer cavalheiro. Pare de fingir que é diferente! Por que todos querem tirar meu único objetivo aqui? E minha paz e dignidade! É tudo que eu tenho!

Lydia deixou Bertha explodir e liberar sua frustração, então cruzou os braços e manteve o cenho franzido.

— Sim, eu sou tola, boba e sonhadora e todas essas coisas. Porém, você tem sentimentos por ele e não admite isso.

— Se eu admitir, passa a ser verdade. E isso jamais será.

Após o lanche, a hora da socialização não saiu exatamente como o planejado para todos no evento. O grupo de Devon, como os chamavam, voltou para o chafariz, e estavam lá se divertindo e jogando, sentados na larga parede da fonte de água. Alguns ainda tinham doces nas mãos e todos os convidados passariam semanas elogiando os maravilhosos quitutes concebidos pelo chef francês de Lady Daring. Com alguém assim em casa, ela nunca precisava encomendar nada de confeitarias.

— A senhorita está particularmente bela essa tarde — disse Lorde Keller.

Lydia franziu o cenho para ele. Achou que estivesse brincando, afinal, suas brincadeiras eram notórias.

— Não que a senhorita não esteja sempre bela, mas hoje está adorável.

— É mesmo? — ela perguntou, sem levá-lo a sério.

— Com toda a minha seriedade. — Ele colocou a mão sobre o peito.

— Então, eu agradeço — ela disse.

— A senhorita é realmente a dama por quem tenho uma queda. É um ano que sempre lembrarei por tê-la conhecido.

— Pare de ser bobo, Lorde Keller.

— É a mais perfeita verdade.

Então, ele se inclinou para ela, pronto para continuar com seus galanteios. Lydia viu pelo canto do olho, sobressaltou-se e levou um susto ao vê-lo tão perto. Ela pulou no lugar, as costas de sua mão enluvada batendo no nariz dele, que fechou os olhos, sentindo a dor do golpe desajeitado e nada planejado.

Lorde Keller tentou se segurar em seu antebraço, mas Lydia pulou do lugar. Ele agarrou seu chapéu, arrancando-o, sem saber o que fazia, e moveu os braços no ar de forma caótica. No segundo seguinte, escutaram o barulho e ele caiu de costas dentro do grande chafariz.

Bertha e Janet soltaram gritinhos quando um pouco de água as acertou e elas pularam de onde estavam sentadas. A Srta. Wright tropeçou ao pular do lugar e enfiou um grande doce colorido e diferente dentro de um pedaço de melão bem no meio da cabeça de Lorde Glenfall. Ele ficou paralisado, sem saber o que fazer.

— Ah, meu Deus! Ele caiu na água! — Alguém apontou.

Ninguém se moveu por um segundo, então todos viram as mãos e os pés de Keller estrebuchando-se no ar, enquanto ele não conseguia se virar na água.

— Acho que ele está se afogando! — disse Eric, adiantando-se para perto do chafariz.

Lorde Latham estava mais perto e chegou primeiro, porém, quando Keller caiu no chafariz, jorrou água em volta e seu primeiro salvador escorregou e teve de se escorar na baixa parede enfeitada. Lorde Hendon, melhor amigo de Keller, arrancou o paletó e se inclinou para dentro, agarrando o amigo.

Enquanto isso, Keller borbulhava embaixo da água e agarrou o amigo pelo pescoço, pela cabeça e pelo lenço e quase o puxou para dentro da água também.

— Eu não acredito que ele está se afogando num chafariz! — disse Bertha.

— Você o empurrou? — Janet perguntou a Lydia.

— Ele ia me beijar! — ela defendeu-se em pânico pelo beijo, não pelo homem que se afogava no chafariz. — Não foi por querer.

Lorde Latham o agarrou pelas pernas, porém, ao invés de botas, estava com lindos sapatos lustrados que escorregavam na pedra molhada. E quando Keller foi levantado, deu com o rosto na barriga dele. Keller caiu de traseiro na água de novo e Latham se apoiou nele para não acabar de cara na água.

— Andem logo com isso, antes que todos vocês caiam aí dentro — disse Greenwood, agarrando Hendon pela gola e o empurrando para longe, sem um pingo de delicadeza.

Lorde Huntley puxou Latham e praticamente o jogou com o traseiro sobre a parede baixa, para que não escorregasse de novo. E Eric agarrou Keller pelo colete, tirando-o da água definitivamente, antes que ele voltasse a escorregar lá para dentro. Deeds sacou seu lenço e o apertou contra o rosto dele, pois Keller parecia achar que ainda estava na água.

— Acabou, homem. Pare de passar vergonha — disse Deeds.

A comoção já era generalizada; havia moças escandalizadas. Bertha não parava de rir, tentando cobrir a boca e abafar o som com suas mãos. Ela até se virou, para disfarçar. Não ficava bem rir tanto da desgraça de um cavalheiro. Janet juntou-se a ela, tentando esconder o riso também.

Os pajens estavam muito atarefados lá perto da casa, servindo a todos. Porém, os convidados olhavam para lá, mesmo de longe, notando que havia uma comoção. E quem estava mais perto olhava com desaprovação. Estavam todos falando alto, rindo e caçoando uns dos outros.

— Você tentou beijá-la? — perguntou Deeds. — Está louco? Foi por isso que acabou aí dentro.

Lorde Keller, vermelho e molhado, sentado sobre a parede baixa e ainda com um dos braços escorados por Huntley, lançou um olhar irado.

— Eu não ia beijá-la! Ela é doida! — ele exclamou, quando parou de tossir água.

Com todo seu cabelo cor de areia colado em sua cabeça e rosto, era difícil levar sua figura a sério.

— Peça desculpas à dama — disse Greenwood, avolumando-se sobre ele e até fazendo sombra.

— Eu juro que não ia beijá-la!

Greenwood estreitou o olhar para ele, e estava com todo o jeito de que ia jogá-lo na água de novo.

— Desculpe, Srta. Preston, eu juro que foi um mal-entendido.

— Eu entendo — ela resmungou.

Todos ao longe já estavam olhando para eles. Em breve, a anfitriã viria ver do que se tratava tudo aquilo.

— Acalmem-se, estamos chamando atenção, assim não seremos mais chamados para os mesmos eventos. E como nos encontraremos? Recomponham-se — disse Eric, indicando todos.

Os cavalheiros puxaram gravatas e as damas reclamaram das manchas de água. Eric percebeu que iam precisar de mais do que se recompor para poder passar pelos outros convidados sem criar falação.

— Tem alguma coisa boiando no chafariz. — Apontou Bertha.

— Jesus! — exclamou alguém.

— Aquilo é um bigode? — perguntou Lydia, estreitando os olhos para entender.

Todos olharam para Latham — Lorde Bigodão — e ele levou as mãos ao rosto imediatamente. Para seu horror, percebeu o que estava faltando.

— Socorro, estou desfalcado! — ele exclamou, com as mãos sobre a parte de baixo do rosto. Depois, morto de vergonha, começou a balbuciar: — Meu bigode começou a perder a força há alguns meses. Eu fiquei desesperado, então encomendei o bigode. Eu já tinha o apelido, não sabia o que fazer, mas ficou maior do que eu queria — confessou só para seu grupo.

— É um aviso divino para o senhor acabar com esse bigode — disse Bertha, tentando ser sutil e falhando.

— Nem estou reconhecendo-o sem ele. Não é que existe uma boca por baixo! — provocou Huntley, com um grande sorriso.

— Está até mais apresentável — incentivou Janet.

Lorde Keller ficou de pé. Mesmo molhado, ele ficou olhando para Lorde Bigodão e rindo da falta de bigode.

— Alguém pode solicitar uma toalha para Lorde Tartaruga? — pediu Eric e continuou, tentando arrumar a bagunça. — Alguém tire todo esse melão da cabeça de Lorde Glenfall. E, por obséquio, alguém pode, por favor, encontrar a sobrancelha direita de Lorde Hendon? — Ele balançou a cabeça, com aquela expressão de quem não acreditava no que via.

Todos olharam para Hendon — Lorde Sobrancelhas — e viram que uma de suas grossas sobrancelhas castanhas estava faltando.

— Vocês encomendaram a sobrancelha e o bigode no mesmo lugar? — indagou Greenwood, movendo a mão entre ele e Hendon e lançando um olhar cômico.

Lorde Deeds não se aguentou e se dobrou, gargalhando, enquanto apertava as mãos na pança. Bertha e Janet apertaram a mão uma da outra, como se isso fosse ajudá-las a parar de rir.

— Não sairemos daqui hoje. — Huntley girou no seu eixo, tentando avistar uma sobrancelha perdida.

— Sua sobrancelha começou a perder a força também, Hendon? — indagou Cowton ainda sorrindo, mas se abaixou e procurou pela linha de pelos falsos.

— Eu as perdi! Quase não as tenho, não posso me apresentar assim na temporada — disse Lorde Hendon, tão desesperado quando Lorde Bigodão.

Ele tirou a mão que estava cobrindo só o lado direito da testa onde faltava a sobrancelha. E os outros até se aproximaram e estreitaram os olhos para constatar que Hendon quase não tinha sobrancelha. Os poucos pelos eram castanhos como seu cabelo, num tom mediano, nem claro nem escuro. Mas era sutil. De fato, não ficava ruim.

— Está melhor sem a sobrancelha falsa — concluiu a Srta. Wright.

Hendon virou-se imediatamente, já com a mão cobrindo o lado direito, onde faltava a sobrancelha.

— A senhorita acha mesmo? — Ele soava esperançoso.

— Você realmente achou que não sabíamos que essas sobrancelhas eram suspeitas? — ela indagou.

— Juro que fica bem assim — assegurou Bertha.

— Concordo — disse Janet.

Ele rodava no lugar, virando-se para as moças, conforme elas falavam.

— Até eu concordo, perca a outra também — disse Lydia.

— Achei! — disse Deeds, quando conseguiu parar de rir.

— E o bigode flutuante? — perguntou Cowton.

— Isso é nojento. — Lydia foi se afastando. — Eu vou encontrar toalhas.

Era sua maneira de se desculpar, pois nunca ia admitir que havia entrado em pânico e golpeado Keller e assim ele caiu na água.

— Dê-me isso aqui. — Lorde Latham resgatou seu bigode. — Tenho o dever de resguardar meu bigode até chegar em casa.

— Livre-se disso, homem — disse Eric. — Ninguém vai querer casar com você e com esse bigode.

— Você acha mesmo? Achei que era masculino, não tenho muito pelo facial. — Latam passou a mão pelo rosto.

— Ninguém aqui tem bigode, Latham. E não é apenas coincidência terem mais pretendentes do que você, é um motivo. Não disse que precisava se casar? Tem de se separar do bigode antes — aconselhou Deeds.

— Vai precisar de uma cerimônia só para o bigode. Agora que o conhecemos sem você, farei questão de ir ao noivado do bigode — caçoou Eric.

— O mesmo para as sobrancelhas de Hendon! — lembrou Cowton. — Nenhuma dama em sã consciência será cortejada pelas sobrancelhas.

Era certo que, depois desse dia, Hendon e Latham, que eram participantes esporádicos do grupo de Devon, iriam participar com muito mais afinco. Afinal, agora eles sabiam seus segredos.

Lorde Greenwood se apressou e acompanhou Lydia para buscar toalhas e um pente, sem chamar mais atenção dos outros no evento. Eles precisavam dar um jeito em Keller, Hendon e Latham; estavam despenteados e um tanto molhados. E algumas damas estavam com manchas de água no vestido.

— Primeiro, acho que Lorde Pança vai me beijar e crio aquele acidente. Depois, Lorde Tartaruga e o chafariz! Devo ser amaldiçoada — Lydia reclamava, enquanto seguia a passos duros por trás dos arbustos, em um caminho direto para a casa.

— Ora essa, por que a senhorita tem tanto medo de beijos? — Greenwood acompanhava seus passos, mas ia ao seu lado como se fosse um passeio no parque.

Lydia estacou ao ouvi-lo e franziu o cenho, pronta para lhe dar um fora.

— São só beijos. — Ele só parou por um momento e deu-lhe um beijo no rosto que ela jamais poderia ter esperado, tanto que nem conseguiu esboçar reação, apesar de tê-lo visto se aproximar. Foi inesperado demais. — Viu? A pele não cai. É só não ser pega no flagra.

Greenwood continuou o caminho e Lydia ficou ali, chocada. Um pouco à frente, ela o escutou dizer:

— A senhorita vem? Preciso de ajuda.

Ela ainda estava estarrecida. Por tudo que sabia, era capaz de a pele de sua bochecha cair bem ali no chão. Ela levou a mão ao rosto, sobre o lugar que ele tinha deixado o beijo. E foi todo o movimento que conseguiu fazer. Era a primeira vez que um homem a beijava, mesmo no rosto. E Lydia admitia que ficava muito nervosa quando era alvo de flertes mais ousados.

Tanto que gerou aqueles dois incidentes, só por achar que Deeds e Keller queriam beijá-la. Agora, Lorde Greenwood simplesmente a beijou, como se beijasse o rosto de jovens debutantes todos os dias. Enfurecida, ela voltou a andar a passos rápidos. Talvez fosse exatamente isso que ele fazia. Beijava mulheres todos os dias! Aquele desgraçado!

# CAPÍTULO 12

Quando Lydia retornou ao chafariz, parte do grupo havia se dispersado; ao menos aqueles que estavam apresentáveis. Haviam tomado o mesmo caminho que ela, por trás dos arbustos floridos. Ela entregou as toalhas que conseguiu pegar, voltou para uma mesa e o pajem lhe serviu chá, que ela pediu com creme e açúcar.

Bertha deixou Janet seguir seu caminho de volta para o salão de música. Nesse horário, já havia atividades no interior da casa. Ela saiu pelo corredor errado, onde viu Eric passar, quando ele foi se recompor antes de se apresentar aos outros convidados dentro da casa. Ele voltou ao corredor, com o cabelo claro e mesclado penteado como se nunca tivesse se envolvido na confusão do chafariz.

O vestido dela ainda tinha uma mancha úmida, porém não dava para ver. Ele parou ao vê-la, mas dessa vez não sorriu. Não era fácil para eles encontrarem momentos para se falar sem testemunhas.

— Eu parei para pensar e realmente acho que devemos falar sobre as flores — ela disse, ao menos parecendo no controle de suas reações a ele.

Eric se aproximou dela, parando bem à sua frente, e Bertha se recusou a recuar, mas, a cada passo dele, seu coração acelerava mais.

— Eu senti sua falta. — Seu tom era como o de alguém contando um problema, uma dor que não passava. — Passei em frente à sua casa. Enviei flores com bilhetes, na inútil esperança de que me respondesse.

— Eu queria encontrá-lo pessoalmente para lhe dizer isso.

— Você não sentiu minha falta? — Ele se inclinou, encarando-a seriamente, observando cada reação. — O que tem feito longe de mim? Para onde tem ido que conseguiu se esconder tão bem?

— Não é da sua conta, Lorde Bourne.

— Uma pena que, ao contrário de você, eu não esqueci seu nome, Bertha.

Ela levantou a mão enluvada e o manteve no lugar, abrindo a palma sobre seu peito.

— Eu o proíbo — ela alegou, como se fosse um recurso.

— Não pode me proibir de nada sem começar a dizer meu nome. — Ele segurou a mão dela sobre o seu peito, apertando-a contra ele.

A primeira reação dela deveria ter sido olhar para os lados, desesperada para não ser vista nessa situação. Porém, seu olhar desceu para a mão nua e masculina por cima da sua, cobrindo um pedaço do paletó. Eric se aproximou dela; estava tão perto que o olhar de Bertha não tinha outra rota a não ser os seus lábios. Ele jamais a deixaria escapar agora. Não depois de ansiar tanto por vê-la nos dias que se passaram, de corroer-se em pensamentos sobre onde ela estaria, e como encontrá-la, como chegar perto o suficiente para tocá-la.

— Não escutei, você disse alguma coisa? — ele perguntou baixo, ao ver seus lábios se moverem.

— Beije-me logo — ela respondeu, completamente o contrário do que esteve sussurrando.

Era o pedido que ele mais quis ouvir desde que a conheceu. Naquele momento, Bertha era uma mistura tão grande de sentimentos contraditórios, que seu olhar estava preso em seus lábios e ela desejava senti-lo, porém ainda mantinha a mão em seu peito, contendo-o longe dela. Eric agarrou seu pulso e o afastou, segurando-o no ar e, quando a beijou, foi com tanto ardor que a prendeu contra a parede do corredor.

Ele apertava seu pulso, segurando-o ao lado deles enquanto tomava sua boca. Bertha era pura contradição e anseio, com seu desejo inflamado pela necessidade dele. Eric a beijava com sofreguidão e avidez, despejando sobre seus lábios um tipo de paixão voluptuosa que ela não conhecia, para a qual sequer estava pronta. No entanto, ela a aceitava, desnorteada como ele. Ambos sem domínio sobre a atração que os levava um para o outro.

Seu arrebatamento era tão completo que eles sequer se moviam. Seus corpos estavam tensos, suas bocas se devoravam, mas Eric ainda apertava seu pulso. Seu punho estava fechado na parede ao lado de sua cabeça, como se precisasse da força contida ali para se segurar. Bertha não pensava em soltar a mão e apertava a lateral do paletó dele com tanta força que o amassado só sairia com ferro quente.

Eles não ouviram os passos e Lorde Greenwood — ainda segurando uma toalha — entrar no corredor. Quando os viu, pulou no lugar e voltou tão rápido que suas costas até bateram contra a quina da parede. Ele soltou o ar e passou a mão pelo cabelo escuro. Assim como Eric, havia ido se recompor antes de se apresentar para as atividades internas. Nunca poderia esperar que encontraria essa cena. Eric beijando a Srta. Gale. Ele não teve tempo de ficar olhando, mas só os segundos que viu, já eram o bastante para saber que algo muito sério estava se passando entre eles, tamanha era a sofreguidão e entrega daquele encontro.

Só havia um problema: alguém mais ia entrar ali. Greenwood não podia deixar isso acontecer, não podia deixá-los ali para serem pegos no flagra por alguém mais. Ele pensou rápido e, infelizmente, sua única forma de ajudá-los era interrompê-los. Assim, ele começou a pisar com força, sorrindo de como devia parecer ridículo agora, marchando no lugar. Para ajudar, forçou uma tosse alta e espiou pela quina do corredor, ainda tossindo.

A sorte deles foi perder o fôlego e, quando seus lábios se afastaram, escutaram os sons de aproximação. Porém, estavam tão absortos um no outro que não conseguiram se separar. A tensão entre eles era forte como uma corda esticada ao seu limite. O certo seria cada um correr numa direção, mas eles permaneceram juntos. Bertha ainda podia sentir a respiração dele, os lábios de Eric roçavam nos seus e ela temia abrir os olhos. Só tinha duas opções: ela apenas o veria, perto demais, ou encontraria o olhar acusador de mais alguém.

Os lábios dele tocaram sua face, acariciando-a suavemente, em contraste à força com que tomara sua boca. E Bertha soltou o ar, dolorosamente, como alguém preso entre o prazer e a perda.

— Não, Eric, por favor — ela sussurrou e virou o rosto para olhá-lo. — Afaste-se e me deixe voltar.

— Diga que não fugirá mais de mim.

— É certo que fugirei.

— Então é certo que a perseguirei.

— Por quê?

— Para convencê-la a me deixar cortejá-la.

— Você não pode. Nem mesmo você.

— Cada vez que eu a encontro, que escuto sua voz e que finalmente a toco, eu tenho mais certeza de que não há outra para mim. Eu quero um para sempre e vou buscá-lo em você.

— Nem mesmo o príncipe ousou tal manobra, ele tem amantes em minha classe exatamente para isso. Mas até as atrizes famosas estão mais bem cotadas.

— Então está pensando no rei errado, Bertha. Ele sabe ostentar, mas certos tipos de ousadias determinarão a felicidade ou a desgraça de um homem. E eu jamais deixaria de ousar por você.

— Você não tem juízo.

— Preciso de coragem para o que eu quero, não de juízo. Eu quero você.

— Nem bom senso. — Seu leve balançar de cabeça foi puro pesar.

— Dê-me um pouco do seu e eu dou-lhe um pouco do meu. Nenhuma vida feliz pode ser regida por puro comedimento, sem um pouco de inconsequência. Não quer ser feliz, Bertha?

— Eu estou no limite da minha inconsequência desde que o conheci e deixei que me tocasse!

Ela finalmente puxou seu pulso e se afastou. Quando estava a três passos dele, Greenwood apareceu na entrada do corredor. Ele esteve esperando sua deixa, ou melhor, vigiando para ter certeza de que ninguém os flagraria. Porém, justamente naquele momento, três pessoas vinham naquela direção. E quando apareceu, sua face era de alarme.

Eric estacou ao vê-lo e Greenwood balançou a cabeça para ele e fez um movimento para o lado direito, esperando que ele entendesse. Bertha não parou, meneou a cabeça para ele e passou rapidamente, deixando-os.

Três cavalheiros mais velhos entraram no corredor logo depois, um procurando o toalete e os outros dois indo lá para trás. Um pajem os seguiu pouco depois.

Lorde Greenwood encarou Eric. Não havia escutado a conversa dos dois, apenas sabia que ainda estavam juntos no corredor.

— Da próxima vez, você precisa se fechar num cômodo e trancar a porta. Não é o ideal, mas é menos perigoso — ele avisou.

Eric não estava mais feliz agora que Bertha o deixara novamente, então apenas pendeu a cabeça e franziu o cenho para ele:

— Isso é um conselho amigável?

— Claro que é.

Lorde Bourne avaliou sua expressão.

— E eu terei sua discrição?

— Você sabe que sou a última pessoa a dizer alguma coisa, mas você deve estar completamente fora de si por causa daquela dama. Um corredor no primeiro andar? Nós dois sabemos que um corredor tem de ser no mínimo no segundo andar, na ala mais vazia para começar a servir para encontros clandestinos.

— Foi inesperado, eu nunca conseguiria levá-la para lugar algum. Um homem tem de saber usar suas oportunidades.

— E se não fosse eu? Seria o escândalo da temporada. Você sabe o que ia acontecer com ela.

— Eu me ajoelharia amanhã mesmo, com um anel no bolso.

Greenwood cruzou os braços para ele, calculando se estava sendo irônico. Era o tipo de declaração que homens na posição deles faziam, em tom de troça ou sarcasmo, ao se referir a uma possível amante com quem jamais se casariam.

— Eu honraria minhas palavras — assegurou Bourne.

— Nesse caso, não me arrependo de acobertá-lo. Apenas acho que, pela velocidade com que a dama fugiu, ela diria não. — Ele sorriu e continuou pelo corredor.

— Muito obrigado — disse Eric, agora sendo irônico.

— Disponha. — Greenwood ainda sorria, divertindo-se com a óbvia irritação dele.

Lydia cansou de esperar lá fora e acabou encontrando Bertha na sala traseira da casa, aquela que dava para o jardim. Ela estava na janela do canto, com o olhar perdido enquanto massageava o pulso esquerdo.

— Bertha, onde esteve? Eu a procurei por todo o jardim. — Lydia parou à frente dela. — Você não disse que ia se ajeitar? — Ela olhou seu cabelo desfeito na lateral.

Bertha apenas levantou o olhar, enquanto mexia no laço da luva fina, que era exatamente no seu pulso, onde o leve babado de renda era preso por uma fita de cetim. Ainda podia sentir o aperto de Eric ali.

— Eu estava aqui... esperando-a entrar.

— Vamos para casa — anunciou Lydia.

— Mas já?

— Sim. — Lydia bufou, toda a situação do chafariz e do que Greenwood aprontou com ela ainda a deixavam irritadíssima. Queria um lugar para praguejar em paz. E xingar aquele maldito homem.

— E onde está seu chapéu?

— Não faço ideia. Vamos! — Ela liderou o caminho para uma rápida despedida da anfitriã e a partida apressada.

Quando chegaram em casa, descompostas e com Lydia ainda danada da vida, elas tiveram de explicar parte do acontecimento à família toda. As crianças adoraram saber que elas estiveram envolvidas em confusões. E Bertha aproveitou que Lydia foi tomar banho e esfriar a cabeça na banheira e se refugiou no quarto. O Sr. Roberson entregou-lhe um bilhete do Capitão Rogers.

Ela havia esquecido de cumprir sua promessa a ele e não lhe enviou um bilhete ou um recado, informando seus dias livres para passeios. Educado e profundo seguidor das regras e convenções sociais, ele aguardou alguns dias antes de lembrá-la de seus futuros passeios. E, sutilmente, de seu interesse em vê-la.

Bertha cobriu o rosto, totalmente perdida em suas perspectivas, ou na falta delas. Esteve beijando avidamente um homem de quem não devia se aproximar, com quem não tinha futuro e que se recusava a escutá-la, antes que ambos sofressem e ela ficasse com a pior parte do bolo. E não conseguia parar de pensar nele. Quando fechava os olhos, podia ver seu rosto, tão perto do seu. Sua voz vivia em sua mente. O toque dele era uma maldição sobre ela. Ficava marcado, queimando durante o afastamento e atraindo-o quando estavam no mesmo lugar.

Tinha como opção um cavalheiro muito mais aceitável para ela. Alguém que, em suas condições e posição, já era como subir na escala social. Ela se casaria para cima, daria outro tipo de vida aos filhos. Estaria relacionada a uma família nobre; até o Capitão era muito além de suas perspectivas. Lorde Bourne, por outro lado, era como uma espécie completamente diferente. Fora de sua órbita.

Era como se ela tivesse sido tão bem educada e criada exatamente para almejar alguém como o Capitão Rogers. Isso, no caso de muita sorte. Sua mãe certamente ficaria em êxtase se soubesse que ele já havia deixado seu interesse claro. Porém, se sua mãe soubesse sobre Eric, entraria em pânico, passaria um sermão, ameaçaria contar para seu pai e chegaria ao extremo de mandar que voltasse de Londres imediatamente, antes que algo de ruim acontecesse. E o "algo de ruim" seria que sua filha, que ela praticamente dera para morar em Bright Hall para ser criada como uma dama, acabasse como a amante de um visconde.

Nonie, sua mãe, era como uma matrona, mesmo que estivesse tão longe dos salões. Ela planejara tudo à frente. No começo, pensou sobre a filha arrumar um emprego melhor, mas, com o passar do tempo, viu que podia conseguir uma vida ainda melhor se a filha encantasse um partido sensacional, como o Capitão Rogers. Bem acima de sua posição social, porém ainda possível de enxergar e se relacionar.

Nada, nada perto de um futuro conde, de dezenas de gerações de títulos, herdeiro único, sabe-se lá com quantos hectares de terras em seu nome, com o dever de arranjar o herdeiro junto com a filha de alguma família parecida com a dele. Sua mãe ia enlouquecer, ia prendê-la no campo. Seu pai não podia saber disso, jamais. Aliás, seu pai... era bom que ele nem soubesse exatamente o que jovens damas faziam em Londres. Ele a mandaria voltar mesmo se ela não tivesse conhecido Eric. Era tudo tão indecente para eles. Era outro mundo.

O problema era que eles a haviam mandado para ser criada nesse mundo desde os seis anos, não havia como voltar atrás. A filha jamais veria o mundo pelo mesmo espectro que eles. No entanto, ela sabia muito bem qual lente usar para enxergá-lo. Pena que a tal lente começava a ficar colorida e nebulosa quando as pessoas se apaixonavam.

— Querido Capitão Rogers... — Bertha disse baixo, enquanto organizava seus pensamentos para escrever uma resposta.

Eles marcaram outro passeio, novamente com a Sra. Birdy de acompanhante e também sua irmã, a governanta de outra casa. E Bertha escreveria essa frase várias vezes a partir dali, pois Rogers se mostrou um grande fã de cartas e bilhetes. Cheio de melindres, expressava melhor o seu interesse de forma escrita. Era mais privado.

— Nós temos um anúncio a fazer — disse Henrik, quando a família já estava na sobremesa.

Jantaram mais cedo naquele dia e estavam todos à mesa, inclusive as crianças e a Srta. Jepson.

— Não diga que vamos embora mais cedo! — exclamou Aaron.

— Estou começando a gostar daqui. — Nicole fez logo um bico.

— Você vai voltar para Bright Hall e nos deixar? — indagou Lydia.

Era falta de educação interromper um anúncio, ainda mais do marquês. Claro que os filhos dele não conseguiam obedecer a essa regra de jeito nenhum. Henrik soltou o ar, acostumado com isso, e olhou para Bertha, como se esperasse a frase dela. Mas ela só colocou a colher cheia de pudim na boca.

— Na verdade, sua mãe tem um anúncio — ele informou.

Os olhares mudaram para a marquesa, todos aguardando com expectativa, até mesmo a Srta. Jepson. Os lacaios fingiam que não escutavam nada, mas era óbvio que prestavam atenção. E o Sr. Roberson, ao que constava — especialmente durante o jantar —, sempre foi surdo e só escutava pedidos feitos a ele e ordens para executar.

Caroline deu um leve sorriso ao ver todos prestando atenção nela, mas não se preocupou em levantar, anunciando de sua cadeira do lado direito do marquês:

— Eu estou esperando um bebê, vocês vão ganhar um novo irmão ou irmã.

As crianças exclamaram de surpresa, incluindo Lydia e Bertha. A Srta. Jepson cobriu a boca com as mãos. E Henrik apertou a mão de Caroline sobre a mesa, enquanto sorria para ela, ambos se divertindo com as expressões de surpresa.

— Uma criança de verdade? — perguntou Nicole.

— Não seja boba, primeiro nasce pequeno — disse Aaron, muito entendido.

— Mãe! Um novo bebê! — Lydia não conseguiu se conter. Levantou e foi abraçá-la.

Ela era mesmo um péssimo exemplo para os irmãos, porque eles viram que Bertha continuava sentada e sorrindo, havia apenas pegado a mão de Caroline para parabenizá-la, já que estava ao seu lado. Porém, a irmã havia contornado a mesa. Eles já estavam com idade para saber que, para evitar problemas, Bertha era um exemplo melhor. Por outro lado, eram pequenos o suficiente para achar que, se a irmã mais velha podia abraçar a mãe, eles também queriam abraçá-la.

Nenhum dos dois alcançava o chão nas cadeiras do jantar, que tinham braços e eram pesadas. Mesmo assim, Aaron deu seu jeito e saiu, correndo para o outro lado. Nicole não conseguiu e começou logo a ficar triste e olhou para a Srta. Jepson, pronta para choramingar que estava presa e todo mundo estava com a mãe, menos ela. Antes que Telma precisasse levantar, o Sr. Roberson, acostumado com a quebra de protocolo diária da família, puxou a cadeira, liberando a "pequena lady".

— Um bebê, um bebê! É como uma boneca? — Agora Nicole estava feliz, já que a mãe afastara a cadeira e a pegara no colo. Afinal, ela era o mais perto de um bebê que Caroline ainda tinha. E isso ia mudar em breve.

— Sim, mas tem que tomar cuidado, é delicado — disse a mãe.

Ainda bem que já estavam na sobremesa, pois tudo foi deixado de lado e eles se retiraram para a sala. As crianças deviam ir dormir, mas estavam tão excitadas com a novidade que ficaram um bom tempo na sala com os adultos.

## CAPÍTULO 13

No final de semana, Bertha não fazia ideia do que estava se passando à sua volta. Ela acompanhou Lydia até a casa dos Brannon. Não era um grande baile, mas a lista de convidados era considerável. Era a primeira temporada da Srta. Brannon e era vantajoso para sua mãe oferecer um baile. Ela copiou a estratégia de Lady Fawler e arriscou ser criticada para conseguir atrair vários jovens para sua festa.

Já estava provado que não era fácil atrair bons partidos sem trazer também moças que podiam representar concorrência para sua filha, mas um lado dependia do outro. E os Brannon estavam satisfeitos com os convidados que conseguiram. Deram alguns convites para aplacar egos e desagradaram certas pessoas, mas a noite estava cheia de possibilidades.

— Eu juro, eu desisto para sempre — disse Lorde Keller, ao passar pelos seus conhecidos e se afastar a passos largos para conseguir o que beber.

— O que aconteceu com ele? — indagou Bertha.

— A Srta. Brannon provavelmente o recusou e então o dispensou de suas atenções. De novo — explicou Eloisa, a Srta. Durant.

— De novo? — Bertha franziu o cenho e olhou para Lydia, sem conseguir evitar a provocação. — Viu, já não precisa se preocupar que ele arrisque beijá-la novamente, está interessado na Srta. Insuportável.

— Eu a odeio. — A Srta. Durant revirou os olhos. — Ela vive me chamando de caipira.

— Ela não tem esse apelido à toa. — Lydia deu uma olhada para onde a Srta. Brannon estava com duas amigas. E as três ficaram olhando para lá com olhares estreitos.

— Eu não sei por que deixei minha tia e suas amigas me convencerem a vir. Para mostrar que não me acovardo. — Eloisa bufou, virou-se e partiu de volta para a proteção das margaridas. Elas já eram senhoras, mas eram tão bem quistas que sempre estavam nas listas, mesmo de eventos como esse, que eram armadilhas para jovens.

Enquanto elas estavam ocupadas com suas conversas de baile, a Srta. Gilbert já tinha se certificado de que seus planos não seriam atrapalhados por uma acompanhante. Afinal, ela também estava numa missão de casar sua prima com o cavalheiro que ela queria tanto. E tomara isso como algo pessoal.

De qualquer forma, ela havia aceitado um acordo com o Sr. Duval. Sentia prazer em fazê-lo, pois não conseguia engolir que aquela garota havia feito com que a marquesa de Bridington a ameaçasse. Não ia deixar por isso. E dessa vez a marquesa não estava ali para protegê-la.

Demorou um pouco até Bertha perceber que algo de errado estava acontecendo. Foi apenas quando a Srta. Jones a encontrou e puxou sua mão que a notícia foi dada:

— Há algum motivo para você ter se tornado próxima do Sr. Duval? — indagou Janet. — Eu não me lembro de já tê-la visto sozinha com ele.

— O Sr. Duval? Sim, eu o conheço da temporada, claro. Porém, nunca danço e assim não pude aceitar seu convite.

A única vez que ela dançou em Londres foi com Eric e para pagar sua dívida, que até hoje não havia conseguido quitar totalmente.

— Bem... se não esteve em passeios sem companhia com ele ou encontrando-se em situações estranhas, por que estão dizendo que está associada a ele?

— Perdão? — Bertha arregalou tanto os olhos que sentiu-os doer. — Tenho certeza de que isso é um mal-entendido.

— Eu imagino que seja, no entanto, Amelia se aproveitou dele e disse tudo errado.

— Aquela maldita! — exclamou Bertha, sem conseguir se conter e profanando em alto e bom som.

Foi muito estranho para ela, mas seu primeiro pensamento foi em Eric. Ela o tinha visto essa noite, como sempre, cercado por debutantes e jovens solteiras. Porém, Bertha não era um assunto para elas. A menos que entrasse em seus caminhos, elas pouco se importavam com sua existência. A Srta. Gilbert, por outro lado, parecia não conseguir esquecê-la ou deixá-la em paz.

E dentro do grupo que Bertha acabou participando, ela era um assunto relevante. Se isso crescesse muito, outras pessoas se interessariam, não por causa dela, mas por Lydia. Adorariam alfinetá-la e falar por suas costas, dizendo que a acompanhante da Srta. Preston não era adequada. E portanto, ela também não devia ser.

Lydia jamais a trairia, como acontecia nessas situações, nas quais a dama desvinculava-se completamente da imagem da acompanhante ou parente que se desgraçou e agia como se também não aprovasse. Tudo para salvar sua própria reputação. O inferno congelaria antes de Lydia aceitar cometer essa traição.

Ao longe, ela viu que Eric estava com Amelia, suas amigas e duas de suas primas. Elas o haviam monopolizado. Bertha queria muito acreditar que elas estavam tentando conseguir sua preferência e que Amelia estava ali tentando que ele favorecesse sua prima. No entanto, ele estava olhando para ela enquanto as escutava. E elas, pouco se importando em disfarçar, também lançaram olhares em sua direção.

— Eu preciso de ar. — Bertha se virou e antes olhou para onde Lydia estava. Ela havia sido convencida a dançar com Lorde Hendon.

Ele estava muito inseguro por ter vindo sem suas sobrancelhas postiças e todas as moças do grupo estavam dançando com ele para fazê-lo parecer desejado ao olhar de jovens de fora. Ele não sabia do plano delas, mas sua autoconfiança estava melhorando.

Assim que viu a janela mais perto da porta, Bertha fugiu para lá. E depois escapou para o lado de fora e encostou na parede fria, respirando ar puro e sentindo a friagem, comparada ao salão iluminado. Tanto cuidado para nada. Tinha de sair daquela confusão sem que a solução fosse entrar lá e dar uma surra na Srta. Gilbert. Não sabia as leis exatas para isso, porém, levando em conta que ela era só uma filha de arrendatários e a Srta. Gilbert era nobre, imaginava que agredi-la ia lhe render algum tempo na prisão e talvez até fosse enviada para algum lugar longe, quente e horrível.

Precisava de Lydia, desde que ela não fosse lá e resolvesse o problema dando a surra ela mesma. Como filha de um marquês, Bertha duvidava que Lydia fosse presa por agredir Amelia. O problema era que ela não aceitava esse tipo de violência.

— Venha comigo. — Eric a assustou ao aparecer à sua frente. Ele veio pelo jardim, então havia tomado alguma outra saída para acabar ali.

— É tudo mentira — ela disse rápido, pois foi o primeiro pensamento racional que veio à sua mente.

Ele a segurou pela mão e eles se afastaram pelo caminho mal-iluminado do jardim, tomando o lado menos cheio de luzes, de propósito, pois o lado direito estava iluminado exatamente para os convidados que resolvessem dar um passeio noturno.

— Bertha...

— O que foi que lhe disseram?

— Eu sei — ele assegurou.

— Sabe? O que você sabe? — ela exclamou. — Sabe dos meus passeios suspeitos por Londres?

— Sei que é mentira — ele explicou.

Ela parou, pois esteve pronta para lhe dar uma resposta cortante ou no mínimo dolorosamente sarcástica. Apenas sabia que não aceitaria ser julgada por ele. Justamente por ele.

— Eu não sei por que estou me explicando, não faz diferença. — Ela se virou para voltar pelo mesmo caminho.

Eric foi rápido, segurou seu antebraço e trouxe-a de volta, para encará-lo:

— Porque você se importa — ele alegou. — Do mesmo jeito que eu me importo com você. Quando a vi de longe, soube que já haviam lhe dito aquela história distorcida. Eu a vi sair. Achei que estivesse perturbada, triste, raivosa... qualquer coisa. E não pude ficar lá. Não vim pelo que me disseram, eu queria ver como estava.

— Meu Deus, eu o odeio! — Ela puxou o braço e tampou a boca com as mãos cobertas por longas luvas peroladas, enquanto seu olhar aflito permanecia sobre ele. — Por quê?

O tom dela e sua reação física não faziam sentido com o que ela dizia e Eric ficou confuso.

— Você saiu sozinha e nenhuma mulher deve ser deixada por sua conta nessa situação. Mesmo que tenha todas as soluções, o que espero que tenha, pois entende a situação melhor do que eu. Mas ao menos eu poderia estar ao seu lado. E eu preciso aproveitar todas as chances que tenho para apoiá-la quando precisa. Talvez eu a convença a lidar com a dor de cabeça que represento.

Bertha tirou as mãos do rosto e balançou a cabeça. A verdade é que ele já a estava cortejando, de todas as formas inadequadas que podia fazer uso. Ele continuava lhe enviando flores duas vezes por semana; o segundo arranjo chegava quando o primeiro estava ficando triste. E sempre com cartões assinados, para quem recebesse ter certeza do remetente. As flores eram a forma mais tradicional com que ele estava lutando; todo pretendente que se prezava enviada flores à casa da dama que admirava.

— Isso não está ajudando, Eric. De forma alguma!

Dando um passo e um impulso, ela agarrou aquela mandíbula bem-feita, apertou-a com as duas mãos e o beijou. Toda sua frustração se foi assim que Eric a abraçou apertado contra ele. Bertha estava na ponta das sapatilhas e sua boca, esmagada contra a dele, seus lábios se movendo com ardor, como dois apaixonados que passaram dias separados. Ela temia tanto que fosse o que estava se tornando. Uma apaixonada, iludida e sem futuro.

Eric apertava-a com força contra ele, moldando seu corpo ao dele. Sem toda a tensão do último beijo, apenas entrega e alívio por estarem se tocando outra vez. Bertha teve de ficar nas pontas dos pés, seu braço passou por cima do ombro dele e ela não podia sequer imaginar como parecia agora. Colada ao corpo dele, sentia suas mãos descerem por suas costas em movimentos ousados.

Eric estava coberto por camisa, colete e casaca formal, mas ela usava duas camadas finas, em um decote baixo e delicado de um fino vestido de baile. Aquele momento era o mais íntimo de sua vida, nunca esteve tão junto a nenhum outro homem, nunca tocou um ou se deixou ser tão intimamente tocada. E ainda era apenas um abraço apertado em um beijo apaixonado. Bertha podia sentir todo o seu corpo conectado ao dele; era um assalto aos seus sentidos. Porém, sentia apenas o conforto dos seus braços e a paixão que Eric despertava nela.

— Eu discordo, a semana acaba de ficar perfeita.

— Não há nada perfeito. — Ela deu um passo atrás, apoiando as mãos no peito dele e respirando fundo. Precisava afastar seus corpos; nada importava quando estava no meio desses arroubos de intimidade com ele. — Estou num canto escuro do jardim com você, cometendo a maior loucura da minha vida, enquanto alguém espalha boatos sobre mim. E não quero voltar lá e lidar com isso. É tão absurdo.

— Você sabe a minha resposta. Eu passaria o resto da noite com você, especialmente se pretende me beijar outra vez. — Ele abriu um sorriso, mesmo que ela estivesse balançando a cabeça. — Porém, seria uma manobra arriscada até para mim. E você não vai querer assumir sua indiscrição comigo.

— Não. — Ela olhou para os lados e se virou, para espiar o caminho de volta para a casa. — Volte por outra porta.

— Bertha — ele chamou.

— Não, não, não! Você é o homem mais perigoso que já entrou no meu caminho. Nada que me tire o juízo pode ser bom.

— Tem certeza de que devo responder a isso? Pois acredito que a senhorita esteja me desencaminhando.

— Você é tão cínico.

— Eu sei, também sou bonito, disponível, necessitado de uma esposa e interessado em você.

— E inadequado.

— E acredito que a senhorita esteja disponível e interessada também. Todos os outros elogios que venho tecendo à sua beleza e caráter em meus bilhetes nunca respondidos também estão na conta. — Era tudo verdade, mas ele estava provocando-a descaradamente. Gostava de ver seu olhar estreitar e lançar farpas nele. Era divertido.

— Passar bem, Lorde Bourne.

— A senhorita não percebe que, a cada vez que fica sozinha comigo e me trata formalmente, eu fico com mais vontade de agarrá-la e arrancar meu nome dos seus lábios num murmúrio apaixonado e excitado? Como acha que pretendo fazer isso? Sei que teve uma ideia nas últimas duas vezes que nos encontramos.

— Seu cretino!

Bertha tomou o caminho para outra entrada enquanto ele sorria ao observá-la, porém, Eric sabia como funcionava o jogo e voltou pelo mesmo caminho que deixou o baile.

Assim que retornou ao salão, da forma mais sorrateira possível, Bertha deu alguns passos, situando-se, e fingindo que estivera ali no canto, apreciando o ar das janelas e a discrição das cortinas amarradas. Não que ela tivesse essa sorte, nada do que se iniciou foi por acaso. Fugir e ignorar não eram opções.

— Pensa que não sei o que tem feito. — A Srta. Gilbert se aproximou tão rápido que até a assustou. — Eu vi! E foi tudo exatamente como eu sabia que seria.

Atrás dela, suas duas primas e uma amiga a seguiam.

— Assim que suas indiscrições vieram a público, você correu para dizer a um dos seus amantes que era mentira, usando sua posição para conseguir seus protetores. Eu sei que desapareceu do salão exatamente no mesmo momento em que Lorde Bourne nos deixou falando com o vento. Está num caso escandaloso desde o início da temporada.

Bertha nem sequer conseguia ficar mortificada. Ela estava chocada. A Srta. Gilbert tinha tempo e veneno demais para ser deixada à solta.

— A senhorita está tão entediada assim? — indagou Bertha. — Não há outras pessoas para fincar suas presas? Alguém que realmente esteja roubando seus pretendentes?

— Não seja abusada, você é uma empregada aqui. Digo ao mordomo para colocá-la para fora num minuto. Você é uma mulher de má índole.

— Você está inventando tudo isso — disse Bertha.

— E em quem acha que vão acreditar: na acompanhante que acha ser uma dama ou em mim? — Ela sorriu.

O Sr. Duval parou ao lado delas e interrompeu a conversa:

— Acreditarão em mim, claro — ele alegou. — Eu direi o que mais me convém: a verdade.

— Não seja tolo — disse a Srta. Gilbert, batendo seu leque no ar. — Seus interesses estão comprometidos.

— Claro que estão, pelo bem da Srta. Gale.

— Ela é a acompanhante! Nem devia estar no salão e vestida desse jeito, não tem sequer o recato de se esconder num canto. — Amelia franziu o cenho para aquele lindo vestido fino, elegante e na moda que Bertha usava.

Estava mais bem-vestida do que Amelia e suas amigas, porém ninguém apontaria esse fato. Se alguma delas quisesse algo parecido, Bertha ficaria feliz em informar que aquele vestido fantástico e vários outros que usava foram costurados por sua mãe. Ela não usava criações de alguma modista londrina, cara e importante. Nonie aceitou os tecidos como presente da marquesa, pois jamais poderiam pagar por eles. No entanto, foi tudo costurado no atelier da Sra. Garner, lá em Devon. A mãe de Bertha precisou da ajuda das outras costureiras e dos desenhos da própria Sra. Garner. E pagou com itens da fazenda, trabalho extra e amizade. Era assim que elas faziam lá em Devon.

— A senhorita quer que eu conte a todos sobre seus arroubos? Vai ficar com fama de mentirosa, invejosa e fofoqueira por causa de uma acompanhante? — indagou Bertha, numa mistura de lógica e sarcasmo.

— Exatamente por você ser só uma acompanhante, nada me acontecerá.

— Vamos, Srta. Gale, não precisa se sujeitar a isso, é a segunda vez que a lembro disso. — O Sr. Duval balançou a cabeça.

Bertha não estava prestando atenção nele, ela encarava a Srta. Gilbert. Na verdade, aproveitou e passou o olhar pelos rostos de suas companhias também, como se marcasse cada uma na memória.

— Eu não teria tanta certeza — ela respondeu a Amelia. — A senhorita quer ter a língua cortada?

— Como você ousa! — ela exclamou alto.

Lembrá-la da ameaça da marquesa era justamente pisar no seu calo. A Srta. Gilbert não superara aquela noite no Almack's. Até hoje não engolira a presença de Bertha lá, com um voucher que metade das suas amigas não conseguiu. E o interesse de Lorde Bourne. A ousadia dela de dançar com ele em um baile. E como Bertha e Lydia divertiam-se sem consequências com aquele grupo misto e bagunceiro.

E ela, suas amigas e primas nem sempre eram convidadas para os mesmos eventos que eles. Tampouco eram bem-vindas em meio a eles, apenas suportadas quando acabavam juntos.

Se eles pensavam que Amelia esqueceria o jantar de aniversário da Srta. Jones para o qual ela não foi convidada, estavam enganados. Porém, Bertha foi. Ou a caça ao tesouro, em que Duval lhe contou que ela estava beijando — *beijando* — Lorde Bourne. E ninguém fazia nada!

Eles a ignoraram completamente na casa dos Brannon e foram para aquele chafariz enorme, lá no fundo do jardim, longe demais dos outros convidados. Amelia não ousou ir lá, afinal, nenhum deles a convidou. Lorde Bourne não tinha um pingo de respeito, ele deixou sua prima falando sozinha em frente ao buffet enquanto Jemima tentava descobrir em que mesa ele sentaria. Ele atravessou todo o jardim para ir se sentar com uma acompanhante. E até o Sr. Duval, seu suposto aliado, só estava interessado em ajudá-la a tirar Bertha do seu caminho porque queria aquela maldita acompanhante como amante. Ele queria se deitar com ela, enquanto Bertha vivia livre, provavelmente encontrando-se com Bourne. Era absurdo.

Antes de Bertha aparecer, Bourne havia dançado com sua prima e haviam passeado na pré-temporada. Até Amelia animou-se por causa dele. Agora, ele estava agindo daquela forma estranha e pública em volta da acompanhante. Como se a estivesse cortejando. Isso era ridículo.

Se ele ia propor nessa temporada, Amelia certamente não deixaria a acompanhante de alguém atrapalhar sua prima ou mesmo ela. Até os amigos solteiros e cobiçados de Bourne, como Lorde Greenwood, Lorde Huntley e outros, faziam parte daquele grupo mal comportado. E mais uma vez, lá estava a acompanhante. Se não estava atrapalhando, estava arrumando para que sua protegida, a Srta. Preston, conseguisse tudo que queria. Isso certamente devia incluir o melhor partido que ela desejasse.

— Ousando, senhorita. Não sei bem o que deseja ao me atacar, mas ao fazê-lo está atrapalhando o meu trabalho. Lembra-se? Sou a acompanhante. E nem você vai se pôr no meu caminho. — Dessa vez, Bertha apontou o dedo enluvado para ela, ameaçando-a.

Se havia uma coisa que Bertha não ia permitir era que aquela moça desocupada a obrigasse a abandonar sua melhor amiga, pois, difamando-a, ela estava prejudicando Lydia também. E Bertha podia temer por sua reputação, estava perdida em meio a sentimentos conflitantes e, sim, sentia-se humilhada e magoada ao ouvir aquelas palavras, ao ser acusada daquela forma mentirosa. Mas ainda estavam no meio da temporada e Lydia precisava dela. E ela precisava de mais tempo para resolver suas próprias questões.

A Srta. Gilbert deu um passo para cima dela, conjecturando o quanto ficaria feio se estapeasse a acompanhante. Podia sair ilesa. Como disse, era protegida por sua posição, mas ainda pegaria mal. Amelia era esquiva, armava seus botes nos cantos, junto às cortinas. Longe do burburinho.

— Vamos — disse o Sr. Duval. — Temos assuntos pendentes e acho que as senhoritas já disseram tudo que podiam dentro do limite antes dos insultos.

— Sim, Sr. Duval, precisamos esclarecer certos assuntos — respondeu Bertha. Já que estava ali para ser atacada, ia resolver logo tudo.

Eles se afastaram e Amelia disse para suas primas correrem para distrair Lorde

Bourne. E ela foi atrás, pronta para interferir, mas estava com outros planos. Suas amigas seriam prova do que se desenrolaria. Elas só tinham que manter Bourne ocupado.

Bertha e o Sr. Duval atravessaram o salão. Ela viu Lydia e até sorriu para ela. A amiga franziu o cenho e lhe lançou um olhar desconfiado. Bertha fez um sinal discreto com a mão, dizendo-lhe para esperar. Logo depois, ela se viu indo pelo corredor. Pensou que ele a levaria para fora, mas ela recusaria. Eles entraram na primeira porta, a biblioteca. O cômodo estava vazio, mas aberto à visitação.

— Eu sinto muito que essa história tenha vazado para ouvidos indiscretos — Duval afirmou, assim que ficaram sozinhos.

Ele continuou avançando, até passarem por estantes duplas e maciças, no meio do aposento. Ela estacou e o olhou, a frase não parecia certa naquele contexto.

— Não há história para ouvido algum, Sr. Duval. O que sabe sobre o que acabei de descobrir?

— Eu conheço bem a Srta. Gilbert.

— Eu notei. Isso quer dizer que pode fazê-la parar?

— A questão é que não quero.

— Perdão? — Ela levantou o olhar para ele e deu um passo até estar bem à sua frente.

— Eu deixei escapar o quanto a admiro e como rejeitou minha atenção até me deixar se aproximar.

— Eu não o rejeitei e tampouco nos aproximamos.

— Estou tão interessado em você que devo ter confessado para mais gente do que deveria.

— É Srta. Gale — ela determinou, mantendo a formalidade. — O que o senhor disse?

— Eu disse que a quero, que não admitiria que a destratassem e que ia conseguir que ficasse aqui. Eu posso lhe dar uma bela casa na cidade, mantê-la e terá vestidos belos como esse. Desde que me sirva. Somente a mim.

— Meu Deus! — Ela se virou para se afastar.

Duval foi mais rápido e a pegou pelo braço.

— Escute a minha proposta antes de negar. Não precisa continuar apenas como a acompanhante, sendo humilhada por tipos como a Srta. Gilbert. Pode rir dela e de suas mesquinharias, terá dinheiro e liberdade para isso.

— Como pode não haver algo contra o senhor me insultar dessa forma? Como pôde revelar a alguém seu interesse torpe por mim? Vai ter de consertar isso!

— Eu não tenho que fazer nada. Essa é a questão, Srta. Gale. O mundo é de pessoas como eu e sei o que posso lhe dar. — Ele a puxou para perto. — E sei o que moças como a senhorita precisam.

— O senhor não sabe o que moça alguma precisa! Seu crápula insuportável!

— Todas que tive adoraram a atenção.

— Solte-me!

— Eu lhes dei tudo que mais gostavam e elas me deram o que eu queria. — Ele deixou bem claro o que era ao colocar a mão sobre a coxa dela, por cima de seu vestido. — De fato, minha última amante esteve comigo em uma biblioteca como essa.

Bertha lutou contra ele, odiando a proximidade; até mesmo o cheiro dele em seu nariz a deixou com arrepios de asco. Ela plantou as mãos nele e o empurrou.

— Pense bem, não vou repetir a proposta. A sua protegida vai se casar, irá embora e a esquecerá. Ela não vai querer levar uma garota tão bonita e jovem para a sua nova casa, com seu marido. Vai ter mesmo que se deitar com alguém para mantê-la nessa vida que está acostumada, então que seja eu, pois Bourne é um tolo, ele não mantém amantes.

— Cale a boca! — Ela fechou os olhos e virou o rosto, quando ele tentou beijá-la.

— Esqueça-o, sua tola. — Ele encostou os lábios no rosto dela. — Título não é nada para uma amante, tenho dinheiro, isso é o que importa para amantes.

Ela se moveu no lugar e deu-lhe uma joelhada e depois acertou seu pé, aproveitando para empurrá-lo. Logo depois, Duval sequer estava tentando pegá-la novamente. Bertha piscou e levou um susto quando viu... Lorde Pança?

— O senhor pensa que isso é bonito? — Deeds o afastou, dando-lhe uma barrigada. — Não é certo tratar uma mulher dessa forma.

— Saia daqui, Deeds! — disse Duval.

Lorde Pança cerrou os punhos e fez um movimento cômico, porém efetivo. Pulou com a barriga para frente, impulsionando-se com os braços para trás, e deu com a pança em Duval, empurrando-o para longe.

— Eu sabia que havia algo errado, o senhor é um calhorda — declarou Deeds.

— Saia da minha frente, estou lhe...

Deeds dava pulinhos, empurrando-o com a pança e calando-o.

— Acha que vou esquecer o que fez, encurralando uma dama assim? — Ele tornou a empurrá-lo com a pança. — Não se faz isso. Nunca faça algo assim a uma mulher, ela não achou divertido.

Lorde Richmond e seu irmão entraram correndo e os encontraram, justamente quando Deeds usava sua melhor arma outra vez: a pança.

— A senhorita está bem? — perguntou o Sr. Knowles, irmão de Richmond, que era ainda mais baixo do que ele.

— Sim... — Bertha olhava para Deeds e o Sr. Duval.

— Eu disse que ele era farinha estragada! — O Sr. Richmond deu impulso e acertou um empurrão em Duval assim que Deeds deu-lhe outra barrigada.

Era um cômico grupo de resgate. Lorde Deeds com sua circunferência redonda apenas em volta da barriga. Lorde Richmond, que era mais baixo do que Bertha e menor ainda se comparado ao Sr. Duval, que era o mais alto no cômodo. E ainda havia o irmão de Richmond, jovem e ainda mais baixo do que ele. Porém, eram seus heróis. O Sr. Duval tropeçou ao bater contra uma poltrona e caiu por cima dela, desarrumando-se todo, desfazendo seu cabelo e o colete, o lenço saindo do lugar quando ele deslizou para o chão.

— Isso é para o senhor aprender que não pode tudo. — Richmond bateu uma mão na outra, como se as limpasse.

— Isso foi terrível, Duval. Indesculpável! — Deeds descansou a mão sobre sua pança; usá-la tanto deve tê-la deixado um tanto dolorida. — Fique avisado que não é mais bem-vindo junto ao nosso grupo. E vai querer desfazer esse mal-entendido.

O Sr. Duval se levantou e começou a ajeitar suas roupas.

— Apesar dessa agressão, minha proposta continua de pé — ele declarou, como se ainda acreditasse estar correto.

Bertha tinha aceitado o braço do Sr. Knowles, porém, ao escutar essa afronta, mais esse abuso em seu dia, não conseguiu ficar quieta. Ela soltou um som de pura raiva e revolta e voltou até ele o mais rápido que suas sapatilhas de cetim permitiram e o acertou com um tremendo tapa em seu rosto aristocrático, cafajeste e arrogante.

Antes que ele reagisse, Deeds e sua pança entraram no caminho. E os dois pequenos Knowles ofereceram seus braços para ela e a guiaram para a porta.

— Foi muito bem feito, madame — disse o Sr. Knowles. — Apenas as barrigadas de Lorde Pança não seriam suficientes para um ego tão grande — ele terminou.

— Eu estou escutando, rapazinho. — Deeds seguia bem atrás deles.

Eles já estavam na porta, mas Bertha se virou e tocou a mão de Deeds.

— O senhor foi extremamente corajoso. — Ela olhou os outros dois. Lorde

Richmond ficava na altura do seu nariz e seu irmão chegava ao seu ombro. — E os senhores também.

— Levando em conta que a senhorita conseguiu os maiores azarões do grupo como apoio, levaremos isso como o maior elogio feito essa noite — respondeu Deeds, com um pequeno sorriso.

— Os senhores foram os heróis da noite.

— Nunca havia ouvido algo assim na vida — disse Richmond, com um sorriso.

— E provavelmente não ouvirá outra vez — comentou seu irmão e levou um cascudo.

— É certo que não largo minhas tortas todos os dias para afugentar cavalheiros mal-intencionados. — Deeds sorria enquanto os acompanhava.

Ele estava justamente comendo um de seus doces quando viu o Sr. Duval passar, levando a Srta. Gale, e os dois foram na direção da biblioteca. Ele achou estranho, pois havia escutado aqueles comentários maldosos iniciados pela Srta. Gilbert. Então, Deeds se virou para Richmond e comentou a estranheza da cena. Eles aguardaram um momento, sem saber bem o que fazer, e o Sr. Knowles disse que Lorde Bourne estava preso do outro lado do salão por todo o grupo da Srta. Gilbert. Então, eles tiveram certeza de que algo não estava certo. Ainda mais pelo fato de que a Srta. Preston estava andando sozinha pelo salão, como se procurasse algo.

E exatamente por pensarem nela, assim que voltaram ao salão — todos fingindo que nada havia acontecido —, Lydia veio rapidamente em sua direção.

— Onde vocês estavam? Comendo doces escondidos? — ela concluiu, afinal, Deeds estava envolvido, e Bertha foi uma daquelas crianças que roubava doces e se escondia embaixo da mesa.

Bertha apenas a abraçou, sem conseguir conter aquela demonstração pública de afeto. Ela precisava muito do conforto da melhor amiga. Os rapazes foram ótimos com ela, mas Lydia dava-lhe a sensação de que tudo ficaria bem e que ela era querida e importante. Era como voltar para casa e rever a família.

— O que lhe aconteceu? — Lydia perguntou logo, colocando as mãos em seus ombros e a observando.

— Nada, é só que... você ouviu o boato?

— Tudo culpa do Sr. Duval — disse Deeds.

— Como assim? — indagou Lydia. — Eu não gosto dele, é estranho.

— Ele é um cafajeste, só isso. — Bertha não queria contar que ele havia tentado agarrá-la na biblioteca e lhe fizera aquela proposta suja.

— Ele foi muito rude com a Srta. Gale — disse o irmão de Richmond e levou uma cotovelada na mesma hora.

Como Duval não passou por eles e ninguém queria vê-lo, eles não imaginaram que ele havia saído pelo outro lado do corredor e dado uma grande volta para voltar ao salão.

Ainda com o cabelo fora do lugar e borbulhando de raiva por aqueles três palhaços o atrapalharem, o Sr. Duval ignorou Amelia e foi direto para Bourne.

— Você disse a verdade a ele? — A pergunta era dirigida a Amelia, mas Duval falava com Bourne. Sua voz baixa saía sibilante.

— Qual parte? — indagou a Srta. Gilbert, fingindo doçura.

— Disse que aquela camponesazinha, com um sentido de importância fora de lugar, é uma pobretona?

Eric teve a péssima impressão de que sabia exatamente de quem e do que eles estavam falando. Afinal, ele esteve interpelando a Srta. Gilbert para saber por que ela estava prejudicando Bertha e procurava uma maneira amistosa de fazê-la parar com isso, pois ameaçar damas não estava dentro de sua lista de tarefas aceitáveis.

— É impossível que ele não saiba. — Ela moveu a cabeça com pouco caso. — Eu sei que acompanhantes podem ser a parente pobre, a prima órfã, uma parente solteirona... Mas ele sabe que a Srta. Gale é uma ninguém. Sequer sei de onde saiu, talvez de algum pequeno pedaço de terra de um fazendeiro de Devon.

Eric se virou para a Srta. Gilbert. Ela continuava com aquele sorrisinho de grande portadora de novidades, mas, quando ela o encarou, o sorriso morreu em sua face. Ele a olhava como se tivessem lhe jogado ponche estragado na face e houvesse escorrido para sua vestimenta de baile e ele estivesse enojado e a ponto de proferir os maiores insultos sobre tudo que sabia do passado sombrio da pessoa.

O Sr. Duval entrou na frente, cobrindo a Srta. Gilbert, e Eric apenas mudou o foco de seu olhar.

— E adivinhe só, parece que vai conseguir o que deseja. Ela não me quer, não é uma piada? — Duval até sorriu e encenou diversão, ao dar um passo para trás e abrir as mãos. — Porém, é assim que a vida funciona para as mulheres. Eu tenho dinheiro para pagar por ela, mas não lhe dou o status de um futuro conde, herdeiro único, com condições de bancar uma amante rica para o resto da vida.

A noite estava fantástica, mas virou um evento inesquecível quando Lorde Bourne esmurrou o Sr. Duval. As companheiras da Srta. Gilbert se assustaram ao ver um cavalheiro ir ao chão tão rapidamente. Eric franziu o cenho, seu olhar claro se escureceu, suas narinas se dilataram e seus punhos se fecharam. Houve uma mudança sutil em sua respiração quando a revolta subiu pela sua garganta.

Eram sinais bem claros, mas Duval ignorou todos. Aquele tipo de conversa desagradável quebrava relações, gerava insultos e muito mal-estar. Porém, ninguém era agredido em eventos sociais por causa disso, do contrário ocorreria todos os dias. Cavalheiros como eles não...

Bem, havia sempre uma exceção.

— Eu falei que devíamos ter ido buscar as armas pesadas — disse o jovem irmão de Lorde Richmond, totalmente impressionado ao assistir o soco. — Gente agressiva, que consegue derrubar os outros com socos. — Ele cruzou os braços.

— Fique quieto, não temos estrutura para nos envolvermos no tipo de consequência que isso gera — disse Richmond, apertando seu braço.

Deeds, no entanto, sabia que todos eles estavam envolvidos naquele escândalo e avançou na mesma hora. Subitamente, todos surgiram em volta deles. Lorde Greenwood passou muito rápido, Lorde Keller quase pulou por cima de alguém. Até Deeds estava arriscando uma corrida e era notório que ele não se apressava por pouca coisa.

Sangue havia manchado o chão entalhado de um salão de baile. E isso era um espetáculo por si só. Não era algo com o qual era possível brincar. Não se ignorava um chão de baile manchado. Muito menos de vermelho.

Era como se uma bolha tivesse estourado; a maioria não sabia do que se tratava, mas todos do grupo sabiam que estavam envolvidos, direta ou indiretamente.

Eric estava de pé no mesmo lugar, com o punho fechado, seu olhar preso no homem que ele derrubou com tanta violência. O Sr. Duval não saberia dizer se foi derrubado pela força do golpe ou pelo choque de ser agredido. Ele passou a mão pela boca, seus olhos se arregalando numa mistura de raiva e histeria. E isso deu-lhe força para ficar de pé rapidamente. Ele apontou para Eric e proferiu:

— Chame os seus padrinhos!

Os outros haviam chegado até eles e, pelo olhar de Bourne e sua mandíbula trincada, ele ia agarrar o pescoço de Duval no próximo segundo. Alguém segurou seu punho e Keller disse para Duval parar com isso.

— Onde vamos parar? — indagou Duval. — Agredir um de seus pares por causa de uma fazendeirazinha de baixa categoria.

Foi por um fio, literalmente, que Duval não acabou manchando aquele belo chão outra vez. Deeds esteve segurando o braço de Eric, tentando mantê-lo com sua raiva apenas na garganta. Porém, ele não esperava que Eric explodisse tão rápido em direção a Duval. Greenwood o agarrou pelo ombro e Huntley puxou Duval um passo para trás.

— Você é um canalha da pior espécie, não merece manter seus dentes — disse Eric.

— Chame os seus padrinhos! — desafiou Duval, outra vez.

— Não vou ter a sua morte ou sequer um tiro no seu traseiro em minha consciência — devolveu Bourne e deixou que os outros o afastassem.

— Escolha suas armas — chamou Duval. — Não se acovarde.

Eric se virou e voltou para encará-lo, mesmo que Huntley e Greenwood não os deixassem chegar perto um do outro outra vez.

— Eu escolho punhos — Eric praticamente cuspiu as palavras.

— Isso não é aceitável, não vou me rebaixar a essa selvageria — negou Duval.

— Você não tem coragem. É frouxo. Punhos ou nada mais. — Ele se virou e saiu a passos largos.

Deeds passou por Duval e fez um sinal de que estava de olho nele e disse:

— Não me obrigue a contar, você pode não sobreviver a todos os socos e duelos que virão em sua direção — ameaçou.

Duval já tinha se livrado de Huntley e foi na direção de Deeds, pronto para devolver suas barrigadas. Mas uma bandeja de prata entrou na sua frente. Ou melhor, Lydia Preston — armada com uma bandeja vazia que ela pegou do pajem — entrou em seu caminho e golpeou seu rosto com o fundo da bandeja, fazendo-o estacar e cair. Apagado.

Todo o grupo em volta parou e olhou para baixo ao mesmo tempo. Lydia permaneceu de pé acima dele e, ao notar os olhares para ela, declarou:

— Os senhores já deviam saber que não tenho a sutileza da Srta. Gale. Ela usa palavras, não sei fazer isso, então uso outras ferramentas. — Ela balançou a bandeja. — E não admito insultos contra a minha família. Este senhor nos insultou profundamente essa noite.

Ela devolveu a bandeja ao pajem, que aguardava ali perto, como se não fosse a primeira vez que alguém roubava sua bandeja para agredir uma pessoa. E ele era muito bem treinado, pois nem piscou ao recebê-la de volta. Virou-se e partiu.

Não foi à toa que lhe deram o apelido de Srta. Esquentadinha. Não podiam imaginar outra dama com a coragem para golpear um cavalheiro com uma bandeja. Na verdade, não podiam conceber isso de forma alguma, mas Lydia tinha ideias originais.

— Ninguém vai dizer a ele quem o nocauteou, entenderam? Ninguém viu, ninguém sabe. Chamem a polícia, pois foi um invasor — instruiu Greenwood e se abaixou, checando rapidamente se Duval respirava.

Bertha passou entre os outros, tentando ver o que Lydia aprontara agora, pois, no minuto em que se virou, ela sumiu. E então escutou a altercação e a voz de Eric, mas não sabia se ia lá impedir ou se encontrava sua protegida.

Assim que entendeu que o Sr. Duval havia feito propostas desagradáveis a Bertha, Lydia decidiu que aquele senhor tinha ido longe demais. Ela não conseguiu se conter. Já havia escutado boatos sobre sua amiga e visto a mágoa em seu rosto ao encontrá-la com Deeds e Lorde Richmond. Não podia deixar por isso, Bertha estava sempre junto com ela, nunca a abandonava, sempre pensava nela e consertava seus deslizes.

Bertha era como sua irmã mais velha, sempre aconselhando-a e protegendo-a. Não seria essa noite que aquele Sr. Duval lhe faria algo ruim e sairia ileso.

— Pode parar de nos constranger e voltar para o seu canto — disse uma das amigas de Amelia. Bertha sequer se preocupara em guardar seu nome.

— Será possível que não sabe que tudo isso foi por sua culpa? — indagou a Srta. Gilbert, revoltada por ver Bertha ali.

— Minha culpa? — Bertha perguntou, elevando o tom, sem conseguir acreditar que precisava aguentar mais esse ataque. — A culpa foi sua!

Do mesmo jeito que Deeds não corria à toa, Bertha também não elevava sua voz por motivos indignos. Ou até que chegasse ao seu limite de tolerância. Todos tinham um, até uma dama como ela.

Farta daquela mulher e cansada de falar com uma porta, Bertha perdeu completamente a calma. Ela se virou, tomou o bolinho de geleia da mão de Lorde Pança — quando ele estava a ponto de mordê-lo — e o enfiou bem no meio da bela face aristocrática e importante da Srta. Gilbert. E ela ainda rodou o bolinho contra o nariz da Srta. Entojo, para ter certeza de que ele ficaria bem preso ali. Tanto que sujou sua luva com a geleia roxa que o recheava.

A Srta. Gilbert não conseguiu se mover por um minuto inteiro.

Lorde Pança também não. Ele pegou o doce justamente para acalmar seus nervos, depois de ele mesmo fazer uma ameaça a alguém e ter se envolvido em tantas aventuras. Não era seu normal ter aventuras, agressões, brigas e damas roubando seus bolinhos para o amassarem no rosto de outras damas.

Com seu trabalho completo, Bertha partiu em busca de Lydia.

No fim, um bolinho provou ser uma arma de pura destruição. Nunca subestime o poder de um bolinho de geleia. Afinal, nada antes havia conseguido calar a Srta. Entojo por tanto tempo.

# CAPÍTULO 14

Ao contrário de Lydia, que se afastou do "crime" que cometeu e foi se refugiar com a Srta. Durant e as Margaridas, Bertha encontrou Eric. Ou ele a encontrou.

— O que aquele crápula lhe fez? — ele indagou. — Diga-me o quão longe ele chegou em seu comportamento desprezível.

— Eu não quero falar sobre esse assunto. — Ela tentou fugir, mas ele estava bem ao seu lado.

Pelos absurdos que Duval insinuou, Eric precisava saber se ele havia feito algo a Bertha.

— É exatamente por isso que minha vida está esse mar de drama. Você precisa me deixar voltar a ser invisível.

Afastando-se dos outros, Bertha saiu do salão pela terceira vez na noite. Porém, dessa vez, ela não se arriscou muito longe. Parou logo depois da porta. E virou-se imediatamente; era exatamente a certeza de que Eric a havia seguido que tornava tudo tão mais errado.

— A noite já está adiantada, portanto, tenho certeza de que já sabe tudo sobre mim — ela declarou.

— Não sei nem metade.

— Sabe o suficiente. Eu até o vi descobrindo mais sobre minha "fazenda". Deve saber que eu não tenho uma fazenda, pois, se tivesse, poderia herdá-la. No entanto, não vou herdar nada, tenho um irmão mais novo. E a menos que alguém golpeie a cabeça do Marquês de Bridington e ele comece a vender terras, tudo que meu irmão herdará será o direito a permanecer lá, produzindo. Esses detalhes são suficientes? Eu duvido que tenham lhe contado tudo com tanta riqueza.

— Eu admito que não pensei sobre isso antes.

— Pois devia. Não se sente nem um pouco enganado?

— Não era algo que me importava.

— Pois garanto que importa agora.

Ele pausou, escolhendo suas palavras, pois, olhando para ela, parecia que nada do que dissesse faria diferença. Os danos já estavam além do seu alcance.

— Eu creio que não, estou além de certas convenções. E não estava tentando me relacionar com você por imaginar que tivesse outras origens, eu sabia o suficiente.

— Nós não temos que nos relacionar! — ela exclamou e então respirou fundo e levou sua luva manchada ao centro da testa por um momento. Quanto tornou a encará-lo, tinha conseguido fingir calma outra vez. — Eu errei ao tomar liberdades indevidas. Nós vamos cortar o mal pela raiz, pois tomamos atitudes impróprias. E nossa relação deve ser encerrada enquanto algo pior não acontece.

— A senhorita está me descartando antes de sequer me considerar.

— Eu nunca ia considerá-lo mais do que um alvo para fazer um grande casamento. — Ela pausou. — Para a minha protegida.

Antes que ela entrasse novamente, ele se virou e disse:

— Isso é a mais completa mentira. Era você nos meus braços, não a sua protegida.

— Ela não o quer. E eu não sou uma opção. Por que homens como você não conseguem entender que há determinadas coisas que não podem ter? — ela exclamou, sentindo seus olhos arderem, abalada pelo que lhe fizeram naquela noite.

Eric apenas ficou observando sua face coberta por várias emoções, mas assentiu e percebeu que suas emoções também estavam completamente fora de lugar. Ela o estava arrastando em picos opostos por toda aquela breve conversa. Um rápido encontro e algumas palavras trocadas e havia mais emoções se chocando entre eles do que uma vida inteira daria a muitas pessoas.

— Não quer me dizer o que Duval lhe fez ou disse, porém compara-me a ele. E reserva um lugar para mim na mesma prateleira. Mesmo sem a sua permissão, eu me revoltarei com o que ele lhe fez. E se não for impedido, fará de novo, assim que puder.

— Eu não tenho uma prateleira e tampouco o colocaria lá. Tudo que tenho no momento é um resquício de dignidade. E vou partir com o que sobrou.

Ela tornou a entrar no salão e foi andando pelo canto, tentando novamente ser invisível, se isso ainda fosse possível. Quando encontrou Lydia, anunciou:

— Vamos embora. Está tarde e precisamos nos preservar dos acontecimentos da noite.

Elas saíram tão rápido que suas despedidas ficaram relegadas a rápidos acenos de cabeça. Quando a Sra. Birdy entrou no quarto, encontrou Lydia de joelhos no chão, tentando fazer alguma coisa, enquanto Bertha estava encolhida no canto do pequeno sofá de dois lugares. Elas haviam chegado mais cedo do que o esperado e a camareira não as esperava ainda.

— O que pode ter acontecido agora? — perguntou a Sra. Birdy, na porta.

Bertha, que costumava ser aquela que tinha controle sobre suas emoções, encolhera-se no canto e emitia sons dolorosos. Nem Lydia conseguia convencê-la a sair dali. Ela cobrira o rosto com as mãos ainda enluvadas e emitia sons baixos e constantes de choro.

— Foram tantas coisas, eu nem consigo explicar. — Lydia balançava a cabeça.

Soltando o ar com pesar, a Sra. Birdy saiu do quarto e voltou pouco depois, acompanhada de Caroline.

— Lydia, vá umedecer uma toalha — disse Caroline, com o intuito de lhe dar algo para fazer, além de ficar ali ajoelhada, olhando com aflição para a amiga.

Lydia ficou de pé, de forma um tanto atrapalhada, e a Sra. Birdy se adiantou para despejar água fresca na bacia.

— Vamos, venha aqui — Caroline disse, numa voz suave ao sentar-se junto a Bertha e acariciar suas costas.

Bertha virou-se e escondeu o rosto no ombro dela. Ela fazia de tudo para engolir as lágrimas, mas estas ardiam em seus olhos. Ela se deixou ser abraçada. Era a única pessoa na casa para quem ela viraria agora; Caroline lhe causava aquela sensação de que podia deixar seus sentimentos fluírem. Como quando uma criança se machuca ou se magoa e vai mordendo o lábio, com os olhos ardendo, mas só começa a chorar quando a mãe ou a figura que a representa aparece para ampará-la. Fora de sua casa, essa figura para Bertha era a marquesa, desde que ela chegou para ficar.

Lydia voltou com a toalha e Caroline usou a ponta úmida e fria para acalmar a irritação das lágrimas salgadas que Bertha segurava. Naquela situação, o efeito dela era aquele outro que mães podiam ter, de aparecer e acalmar. Mesmo sem falar muito.

— Vai me dizer agora o que lhe fizeram? — ela perguntou.

Bertha levantou o olhar e engoliu a saliva várias vezes. Não havia bebida alcóolica no quarto delas. A Sra. Birdy se aproximou com um copo de água aromatizada que Bertha bebeu em grandes goles.

— Com calma. — Caroline mudou o lado da pequena toalha e tornou a pressionar ternamente sobre seus olhos. — Diga-me o que a deixou tão triste.

— Não sei se estou triste. — Bertha se ajeitou e recostou contra o encosto do sofazinho verde. — Sim, um pouco. Estou magoada. Eu... eu só queria... É tolice. Eu me deixei afetar por comentários maldosos.

Caroline franziu o cenho, seu olhar um tanto ameaçador, mas não era dirigido a Bertha.

— Comentários maldosos? — Ela levantou a cabeça e pinçou Lydia em um olhar que ela conhecia.

— Muitos! — disse Lydia, pois aquele olhar era capaz de fazer sua língua funcionar desde que era criança e não havia perdido o efeito.

— Nada que eu já não pudesse esperar. — Bertha olhou para as mãos e começou a puxar sua luva esquerda. — Eu apenas não acho que mereça.

— Claro que não merece — defendeu Caroline. — Ninguém tem o direito de destratá-la.

— Você não perguntou se fiz alguma coisa.

— Não me importa, não se pode destratar alguém assim. Eu a conheço, nada que não fosse grave causaria sequer uma lágrima sua. — Ela pausou e fez um sinal para Lydia, que se aproximou, mas continuou falando com Bertha. — De qualquer forma, o que você pensa que fez?

Bertha pensou que seu pecado seria ridículo, pois ela havia apenas existido.

— Eu fui alguém — ela murmurou e sentiu seus olhos arderem. — Alguém mais do que eu deveria ser. Ao ser um ninguém, você nunca é atacado, pois, se não faz diferença para sua vida ou a vida alheia, jamais será magoado, tampouco lembrado. Ao ser lembrado, você se torna alguém. E ao ser alguém, você se torna parte da vida de outras pessoas. Assim, especialmente se não era seu lugar, será irremediavelmente hostilizado.

Caroline sentiu seu coração apertar e tornou a acariciar o ombro de Bertha. Ela se identificava tanto com ela. De fato, em vários momentos, Bertha a fazia lembrar de seu passado. Caroline não veio de uma família tão humilde quando a de Bertha, ela tinha laços sanguíneos com a nobreza, como sua relação com a marquesa viúva, mas sua família também não possuía dinheiro, tiveram de economizar cada centavo e atrasar o debute dela, pois só podiam ir uma vez a Londres. E não eram parte das listas de convidados dos eventos seletos.

Resumindo, eles faziam parte da baixa nobreza. Algo que, apesar de colocá-los muito baixo na escala social da nobreza, ainda os colocava um mundo acima de onde a família de Bertha estava. Mesmo assim, Caroline entendia o que Bertha queria dizer com "fui alguém". Ela também foi alguém mais do que devia. E bem no meio de seu voo, foi aparada. Porém, ela entendia, podia enxergar algo muito pior do que passou como o cenário do que Bertha passava.

Em seus dois casamentos, Caroline teve de ouvir que estava casando acima de sua posição. Na primeira vez, ninguém se importou com sua infelicidade e a armadilha na qual caiu. Foi como ser obrigada a se casar com seu captor, e ela sentiu-se culpada e abusada. Na segunda vez, antes de se casar com o marquês, ela passou como a figura de uma viúva jovem e desgarrada, pecando por não ter dado filhos ao falecido marido e escandalizando quando insinuaram que se tornou uma amante. E foi por causa de tudo isso que Caroline começou a calcular as coisas.

As flores. Com os cartões que Bertha escondia. E ela sabia que não eram do Capitão Rogers. Aquilo podia explicar parte do aborrecimento de Bertha. De resto, ela acreditava que era apenas por ter sido "alguém mais".

— Você não foi alguém, Bertha. Você é alguém, um indivíduo único e especial. Não há "mais" nessa frase. Você é alguém e isso basta. Não precisa ser mais nada nem aceitar ser menos do que a pessoa que você é. Ou permitir que lhe tirem seu valor. — Caroline apertou sua mão e reiterou: — Simplesmente não permita.

Bertha assentiu, ela acreditava nisso, ela tentava tirar força disso, da pessoa que era. Orgulhava-se de suas qualidades, sua integridade e seu caráter. E não se envergonhava de onde veio ou do que fez para chegar onde estava. Porém, tinha pontos fracos, podia ser magoada e era jovem. Ainda precisaria de anos em sua vida para endurecer suas defesas, como a marquesa fizera.

— Ah, Deus. Eu vou chorar. — Lydia se largou no chão de novo, sentando sobre as pernas, no tapete à frente do sofá. — Não posso ver nenhum de vocês triste. Até mesmo os pestinhas.

Bertha deu um leve sorriso, observando seu drama e seu coração mole.

— Eu estava sentindo tantas emoções diferentes ao mesmo tempo em que perdi o controle. — Ela ainda repuxava as beiradas soltas da luva. — Não sabia o que fazer. E eu odeio sentir isso. Desde que cheguei aqui, esse sentimento não me abandona.

— Melhora, eu juro que melhora. Vai doer muito por um tempo, mas você se tornará mais forte no final — assegurou Caroline, e passou o braço em volta dos ombros de Bertha, deixando-a pousar a cabeça contra ela.

— Isso demora muito — resmungou Lydia.

Observando seu rosto emburrado, Caroline tocou sua face e a levantou para ela.

— E você, não foi alvo de comentários maldosos, não lhe fizeram nada?

Lydia hesitou para responder, mas acabou dizendo:

— Na verdade, eu fiz algo a alguém.

— O que você fez? E a quem?

— Eu agredi uma pessoa.

— Lydia! — disse Caroline.

Bertha levantou a cabeça do ombro da marquesa.

— Eu sabia que não deveria tê-la deixado sozinha! — exclamou. — Por que você não me disse? E agora, como vou consertar isso?

— Você não perguntou — explicou-se Lydia. — Além disso, você não tem o olhar da minha mãe. Ela consegue me fazer dizer.

— Esteve escondendo suas transgressões até agora! — retorquiu Bertha.

— Quais transgressões? — indagou Caroline.

— Eu não podia ficar quieta. Ele foi rude com você! — entregou Lydia.

— Quem? — a marquesa exclamou.

— Ninguém! — Bertha disse rápido. Preferia esquecer aquela noite horrível.

— O Sr. Duval! — Lydia disse ao mesmo tempo.

— Ah, Deus, Lydia. — Bertha cobriu a testa com a mão.

— O que ele fez? — Pelo tom de Caroline, alguém teria que lhe dizer ou as coisas não ficariam boas ali.

— Ele foi rude — Bertha disse baixo, naquela voz que a marquesa já sabia que era só uma meia-verdade.

— Ele lhe fez propostas indecorosas. — Lydia fez uma expressão de asco. — Ele é muito esquisito, não gosto dele.

A marquesa foi se virando lentamente, para encarar Bertha, que soube que não tinha para onde correr.

— Antes de virmos para Londres, eu lhes contei algumas coisas. Uma delas foi o motivo para o meu primeiro casamento. — Ela pausou. — Vocês estavam sozinhos, não estavam?

— Sim... — murmurou Bertha.

— E ele a encurralou.

— De certa forma.

— E fez propostas que, tenho certeza, não envolviam uma igreja.

A resposta de Bertha foi soltar o ar de forma desdenhosa, era claro que não.

— Eu conheço o tipo — declarou Caroline. — Ele a tocou?

— Lorde Pança me salvou. Lorde Richmond e seu irmão também.

— Eu vou matá-lo — Caroline disse entre os dentes, com o olhar preso na parede, como se visse seu alvo.

— Não! — exclamou Bertha e agarrou o braço dela.

— Em um duelo? — Lydia pulou no lugar. — Mas não deixam mulheres participar.

— Isso vai estragar a temporada de apresentação de Lydia — lembrou Bertha.

— Eu não me importo! Como ele vai morrer? Eu acho que o deixei vivo, infelizmente. Ou já teriam nos informado.

— Lydia, o que você fez? — Bertha tentava alternar seu foco entre ela e a marquesa, que havia ficado silenciosa, como se tramasse algo.

— Eu o acertei com uma bandeja. Pronto. Confessei. Porém, não serei acusada, quem viu meu crime mentirá.

Bertha apenas cobriu o rosto, pensando em como consertaria tudo isso. Teria de escrever bilhetes em nome dela, pedindo desculpa e segredo. Teria de conversar com os conhecidos de Lydia e jurar que estava com ela, em outro lugar do salão, para dar-lhe um álibi.

— Ele desmaiou? — indagou Bertha.

— Ele sequer viu o que o acertou — Lydia informou, com orgulho.

Então, Bertha lembrou-se de que ela também havia agredido alguém. E não tinha como negar isso ou livrar-se do problema.

— Meu Deus! Eu roubei o bolinho de geleia de Lorde Pança e o enfiei no rosto da Srta. Gilbert! — ela confessou e tampou a boca com as duas mãos, arregalando os olhos. Era melhor pensar como consertaria *isso*.

Lydia nem conseguiu responder, caiu para trás, gargalhando. E a marquesa estreitou o olhar para Bertha.

— Eu sabia que você não conseguiria manter o seu lado comportado no controle por toda a temporada. Essa diabrete que vive em você apareceria.

— Eu tentei! — Bertha exclamou.

— Eu tive tanta esperança de que uma das duas se comportasse. — Caroline começou a pensar em como *ela* consertaria essa noite desastrosa.

— Eu tenho me comportado da melhor forma que posso — defendeu-se Lydia.

E, de fato, comparado ao esperado, ela estava colaborando, provando que as lições da Srta. Jepson foram efetivas. Apesar dos pequenos desvios, algo que era típico de sua personalidade. E das indiscrições que Bertha conseguia consertar ou disfarçar. E dos acidentes que causou. A bandejada foi sua primeira grande traquinagem em Londres.

— Eu vou cortar a língua da Srta. Gilbert e vou acabar com a vida do Sr. Duval

— disse a marquesa e seu olhar era perigoso, mas, quando ela apoiou a mão na barriga arredondada pela gravidez, ficou engraçado. Porém, ninguém ali duvidava que, grávida ou não, ela era um perigo quando a irritavam.

— Não! — disse Lydia. — Ou melhor... Sim, corte a língua dela.

— Não! — exclamou Bertha. — O Sr. Duval já levou uma bela surra.

— Lorde Bourne o arrebentou, foi um belo soco de direita. — Lydia fez o movimento do soco.

— Claro, Lorde Bourne. — Caroline assentiu, já o havia encaixado naquela história. E as crianças ainda perguntavam quando poderiam passear com ele novamente.

— E se Bourne acabou aceitando o duelo — Lydia olhou para o relógio sobre o aparador —, daqui a pouco, o Sr. Duval estará gravemente ferido... ou pior.

Bertha pulou de pé.

— Diga que ele não aceitou! Diga que não! Eu o ouvi dizer não!

— Bem, ele negou. Inclusive usou palavras bem rudes. E partiu — contou Lydia.

Ela sabia que Eric não havia partido, pois tinha falado com ele mais uma vez, quando tiveram a discussão. Ao lembrar do que falaram, Bertha se deixou cair sentada outra vez e lembrou de tudo que falou. Estava tão magoada naquele momento e revoltada com o que o Sr. Duval havia lhe feito, que apenas despejou toda a sua frustração em cima de Eric. E, dessa vez, acreditava que ele não lhe mandaria mais flores. Ela dera um fim nisso, da pior forma.

— Será melhor assim... — ela sussurrou.

Caroline ficou olhando-a. Estava entendendo boa parte do que se passava ali, sem precisar apertá-las para falar. Era provável que Bertha nem conseguisse pôr em palavras o seu "problema" com Lorde Bourne. Ela ainda obrigou as duas a dar mais detalhes sobre os tais boatos, mesmo que Bertha não parasse de dizer que podia consertar tudo.

— Você vai contar ao papai, não vai? — Lydia perguntou, quando Caroline levantou e lhes deu recomendações antes de ir dormir.

— Só uma parte. — Caroline levantou a sobrancelha. — Ele é muito impossível para saber tudo. No entanto, pelo bem de vocês, aquele senhor desagradável precisa encerrar sua temporada mais cedo. E eu não pretendo levar minha barriga até lá para ameaçá-lo com uma arma. Acho que as pessoas precisam ser lembradas da nossa fama de selvagens.

Depois de entrar em casa e ser recebido pelo Sr. Armel, o mordomo francês da casa dos Northon, Eric se refugiou na antessala dos seus aposentos. Felizmente, seu avô, o atual conde de Sheffield, não retornara a Londres ainda. Ele chegava cedo, isso quando saía, e ocupava o quarto principal, que era a próxima porta, no final do corredor. E certamente viria importuná-lo.

Se estivesse em seu apartamento de solteiro, Eric não se preocuparia com isso. Porém, não podia levar Sophia para viver lá, já que era uma área onde nem mulheres adultas e solteiras deveriam ser vistas. Imagina morar com uma garotinha. Portanto, estavam vivendo na casa da família. Ou seja, o conde sempre ia aparecer em algum momento. Assim como havia o perigo das ocasionais visitas de pessoas do outro lado da família.

O valete entrou e recolheu a casaca e o lenço que Eric havia deixado.

— O senhor não tem interesse em retirar mais alguma peça, antes que eu precise de uma semana surrando-a no sol e com um ferro pelando? — Ele usou um tom de pura sugestão. O pior é que ele era o filho mais velho do mordomo, então também se chamava Sr. Armel, mas Eric o chamava de André, o que ficava mais fácil. E já eram anos com o valete a seu serviço.

Eric não era um terrível Lorde para se cuidar. Ao menos, não quando estava na cidade. Ele não chegava imundo, mas sua camisa e seu lenço nunca mais ficariam brancos, não importava a receita secreta que o valete usasse. Tampouco bebia tanto a ponto de cair morto com suas roupas e estragá-las. Ele teve suas farras, mas não costumava perder peças pelo caminho quando saía em noites de libertinagem com os amigos.

E com Sophia crescendo e entendendo as coisas, ele não participava com frequência de festas masculinas, de onde chegava de madrugada, meio bêbado ou muito bêbado e com perfume de moças alegres, que recebiam dinheiro para entreter nesses encontros. E levar alguma amante para casa estava fora de questão porque sua querida sobrinha...

— Saia daí, Sophia, eu posso escutá-la se mexendo aí atrás. Por que não está na cama?

A garota de sete anos pulou para fora de seu esconderijo atrás da porta e o olhou, com expectativa:

— E então, conseguiu conhecer uma nova mãe para mim? — Ela se aproximou rapidamente e apoiou as mãos no braço da poltrona dele.

Eric deixou a cabeça cair para trás, no encosto da poltrona. Sua sobrinha não ia para a cama no horário que devia. Ou dormia um pouco e depois ficava brincando na cama e pulava de lá num minuto, assim que ouvia a carruagem chegar. Claro que ele teve de mudar suas diversões noturnas assim que ela começou com esse comportamento. E, de qualquer forma, para procurar uma esposa, ele não tinha mais tempo de participar das festas que seus conhecidos davam.

— Você não conseguiu, não é? Está com aquela expressão — disse a menina, bem ao lado dele.

— Encontrar uma esposa não é como os encontros arranjados que você monta com seus bonecos — ele respondeu, sem abrir os olhos.

— Mas você me disse que estava dançando com várias damas encantadoras. Damas encantadoras devem ser esposas encantadoras, não é? — ela continuava, em sua lógica infantil.

— Não, Sophia, não são. Até a dama mais perfeita do mundo só será uma esposa encantadora se estivermos encantados um pelo outro.

— Você sabe ser encantador, não é? Acho que não está encantando muito — ela opinou. Desde que entendera o significado, havia cismado com a palavra "encantador" e seus derivados. E, pelo jeito, achava que era a chave para o problema dele.

Eric levantou a cabeça e a olhou. Como esperava, ela estava colada à poltrona, olhando-o atentamente. Não se importava por ele estar de olhos fechados ou com a cabeça recostada.

— Eu juro que estou tentando.

Ela fez um bico e seus pequenos dedos apertaram o estofado. Era engraçado que eles tivessem similaridades, pois ela parecia com sua irmã e esta se parecera com ele. Sophia apenas tinha o cabelo mais escuro que o da mãe, mas herdou o queixo dos Northon e aqueles olhos misturados com castanho, mas nunca resumidos apenas a essa cor.

— Você disse que havia uma dama especial — ela teimou.

— Eu disse.

— Ela não foi ao baile?

— Foi.

— E vocês já vão se casar?

— Infelizmente, não é assim que funciona.

— Você não quer que ela seja uma esposa encantadora?

— Eu creio que sim.

— Não tem certeza?

— Eu pretendia cortejá-la por mais tempo.

— Como faz para cortejar? — ela indagou, curiosa. Cortejar ainda não era algo que ela entendia perfeitamente.

— Bem... você dança com a dama, conversa, manda flores, vai passear, dança mais, manda mais flores, toma chá umas vinte vezes. Passeia inúmeras vezes e flerta e... Ah, Deus, Sophia. Repita tudo isso e espere que haja compatibilidade.

— Só isso? — Agora ela cruzou os braços. — Está escondendo as partes que crianças não podem saber, não é? E o beijo de amor é só no casamento? Não pode ser. E o encantamento? Quando acontece?

— Pelo amor de Deus, Sophia. Vá dormir. — Eric tornou a deitar a cabeça.

A menina ficou um tempo olhando-o e então ele sentiu suas mãos segurando seu antebraço.

— A moça especial não o quer? E agora? Onde encontraremos outra? Tem mais bailes? Mas por que ela não o quer? Você é o mais bonito da cidade. Do país! Todas deviam se casar com você!

Ele riu da dedicação dela. Ao menos, ela não decepcionava ao melhorar o seu humor. Mesmo quando queria saber sobre seus avanços. E desde que Sophia descobrira que ele precisava se casar em breve, havia resolvido participar. Afinal, queria uma nova mãe. Tinha planos do que fariam juntas, fantasiava todos os dias sobre como seria sua vida com a "nova mãe", que, na verdade, seria sua tia. Mas esses pormenores não importavam para ela.

Sophia estava decidida a ter uma mãe. Ela sabia que não era filha de Eric, não do jeito padrão. Mas ela também decidira que agora ele era seu pai. Não foi difícil. Até a morte dos pais, ela só via o pai nos momentos em que a babá a levava até a sala. Porém, também pensava que, como um pai, ele precisava lhe arranjar uma nova mãe. Assim era em sua cabeça.

Eles estavam juntos desde que ela tinha quatro anos. Sophia já não lembrava bem, mas havia completado quatro anos dois dias após Eric tê-la levado para Sheffield. E, naquela época, ela não sabia o que estava acontecendo, pois nunca viajava sem a mãe. Foi a primeira vez de uma vida de viagens sem ela.

Não foi fácil consolá-la quando finalmente entendeu que a mãe jamais voltaria. Especialmente por Eric nunca ter convivido com crianças, ainda mais uma que dependia dele e passava parte do dia em seu colo, procurando consolo pela perda. Mas eles se apaixonaram um pelo outro e nunca mais se separaram; onde Eric fosse,

Sophia também iria. Seu coração também havia decidido que ele tinha uma filha.

— Eu temo que não haverá bailes suficientes nessa temporada para que eu encontre outra dama especial — ele disse baixo.

Quando tudo aconteceu, ele havia voltado da faculdade há pouco tempo, tinha vinte e dois anos e estava a caminho de visitar sua família. Na época, seu avô já esperava que ele encontrasse uma esposa, porque era o único herdeiro vivo para herdar o título. E antes que chegasse até Edith, sua irmã mais velha, ela morreu.

Foi uma tragédia que se originou de um escândalo. Até hoje, ninguém podia explicar os detalhes do que aconteceu, pois ela morrera grávida de um bebê que, aparentemente, não era do seu marido. E o marido morreu de um tiro, pelo qual a família dele acusava o amante de Edith.

Eric havia chamado o comissário; ele sabia bem como tudo se desenrolou. Edith voltou para o campo com a filha, e o marido deu-lhe um tiro quando soube do caso que ela teve em Londres e de sua gravidez de outro homem. Depois se matou, pois não havia jeito de o amante ter viajado até lá. Eles foram encontrados em casa, ambos mortos. E ninguém ia dizer a Sophia que seu pai havia assassinado sua mãe.

O conde sabia mais do que admitia, porém não tocava no assunto de jeito nenhum. E se ficasse com Sophia, iria deixá-la totalmente a cargo de babás. Não havia a menor chance de o conde deixar sua única bisneta ir viver com a família do marido de Edith. Eles moravam longe deles e não tinham poder suficiente para ir contra a vontade do conde de Sheffield. Não dava para negar que, quando seu avô queria uma coisa, ele conseguia.

No entanto, a família era a maior fonte de frustração para o conde. O filho o enganou para aprovar seu casamento, depois morreu cedo, deixando-o com aquela sua esposa perdida. Esta partiu e deixou os dois filhos pequenos para trás. Depois, sua neta fez um péssimo casamento, com um baronete, mas não teve escolha, pois já estava envolvida com ele. No fim, quando tudo parecia bem, ela percebeu que não estava mais apaixonada pelo marido e teve um caso com outro homem. Então, ambos morreram.

Sobrou seu neto e último herdeiro, que resolveu criar a sobrinha, provavelmente movido pelo amor que tinha pela irmã e pelo fato de que eles foram deixados pela mãe. O conde via a decisão com bons olhos. No entanto, Eric estava demorando uma eternidade para se casar, deixando o título e as posses dos Northon em perigo de ir parar nas mãos do outro lado da família. Lado este que não fazia ideia de como cuidar de um patrimônio como aquele.

Por todos esses acontecimentos na família, era óbvio que Sheffield o pressionava, pois estava provado que seus descendentes não cooperavam com o destino para terem vidas longas.

— E o que faremos? — indagou Sophia. — Estamos com a corda no pescoço.

Ele riu, não aguentava quando ela começava a copiar as expressões que escutava nas conversas dos adultos. Essa só podia ter sido aprendida em alguma conversa que ela ouviu do bisavô com Eric.

— Nós vamos dormir, eu preciso sair cedo. — Eric ficou de pé.

— Ah, não! Precisamos de um plano! Vamos até lá cortejar essa dama especial!

— Não, vamos dormir. — Eric a capturou e saiu do quarto, carregando-a.

— Mas não estou com sono.

— Eu estou. Se não formos dormir agora, não poderemos passear amanhã.

— De cavalo? — ela perguntou, interessada. — Quero ir no cavalo também.

— Tudo bem, eu a carrego no cavalo quando chegarmos ao parque.

— Depois, vamos comer bolo?

— Se você se comportar e for dormir.

Sophia sorriu e passou o braço em volta dos ombros dele, mas não perdeu a oportunidade de arrematar:

— E então, vamos visitar a dama especial.

— De forma alguma.

— Você tem de me apresentar.

— Ela não vai me deixar cortejá-la só porque lhe apresentei. — Ele empurrou a porta e entrou no quarto dela.

— Claro que vai, sou mais encantadora do que você!

# CAPÍTULO 15

A notícia de um duelo e uma possível tragédia não chegou. E Bertha ficou tão aliviada que preferiu se sentar, pois não havia dormido e sentia que seu coração estava descendo novamente pela garganta para voltar ao lugar certo. Ela respirou fundo e apertou a mão da Srta. Jones. Haviam saído logo cedo para conseguir notícias e a única acordada naquele horário indecente era Janet, que também se preocupava com as consequências da noite passada.

Elas conseguiram entrar em contato com Lorde Pança, que foi tirado da cama, mas ele era do tipo prestativo e entrou em contato com seus amigos. Greenwood, outro esquisito que acordava antes do meio-dia depois de uma noite de bailes, informou que Lorde Bourne tinha ido para casa inteiro. Porém, não podia dizer o mesmo do Sr. Duval. Afinal, a bandeja...

— Ele tinha que tocar no assunto da bandeja — reclamou Lydia. — Bourne bateu nele primeiro. Quem pode afirmar que o estrago foi culpa minha quando um soco como aquele o atingiu primeiro?

— Uma bandeja de prata é uma bandeja de prata... — comentou Janet.

Elas preferiram atender outros tipos de diversão pelos próximos dias. Foram ao teatro, compareceram a um sarau, foram à livraria algumas vezes. Também passearam pelo parque, carregando suas sombrinhas e se mantendo longe da Rotten Row. Olharam as novidades na Bond Street, fizeram compras e foram em grupo ao Gunter's para comer bolos.

— O Sr. Duval partiu — informou Deeds, enquanto cortava um grande pedaço do bolo que estava em seu prato.

— Mas tão repentinamente? — indagou a Srta. Wright, sentada à direita de Lydia.

— Corrido, certamente — informou Lorde Richmond, com um sorriso conspiratório de quem contava uma fofoca.

— E por quê? — perguntou Janet. — Entendo que determinados acontecimentos não foram favoráveis para ele...

— Ele não queria ser visto com um hematoma no rosto — completou Richmond.

— Porém, não imaginei que abandonaria a temporada assim. Achei que alguns dias de reclusão seriam tudo que ele se permitiria — ela continuou.

Lydia afundou o garfo no seu próprio pedaço de bolo e franziu o cenho, de forma pensativa. Ela tinha quase certeza do que havia causado a partida repentina dele. Bertha devia pensar a mesma coisa, pois tinha a mesma expressão, porém ela estava conversando com a prima da Srta. Janet que a estava acompanhando nessa tarde.

Bertha estava muito quieta nos últimos dias. E Lydia não parava de importuná-la, temendo que ela estivesse se deixando encurralar por outros. Mas ela ficava em seu canto, geralmente com o olhar em algum ponto, e quase não opinava, mesmo que estivesse atenta.

— Bem, Latham disse a Keller, que confessou lá no clube que Hendon também escutou de Glenfall, que o Sr. Duval recebeu certo incentivo para partir mais cedo — contou Richmond.

— Eu já estou perdida... — comentou a Srta. Wright. — A fonte foi Lorde Latham?

— E como Lorde Bigodão sabe sobre isso? — perguntou Lydia.

— Lorde Bigodão disse que Lorde Glenfall conhece o primo do Sr. Duval e este foi visitá-lo e encontrou seu valete arrumando suas malas às pressas — esclareceu Richmond.

— Então, foi Lorde Vela quem soube de tudo? — perguntou Janet.

— Afinal, que incentivo foi esse? — Lydia balançou a mão, curiosa. — Foi financeiro, físico, moral...

— Ora essa, Srta. Preston, para fazer o Sr. Duval partir com tamanha afobação, certamente foi uma ameaça digna, iminente e séria à sua vida — Deeds opinou e os outros assentiram.

Bertha franziu o cenho para Lydia, que apenas colocou sua garfada de bolo na boca e assentiu, enquanto mastigava lentamente. Elas desconfiavam que a ameaça iminente e séria à vida do Sr. Duval atendia pelo sobrenome Preston. E era um selvagem sem conserto. Ele jamais fazia ameaças vãs e tinha uma ótima pontaria. Além de duas pistolas que sabia usar ao mesmo tempo e muitos recursos para causar a retirada de outro cavalheiro da temporada.

— É curioso que o Sr. Duval tenha partido com tanta pressa depois do péssimo comportamento que teve com a Srta. Gale. — Richmond virou o rosto para Bertha.

Os outros na mesa também a olharam, como se ela fosse contar o segredo.

— Ele também ameaçou e desafiou Lorde Bourne — comentou Bertha, odiando jogar um pouco das suspeitas sobre Eric, mas, além de ser verdade, ela jamais poderia dizer que o suspeito mais provável era o Marquês de Bridington.

— De fato — incluiu Richmond. — Keller estava intrigado, pois Glenfall disse que o primo do Sr. Duval comentou que dois cavalheiros o haviam visitado e cuidado para que a partida fosse rápida.

— Dois? — Bertha virou o rosto para ele, sem poder se conter, e depois olhou para Lydia, que deu de ombros, afinal, seu pai era uma pessoa só.

— Você acha que Lorde Bourne foi até lá e causou seu sumiço? — A Srta. Wright arregalou os olhos. — Vocês têm garantias de que ele está vivo? Naquela noite, eu posso jurar que Bourne pretendia esganá-lo.

— Não seja alarmista, Ruth — disse Janet. — O primo dele não deixaria de notar seu corpo. Ele partiu. E já foi tarde.

— Eles são todos uns selvagens — disse uma senhora, no baile em que Lydia e Bertha retomaram sua frequência a esse tipo de evento.

— Eu conheço essa frase — murmurou Bertha.

Lydia cobriu a boca com a mão enluvada e engoliu uma risada, mas, por culpa do som baixo e cômico que escapou, Bertha também não conseguiu segurar a vontade de rir. Elas haviam sido surpreendidas quando a marquesa disse que iria com elas, pois precisava passear mais, antes que a barriga crescesse a ponto de ela ficar sem vestidos de noite.

Era engraçado, porque Caroline estava com aquele olhar de gato que comeu o passarinho do vizinho e fugiu, enquanto falavam aquelas coisas dos Preston por suas costas, e apareciam à sua frente para parabenizá-la pela gravidez.

"Vai ser mais um selvagenzinho, sem modos e escandaloso."

— É realmente uma dádiva, milady, fico muito feliz — disse uma senhora, sorrindo para ela.

Alguém havia dito que Lady Colington — mãe da Srta. Gilbert — contou que encontrou com Lady Bridington e estava horrorizada. Lady Fawler ficou sabendo que a marquesa havia dito algo sobre cortar a língua de Lady Colington, se ela não educasse a filha. E a Srta. Wright contou aos amigos o que a madrasta lhe disse e eles perguntaram a Lydia se sua mãe seria capaz de algo dessa natureza.

— Eu já a vi tirar a língua de um porco abatido para o jantar — ela comentou.

— Inteira — completou Bertha, assentindo sutilmente e divertindo-se com o espanto alheio.

Agora, Lady Colington odiava Caroline, mas não sabia o que fazer em relação a isso, pois ela era uma marquesa, não tinha posições a perder, não estava pleiteando nada em que pudesse ser ameaçada, e parecia pouco se importar com o que Lady Colington pudesse dizer a seu respeito. E a marquesa afirmou que Amelia estava perseguindo Lydia, sua filha, e maltratando publicamente sua protegida, a Srta. Gale.

Assim, Lady Colington ficou de mãos atadas, pois ficaria feio para sua filha se soubessem que estava perseguindo a filha do marquês e, pior ainda, sua acompanhante, que não tinha nada com isso. Afinal, por que Amelia estaria implicando com a acompanhante?

— Você mandou sua madrasta ir atrás da minha mãe? — Amelia perguntou a Lydia, parecendo ultrajada por ela ter levado isso para fora do grupo deles.

— Não. — Lydia balançou a cabeça.

— Ela a ameaçou! Deixou minha mãe amedrontada, pois todos sabem que vocês não têm escrúpulos!

— Não sabem não, você que está dizendo — negou Lydia.

— Sabem sim, todos sabem! Qual é o seu próximo passo? Envolver o marquês?

Lydia perdeu a paciência com ela e estreitou o olhar:

— Eu poderia cuidar da senhorita num segundo, porém, se meu pai fosse tratar com o seu pai, o seu senhor jamais se levantaria do penico — ela alegou, ultrajando a outra. Afinal, mencionar um penico no meio de um salão era algo muito avançado.

Bertha apareceu entre elas num segundo e olhou para Lydia com o cenho muito franzido e aquele olhar de matrona, aperfeiçoado demais para sua idade. Lydia virou o rosto e ficou quieta. Então Bertha virou-se para Amelia.

— Achei que nunca mais a veria — disse a Srta. Gilbert. — De qualquer forma, não voltarei a me relacionar com vocês. Minha mãe proibiu que eu me envolvesse com pessoas de má índole.

— É muito duro perder em seu próprio jogo, não é, Srta. Gilbert? — indagou Bertha, usando seu melhor tom de sarcasmo e sua voz baixa. — Duvido que seja boa em contas, ou teria calculado melhor as consequências de seus atos. Eu também decidi que não é bom para a Srta. Preston ser vista na companhia de damas de comportamento tão vil e descontrolado. Fica muito mal para a reputação dela. Portanto, abstenha-se de se aproximar de nós.

Amelia fechou os punhos. Sua mãe também a havia proibido de estar presente em qualquer tipo de alteração, sob pena de ser enviada para o campo. E não dava para distinguir se Bertha estava fazendo um bico de deboche ou caçoando dela. No entanto, ela passou o braço pelo de Lydia e a levou para longe, como se estivesse cumprindo seu dever de impedir que sua protegida se relacionasse com gente indevida.

Depois de afastar Lydia e incentivá-la a ir dançar, Bertha se refugiou num canto. Ela viu quando o marquês chegou, bem-vestido demais para ser um selvagem, com todos os botões fechados e o penteado impecável. Ele tinha um leve sorriso ao passar pelo meio dos outros; era como se soubesse o que estavam dizendo pelas suas costas e tivesse ouvido os boatos de que ele fez o Sr. Duval desaparecer da temporada.

Henrik foi direto até Caroline e não saiu do seu lado, já que eles não pretendiam demorar. Bertha sentiu seu coração ir parar no fundo do estômago ao ver Eric de novo. Justamente quando seu coração havia conseguido se deslocar de sua garganta, agora levaria dias para voltar ao lugar outra vez.

As flores haviam parado, assim como os bilhetes que chegavam com elas. Ela soltou o ar e baixou a cabeça. Tinha pretendido falar com ele, não conseguia parar de pensar nisso. Havia sido rude e até injusta e esperava que ele entendesse que foi por tudo que havia passado naquela noite. Só queria desculpar-se e seguir em frente.

Já era a segunda moça que Eric levava para dançar, e Bertha estava pensando em desistir de procurá-lo. Talvez a oportunidade surgisse em algum momento futuro. De qualquer forma, como falaria a sós com ele, sem acabar exatamente no tipo de situação da qual fugia?

Era Eric quem fazia as oportunidades e criava suas escapadas para falar com ela. Afinal, veja só, ela estava ali sozinha e ninguém prestava atenção nela. Era exatamente como devia ser, discreta, quase invisível. Ele estava devolvendo uma dama depois da dança e tinha mais uma roda delas gravitando à sua volta, junto com suas mães e acompanhantes.

Ele precisava escolher logo uma pretendente para dar atenção; aquilo estava ficando ridículo. Já haviam parado de falar que Eric dava preferência a Lydia, pois nunca mais foram vistos juntos ou sequer dançaram. E agora que estavam afastados, parariam de comentar sobre aquele seu comportamento estranho de passar muito tempo com a acompanhante da Srta. Preston.

Eric fugiu de suas admiradoras e se refugiou junto com Lorde Pança, Huntley e Keller. Deeds não se importava de ser o ponto de refúgio dos amigos. Huntley e Bourne eram concorridos demais, e Keller ainda estava se recuperando de ser rejeitado pela Srta. Brannon.

Lorde Pança podia não ter um bando de gente o perseguindo, isso incluía fofoqueiros e mocinhas desesperadas por casamento, mas ele nunca estava sozinho, pois todos aqueles que lhe importavam queriam sua companhia e o procuravam.

Não como a opção que sobrava; eles o preferiam. Os fofoqueiros eram uns tolos, pois exatamente por isso Deeds sempre sabia de tudo. E ele ainda não estava procurando uma esposa, mesmo que fosse solteiro.

Talvez, quando seu pai partisse desse mundo, ele começaria a busca por alguma dama que também adorasse doces.

— Não seja tolo, Huntley, só porque foram pegos aos beijos num parque não quer dizer que tenham um compromisso — opinou Deeds, enquanto Lorde Huntley olhava com hostilidade para o rapaz com quem a Srta. Wright havia ido dançar.

— Ela parecia muito interessada — reclamou Huntley, um tanto miserável por seu caso com a Srta. Wright ter terminado, depois que eles foram flagrados em um beijo e ela ficou com medo de ser obrigada a se casar antes de estar pronta.

— Ao menos você ainda tem alguma chance — resmungou Keller.

A Srta. Brannon não lhe dava nenhuma chance. Keller podia ser um tanto bobo, mas era apresentável, era um herdeiro e tinha seus atrativos. Havia algumas moças interessadas nele.

— Eu sempre soube que não me casaria logo após essa temporada — comentou Eric, encarando suas perdas e chances.

Não importava que ele fosse o partido da temporada, com tantas mocinhas adoráveis para conhecer. Não haveria encantamento para ele.

Lorde Pança olhou em volta e não viu a Srta. Gale, mas havia acabado de ver a Srta. Preston, e isso significava que Bertha estava em algum lugar ali.

— Parem de reclamar. Há dezenas de moças disponíveis e interessadas — disse Deeds.

Lorde Huntley apenas cruzou os braços. Eric se virou no lugar e olhou em volta. Keller foi o único que concordou, estava oficialmente desistindo da Srta. Brannon. Não estava em um caso mal resolvido como os outros dois, estava sendo maltratado por aquela moça insuportável.

— Vou falar com ela — decidiu Huntley. — Isso é ridículo.

— Vai ameaçá-la com seus beijos do passado? — caçoou Keller, que não esteve presente no momento, porém a história virou um dos segredos deles, compartilhado na mesa do clube.

Assim como o segredo de Bourne com a Srta. Gale, a quem ele havia acabado de localizar.

Enquanto eles estavam lá confabulando, Lydia e Bertha diziam quase a mesma coisa à Srta. Wright.

— Se ele tivesse algum interesse, já teria dito. E não ficaria dançando com um incontável número de moças pelos bailes da semana — reclamou Ruth.

— Você disse que não queria mais vê-lo — interviu Lydia. — Posso ser a pior pessoa para esse tipo de conselho, mas tenho certa lógica.

— E você também está dançando com outros — lembrou Bertha.

— Não vou ficar parada num canto enquanto ele se diverte com outras. Eu estava certa, ele ficaria comigo por obrigação — ela se lamentou.

— Ele está olhando para cá — notou Lydia.

— Vou dizer-lhe para ir para o inferno. — Ela agarrou o leque e começou a movê-lo.

— Não! — as duas exclamaram e se apressaram para cobrir o leque.

O leque não parava de abrir e fechar, dizendo a Lorde Huntley que ele era muito, muito cruel. Os quatro rapazes franziram o cenho e se inclinaram um pouco para trás.

— Dê-me isso aqui — disse Bertha.

— Não, ele pode me esquecer! — Ela bateu o dedo rapidamente na ponta do leque, que estava um pouco aberto e um pouco fechado, tornando a mensagem dúbia. Mas parecia dizer que queria estar com ele.

Huntley estreitou o olhar e perguntou a Deeds, que conferenciou com Bourne, que confirmou com Keller. Não era possível que os quatro estivessem entendendo errado. Pelo jeito, Huntley era um bastardo cruel com quem a Srta. Wright queria muito estar.

— Da outra vez, ao invés de convidá-lo para dançar, você o chamou para um encontro secreto! — reclamou Lydia, finalmente tomando o leque dela.

As três disfarçaram e fingiram que nunca estiveram trocando mensagens.

— Diga-lhe que o odeio — pediu Ruth.

Lydia virou o rosto para Bertha:

— Dá para dizer isso com um leque?

— Não lembro...

— Eu sempre achei isso ridículo. De longe, todo mundo entende a mensagem errônea e ainda acontece o problema de a pessoa errada pensar que é para ela — reclamou Lydia.

— Você já disse que ele é cruel, praticamente um tirano. Ódio é o de menos — decidiu Bertha.

— Eu acho que, se quebrar o leque na cabeça dele, a mensagem de ódio ficará clara — opinou Lydia.

— Algo que não pode ser feito no momento — Bertha disse rápido.

— Então, devolva-me — disse Ruth.

— Lembrei como dizer que o odeia! — exclamou Bertha.

A Srta. Wright tomou de volta o leque, pronta para passar a mensagem indicada por Bertha, mas parou, deixando os ombros caírem.

— Eu não o odeio... — ela lamentou e olhou para baixo. — Na verdade, acho que o amo.

— Um beijo e você já o ama? — Lydia abriu as mãos.

— Muitos acontecimentos podem se passar até o momento do beijo, coisas que comprometem um coração — Bertha comentou.

Lydia tornou a virar o rosto para ela, agora com um olhar desconfiado:

— E como você poderia saber disso? — indagou.

— É... óbvio — ela desconversou.

— Não foi apenas um beijo — disse a Srta. Wright.

Bertha e Lydia olharam para ela ao mesmo tempo, com os olhos arregalados, esperando pelo pior.

— Foram os passeios, nossas conversas, todas as vezes que ele segurou minha mão e ficamos juntos... Até aquele dia no parque quando nos beijamos — ela sussurrou. — E tudo acabou!

— Até onde lembro, você acabou com tudo. — Bertha sabia ser inoportuna.

— Eu não quero obrigá-lo.

Lydia olhou por cima do ombro e disse:

— Pois o cavalheiro em questão não parece nada obrigado ao aproximar-se. Com sua comitiva.

— Não! — exclamou Ruth e sussurrou para elas: — Digam que eu não disse nada de errado com aquele leque.

— Disse tudo errado — assegurou Bertha, numa voz baixa.

A cada passo que Eric dava para mais perto, ela sentia seu coração, ainda caído no fundo de seu estômago, bater mais rápido.

Eles se juntaram a elas, com Huntley na frente do grupo. Ele cumprimentou todas e disse:

— Srta. Wright, por acaso teria tempo livre para passear pelo salão?

— Agora?

— Sim.

Lydia queria pisar no seu pé e Bertha queria empurrá-la. Isso devia estar claro em seus olhares, pois, assim que buscou alguma reação em suas faces, Ruth tornou a virar-se para Huntley.

— Sim, eu adoraria um passeio.

Os cinco que ficaram soltaram o ar e permaneceram ali por um momento.

— Bem, creio que é melhor irmos para... bem, deixar as damas em paz — disse Deeds, notando certa tensão no ar.

Eric nem se movia, devia estar com seu corpo mal conectado. Talvez com o coração no pé e a mente, na ponta dos dedos. Mas seus ombros estavam tensos e, apesar de sua cabeça não estar baixa, seu olhar estava preso em algum ponto do chão. No entanto, antes de ir, ele tinha de olhá-la, não sabia quando estariam tão próximos outra vez.

Seu olhar se ergueu apenas para vislumbrar seu rosto e Bertha abriu seu leque e o levantou. Eric franziu o cenho ao perceber que ela não o estava usando para se abanar, mas para lhe dizer algo.

*Perdoe-me.*

O leque de seda, com flores e uma figura feminina no meio, desenhada dentro de um decalque, ficou à frente de sua boca e seu nariz por um momento. Logo depois, ela o fechou e abaixou discretamente, descansando sua mão fechada em volta do acessório, sobre seu peito. Não estava dizendo mais nada, foi apenas instintivo. Pois era ali que sentia seu coração apertar, apesar da sensação de ele ter caído. No entanto, um leque sobre o coração significava que uma dama foi conquistada.

Eric ficou com o olhar preso sobre ela, incapaz de se mover, mas agora por motivos completamente diferentes. E quase deu um passo em sua direção. Quase. Ele parou e balançou a cabeça. Ela não sabia nem pelo que estava se desculpando. Ou como sua reação só lhe dava mais raiva do maldito Sr. Duval. Bertha teria de falar com ele, não lhe mostrar o leque.

Tinha certeza de que a Srta. Gale podia usar suas habilidades de apaziguar e consertar indiscrições para abrandar suas próprias indelicadezas.

Elas foram deixadas sozinhas novamente. Bertha apenas o olhava se distanciar.

— Você estava mandando mensagens para Lorde Bourne? Ele vai voltar a lhe mandar flores — disse Lydia.

— Não, não vai... — Bertha olhou para baixo e apertou seu leque.

# CAPÍTULO 16

Bertha poderia ter se limitado a pedir desculpa. Ela tinha feito o que era correto, tinha cumprido o que sua educação lhe dizia. Então, quando um buquê de flores chegou com um bilhete, ela achou que estivesse errada. E descobriu que era o completo contrário. Estava mais complicada do que nunca.

*Minha adorada Srta. Gale,*

*Resolvi que não consigo perdoá-la por me mostrar um leque por alguns segundos. Por tudo que sei da senhorita, poderia estar escondendo um bocejo. Eu demando um pouco mais de esforço da sua parte.*

*Eu tinha flores encomendadas em seu nome até o fim da temporada, esse era o tamanho da minha expectativa. Porém, este será o último buquê que lhe enviarei. Irei me arrepender, eu sei. Por outro lado, senti em suas palavras que seu desagrado era tamanho que eu não podia mais lhe obrigar.*

*A senhorita jamais aceitou meus incontáveis pedidos para um passeio. Espero que considere se despedir de mim esta manhã, no mesmo local de todos os meus outros convites. A menos que tenha queimado tudo que lhe enviei.*

*Eric Northon.*

— Despedir-se? — Bertha baixou o bilhete e olhou para as flores variadas que ele lhe enviara. Ele sempre havia mandado um tipo de cada vez.

Nicole estava em pé, bem abaixo dela, olhando para cima do aparador, onde uma das arrumadeiras ajeitara o grande buquê em um vaso.

— Você voltou a receber flores. — Nicole esticou a mão, mas não alcançava as pétalas. — Que bonito. Aqui não tem flores como lá em casa. Ainda bem que vão chegar de novo.

Bertha duvidava que fossem haver mais flores além daquele buquê, pois, como Eric dissera, era o último. Ela baixou o braço com seu bilhete na mão e tocou uma das flores. Nicole ainda não lia rapidamente, ela tinha um pouco de dificuldade em formar as palavras, porém Bertha ficou imersa em pensamentos e a menina teve tempo de se contorcer toda para ler o que conseguia na ponta do papel.

— Quem é Eric *Northun*? — A voz infantil penetrou seus pensamentos, ainda mais pelo modo como ela pronunciou o nome incorretamente.

— Um amigo — resumiu Bertha e olhou para o relógio, soltando o ar pesadamente. — Eu preciso sair.

Nicole correu atrás dela, seguindo-a escada acima.

— Eu posso ir? — perguntou a menina, em seu encalço.

— Agora não, meu bem. Mais tarde, poderemos passear.

— Mais tarde, você e Lydia saem para bailes de gente grande — ela reclamou e entrou no quarto atrás dela.

— Prometo que sairei com você.

Bertha não quis chamar a Sra. Birdy apenas para vesti-la e escolheu seu próprio traje de passeio; quando estava na casa dos pais, vestia-se sozinha. Afinal, não era como se partisse de lá para ir a bailes e precisasse estar impecável. E hoje, estava cometendo um enorme erro. Um impulso terrível.

Nicole ficou de pé perto dela, mexendo nos vestidos e pegando tudo que caía, por causa da pressa de Bertha. Ela acabou com um xale em volta do pescoço, que arrastava no chão, enquanto olhava para cima, prestando atenção em Bertha.

— Isso é verde. Verde não — opinou a pequena. — Não gosto desse. O outro.

Bertha sorriu, mas seguiu seu conselho e trocou a opção de vestido.

— Isso é rosa? Eu gosto de rosa — disse Nicole.

Bertha pegou as meias que Nicole estava repuxando e as subiu pelas pernas. Depois, colocou um vestido de passeio rosado. Vestiu um *spencer* azul — o casaquinho curto e justo — com grades botões e uma gola aberta. Enfiou seus pés em botas curtas e se apressou com os acessórios. Colocou seu *bonnet*, um chapéu azulado para combinar, e pegou suas luvas de montaria, pois iria guiar.

— Vamos, Nicole, preciso sair numa missão.

A menina foi atrás dela, puxando o xale para dar mais voltas em seu pescoço e ombros e usando uma touca que ela ficou nas pontas dos pés para pegar. Estava com fitas de cetim na mão e uma grossa fita azul de prender meias.

— Eu quero ficar lá — ela disse, seguindo-a.

— Não mexa em nada, nem rasgue ou estique — disse Bertha, antes de descer as escadas. — Ou terá de ficar sem passeio.

— Está bem.

Nicole voltou correndo para o closet das meninas, para mexer nas coisas que alcançava. Ela gostava muito de colocar os chapéus e tentar calçar as luvas.

Bertha avisou que iria ao parque para espairecer e ficou aliviada por não encontrar Lydia antes de sair, pois ela faria um milhão de perguntas, as quais ela só poderia responder quando voltasse.

Eric tinha certeza de que Bertha não viria ao seu encontro. Ele havia escrito aquele bilhete numa espécie de desafio e de último pedido. Não podia desistir dela assim, tão abruptamente e de forma tão estúpida. Não havia maneira de obrigar sua mente a deixá-la de lado e concentrar-se em outra dama. Ainda mais, algo tão absurdo quanto pensar em outra mulher. Eles haviam se entendido tão mal no final.

Já havia ultrapassado o ponto em que era possível disfarçar. Seus amigos já sabiam, ao menos os mais próximos. Pessoas estavam falando pelas suas costas, classificando seu comportamento como errático e esquisito. Finalmente haviam parado de fazer insinuações sutis sobre seu interesse pela Srta. Preston. Tudo porque ele não conseguia se manter longe da Srta. Gale.

Nos últimos dias, ele conseguiu. Fez um chá com seu orgulho e o tomou diariamente para ver se fazia efeito. Deveria estar feliz por ter recuperado sua dignidade, no entanto, esse chá era amargo demais.

Assim que ouviu o som do veículo se aproximando, Eric voltou para o caminho e não acreditou ao vê-la guiando o faetonte. Sozinha. Era inacreditável. Ele piscou algumas vezes para ter certeza e ficou feliz por ela tê-lo encontrado; ele havia lhe dado o caminho em mais de um bilhete. O portão de Grosvenor, referente à praça de mesmo nome, era o mais próximo para ambos. A partir dali, uma direita, uma esquerda e, para quem conhecia o parque, era fácil.

— Eu espero que algum tipo de loucura a tenha arremetido — ele disse, tirando-a de cima do faetonte assim que este parou.

Bertha balançou a cabeça para ele. Pelo seu olhar, dava para ver que ela veio debatendo-se com sua decisão e seus sentimentos. Ela quase parou os cavalos e saiu correndo assim que o viu de pé à beira da estrada: alto, belo e robusto, com as leves ondas do seu cabelo claro rebelando-se contra o penteado.

— Você é algum tipo de loucura — ela acusou. — Eu fiz o que devia, eu lhe pedi desculpas, cabia a você aceitá-las! — Ela apontava para ele.

— E você veio me acusar de não aceitar suas desculpas? Não havia pelo que se desculpar.

— Eu vim... vim acusá-lo de tudo que tem feito. Não podia simplesmente parar de enviar as flores, sem explicação alguma? O motivo ficaria claro!

— Tenho sido um perfeito cavalheiro com você.

— Em quais termos? — ela exclamou.

— Os meus, claro. Acredito que um homem apaixonado e numa séria missão de convencer a dama mais difícil da temporada tem de usar todos os meios à sua disposição.

Ela abriu a boca para respondê-lo, mas sua voz parou junto com sua respiração. Bertha moveu os lábios, porém nenhum som saiu. Ela o olhou com angústia e balançou a cabeça. Não podia acreditar que ele dissera aquelas palavras. Como ele não tinha vergonha de levá-la àquele tipo de extremo emocional?

— Eu sequer sou uma dama! — Ela bateu as mãos nos quadris e deu um passo para longe, depois deu dois passos para perto dele. — O que tem feito comigo, Eric, não é justo.

— E o que você tem feito comigo é justo? Tem me deixado sem nada. Joga um banquete para mim, deixa que eu chegue perto e depois me corta. — Ele deu um passo para perto dela e moveu as mãos no ar, com o olhar repleto de emoção cravado em seu rosto. — Você chegou perto demais, deixou-me tocá-la, descansou seu corpo no meu e então me devolveu à fria distância do apropriado. Eu não quero ser apropriado com você. Eu a quero nos meus braços.

— Eu não posso ficar perto de você. Um momento à sua frente e eu esqueço tudo que preciso fazer. Tudo que não posso. O certo e o errado.

Eric fechou os punhos, incapaz de não tocá-la ao tê-la tão perto. Ele puxou o laço do seu chapéu, mas ela saiu tão apressada que deu um nó simples e o acessório caiu no chão. Mas ele continuou pelo seu pescoço, tocou seu rosto e deixou os dedos deslizarem por sua mandíbula até segurá-la.

— Por que deixou que eu beijasse seus lábios e acabou tudo em uma única noite? — ele perguntou baixo, sua voz um sussurro manso e não a pergunta crua e dolorosa que ele pensou que seria.

— Eu queria beijá-lo, é tão simples quanto parece. Não quero me aproximar de você, pois não consigo vencer meu desejo de senti-lo em mim. O som da sua voz perto do meu rosto, o jeito como me faz sentir ao me tocar ou como o mundo deixou de existir quando permiti que me abraçasse, nada disso pode acontecer.

— Eu não consigo me afastar de você, não importa o que me digam, o que você diga para me desencorajar ou do que me ameacem. Eu não posso. — Ele beijou seus lábios uma vez, mas não conseguiu se afastar e puxou-a para ele, pressionando a boca contra a sua e beijando-a longamente.

Bertha sentiu seu corpo desmanchar contra o dele; acontecia toda vez que ele a tocava, ela era atraída para o seu calor. E Eric sempre a amparava, deixando que ela se perdesse um pouco mais a cada beijo, a cada segundo que passava junto a ele.

— Nós sequer saímos da estrada, meu Deus. — Bertha baixou o rosto e balançou a cabeça, sem poder acreditar no que era capaz de fazer por causa dele.

Eric olhou para os lados. Era muito cedo para o resto da sociedade elegante da temporada sair de casa. Estavam longe da área central do parque, era o lado oeste.

— Não é um problema. — Eric pegou-a pela mão enluvada e afastou-a do caminho.

— Você disse que queria se despedir. Vai deixar a cidade?

Ele parou atrás de uma árvore e a encostou contra o tronco.

— Não sem você.

— Não seja um diabrete — ela pediu.

Eric riu da escolha de termo dela, algo mais usado com crianças levadas.

— Não sei me comportar de outra forma com você.

— Então, não vai a lugar algum? — ela insistiu, levantando a cabeça para ele.

Em resposta, ele beijou seus lábios levemente. Bertha não sabia se ele estava evitando a pergunta ou apenas queria beijá-la mais.

— E por que eu partiria? — ele indagou.

Bertha manteve o olhar nele e Eric a tocou, acariciando-a suavemente, admirando sua delicadeza, a beleza dos seus lábios arredondados, com as curvas muito sutis. Eric tinha a boca larga e muito bem desenhada, e via uma beleza especial em beijar aqueles lábios femininos. Ele podia devorá-los facilmente.

— Necessidade... — ela sugeriu.

Ele a beijou cuidadosamente. Foi deixando beijos em seus lábios e encontrando a posição perfeita. Acariciava sua boca com cuidado, deixando-a ceder no seu ritmo e esquecer que havia algo mais além do contato entre eles. Bertha levantou as mãos e segurou nos braços dele, sequer escutando algo mais além dos sons que emitiam.

Sua boca estava úmida contra a dele, deslizando facilmente. Eric abria caminho com a língua, acariciando-a sensualmente. Bertha sentiu arrepios subindo pelas suas costas e retribuiu; nunca fizera nada tão íntimo. Todo o seu corpo correspondia, sua pele estava sensível, seus pelos se arrepiavam. Ela sentia os seios inchando dentro do corpete e os mamilos retesados; a sensação tomava conta dela. Sentia vontade de apertar as coxas uma na outra e pressionar-se mais contra ele, como se seu corpo fosse lhe prover uma fuga.

Eric sequer a havia prendido atrás daquele tronco; não imprensara seu corpo ou a pressionava. Ele a seduzia habilmente, sem dar escapatória para ambos. Apoiou as mãos na árvore, porque devia estar apertando seu rosto e seu pescoço com muita força. Porém, acabou com as mãos em sua cintura, amarrotando a cambraia do vestido de passeio e sentindo a maciez sob o seu toque.

Ele queria apertá-la contra o seu corpo, sentir cada curva dela moldando-se a ele, descer as mãos do seu pescoço aos tornozelos e escandalizá-la com sua ereção e tudo que ele desejava fazer com as mãos e a boca, enquanto inspirava seu cheiro e marcava na mente cada pedaço dela. Com certeza seria um escândalo, especialmente se ele começasse ali, atrás daquele carvalho.

— Nós vamos passear mais vezes. — Ele afastou os lábios e tirou as mãos de cima dela. Teriam que escolher outro carvalho para testemunhar seus encontros, talvez um em sua propriedade.

— Seu conceito de passeio é tão indecente — ela sussurrou, corada pela excitação e pelo que se entregou com ele.

— É o mais apropriado para a nossa situação.

Ela balançou a cabeça, colocou a mão no bolso dele e olhou seu relógio; já estava fora há mais tempo do que pretendia.

— Você nunca pretendeu se despedir. — Ela saiu de trás da árvore e voltou pela grama.

— Sim, eu ia tentar me afastar de você e isso seria uma despedida para mim.

Bertha se abaixou, pegou o chapéu e bateu com a mão nele para limpá-lo.

— Você ia? — Ela se virou para ele.

— Desisti assim que você chegou. Não achei que viria. Eu tinha mais chances caso me deixasse esperando de novo.

— Nunca o deixei esperando.

— Tem me deixado esperando há mais de um mês, desde que comecei com a flores. Todas as vezes que fiz um convite, em que ofereci para me encontrar lá, eu fui ao local. Havia a remota chance de você aceitar. Como hoje.

Bertha piscou algumas vezes, sequer conseguia imaginá-lo esperando-a. Ele começou convidando-a para passear, pedindo que lhe cedesse um horário do seu dia, para ir buscá-la. Depois, ele passou a convidar para passeios em locais que ele estaria.

Como Bertha nunca lhe enviou uma resposta confirmando, achou que ele fazia qualquer outra coisa, menos ir ao encontro. Afinal, mesmo que ela pudesse passear, ainda não era adequado se envolvesse em passeios apenas com ele.

— Eu vim me desculpar. Fiz uma comparação injusta, coloquei seu caráter em dúvida. E por mais que eu não consiga convencê-lo a ter juízo, bom senso ou entender minhas preocupações, você nunca mereceu o que eu disse.

— Você não quis me dizer, mas sei que aquela foi uma noite extremamente difícil. Eu nunca busquei desculpas, eu só a queria comigo.

Bertha virou o rosto. Ela não gostava de se lembrar daquela noite nem queria falar sobre isso; ele parecia já ter entendido o que se passara. E ela não queria incentivá-lo à violência, mas o agradecia secretamente por ter dado um soco tão forte naquele homem.

— Foi difícil para todos nós, afinal, você quase acabou em um duelo. Fico feliz que tenha recusado.

— Eu não teria recusado se ele tivesse aceitado a arma que escolhi.

— Mas, pelo que ouvi, punhos dariam origem a uma briga, não um duelo.

— Uma briga entre duas pessoas não deixa de ser um duelo. E, de qualquer forma, com armas, eu poderia matá-lo. Se hesitasse, ele poderia me matar. Não queria isso em minha consciência. Com punhos, você controla até onde vai. Mas, depois que aperta o gatilho, não há como devolver a bala ao seu lugar, tampouco as consequências.

— Sabe, existe bastante juízo em você, por que é seletivo?

— Não é nada seletivo. Eu apenas não tenho juízo de forma alguma quando você é o assunto.

E nem ela. Em sua concepção, esse era o grande problema entre eles.

— Eu preciso ir. — Bertha virou-se e andou para o faetonte.

Eric seguiu-a e pegou sua mão, antes que ela tentasse subir por conta própria.

— Não vou cancelar as flores.

— Você disse que já havia cancelado!

— Assim como disse que tentaria me despedir. Não posso.

— Deixe-me ir — ela pediu.

— Não pode continuar a me encontrar em situações aleatórias, aproximar-se de mim e beijar-me novamente, cada vez indo mais longe na intimidade que me cede. E depois, partir e fingir que nada aconteceu.

Bertha virou-se para ele e franziu o cenho.

— E o que sugere que eu faça? — Ela se arrependeu da pergunta imediatamente. Pedir para ele sugerir algo era o mesmo que lhe implorar para ter ideias indecentes e perigosas. — Não...

— Precisa assumir o que temos, pois não o faz nem mesmo para você. E, por Deus, aceite os meus convites.

— Eu não posso ser vista em público com você!

Dessa vez, foi ele quem franziu o cenho para ela, mas um sorriso travesso foi nascendo em sua face e Bertha desconfiou que o resultado não seria mais fácil para ela.

— Está sugerindo manter nossos encontros em segredo?

— De forma alguma — ela negou rapidamente, balançando a cabeça.

— Sim, está. Você quer me ver, só não quer que saibam disso.

— Eu não posso permitir que saibam disso.

— Não me importa o que os outros sabem, desde que esteja comigo — ele respondeu, com pura inconsequência masculina.

— Não, Eric. Isso era uma despedida. Por isso eu vim.

— Pense em meus motivos para criar uma despedida como algo puramente dissimulado e com o único intuito de fazê-la vir.

— Eu estou atrasada. Não saí em circunstancias corretas, disse que ia passear.

— Comigo. Em minha carruagem, tenho uma não marcada.

— Você tem plena noção do que está me pedindo? — ela indagou, naquele tom de quem precisava verificar para saber se a pessoa entendia.

Porém, Eric estava perfeitamente a par de suas próprias intenções e necessidades. Assim como do que precisaria para acomodar as restrições dela e ainda assim continuar a vê-la.

— Sim, madame. — Ele chegou mais perto, segurando sua mão entre as suas e encarando-a bem. — Eu estou lhe pedindo para sair e dizer que estará fora por algumas horas. E entrar na carruagem de um homem solteiro, onde estará sozinha com ele. E este homem não tem qualquer boa intenção em relação ao tempo que passará em sua companhia. Fica bem explícito quando posto desta forma?

— Não vou ter um caso com você, sequer tenho tempo disponível.

— Tem sim. E já tem um caso comigo. Quantos cavalheiros beijou com tamanha entrega e atrás de uma árvore?

— Nenhum.

— Um. Eu. Foi muito prazeroso. Vamos repetir. Vou beijá-la tão bem que, ao final da temporada, já terá dito sim tantas vezes que eu saberei exatamente o tipo de anel que prefere.

Bertha ficou uns segundos apenas olhando para ele. Eric tinha a habilidade de roubar todas as suas palavras. Elas simplesmente não saíam. E, ao mesmo tempo, não conseguia parar de olhá-lo. Quando sua voz voltou, ela levantou a mão e tocou seu rosto. Eric se inclinou levemente na direção do toque dela.

— Você é um maldito devasso libertino, escondido no corpo do partido mais respeitável e perseguido da temporada — ela acusou.

Ele jogou a cabeça para trás e gargalhou.

— Eu não criei as expectativas sobre mim — ele respondeu.

— Ah, ele é um cavalheiro tão respeitável! Tão respeitador! Tão promissor! Tão fantástico! E, oh, Deus! Um herdeiro de primeira. Tão educado! E bem-criado! Gentil como nenhum outro! — ela exclamava, claramente imitando as pessoas, enquanto abria a portinha do faetonte para fugir dali.

Eric parou atrás dela e a segurou pela cintura, então disse:

— Eu posso ser perfeito para você, mas terá de levar meus dois lados. Porque sou tudo isso do que me acusou. — Ele a levantou e colocou no faetonte.

Para desespero de Bertha, Eric montou seu cavalo castanho e trotou atrás do veículo dela, acompanhando-a até em casa por conta própria, pois, se houvesse se oferecido para tal, ela negaria. Afinal, ele era mesmo um cavalheiro educado, jamais deixaria uma dama com quem se encontrou retornar para casa desacompanhada.

Quando chegou em casa, Bertha pulou rapidamente do faetonte e subiu os degraus, olhou por cima do ombro e o viu passando em frente à casa. Eric bateu com os dedos na aba do chapéu e continuou rua acima, com um sorriso no rosto.

— Onde esteve, mocinha? — perguntou a Sra. Birdy. — O Sr. Roberson disse que você resolveu sair em um passeio inesperado.

— Sim, eu precisava espairecer.

— E desacompanhada.

— Lydia faz muitas perguntas.

— Eu sei. Agora, ajude na busca. Nicole está aqui dentro em algum lugar, mas não conseguimos encontrá-la.

Bertha subiu as escadas rapidamente, imaginando que Caroline devia estar muito preocupada por não encontrar a filha. E Lydia saiu correndo de um dos quartos.

— Aquela diabinha só pode ter dormido, não é possível! Ela não tinha como sair.

Lydia continuou sua busca e Bertha correu para o quarto delas, último lugar que viu Nicole. Ela desconfiava de algo, pois já havia encontrado a menina adormecida em um baú de roupas. Ela foi até o closet, abriu e não a viu. Ajoelhou-se à frente dos vestidos de baile, afastou as saias do caminho e lá estava ela. Havia derrubado vários deles e acabou dormindo ali mesmo, numa cama de vestidos e coberta por uns seis xales.

— Ah, Nicole... sua diabretezinha. — Ela a puxou do meio dos vestidos e a pegou no colo.

Nicole acordou enquanto Bertha a puxava. A menina estava usando luvas de baile, que ficavam tão grandes nela que iam até seus ombros. Havia umas dez fitas amarradas em seu cabelo, pulseiras caindo de seus pulsos finos e xales enrolados nela. E ela vestira uma anágua para fingir que era um vestido e a peça estava presa por baixo de seus braços e, ainda assim, ficava muito comprida.

Ela tinha completado seis anos há cerca de três meses, mas ainda era pequena. Em sua idade, Lydia era mais alta do que ela, assim como Aaron. Talvez isso significasse que ela seria mais parecida com a mãe em termos de altura. Ela tinha várias outras características físicas que lembravam mais Caroline; era como uma miniatura sua.

— Você voltou — ela disse, sonolenta.

Bertha ficou de pé e a carregou para fora.

— Eu achei! — ela gritou no corredor.

Em segundos, o corredor se encheu de gente. Caroline passou rapidamente, com uma grande expressão de alívio, e esticou os braços para pegar a filha.

— Eu não acredito que você dormiu dentro do armário! — disse Aaron, danado da vida. Ele tinha revirado todos os lugares em que eles brincavam e já começava a ficar com medo. — Estou de mal até amanhã! — ele declarou, com bastante drama, e foi pisando duro para o seu quarto.

— Foi sem querer... — Nicole murmurou para os pais. — Eu estava brincando nas roupas, eu gosto delas, são bonitas.

— Eu não posso acreditar. Já basta o dia do baú. Eu ficava de castigo por muito menos — Lydia reclamou e entrou no quarto para arrumar os vestidos que a irmã derrubou.

— Tudo bem, mas você tem que parar com isso. Se sentir sono, deite em um lugar à vista. E não vai poder brincar nas roupas, as meninas precisam usá-las — disse Caroline.

Henrik estava com uma expressão divertida enquanto pegava Nicole no colo, para que Caroline soltasse os seis xales que estavam amarrados nela. A Sra. Birdy estava ao lado, puxando as luvas cuidadosamente. O Sr. Roberson desceu, para avisar aos outros empregados que podiam voltar aos seus afazeres e parar de procurar a menina. Bertha sorriu, observando toda a atividade no corredor. Era só mais um dia normal na casa dos Preston.

## CAPÍTULO 17

Josiah Northon, conde de Sheffield, estava na cidade para cumprir seus compromissos e ver o que seu neto andava fazendo na temporada e como sua bisneta estava passando. Ele já atendera vários compromissos e passara um tempo com Sophia. Porém, estava difícil conseguir um horário na agenda de Eric. E Josiah sabia perfeitamente que Eric preferia esquivar-se de sua presença. Especialmente se não tivesse uma noiva em vista.

Eric o enrolava há anos, só estava ficando mais velho e sem perspectiva de começar a colocar herdeiros no mundo. E Josiah não conseguia esquecer que só tinha dois descendentes vivos e um deles não podia herdar o título nem Sheffield.

— Já está saindo novamente? Vi a pilha de convites, você deve causar uma impressão e tanto se aquilo é só a correspondência dessa semana — disse Josiah, assim que viu Eric aparecer na sala.

Ele se sentia um velho ridículo por ter rondado pelo primeiro andar para conseguir pegar o neto em casa. Eric estava trajado para um evento social, mas não usava o traje formal de baile. Seu cabelo claro estava penteado e seu rosto, recém-barbeado; parecia que demoraria.

— Ah, o senhor está na cidade. Achei que só chegaria na próxima semana. — Não dava para dizer que ele estava exatamente contente em ver o avô, porém apreciava o fato de ele estar vivo.

— Alguns assuntos me adiantaram.

Se não houvesse Sophia, a causa para Eric morar na casa da família, ele veria ainda menos o neto. Teria de ir encurralá-lo na porta do seu apartamento de solteiro.

— E como estão seus assuntos? — perguntou o avô, querendo saber de uma maneira geral, para ver o que conseguia.

Eric, por outro lado, já estava muito bem treinado em lidar com ele.

— Estou perseguindo uma dama para ser minha noiva. Eu o avisarei se ela aceitar. Minha propriedade está lucrando, meus papéis também. Sophia está em boa saúde, como deve ter visto. — E isso era até onde ele ia em seus assuntos pessoais. Afinal, o avô lembrá-lo de que tinha que engravidar uma esposa já era desconfortável o suficiente para ele.

— Eu vou conhecer essa dama fantástica antes de você ficar de joelhos? — indagou o avô, interessado em saber o que Eric pretendia arranjar para ser sua viscondessa e futura condessa. Seu pai já havia fracassado terrivelmente.

— Não. — Eric meneou a cabeça. — Eu preciso ir, não gosto de me atrasar.

Ele saiu antes que seu avô insistisse; não ia se colocar na posição de ser questionado para saber se estava escolhendo a jovem certa. Depois do fracasso do seu pai, o conde de Sheffield ficou desesperado e temia que Eric acabasse com uma opção similar. Eric, apesar dos ressentimentos e da mágoa, não odiava a mãe. Depois de adulto, ele aprendeu a enxergar um pouco o lado dela, entendeu os erros e os acertos. E sim, o casamento foi um erro, porém possibilitou que ele e a irmã nascessem.

No fim, todos conseguiram o que queriam. Sua mãe queria se casar para ficar livre dos pais. Ela conseguiu. Seu pai queria a sua mãe e um herdeiro. Ele conseguiu. Seu avô queria um herdeiro. Ele conseguiu. Pronto. Assunto encerrado.

Eric, por outro lado, queria sua vida. Nenhuma dessas pessoas ia influenciar no que aconteceria no seu futuro. Não mais do que ele aceitar o fato de que precisava de uma esposa. Ele também queria se livrar do seu avô. E da obrigação. E da constante interferência. E queria uma mãe para Sophia.

Agora, ele havia se apaixonado por uma mulher real, não uma idealização do que precisava e do que queriam para ele. Ou de alguém que teria um título e produziria um herdeiro legítimo. Ou até mesmo a fantasia que Sophia tinha sobre ter uma mãe. Bertha era real, todas as necessidades, deveres, idealizações e fantasias teriam de se adaptar a ela e não o contrário.

Quando chegou ao sarau ao qual não queria ir, Eric atravessou a grande sala de música dos Jennings, escolhendo não passar pelo meio. Havia moças demais, pelo menos cinco delas na fila no piano. Alguém estava tocando harpa e havia o som de flautas vindo de perto do piano, onde um grupo de mocinhas se reuniu. Lorde Greenwood estava perto da janela, com várias damas à sua volta, admirando-o tocar um violino.

Greenwood não era tão participativo, era seletivo nos eventos em que comparecia e muitas vezes escolhia a partir das companhias que teria lá. Porém, nessa temporada, ele havia aumentado consideravelmente suas idas e interações. E, por isso, já estavam dizendo que devia estar em necessidade de uma noiva.

Eric viu seu real motivo para comparecer parado no canto oposto à área do piano. Exatamente onde havia menos convidados. Bertha estava lá, apreciando a música enquanto Lydia tentava fugir de ter que tocar. Mas ela sabia que ele a observava, pois desviou o olhar em sua direção. E Eric pendeu a cabeça, sorrindo levemente.

Era tolo ter de fazer tudo isso para vê-la. E de longe. Mas as pessoas se apaixonavam de formas tão misteriosas. Eric aproveitaria qualquer oportunidade que tivesse só para estar no mesmo lugar que ela. Participar das mesmas atividades era uma forma de interagir. Não era nada fácil conseguir oportunidades para tocá-la. Mas ele diria que estava no lado sortudo, já que a perspectiva normalmente era chegar à parte dos toques somente após os juramentos numa igreja.

Não que ele e seus amigos não procurassem oportunidades antes de fazer os tais juramentos.

Ele ficou esperando que ela mexesse o leque que estava preso em seu pulso, mas Bertha colocou as mãos atrás das costas e continuou recostada. Ele desceu o olhar por ela, admirando sua figura no vestido claro. Ao contrário de seus trajes de baile, seu decote era modesto. Até seu penteado era simples. Ela parecia disposta à completa discrição. E, antes que desse um passo, Bertha estreitou o olhar, dizendo-lhe silenciosamente para ficar bem ali. Porém, Eric precisava marcar um encontro com ela, antes que fosse obrigado a participar de algum evento bem pior.

— Lorde Bourne sabe tocar violoncelo — delatou Deeds. — Eu não tenho muito talento para instrumentos com cordas — ele terminou, esquivando-se da tarefa.

Eric estacou ao notar que todos do grupo viraram-se para ele e mantiveram o olhar com expectativa de que ele fosse se juntar aos outros para ajudar no entretenimento.

— Venha participar, Lorde Bourne, deixe-nos extasiados com seu talento. Não conheço muitas pessoas que tocam esse instrumento. — Sua anfitriã tinha aquele sorriso de quem sabia que seria atendida.

Eric queria saber por que os Jennings tinham todos os tipos de instrumentos musicais espalhados na sala de música. Será que estavam entretendo os membros da orquestra do teatro real? Um simples piano, uma harpa e uma flauta perdida não eram suficientes?

— Será um prazer entretê-la, madame. — Pelo sorriso que ele exibiu, ninguém poderia dizer que não estava extasiado em mostrar seus talentos.

Bertha deixou o canto em que estava e se aproximou para assistir, pronta para vê-lo "extasiar" a todos. Ela estava com aquela expressão de divertimento, de quem sabia que ele não tinha como fugir. Na roda de instrumentos, Greenwood tinha a mesma expressão de fingido entusiasmo enquanto segurava o violino.

Eric viu a diversão de Bertha, mas sentou-se e aceitou o violoncelo. Ele queria dar um jeito de tirá-la de sua confortável posição de observadora e obrigá-la a ir sentar-se no piano ou na harpa, o que lhe fosse mais confortável. Mas como levantaria no meio da sala de música e a acusaria? No momento, ele queria ser discreto, para garantir que ela iria encontrá-lo.

Lydia, por outro lado, tinha toda liberdade de ser uma convidada, não ter seu nome envolvido em fofocas e a impunidade que ser filha do marquês de Bridington — aquele Lorde travesso — lhe dava. E também havia o fato de que, quando o assunto não era amoroso, ela não era tímida.

— Dê-me espaço, Richards. — Lydia quase derrubou uma das garotas Richards ao se livrar dela e sentar-se ao piano. — Mudei de ideia.

Haviam-na convidado para tocar e ela quase saiu correndo só para não ter que passar por isso. Então, Greenwood e Bourne acabaram naquela situação, com tantas mocinhas em volta deles, quase desmaiando no meio da roda, antes mesmo de eles tocarem os acordes iniciais. Nem morta que Lydia deixaria uma das garotas Richards começar alguma canção romântica e melancólica. Ambos iriam agradecê-la mais tarde.

Ela deu o tom, com a mão batendo forte demais nas teclas, e começou a tocar a *Sonatina*, de Stephen Storage, da peça The Siege of Belgrave. A peça era mais velha do que ela e boa parte dos convidados, que tinham por volta de vinte e cinco anos, mas foi famosa demais e um sucesso do teatro Drury Lane. Os Preston não eram famosos por obrigar suas crianças a estudar só músicas clássicas. E Lydia era impossível.

Os rapazes a acompanharam. A música era animada, mas não exagerada; era alegre. Porém, a moça na harpa ficou perdida, pois não era uma música para esse instrumento.

As damas mais velhas franziram o nariz para a pianista e depois para os rapazes, que entraram no ritmo e, em conluio, aceleraram e melodia e a obrigaram a acompanhá-los. As moças ameaçavam desmaiar, extasiadas com tanta beleza e tamanho talento. Eram belos lordes em instrumentos elegantes, sob a bonita luz de um raro dia claro em Londres. Jovenzinhas de coração sensível não tinham estrutura para esse tipo de exibição.

Quando Bertha viu que Lydia estava ao piano, divertindo-se demais, rumou para lá e afastou uma das garotas Richards que ainda estava chocada. Sorte que a música era curta e, assim que terminou, o êxtase das moças suplantou a travessura de Lydia. Ao menos, temporariamente.

— Fantástico! — disse Bertha, fazendo o que ela fazia de melhor, livrando a melhor amiga. — A marquesa ficaria tão orgulhosa se a visse tocar um soneto dessa ópera tão famosa. Stephen Storace foi um gênio. Uma pena que tenha falecido pouco tempo depois dessa obra-prima estrear. Alguns são da opinião de que foi seu melhor trabalho. Seria um sonho vê-la em cartaz novamente.

Bertha sabia muito bem o que estava fazendo, pois muitos dos convidados não faziam ideia do que a Srta. Preston esteve tocando. Então, a Srta. Gale entrava e demonstrava tamanho conhecimento sobre a questão. Era melhor todos sorrirem e fingirem que também sabiam que era daquela famosa ópera do inesquecível Stephen Storace.

Enquanto isso, os rapazes escaparam dos instrumentos e Bertha levou Lydia do piano, deixando uma das garotas Richards tomar seu lugar e tocar um minueto entediante.

— A senhorita tem um raro talento — disse Greenwood, e Lydia levantou a sobrancelha, pensando em como agradeceria o elogio. — Para diabruras — ele completou.

Lydia estreitou o olhar para ele, que se afastou, divertindo-se.

— Pois eu acho que ele deveria me agradecer. Se não fosse por mim, ainda estaria lá tocando algo romântico, longo e chato. E com todas aquelas damas quase caindo em cima dele.

— Ele é um bom músico — comentou Bertha, só para provocar.

Lorde Bourne apareceu junto a elas, e Lydia cruzou os braços.

— Eu sabia que o Diabo Loiro não ia demorar a aparecer. — Lydia virou o rosto, com pouco caso.

— Você gosta de mim, não tente negar. Foi uma performance e tanto — ele cumprimentou.

— Foi muito curta — declarou Lydia.

— Esse não era o intento?

Ela apenas lhe lançou um olhar de lado.

— Venha, Lorde Bourne, deixe-nos extasiados com seu talento. — Bertha imitou perfeitamente a voz da anfitriã.

Eric estreitou o olhar. Se ela não queria que ele complicasse sua aparição, também tinha de colaborar.

— Oh, madame. — Ela fez uma voz pomposa, imitando e estufando o peito. — Será um prazer extasiá-la. — Bertha arrematou com um exagerado revirar de olhos.

— Eu posso assegurá-la de que não extasio damas por diversão.

Bertha lhe lançou um olhar desconfiado e malicioso.

— E pelo que faria?

— No momento, por um objetivo claro. Eu lhe asseguro que damas extasiadas param de fugir. — Ele era puro duplo sentido.

— Vocês poderiam, por favor, esperar que eu saia antes de começarem a se alfinetar intimamente? — Lydia revirou os olhos.

— Não estou fazendo nada disso — negou Bertha. — Vamos, depois de uma apresentação tão instigante, você precisa se refrescar.

Lydia não imaginava por que precisava se refrescar. Geralmente, Bertha dizia isso quando elas precisavam sair discretamente e ficar longe de confusão.

— A senhorita ainda me deve uma dança. — Bourne pegou sua mão, impedindo-a de ir.

Antes que ela sequer olhasse para baixo, ele a soltou, tão rápido quanto havia cometido aquele ato impensado, bem ali na sala de música dos Jennings. Eric fez uma leve mesura antes de se afastar e Bertha acompanhou Lydia para se sentarem e aceitarem um pouco de chá. Ela finalmente abriu a mão e olhou o bilhete que ele havia deixado.

Não ia abri-lo ali. Também não podia tomar o chá com uma mão ocupada, então teve de fazer um malabarismo, fingindo que estava levando a mão ao pescoço por um momento, para conseguir empurrar o bilhete para dentro do decote. E passou o resto da tarde apoiando a mão sobre o colo vez ou outra, temendo que alguém notasse um papel entre seus seios.

Ao contrário do ensolarado dia do sarau, o céu estava cinzento, acompanhado de vento frio. Bertha dera uma desculpa para sair sozinha mais uma vez e escapuliu antes que pudessem detê-la. Ela seguiu pela rua, debatendo-se o tempo todo. Estava cometendo um erro, deixando-se levar por aquela paixão inexplicável. Não era o seu natural participar de algo assim, era uma moça de bom senso. E, ainda por cima, era tímida. Como foi acabar em uma situação tão ousada?

Só de pensar em tudo que já fizera desde que chegara a Londres, ela queria esconder-se embaixo de sua cama. E, no entanto, continuava o seu caminho. Era pior do que os escândalos que ouvia falar. Sempre fez pouco dessas histórias, certa de que jamais se envolveria em algo assim.

Um jogo de sedução. Veja só. Bertha Gale envolvida em tamanho disparate. Meses atrás, ela riria, como se fosse uma história impossível. Agora, apenas afundava mais nela; a cada passo que dava, ficava mais difícil de sair. Ela parou, sentindo o vento empurrar os fios soltos do penteado para cima do seu rosto. A saia leve do vestido de passeio voava contra suas pernas, como se sequer houvesse a chemise por baixo.

Ela apertou as alças de sua retícula com tanta força que a pequena bolsa parecia correr risco de sair voando. Seus olhos se fecharam e ela sentia apenas o vento em sua pele e as cócegas que as pequenas mechas de cabelo faziam em sua face. Seu coração batia muito rápido, mas Bertha não podia calá-lo. E não conseguia pensar em voltar para sua vida no campo e deixar tudo para trás. Seriam meses de volta a Devon, entre Bright Hall e sua casa. Vivendo sem memórias.

E como sempre imaginou que faria. Sem erros.

O problema era que ela já cometera erros demais para voltar atrás.

Era mentira e Bertha sabia. Podia se virar agora e voltar correndo. Depois, fugiria para casa. E ficaria lá. Então, voltaria apenas no próximo ano, pois Lydia certamente precisaria de mais uma temporada para começar a pensar em se envolver com algum cavalheiro. Ela seria sua fiel acompanhante por quantas temporadas a amiga precisasse. Ou mesmo se não fosse necessária em Londres.

Até lá, Eric teria encontrado uma dama qualquer para ser sua viscondessa e futura condessa. Alguém que seria perfeita para ingressar em sua família, estaria de acordo com o que todos esperavam dele e seria prontamente aceita pela sociedade. Seu comportamento seria irrepreensível e tedioso, mas ela lhe daria vários bebês gordinhos. Certamente a maldita mulher seria tão perfeita que engravidaria de um herdeiro no primeiro mês de casamento. Bertha já a odiava.

E se odiava.

E o odiava.

E odiava o que sentia por ele.

Não ia acreditar nele. Tampouco ia esquecê-lo. Quando partisse, teria de deixar Eric em uma distante memória daqueles estranhos meses que passou em Londres.

Ela abriu os olhos e chegou à temida conclusão de que era incapaz de esquecê-lo, pois era exatamente o que tentava fazer desde o dia em que o conheceu. No começo, por uma transgressão que ele flagrou e participou. Depois, por reações conflitantes. E logo seus sentimentos tornaram-se puro conflito.

Não podia aceitar que estava apaixonada e a ponto de mergulhar no que sentia. Ela chegou a Londres sem sequer saber como uma mulher conseguia se apaixonar. Ou sentir atração. Ela não sentira nada disso até pôr os pés em Londres. Por dezenove anos de vida, ela não soube o que era aquele sentimento incontrolável que a dominava agora.

Seus olhos tornaram a se fechar e ela escutou o som da carruagem parando ao seu lado. A portinha abriu e ela teve um segundo para tomar uma decisão. Virou-se, aceitou a mão e entrou no veículo. Quando se sentou, sabia perfeitamente o que diria.

— Eu nunca mais farei isso, Eric — ela declarou.

— Eu sabia que diria isso — ele devolveu, observando-a do banco em frente. — Creio que já a desvendei o suficiente para saber que não entraria aqui e perguntaria como está o meu dia.

— Para onde estamos indo?

— Eu disse no bilhete. Um lugar especial.

— E onde fica?

— Confia em mim?

— Não. Não de todas as formas. Sim, de certa forma.

Ele apenas franziu o cenho.

— Não posso confiar em alguém que nubla minha capacidade de formar frases com sentido perfeito e priva minha mente de trabalhar com toda a sua capacidade lógica — ela explicou.

— Sabe, alguns diriam que damas não foram feitas para ocuparem suas mentes com pensamentos lógicos. Eu, por outro lado, acho fantástico. Tanto a sua capacidade lógica quanto a minha habilidade de estragar toda a sua lógica.

— Estou começando a mudar de ideia. — Ela tornou a virar o rosto.

— De acordo com nossas conversas e os comentários da Srta. Preston, cheguei a uma conclusão. É boa com números, não é? Deve ser fantástica fazendo contas e planos matemáticos.

— A Srta. Jepson sempre me elogiou. — Ela empinou o nariz.

— Essa é a preceptora?

— Sim.

— Eu preciso de alguém melhor do que eu em matemática.

— Para quê?

— Resolver minha vida.

— Não seja bobo, Eric. — Ela se recostou e balançou a cabeça, finalmente soltando seu aperto na retícula.

— Estou sendo muito sincero. Mesmo com secretários, advogados e administradores, um cavalheiro que se preze tem de saber os números de seus livros.

— Por que está me contando isso?

— Confio em você e admiro sua mente lógica. E tenho certeza de que é melhor com números do que eu. Tenho algo para lhe confessar: não sou bom com números. Minhas contas, livros e investimentos são regidos por terceiros. Eu sei o que estou fazendo e confio nas pessoas com quem trabalho há anos, porém alguém com mais conhecimento do que eu conseguiria esconder certos desvios. E não posso correr esse risco.

— Suas centenas de pretendentes sabem disso?

— Tenho certeza de que sabe tão bem quanto eu que elas não se importariam mesmo se eu dissesse que não sei escrever meu próprio nome e tenho um secretário só para assinar meus papéis. No entanto, sou surpreendentemente bom com tudo que não envolve números.

— Eu já tenho uma espécie de emprego. Ser uma acompanhante é algo muito sério e cansativo. Demanda muito de toda a minha habilidade para resolver situações complexas.

— Essa habilidade também resolveria minha vida — ele apontou, levantando as sobrancelhas.

— Apesar de eu saber que você não vale nada, em situações sociais, é um perfeito cavalheiro, não precisa da minha ajuda.

— Não é exatamente a sua ajuda que eu desejo, mas vou deixar esse ponto para depois. Vamos voltar à matemática.

Bertha fixou o olhar nele e fechou o semblante, disposta a dificultar sua vida ao invés de resolvê-la.

— Eu cobraria uma fortuna para olhar os seus livros.

— Eu pagaria... se pudesse lhe fazer companhia no trabalho.

— Não, não poderia.

— Então terei de fazer o caminho mais difícil.

— E qual seria?

— Conquistá-la.

— Pelos seus livros?

— Não, por mim. Os livros viriam depois. Quando passasse a se importar comigo, ficaria com pena da minha incontestável dificuldade com números e resolveria me ajudar. Você tem de ver, é sofrível quando sento para inspecioná-los. Uma pessoa como você levaria um dia, talvez. Eu levo uma semana, pois refaço tudo umas quatro vezes.

— Para meu desespero, eu me importo com você. Como acha que terminei sozinha com você e em uma carruagem que sequer sei para onde está indo? — Ela pausou e balançou a cabeça. — Eu o ajudaria...

Eric abriu um enorme sorriso, daqueles que são brilhantes e repletos de felicidade. Ele já tinha esquecido os livros, gostava de ouvi-la confessar que se importava.

— Você é um risco. — Ela desviou o olhar daquele sorriso brilhante, antes que a contagiasse.

— Mas você não me chama mais de Bourne quando está sozinha comigo — ele lembrou, exemplificando uma das vitórias dos riscos que correu com ela.

Bertha virou o rosto para ele e levantou a sobrancelha.

— Bourne — ela disse baixo.

— Espero que aprecie esse nome. — Ele tinha em mente o fato de que ela precisaria aceitar ser chamada de Lady Bourne por um tempo, mas não achava que ela havia notado suas intenções.

— É um tanto curto, você não acha? Não é dramático como Blackwood ou Havenford ou Betancourt... — Ela levantou o olhar para ele, provocando-o.

— E a senhorita está interessada nesses cavalheiros?

Bertha deu uma leve risada, divertindo-se com a expressão dele.

— Eu sequer conheço o duque de Betancourt... Ele não é um homem velho?

— E Lorde Havenford? — Eric franziu o cenho, lembrando do jovem conde, belo e distante e que pouco vinha a Londres. Mas era solteiro.

— O conde recluso? Estou imersa em problemas com um visconde sociável, imagine um conde que prefere ficar em seu castelo frio — ela brincou.

Eric se recostou, cruzou os braços e ficou de cenho franzido.

— Sheffield é dramático... — Ela abriu um leve sorriso. — E Bourne é atípico e interessante.

— A senhorita não vai conseguir consertar isso com palavras.

— Eu o estava provocando! Você vive a me provocar.

— Porém, ofereço beijos como desculpa. Você apenas não os aceita.

Ela ficou olhando-o. Talvez nem notasse que seu olhar era divertido e malicioso, de acordo com os seus pensamentos. Eric espelhava o mesmo olhar, mas seus pensamentos iam um pouco além. Ele tinha planos para aquela manhã, tinha de aproveitar cada minuto que podia passar com ela.

Quando chegaram, ele saiu antes para ajudá-la a descer. Tinha mantido as janelas fechadas, para lhe fazer surpresa e manter o interior do veículo quente. Porém, quando chegaram, o tempo ali estava melhor do que em Londres e o sol, muito tímido, conseguia iluminar o campo.

— Você me trouxe para Richmond! — ela exclamou, ainda descendo o degrau da carruagem e segurando a mão que ele lhe oferecia.

— Sim. Para sentir um pouco do campo. E porque é especial.

Bertha respirou fundo. O ar ali era tão mais limpo e perfumado. E o clima matinal era agradável.

— Especial? — Ela se lembrava de um acontecimento que tornava o local especial, mas não achava que ele também consideraria isso.

Eric tirou a cesta de dentro da carruagem. Bertha havia mesmo pensado o que podia haver ali, porém era comum que as pessoas tivessem cestas em seus veículos fechados, para carregar todo tipo de coisa.

— Você tomou o seu desjejum?

— Esse passeio começou cedo demais para isso.

— Ótimo! — Ele abriu um sorriso.

Ao invés de oferecer-lhe o braço, Eric deu-lhe a mão e seguiu por um caminho que ela se lembrava da caça ao tesouro ali no parque. Ela estava sem seu guarda-sol, mas não se preocupava com isso. O chapéu lhe bastava. Ao menos ali, tinha certeza de que nenhum conhecido apareceria para importuná-los. Ou para lembrá-la de sua inadequação. E de como não deveria estar ali. E sozinha com ele.

Era muito longe e muito demorado para um passeio com um homem solteiro. E Bertha achava que estava assinando sua declaração de que estava em um envolvimento ilícito com Eric.

— Você me trouxe para um piquenique e não me informou? — Ela franziu o cenho quando ele parou e tirou a toalha dobrada no topo da cesta. — Acho que não estou vestida para isso. — Ela não pôde conter um leve sorriso.

— Você não viria se eu contasse o plano. Muito menos se dissesse que era para tomar o *brunch* comigo. — Ele se ajoelhou sobre a toalha e lhe ofereceu a mão para ela sentar-se.

Quando ele começou a tirar as guloseimas da cesta, ela ficou com um sorriso no rosto. Ele estava lhe fazendo lembrar de casa e dos piqueniques que ela participou em Bright Hall, desde a infância. Os Preston não eram do tipo que levavam uma comitiva de criados para o piquenique, não achavam que fosse esse o objetivo do programa.

Se iam levar metade dos criados para servi-los num piquenique, então para que iriam? Eles iam sozinhos com as crianças, no máximo na companhia da Srta. Jepson, e serviam o que traziam sobre a toalha e divertiam-se com os filhos. Eles faziam isso até hoje. E ela sentia saudade, não sabia por quanto tempo ainda participaria. Lydia se casaria, ela provavelmente iria embora também, para se casar ou acompanhá-la, e sobrariam apenas as memórias queridas daqueles dias.

Eric — sem saber — estava lhe trazendo aqueles dias. Eles não precisavam estar sozinhos, na verdade, ele podia ter armado um grande piquenique, com ao menos dois criados os servindo, para impressioná-la. Era isso que cavalheiros costumavam fazer quando chamavam damas para esse tipo de passeio.

Ou ele não sabia disso ou realmente não constava em seus planos.

E quem armou a cesta sabia o que estava fazendo e entendia o conceito de que aquela comida seria servida no mínimo duas horas depois de colocada na cesta.

— Você armou a cesta também?

— Você quer a resposta para impressioná-la ou a dura verdade de que eu não tenho esse tipo de conhecimento? Minha governanta disse que armar uma cesta de piquenique para chegar fresca e bem provida de acordo com a ocasião é uma arte. Pelo jeito, não sou muito artístico.

— Você toca o violoncelo como um verdadeiro artista.

— O violino também, obrigado. Ao menos nisso posso impressioná-la.

— Da próxima vez, pode trazê-lo para me impressionar.

Eric parou no meio do ato de colocar um prato com finas fatias de frango de um lado e pão de mel do outro. Ele levantou o olhar e o cravou nela.

— Vai passear comigo de novo, Bertha?

Foi tão natural que só então ela se deu conta do que havia dito. Engoliu a saliva e se inclinou, tirando algo da cesta para ajudá-lo; eram pequenos bolos doces.

— Não posso desaparecer por toda a manhã, não terei o que dizer. — Ela estava indiretamente respondendo à pergunta dele.

— Pode ser à tarde.

— Um passeio ao ar livre leva em torno de uma hora, descontando o tempo de percurso até o local desejado.

— Uma hora é pouco para passarmos juntos. Nunca ficamos sozinhos.

— Esse é exatamente o intuito de formar pares na temporada: não deixar moças sozinhas com cavalheiros. Aliás, é o meu trabalho. Ainda mais cavalheiros como você.

— Perfeitos? — ele sugeriu com um sorriso.

— Sedutores! — ela corrigiu, como uma acusação.

— E solteiro, lembre-se dessa qualidade temporária. — Eric não perdia a oportunidade.

Ele lhe ofereceu um prato com pequenos pães compridos e salgados. A desvantagem dos piqueniques sem apoio de lacaios era que não havia alguém para servir ou até aquecer bebidas. Eles teriam limonada para aquela manhã.

— Por favor, coma. O Sr. Carson, o chef da minha casa, é fantástico em itens de confeitaria.

Ela aceitou. Eram pães fantásticos, e acabou comendo os dois.

— Sophia gosta deles com patê. Eu também trouxe pães doces, que ela gosta com geleia de maçã. O Sr. Carson criou uma torta de maçã com o seu nome, ela adora, se pudesse a comeria todos os dias.

Bertha já havia notado que ele sempre lhe contava os detalhes da sua vida e da casa, adicionando o nome e a colocação das pessoas. Ela não sabia se era porque ele realmente se importava ou se era sua forma de humanizar e aproximá-la dessas pessoas e de sua vida. A constatação a perturbava, não sabia o que fazer com a segunda opção. E depois, como esqueceria todos esses pequenos detalhes sobre ele?

Eric passou o *brunch* ao ar livre sentado bem ao lado dela e dividindo-se entre comer e ser um ótimo anfitrião, ao servi-la e garantir que experimentasse tudo que ele trouxe.

— O Sr. Carson é italiano? — ela indagou, quando estavam terminando, comendo exatamente um pedaço da torta de maçã Sophia. Não era uma simples torta, havia ingredientes secretos e um creme delicioso por baixo da massa delicada, que lhe dava um gosto especial.

— É escocês, na verdade, a mãe é espanhola. Ele deve ser o único chef escocês, filho de uma espanhola e com talentos franceses, italianos e afins. Ele também cozinha maravilhosos pratos típicos da Escócia e da Espanha. E vive reclamando quando meu avô quer uma refeição puramente inglesa. Segundo ele, não existe puramente inglês, tudo que meu avô pede não veio daqui. Só está aqui há tempo suficiente para ser deturpado. — Ele sorriu.

— Você tem pessoas interessantes na sua casa.

— Você precisa conhecê-las. Meu valete é francês, filho do meu mordomo. Os lacaios que contratei eram artistas de circo na infância, meu avô não sabe disso. É conservador demais para ser servido por um ex-equilibrista. — Ele sorriu, ao arrancar uma risada dela. — Tenho certeza de que nunca derrubarão nada.

— Acho que você gostaria de todos em Bright Hall e na vila.

Eric notou que ela disse "vila" e não sua casa, pois ainda não cogitava a possibilidade de ele ir até lá. Ele entendia que ela vivia em dois lugares, porém também sabia que, depois de convencer o marquês das suas intenções, precisava se apresentar aos pais dela. E como eles estavam no campo, bem longe, Bertha sabia que isso não aconteceria por acaso.

— Eu adoraria conhecê-los. Talvez na pós-temporada, não moro longe de Bright Hall.

— Eric... — Ela virou o rosto para ele e murmurou.

— Não tente nos confinar a Londres — ele pediu. — Nosso tempo aqui está acabando e eu não me importo de deixar a cidade, mas certamente não serei impedido pela distância.

— Não será a distância, Eric...

Ele a beijou, tocou seu rosto e tornou a beijá-la.

— Se não for a distância física, será a distância que seus sentimentos estiverem dos meus — ele disse baixo, encarando-a muito de perto.

Bertha apoiou a mão sobre o peito dele e baixou o olhar para onde tocava.

— Tampouco será a distância dos meus sentimentos — ela sussurrou.

Eric inclinou o rosto dela e tornou a beijá-la, demorando mais dessa vez. Apreciando seus lábios, aproveitando cada segundo que tinha para acariciá-la, antes que aquele refúgio à beira do lago fosse perturbado e eles não tivessem mais o raro momento de privacidade.

— Então pare de duvidar dos meus sentimentos. Você não acredita em mim. Ou na maior parte das minhas palavras. Estou tentando com gestos, Bertha. Talvez assim, o som da minha voz consiga alcançá-la.

— Eu escuto cada palavra que você diz, Eric. Não estaria aqui se não escutasse. — Ela levantou a mão e tocou seu rosto com as pontas dos dedos.

Eric fechou os olhos, apreciando o toque dela. Porém, isso era tão pouco. Ele precisava de mais tempo com ela. E mais privacidade, assim como intimidade. Ele a queria tanto, que, a cada pouco que recebia, sua ansiedade crescia, pois ele via o tempo passando e temia o afastamento. Eles iam se quebrar, ele podia sentir que estavam presos por uma fina luva como aquela que Bertha usava. Ele se agarrava a ela, mas era delicada demais. Assim era sua ligação. Ela rasgaria nas pontas e nem a fita de seda que prendia a renda ao seu pulso conseguiria evitar.

Ele passou o braço em volta dela como um instinto, como se assim pudesse segurar além da renda, como a faria esquecer absolutamente tudo e todos e seu passado e as lições que a história deu sobre casos como o deles. E assim, ela acreditaria apenas nele. Eric podia não ser um rei para irritar e enfrentar qualquer um, mas ele lhe bastava. Ele podia protegê-la se ela não escapasse dos seus braços, e se aquela renda nunca se rasgasse e se tornasse o mais fino veludo, como uma luva de inverno.

— Eu preciso que ainda me escute quando essa temporada acabar. Pois nem eu posso afirmar até onde iria buscá-la.

— Assim como não posso afirmar sobre a extensão da minha sanidade no momento. — Ela também o abraçou e encostou a lateral do rosto contra ele. — Ou eu não estaria abraçada a você num parque.

— Esse sempre será o parque onde a beijei pela primeira vez e soube que não poderia desistir.

— Esse terá de ser um dos nossos segredos. — Bertha pendeu a cabeça e o olhou, como se isso fosse uma novidade para ele.

Por seu lado, Eric gostava de eles terem segredos, oficialmente. Qual casal não tinha segredos que apenas eles conheciam? Isso era um dos requisitos para uma relação, segredos íntimos, guardados a sete chaves, para lembrar em momentos particulares.

— Vamos, precisamos passear por todo o caminho de volta. — Bertha tornou a colocar seu chapéu e amarrá-lo.

Dessa vez, ele carregou a cesta na mão direita e ela passou o braço pelo dele, andando junto ao seu lado esquerdo, tão perto que a saia do seu vestido era empurrada contra a perna dele. O caminho que seguiram foi pelo meio do parque, cortando pela estreita passagem entre os grandes arbustos floridos, as duas lagoas, depois os jardins cercados, até estarem sob a sombra das árvores e então em campo aberto.

Eles andavam devagar, para esticarem o tempo que tinham e não terem de se separar, apreciando a paisagem matinal do parque e avistando alguns cervos ao longe.

Eric deu a cesta ao cavalariço — havia também um lacaio atendendo a carruagem — e os deixou para se servirem de toda a comida intocada.

— Por que você concordou tão rápido em voltar? — Ela o olhou de forma desconfiada.

— Por motivos óbvios. — Ele abriu a portinha e lhe deu a mão para ela entrar.

Assim que Bertha entrou, Eric sentou ao lado dela e a olhou.

— Privacidade — ele explicou, ao abraçá-la.

Bertha balançou a cabeça para ele, mas sorriu quando ele a puxou para junto do seu corpo.

— Carruagens são um dos locais mais perigosos para uma dama ser vista em companhia de um cavalheiro — disse Bertha, divertida.

— A fama é justa. — Ele soltou seu chapéu, jogou-o sobre o banco em frente e a beijou.

Na intimidade da carruagem, sem correr o risco de serem vistos, Eric foi muito mais ousado. E Bertha não percebeu os vários minutos se passarem enquanto estava nos braços dele. Ele tinha uma boa mente para sedução. Para ganhar mais tempo com ela, deixou o cavalariço e o lacaio fazerem seu lanche da manhã, o que incluía a elegante cesta de *brunch* que o chef da casa preparara. E os dois só haviam consumido metade dela.

Quando a carruagem se moveu, fazendo uma grande curva para tomar a estrada de volta, Bertha tombou contra Eric e riu, rubra por ceder aos seus beijos atrevidos e perder o ar. Ele manteve as mãos no seu rosto, desceu pelo pescoço, acariciou seus ombros, apertou-a contra ele ao pressionar suas costas, e terminou segurando em sua cintura.

Eles estavam de volta a Londres, e Bertha apertava seus ombros, segurava-se ao seu pescoço e as pontas de seus dedos bagunçavam o pé do seu cabelo claro, mais do que o vento do parque já havia feito. Seus lábios estavam avermelhados, tanto quanto as maçãs do rosto, e ela descobriu que um beijo podia durar uma hora, se assim desejassem. Ou foram incontáveis beijos?

Ela não podia ignorar sua natureza tímida; suas bochechas esquentariam sempre que se lembrasse de como correspondeu aos ousados beijos de Eric, por todo o trajeto de volta para casa.

— Bertha! — exclamou Lydia, quando sua amiga entrou sorrateiramente, com aquela expressão de quem havia aprontado algo. E as bochechas mais vermelhas do que os lábios, e isso não era pouco. — Onde foi esse passeio tão longo que não pôde me levar?

Bertha estacou. E descobriu ali que não ia conseguir esconder o que estava fazendo. Uma coisa era esconder travessuras da infância. Outra muito mais complicada era fingir para sua melhor amiga que não estava tendo um caso ilícito. E bem sob o nariz de todos na casa.

— Eu disse a Sra. Birdy que precisava de um tempo para espairecer.

— Foram horas.

— Tanto assim?

— Toda a manhã. — Lydia franziu o cenho para ela.

Bertha foi passando rapidamente, enquanto tirava as luvas, e subiu as escadas com Lydia em seu encalço. Assim que entraram no quarto, ela fechou a porta e se virou para a amiga.

— Estou escondendo algo.

— Eu sei! — exclamou Lydia, levantando as mãos no ar.

— Algo muito grave.

— Se não fosse grave, você não tentaria esconder. — Ela levantou a sobrancelha e cruzou os braços.

Bertha respirou fundo várias vezes antes de conseguir proferir as palavras.

— Estou tendo um caso — ela anunciou.

— Por Deus, ainda bem que é só isso. Imaginei que estivesse envolvida em algo de natureza duvidosa.

— Um caso é algo de natureza altamente duvidosa, Lydia! — Agora Bertha estava exclamando e movendo as mãos.

— Com Lorde Bourne? Ele não é duvidoso.

— Um caso com qualquer cavalheiro é duvidoso!

— Bem, sim. Eu sei... mas você pode, por favor, pular as implicações duvidosas e me explicar exatamente como é que se faz para ter um caso?

— Ora essa... Eu, bem... — Bertha ficou dizendo palavras desencontradas. — Nós passeamos sozinhos, andamos de carruagem sozinhos...

— Isso é ter um caso? — Lydia franziu o cenho, um tanto decepcionada.

— Nós nos beijamos.

— Ah! — Ela abriu um sorriso.

— E nos abraçamos.

— Sim!

— E, bem... acho que nossas conversas são um pouco inapropriadas.

— Bem, se vocês têm contato íntimo, imagino que elas sejam.

— Não é contato íntimo!

— Beijos não são contatos íntimos?

— Bem, sim.

— Então...

— São só beijos. Aliás, ele me levou para um *brunch*. No parque Richmond.

— Por isso você demorou tanto. Sorte sua que mamãe está um tanto enjoada e ficou na cama, e papai está lhe fazendo companhia, ou eles teriam notado. Mas

Nicole veio perguntar sobre você.

— E como está sua mãe?

— Indisposta, mas disse que não é nada. Acho melhor não lhe contar que está tendo um caso.

— Por Deus, Lydia. É claro que não! — exclamou. — Isso é um segredo absoluto.

Lydia assentiu, porém seu cenho foi se franzindo.

— Por quanto tempo pretende ter um caso com Lorde Bourne?

— É um caso rápido — Bertha desconversou e foi se sentar no sofá perto da janela.

— Como sabe que é rápido? — Lydia se sentou ao lado dela. Claro que não a deixaria fugir de sua curiosidade.

— Não sei, apenas planejo.

— E se ele não concordar?

— Lydia. — Bertha se virou um pouco e a olhou. — Eu nunca tive um caso em toda a minha vida. Não sei o que estou fazendo. Na verdade, estou apavorada. Eu apenas... Perdi completamente o juízo e não consigo me afastar dele.

Depois de confessar, ela se inclinou e cobriu a testa com a mão.

— Tudo bem, eu a ajudarei a ter um caso. Seja curto ou não — disse Lydia, oferecendo-lhe um abraço.

Bertha aceitou o abraço e apoiou a testa em seu ombro.

— Além disso, é imperdível para mim acompanhar sua primeira paixão, mas, especialmente, a primeira vez em nossa vida adulta em que é você a não ter um pingo de juízo. Isso é um completo disparate! — Ela riu no final, o que anulou completamente o seu ensaio de repreenda.

Bertha acabou rindo com ela, pois era verdade. Ela era oficialmente uma inconsequente.

## CAPÍTULO 18

Depois de alguns dias sem sucesso em descobrir o que Eric estava fazendo para cumprir sua parte e suas obrigações, o conde de Sheffield iniciou sua própria investigação. Sua idade e seus problemas de saúde não colaboravam para deixá-lo calmo em relação ao que o futuro reservava. Nem o comportamento de Eric.

Ele sabia que o neto tinha um estranho grupo de amigos. Jovens rapazes e damas, todos prontos para se casar. No entanto, até o momento, não houvera sequer um casamento entre eles. E ninguém sabia se haveria algum casamento naquele grupo, mesmo com pessoas de fora dele.

Os mais velhos — e não eram apenas pessoas velhas como o próprio conde, que já era um velho lobo do mar aos sessenta anos — diziam que eles eram românticos e um pouco rebeldes em seus modos; inadequados em certos momentos e tomados por ideias liberais. Porém, eram educados. No entanto, também eram distantes. Não se importavam tanto quanto deveriam com as pessoas que tentavam se aproximar de seu grupo. E gostavam de eventos atípicos.

Ainda mais aqueles eventos que essas pessoas um tanto magoadas não eram convidadas. Estavam todos envolvidos em certas alterações que vinham acontecendo na temporada. Havia muitos boatos, falava-se de desentendimentos, discussões e até mesmo brigas físicas. Diziam que houve um duelo, mas ninguém podia afirmar entre quem e não viram feridos.

Também diziam que as moças do grupo deveriam ser mais bem vigiadas. Em compensação, elas estavam rodeadas de herdeiros solteiros e em idade para casamento. E havia acompanhantes dentro do grupo. Só que estas acompanhantes, coincidentemente, não eram o que certos membros da sociedade considerariam adequadas. Eram a prima jovem demais, uma irmã distraída, uma tia jovem e solteirona, e havia até uma bela jovem, que alguns não sabiam a procedência, mas viera com os Preston.

Foi na parte das acompanhantes desatentas e leais que a história começou a mudar para o conde. Alguém disse que a jovem era filha de fazendeiros, provavelmente arrendatários do marquês, mas Jonah pouco se importava com isso. E demandou mais de seus informantes. Ele até chantageou e pagou ao cocheiro que dirigia os veículos de Eric. Ele tentou chantagear o valete, porém André era fiel demais. Mas o conde conseguiu outras fontes e, juntando todas as informações, acabou sentindo o mesmo terror de quando soube da paixão repentina do seu filho. Agora, o problema era o neto.

O conde de Sheffield, perturbado por tudo que havia descoberto, entrou em ação antes que o mal ficasse pior. Na tarde de quinta-feira daquela semana, pediu para ser anunciado e aguardou. Sabia que seria recebido, devido à sua posição e à estranheza da visita. Ele também tinha seus princípios e se recusava a encurralar uma mulher, fosse quem fosse, em locais públicos.

Ele apenas não esperava o que veria. Havia sido informado de que era uma bela e jovem dama, mas com o status de acompanhante. Ele ficou surpreso quando a moça entrou na sala de jantar. Não era isso que tinha em mente ao imaginá-la. E subitamente seus planos tiveram de ser alterados. Sim, ele formara uma imagem incorreta, baseada em preconceitos. E foi confrontado pela dúvida se aquela era a Srta. Preston ou a Srta. Gale. De qualquer forma, suas novas conclusões continuavam erradas.

— Srta. Gale? — ele indagou, ficando de pé assim que ela entrou.

— Lorde Sheffield. — Bertha se aproximou lentamente, sem imaginar por que o conde estava ali, solicitando uma audiência com ela.

Ela estava tão surpresa que não se sentou de imediato, para permitir que ele também se sentasse. Bertha parou no meio do cômodo e o observou. Ele não se parecia com Eric. Para começar, era mais baixo, mesmo que seu porte não fizesse esse detalhe transparecer. Seu cabelo já estava grisalho, mais branco do que cinza. E seus olhos eram azuis, ao contrário da cor turbulenta e indecifrável do olhar de seu neto.

Bertha concluiu que Eric devia se parecer com a mãe. Ou seu pai havia se parecido muito com a avó dele e nada com o conde.

— Eu não vou tomar muito o seu tempo, então acredito que será um encontro breve, caso seja possível um acordo — ele anunciou.

— O senhor tem certeza de que não pediu pela pessoa errada?

— Só há uma Srta. Gale frequentando os mesmos círculos do meu neto. Tenho certeza de que conhece Lorde Bourne. Não me conhece, mas duvido que não saiba que o avô dele atende por Sheffield.

— Sim...

— E que ele é meu único herdeiro.

— Sim. — O cenho dela apenas se franziu mais.

— E que por isso tenho de zelar pela sua falta de juízo e cuidar das consequências dos seus atos impensados.

— Acredito que sim — ela respondeu, mas, pelo que Eric dizia, ou melhor, por tudo que ele não dizia, o avô não estava na lista de suas pessoas mais próximas, pois, além dos amigos, como Lorde Deeds, só havia um nome na lista de Eric: Sophia.

— Fico contente que entenda isso, pois assim chegaremos a um acordo de forma rápida.

A palavra acordo não fazia o menor sentido para ela, não sabia como ou por que precisaria chegar a um acordo com Lorde Sheffield.

— O que a senhorita quer?

— Perdão?

— O que o meu neto lhe prometeu?

Por um momento, ela ficou sem palavras. E o pânico começou a nascer. Bertha começou a perder a cor ao imaginar que o conde sabia do seu caso com Eric.

— Nada — ela respondeu.

— Não precisa mentir para mim. Ao vê-la, entendi perfeitamente o que ele pode ter prometido e por quê. No entanto, eu posso prometer algo melhor.

Aquela frase tinha dois significados e ambos deixaram-na atônita.

— Não importa quanto dinheiro, joias ou o tamanho da casa na qual ele tenha prometido mantê-la, eu vou lhe dar o suficiente para cobrir no mínimo um ano do que receberia como amante dele. Tenho certeza de que um ano é mais do que suficiente para alguém com a sua aparência e contatos encontrar um protetor com os mesmos recursos.

E lá estava ela, paralisada. Não sabia nem se estava respirando. Depois de todos os insultos da Srta. Gilbert, achava que estaria pronta para escutar qualquer outra insinuação. Porém, aquilo não era apenas uma insinuação. Era uma afirmação. E aquele estava se tornando o momento mais humilhante de sua vida. Sim, pois ela sabia que não havia acabado.

— O senhor está enganado...

— Sim, eu sei que não pode admitir. Afinal, é a acompanhante de uma jovem solteira. Porém, por qual outro motivo estaria envolvida com meu neto? Não me importa quem iniciou o interlúdio, ele tem de terminar imediatamente.

E ela não podia sequer gritar para ele: *Não tenho relação alguma com o seu neto!*

Pois ela tinha. Um caso. Ilícito e tolo. Resumido a passeios e beijos secretos. No entanto, era real. A mentira estava presa em sua garganta; Bertha não conseguia proferi-la.

— Se isso terminar em um acordo, acredito que ninguém mais precisará saber.

— Não há nada para saber! — Ela conseguiu dizer, pois sabia que seu caso era um segredo, não havia como alguém ter descoberto.

— Eu soube do interesse atípico do meu neto pela senhorita. E ele é tão tolo que sequer o escondeu em eventos nos quais ambos participavam. É claro que notariam sua relação com uma mulher em sua posição. Afinal, eu não tenho a sorte de ele estar interessado na filha do marquês, a qual a senhorita protege, não é?

Eric nunca tentou esconder, porque ele não se importava. Ele não era tolo, era ousado, inconsequente e estava apaixonado. Ele queria o que queria, não importava a posição em que ela estava. E, apesar de todas as vezes que Bertha tentou lhe dizer isso, ela também estava apaixonada por ele.

— A Srta. Preston não tem relação alguma com isso e eu apreciaria que não fosse mencionada nessa conversa — disse Bertha.

— Pois isso não será possível se não chegarmos a um acordo. A senhorita nunca mais se aproximará ou aceitará as atenções do meu neto. Eu preciso que ele se case o mais rápido possível, e distrações com mulheres como a senhorita não ajudarão o meu caso. E que fique claro que eu não me oponho que, se ele a procurar após o seu casamento, a senhorita aceite sua proposta. Apenas se não atrapalhar meus planos. Eu preciso que o próximo conde esteja onde ele precisa. E não será com mulheres como a senhorita. É uma senhorita, não é? Parece nova demais para já ser viúva.

— O senhor tem alguma ideia de todos os insultos que está proferindo?

— Eu estou sendo o mais claro e respeitoso que essa situação permite. E sua posição aqui explica esse comportamento. Gosto de resolver minhas questões com civilidade, mas posso esquecê-la quando necessário. Não me faça perder o meu tempo. Não preciso de outra mulher descontrolada, desleal, traidora e sem a menor noção de como se comportar envolvida em minha família. Já me basta toda a vergonha que passamos com a última mulher que usou o título de viscondessa de Bourne. E quase se apossou do título de condessa. E apressou a morte do meu filho com todos os problemas e vergonha que o fez passar! Eu sempre soube que meu neto não escolheria bem, porém não preciso que suas amantes também atrapalhem os objetivos de nossa família. Depois de ser abandonado pela própria mãe e de ter visto as vergonhas que seu pai passou, meu neto deveria ter aprendido que não vou deixar nada parecido acontecer novamente!

— Eu não sou sua amante! — respondeu Bertha. — E o senhor é um homem odioso, é por isso que seu neto não quer ter de aturá-lo em sua vida! E sequer deseja que passe muito tempo com sua bisneta. Como passaria? Se veio até aqui me dizer tudo isso, imagine o que a fará passar.

— Ah! — exclamou Jonah. — Então ele já está lhe fazendo confissões sobre nossos problemas familiares. Aquele tolo! Para a senhorita ter material para nos difamar quando tudo terminar. Pois tenha certeza de que eu sou sua melhor opção. Se acha que fincará suas garras nele por muito tempo, será decepcionada. Eu não quero uma nova Sra. Jordan em minha família. Não quero esse tipo de escândalo ligado ao nosso nome. Então, a senhorita trate de se pôr no seu lugar, pois não haverá bastardo algum antes que haja um herdeiro. Não vou deixar mais um de meus descendentes afundar os Northon. Só me sobrou um herdeiro. Um maldito tolo, com o mesmo sangue ruim daquela mãe, uma viscondessa que mais parece uma... mulher desocupada.

Lorde Sheffield balançava a cabeça. Chegava a ser ridículo ele dizer tantos insultos e não conseguir pronunciar nomes vulgares na frente dela ou dirigidos a ela. As insinuações que fazia, por outro lado, atingiam melhor o ponto do que se ele dissesse com todas as letras que moças de vida fácil ou rameiras como sua nora podiam destruir seus planos.

Bertha não podia acreditar que ele a havia comparado à Sra. Jordan. Ela ficou ainda mais humilhada ao perceber que, aos olhos de alguém como o conde, elas eram exatamente fruto do mesmo material. Mulheres sem posição ou posses que se envolviam de forma informal com nobres. No caso da famosa Sra. Jordan, ela foi a amante do Duque de Clarence, filho mais novo do Rei George III e irmão do atual Príncipe Regente. Ele a havia abandonado há alguns anos, pressionado pela família a fazer um casamento com alguém apropriado e ter filhos legítimos. Eles viveram juntos por vinte anos, ela teve dez filhos dele e, por anos, foi ela quem os sustentou com seus ganhos no palco, pois era uma atriz famosa. E os herdeiros da coroa viviam cobertos de débitos.

Pelo que Bertha sabia, a Sra. Jordan havia partido para Paris, desolada e com o coração quebrado depois que o duque a abandonou. Era uma história decepcionante. E escandalosa.

Bertha percebeu que sequer tinha os recursos da Sra. Jordan, afinal, não era uma atriz e não queria ou tinha talento para ser uma cortesã. Ela nunca viu a Sra. Jordan no palco. Na verdade, a mulher nunca foi casada e se chamava Dorothea Bland, mas assumiu o título de Sra. Jordan porque era mais "respeitável" ter o nome de uma mulher casada, mesmo para ser atriz e cortesã como ela foi, antes de se tornar a amante do duque. Foram vinte anos de relacionamento, morando juntos.

E elas eram iguais na categorização de Lorde Sheffield e todos os outros. Ela seria tratada como tal por essas pessoas. Não ser uma atriz sequer lhe dava o relativo conforto de ser admirada, mesmo com distanciamento e desdém. Ela era só a acompanhante oportunista. Bonita e talentosa, bem-educada, uma amante promissora.

— Retire-se — ela disse a Lorde Sheffield, esforçando-se para conter suas reações emocionais.

Ele também estava surpreso com ela. Esperou que começasse a gritar e a insultá-lo, dizendo até palavras que ele não diria na sua frente. Recebeu informações sobre ela, sabia até que foi educada junto com a Srta. Preston, porém não a conhecia para saber que isso não aconteceria.

— Diga que estamos entendidos e eu lhe enviarei os recursos.

— Dê seus recursos aos cavalos! Dê-lhes junto ao feno, pois eu jamais aceitaria um centavo do senhor. Retire-se agora! — ela exclamou, fechando os punhos e alterando a voz.

— Não entre no meu caminho, mocinha. E não pense em atrapalhar meus planos ou ousar distrair o meu neto. Ele tem um objetivo claro e este não inclui moças o confundindo antes que ele se case! Temos muito em jogo para eu permitir que um caso amoroso tão tolo entre no caminho do que precisamos para colocar os Northon nos eixos.

— Eu irei aonde quiser, milorde! E isso não tem relação alguma com seus planos para sua família! Espero que se decepcione! Pois não tem um fantoche como herdeiro.

Sheffield levantou a cabeça, tentando entender as palavras dela. Sem conhecê-la, não sabia que ela o estava alertando de que ia afastar ainda mais o seu neto.

— Está esperando? — ele perguntou de repente, interpretando o desafio dela de forma errônea. — Diga-me! Já está esperando um bastardo daquele tolo?

— Saia daqui! — ela gritou. — Saia daqui agora! Vá embora!

— Se Eric insistir com isso, eu vou deserdá-lo! Deixarei um título vazio para ele. Falido! Mas não permitirei que outro de meus herdeiros se ridicularize com outra mulher escandalosa e traidora! E gaste tudo que tem com ela! Jamais permitirei que ele mantenha minha bisneta sob esse tipo de influência!

— Se o senhor não sair, eu o jogarei pela porta! — ela gritou.

Os gritos dela eram algo absolutamente inesperado na casa. E Lydia entrou correndo na sala. Encontrou Bertha com aquela expressão de revolta e mágoa e seus olhos marejados. Lorde Sheffield — que ela nunca havia visto — olhava-a numa mistura de surpresa e contrariedade.

— Ponha-se daqui para fora! — repetiu Bertha e avançou na frente dele. — Não há posição alguma que lhe permita me insultar assim! Saia daqui imediatamente!

Lydia segurou Bertha, antes que ela conseguisse tocar o conde e empurrá-lo pela sala, provavelmente para jogá-lo pela porta. Lorde Sheffield não se movia rapidamente, pois usava uma bengala e não era por enfeite. Pelo seu porte ereto, parecia estar bem, mas tinha um sério problema no joelho direito.

O marquês chegou tão rápido quanto a filha. Enquanto descia as escadas, ele escutava Bertha dizendo para alguém se retirar e acusando a pessoa de insultá-la. Caroline veio lentamente pelo corredor que levava à parte de trás da casa e não entendeu bem o que estava vendo. Dessa vez, era Lydia quem continha Bertha e não o contrário. E seu marido estava levando um senhor em direção ao hall. Pela sua expressão, ela temia que Henrik jogasse o idoso no jardim frontal.

— Desculpe-me, Bertha. Eu o deixei vê-la sem companhia. Eu jamais deveria tê-la deixado sozinha, achei que gostaria de privacidade — disse Lydia.

A porta bateu logo depois. Isso significava que o marquês praticamente arrastou o conde para o lado de fora, pois ele não se movia tão rápido. Ele havia encontrado Eric em determinada situação, não precisavam lhe explicar para entender o que seu avô fazia ali.

— É como se o senhor tivesse acabado de entrar na minha casa para insultar uma filha minha! — disse Henrik, completamente irado com Lorde Sheffield. — O senhor não entende que acabou de me insultar diretamente ao insultá-la?

— Eu não pretendia ir tão longe — ele disse, surpreso pela ira do marquês, e se inclinou um pouco; seu joelho doía terrivelmente, pois ele realmente foi arrastado para fora. Nunca havia sofrido esse tipo de agressão, era um insulto ser tratado assim. — No entanto, essa conversa era necessária.

— Não, não era! Não vai conseguir controlar o seu neto! Ele fará o que quiser. E sabe por que ainda está com todos os dentes? Porque é um velho mesquinho e decrépito. E que precisa dessa bengala. E eu tenho a decência de não jogá-lo na calçada. Nunca mais chegue perto ou sequer olhe na direção dela. Eu tenho um limite para minha vergonha de agredir um idoso.

— Eu tentei fazer este mesmo acordo...

— Não há acordo algum! — cortou o marquês. — Eu vou entrar lá e descobrir toda a vilania que veio até aqui para despejar sobre ela. E ela vai me implorar para esquecê-lo, mas eu não vou. Vou apoiá-la incondicionalmente contra qualquer coisa que tenha lhe feito. Não vou permitir que lhe faça qualquer outro mal e saia ileso. Canalhas malditos também envelhecem e isso não lhes dá imunidade. Desapareça daqui!

Ele bateu a porta na cara do conde e voltou rapidamente pelo corredor. Quando chegou lá, encontrou o caos que temeu desde o início da temporada. Uma de suas garotas havia se apaixonado, envolvera-se em algum problema e agora estava terrivelmente magoada.

Bertha sequer tinha algum orgulho sobrando para correr e se esconder, para que o marquês não a visse naquele estado. Ela não tinha mais com o que se importar. Era uma humilhação tão grande, tão profunda e dolorosa, que não faria diferença. Além disso, do que ela poderia se esconder? Aquele homem a havia humilhado e o marquês já a vira em todo tipo de situação embaraçosa pela qual uma criança podia passar.

Mesmo assim, não sabia que o grau de humilhação e dor podia chegar a esses níveis na vida adulta. Achava que cair e se enlamear toda e ser levada por baixo dos braços pelo próprio marquês até o rio para ajudá-la a não levar uma bronca já era a maior humilhação de sua vida. Ela queria tanto voltar a ter dez anos.

Ou ao tempo em que podia cavar buracos e entrar neles. No momento, queria cavar um buraco tão fundo que pudesse entrar e nunca mais ser encontrada.

— Eu devia ter te avisado — lamentava-se Lydia, sem saber o que fazer com toda a dor que via no semblante da amiga.

— Não adianta se culpar por isso agora — respondeu Caroline. Ela sabia que a filha havia tentado dar conta de uma tarefa tão simples quanto permitir uma visita social na sala principal, ao invés de ter que chamar a mãe para cuidar disso.

E Bertha não conseguia colocar sua mágoa, humilhação, vergonha e decepção para fora. Ela apenas apertava as mãos contra o peito, encolhida junto ao canto do sofá, com a dor que sentia estampada em seu semblante. Mas não derramava as lágrimas que faziam seus olhos arderem. Sua respiração, no entanto, estava alterada. Como se doesse tanto que ela precisasse respirar em ofegos curtos para sobreviver.

Henrik não podia vê-la assim, rasgava o seu coração vê-la sofrendo. Ele foi até lá e se abaixou à frente dela.

— Diga-me o que posso fazer por você.

— Nada... — ela murmurou, balançando a cabeça.

— Por favor, Bertha. Deve haver algo. Qualquer coisa e eu farei — ele assegurou.

Ela fungou e fechou os olhos, lágrimas descendo pelos cantos de seus olhos, mas ela não emitiu som algum. E suas mãos se apertaram mais, suportando a dor.

— Tudo bem, ninguém mais lhe fará nada. — Ele colocou as mãos nos seus ombros e a amparou quando ela se inclinou para frente. Então segurou-a contra ele.

Ela não dizia nada e emitia sons muito baixos, tentando engolir o choro com todas as suas forças. Caroline sentia Lydia apertando sua mão, enquanto sofria ao ver Bertha tão magoada. Henrik deixou-a se recuperar, sem atrapalhá-la com palavras desnecessárias. Ela começou a tremer em seu esforço para conter o choro e ele apertou-a mais forte, confortando-a.

A situação ficou mais complicada quando as crianças apareceram, sem ter ideia do que estava acontecendo. A Srta. Jepson também não sabia, ou não os teria liberado para encontrar essa cena na sala.

— Quem a machucou? — indagou Aaron, prontamente. — Eu vou acabar com ele!

Nicole, por seu lado, parou ao lado do pai, que ainda amparava Bertha, e ficou olhando-os de forma curiosa. Sua expressão foi ficando triste, ela fez um bico e logo depois as lágrimas começaram a descer pelo seu rosto.

— Não chora, Bertha, não chora — Nicole disse baixo, apoiando a mão sobre o braço dela.

Bertha se afastou e olhou para a pequena que chorava por vê-la triste e a abraçou também e colocou no seu colo.

— Está tudo bem — ela afirmou, apesar de seu rosto e sua voz contarem outra história.

— Está doendo? — Nicole perguntou a ela, sem entender o motivo para haver marcas de lágrimas em seu rosto, apesar de elas não descerem mais.

— Sim, muito. — Ela fungou e tentou sorrir para a garotinha. — Mas vai passar.

Depois, Bertha olhou para os outros que estavam em volta dela. Henrik se sentara na poltrona em frente; Aaron estava bem ao seu lado, apoiado contra o sofá e descansando o braço em seu joelho. E Caroline tocava seu ombro, apertando apenas o suficiente para lhe passar conforto. Lydia tinha o olhar desolado e ainda apertava a mão da mãe.

— Eu vou ficar bem. Em breve. Foi um dia que eu gostaria de esquecer.

Bertha levantou e colocou Nicole sentada no lugar onde esteve.

— Voltarei para o jantar — ela disse, ao se afastar.

— Não precisa, se não quiser — disse Caroline.

Bertha assentiu e deixou a sala. Lydia cruzou os braços e olhou para o pai.

— Papai, você não pode matá-lo?

— Lydia, não diga nada tão temeroso na frente dos seus irmãos — brigou Caroline.

— Eu não mato pessoas, Lydia. — Henrik lhe lançou um olhar estreito e disse isso especialmente por causa das crianças, apesar de que ele realmente não era e jamais seria um assassino. — Além disso, eu nunca seria tolo para matar o conde de Sheffield.

— Henrik! — Caroline bateu a mão na coxa.

— Ou qualquer pessoa no mundo — ele completou, pelo bem da educação das crianças, que ainda não entendiam sarcasmo, ironia ou humor negro.

Lydia pulou de pé e saiu marchando.

— Eu vou matar Lorde Bourne! — ela exclamou.

— Não, não vai — disse Caroline.

— Não, não vou — concordou Lydia, a contragosto, mas tocou a sinetinha. — Preciso do meu chapéu.

— Você não vai sair agora — disse Caroline.

— Eu vou deixar um recado, eu prometo.

— Eu também vou — intrometeu-se Aaron. — Vamos chutar quem machucou a Bertha.

— Eu vou! — disse Nicole, sentada no sofá ao lado da mãe.

— De jeito nenhum. Não haverá chutes aqui — decidiu Caroline.

— Por favor, mãe. Eu preciso fazer alguma coisa ou enlouquecerei! E Lorde Bourne precisa saber o que se passou — implorou Lydia.

Caroline trocou um olhar com Henrik. Ele pensou por um momento e abriu as mãos para ela.

— Não pode caçar um cavalheiro pela cidade, muito menos desacompanhada — disse Caroline.

— Eu sei como contatá-lo sem ter de caçá-lo. E vou levar essa peste para me defender — disse Lydia, ao agarrar o irmão pelo ombro e sair levando-o.

## CAPÍTULO 19

Lorde Deeds não sabia o que fazer. Ele não conseguia contrariar Lydia, não só pela sua personalidade forte, mas também porque ela o tinha ameaçado no bilhete que escreveu e havia dito que era algo muito grave referente à Srta. Gale. Ela sabia como ele tinha o coração mole para injustiças feitas a damas, especialmente aquelas a quem queria bem.

— A senhorita só pode estar muito desesperada para vir até aqui — disse Deeds, depois de se esforçar e entrar na carruagem, deixando-se cair no banco à frente dela.

— Esse é Lorde Pança! — exclamou Aaron, assim que o viu. Ele sabia alguns apelidos, mas nunca havia conhecido seus donos.

— Eu estou irada — respondeu Lydia.

Deeds assentiu para ela, mas seu olhar bateu no garotinho e depois voltou direto para ele, enquanto franzia o cenho.

— Esse é o seu irmão? — ele indagou.

Antes que Lydia abrisse a boca, Aaron ofereceu sua mão.

— Aaron Preston, Lorde Everton — ele se apresentou, adequadamente, citando seu título. — Estou aqui para proteger a minha irmã e os interesses da Bertie.

Deeds apertou a pequena mão que ele lhe oferecia e sorriu quando o menino disse que estava ali para proteger a irmã; era adorável e cômico. Ainda mais porque Aaron, recostado contra o banco, estava com os pés no ar, longe de alcançarem o chão da carruagem.

— O que aconteceu?

— Nada que precise ser especificado agora, Deeds. Pode me fazer esse favor?

— Eu não sei por que sou cúmplice de todas as altercações nas quais vocês se envolvem. — Ele balançou a cabeça e se preparou para deixar o veículo. — Eu darei o recado.

— Adeus, Lorde Pança! — Aaron acenou para ele com um sorriso, feliz em conhecer um dos personagens que só ouvia falar pelo apelido.

— Até breve. — Ele acenou de volta e partiu.

Cerca de meia hora depois, Eric desceu da carruagem de Deeds que o havia levado do clube onde eles estavam até onde era seguro encontrar Lydia. Afinal, ela não podia ser vista em frente ao clube masculino.

— O que aconteceu com ela? — Eric indagou, assim que viu Lydia sozinha. Ela jamais o chamaria à toa.

— Seu maldito avô! — exclamou Lydia, andando rapidamente na direção dele. Ela sequer trocara seu vestido diurno, apenas colocara um casaquinho por cima.

— O que ele fez? — Ele estacou, mas a raiva no olhar dela era muito real.

— Ele foi até a minha casa e teve o desplante de insultá-la! Com palavras e insinuações que ela sequer consegue repetir tamanha é a sua gravidade. E a magoaram de uma forma que eu sequer posso explicar.

A respiração dele parou. Eric manteve o olhar nela, mas seu corpo não conseguia corresponder àquela informação.

— Ele a humilhou! — gritou Lydia, indignada. — Eu tenho certeza de que pode imaginar todos os absurdos que ele lhe disse. E eu o culpo por isso! — Ela apontou para ele e seus olhos se encheram de lágrimas.

— Perdoe-me, eu jamais deixaria isso acontecer...

Deeds também desceu da carruagem, pois eles estavam em frente ao parque e, ao escutar a voz alterada de Lydia, ele não conseguiu mais ficar lá dentro esperando.

— Mas aconteceu! Ele descobriu tudo! E resolveu que podia controlar os dois. Porém, foi até ela que seu avô decidiu ir primeiro.

Eric passou as mãos pelo rosto. Ele conhecia o avô, não precisava que Lydia repetisse o que ele disse para saber o tamanho do estrago que fez. Aaron olhava pela janelinha. Lydia havia falado tão sério com ele, que dessa vez ele obedeceu ao esperá-la dentro do veículo. Além disso, ela mandara o cavalariço ficar da porta. Porém, nada o impedia de assistir.

— Você não lhe disse, não é? Você não faria isso! — ela indagou.

— Eu não disse nada, mas o faria se fosse preciso. E ele podia fazer todo o escândalo que quisesse, mas não me demoveria.

— Você não a viu... — Lydia disse baixo, enquanto balançava a cabeça. — Você não viu como ela ficou — ela sussurrou o final e secou as lágrimas com as pontas dos dedos. Para Lydia, magoar Bertha era como lhe magoar.

Eric se aproximou dela e tocou seu ombro.

— Perdoe-me, eu jamais deixaria que algo a machucasse. Eu o teria impedido. Mas não sei como ele acabou lá.

Lydia secou as lágrimas e se afastou dele, voltando para perto da carruagem.

— Eu o apoiava, mas você só tem lhe trazido dor e humilhação. E ela esconde, ela sente tanto por você que escondeu até de mim, mas agora eu sei de tudo. E vi todas as vezes que ela fingiu que não foi magoada, mas dessa vez nem ela pôde disfarçar. Seus sentimentos não podem protegê-la, pois nada lhe acontece, mas sempre a ela!

Eric sequer sabia o que dizer, ele ficou transtornado, pensando em como podia ter deixado isso acontecer. De alguma forma, só podia ser sua culpa. E de novo. Ela lhe pediu tantas vezes, exatamente porque temia momentos como esse.

— Eu vou consertar isso, ele nunca mais vai dizer nada. Nem a ela nem a qualquer pessoa. Eu só...

O cavalariço abriu a porta e Lydia parou antes de entrar.

— Não, ele não vai. Ele nunca mais a verá. E eu não poderei apoiá-lo, não quando vocês só fazem mal um ao outro, mas o pior sempre ficará para ela. Se for assim, eu também não o quero perto dela! — Lydia entrou rapidamente na carruagem.

Eric sabia que, se perdesse completamente o apoio dela ou, pior, se ela ficasse contra ele, era provável que ele também nunca mais voltasse a ver Bertha. Ele havia lidado de forma errada com aqueles acontecimentos isolados, desde o início da temporada. E tudo acabou como uma avalanche quando seu avô não os tratou como algo sem importância e resolveu lidar com a questão do seu jeito.

Mas se Lydia estava tão magoada e raivosa, e chegou ao ponto de vir encontrá-lo daquela forma, ele só podia se torturar ao imaginar como Bertha estaria. Como seu avô poderia ter a coragem de atacá-la? Ela era tão amável e adorada para ele. Será que Jonah não pensara nisso nem por um momento? Nem ao pôr seus olhos nela?

Toda vez que Eric pousava seu olhar nela, tinha vontade de segurá-la como seu ser mais querido e amado, como algo que só poderia ser tocado com amor. Seu avô jamais entenderia. Um homem como ele não poderia amar com tanta entrega.

— Vamos, é melhor irmos também. — Deeds colocou a mão em seu ombro e Eric demorou a olhá-lo.

Ele seguiu Deeds para a carruagem e sentou em frente a ele, enquanto o veículo seguia para o norte.

— Devo entender que sua relação com a Srta. Gale foi muito além de um simples interesse. E agora aconteceu algo terrível envolvendo o seu avô — concluiu Deeds, pelas partes da conversa que acabou escutando.

Eric estava recostado no banco em frente, apoiando o cotovelo na base da janela e com a mão descansando sobre a boca.

— Ele pensa que pode me comandar. E me ameaçar com dinheiro. O pior é que ele usa Sophia para me manipular — ele contou.

— Eu sinto muito pela forma como isso terminou — disse Deeds, observando-o.

— Não há nada terminado — ele respondeu ferozmente.

— De sua parte, acredito — Deeds falou suavemente. — Porém, a Srta. Gale pode já ter chegado ao seu limite. E, dessa vez, é possível que ela precise, assim como mereça, ser preservada.

Eric soltou o ar e cobriu o rosto com as mãos, preso num dilema e sem informações suficientes para seguir em frente. Deeds tinha razão. Até onde mais ele a arrastaria, deixando-a ser magoada no caminho, pois havia um limite até onde podia protegê-la sem ter compromisso algum com ela. E agora, ele também não gostaria de ter um compromisso com ele se estivesse no lugar dela. Muito menos depois de conhecer um futuro parente tão caloroso e disposto a aceitá-la. Ótima maneira de ajudar uma dama a decidir em uma situação que jamais foi ideal.

— Eu não posso desistir dela, Deeds. — Eric baixou as mãos e encarou o amigo. — Eu não consigo. Como eu faço para deixá-la ir e seguir sua vida? E casar-se com outro, apesar de haver sentimentos entre nós. Enquanto eu sigo nesse objetivo vazio de encontrar uma esposa adequada. E qual futuro acha que posso dar a uma mulher, quando estou preocupado com outra, atormentado com o que ela fará? Eu não terei parte alguma do meu coração para dar a essa tal esposa. Ele estará destruído por cada pontada de dor que terei ao saber da mulher que realmente amo. Pois eu procurarei, eu me conheço. Eu irei até lá para vê-la dar o braço a outro homem ao sair pela rua.

Deeds apenas balançou a cabeça enquanto pensava na questão.

— Eu não creio que seja o melhor conselheiro, jamais passei por algo parecido. Sequer tenho paixões em meu passado.

— Não preciso de conselheiros experientes, apenas de um amigo. — Eric baixou a cabeça. — E você tem sido um ótimo amigo.

— Bem, você me salvou de ser o único visconde na história da minha família e desse país a morrer entalado com um confeito. Eu não gostaria de deixar esse legado em minha história. — Deeds deu um leve sorriso, sem humor algum, apesar de tentar. — Em minha opinião, você não terá de decidir nada, pois, no momento, não há nada que possa fazer. Não pode ir até ela. Pelo comportamento da Srta. Preston, provavelmente levará um tiro se chegar perto da casa. E a Srta. Gale merece um tempo para se recompor.

— Há algo que eu posso fazer: garantir que isso jamais se repetirá.

— Não recomendo que apresse a partida do seu avô...

Eric soltou o ar como se achasse graça, porém não achava que sua capacidade de demonstrar humor funcionaria pelos próximos dias. Ele já sentia aquela sensação de perda, aliada à culpa pelo que deixara Bertha sofrer. Não adiantava lhe dizer que não poderia ter previsto essa reação do seu avô. Eric esperaria qualquer coisa dele, mas imaginou que o ameaçaria primeiro, caso não escolhesse o tipo de esposa que o conde achava ideal para o seu herdeiro. Tinha certeza de que sofreria os distúrbios assim que seu avô chegasse à cidade.

Aquele episódio ele jamais poderia prever. Não sabia por que, ao contrário das outras pessoas, seu avô levou tão a sério o seu suposto interesse em Bertha. Comparado a tudo que Eric sabia que Jonah já fizera, incluindo seus desmandos tirânicos e decisões polêmicas, nada podia indicar que ele teria a coragem de ir até a casa do marquês comportar-se dessa maneira abominável.

Eric entrou em casa e deu para escutar seus passos rápidos e pesados sobre o piso de pedra do hall e depois pelo corredor de madeira. Ele entrou no escritório principal e encontrou o avô lá. Se estivesse bem, Lorde Sheffield teria ido ao seu encontro, pois não gostava de ser caçado. Porém, seu joelho estava ruim, ainda sofrendo as consequências de ter sido arrastado para fora da casa pelo marquês.

— Voltou cedo demais — disse Jonah, ficando de pé com esforço e agarrando a bengala.

— Eu nunca permiti que fosse tão longe em sua pretensão de comandar a minha vida — disse Eric. — E não será agora, em minha vida adulta, que ditará o que farei e com quem me relacionarei.

— Vejo que correram para lhe dizer que eu terminei o seu interlúdio com sua amante.

— A Srta. Gale jamais foi minha amante! Você cometeu o pior erro possível!

— Não há outro motivo para desfilar seu interesse descabido por aquela mulher! Pelo que vi, ela sequer tem a experiência de uma boa amante. Onde estava a sua mente?

— Onde estava a *sua* mente? A idade trouxe insanidade? — reagiu Eric, incapaz de conter seu temperamento.

— E o seu respeito, também foi exterminado pela sua atual independência?

— E onde estava o seu respeito essa tarde? Você foi até lá e a desrespeitou de todas as formas.

— Eu não disse uma palavra baixa que descrevesse a posição para a qual essa moça está disponível.

— Ela é uma das damas mais dignas na qual você já teve o privilégio de pôr os olhos! E você se prestou a um papel ridículo! Mesquinho e tolo como o velho insano que parece!

— Engula as suas palavras antes de se dirigir a mim dessa forma. Alguém tem de zelar pelo futuro dessa casa.

— Se comportar-se como um cachorro insano, assim será tratado — declarou Eric, deixando o avô irado.

— Eu não vou permitir mais perversão nessa família! Eu não sobrevivi até essa idade para ver todos os meus descendentes se comportarem como tolos! Você fala de cachorros insanos, eu falo de cachorros cegos! Como animais no cio! Foi assim que se comportaram todos. Seu pai, um tolo cego pela paixão! E sua mãe, deitando-se com todos os homens que apareciam, como uma cadela no cio. E eu sou o insano?

— Você é abominável, eu não suporto conviver com você. É tão revoltado pelos fantasmas do passado, assombrado pelos erros alheios, que toma-os para você, quando nunca lhe pertenceram.

— Vocês estão todos fora de si. Vamos morrer nessa geração. Vocês estão perdendo a cabeça, comportando-se sem razão, como tolos levados por sentimentos. Até mesmo seus amigos são péssimas influências, mergulhando suas famílias nos mesmos problemas que temos!

— Chama-se liberdade de escolha, chame até de egoísmo pelo controle da própria vida; começamos a aprender isso nesse século — disse Eric, sarcástico. — Não há mais como voltar atrás.

— Vocês estão afundando títulos e bens de centenas de anos em uniões malfeitas. Em gerações exterminadas, tudo se perdendo para pessoas que sequer conhecemos. Tudo porque não conseguem se desligar de sua busca pelo prazer! Eu não vou deixar isso acontecer com os Northon.

— Não é sua escolha, Sheffield. Já basta a sua infelicidade nessa família.

— Se insistir em continuar nessa jornada sem futuro, eu vou deixar-lhe sem nada! E quando me jogarem embaixo da terra, de nada lhe adiantará um título vazio. Eu não vou patrocinar mais perversões nessa família. Nossa humilhação já chegou ao limite com o bobo que foi o seu pai e a rameira com quem ele se casou!

— Você engolirá todo o seu orgulho sozinho. Vai sofrer até o fim dos seus dias com o passado de pessoas mortas. Meu pai partiu, deixe-o descansar com suas próprias humilhações e contente-se com o fim de vida que tem. E minha mãe...

— Ela o abandonou como um saco de cebolas! E você abre a boca para defendê-la?

— Eu não preciso defendê-la. Você tem razão, ela simplesmente não se importa.

Então por que vou me insultar com o que diz sobre ela? Grite aos sete ventos que ela dormiu com quem lhe interessava, não é a sua história para contar. Nem a minha.

— Se continuar com esse disparate, não terá nada para mantê-lo. Trate de aceitar a sua vergonha, faça um casamento adequado e dê um herdeiro a esse condado. Ou essa família acabará nessa descendência amaldiçoada dos seus pais.

— Não se pode vencer tudo, Sheffield. Essa é uma batalha que terá de aceitar a derrota. Não vai decidir o que farei da minha vida. Pode bradar o quanto quiser. Porém, se chegar perto da Srta. Gale ou sequer tocar no nome dela outra vez, tratarei de envergonhá-lo muito mais do que a humilhação que a fez passar. Eu cuidarei para que tenha vergonha de aparecer na corte. Deixe-nos em paz. — Ele se virou, pretendendo partir.

— Como a sua irmã? — indagou o conde, numa voz amarga. — Como ela nos envergonhou?

— Deixe-a fora disso! — Eric virou-se imediatamente, com os olhos brilhando num aviso raivoso. Ele podia não se importar com o que diziam de sua mãe, para quem infelizmente não reservava afeição. Porém, quando ela partiu, deixou-o apenas com a irmã mais velha como companhia. E ele jamais superaria a morte dela.

— Como sua irmã envergonhou duas famílias, por ser incontrolável e despudorada como a mãe. Eu patrocinei a partida da sua mãe quando ela veio me pedir dinheiro, na esperança de salvá-los de sua péssima influência. De nada adiantou. Ela disse adeus, mas deixou seu maldito legado para trás. Sua irmã...

— Deixe-a fora disso! Cale a sua boca para falar da minha irmã! Ela está morta! Deixe-a descansar em paz!

— Ela morreu porque não conseguia ficar longe do amante. E causou a morte do marido humilhado.

— Ele a matou! — gritou Eric, com a expressão transtornada e jogando a verdade na face do avô, pois já era hora de ele aceitá-la e parar de distribuir culpa onde não devia. — E era um covarde! Sabia que eu o mataria e se matou antes!

— Você sequer sabe se Sophia é filha do marido dela — lembrou o conde, entrando num dos possíveis segredos da família, um dos assuntos que mais o desagradava.

— Ela é filha da sua neta e isso deveria lhe bastar — declarou Eric. — Deixe os pecados e as glórias da vida alheia em paz, especialmente dos mortos.

— Basta-me saber que ambos são fruto do meu sangue. Porém, antes que você também arraste o nome dos Northon pela lama, eu o deserdarei de todos os bens alienáveis e a afastarei dessa influência.

Eric estreitou o olhar e fechou os punhos. Ele se aproximou do avô e o encarou seriamente.

— Você pode tentar — ele avisou. — Leve o que quiser, mas, se tentar afastar Sophia de mim, eu esquecerei que temos laços sanguíneos.

— Eu ainda comando tudo que está sob o nome dessa família. E morrerei antes de permitir que minha única bisneta cresça como algo parecido com a mãe ou a avó.

— Se não quiser perder o acesso e o afeto da sua única bisneta, cuide dos seus assuntos, pois acabou de quebrar sua ligação com o único neto que tem.

Eric deixou o avô em seu escritório, pois estender aquela discussão só os afastaria mais e ele ainda precisava ter o mínimo de civilidade ao tratar com o conde. Não era obrigado, porém, a ter afeto. E como Jonah explicaria isso? Sua mãe acabou com a chance de afeto ao partir, deixando-os novos e mantendo um comportamento frívolo quando voltava para visitá-los. Porém, seu avô ficou. Qual era a sua desculpa para não ter conquistado o afeto dos netos?

Sophia ainda tentava. O bisavô era aquele outro parente que ela tinha e sempre sabia que viria vê-la em algum momento. Eric preferia não deixar a ligação entre eles morrer. Porém, não sabia se Jonah seria uma boa presença na vida dela. O mais provável era que o bisavô não vivesse o suficiente para vê-la crescer.

— Por que você estava brigando com o vovô? — Sophia estava de pé no corredor do segundo andar.

— Pessoas se desentendem — ele disse, fugindo do assunto.

— Ele estava sendo difícil?

— Vá arrumar seus pertences, peça ajuda a Srta. Solarin. — Ele foi em direção ao seu quarto.

Claro que Sophia o seguiu, ao invés de ir arrumar suas malas.

— Nós vamos embora?

— Sim.

— De volta para o campo? Por quê?

— Não, vamos ficar na cidade.

Eric tocou a sineta, chamando o seu valete para arrumar suas malas.

— E para onde vamos?

— Isso é segredo. — Ele se sentou à sua escrivaninha, molhou a pena e puxou uma folha de papel.

— Mas... Vamos embora porque vovô o vigia e depois briga com você?

— É melhor para todos. — Eric continuava escrevendo e, enquanto isso, André entrou para atender o chamado. — Vamos partir, arrume as malas. As suas também.

— Estamos voltando para o campo ou vamos a algum evento fora da cidade? — perguntou o valete.

— Estamos partindo para outras acomodações. Arrume tudo.

André não fez mais perguntas, dirigiu-se ao closet ligado ao pequeno aposento de vestir e iniciou seu trabalho. Eric tornou a tocar a campainha, dessa vez chamando o mordomo, a quem deu seu bilhete.

— Vou sair por umas horas. Sophia, esteja pronta quando eu voltar. — Ele acariciou seu cabelo claro e se abaixou para falar com ela. — Ainda vamos nos divertir na cidade, eu prometo.

— Estamos fugindo? — ela indagou com certa excitação assim que a ideia apareceu em sua mente.

— De certa forma. Parece divertido?

— Muito! Estaremos escondidos?

— Claro, arrume-se rápido. — Ele sorriu e levantou.

Ela saiu rapidamente e correu para o seu quarto; a Srta. Solarin já a estava esperando. O conde de Sheffield ainda não imaginava que o neto havia cansado e resolvido acabar com aquela situação. Ele e Sophia ficariam perfeitamente bem fora das casas principais da família; eles já passavam a maior parte do tempo no chalé de Eric.

Jonah havia ultrapassado vários dos limites de Eric em apenas um dia. Até onde sabia, ele podia ter destruído sua delicada relação com Bertha. E a magoado de forma irreversível. Então ele o obrigou a voltar ao assunto da sua irmã. O avô sabia que ainda era muito doloroso para ele.

Eric havia superado suas questões com a mãe. No entanto, isso não era uma permissão para o avô não apenas insultá-la, como tripudiar sobre o seu abandono aos filhos. E depois, ele tocou no ponto principal: ameaçou separá-lo de Sophia.

Isso apenas provava que Jonah não prestava atenção neles e não tinha a sensibilidade de pensar em seus sentimentos. Ele não conseguia ver que a garota não era apenas a jovem sobrinha que seu neto via como um dever e cuidava para que tivesse tudo e fosse bem educada. Por que ele não enxergava que eles eram uma família? Seria como separar pai e filha.

# CAPÍTULO 20

Dois dias depois, Bertha ainda estava tentando se recuperar de tudo que se passou. Lydia tinha perdido o interesse nos eventos da temporada e olhava para os convites com desânimo. A barriga de Caroline crescia muito rápido e ela estava enjoando com frequência. Era comum não vê-la durante as tardes. Não era fácil derrubá-la, Caroline era muito ativa, mas, mesmo assim, retirava-se para seus aposentos. E por isso, o marquês estava passando mais tempo com as crianças, para distraí-las.

No entanto, naquela tarde, todos estavam fora de seus aposentos e a marquesa estava bem disposta. Bertha recebeu outra visita, para a qual ela teve a opção de dizer que estava indisposta ou avisar que não se encontrava. Porém, reuniu sua coragem e foi se trocar. Ao menos dessa vez, tinha certeza de que seu visitante não viera para insultá-la. Por outro lado, era um tipo de visita para a qual ela não achava estar pronta.

O capitão Horace Rogers foi anunciado e direcionado para a sala de visitas, pois ele não foi ali para ver nenhum dos outros membros da família. E, na verdade, eles não o conheciam bem. Devido aos acontecimentos anteriores e à informação de que ele mandava cartas para Bertha, todos se esconderam para espionar.

Seria dever de Caroline receber o convidado apropriadamente como dama da casa, mas nem ela estava preocupada com isso. E onde estava Bertha?

Rogers ocupou seu lugar e, antes de sentar, deu alguns passos, aguardando a dama que estava esperando. Ele notou as flores: belos arranjos caros. Não dera tempo nem passara pela cabeça de Eric cancelar o envio. Já estavam arrumadas e sem os bilhetes e o capitão imaginou que eram presentes dos admiradores da Srta. Preston.

Lydia se abaixara e espiava pela fresta da porta. Logo abaixo dela, Aaron e Nicole também espiavam, por ordem de altura em sua ocupação do espaço da porta. Caroline, mais discreta, olhava por cima do ombro de Lydia.

— Há alguma coisa errada com ele, mas não sei o que é — Lydia sussurrou.

O marquês vinha na direção deles, exatamente para descobrir quem havia chegado e por que todos estavam ali escondidos. Ele parou e olhou por cima da cabeça de Caroline.

— São as calças — ele respondeu prontamente, como se para ele isso ficasse muito óbvio. — Parece que esqueceram algo dentro delas, como um saco murcho.

— Henrik... — Caroline disse baixo e apertou o olhar na direção do convidado, constatando a verdade: aquelas calças deviam estar mais justas.

— São largas demais ali na região dos países baixos — Henrik explicou.

Aaron franziu o cenho, observando o que o pai acabara de apontar, então inclinou a cabeça na direção dos adultos e perguntou:

— Como uma fralda?

— De certo — disse o pai.

— Henrik, pelo amor de Deus! — Dessa vez, Caroline exclamou, tentando conter o desastre que podia prever por conhecer demais as suas crianças.

— Há pouco tempo, você andava com as calças cheias assim! — implicou Lydia, referindo-se às fraldas do irmão.

— Capitão Fraldinha! — exclamou Aaron.

Nicole saiu de sua posição imediatamente e cruzou os braços, fazendo um bico.

— Bertha vai se casar com o Capitão Fraldinha? Eu não quero! Diga que ela não pode, mamãe! — exigiu a menina.

— Chega! — Caroline agarrou todos pelos ombros e os afastou de seu esconderijo. — Ninguém vai ser apresentado ao capitão até que me prometam que a palavra "fralda" não será citada em momento algum.

— É fraldinha... — murmurou Aaron.

— Ou qualquer derivado! — exigiu Caroline. — Agora subam. — Ela esperou as crianças subirem em passos lentos e desanimados por não poderem ir aprontar com o capitão, então se virou para Lydia. — E você, não ouse.

— Ao menos não na frente dele — completou Henrik, abrindo um sorriso conspiratório.

— Jamais na frente dele ou mesmo próximo a ele — instruiu Caroline.

— Eu prometo. — Lydia assentiu para ambos.

Bertha entrou na sala e, como ela sabia muito bem de onde eles espiavam as visitas, os três saíram rapidamente e se esconderam em outros aposentos.

— Capitão Rogers, é uma agradável surpresa voltar a vê-lo.

Ele sorriu, mas queria lhe dizer que era uma surpresa apenas por escolha dela. Bertha não havia retornado seus convites, não para marcar um horário. Ela não o negava, mas também não o estimulava com chances para encontrá-la. E Horace mandava cartas e bilhetes que ela respondia prontamente. Ao menos disso não podia se queixar, pois ela reservava tempo para a correspondência.

No entanto, já estava em Londres há mais de um mês e não fizera progresso algum em sua corte a ela. E continuava sem saber o que Bertha estava fazendo. Como não participava da alta sociedade, apesar de ser irmão de um barão, Rogers não tinha como receber informações.

— Eu resolvi me arriscar pela chance de encontrá-la em um momento livre.

Ela se sentou, convidando-o a sentar-se também, e o capitão ocupou a poltrona em frente. Não deixou de notar que ela tinha permissão para receber por conta própria e imaginou se por acaso não havia algum concorrente para suas atenções ali na cidade. Ele entendia que todas as atenções estariam na Srta. Preston, mas Bertha era encantadora.

— Muito atencioso de sua parte. Tenho gostado muito do que me conta em suas cartas.

— Eu tenho muitas outras histórias que ficam melhor se contadas pessoalmente — ele comentou.

— Tenho certeza de que sim. Talvez pudesse repetir algumas das que escreveu, achei que certos momentos seriam mais interessantes se os contasse. — Ela era sincera, mas nunca notara um particular senso de humor nele. No entanto, ele era exato e fiel ao contar qualquer coisa. E conseguia ser agradável.

— Eu teria prazer em repetir a história que solicitasse.

— Eu preciso de ar puro — ela disse de repente. Não saía da casa desde o episódio com o conde de Sheffield. Não era seu natural, estava sentindo-se sufocada. — O senhor se incomodaria em me acompanhar numa volta pela quadra?

Horace foi pego de surpresa por seu convite brusco e a quebra de tópico, mas assentiu.

— Claro, eu a acompanharei.

Bertha apenas assentiu e se levantou. Ele também pulou de pé imediatamente. Ela saiu para buscar seu chapéu e suas luvas e voltou num instante. Apenas quando já estavam do lado de fora, ele notou que iriam sozinhos. Afinal, era apenas uma caminhada pela quadra.

Assim que se afastaram da casa, Bertha não disse nada, apenas apreciou o vento fresco e a sensação de estar sob o sol fraco. Horace não era insensível ou desatento, ele notou que o humor dela não estava em um dos seus dias mais brilhantes.

— O que o senhor tem feito para se divertir na cidade? — ela perguntou de repente.

— Tenho reencontrado alguns amigos e conhecidos. Minha família está reunida na cidade, então temos passado noites proveitosas. Tenho um bom número de familiares.

— Isso parece muito divertido — ela comentou.

— Minha família é alegre, o que me ajuda muito a interagir. Não preciso ficar nervoso com o peso de ser o responsável por contar histórias engraçadas.

— O senhor tem histórias engraçadas. Aquele episódio do cachorro ladrão que acompanhava seu regimento era fantástica.

— É, bem... meu coronel contava de forma mais engraçada e inapropriada. Mas o que a senhorita tem feito nesses dias? Eu não pude deixar de ver a alarmante pilha de convites sobre a mesa de centro. Creio que isso explica muito da sua agenda cheia. Deve ser cansativo acompanhar a Srta. Preston a tantas atividades.

— Sim, é exaustivo. São tantos eventos diferentes. — Ela nunca diria que já fazia três dias que elas não saíam. E que não aceitavam a maioria dos convites. — Imagino que seja assim para toda debutante.

— De fato. A irmã mais nova da minha cunhada é debutante e está hospedada conosco; é raro vê-la em casa. E esse foi um dos motivos que me trouxeram até aqui.

— A debutante? — Ela franziu o cenho.

— Sim. Pois meu irmão a presenteará com um baile, para ajudá-la a conhecer e se relacionar com mais pessoas. Não será nada tão grandioso como os seletos bailes aos quais tem acompanhado a Srta. Preston. No entanto, imagino que sinta-se confortável em comparecer.

— Nós vamos a bailes de todos os tipos e tamanhos — comentou Bertha.

— Eu pedi para lhe enviarem um convite. É provável que esteja perdido naquela grande pilha que vi.

— Ah... claro. — Ela ficou um tanto sem graça. — Eu irei procurá-lo assim que retornar.

— Devo esperar sua presença? — Ele lhe lançou um olhar esperançoso.

— Sim, eu irei — ela respondeu, incapaz de recusar. Sentia-se em falta com ele. Sequer respondia seus convites e tinha apenas desculpas para dar. E também respondia todas as cartas por causa do mesmo sentimento. Porém, não havia como recusar esse novo convite.

Eles continuaram até o final da rua e Bertha escolheu dar a volta pela quadra.

— Eu sei que a senhorita já tem passado muito tempo nesse tipo de festividade e deve estar cansada. — Seu comentário soou até como uma sugestão, pois ele esperava que ela estivesse farta de toda aquela atividade londrina da temporada. Era como ele se sentia; não tinha apreço pela temporada. E não gostaria que ela fosse uma dessas damas que gostavam de passar a noite em bailes e chegar de madrugada, depois de algumas danças e muitas taças de bebida.

— Um pouco — ela respondeu.

— Mas eu adoraria acompanhá-la em outros tipos de entretenimento, talvez, durante o dia.

— Claro, eu... adoraria levá-lo num passeio de faetonte.

— Sim... — Ele deu um sorriso amarelo, lembrando de como ela dirigia sozinha o veículo pelas ruas de Londres e constantemente por Devon. Ele era conservador, não era exatamente um comportamento que defenderia. — Qualquer dia que escolher.

— Muito bem, marcaremos um dia essa semana. — Ela seguiu caminhando ao lado dele.

Assim que chegaram novamente à casa dos Preston, ele sabia que era sua hora de entrar apenas por educação e se despedir, mesmo que desejasse lhe perguntar para onde iria essa noite e sondá-la para saber se alguém ali na cidade havia se interessado nela ou quando a família pretendia retornar ao campo. Com tudo que ele queria saber, acabaria soando como um interrogatório. No entanto, era impossível desligar sua mente da questão.

Quem estava tomando conta dela ou pensando em sua reputação? E se importando por ela ficar pela madrugada londrina, em ambientes permissivos? O capitão tinha certeza de que os pais dela ficariam escandalizados se soubessem exatamente para onde haviam enviado a filha. Pessoas de fora daquele mundo nunca conseguiam acompanhar as excentricidades escandalosas e toda a condescendência e intimidade exagerada da nobreza.

O capitão ficaria em profundo estado de choque se soubesse que o jovem grupo com o qual Bertha interagia era justamente o que ele condenava. E mais ainda se soubesse que ela estava envolvida em caças ao tesouro, sem nenhum tipo de supervisão, e eventos em grandes jardins, com centenas de espaços e oportunidades para uma dama cometer milhares de pecados.

E sim, ela chegava em casa de madrugada, pois era o horário para grandes bailes terminarem. Bebia ponche e até vinho, fora da companhia de familiares. E mantinha conversas que ele consideraria extremamente inapropriadas para uma jovem dama.

Horace ficaria sem dormir se soubesse com quantos cavalheiros solteiros ela conversava e interagia ali na cidade e que uma vez ela até dançou com um deles. E teve o dia em que passeou, sozinha. Aliás, ela estava saindo sozinha e não era para passeios em volta da quadra na companhia de alguém. Ela ia longe com aquele seu faetonte.

E se ele soubesse que ela esteve envolvida em desentendimentos? E se descobrisse que foi atacada, não apenas verbalmente. Afinal, ela podia passear sozinha com cavalheiros dentro de espaços fechados, como bailes. Era liberdade demais e muitos comportamentos condenáveis para uma jovem solteira.

Bertha tinha certeza de que o Capitão Rogers não seguiria com seu interesse se soubesse o motivo de sua tristeza, e que seu coração doía, pois não haveria como retomar seu maior pecado até o momento. Ela queria voltar para os braços de outro homem. Por mais que tivesse certeza de que o capitão era bom e gentil, também sabia que ele tiraria as mesmas conclusões que o conde de Sheffield. Ele a veria como uma mocinha de classe baixa, pronta para usar sua beleza e oportunidade para ser uma amante cara.

E ele pensaria, como já pensava, que esse era o problema de dar asas e oportunidades a moças como ela. Ele admirava sua educação; era parte do que almejava para uma esposa. Mesmo procurando em uma classe mais próxima à sua, não era fácil achar uma mulher que recebeu uma educação tão completa. Porém, havia um propósito nisso. E não era dar-lhe liberdade e oportunidades para ser mais do que deveria.

— Eu espero poder apresentá-la ao meu irmão, Lorde Prior — disse Rogers, quando estavam de pé no hall e ela guardava seu chapéu.

— Ficarei honrada em conhecer o anfitrião do baile, assim como Lady Prior. — Ela se virou para ele e deu um leve sorriso.

Rogers manteve o olhar sobre ela, como se esperasse que entendesse o que ele queria dizer.

— Eu disse ao meu irmão sobre a dama para quem tenho enviado bilhetes na cidade. Contei de meu interesse. E de nosso conhecimento desde Devon e que espero que, num momento breve, retorne meu afeto.

Bertha ficou olhando para ele e juntou as mãos enluvadas à frente do corpo. Com tantas palavras em sua mente, não sabia como formar uma frase que fosse adequada ao momento. Ela não achava que havia afeto, mas como poderia saber os sentimentos dele? Talvez, o que ele dizia sobre seu interesse ter começado há meses, ainda em Devon, fosse verdade, e ele tivesse desenvolvido algum tipo de afeto unilateral e o trouxe para Londres. E assim esperava que eles pudessem se acertar.

Rogers sabia que era um ótimo partido para uma moça como ela e que seus pais aprovariam um noivado e correriam com o casamento.

— Eu o admiro muito, capitão. — Ela respirou fundo, soltando o ar lentamente. — E ficarei feliz em conhecer sua família. — Ela tornou a pausar e virou um pouco o rosto, desviando o olhar. — Talvez seja um pouco...

— Cedo — ele completou.

— Sim.

— Por eu ainda não ser o seu principal pretendente.

Ela entreabriu os lábios enquanto o olhava, depois tornou a fechá-los.

— Não passamos tanto tempo juntos.

— Se me permite a intromissão, há outro? Eu gostaria de saber se e com quem estou competindo por sua atenção. Além daqueles que ficaram na vila.

Bertha engoliu a saliva, mas piscou várias vezes, não queria parecer que hesitava ao responder.

— Não. — Ela baixou o olhar e prensou os lábios. — Eu apenas... O baile será uma ótima oportunidade para nos divertirmos juntos.

— Claro, vamos nos divertir — ele concordou, um pouco preocupado em como faria para ser divertido. Já que não partilhava das mesmas preferências para diversão, ficava complicado.

Lydia viu Bertha entrar no quarto e jogar as luvas sobre o seu criado-mudo. Ela deitou na cama; na verdade, soltou-se sobre o colchão, virou de lado e se encolheu. Depois, cobriu o rosto com as duas mãos.

— Foi um passeio divertido? — indagou Lydia, com a prova bem à sua frente.

— Sim, agradável. — Bertha nem se moveu.

— Tanto assim? Estou surpresa — ela respondeu, sarcástica.

Bertha baixou as mãos o suficiente para lhe lançar um olhar sério. Lydia largou o seu livro e foi sentar-se na beira de sua cama.

— Por que aceitou recebê-lo se está tão miserável?

— Ele não tem culpa de nada do que aconteceu.

— E você acha que tem e por isso precisa se torturar, sendo agradável e contente?

— Eu o tenho deixado de lado. Sinto-me culpada por não cumprir o que prometi. Eu estava distraída e com minha mente em outro local.

— Tudo bem... — Lydia remexeu no enfeite da saia do seu vestido. — Você disse a ele que tem se encontrado com Lorde Bourne?

Bertha voltou a afundar o rosto nas mãos.

— Ele me convidou para um baile na casa de Lorde Prior.

— Quem é essa pessoa?

— O irmão mais velho.

— Você aceitou?

— Sim. O convite deve estar perdido lá na mesa.

— No mar de monstros de convites? Levaremos semanas para encontrar, nem Odisseu poderia nos trazer de volta se formos mexer naqueles convites — brincou Lydia. — Ele vai apresentá-la para sua família? Meu Deus! Você precisa fugir!

— Lydia...

— Mas ele é tão...

— É apresentável e atlético. — Bertha revirou os olhos mesmo por trás das mãos.

— Ele é cafona! — exclamou Lydia.

— Não tanto...

— Você terá uma vida tão entediante. Vai enlouquecer. Ele não combina com você. Além disso, ele vai partir em algum momento e nunca mais a verei.

— Nunca mais é exagero seu.

— Militares podem ficar anos onde o sol não bate. Confesse que o acha chato. Não é possível que se apaixone por Lorde Bourne e também goste do seu oposto.

— Não estou apaixonada — Bertha negou, numa afirmação que ela estava usando para tentar se convencer. — O capitão apenas não compartilha de nossos gostos.

— Quantos anos ele tem? Sessenta?

— Não creio que tenha ultrapassado muito os trinta anos.

— No exterior — teimou Lydia. — Por dentro, já deve estar em seus sessenta.

— Você não o conhece tão bem.

— Nem você. O pouco que conhecemos é suficiente para saber que será entediante. E ele a podará como uma estátua de arbusto malfeita. Você acabará fugindo e teremos de escondê-la. Mas, pela lei, sabe que nada nos ajuda. Então, eu terei de abatê-lo com uma espingarda quando ele vier levá-la à força. Imagine se já tiver um filho dele, será como uma refém do Capitão Cafona. Bertha! — exclamava Lydia, exagerando no drama.

— Ontem, você estava falando mal assim de Lorde Bourne.

— Ele é um maldito. Eu também não gosto mais dele. Ao menos, ele não a impediria de fazer o que gosta, ou de me visitar e viajar por sua conta ou...

— Pare de falar. — Bertha cobriu os ouvidos.

— Admita que ele é cafona!

— Ninguém é cafona por escrever cartas.

— Ele é cafona escrevendo. E, minha nossa, ele consegue flertar? Ele mal se mexe dentro daquela roupa, ele não precisa ser um militar o tempo todo. A única coisa larga são suas calças. Se você o tocasse, tenho certeza de que ele daria um pulo que furaria o teto.

— Ora essa, Lydia. Não foi você que quase matou dois homens por achar que apenas beijariam seu rosto? E quase morreu porque Lorde Greenwood teve a audácia de beijar sua bochecha?

Lydia ficou logo emburrada.

— É diferente... Não me diga que o Capitão Cafona nunca beijou alguém.

— Eu espero que sim. Seria tão estranho.

— Se ele tentar beijá-la no baile e você não fingir que vai desmaiar pelo primeiro beijo de sua casta vida, ele vai desconfiar. Então terá de confessar que já passou horas nos braços de um libertino com lábios experientes! — Riu Lydia, provocando-a sem dó. — E o Capitão terá um mal súbito!

Bertha teve de rir, por mais que não quisesse pensar numa situação tão tragicamente cômica.

# CAPÍTULO 21

Lady Prior estava no céu. O salão estava cheio; quase todos os convidados haviam comparecido. Nem ela tivera tamanha pretensão. Os boatos sobre o farto banquete e a pequena orquestra cheia de talentos que tocaria a noite toda fizeram efeito. E seu marido era um santo. Ele estava patrocinando tudo aquilo, pela sua felicidade e pelo bem de sua irmã.

Ela também achava que ele apenas queria se livrar de todas as suas irmãs, mas, com toda aquela bondade, ela não se preocuparia com isso. Afinal, era vantagem para elas. A mais nova estava debutando nessa temporada e ainda havia uma mais velha que não se casara em duas temporadas. Como eles não faziam parte dos grupos mais seletos da alta sociedade, nem sempre tinham o acesso e o status que ela gostaria.

Para remediar isso, havia empregado essa tática agressiva e copiara ideias de Lady Fawler para atrair convidados jovens, especialmente jovens cavalheiros para conhecer suas irmãs. Ela não era mesquinha, desejava casamentos incríveis para elas, mesmo que isso as colocasse em posições acima da sua, que era uma baronesa.

— O senhor não foi sincero quando disse que seria um evento pequeno — disse Bertha, depois de entrar no salão. — Está fantástico e há tantos convidados.

— Sim... — Horace disse entre os dentes, pois seu irmão lhe prometera que seria algo "discreto". Porém, sua esposa vencera e agora estavam naquele baile cheio. — Desculpe-me, achei que seria, não participei da organização.

— Não precisa se preocupar, está lindo. — Ela sorriu levemente.

A Sra. Birdy os acompanhava de perto e também olhava em volta, aproveitando sua chance de participar de um evento tão grande. Lydia havia tentado todos os jeitos ir de acompanhante, mas ela não acompanhava. E Caroline lhe disse para deixar Bertha se virar naquela noite. A Sra. Birdy dava conta da missão.

O Capitão Rogers levou-a para conhecer Lorde Prior e a esposa. Ele também tinha seus truques: essa foi sua forma de pressioná-la, pois acabou apresentando-lhe a toda a família que estava em Londres. Seu outro irmão com a esposa, seus sobrinhos, um casal de primos e de tios. Seus pais já eram falecidos, mas os tios eram o equivalente disponível.

— Finalmente a conhecemos, Srta. Gale. Nós só ouvimos coisas maravilhosas a seu respeito — disse Lady Prior.

Lorde Prior, pensando ser de ajuda para o irmão, tratou de capturá-la para conversarem e ela lhe contar tudo sobre o que estava vendo em Londres. O irmão mais velho tinha boas intenções, porém Horace ficou desgostoso. O irmão sempre tratava de interferir para ajudar porque o achava travado. Era verdade. Ele apenas não admitia. E Prior cresceu para objetivos diferentes do irmão. O barão caiu no que Horace e todos os pudicos fora da permissiva nobreza chamavam de vida de prazeres. Indecência pura.

Assim, o barão flertava como se respirasse e soltava piadas sem problema. E o irmão queria morrer. Mais ainda, porque ele estava divertindo Bertha. Lady Prior não se importava, ela se apaixonou por ele exatamente assim. E ele correspondia o sentimento. Assim que se casasse com Bertha, o capitão não tinha a menor pretensão de deixá-la passar muito tempo sob a influência de seu irmão mais velho e da esposa. Até porque, ele a levaria em sua próxima colocação. E isso a afastaria daquele mundo no qual ela também estava presa como acompanhante.

— A senhorita aceita dançar? — Horace indagou, pensando em roubá-la de volta.

— Ah, eu... — Ela quase recorreu à resposta padrão, pois nunca dançava. — Sim, vamos aproveitar a próxima música.

— Dançar é algo que domina com louvor, Horace! Conquiste-a pelos seus passos perfeitos. — Lorde Prior abriu um sorriso e o capitão se apressou em se afastar com Bertha.

Um pouco depois, do outro lado do salão, Deeds apertava o braço de seu amigo, Eric, para fazê-lo responder a sons e estímulos. Ele parecia ter ficado paralisado.

— Vamos lá, homem, vão achar que comeu algo estragado. — Deeds deu-lhe um puxão na manga e o levou com ele. — As pessoas estão falando com você, pare com isso.

Eric parou e bufou, o ar saiu tão quente que o lembrou de um touro. Ele viu quando Bertha finalmente parou de rodopiar, leve e elegante como uma pena, e acompanhou aquele homem — de postura ereta como uma vara — para longe da pista de dança.

— Bourne, estou lhe dizendo, eu não gosto desse olhar — continuou Deeds. — Havia pelo menos seis moças falando e eu tive de dizer que tínhamos um assunto urgente.

Deeds finalmente olhou para onde Eric lançava aquele olhar turbulento e tão fixo. Uma mistura de ameaça e tormenta. Sua expressão era estranha, estava dura e séria. Porém, havia certa aflição na forma como seus lábios se entreabriram e seu cenho franziu.

— Minha nossa! Eu preciso de reforços. — Deeds olhou em volta e começou a fazer sinais para Lorde Keller, mas o amigo estava ocupado demais flertando com uma moça. Deeds virou-se novamente. — Vamos partir!

— Quem é aquele homem? — perguntou Eric, em um tom baixo, de quem não podia ser ouvido falando da vítima antes do crime.

— Eu acho que é irmão de Lorde Prior. Mais um motivo para você não se envolver em problemas com o irmão do dono da festa.

Deeds viu que Eric estava movendo as mãos, provavelmente sem notar. Seus dedos soltavam e apertavam contra sua mão, em punho. Ele agarrou seu pulso, parecendo que estava medindo a pulsação. Eric sequer se moveu quando ele o segurou, nem sequer mudou o foco do seu olhar.

— Escute a minha voz — disse Deeds, como se tirasse o amigo de um transe.

Lá do outro lado, o tal capitão deixou Bertha por um momento e se apressou na direção dos familiares. Duas pessoas haviam chegado e ele andava tão rápido que parecia que estava indo lá para escondê-los.

— Não se mexa, Bourne, eu estou lhe avisando — disse Deeds.

Bertha estava sozinha. Era sua primeira chance para falar com ela desde aquele episódio. Ao menos, olhando para ela, pois ela nunca respondeu seu bilhete, pedindo-lhe perdão pelo que seu avô fizera. Ele sequer sabia se ela havia lido, ou preferira nem abrir para evitá-lo completamente. Eric não a culparia, mas ele não podia vê-la e não fazer nada.

Deeds o havia convencido a vir, foi à sua nova casa e o tirara de lá, dizendo-lhe que seria para ele espairecer.

E o que diabos ela estava fazendo ali junto com aquele homem? Ele viu a acompanhante, mas aquele homem não saía de perto dela.

— Escute um amigo — Deeds disse ao seu lado.

Dessa vez, Eric o olhou e deu um leve sorriso.

— É isso que amigos fazem, Deeds. Às vezes, eu não o escutarei, mesmo quando deveria. E então, será seu papel de amigo me apoiar após as minhas tolices.

Eric atravessou o espaço que o separava de Bertha, dando passadas decididas e rápidas, disposto a não ser atrapalhado pelo irmão de Lorde Prior. Quando Bertha o viu, ele já estava perto demais e parou à sua frente como uma aparição. Ela puxou a respiração e esta não parecia achar o caminho de volta.

— Srta. Gale — Eric disse baixo, e seu tom não era de cumprimento. Era como se tivesse dito seu nome em meio a uma frase; o tom saía daquela forma que uma palavra parecia contar outras quinhentas.

— Lorde Bourne — ela sussurrou, pois se não conseguia respirar, não tinha voz. Seus lábios mal se moveram ao pronunciar o nome.

Agora que estava parado ali, ele movia os lábios, buscando as palavras, tentando trazê-las do fundo de sua garganta, porém não as tinha. Seu olhar estava sobre ela, dizendo-lhe aquelas mil palavras. A Sra. Birdy escolheu não intervir; ela até deu um passo para o lado e focou seu interesse na dança.

— Eu não queria que nada lhe acontecesse. — Ele não sabia o que dizer e não planejara essa frase.

Bertha assentiu e agora sua respiração saía de forma irregular.

— O que está fazendo aqui? — ela indagou. Nem se lembrava de olhar para o lado, para ver se Rogers estava voltando; não conseguia desviar o olhar.

— Fui convidado. Deeds me convenceu a vir.

Eric, por outro lado, lembrava muito bem da companhia dela. Ele virou o rosto e olhou na direção de onde o capitão havia ido e tornou a encará-la. Seu olhar turbulento era como um imã, e a mistura de cores entregava seus sentimentos. Bertha sentia seu coração bater novamente na garganta. Sabia que sua boca estava entreaberta, mas a sensação era de que sufocaria se a fechasse.

— Quem é aquele homem? — Ele estreitou o olhar. A pergunta também foi baixa.

Ela precisou umedecer os lábios antes de dizer:

— Capitão Rogers.

Eric olhava-a seriamente. Se o coração dela batia no lugar errado, o dele havia congelado em sua caixa torácica.

— Ele está atrás de você, não é? — Sua voz soou vulnerável, mas a expressão era hostil, como seus sentimentos em relação àquele homem.

— Isso é um assunto particular — ela murmurou e correspondeu ao olhar dele com ansiedade e mágoa.

Ele precisou de um momento para respirar fundo, pois alguma coisa havia quebrado dentro do seu peito, talvez o gelo que estava segurando seu coração no lugar. A dor dava a impressão de que o colete estava apertado demais, tanto que ia apertar até esmagá-lo.

— Você disse a ele que tem um assunto particular comigo?

— Mas não creio que ainda tenhamos... — Ela sentiu os olhos arderem e soube que não podia continuar na frente dele. — Nós realmente tivemos?

Quando o olhar de dor e desamparo transpareceu na face dele, Bertha virou o rosto, sentindo seu peito subir e descer rápido demais, como se fosse hiperventilar a qualquer momento. Seria isso ou as lágrimas. Ou ambos.

E Eric ainda não desviara o olhar de cima dela.

Agora a Sra. Birdy olhava para eles, pois continuavam ali, mas sua conversa era baixa, apenas para seus ouvidos. E só de olhar, ela sabia que algo de muito sério estava se passando e ficou dividida entre interferir ou não. Ela sabia que Bertha se alterava por causa de Lorde Bourne, mas nunca soube que passou disso, e só a acompanhou uma outra vez, exatamente para encontrar o Capitão Rogers para um passeio. Portanto, de que lado uma acompanhante se colocava numa situação complexa como essa? Ninguém teve a delicadeza de lhe dar os detalhes.

— Eric, por favor... — ela pediu baixo. — Só de olhar para você, eu sinto que vou desmoronar. Deixe que eu me recomponha em paz.

— Eu não consigo suportar não saber sobre você. Não há como me recompor.

Ele podia notar que ela estava para perder a batalha contra seus sentimentos e não queria lhe causar mais nenhum embaraço. Mais do que já havia causado. Então, Eric fez menção de dar-lhe o lenço, para que ela pudesse se conter, mesmo que ele partisse.

— Não, não... — Ela baixou a cabeça. — Não me dê nada.

Eric tinha algum problema; ele sabia que tinha de sair dali o mais rápido possível. Era só que algo o prendia a ela, ele era o causador de seu sofrimento e ao mesmo tempo tinha o instinto de protegê-la do que a machucava. Mas como a protegia dele? Ele pendeu a cabeça para trás, levantando o olhar, para não embaraçar ambos, e puxou o ar com brusquidão, então virou-se e partiu pelo salão.

Bertha só soube que ele partiu porque seus sapatos de baile saíram de seu campo de visão e sua presença já não estava à sua volta, confortando-a e ferindo-a ao mesmo tempo. Ela levantou a cabeça e seu olhar seguiu suas costas enquanto ele se afastava rapidamente. Ela deixou escapar um som de dor e colocou a mão sobre o colo, com seus dedos enluvados tocando o pescoço.

— Por tudo que é mais sagrado, engula. — A Sra. Birdy agarrou-a pelo braço e a levou pelo canto do salão. Entrou no primeiro corredor, demandou de um pajem a localização do toalete e entrou lá junto com ela.

Bertha apertou o lenço que ela colocou em sua mão e o pressionou embaixo os olhos. Estava fazendo exatamente o que a Sra. Birdy dissera, fungava repetidamente, engolindo as lágrimas e a dor. A camareira, em seu papel de acompanhante, era a presença forte de sempre. Ela sequer precisava de palavras. Quando Bertha ia baixar o lenço, a Sra. Birdy o apertou com força contra os cantos internos de seus olhos.

— Vamos, assoe o nariz ou ficará fungando pelo resto da noite. Essa noite não acabou ainda.

De fato, quando elas retornaram ao salão, Bertha temia ver Eric, mas manteve o olhar em um único ponto. E dessa vez foi o Capitão Rogers que apareceu rapidamente.

— Eu levei um susto quando não a vi mais onde estavam — ele comentou, o alívio transparecendo.

— Nós precisamos de um momento para usar o aposento para damas — respondeu a Sra. Birdy.

Bertha levantou o olhar lentamente e um leve sorriso foi nascendo em sua face, cobrindo-a com uma máscara, pois, por trás daquele tímido sorriso, lágrimas invisíveis desciam pelo seu rosto, marcando-o. Enquanto seus lábios prensados se esticavam num esforço doloroso, ela já sentia a umidade das lágrimas imaginárias tocando o topo de seu decote.

O capitão, no entanto, só via aquele pequeno sorriso que o encantava.

— Desculpe-me por deixá-la, não esperava que o outro lado de minha família aparecesse de uma vez. Resolvi ir até lá antes que gritassem por mim pelo salão.

— Eu entendo. — Bertha continuava com o leve sorriso. Ela apenas piscava, temendo desviar o olhar de cima dele.

Rogers acompanhou-a de volta para um local mais próximo de Lady Prior, mas longe o suficiente para ele ser o único a conversar com Bertha.

— Aquele homem é um conhecido? — Ele aproveitou a primeira oportunidade que teve para perguntar, provando que a havia visto de longe.

— Lorde Bourne? — Pronunciar o nome dele naquela conversa deixava-a desconfortável.

— Sim, creio que é esse o nome, você o conhece?

— Dos bailes. — Ela se esforçou para soar desinteressada, como se fosse um assunto banal.

Ela não fazia ideia de como isso o incomodava. Ouvi-la dizer que conhecia aquele homem "dos bailes". E dito com tamanho desprendimento. Como se estivesse sempre conversando com homens que conhecia em bailes, para todo lado que fosse.

— Imagino que ele queria saber do paradeiro da Srta. Preston — continuou Rogers, sondando e tirando suas conclusões.

— Claro... — Bertha jamais o corrigiria quanto a isso.

— Eu imaginei que era esse o motivo para ele ter ido até você. Minha cunhada indagou, pois ela e suas irmãs estavam tão eufóricas por causa dele que aceitariam ajuda se você já o conhecesse bem.

Bertha apenas assentia.

— Eu não acredito que elas consigam, afinal, o homem está rodeado de mocinhas e mães desde que chegou aqui. Apenas quando ela o viu em sua companhia foi que notei que era o mesmo lorde que estava causando tanta excitação. E ele está interessado na Srta. Preston. Isso será uma decepção para elas.

— Ele tem muitas opções, a Srta. Preston é uma amiga — Bertha disse mecanicamente.

— Amiga, entendo — ele comentou, pois não entendia nada. Como a filha solteira do marquês seria amiga daquele lorde?

— Estou com sede — ela disse de repente. — Eu vi uma linda mesa com três tipos de ponche. Irei até lá, o senhor virá?

Ela não o esperou responder e não precisava que ele lhe desse o braço, sabia andar sozinha. E se pudesse, tomaria dois copos de cada sabor, mas não estava na companhia certa para isso. Restava-lhe engolir um copo em goles muito lentos.

Alguns dias depois, Bertha recebeu outro pedido de visita. Dessa vez, não era nenhum cavalheiro, porém a surpresa não era menor. Quando Bertha chegou à sala de visitas, Aaron e Nicole já haviam feito as honras da casa.

— Você é muito metida a besta — disse Aaron, cruzando os braços.

— E você é mal-educado. Não gosto de meninos sem educação — respondeu a linda garotinha vestida de azul, que não se abalou em nada com o olhar antipático de Aaron.

— E eu não gosto de meninas esnobes — ele devolveu, depois de segundos de ultraje.

— Pouco me importo com o que você gosta — ela rebateu, empinando o nariz.

— Eu faço o que eu gosto.

Aaron já estava atônito com a visitante. E Nicole apenas olhava de um para o outro e ria deles em alguns momentos.

— Sabia que eu moro aqui? — ele perguntou, como um último recurso para vencer.

— Não vim vê-lo — ela devolveu com pouco caso.

— Eu sei disso! — Aaron corou. — Não era isso que estava insinuando.

— Acho que você não serve para fazer isso... — disse Nicole, intrometendo-se. — Isso de insinuar, não sei o que é, mas você não deve saber também.

— Por isso que não gosto de garotas — Aaron resmungou e virou um pouco de lado, com os braços firmemente cruzados.

— Nem de mim? — Nicole o olhou com os olhos verdes amuados.

— Você é minha irmã, ser menina não interfere.

— Um dia, vou gostar de meninos — disse a visitante, mas pausou e levantou a sobrancelha para Aaron. — Não de você, claro. Vou gostar de rapazes refinados.

Aaron descruzou os braços e fechou as mãos em punho ao lado do corpo.

— Pois saiba que ninguém vai querer se casar com uma garota esnobe como você! — ele disparou.

— Seu malvado! — ela reagiu.

— Metida! — ele devolveu.

Nicole arregalou os olhos enquanto eles discutiam e Bertha entrou rapidamente, indo direto para onde estavam.

— Parem com isso imediatamente! Aaron, o que está fazendo? Ela é uma visita.

— Ela é metida! — ele acusou.

— Ele é mal-educado! — reclamou a menina.

— Chega. — Bertha apontou para o sofá mais afastado e fez sua melhor expressão séria. — Agora.

Aaron fez um bico, mas foi marchando para o sofá e chamou a irmã, mas Nicole não quis ir, ela estava encantada demais em ver outra menina pequena e de vestido colorido como ela.

— Você é a minha visita? — Bertha franziu o cenho para a garotinha.

— Sophia Northon. — A menina fez uma mesura, segurando os lados do vestido azul com as mãos calçadas em pequenas luvas.

A resposta de Bertha foi abrir a boca e não conseguir dizer nada.

— Ela disse que é filha de Lorde *Bourni* — disse Nicole, ainda errando o título dele. — Eu passeei com ele, sabia?

— Ele contou. — Sophia sorriu e tornou a olhar para Bertha. — Ele disse que aqui eu encontraria a dama mais perfeita de Londres e outras crianças para conversar.

Lydia escolheu esse momento para entrar na sala e estacou ao ver aquela criança diferente.

— Ah, então não era brincadeira! — ela exclamou.

Bertha girou e encarou Lydia como se fosse matá-la.

— Você sabia disso?

— É muito difícil ser amiga da dama mais adorável, encantadora e competente de Londres. Homens solteiros e com filhas querem que elas a conheçam.

E lá estava Bertha sem palavras outra vez. Quando foi que Lydia voltou para o lado de Eric? Será que ela abominava tanto o Capitão Rogers para aliar-se novamente ao outro lado que havia amaldiçoado tanto?

— É muito bom finalmente conhecê-la. — Bertha tornou a dar atenção a Sophia.

— Eu concordo. Quero conhecê-la há tanto tempo! — Ela agarrou sua mão e sentou-se no sofá ao seu lado.

Nicole prontamente pulou para cima do sofá também e sentou ao lado da menina. Aaron continuava lá no outro sofá, de castigo temporariamente. Porém, prestava atenção em tudo que elas diziam. Lydia pediu o chá e divertiu-se, sentando-se junto com elas.

— Você é muito mais bonita do que imaginei. — Sophia continuava agarrada à mão de Bertha e a olhava com adoração.

— Obrigada, você também. Eu não pensei que parecesse tanto com seu... — Ela ficou confusa, a menina dissera às crianças que Eric era seu pai, mas ela sabia que era o seu tio.

— Mas e sua mamãe? — perguntou Nicole, confusa.

— Ela foi para o céu. — Sophia olhou para baixo por um momento. — Agora tio Eric é meu papai. — Então ela tornou a olhar para Bertha. — E você é a dama especial!

— Claro que é! — Riu Lydia.

— Você também é especial. — Bertha tocou a cabeça da menina, confusa sobre o que fazer com ela.

— Eu concordo que não há influência melhor para uma jovem dama que nunca teve outros exemplos femininos depois que passou a entender as coisas — comentou Lydia.

— Estou muito sozinha, ainda mais agora que nos mudamos. Ainda bem que ele me deixou vir brincar.

— Podemos brincar? — Os olhos de Nicole brilharam. — Ela pode ficar? Eu tenho tantas bonecas para apresentar!

— Não eternamente, por umas horas — disse Lydia.

— Você tem uma preceptora? — Bertha indagou à menina.

— Ela foi embora de novo. Meu pai diz que todas elas se apaixonam, têm bebês e acabam partindo. Mas vai chegar outra. E a Srta. Solarin me faz companhia. Ela é muito esperta.

— Onde ela está? — Bertha olhou para todos os lados.

— Eu a vi conversando com a Sra. Birdy.

Pouco depois de citada, a camareira apareceu na sala, guiando a acompanhante de Sophia. Era uma jovem moça negra, a mesma de quem Eric havia falado. Nicole ficou fascinada. Sophia trazia muitas novidades para a vida deles. E eles poderiam tirá-la de sua solidão. Ela sofria por nunca encontrar outras crianças e estava temporariamente sem uma preceptora. Realmente não havia nenhuma participação feminina em sua vida além das criadas da casa. E agora que estavam morando numa casa menor e tão impessoal, sua solidão havia piorado.

Eric escreveu para Lydia, pois, depois daquele encontro no baile de Lady Prior, ele tinha certeza de que Bertha não abriria uma carta sua. Ele não podia voltar até a casa dos Preston para apresentar Sophia às únicas crianças que conhecia e com quem passou parte de um dia, e sabia que seriam uma companhia maravilhosa.

Antes de enviá-la, ele repetiu inúmeras vezes para Sophia que Bertha era uma amiga. E que era a melhor dama que ela conheceria. Tentou de todas as formas tirar as fantasias de sua mente, porém Sophia era esperta. Ela tinha certeza de que Bertha era a tal dama especial com quem Eric não podia ficar. E olhando para ela, todas as suas fantasias brilhavam em seus olhos.

— Você gosta do meu vestido? — ela perguntou a Bertha. — E o meu penteado é bonito? Eu queria vir bem arrumada para conhecê-la.

— Claro que gosto, são lindos.

— Ela trocou de roupa dez vezes — a Srta. Solarin entregou, sentada no sofá e servida de uma xícara de chá.

Aaron pôde voltar para o lanche e sentou-se ao lado de Lydia, segurando um bolinho e se esforçando para ser comportado. Mas agora que Bertha estava ali, Sophia não prestava mais atenção nele. Havia passado o braço pelo dela e comia biscoitos doces enquanto lhe fazia mil perguntas.

Depois, Caroline juntou-se a eles para o chá e também conheceu a menina. Ela disse que seria fantástico se as crianças passassem um tempo juntas. E sequer estava a par da colaboração interesseira de Lydia. Ela continuava tratando Eric com antipatia e alfinetadas e disse que não o ajudaria diretamente, pois seria traição.

Por outro lado, Lydia era obrigada a preferi-lo, pois Bertha não tinha sentimentos pelo capitão, que, além disso, levaria sua melhor amiga para longe. E ambas sofreriam. Bertha estaria sozinha em algum lugar, com aquele homem que Lydia tinha certeza que não combinava com ela e, apesar de suas boas intenções, não teria como fazê-la feliz.

Sophia não foi a única a passar muito tempo na casa dos Preston; ela estava lá dia sim, dia não. E quando não aparecia, todos notavam. Aaron ainda a alfinetava e recebia de volta na mesma moeda, mas eles brincavam juntos. E iam a passeios, corriam no parque e tomavam sorvete no Gunter's. Em algumas dessas vezes, Eric passou para buscá-los e foi estranho, pois ele não foi além do hall e ficou desconfortavelmente aguardando, apertando suas luvas e sentindo um doloroso aperto no peito. Bertha estava ali dentro em algum lugar, mas não os acompanharia. Lydia e a Srta. Jepson faziam isso, o que acabou reacendendo rumores de que ele estava interessado na Srta. Preston.

O Capitão Rogers era desinformado e não sabia de rumor algum, porém ele já concluíra que o tal Lorde Bourne estava atrás de Lydia e que provavelmente era um dos cavalheiros que enviava aquelas flores para ela. Horace também tomou a liberdade de fazer mais visitas, mas nada muito exagerado. Porém, queria deixar claro o seu interesse e existência para Bertha. Ele percebera que ela estava em casa em mais momentos do que se lembrava de informar.

Bertha podia ver para onde suas visitas estavam caminhando, ela apenas não conseguia sair do caminho. Ela estava seguindo sua vida e não guiando-a. E odiava a sensação. Não parava de fugir de seus sentimentos e medos. Não conseguia mais contar todos os dias que se passaram desde que falou com Eric pela última vez. Ou desde que o viu, sem contar a última vez que espiou pela janela do segundo andar quando ele veio buscar Sophia.

Ele olhara para cima enquanto esperava ao lado da caleche. E ela deslizara para o chão, cobrindo os ouvidos para não escutá-lo partir. Não ia suportar muito mais, sua opção era voltar para casa e terminar de vez com aquela loucura.

Eric estava de pé no hall da casa dos Preston, debatendo-se mais uma vez sobre a possibilidade de Bertha estar na sala. Ele só precisaria dar mais alguns passos para alcançá-la. Ele soube que os Preston voltariam para casa em breve, para a viagem ser mais confortável para a marquesa. Eric também já estava pensando em partir, pois precisava recuperar sua sanidade e recolocar o chão sob seus pés.

Ele estava batizando cada chá, café e limonada que consumia. E agora que Sophia tinha um lugar para ir, estava aproveitando seu tempo sozinho para amargar a própria companhia. Deeds tentava ser aquele amigo que apoiava após as tolices, mas não era um mágico.

O Sr. Roberson atendeu a porta e recebeu o chapéu do Capitão Rogers. Eric girou em seu eixo e cravou o olhar hostil nele. O homem também não simpatizava com ele, mas era porque já não gostava do seu tipo.

— O que veio fazer aqui? — Eric perguntou, surpreendendo-o e mandando às favas a boa educação e a cordialidade.

O capitão piscou várias vezes e se aproximou lentamente.

— Não precisa ser hostil, milorde. Não vim aqui pela Srta. Preston. — Ele usou um tom de informação e continuou em direção à sala.

Eric virou o rosto, escutando seus passos se afastarem. Seus olhos se fecharam e ele apertou os punhos, girou e seguiu o mesmo caminho. Apareceu na entrada da sala ao mesmo tempo em que Bertha entrava pelo outro lado, atrás das crianças. Ela estacou assim que o viu. Seu olhar tomou toda a cena, com Rogers do lado direito da sala, mas seu olhar estava preso na figura à sua frente, do outro lado do cômodo.

Sophia correu para ele, com seu cabelo claro balançando atrás dela. Agora, ela já se sentia em casa e não ia mais toda arrumada como uma boneca como das primeiras vezes. Ela chegou ao seu lado, agarrou seu braço e abraçou-o. Eric colocou a mão em suas costas.

Bertha sabia que Rogers havia acabado de cumprimentá-la. Porém, ela nunca realmente vira Sophia junto a Eric, além daquele dia que os espionou da janela. Já estava apegada à garota e seria só mais um adeus. E mais um rasgo se abriu em seu coração ao observá-los juntos.

— Despeça-se — disse Eric.

As crianças estavam falando. Bertha havia dito algo a Rogers, mas era como se tudo não passasse de um zumbido confuso. De repente, Eric não estava mais onde ela o vira pela última vez. Ela piscou várias vezes e viu que ele estava no meio da sala. Aaron falava com ele e Nicole abraçava Sophia para se despedir. Ele pegou a mão da filha e parou. O Capitão Rogers o observava de forma intrigada, por causa das crianças. Ele já havia visto aquela menina ali, mas não sabia que era dele. E os filhos do marquês estavam sempre ocupados em outras atividades.

Certa vez, aquela menininha o atrapalhara muito e Rogers queria saber de onde ela havia saído, pois ele encontrou Bertha em casa, mas ela estava com a menina. A garota ficou olhando-o e levantando a sobrancelha e não se afastou de Bertha. Para piorar, lançou olhares de pouco caso em sua direção enquanto ele tentava entreter Bertha. Fazia sentido se ela era filha de Bourne, pois, em sua opinião, ele era hostil e antipático.

— Eu não venho aqui por causa da Srta. Preston — Eric disse ao Capitão Rogers num tom de quem corrige um problema e então partiu, levando Sophia pela mão.

Bertha fechou os olhos e passou a mão fria pela testa, buscando serenidade. Ela escutava Rogers falar novamente, mas não se importava com o que era.

— Eu tenho um compromisso com a Srta. Preston esta tarde. Desculpe se marcamos algo, eu devo ter esquecido. Lamento... — ela se despediu, tornou a se desculpar e fugiu da sala.

O capitão ficou ali parado, pois ela saiu rápido demais. Logo depois ele finalmente encontrou o Marquês de Bridington. Nas poucas vezes que teve a honra, o marquês estava de passagem. E, devido àquela chance inesperada, Rogers tomou uma decisão. Estava sentindo que precisava investir com mais afinco se queria mesmo arrebatar a Srta. Gale, antes que voltassem para o campo. Ali era sua chance, não tinha outros para atrapalhá-lo. E era o único pretendente que ela estava recebendo.

Não podia desperdiçar seu momento de vantagem. Podia não ser sensível, mas conseguia sentir que ela estava hesitante; ele precisava rodeá-la de confiança naquele compromisso. Pediu um minuto ao marquês, e Henrik franziu o cenho para ele, desconfiado. Horace começou lembrando-o que estava visitando e cortejando a Srta. Gale, como se Henrik não tivesse notado algo acontecendo em sua casa, mas ele assentiu, deixando-o introduzir o assunto.

— Acredito que o pai dela passou ao senhor a responsabilidade de cuidar de seu bem-estar — disse o capitão.

— Sim — respondeu Henrik, ciente de para onde estava indo a conversa.

— Eu gostaria de permissão para tornar minha corte mais séria e propor para a Srta. Gale — disse o capitão, com certa pompa.

— O senhor tem de pedir isso a ela — respondeu Henrik, cruzando o tornozelo coberto pela bota sobre seu joelho esquerdo. E parecendo displicente demais para um assunto que o capitão considerava da maior seriedade.

— Então, não se opõe que eu faça minha proposta?

— A meu ver, o senhor é aceitável, ou ela não o receberia nem para o chá. Portanto, não é meu papel me opor, tampouco incentivar. — Henrik cravou o olhar nele e este não era nada displicente. — Proponha. E veja o que vai acontecer.

Rogers ficou um tanto incomodado e até inseguro com as últimas palavras de Henrik. Ele esperava que o marquês demonstrasse felicidade porque um bom partido estava a ponto de propor para sua protegida. Mas Henrik olhava-o como se ele ainda tivesse de provar que valia uma libra.

*Bem, ele era um marquês, isso devia ser o seu normal,* pensou Rogers. Então partiu, planejando seu próximo encontro com a Srta. Gale.

# CAPÍTULO 22

Havia pouco tempo para permanecer na cidade; alguns membros mais "delicados" da sociedade já reclamavam do calor em Londres e de sentirem-se abafados com a qualidade do ar piorando. Lydia, no entanto, sentia que estava tão frio quanto antes. Ela ainda saía de casa com sua peliça e o xale e retirava-os antes dos eventos.

— Eu não creio que já pretendem se retirar — a Srta. Durant disse a Lydia enquanto ambas tomavam limonada junto a uma sebe florida.

— Ainda não, só mais um pouco. Minha mãe não se sente confortável para ter o bebê aqui e papai jamais se afastaria dela agora. E todos nós estamos com saudade de casa. As crianças estão animadas em voltar. Confesso que também estou cansada. Da próxima vez, estarei mais preparada — explicou Lydia.

— Desde que viemos para cá, ficamos na cidade o tempo todo. Torna-se solitário. Porém, voltaremos para visitar meu primo. Estou animada!

Bertha sentou-se num banco do jardim, junto a alguns arbustos. Os outros estavam lá dentro e ela estava relegando Lydia à companhia de Eloisa Durant. Porém, isso era bom. Lydia se beneficiaria da amizade com alguém mais e ela gostava muito de Eloisa; as duas tinham muito em comum. Além disso, Bertha não estava de bom humor hoje.

— Bertha, venha! — Lydia se aproximou. — Alguns doces vão ajudar a alegrá-la. Tenho certeza.

— Claro, estou indo, guarde um lugar para mim.

Ela tomou coragem para deixar o banco e seguiu pelo caminho para a casa, onde viu todos os seus companheiros de sempre, assim como suas inimizades. Lorde Pança já estava comendo um doce, acompanhado da Srta. Amável e de Lorde Apito. A Srta. Entojo participava do *brunch*, junto com suas amigas e outras moças que Bertha não conhecia. Assim que a viram, começaram a cochichar. Só não apontavam porque era falta de educação.

Até Lorde Murro estava lá, junto com Lorde Garboso e Lorde Tartaruga. A Srta. Festeira estava um pouco mais à frente, tomando chá com sua prima e com Lorde Soluço. E lá estava Eric, deixando Lorde Bigodão para trás e indo se sentar numa poltrona. Ele também não devia ter vindo, não estava sendo agradável com os amigos ou engraçado e espirituoso com suas pretendentes.

Assim que seu olhar encontrou o dele, Bertha deu um passo para trás. Seu último encontro voltou rápido como um raio, apertando-se em volta do seu coração. No entanto, não conseguiu virar o rosto e fingir que ele não estava ali. Eric, por seu lado, também lembrava perfeitamente do que ela lhe dissera. Ele se levantou e pareceu que ia até ela. Porém, virou-se e foi se afastando até deixar a sala onde era servido o buffet.

Ele devia ir embora, pois, do contrário, ia voltar e falar com ela. Na frente de todos os convidados. E pioraria aquela situação e os boatos sobre eles. Eric simplesmente não podia cortar a língua de todos ou acabar com suas especulações. Todo aquele tempo se passou e ele não se decidiu sobre uma pretendente.

Não era a Srta. Preston e não houve outra em quem ele demonstrou interesse especial ao ponto de as pessoas notarem. Havia, no entanto, o boato sobre seu envolvimento com a acompanhante, e ainda diziam que houve altercação física por causa disso. Talvez esse fosse o motivo para ele ter falhado em se comprometer com alguém.

Eric parou no final do corredor, pois não havia se despedido de ninguém. Ele também não ajudava sua própria causa, para não falarem mais sobre seu comportamento incerto. Aquelas pessoas não faziam ideia. Ele se virou, debatendo-se, e deu mais uns passos, mas voltou outros três.

Não esperava que *ela* tomasse aquele caminho, mas lá estavam eles, novamente num corredor. E não podiam correr esse risco agora. Ele tinha que ir, virou-se e sabia que, se seguisse pela direita, sairia no jardim para uma retirada discreta. Aquela casa não era grande como as outras em que estiveram, não havia muitos caminhos, apenas dois.

Bertha virou à direita e Eric havia sumido. Ela cobriu o rosto. Já havia decidido ir embora mais cedo, não podia continuar com isso. Tinha de ir recolher seus cacos longe de Londres. Aquele impulso comandado pelos seus sentimentos a levou àquela situação, para vê-lo uma última vez.

E agora não o veria até ser tarde demais.

Subitamente, ela foi puxada pelo espaço que abriu na porta à sua direita e esta fechou-se logo depois. Eric a encarava, o cenho franzido e sua expressão de pura confusão e tensão.

— Você disse que desmoronaria ao me ver e implorou para se recompor! Você devia estar bebendo chá lá trás!

Bertha balançou a cabeça e fechou os olhos por um momento, antes de conseguir responder:

— Eu vou embora, não posso mais fazer isso. Não posso estar no mesmo lugar que você.

Eric soltou o ar, acalmou sua respiração e se aproximou dela.

— Você se recompôs, Bertha? Diga, você conseguiu se recompor em paz? — ele indagou mais baixo.

Ela apenas negou, ninguém ali havia conseguido compor ou recompor nada.

— Eu queria vê-lo mais uma vez.

Eric não podia acreditar nela, não depois da última vez que estiveram juntos. Ele tocou seu rosto e a beijou, pois era a única reação que conseguia ter antes de começar a arrancar os cabelos e admitir insanidade. Ela se segurou ao seu paletó e o beijou de volta. Pela sua reação desesperada, era exatamente disso que precisava antes que também perdesse a razão.

Ele a abraçou, mas manteve a mão em sua face, temendo que ela o soltasse a qualquer momento.

— Por que você ficou lá naquela noite? — ele perguntou contra os lábios dela. Não conseguiu manter-se longe e a beijou de novo.

— Eu fiquei com a Sra. Birdy. — Bertha não abriu os olhos, ela apenas se apertava mais contra ele, amarrotando sua casaca.

— Eu não posso fazer isso, você não pode me olhar daquela forma e me pedir algo assim. Eu não durmo direito desde aquela noite, desde que vi aquela dor no seu olhar e o seu desespero para se afastar de mim.

Bertha pressionou os lábios contra os dele e sua mão subiu por seu peito, apertando-o pelo pescoço, mantendo o beijo. As lágrimas desceram pelos cantos externos dos seus olhos, indo pela lateral do rosto, e ela ainda o beijava quando sentiu que uma delas descia pelo seu pescoço, pois a outra ficou presa no toque dele.

— Eu não posso mais deixar que se magoe assim, não consigo suportar ser a causa disso. Não aguentarei ver aquele olhar novamente. — Eric terminou o beijo e afastou-se para encará-la. Ele passou o polegar pelo seu rosto, extinguindo as lágrimas que escaparam.

— Eu também não posso suportar a forma como me olhou naquela noite, Eric. A sua expressão... Não é aquela memória que quero levar.

Ele assentiu, levantou as mãos e acariciou sua face. Tornou a trazê-la para mais perto e deu-lhe um beijo que era pura ternura e carinho. Quando se afastou, ele olhou seus lábios e depois observou seu rosto. Tudo lhe dizia para não se afastar dela, mas ele estava se deixando levar por esse sentimento desde o início. E talvez Deeds estivesse certo no que lhe disse logo após o encontro com Lydia. Assim como a Srta. Preston também estava correta em suas acusações

Não era apenas sobre os seus limites e tudo que ele podia fazer e sair completamente impune. Por amá-la tanto, devia preservá-la. Ela merecia isso. E parecia que aquele era seu momento.

— Eu vou deixá-la. — Ele tirou suas mãos de cima dela e se afastou.

Bertha levantou a cabeça e puxou o ar, enquanto ele voltava para a porta.

— Você vai conseguir se recompor em paz — ele terminou.

Eric saiu, e ela continuou puxando o ar, até que as fungadas se tornaram ofegos e ela baixou a cabeça e cobriu o rosto, sentindo os olhos molhados contra os dedos.

Um dia havia se passado. Não houve paz e ela não estava recomposta, seus sentimentos estavam expostos como feridas incuráveis. E Bertha teve de sentar-se na sala com o Capitão Rogers. Ele estava de ótimo humor, animado com a aproximação do fim da temporada. Já planejava seu retorno à sua casa e parecia estranhamente satisfeito em deixar a companhia de seu irmão e sua família.

— Eu fiquei tomado por certo nervosismo ao saber que pretendia voltar para Bright Hall. — Horace tomou a liberdade de segurar sua mão, como se isso fosse aliviar seu nervosismo.

— O senhor deve ter entendido errado, não seria uma partida imediata. Ainda estamos ocupados com a temporada.

— Sim, eu sei, porém um homem tem de ser precavido. E eu temi que fizesse planos para sua partida e não me considerasse neles.

Dessa vez, Bertha prensou os lábios e apenas apertou a mão sobre a saia. O capitão tomou o momento como sua deixa para continuar e ir direto ao ponto.

— Eu não quero perder nossa proximidade quando partir novamente para Devon.

— Entendo... — Ela não entendia nada, mas não podia permanecer assentindo por toda a conversa.

— Por favor, não me tome como afobado, mas eu quero que entenda a extensão de meu interesse e comprometimento.

Quando abriu a boca e não teve voz para responder, Bertha sabia quais seriam suas próximas palavras. Ela não conseguiu permanecer sentada ali e se levantou.

Horace pulou de pé imediatamente e a acompanhou, parando à sua frente.

— O senhor não precisa se preocupar que...

— Mas eu estou preocupado, isso só prova até onde vai minha admiração. Eu tenho medo de que nosso momento se desfaça.

Ele segurou sua mão.

— Por favor, Srta. Gale, considere a minha proposta. A senhorita poderia encontrar afeição por mim em seu coração e me dar a honra de desposá-la?

Bertha apenas piscava enquanto o olhava e Horace ficou em dúvida. Mais uma vez, aquela não era a reação que ele esperava quando fizesse sua proposta, mas talvez ela ainda estivesse chocada.

— Devo me ajoelhar? Eu realmente tenho intenções... Afeições românticas a seu respeito.

Ele estava a ponto de tocar o chão com o joelho quando ela saiu do choque.

— Por favor, não! Não é necessário. Capitão Rogers, por favor. Eu...

Horace tornou a ficar de pé e a encarou. Bertha estava nervosa e deu um passo para trás, sem saber o que dizer. Era uma situação da qual ela não sabia exatamente como sair.

— Minha querida Srta. Gale, eu espero ansiosamente pela sua...

— Dê-me tempo — ela pediu subitamente.

Aquela definitivamente não era a resposta ou a reação que o capitão havia esperado. Ele estava até preparado para que ela sorrisse sem parar ou começasse a chorar. E ficasse sem ação e avançasse e ele aceitaria que ela o abraçasse e ele a seguraria, afinal, ela seria sua noiva. Não havia problemas em toda essa demonstração de afeto.

— Eu preciso consultar meus pais e pedir sua opinião — ela continuou.

— Entendo... — Ele soava hesitante, até um pouco desapontado. Agora, já esperava que ela estivesse com um enorme sorriso e pronta para contar a todos sobre como foi pedida em casamento. No entanto, ela estava uma mistura de nervosismo e incômodo.

— Fico muito honrada com seu pedido e o considerarei carinhosamente. — Ela finalmente controlara suas emoções e parecia novamente aquela dama no controle de uma situação.

— Claro, eu aguardarei.

— Eu partirei em breve para ter com meus pais.

— Então, eu a encontrarei em Devon. É uma ótima desculpa, estou pronto para partir.

O Capitão Rogers saiu, ainda desapontado pela cena não ter se desenrolado como ele esperava e como a lógica lhe dizia que seria. Ele sabia sua posição como pretendente para uma moça como a Srta. Gale e seus sentimentos em relação a ela eram sinceros. Porém, ele estava contente com a perspectiva de ela partir mais cedo e deixar Londres e aquele ambiente corrompido que vinha frequentando junto com a filha do marquês.

— Você vai se casar com ele? — Lydia perguntou, observando a amiga, que se mantinha junto à janela.

— Eu preciso falar com meus pais... — Bertha murmurou.

— Escreva e conte.

— É melhor que eu vá até lá e lhes explique tudo. Não posso simplesmente informar que fui pedida em casamento.

— Eles sabem quem é o Capitão Rogers.

— Sim...

— Ah, Deus! — Lydia andou de um lado para o outro atrás dela. — Você está considerando.

Bertha continuou segurando o cotovelo com a mão esquerda e apoiando o queixo sobre a mão direita, seu olhar perdido em algum lugar. Milhares de pensamentos colidiam em sua mente, uma briga épica sobre o que devia fazer, o que era certo, o que sua família esperava e o que ela queria e realmente desejava.

— Mas ele é ridículo! — Lydia continuava andando.

— Ele é apresentável.

— Com exceção de suas calças ridículas e que merecem o apelido de fraldas.

— Ele precisa de assistência para essa questão.

— Não, não precisa. Ele é um pudico que deve ter vergonha de usar calças justas, pois em sua mente é indecente. Acho que tudo na cabeça dele é indecente.

— Pode ser remediado...

— Você vai morrer de tédio! Ele vai fazê-la mudar seus trajes e só conversar com outros homens na presença dele. E já passamos dos quinze anos dentro do século dezenove.

— Não seja dramática, não podemos saber disso. Eu teria de conversar com ele e esclarecer certos pontos.

— Estou com dificuldades para controlar meu melodrama. Acho que fui a óperas demais nessa temporada.

Bertha virou-se e ficou de costas para o vidro da janela.

— Eu preciso de mais tempo, porém meus pais jamais acreditarão que eu conseguirei um pretendente melhor do que o capitão. E eles terão razão. Minha mãe já ficava com os olhos brilhando quando ele vinha especialmente nos cumprimentar na vila e quando eu lhe disse que passeamos na pré-temporada e lhe escrevi e contei que ele estava aqui na cidade. Meu pai o aprovará e ficará extremamente feliz por me enviar para fazer um casamento tão bom. E eles pensarão que todo o tempo que passei em Bright Hall e tudo que aprendi terá valido a pena quando souberem que um capitão, irmão de um barão, quer se casar comigo. Então, sim, creio que eu o aceitarei.

Lydia cobriu o rosto e balançou a cabeça.

— Meu Deus, você não será feliz. Ele pouco se importa com toda a sua educação.

— Você não sabe disso.

— Não use esse tom comigo, dessa vez eu não sou o lado errado.

— Eu nunca sonhei em vir aqui encontrar o amor da minha vida.

Apesar de ter encontrado e ter sido o seu maior erro.

— Você nunca fala assim. Nunca falou dessa forma até chegar aqui, tudo isso lhe acontecer e deixá-la amargurada e magoada. — Lydia balançava a cabeça. — Você não usava esse tom nem tinha esse olhar. E não estava pronta para aceitar algo assim.

— Eu não estou indo para a forca, é um casamento. — Ela franziu o cenho para as próprias palavras.

— Ele vai ser dono da sua vida, ele é o tipo de homem que, com suas boas intenções e todo aquele pudor e conservadorismo, terá certeza de que pode decidir o que é melhor para você. Ele será o dono do que é mais correto. E assim a aprisionará para forçá-la a se tornar algo que não é. Passamos anos falando sobre como algo assim era um dos motivos para temer casamentos. Você me dizia tudo isso, Bertie. Você me fez uma lista sobre o que notar para correr rápido de um péssimo pretendente. Disse para eu escolher bem ou de nada teria adiantado a forma como fui criada. Você foi criada comigo! Foi isso que seus pais fizeram, você passou a maior parte da sua vida conosco, em Bright Hall. Agora, não há mais como mudar isso. E saiba que eu ainda diria tudo isso se eles não a tivessem deixado conosco.

— Eu mantenho tudo que disse, Lydia. Não ouse escolher mal. Nem mesmo sua posição ou herança a livrariam de um mal casamento. De qualquer forma, depois que tudo é assinado, o pouco pelo qual ainda decidia pode ser tomado de você.

— Você já está me aconselhando como se soubesse que não estará aqui na próxima temporada. Vá falar com a minha mãe. Eu não voltarei a falar com você se não for até ela e escutar o que ela terá a lhe dizer sobre tudo isso, pois você sabe que ela terá e, ao contrário de mim, que estou só repetindo coisas que você mesma me disse e não tenho experiência alguma na vida, ela sabe do que está falando. Você ainda pode evitar que seus pais a obriguem.

As crianças saíram correndo quando ouviram os passos delas se aproximando e foram se esconder no cômodo que usavam para brincar.

— Nós não podemos deixar que a minha dama especial case-se com o Capitão Fraldinha! — exclamou Sophia enquanto andava de um lado para o outro.

— Jamais! — concordou Aaron e franziu o cenho, colocando-se a pensar.

— Ela vai ser minha mãe, ela não pode se casar com ele.

— Eu não gosto dele. — Nicole cruzou os braços e fez um enorme bico. — Eu gosto do Lorde *Bourni*. — Ela continuava pronunciando o título dele errado.

— Eles se gostam — defendeu Sophia. — Meu pai e ela.

— Ele não veio mais nos levar para passear — Aaron lamentou.

— Vamos juntá-los — disse Nicole.

— Eu o aprovo para entrar na família — anunciou Aaron. — E eu não aprovaria qualquer cavalheiro para esta família, somos muito especiais.

— Nós também somos muito especiais e ela é a dama especial do meu pai.

— Eu aprovo. — Nicole alternava o olhar entre eles.

— É um plano! — anunciou Aaron. — Diga que está pronta para partir — ele disse a Sophia.

— Eu vou contar tudo. Ou não haverá tempo para um plano — decidiu Sophia.

Os três correram para puxar a sineta e o Sr. Robinson veio rapidamente e parou à frente das três crianças. Depois, saiu com instruções para preparar a partida da Srta. Northon, pois ela necessitava ir para casa imediatamente e alguém precisava acompanhar a pequena dama, antes do horário combinado com a Srta. Solarin ou para Eric vir buscá-la.

# CAPÍTULO 23

Bertha entrou na carruagem e respirou fundo. Ela passou a maior parte da viagem numa mistura de alívio e desespero. Não sabia o que diria quando chegasse em casa e como faria para não desmoronar assim que visse a mãe e entrasse em seu quarto, que agora já parecia o "antigo quarto". Era como se não o visse há uma eternidade e não meses.

Ela jamais seria a mesma após aqueles meses. Uma temporada e sua vida mudou completamente. Agora, ela precisava seguir um caminho que a levaria para ainda mais longe e não podia dar meia-volta e retornar para o lugar onde começou, pois este já não existia. Sua reputação não estava mais limpa, jamais voltaria a ser impecável como uma acompanhante precisava. Portanto, aquele seu plano escondido de seguir nesse tipo de trabalho teria de ser esquecido.

Em algum momento, o Capitão Rogers escutaria alguma coisa sobre ela. E Bertha tinha certeza de que seriam histórias completamente erradas. Talvez fosse a mentira sobre o interesse do Sr. Duval nela. Talvez fosse sobre seu envolvimento com Eric e sua possível associação íntima. Era aquele tipo de história que ainda era muito recente e sempre haveria alguém para dizer: *Mas ela não é aquela acompanhante que se associou ao visconde de Bourne?* Ou pior... ela tinha terror de ser associada àquele nojento do Sr. Duval.

Muito tempo depois — Bertha já havia cochilado várias vezes —, a carruagem fez sua última parada, para passar a noite. Ela havia insistido que podia se cuidar e que iria sozinha e ficaria na hospedaria de sempre. O dono do local era o pai de um dos rapazes que gostava de ir visitá-la na vila. Ele também era o dono da outra hospedaria perto da casa dela, a última antes de Bright Hall, e onde ela não precisava parar, pois já estaria muito perto de seu destino.

A proteção dela eram o Sr. Clark e seu filho, cavalariço e lacaio dos Preston, que a estavam acompanhando na volta para casa. O Sr. Clark estava a serviço deles há uma década e ia onde aquela carruagem fosse. O seu filho era uma companhia para ele e assim retornaria para Bright Hall, para avisar que a família estaria de volta em breve e que iniciassem os preparativos para recebê-los.

Quando bateu na cama da hospedaria, Bertha simplesmente desmaiou, sem sequer jantar. Na manhã seguinte, eles sairiam muito cedo e ela foi terminando seu café da manhã já dentro do veículo. Porém, quando parou na hospedaria Heritage's e a carruagem não voltou a sair, ela achou extremamente estranho. Então, abriu a portinha e quase caiu sentada no degrau. Eric estava em pé bem ali, como se soubesse que ela estava a ponto de sair.

— Como você veio parar aqui? — ela indagou, agarrando-se à lateral da porta para se manter de pé.

— Cavalgando — ele contou, deixando-a sem resposta.

— O que você está fazendo aqui, Eric? — Ela fez a pergunta correta.

— Raptando-a — ele informou, com a mesma leveza.

— Você só pode ter...

— Enlouquecido? De certo que sim. — Ele meneou a cabeça para alguém e ela viu que era o Sr. Clark. Mas como raios ele permitiu algo assim?

— Como você soube que...

— Eu estou raptando-a, pare de fazer perguntas. — Ele tirou as luvas de montaria e entrou na carruagem.

— Você não pode!

— Ah, mas eu posso.

— Não, não permitirei.

— De fato, é a única que pode me impedir. Eu ia dar-lhe tempo para se recompor, mas eu jamais pretendi perdê-la para sempre.

Ela franziu o cenho para ele, mas perguntou:

— Você subornou o Sr. Clark? Não, ele jamais aceitaria.

— Não, Lydia deu-lhe ordens erradas.

— Mas...

— Esqueça-o. — Ele sentou-se na beira do banco e apertou sua mão, olhando-a atentamente. — Essa é a última parada antes que essa estrada se separe. Se continuar por esse caminho, irá direto para sua vila e para Bright Hall. Se aceitar pegar o meu caminho, a estrada à direita, acabará em Sheffield, comigo.

Ela achou aquela descrição uma referência tão irônica ao momento que vivia em sua vida. Bertha ainda estava atordoada por vê-lo ali. Ela partiu de Londres para, na mais provável das hipóteses, nunca mais voltar a vê-lo. Ao menos, não o veria em nenhum momento próximo. Com certeza não se encontrariam mais naquele ano. E se ela seguisse pela estrada correta e esperada para ela, em direção ao futuro que seus pais gostariam... então, nunca mais seria a sua realidade, não se encontrariam outra vez.

Se ela fosse muito azarada, daqui há muito tempo, quando passasse por Londres, talvez o destino fosse cruel o suficiente para que tornassem a se ver.

Seu coração estava sangrando para aceitar essa realidade. E agora que Eric estava ali, alguém parecia ter colocado alguns curativos nele.

— Não posso ir a Sheffield — ela respondeu, abominando a possibilidade de encontrar o conde por lá.

— Não quero ir à Sheffield, quero cortar por sua estrada central e chegar à minha casa em Sunbury Park. Porém, isso fica na estrada à direita, Bertha. Não posso seguir com você por essa estrada, mas você pode vir comigo.

Ela ficou olhando para ele em surpresa muda e dúvida, que aparecia em seus olhos.

— Por favor, dê-me dois dias — ele pediu, impelido por sua falta de resposta. — E depois. — Ele pausou e teve dificuldade em prometer o resto. — Eu desaparecerei. Se partir após esse tempo, eu ficarei lá. Não precisa se preocupar, não aparecerei em seu casamento.

Só então ele a soltou e Bertha fechou a mão que ele esteve segurando. Não havia nenhum casamento para ele aparecer, ao menos, não ainda. Por que ele soava como se ela estivesse às margens de um matrimônio?

— Se estou concordando em ir com você, de que forma isso seria um rapto?

Eric abriu um sorriso e se inclinou para abrir a porta. Depois, ofereceu a mão a ela. Quando Bertha pisou do lado de fora, viu a carruagem dele, verde-escura e com seu emblema de Bourne em dourado nas portas. Ela havia acabado de deixar a carruagem dos Preston, que era azul e o emblema de Bridington também estava nas portas. Era no mínimo intrigante as duas estarem paradas ali.

— Sabe o que fazer, Sr. Clark — disse Eric ao cavalariço que estava sentado na condução do veículo.

— Claro, milorde — respondeu o homem.

Bertha franziu o cenho para ele; jamais entenderia como o Sr. Clark estava envolvido naquela história. Não havia como ele não falar nada sobre isso ou mesmo concordar, sem que Lydia ou outro dos Preston tivesse lhe dado a ordem. Se Bertha lhe dissesse que ia mudar de carruagem, ele não a impediria, porém contaria tudo ao marquês assim que este chegasse a Bright Hall.

O lacaio entregou as suas valises para o lacaio de Eric, que prontamente as prendeu na carruagem dele. Os enormes baús ficaram e eles entraram na carruagem verde como se fossem perseguidos, pois, antes mesmo de a portinha fechar, o cavalariço de Bourne já estava estalando as rédeas. Os quatro cavalos entraram em ação e o veículo saiu rapidamente, adquirindo alta velocidade e passando como um raio quando fez a curva para a estrada da direita. Um minuto depois, havia apenas poeira atrás deles e Bertha sentia-se em uma fuga e não um rapto.

Eles chegaram a Sunbury Park nas últimas luzes do dia, e Eric voltou a apresentar aquele leve sorriso assim que viu sua casa, o mesmo sorriso que ele manteve por grande parte do percurso enquanto apertava sua mão ocasionalmente.

— Essa é minha casa real, espero que lhe agrade. — Ele fez sinal para o lacaio e as malas começaram a ser levadas para dentro. — Não há muitos criados. Terá de me aceitar servindo o seu chá — ele brincou.

Bertha levantou as sobrancelhas e o seguiu, dando a volta para a porta principal. O chalé ficava de frente para a lagoa de Sunbury e os veículos paravam na entrada lateral da construção, à frente de um pórtico alto e largo que sustentava uma varanda no segundo andar. Geralmente, era por ali que todos entravam, mas Eric contornou junto com ela, para já entrarem na sala de visitas, que dava visão para a lagoa e era mais reservada.

— E você passa todo o tempo que não está em Londres aqui no seu chalé enorme? — Ela se divertiu com a expressão dele.

— Não, me divido entre minha casa, Sheffield e a propriedade ao lado. — Ele preferiu sequer citar seu avô, para dizer que este nunca ia lá e era sua função.

— E Sophia?

— Vai aonde eu for.

— Onde ela está agora?

— Eu lhe consegui uma preceptora nova, estão fazendo amizade. Lá em Sheffield. — A propriedade do conde era antes de Sunbury. Elas dividiam as fronteiras e eles vieram por uma estrada dentro dela.

— E ela gostou da preceptora?

— Muito. A Srta. Solarin também a aprovou.

Bertha sorriu e olhou pela janela, observando a grande lagoa, onde alguns patos nadavam perto da margem direita. Ela havia sentido falta de casa e essa vista lhe confortava. Até o chalé era mais acolhedor, apesar de ser uma surpresa para moradia oficial do visconde de Bourne. Não era o que se esperava ao pensar num chalé, pois este era exatamente como a arquitetura desse tipo de casa pedia. Porém, foi claramente modificado em algum momento, talvez para acrescentar um dos módulos.

O chalé tinha três módulos distintos, algo que acabava dando duas alas à construção e um pavimento central. O lado oeste e o centro tinham dois andares e o lado leste possuía a saída para a grande varanda, que cobria a entrada lateral, formando o pórtico na ponta.

Não era a enorme e ostensiva mansão que alguém esperaria. Tinha cinco quartos e um berçário e cômodos particulares correspondentes, como antessalas e closets. Os cômodos comuns ficavam no primeiro andar, incluindo duas salas, biblioteca, escritório, sala de jantar, sala matinal e cômodos de serviço. Havia uma construção atrás do chalé, separada em dois lados distintos, para moradia de criados, armazenamento e lavanderia. Bem em frente aos estábulos.

Eles passaram por Sheffield no caminho e a casa era antiga, gigantesca e claramente um palácio rural. Só Deus sabia quantos cômodos devia ter. Era uma espécie de rebeldia de Eric escolher morar no seu grande chalé. E era uma ótima forma de se manter longe de seu avô. O conde teria de ir até Sunbury Park se quisesse ver o neto. E seu orgulho não permitia isso com frequência.

Eric parou ao lado dela na janela e observou a mesma paisagem; ele também não vinha em casa há meses. Havia deixado Sophia em Sheffield e retornado para aquele local onde a aguardara. Como era esperado de um chalé, havia muita vegetação em volta dele. Árvores variadas e grandes arbustos, alguns selvagens e outros aparados a favor da estética. A parte de baixo da janela estava encoberta por dois grandes arbustos que seriam aparados em breve.

— Vamos, vou levá-la até seus aposentos — ele informou. — Ainda preciso acender a sua lareira, faz frio à noite.

Bertha franziu o cenho, mas o seguiu. Apesar do que disse e de ter explicado que mantinha a casa sem um exército de criados fixos apenas para atender a ele e Sophia, quando chegaram ao quarto, a Sra. Mateo estava expulsando uma arrumadeira e a lareira estava acesa.

— Eu não sei por que pensa que o deixarei acender minhas lareiras e colocar fogo na casa — reclamou a governanta, olhando para Eric como se ele estivesse louco.

— Eu sempre acendo lareiras. — Ele sorriu e olhou Bertha. — Srta. Gale, essa é a Sra. Mateo, a governanta. Não se preocupe, ela não me odeia, mas ela se esforça muito para que eu acredite que sim.

— Não o deixe perto do fogo, madame. Quando tinha dez anos, ele incendiou o celeiro. Até hoje não achamos todas as galinhas e pintos. — Ela balançou a cabeça e se retirou atrás da arrumadeira.

— Você incendiou o celeiro? — Bertha lhe lançou um olhar cômico.

— Eu tinha dez anos, é uma defesa aceitável? — Ele entrou no quarto e olhou em volta. — Veja só, ela expulsou a arrumadeira antes que ela retirasse suas roupas.

Bertha parou perto do fogo enquanto ele avançava e lhe poupava de colocar as pesadas valises sobre a cama e depois destravar suas trancas.

— Eric, pare com isso, não se atreva a mexer nas minhas camisolas! — Ela se aproximou.

Ele sequer sabia que tocara em camisolas, mas se virou, esquecendo-se do tecido delicado no qual tocara. Eric moveu as mãos e as apertou, precisando urgentemente de uma ocupação para elas. Depois, soltou o ar, dando-se por vencido de algo que estava apenas em sua mente e ela não poderia adivinhar.

— Você não vai contar esse dia, vai? Está no fim, só nos resta o jantar. Espero que esteja com fome.

Ela balançou a cabeça, foi até ele, tocou seu rosto, ficou na ponta de suas sapatilhas e o beijou. Eric a abraçou e apertou contra seu corpo, mantendo-a junto a ele. Agora que o beijara, ela precisaria de paciência até ele conseguir soltá-la. Mesmo com o aperto em volta do seu corpo, Bertha o sentiu relaxar enquanto se ocupava com o beijo.

— Ainda bem que não chamei todos de volta, tenho certeza de que uma das camareiras teria entrado para arrumar suas malas e nos encontrado nesses termos — ele brincou e lhe arrancou um sorriso, depois voltou a beijá-la.

De fato, um minuto depois, ele escutou a voz da Sra. Mateo:

— Milorde, estou chegando com uma mocinha impressionável, apetrechos para a dama e água quente. Faça a gentileza de estar composto — ela avisou.

A governanta escutou a risada dele lá do corredor. Quando entrou, estavam todos compostos e separados.

— Madame, eu tomei a liberdade de lhe trazer tudo isso. — Ela se dirigia a Bertha num tom muito mais dócil. — Para seu conforto antes do jantar ser servido.

Ela colocou a jarra e a bacia de porcelana no lugar e abriu o biombo amarelo que escondia aquele canto do quarto. Depois, ela mandou Dulcie, a mocinha impressionável, colocar mais água para esquentar na lareira.

— E para o meu conforto? — indagou Eric, provocando.

— O senhor vai ou não vai se lavar para jantar com a dama? — devolveu a governanta. — Vocês voltaram da cidade, mas, nessa primeira noite, atenderemos o horário do campo.

— Eu gosto do horário do campo. — Bertha sorriu.

A Sra. Mateo lançou um olhar para Eric, como se ele a tivesse contradito. Ela expulsou Dulcie e saiu logo depois, sem perguntar a Bertha se precisava de ajuda. Quando ficaram sozinhos, ela foi até sua valise e pegou o recipiente de prata onde levava seu sabonete e o deixou ao lado da jarra. Era como se dissesse que estava a ponto de tirar suas roupas. E Eric se virou para a porta.

— Ela não fez perguntas — disse Bertha.

Ele estacou e virou-se lentamente.

— A Sra. Mateo não se envolve com assuntos fora de sua alçada, é abençoada por isso.

— Ou talvez ela já esteja muito acostumada com suas conquistas — ela sugeriu, virou-se de costas e colocou as mãos para trás. Não alcançava os primeiros botões ou sequer procurou se esforçar.

Ele se aproximou e abriu os botões que ela não alcançava, mas Bertha continuou de costas.

— Por que estaria interessada em saber dos meus pecados antes de te conhecer? — Ele se inclinou para ela, e Bertha escutou sua voz bem de perto, do seu lado direito.

— Por quê? Você tem muitos?

— Uma cota... — Eric ainda abria os botões, inclusive aqueles que ela alcançava.

— Aqui?

— E Sheffield.

— Londres? — ela sugeriu.

— Muito mais lá. — Ele parou com as mãos no final de suas costas.

— Coloque mais água quente para mim antes de partir — ela pediu e foi para perto da cama, ocupando-se com o vestido.

Eric pegou a chaleira do fogo e passou para o outro lado do biombo, encontrando o que a Sra. Mateo havia preparado ali. A banheira de aço estava com água até o meio e coberta pelo lençol fino de beiras rendadas. A água era colocada por cima dele, o que o mantinha flutuando até que a dona do banho entrasse. E ele sabia que Bertha retiraria tudo que vestia e entraria ali, sobre aquele lençol fino para protegê-la do metal da banheira. Ele despejou a água quente dentro da banheira e desviou o olhar. Aquela visão era tão íntima que o perturbou mais do que uma mulher nua faria.

Ao voltar para o outro lado, ele a viu de costas. Podia ver sua chemise por baixo do vestido, pelo espaço aberto da peça que estava descendo pelos seus ombros. E a banheira voltou à sua mente, junto com os pensamentos eróticos que o perturbariam por horas ou dias. Ele deixou a chaleira.

— Eu a encontrarei para o jantar.

A porta se fechou após a saída dele e Bertha olhou por cima do ombro. Ela perdeu um minuto, absorta em pensamentos sobre sua decisão de vir com ele. Não levou mais do que segundos para saber por que veio. Ela não teve o privilégio de uma banheira ontem, então demorou em seu banho. A camareira voltou, despejou mais água quente e pouco depois avisou que Lorde Bourne já solicitara o valete. Ou seja, Bertha se atrasaria.

Ele a esperou para o jantar e Bertha vestiu-se de seda verde, um vestido que sequer havia usado na temporada, pois não achou discreto o suficiente para seu papel. Agora, ele reluzia sobre ela, para um jantar a dois. Ela achava a situação divertida. E seu vestido era romântico, com pequenas rendas nas mangas bufantes e um decote baixo e aberto.

— Sabe, milorde, se a ideia era impressionar a dama, por que não mandou o Sr. Armel vir para cá? Um mordomo francês e metido não é algo dispensável — opinou a Sra. Mateo, mas ela parou assim que viu Bertha chegar.

Eric tinha planejado ficar de pé na entrada para recebê-la como um verdadeiro cavalheiro, em seu traje completo para o jantar. Porém, quando Bertha entrou, ele estava rindo da governanta e lhe pedindo que parasse de denunciá-lo com planos que nem ele tivera.

— Madame, escolhi um menu especial para sua estadia — disse a governanta. — Na falta de um mordomo francês devidamente esnobe, eu posso dizer o nome dos pratos em espanhol.

Se alguém planejara um clima romântico, ele estava perdendo terreno, pois estavam ambos rindo.

— Não será necessário, Sra. Mateo. Obrigada — disse Bertha.

Ela os deixou para seu jantar de entrada: dois pratos principais, três opções de sobremesa, vinhos e queijos, além dos pratos de retirada. Comida demais para duas pessoas. E a governanta também fez o favor de informar que aquele chef escocês com sotaque italiano não sabia calcular porções. Ela reclamava dele há cinco anos. Bertha estava sentindo-se em casa, pois os empregados da casa de Eric eram tão ou mais divertidos do que os criados da casa do marquês.

— Agora é a hora que me retiro para a sala com as damas e você fica bêbado com todos os outros homens do jantar. — Bertha sentou-se no sofá e fingiu que estava numa sala com várias pessoas.

— Não será comigo que conseguirá continuar bem comportada. — Ele foi para perto dela e lhe ofereceu licor de cereja. — É sua chance de participar de uma reunião masculina.

— Eu sempre quis saber do que falam enquanto se embebedam após o jantar. — Ela segurou a pequena taça com licor. — À nossa fuga — ela ofereceu e virou o licor.

Eric bebeu de um trago junto com ela e era um licor forte; ele franziu o nariz ao terminar de engolir. Bertha fechou os olhos e, quando a bola de fogo terminou o caminho pela sua garganta, ela abriu um olho, ainda se recuperando. E depois riu daquela bravata.

— Eu achei que era um rapto. — Ele pegou a taça dela e descansou sobre a mesa de centro.

— Eu pareço raptada para você? — Sua pergunta saiu num tom provocante.

Eric foi voltando ao lugar lentamente enquanto a observava.

— Precisarei de outra dose para responder isso — ele brincou.

Bertha riu dele e continuou:

— É tão grave assim?

A boca dele chegou a abrir, mas ele a fechou, prensou os lábios, baixou a cabeça por um momento e voltou a olhá-la. Seu olhar era travesso e ele olhou para trás, certificando-se de que estavam sozinhos. Depois, se aproximou mais dela.

— Você está fantástica nesse vestido, a cor é estonteante.

Ela queria rir dele, engolindo palavras e falando outras coisas adequadas.

— Eu o reservei para vê-lo — ela declarou, mudando para um olhar sério.

Em resposta, ele respirou fundo, sem tirar os olhos de cima dela.

— Acho melhor levá-la para tomar ar puro, antes que eu perca o ar.

— É a primeira vez que não precisamos nos esconder no jardim ou em qualquer outro local para ficarmos juntos — ela comentou baixo e seu olhar desceu para seus lábios.

Eric assentiu. Seu olhar seguiu o mesmo caminho no rosto dela e ele parou de se conter e a beijou. Esquecendo-se de onde estavam, ele ficou ainda mais perto, abraçou-a e beijou-a com a ousadia dos beijos que trocaram na carruagem, voltando de Richmond. Bertha segurou-se em seu pescoço, inclinando o corpo para ele e, do jeito que Eric a enlaçou pela cintura, ela estava a ponto de acabar em seu colo, pois já sentia que seu traseiro não tocava completamente o estofado do pequeno sofá.

Eles ouviram passos no corredor e se afastaram, ambos olhando na direção da porta enquanto recuperavam o ar. Eles ainda estavam no momento após o jantar e poderiam ser servidos de chá, bebidas, doces, biscoitos... Certamente alguém estava esperando a sinetinha tocar.

— Eu vou me retirar para ler. — Bertha ficou de pé e ajeitou seu vestido, que ficou torto no decote, pelo vigor com que estiveram se beijando.

— Eu posso me despedir?

O sorriso que ela lhe deu era de quem tinha certeza de que era exatamente isso que ele pediria.

— Claro. — Ela foi na frente, em direção à escada. — Amanhã você vai me levar para passear até o outro lado da lagoa?

— Você quer ir nadando, contornando ou vamos remar?

Ela achou graça da sugestão e virou-se, quando chegaram à porta do seu quarto.

— Eu sei nadar muito bem, aprendi num rio.

— Então vamos apostar até a margem oposta.

Ela levantou as mãos e colocou sobre sua casaca verde, subiu até os dedos entrarem por baixo das lapelas e o puxou. Eric apoiou as mãos dos lados do seu corpo e não hesitou quando ela ofereceu os lábios. Ninguém ia subir até ali para atrapalhar. Ele encostou o corpo no dela e apoiou a mão na lateral do seu rosto, beijando-a sensualmente.

Ele teria sonhos muito impróprios e estava com planos de deixá-la com o mesmo problema para dormir. Bertha deixou suas mãos descerem e abraçou a cintura dele, pendendo a cabeça contra a parede. Ele deixava seus lábios úmidos e os mordiscava, deixando-a com o corpo excitado e quente.

Sua atração por ele era tão forte que sentia dificuldade de respirar, mesmo quando ele afastava os lábios dos seus. Quanto mais sensual Eric deixava o beijo, menos ela queria voltar a abrir os olhos; queria apenas deixá-lo beijá-la até o dia amanhecer. E provavelmente acordaria do sonho e descobriria que nunca esteve naquele chalé.

Bertha se apertou contra ele, sentindo a quentura do seu corpo e a certeza de que estava ali. Eric levou as duas mãos ao seu cabelo e aprofundou o beijo, deslizando a língua pela sua, arrancando um arrepio do seu corpo e elevando-o a um novo nível de força de vontade para não mudar seus planos.

— Eu não a trouxe aqui para seduzi-la, mas, se continuar a me beijar assim, meus princípios sofrerão uma derrota. — Ele soltou as palavras tão perto de sua boca que ela ainda podia senti-lo roçar os lábios nos seus.

Antes de abrir os olhos, Bertha deu um beijo leve nos lábios dele. Depois, deslizou para o lado e abriu a porta.

— Você pode ficar um pouco mais e talvez eu lhe dê mais beijos como esse.

Eric devia pensar na possibilidade de que *ela* tivesse ido até ali para seduzi-lo. E contra isso ele não teria defesa alguma.

O convite acelerou o coração dele, mas Eric não hesitou em segui-la. Bertha foi sentar-se no sofá de dois lugares em frente à cama. Seria ela quem decidiria sobre o quanto o deixaria ficar e seu coração batia mais rápido ainda. Estava excitada e sentia os mamilos sensíveis demais roçando o tecido da chemise e presos pelo corpete.

Eric sentou-se ao seu lado e seu olhar a fez sentir que seu coração batia em seus ouvidos. Ele segurou sua mão e fechou os olhos ao beijar seus dedos, e já estava tão perto que beijou seu ombro e segurou a respiração quando sua boca tocou a pele nua do seu colo. O toque seguiu pela clavícula, e Bertha pendeu a cabeça para a direita, dando-lhe espaço. Eric percorreu seu pescoço com os lábios e ela se arrepiou quando ele beijou aquele ponto abaixo de sua orelha, quase atrás dela. Deu para ouvir quando Berta puxou a respiração junto com o arrepio.

Ele encostou o nariz contra sua pele e inspirou seu cheiro, seguindo beijando-a pela mandíbula e alcançando a bochecha. Bertha virou o rosto para ele e o beijou, pressionando a boca na dele, apertando-o pelo queixo e roubando seu fôlego. Ela o encarou e baixou as mãos, libertando-o do aperto dos botões duplos da sua casaca.

A pergunta dele surgiu apenas em seu olhar, mas ele segurou a peça pelos ombros e a empurrou, livrando-se dela. Bertha usou as pontas dos dedos para soltar o seu lenço e puxá-lo de cima da gola da camisa. Eric não pensou em impedir, ele tiraria tudo que ela precisasse para suprir sua curiosidade, caso fosse apenas isso. Bertha manteve o olhar nele e abriu os botões do colete. Eric também o empurrou pelos ombros e mais uma peça foi ao chão.

Seu olhar era desejoso e ela se encostou contra ele, beijando-o levemente enquanto seus dedos abriam os botões da camisa. Eric levou-a muito a sério quando ela puxou o tecido branco da camisa, pois a única forma de tirá-la era soltá-la de sua calça e arrancá-la por cima da cabeça.

Para isso, ele precisaria abrir a cintura da calça. Eric baixou as mãos e abriu os botões, seus olhos fixos sobre ela, como se ele fosse descobrir ali se avançariam naquele interlúdio. Bertha inclinou-se em sua direção; não havia hesitação nela. Ele puxou a camisa pela cabeça e jogou-a no chão. Agora estava ao lado dela, seminu e com suas calças abertas, pronto para fazer o que ela quisesse, até mesmo sair pela porta com as roupas nas mãos. E uma noite insone.

Bertha o olhou por um momento, fascinada pela sua nudez. Seus olhos percorreram o peitoral masculino e desceram pelo abdômen. Ela tinha de tocá-lo. Levantou as mãos e as subiu pelo seu peito, eriçando os pelos e deixando os mamilos rijos, e não era pelo frio. Bertha o beijou e estava tão acostumada a se segurar pelas sensações que seus beijos causavam, que suas unhas se apertaram no peitoral dele, como se buscasse o tecido que esteve ali. Ela se afastou e o olhou. O quarto tinha iluminação suficiente para enxergar, pela primeira vez, um homem a ponto de ficar nu. Bertha mordeu o lábio, a visão do seu torso desnudo, rijo e adornado por pelos castanhos era extremamente excitante.

— Eu posso passar toda a noite ao dispor do seu olhar. — Ele chegou bem perto dela, deixando um beijo em seus lábios. — Ou você pode me deixar vê-la e tocá-la, nos condenando a uma paixão sem volta.

O som da voz dele era só mais uma camada na neblina de desejo em que ela os envolvera. Bertha apertou seu rosto e o beijou, inclinando a cabeça e oferecendo a pele ao seu toque.

Eric segurou as mangas do seu vestido, desceu pelos ombros e baixou a cabeça para beijar sua pele, forçando o vestido e procurando os botões. O decote do modelo já era fundo, mas, com os botões soltos, ela sentia sua boca sobre o topo dos seios. Ele soltou mais botões, todos que encontrou, e afundou o rosto no vale entre seus seios enquanto empurrava o que ela vestia por baixo. Os laços do corpete estavam sobre seus dedos, e ele sabia que estava longe demais naquelas camadas de roupas.

— Eu não vou mandá-lo embora — ela disse baixo quando ele levantou a cabeça para lhe fazer outra pergunta muda. — Não vou.

Ele a encarou por segundos, estudando sua resolução. Bertha puxou seu rosto e o beijou. Eric agarrou seu corpo e carregou-a para a cama. Colocou-a de pé e puxou o vestido pelos braços, ignorando as rendas caras, e o largando no tapete. Ele jogou o corpete para o lado, sentou-a na cama e ajoelhou-se sobre o colchão. Eric a estava olhando de uma forma que Bertha não saberia explicar ou decifrar. Era desejo, necessidade e descrença; era tão fixo e quente que ela juraria que ele nunca mais tiraria os olhos de cima dela. Eric se livrou das sapatilhas e dos laços que prendiam as meias, depois os dois tecidos finos flutuaram até cair em locais distintos.

Seu corpo era pesado e quente sobre o dela, que agora só tinha a chemise, tão fina que ele via seus mamilos por baixo. Eric afastou o tecido e beijou seus seios. Ela soltou um gemido surpreso pelo toque quente e úmido de sua boca sobre o mamilo. Eric voltou aos seus lábios e enfiou a mão por dentro do seu cabelo, achou um grampo esquecido e o tirou, enquanto sua mão continuava cobrindo o seio.

— Eu sempre quis lhe dizer o quanto achava cada vestido seu fantástico. — Ele mordiscou seu lábio inferior e deslizou a boca na direção da sua orelha, formando uma linha quente e úmida. — Porque eu tinha vontade de arrancá-los e beijá-la da boca aos pés. Mas isso me tornaria um cafajeste e você não me veria novamente.

— Eles são fantásticos. — Ela passou as mãos pelo seu cabelo claro, bagunçando-o, e as mechas onduladas caíram por cima da testa. — Eu não o fiz tirar a roupa por só ter pensado nisso agora.

— E eu não a deixei nua apenas para beijá-la. — Ele foi descendo e lançando aquele olhar de perigo e repleto de promessas.

Ela fechou os olhos novamente; não sabia o quanto seus mamilos podiam ser sensíveis até ele tê-los em sua boca, sugando-os alternadamente de forma provocante e esfregando a língua contra aqueles botões tão pequenos e excitados. Eric, por seu lado, tinha muito mais planos sobre lugares onde usaria a boca. Mesmo sobre a chemise, Bertha sentia os beijos sobre sua barriga, seu ventre e suas coxas.

Seu nervosismo estava apaixonado pelo seu prazer, pois não conseguia sair debaixo dele. Mesmo com Eric tocando partes tão íntimas do seu corpo, ela se permitia apenas sentir. Ele beijou seus joelhos e os dobrou, beijou suas pernas e as descansou sobre ele. E beijou sobre aquele V que formava o segredo do seu sexo.

Bertha sempre soube que ele era um maldito de um pecador, sob a pele de um lorde apropriado, mas estava indo longe demais. Eric empurrou sua fina chemise, subindo-a pela cintura e expondo mais seu corpo. Seus dedos esfregaram o sexo que brilhava de umidade, e ele encostou a boca ali, beijando-a e chupando-a até cobrir aquele botão rijo de excitação. Ele a escandalizou prazerosamente, arrancando-lhe gemidos de surpresa e deleite. Bertha não conseguiu evitar a resposta dos seus quadris, mas ele a tinha presa por seus braços.

Eric havia pensado várias vezes em beijá-la inteira e amar seu corpo para dar-lhe prazer. Fantasiava sobre quando a teria e agora sua mente estava presa na concretização da paixão entre eles. Bertha desmanchou-se em êxtase, certa de que todo aquele prazer tinha de ser fatal; uma pessoa não podia perder irrevogavelmente todo o controle que tinha sobre seu corpo. Ela tentou agarrar-se ao que podia, puxando seu cabelo sem perceber que assim pressionava ainda mais sua boca contra ela. As mãos dele estavam por baixo da chemise, acariciando e beliscando seus mamilos excitados e ainda mais sensíveis, e ela tinha certeza de que se estilhaçaria em meio a tantas sensações.

Quando Eric subiu sobre seu corpo e a beijou, Bertha agarrou-se a ele com força, suas mãos em seu cabelo, suas costas e acariciando seu corpo, enquanto ele a beijava com ardor e fome. Levou um momento para ele se livrar do resto das roupas e, quando se ajoelhou, agarrou a chemise dela e jogou-a para o lado, deixando ambos nus. Seus lábios voltaram ao seu pescoço delicado, seu corpo movia-se sobre ela e entre suas pernas. Eric beijou seus lábios e sussurrou:

— Eu a desejo com tamanha loucura que temo pela minha sanidade, mas, se não for real, espere um pouco mais para me puxar de volta — ele falou muito baixo, sussurrando contra sua boca, mergulhado em necessidade.

— Isso é contagiante — ela murmurou de volta, segurando-se em seus braços e correspondendo com o movimento do quadril.

Ele tocou o botão escorregadio, ainda sensível pela atenção da sua boca. Bertha reagiu, tão úmida que seus dedos dançavam sobre seu sexo. Podia sentir sua ereção quente e pesada e logo depois a pressão do seu membro a penetrando, deslizando lentamente até vencer o impedimento do seu corpo. Ela ofegou e cerrou os olhos, agarrando-se a ele e maculando sua pele com a força com que apertou as unhas curtas em suas costas. Eric aguardaria uma eternidade se ela assim precisasse.

Porém, ele ousou se mover e Bertha abriu os olhos para vê-lo sobre ela, pois queria o privilégio de observá-lo nesse momento, enquanto ela permitia que ele possuísse o seu corpo, dando-lhe o mais repleto acesso. E deixou as sensações fluírem, uma mistura de incômodo, prazer e entrega. Eric estava fantástico, seus olhos escuros e fixos nela, observando-a de volta.

Seus gemidos eram baixos e contínuos; era alarmante e delicioso sentir cada vez que ele tornava a preenchê-la. Bertha fechou novamente os olhos e pendeu a cabeça sobre o travesseiro, sentindo-o beijar sua pele, esfregar o corpo no seu e acariciá-la para cobrir o incômodo da primeira vez.

Até seus gemidos a excitavam agora. Seus dedos a tocavam, úmidos e escorregadios sobre seu clitóris sensível. Seus olhos se abriram e ela gemeu alto. Talvez ele a estivesse torturando, pois queria ser tomada por êxtase novamente, mas ele seguia, acabando com ela até que pedisse:

— Por favor, Eric. Mais uma vez. — Ela tornou a gemer e levantou os joelhos, para ele continuar naquele ponto mágico.

Seus quadris a empurraram quando ele ficou de joelhos e Bertha soltou um gritinho, tentou se agarrar a ele e suas mãos tremeram no ar, escorregando em sua pele suada. Eric a olhava, aquela bela visão da sua mulher amada, corada e excitada, perdendo o controle e pedindo-lhe para gozar novamente. Os toques no seu clitóris ficaram até rudes. Ele apoiou uma mão na cama, não ia conseguir segurar muito mais. Bertha não suportou os estímulos do seu membro e o toque dos seus dedos e gozou novamente, apertando repetidamente em volta dele e gemendo daquela forma que o deixaria duro se já não estivesse a ponto de gozar.

Eric apoiou a mão sobre seu ventre, deixou seu corpo e derramou o sêmen na cama. Seu corpo inteiro estava arrepiado e seus músculos, retesados; tinha certeza de que estava gozando por todo o seu período de abstinência. Agora, nem podia acreditar que havia tentado não seduzi-la e ela acabou seduzindo-o, pois era o que sentia: eles haviam seduzido um ao outro naquela noite.

Bertha suspirou e cobriu o rosto. Ela foi até o fim, havia estado com ele e não acordaria na carruagem depois de um sonho. Era tão improvável que ela, a tímida Srta. Gale, tivesse um *affair* como esse, que ela não aguentou e riu. Eric levantou a cabeça e baixou suas mãos.

— Você está bem? — Quando viu que era uma risada e não choro, o alívio em sua expressão e a forma como soltou o ar provavam que, naquele único segundo, ela tirara um ano de vida da sua conta.

— Sim — ela assentiu.

Ele a abraçou, passou a mão pelo seu cabelo e acariciou suas costas, mas era seu coração que precisava voltar a bater.

— De verdade?

— Sim, Eric. — Ela sorriu. — Eu precisarei de um momento com água morna e uma toalha, então sabe o que fazer por mim.

Ela teve o seu momento de privacidade quando ele levantou para aquecer um pouco de água da jarra. E assim que o viu nu em seu quarto, com aquele corpo masculino e sensacional iluminado pela chama que ele atiçava na lareira, Bertha soube que estava muito além daquela moça que chegou a Londres, meses antes. E não havia como voltar. Ela estava nua na cama e sobre as cobertas, então puxou o que tinha à mão, a chemise que acabara jogada ao lado deles.

Só então ela levantou e puxou as cobertas. Quando Eric se virou, Bertha estava encolhida junto à cabeceira, brigando com as cobertas. Ele procurou as ceroulas, voltou até a cama e sentou-se perto dela. Seu cabelo castanho estava bagunçado e Eric passou os dedos pelas ondas, descendo pelos ombros nus.

— Também é a primeira vez para mim — ele lhe disse, depois de deixar uma grossa mecha descansando sobre seu ombro direito.

— Com uma donzela tímida? — ela indagou com certo humor.

— E com a mulher que eu amo. — Eric a puxou para ele, apertando seu rosto contra seu ombro e a abraçando.

Ela o abraçou apertado também e fechou os olhos. Sabia que não deveria dizer palavras tão verdadeiras.

— Eu entregaria tudo que tenho a você, Eric. Até meu coração.

# CAPÍTULO 24

Na manhã seguinte, ele cumpriu sua promessa de levá-la para passear na lagoa. Eric puxou o barco e remou até o outro lado. Na volta, eles acabaram em suas roupas de baixo, apostando para ver quem ia mais rápido até a margem e voltava ao barco. E tiveram de remar ensopados. A Sra. Mateo disse que iam ficar doentes e os obrigou a correrem para perto da lareira. Mas foi impossível separá-los, eles apenas riam juntos.

E dormiram juntos, de novo. A Sra. Mateo mandou trocar a roupa de cama e não disse nada. O segundo dia amanheceu iluminado e quente e eles passaram parte do dia nas espreguiçadeiras à beira do rio. Chegaram a dividir a mesma espreguiçadeira, especialmente quando estavam se abraçando e beijando, ignorando Dulcie, que servia a limonada. Ela voltava com olhos arregalados para dizer à Sra. Mateo que o visconde estava íntimo demais da convidada.

O jornal chegou e eles alternaram, lendo um para o outro, fazendo piadas sobre algumas notícias. Eric não lhe perguntou nada sobre quando deveria levá-la de volta.

E dois dias tornaram-se quatro.

Sem perguntas de nenhuma parte.

Bertha havia chegado a Sunbury Park esperando não afundar mais em seu amor por ele. Porém, foi confrontada por todo o seu carinho. Não estava pronta para descobrir o quanto ele era afetuoso diariamente. Desde que chegou lá, nunca mais sentiu mágoa ou mesmo frio, ele não permitia. Era como se sua presença à sua volta irradiasse calor. Ele mesclava ternura, paixão e todo o desejo que derramava sobre ela.

Além disso, ele era travesso, divertido e adorava ajudá-la a ser também. Encheu seu colo de livros inapropriados para damas, daqueles que ela não teria acesso a menos que roubasse ou conseguisse uma cópia ilegal. Ele lhe deixou ler contos indecentes de poetas com nomes fictícios, muito comuns entre jovens rapazes.

Também começou a lhe contar uma história escandalosa sobre uma tal de Fanny Hill, que a deixou com o queixo caído e a curiosidade a mil, até que ele lhe deu um livro com um nome bonito: *Memórias de uma Mulher de Prazer*. E ela descobriu que dali saíra a jovem Fanny Hill.

Ninguém na casa sabia o que aconteceria, apenas seguiam. A Sra. Mateo mandou levar os pertences da dama para o quarto da lagoa, pois não adiantava nada eles tentarem ser discretos se dormiam junto todos os dias e passavam horas naquele quarto. Dulcie já estava controlando seu lado impressionável, além disso, ela gostava de arrumar os cômodos comuns, para escutar as músicas animadas que Eric tocava no violino para entreter sua convidada. Ela até os viu dançando na sala: ele tocava e a convidada dançava em volta. E sorriu ao assisti-los durante toda a música, mas teve que fugir quando a camareira passou com roupas limpas.

E quatro dias tornaram-se seis.

Foi quando eles fugiram de Sunbury para aproveitar o verão e passear pelo litoral de Devon e ficaram numa hospedaria perto da Baía de Torbay, em Torquay, na Riviera Inglesa.

— Senhor e Senhora Gale — anunciou Eric quando reservou o quarto.

Claro que acreditaram nele, os dois nunca haviam estado lá. Os donos lhes reservaram o melhor quarto e pensaram que Eric era algum comerciante endinheirado. Ele até pediu uma sala reservada para jantarem e divertiram-se com um menu repleto de peixes frescos pescados ali na Baía.

Apesar dos dias que já estava com ele, Bertha jamais pensou que estaria viajando sozinha e hospedando-se num quarto junto com um homem. E sem precisar lhe prometer sua vida antes.

Eric deitou junto a ela e puxou as cobertas.

— Sr. e Sra. Gale é um ótimo nome. Vamos usá-lo sempre que necessário — ele anunciou.

Ele fez amor com ela no quarto da hospedaria e, pela primeira vez, ela se preocupou com o alcance dos seus sons. Porém, sorria e corava enquanto o deixava explorar seu corpo. E devolvia-lhe com ousada curiosidade, arrancando-lhe prazer em retorno.

Nos primeiros dias, eles foram às praias locais, molharam-se na água salgada e passaram horas lendo um para o outro à beira do mar. Depois, mudaram de hospedagem e seguiram pelo litoral da Baía até sua última parada em Brixham, onde subiram em penhascos locais para admirar a vista e passearam de barco para ver os golfinhos e baleias que os habitantes locais prometiam que apareciam ali nessa época. Bertha queria muito ver o porto em Brixham, onde William III invadiu a Inglaterra e iniciou a Guerra Gloriosa de 1688, quando destronou James II. E essa foi a última visita que fizeram.

Eles voltaram no décimo dia, como dois aventureiros num veículo que não foi feito para aquele tipo de viagem. Bertha dirigia a caleche e Eric relaxava ao seu lado, rindo de como ela tinha tendência à velocidade. O jeito rápido como Bertha vencia a estrada assustou alguns passantes e surpreendeu outros, ao verem que não era um dos inconsequentes lordes locais colocando terror na estrada e sim uma jovem, usando um chapéu dos mais bonitos.

A chuva de fim de dia os pegou ainda na estrada e, ao invés de se intimidar, Bertha gritou para os cavalos e agarrou as rédeas com intento. Eric segurava-se e brincava ao seu lado, dizendo que despediria seu condutor. Afinal, sua dama era muito mais talentosa.

Eles chegaram molhados e a Sra. Mateo ficou na porta, gritando que iam ficar doentes, e mandou esquentar água e levar lá no quarto.

— Entrem logo que isso está com cara de chuva de vento, vai piorar. — Ela voltou para dentro.

Ao invés de pingar pela casa, eles correram em volta do chalé, entraram pelo quarto da lagoa e foram para perto do fogo. A camareira saiu rapidamente; dava para escutar a governanta a chamando. Bertha ajudou Eric a arrancar o paletó ensopado, o colete e a camisa. Ele a livrou do chapéu, que estava ridículo com a água que acumulou em cima. Tirou seu casaco de viagem e este caiu no chão sonoramente.

Ainda bem que ninguém bateu na porta, pois eles estavam seminus à frente da lareira e seriam pegos sem as roupas, enquanto se beijavam, como se isso fosse lhes aquecer mais rápido. Eric a encostou na parede ao lado do fogo e livrou-a do vestido, antes de levantá-la pelas coxas e voltar a beijá-la.

— Eric! — Ela riu quando ele colocou suas pernas em volta de sua cintura. — Isso não é secar-se à frente do fogo para não ficar doente.

— Você pode dominar uma caleche e dois cavalos e não pode me cavalgar?

— Seu indecente! — Ela lhe deu um tapa no braço.

Eric apenas riu do seu ultraje fingido.

— Desavergonhado!

— Eu vou desafiá-la a vencer a corrida.

— E você sabe que vencerei. — Ela cravou o olhar nele e o estreitou.

— Duvido.

Bertha apertou as pernas em volta da cintura dele e apoiou as mãos na parede, empurrando ambos. Eric teve de carregá-la e impedir que caíssem.

— Eu dirijo melhor do que você. — Ela o apertou entre as coxas, provocando-o.

— Você vai ter de provar — ele provocou de volta. — Eu guiei na ida e chegamos inteiros.

Eles acabaram de volta em frente à lareira, a água quente já esfriava e havia mais no fogo, que provavelmente ferveria antes que parassem de alfinetar um ao outro. Ele a livrou do corpete e Bertha sentou-se sobre seus quadris, empurrando-o pelo peito. Eric soltou os laços de suas meias, mas elas só escorregaram até os joelhos. Não havia mais nada por baixo de sua chemise e ela moveu-se sobre ele.

— Você não vai me provocar até a minha derrota. — Ele enfiou as mãos por baixo do tecido fino, apertando suas coxas.

— Não, só até sua submissão. — Ela se moveu sobre sua ereção, empurrando sua roupa íntima e deslizando sua umidade sobre o seu membro.

— Não lhe basta vencer?

Ela se inclinou e beijou seus lábios, sussurrando:

— Você sempre me basta.

Eric empurrou a chemise para apreciar a visão de seu belo corpo à luz do dia e jogou a peça para perto do fogo. Ela fechou os olhos, deixando-o admirá-la enquanto penetrava seu corpo. Suas mãos deslizaram pelo seu peito e agarraram seu pescoço. Ela segurou-se e moveu os quadris sobre ele, forçando-se a aumentar o ritmo. Eric também era uma visão das mais excitantes, nu sob ela, com o corpo retesado de desejo.

Ele tentou segurá-la, mas Bertha prendeu seu pulso ao lado de sua cabeça, apoiando ali seu peso enquanto investia os quadris sobre os dele, deitando a cabeça e deixando seus gemidos aumentarem. Sentia-o perfeitamente, tomando todo o seu sexo enquanto ela controlava aquela relação. Bertha se inclinou mais e achou que não suportaria controlar o prazer que compartilhavam. Ela não parava de se descobrir e, naquela posição, a penetração acertava exatamente nos pontos sensíveis de prazer do seu sexo.

Ele queria guardar a sua imagem, bela, corada e excitada enquanto buscava seu próprio prazer e quase o levava ao êxtase. Mas Eric queria vê-la gozando sobre ele. Bertha prendeu suas duas mãos, pois, se o deixasse tocá-la, ela perderia e certamente sucumbiria ao prazer. Ele sabia exatamente como tocá-la para desconstruí-la.

Bertha não podia resistir a se estimular contra ele. Estava tão perto, sentia-o enterrado em seu sexo e tremia de prazer a cada vez que seu clitóris esfregava-se contra ele; não conseguia parar de pulsar à sua volta. Até que Eric pediu-lhe, num fio de voz:

— Levante-se, Bertha, levante-se...

Ele trincou os dentes, fechou os punhos por baixo do aperto dela e gozou, num indiscreto e delicioso som de liberação masculina. Bertha tombou sobre ele, soltando-o e aparando-se com as mãos no chão. Foi por tão pouco, mas ela venceu por um segundo. Seus seios pressionavam seu peitoral enquanto ela estremecia em êxtase, sentindo-o derramar o sêmen quente em suas coxas. Porém, não deu tempo, ela sabia disso. Ele ainda estava dentro dela quando começou a gozar.

Mas Bertha não pensaria nisso agora, deixou seu peso sobre ele, o beijou e apertou as mãos em seus ombros. Ainda tinham um banho a tomar, mas teriam de pôr água quente de novo.

Na manhã seguinte, ela acordou junto a ele mais uma vez. Nos últimos dias, eles dormiram na mesma cama, como se pertencessem um ao outro. E ela se entregou completamente, cada parte sua, não se resguardando de forma alguma, acabando com qualquer proteção emocional que ainda pudesse ter.

Portanto, não era nenhuma surpresa que, ao chegar ao fim, seria como arrancar o mundo de Eric, pois aquela já era a manhã do décimo primeiro dia. Havia acabado o prazo que ele dera à sua aventura. E o tempo que ela tinha já se esgotara. Ambos sabiam, pois, no dia anterior, após o banho, ela pedira ajuda à camareira para arrumar sua valise.

Era belo ali, no chalé à beira da lagoa de Sunbury, como se fosse um mundo que pertencesse somente a eles. Porém, não era real.

— Não podemos viver aqui eternamente. Eu adoraria, mas não é possível — ele lhe disse, sendo obrigado a tocar no assunto que ambos evitavam desde o terceiro dia, quando venceu o prazo que ele lhe pediu originalmente.

Naquela época, ela também não havia planejado ir tão longe. Foram ambos levados por sentimentos e desejos demais.

— Eu sei. — Bertha virou-se na cama, ainda em sua roupa de baixo. Ela gostaria de não precisar levantar, mas sabia o que havia acontecido: ultrapassara seu tempo.

— E você nunca me disse que partiria, você precisa se decidir.

Ela se levantou e se preparou para enfrentar o dia. Então, foi derramar água na bacia para lavar o rosto.

— Não posso — ela disse, ainda com a face molhada. Secou-a e evitou encarar o espelho. — Eu lhe disse que era o meu limite e, ainda assim, você veio. Eu ainda vou partir para longe de tudo que deixei em Londres. De volta para a fazenda onde nasci.

Eric havia deixado a cama antes, porém nunca pensou em colocar as roupas por cima das ceroulas.

— Você vai desistir? Não pode fazer isso agora. Não mais!

— Eu o fiz há muito tempo, porque eu duvido que você entenda que, às vezes, a opção que sobra para sobreviver é se retirar.

— Então por que diabos aceitou dormir comigo?

— Eu o queria, como nunca quis homem algum. Há muito pouco em minha vida que posso realmente controlar. E essa era uma das escolhas que decidi que cabiam somente a mim. Eu fui exatamente o que devia ser. Ao contrário do que já pensei um dia, eu não me arrependo de nenhum momento.

— Isso não é suficiente para mim! Eu não sei como é ser uma mulher ou como é estar no seu lugar, sofrendo pressão por todos os lados, sei apenas o que nós dois fomos juntos.

— Eu fui a sua amante, Eric. Vivi com você enquanto pude. Já haviam me acusado e condenado sem eu jamais ter tido a oportunidade de viver momentos como esses. Então, eu poderia muito bem vivê-los, pois não mudaria minha sentença. Nem mudará o que dirão ou não. Apenas não posso voltar atrás e, até a próxima temporada, terá ido tão longe que não serei mais uma acompanhante adequada.

Ele estava tão desesperado para não perdê-la que estava a ponto de lhe pedir para esquecer tudo e ficar ali com ele, naquela fantasia que viveram por dez dias, como se a relação que criaram fosse o encerramento natural para o amor que descobriram nos meses da temporada. Entretanto, não seria a realidade. E ela continuaria sendo a sua amante.

Na vida real, Eric não sabia para onde estavam indo. Antes daqueles dez dias, ela estava partindo para arrumar seu casamento com outro homem. Esse noivo estava em algum lugar a aguardando e Eric não tinha coragem de perguntar. Já doía demais apenas pensar nisso, com os detalhes, seria melhor abrir seu peito e destroçar seu coração.

Por outro lado, ela foi sim a sua amante. Ele sabia como homens mantinham relações de anos com suas amantes, mas ele não podia tê-la assim. Ia perdê-la de um jeito ou de outro.

— Eu não a quero apenas como minha amante — ele declarou.

— Foi tudo que eu sempre pude ser para você — ela disse suavemente e se virou, antecipando o sofrimento do fim.

A porta que dava para a lagoa foi aberta com um safanão, sobressaltando ambos. E logo depois, Lydia entrou rapidamente, levada até lá pelo som da discussão deles.

— Bertha! — ela exclamou, assim que viu a amiga. — Vim te salvar desse Diabo Loiro!

E corroborando a declaração, Lydia levantou a espingarda de caçar patos que pertencia ao marquês e a apontou para Eric. Henrik com certeza não sabia o destino de uma de suas espingardas.

— Agora você vai se ver comigo! — continuou Lydia. — Esse não era o combinado, seu salafrário! Era apenas para conversar e não levá-la! Ninguém rouba a minha amiga e sai impune. — Ela mudou seu foco para a amiga. — Bertha, esse Diabo Loiro a magoou?

Foi então que Lydia notou, pela primeira vez, as condições em que ambos se encontravam. O olhar dela desceu lentamente por Bertha, com um espanto controlado. E o mesmo olhar foi para Eric e suas sobrancelhas foram parar lá em cima, pois ela nunca tinha visto um homem adulto em tão poucas roupas. Então, seu olhar tornou a subir de suas ceroulas brancas até seu pescoço. Ela não sabia bem se ficava mais danada da vida ou aproveitava sua chance de ver pela primeira vez um peitoral masculino nu e tão bem apessoado.

Se fosse outra situação e ela não estivesse apontando a espingarda para o tal peitoral musculoso, iria prensar os lábios e assentir, como se aprovasse. No entanto, seu olhar retornou para Bertha, pois se aquilo significava o que ela achava...

— Bertha? — Lydia deu uma olhada para suas roupas íntimas, pois era tudo que cobria a amiga no momento. — Cheguei tarde?

— Um pouco... — Ela assentiu levemente.

— Devo atirar nele antes ou depois de você se recompor?

— Deixe-o intacto, por favor.

Só que Lydia continuava com a espingarda apontada.

— Ela me liberou de sua ira, Srta. Preston. — Eric se virou e pegou suas calças, pois uma coisa era ficar em trajes de baixo em frente à mulher com quem estava dormindo, outra era permanecer assim na presença de uma jovem que sequer era sua parente.

— Ainda não confio em você. — Lydia não olhou quando ele entrou atrás do biombo e voltou vestido com as calças, mas toda aquela pele do seu torso continuava à mostra.

Ao menos agora, ela sabia exatamente como se parecia um belo espécime masculino, o que era bom, pois saberia o que esperar quando acabasse envolvendo-se com um deles.

— Bertha. — Lydia baixou a espingarda e a desarmou, dobrando-a por cima do antebraço. — Se está com medo que me mandem para a forca, não se preocupe. — Ela pausou e deu uma olhada em Eric. — Vamos esconder o corpo.

— Não, a culpa foi toda minha. — Bertha correu e começou a se vestir rapidamente.

— Estão todos esperando por você — contou Lydia. — Quando chegamos em Bright Hall, descobrimos que você não estava lá. E seus pais estavam esperando, pois achavam que viria conosco. Tivemos de esconder Nicole e mentir que ela está adoentada e você ficou para trás. Todos sabem como ela gosta de você, e, assim que estivesse melhor, você viria com ela. Mas isso não faz sentido! E nosso tempo esgotou. O Sr. Clark me assegurou que você havia partido com o Diabo Loiro. Só minha mãe conseguiu convencer o meu pai a não vir buscá-la imediatamente, mas ele virá amanhã. Ele não sabe do meu envolvimento! E se seus pais descobrirem? Esperei dois dias antes de vir buscá-la, mas não há mais tempo.

Bertha apenas colocou o vestido e agarrou um xale, não se preocupando com meias ou qualquer outro acessório, além das botinas nas quais enfiou os pés. Ela olhou para Eric por um momento e ambos saíram do quarto, desentendendo-se pelo corredor. E com Lydia em seu encalço, levando a espingarda de patos e sem saber o que fazer.

A Sra. Mateo vinha da cozinha e estacou ao ver os três entrando na sala, seu lorde em poucas roupas, a convidada mal trajada e com o xale arrastando no chão. E, por Deus, quem era aquela moça com uma arma?

— Tragam as malas. — A Sra. Mateo voltou praticamente correndo, mas tentando fazê-lo na ponta dos pés. Ela não era um mordomo, mas também lia mentes e situações.

— Eric, por favor. — Bertha puxou o xale e passou-o por cima do ombro.

— Então você seguirá com sua vida, casará com aquele homem que na verdade não deseja e viverá como se nada tivesse acontecido?

— Não, você fará isso! Quantos casos já teve, Eric? Você seguiu em frente como se nada tivesse acontecido, como se aquelas mulheres não existissem mais na sua vida!

— Eu não amava as mulheres com quem me relacionei! Você vai voltar com ela, não vai? — ele indagou.

— Eu preciso, você sabe disso! Eu jamais deveria ter ficado tanto tempo!

— E agora todos vão saber que esteve comigo? Isso realmente faz diferença?

— Não faz diferença alguma para você! — Ela exaltou-se mais, assim como ele. — Foi só mais uma aventura, mas fará para mim! Eu jamais seria perdoada!

— Eu não quero uma aventura, eu lhe pedi dois dias e uma chance!

— E ambos a tivemos! — ela gritou, com os olhos cheios de lágrimas.

— Você jamais poderia ser minha amante! Eu nunca planejei amar uma amante!

— E não é o que os homens fazem? — ela indagou, com certo amargor, e bufou, procurando outras palavras. — Sentimentos não são nosso único problema. Daqui a um tempo, espero que se lembre de mim com carinho. Sua vida terá ido em frente e saberá que um de nós precisava ser realista e saber quando se retirar.

A camareira e a Sra. Mateo passaram no fundo com as valises, e Lydia não tinha tempo a perder. Ela também havia fugido, roubado a espingarda e tinha pouco tempo antes de seu pai sair atrás dela, preocupado e furioso. Portanto, correu para a porta.

— Temos de fugir de algum lugar, de casa ou daqui — disse Lydia da porta. — De ambos, não é possível.

Bertha apertou o xale em volta dos ombros e olhou para Eric uma última vez.

— Decida-se de uma vez por todas. Se partir agora para fingir que não estivemos juntos, isso se tornará realidade. Nunca teremos existido. — Ele apontou para a porta.

Bertha sabia que eles nunca haviam existido. Não como uma unidade. Apenas como fantasia. Ela sentia novamente aquela sensação de que nada existiu, de que os bons momentos da temporada não aconteceram. E que aqueles dez dias foram mentira. Bertha não queria ser acompanhada por essa sensação, ela queria ter certeza de que foi tudo verdade.

— Eu não vou fingir, eu não poderia.

Ela se agarrou ao xale e seguiu Lydia, que corria para a carruagem.

— Eu não voltarei a pôr meus olhos em você, Gale! Maldita seja! — Eric bateu a porta e encostou a testa na madeira, ofegando pela tentativa de conter a dor.

Eric preferia a fantasia. Teria repetido mil vezes e, se não pudesse fugir da realidade, ao menos tentaria. Ele não esperava que fosse ter um caso com a mulher que amava e que ela fosse deixá-lo para se casar com alguém mais adequado para ela. Eric sabia que as raízes daquele fim eram muito mais profundas e iam além deles.

Não mudava o fato de seu coração estar batendo no peito, quebrado ao meio, doendo tanto que uma parte não conseguia bater no mesmo ritmo da outra. Ele jogou seus dados até onde pôde. Como Bertha dizia, certas decisões eram um luxo que poucos tinham.

A carruagem já estava cortando a estrada de Sheffield, e Lydia continuava nervosa. Falava sem parar, contando que teriam de parar em Bright Hall para Bertha se trocar. E então, inventar uma recuperação milagrosa para Nicole. Afinal, a menina precisou ser escondida dentro de casa, pois não podiam arriscar que os pais de Bertha soubessem que ela já havia voltado. Como explicariam que sua filha estava sumida há dez dias?

O nervosismo de Lydia se devia ao fato de que nunca vira a amiga assim. Bertha estava no banco em frente, chorando convulsivamente. Depois de tudo que ela passou na temporada, Lydia achou que já a havia visto triste, mas estava enganada. Em Londres, ela sempre engolia o choro. Mesmo quando lágrimas escapavam, ela as secava. E escondia o rosto, fazendo de tudo para se recompor.

Ali na carruagem, ela soluçava, chorando um tipo de dor que Lydia não entendia. Bertha tocava o rosto, mas desciam tantas lágrimas que não havia como secá-las. Ela apertou as mãos contra o peito e esfregou, como se sua dor fosse ali. O som do seu choro e sua clara agonia duraram por quase todo o caminho. O xale que ela usava para tentar secar-se já estava todo molhado. Lydia não conseguiu mais suportar, mudou-se para o lado dela e a abraçou, tentando ampará-la.

— Acho melhor que fique conosco por hoje — Lydia disse baixo, com a mão esfregando suas costas para confortá-la.

Bertha respirou fundo e fez de tudo para cessar o choro; não havia como ainda ter lágrimas. Sua garganta doía muito e seus olhos ardiam a um ponto insuportável.

— O que você fez, Bertie?

— Tive o único caso ilícito da minha vida. Parece que estou mesmo adaptada ao meio em que vivo. Meus pais jamais me perdoariam, mas eu não voltaria atrás nem por um segundo — ela murmurou.

— Você vai mesmo se casar e partir com o Capitão Rogers? — Lydia não conseguiu mais ficar com a pergunta na cabeça.

Bertha ficou em silêncio por um momento.

— Não creio que consiga.

— Quando ele espera sua resposta? Ele já retornou e sei que foi procurá-la na casa dos seus pais.

— Creio que a espera para o momento mais próximo. — Bertha pausou. — Desculpe-me, Lydia, não sei se ainda serei uma boa companhia para você na temporada. Até o próximo ano, todos lembrarão de mim como a acompanhante que supostamente se envolveu com Lorde Bourne ou, pior, com o Sr. Duval. Eu só consertaria isso com um casamento.

— Oh, por favor! Não se importe comigo. Eu não saberia o que fazer sem você. Não importa se é aqui ou em Londres. — Lydia a abraçou apertado. — Por Deus, Bertie. Eu jamais imaginaria um desfecho como esse para a nossa primeira temporada. Eu não me importo, eu nunca a abandonaria. Sem você, jamais será o mesmo.

— Eu a estarei esperando — Bertha murmurou, com a voz fraca pelo choro.

— Como pode saber? O Capitão Fraldinha não aprova os eventos da temporada. Ele é um pudico, você deve ter percebido. E cafona. E acha tudo muito imoral.

— Ainda está fazendo uma campanha contra ele? — indagou a amiga, que tentava de todas as formas aliviar seu espírito.

— Nada sutil, não é?

— Não, nem um pouco.

— Acha que conseguiria se apaixonar por ele?

— Como? Meu coração está pronto para se congelar para o inverno, mas estamos indo em direção ao verão. — Ela fechou os olhos e balançou a cabeça.

Bertha apenas cobriu o rosto; agora seu choro era seco. E Lydia seguiu confortando-a e, ao contrário do esperado, não fez perguntas sobre os dias que a amiga permaneceu em Sunbury Park. Elas teriam muito tempo para conversar se Bertha não partisse com o capitão.

Os Gale ficaram muito felizes quando a filha chegou no dia seguinte e contou que a pequena Nicole estava curada. Bertha sequer conseguiu sentir-se culpada pela mentira. Ela queria ficar sozinha, mas teve de passar o dia contando partes editadas sobre sua estadia em Londres. E escondendo tudo que realmente lhe aconteceu.

No dia seguinte, quando achou que teria sossego, sua visita chegou. Nonie, sua mãe, estava nervosa com o retorno do Capitão Rogers.

— Ele esteve aqui assim que chegou — ela contou, enquanto fechava os botões do vestido da filha. — Você não falou tudo para mim.

— Não... — respondeu Bertha.

— Por que escondeu algo assim?

— Eu lhe escrevi, disse que ele havia proposto.

— E você não pensou em aceitar na hora e chegar aqui com uma grande novidade? — Nonie sorriu.

Bertha deixou a mãe e foi receber o Capitão Rogers na sala da casa. Era um ambiente diferente da sala da mansão londrina dos Preston, porém aquela mesma sala recebia o marquês e a marquesa. Não era um ambiente luxuoso, não havia obras de arte nas paredes, mas sim alguns quadros de paisagens, reproduções que se achava facilmente para comprar. E os sofás não eram de estofado luxuoso, mas eram confortáveis e bonitos. Os Gale nunca sentiam vergonha das acomodações que tinham.

O Capitão Rogers não estava reparando nisso, pois ele foi até ali com uma certeza. Afinal, ele sabia seu valor. Sabia que era o melhor pretendente que poderia ter proposto para a Srta. Gale e que era apenas uma questão de respeito que ela fosse consultar os pais. Eles também saberiam o valor dele como pretendente para sua filha. E ficou surpreso por o pai dela não estar ali de prontidão, esperando o momento que ele apareceria.

— Estou tão feliz por tornar a vê-la e saber que também não adoeceu com o mal que afetou a caçula dos Preston. — Ele foi segurar suas mãos.

Seu primeiro instinto foi não estender as mãos para que ele as segurasse. Seria um toque direto, pois não se usava luvas dentro de casa. Mas Bertha não se sentia pronta para ser tocada. No entanto, conteve-se e deixou que ele as segurasse.

— Sim, eu tenho uma saúde forte — ela comentou, procurando não se estender na mentira.

Bertha soltou as mãos e sentou-se. Sua mãe veio oferecer o chá e saiu rapidamente, para deixá-los sozinhos. Ela esperava dar-lhes privacidade para que a filha informasse ao capitão que aceitava seu pedido de casamento, apesar de nunca ter perguntado à filha se era o que ela desejava.

E mal podia conter sua risada; já se via contando pela vila que sua filha ia se casar com um capitão, irmão de um barão. Seria o melhor casamento da vila, de todos os arrendatários e fazendeiros independentes da área. Melhor do que qualquer casamento que as filhas de todas as suas conhecidas poderiam sonhar em realizar.

Nonie sabia que valeria a pena deixar a filha ficar com os Preston e até levá-la para Londres. Só esperava que Oswald voltasse logo, para o capitão poder fazer o pedido formal, pois dava para ver que era um homem que respeitava muito as regras e convenções.

Horace perguntou a Bertha como foi sua partida e a viagem, apenas para manter um assunto. Ele também esperava encontrá-la de ótimo humor, pronta para se tornar sua noiva, e já com ideias para o casamento. Ele faria os proclamas correrem assim que confirmasse seu enlace para sua própria família. Queria casar-se logo e levar Bertha com ele, primeiro para sua casa e, depois, para onde sua carreira o mandasse.

Assim que estivessem noivos, eles conversariam. Ele queria ter certeza de que ela sabia que tudo mudaria e teria de partir e voltar apenas para visitas ocasionais. Mas o que ele queria mesmo era afastá-la daquele mundo de corrupção de jovens que a nobreza proporcionava. Até mesmo seu irmão, o barão, era "um desses nobres" fora de controle.

— Eu não via a hora de tornar a vê-la, para nos acertarmos. Afinal, deixou Londres com minha mais séria proposta para considerar e apresentar aos seus pais.

— Capitão Rogers... — ela começou, muito baixo, porque sua garganta continuava dolorida.

— Eu preciso reiterar a seriedade e a sinceridade com que eu lhe apresento minha admiração. E meu anseio para que se torne minha esposa. Eu lhe prometo que serei exemplar.

Ela pensou em dizer-lhe que exemplar não era uma palavra que fazia moças correrem para dizer sim a pretendentes. Ele teria de encontrar algo mais atraente, romântico, ou talvez sedutor, pois ela esperava que ele sentisse mais do que admiração quando proferisse uma proposta. E Bertha sabia que ele tinha boa intenção.

Deveria aceitá-lo. Era o caminho certo. Era o que sua mãe estava esperando, com aquele sorriso que não podia conter. E era o que seu pai aprovaria, pois ele ainda estava incomodado com a ida da filha para Londres. E todos os bailes e festas que ele nunca viu, não entendia, mas o que saía no jornal e o que ouvia falar não era nada apropriado para boas jovens solteiras de sua classe.

Bertha tinha de aceitar e seguir em frente.

— Eu não posso — ela disse, indo direto ao ponto.

Foi tão direto e surpreendente para o capitão que ele não entendeu.

— Eu lamento muito, eu apenas não posso. Por favor, encontre uma moça compatível e com quem será feliz — ela continuou.

Bertha se levantou abruptamente, mas ele também o fez e segurou sua mão, impedindo-a de ir.

— Por favor, Srta. Gale. Se é mais tempo que precisa para organizar seus pensamentos e sentimentos, eu lhe darei.

— Não é isso.

— Não me desconsidere de forma definitiva. A menos que sinta aversão por mim. Nesse caso...

— Não, por favor, não. — Ela colocou a mão sobre a dele. — O senhor me lisonjeia com sua admiração, porém eu simplesmente não posso. Eu não sou e jamais serei a mulher que procura. E não mudarei minha natureza pelas suas expectativas. Perdoe-me.

E assim ela deixou a sala e partiu rapidamente para o seu quarto, tentando refugiar-se do que viria. Pouco depois, a porta da frente se fechou e ela ouviu os passos apressados da mãe, que irrompeu em seu quarto.

— Bertha! O que você fez? — Nonie exclamou, perdida.

Nonie viu a filha apenas apertar as mãos e continuar junto à janela, uma fuga à qual ela recorria desde pequena.

— O que você pensa que está fazendo? Você terá de consertar esse mal entendido com o Capitão Rogers.

— Eu não posso.

— Pois terá! Ele deixou bem claro ao partir que pensa ser algo que pode ser revertido e que você precisa de tempo para se recuperar da temporada. Ele até entende que um ambiente como aquele pode torcer a mente de uma jovem!

— Não há o que ser revertido.

Nonie foi até lá e a tirou de perto da janela, obrigando a filha a encará-la.

— Não pode estar em seu juízo perfeito se acha que vai encontrar um partido melhor do que o capitão! Eu a proibirei de voltar à temporada! Isso mexeu com a sua cabeça! Esperará uma semana e dirá a ele que sua mente voltou ao local certo.

— Eu não posso e não vou! — Bertha tentou se desvencilhar.

— E que motivo você teria para não poder? — a mãe pressionou. — Fale logo, pois eu não descansarei até que se explique muito bem!

— Eu estive com outro homem — ela confessou.

Nonie ficou claramente chocada. Soltou a filha e começou a andar pelo quarto, o desespero transparecendo em suas ações.

— Eu sabia que não devia tê-la deixado ir para aquele lugar! Eu sabia! Meu Deus! — Nonie passava as mãos pelo rosto e andava à frente da filha, até que se virou para ela. — Quem foi? Foi um dos novos rapazes dos Preston? Foi aquele lacaio que chegou, não foi? Diga-me agora! Foi aquele rapaz? Ou foi um dos rapazes deles que trabalham na cidade? Diga!

Bertha balançava a cabeça, enquanto sua mãe continuava pressionando-a, exigindo saber quem foi.

— E se eu disser que foi um conde? — Bertha indagou, num misto de mágoa e desafio.

Nonie deu-lhe um tapa na face. Foi sua primeira reação, estapear a filha. E arrependeu-se imediatamente; nunca havia batido nela. Bertha apenas baixou a cabeça e sentiu os olhos arderem, mas não estava disposta a deixar mais lágrimas caírem. Porém, algo estava quebrado dentro dela e não conseguia reunir sua força interna para recompor-se como fazia antes.

— Desculpe-me, desculpe-me — Nonie repetia sem parar quando abraçou a filha e esfregou a mão em sua cabeça, passou os dedos pelo seu rosto e voltou a abraçá-la.

Ela deixou que a mãe a abraçasse e acalmasse ambas, até que Nonie disse baixo:

— Seu pai não pode saber.

Uma semana depois, Nonie foi a Bright Hall para ver a filha. Ela a havia despachado imediatamente, temendo que o marido notasse alguma coisa. Ou resolvesse pressioná-la para se casar com o capitão, e Bertha, claramente cansada, acabasse admitindo a verdade.

Nonie queria que ela se casasse e consertasse aquela história.

— Isso é uma tolice e sabe disso, ele nunca saberá que não está se deitando com uma donzela. — Ela pausou. — Eu não sei o que fazer, minha filha. Mas você terá de ajeitar isso e parar de fantasiar. Daqui a pouco, Lydia também partirá. Você não poderá ir com ela. Aceite que casamento não é sobre fantasias tolas ou esses sentimentos frívolos que deve ter aprendido. Você se acostumará com o capitão e aprenderá a gostar dele. Tenho certeza de que ele tem afeição por você. Devia ter visto como ficou desapontado.

Não adiantava tentar explicar à sua mãe que ia muito além de tudo que ela dizia. Nonie jamais entenderia que Bertha não seria feliz com o capitão. Ele a oprimiria, mesmo com todo o seu jeito atencioso e gentil, ele a podaria até torná-la o que ele achava correto para uma esposa.

Uma semana não foi suficiente para Bertha conseguir qualquer tipo de paz ou para colar seus cacos. E ela não sabia exatamente qual era a sua situação. Sua mãe partiu, dizendo-lhe para pensar direito, pois o capitão não a esperaria por muito tempo.

Foi só no final do mês que Bertha tirou mais uma preocupação que a estava consumindo. Ela foi se banhar e, pela primeira vez, suspirou de alívio ao ver o sangue descendo pelas coxas. Foi tão estranho que ela não saberia descrever, era alívio misturado à sensação de perda. Ela não teria de enfrentar a enorme complicação de uma gravidez, deveria estar sorrindo, mas encolheu-se sobre o banquinho e cobriu o rosto enquanto a água esfriava.

# CAPÍTULO 25

Nos meses seguintes, Bertha voltou para casa algumas vezes, porém se refugiou em Bright Hall junto com Lydia e as crianças. Com o passar do tempo, a marquesa estava cada vez mais perto de dar à luz. Cartas chegavam, avisando conforme os membros do grupo de Devon voltavam para casa. Elas receberam algumas visitas e, em breve, alguns começariam com os eventos de retorno ao campo e outros desapareceriam para se organizar. Ou até para viajar para um SPA e visitar parentes.

Com a chegada de setembro, Bertha finalmente estava sentindo-se menos desgastada. A Srta. Jones sempre lhe escrevia e até as visitou, ato que elas devolveram. Alguns dos cavalheiros do grupo estavam voltando de viagens em conjunto apenas agora. Ela sofreu, imaginando se por acaso haviam convidado Eric para esses passeios.

A marquesa entrou em trabalho de parto repentinamente. Ela estava pesada demais, ostentando a maior barriga que já teve durante uma gravidez. E não estava se arriscando nas escadas. Suas pernas também estavam inchadas e sua energia, baixa. Porém, Caroline era ativa demais e circulava pelo segundo andar por algumas horas da manhã e descansava o resto do tempo.

Ela não estava bem disposta naquele dia e sentia-se enjoada e cansada, mas se forçou a levantar, checar os filhos e conversar com a Sra. Daniels. No início da tarde, quando estava deixando o jardim interno para ir descansar, sentiu uma pontada no baixo-ventre. Ela parou e se escorou no batente da porta. A dor era insuportável e Caroline respirou fundo várias vezes, tentando se recuperar para ao menos seguir em frente.

Não se lembrava de ter doído dessa forma quando seu corpo avisou que era hora nos dois partos anteriores. Com Nicole, demorou um pouco mais, o que era uma surpresa, pois costumavam lhe dizer que o primeiro filho era o mais trabalhoso. Porém, Aaron nasceu miúdo e foi rápido. Eles até acharam que ele seria uma criança pequena, mas a marquesa viúva veio com a notícia de que Henrik também nasceu um bebê pequeno e adorável. E olha só o tamanho que ele ficou e o jeito que exterminou seu lado adorável. Ao menos para os outros, pois ele reservava esses momentos para aqueles que amava.

— Tudo bem, milady? — perguntou Paulie, que a encontrou escorada contra o batente, com a testa suando.

Caroline pensou que divagar e respirar fundo a ajudaria, mas não haveria jeito. Ela sentiu outra pontada de dor quando ia falar com Paulie e então sentiu o que sua roupa íntima não pode mais conter: sua bolsa havia estourado.

— Chame meu marido e a Sra. Daniels... Ajude-me a chegar ao quarto.

Paulie entendeu perfeitamente o que se passava, mas, como era uma mocinha pequena, teve de se esforçar muito para ajudar a marquesa, com sua enorme barriga de quase nove meses, a chegar ao quarto principal. Ela pensou em gritar por ajuda, mas não queria criar alarde. Quando chegaram lá, Caroline já não conseguia mais segurar seu peso e tombou em cima da cama.

— Ai, meu Deus, milady! — Paulie exclamou e ficou atarantada.

Caroline apenas moveu a mão para ela, porque era tudo que podia fazer no momento. Ela trincou os dentes e aguentou outra pontada de dor. Paulie também era muito rápida, ela chegou ao Sr. Roberson num minuto e partiu em busca da Sra. Daniels enquanto o mordomo colocava força em suas longas pernas finas para ir buscar o marquês.

Depois de tanto tempo do último parto, eles não tinham certeza de como proceder. A Sra. Daniels foi rápida em colocar as arrumadeiras para levar tudo que seria preciso para trazer a criança ao mundo. Henrik correu escada acima e encontrou a esposa tombada na cama. Ele a ajudou a se ajeitar e a governanta entrou correndo para ajudar a despi-la do vestido e das sapatilhas e deixá-la com a combinação.

A Sra. Byrd tomou o lugar do marquês e ajeitou Caroline, tirando as roupas sujas de perto dela. E então viram que havia sangue, mais do que o esperado por elas. Partos eram uma questão de esperar quando o momento chegava, enquanto alguém assistia a mulher a dar à luz.

Cerca de uma hora depois, o quadro não evoluíra, mas ainda havia sangue e nenhum indício de que Caroline tinha espaço para liberar o bebê. Henrik já havia mandado buscarem o médico; mesmo que ele chegasse após o parto, poderia checar o estado de saúde deles. Atualmente, Dr. Leeson era quem conseguiria chegar ali em menos de duas horas.

— Está tudo bem, milady. Tudo bem — disse a Sra. Daniels. — Eu já vi alguns danadinhos darem trabalho.

Caroline fechou os olhos novamente, ela estava com dor. Algo não estava certo e ela não conseguia entender o que era. Pelo que calculava desde que chegara à sua cama, já haviam ultrapassado o tempo que ela levou para trazer Nicole ao mundo. E ela lembrava das contrações devastadoras, mas era como sabia que seu corpo tentava pôr sua filha no mundo. Agora, ela apenas sentia dor. Estava sofrendo e temia que seu bebê também não estivesse bem.

Dr. Leeson chegou e foi tirar o casaco de viagem, e a Sra. Byrd o fez lavar suas mãos na bacia de água fresca. Ela mantinha o ambiente limpo como podia e se livrara dos panos com sangue. O problema é que atrás deles subiram as crianças.

— Papai, papai! Nosso irmãozinho vai nascer? — Aaron perguntou alto.

— Já podemos ver? Eu quero ver a mamãe! — exclamou Nicole, querendo abrir a porta que se fechara atrás do médico.

Lydia também subiu atrás delas, assim como Bertha e a Srta. Jepson.

— Como ela está? — perguntou Lydia. — Desde que foram buscar o médico já se passou muito tempo.

Henrik olhou para todos eles e levantou as mãos.

— Vai nascer em algum momento. Voltem para suas atividades lá embaixo.

— Mas, pai! — exclamou Aaron.

Nicole fez um bico e olhou para a porta; ela queria ver a mãe. Henrik lançou um olhar para a Srta. Jepson, que, ao contrário dos outros ali, mesmo Lydia e Bertha, tinha muito mais discernimento sobre o que poderia estar acontecendo.

— Não terminamos as atividades do dia — ela disse, aparecendo no campo de visão das crianças. — Vamos esperar.

— É a sua mãe quem vai decidir quando chamá-los — disse Henrik.

As crianças voltaram pelo corredor com a Srta. Jepson, e Lydia trocou um olhar com Bertha, mas foi se afastando. Bertha ainda olhou mais uma vez para o marquês, mas ele estava apenas nervoso pela demora, não parecia estar escondendo nada, então ela se apressou a alcançar os outros.

Porém, as horas se estenderam e não foi nenhuma surpresa quando o médico declarou que precisariam esperar um pouco mais pela dilatação. As crianças foram para a cama e Bertha enviou uma mensagem ao pai para não vir buscá-la, pois queria ficar para acompanhar.

— Parece que vai nascer, milorde! — disse a Sra. Byrd, correndo para dentro do quarto.

Henrik escutou os gritos de Caroline e se apressou. O médico tentava lidar com ela. Seu rosto estava manchado de lágrimas e ela fazia força, mas não conseguia colocar o bebê para fora. O quadro evoluíra, o fluxo de sangue havia acabado de aumentar, junto com as dores e a dilatação. Mesmo assim, o bebê não conseguia nascer, mesmo com o médico tentando ajudar.

O Dr. Leeson estava muito perturbado pelo sofrimento de sua paciente, pois não tinha muita experiência com esse tipo de parto. Por sorte ou não, ele passou por alguns demorados o bastante para dar tempo de ele chegar. Só que não eram como o quadro que ele tinha à sua frente. Ele havia exposto suas preocupações à Sra. Daniels, que o olhou como se ele estivesse louco. Então, ele teve de falar com o marquês.

— Ainda não houve jeito, milorde. — Ele pausou, vendo a preocupação na face dele. — Se usarmos métodos mais invasivos...

Henrik não conseguia ficar parado, mas se virou subitamente.

— Eu o mato! Se machucá-la, eu o mato! — ele respondeu.

— Milorde, já faz tempo... Se ela viver, não posso lhe garantir que terá mais filhos caso isso não seja resolvido — ele informou, porque era seu compromisso dizer isso. Era uma questão muito séria uma mulher não poder mais ter filhos, especialmente quando ela assegurava a linha sanguínea de um título como o do marquês.

— Você acha que eu me importo com isso? — Henrik perguntou, sem nem conseguir ficar abismado com o médico, que estava fazendo exatamente o que era treinado e o que entendia como importante. — Salve a minha esposa.

— Mas não há como se o bebê...

— Minha esposa! — ele disse mais alto, se exaltando pelo médico ter chegado a esse tipo de pensamento.

Era uma escolha difícil e Dr. Leeson teve que buscar toda a sua calma para não voltar correndo para dentro do quarto. Até porque ele não sabia exatamente como resolver aquilo do modo como o marquês queria, pois não esteve lhe oferecendo uma escolha clara, apenas a possibilidade de ter que sacrificar sua esposa para conseguir tirar o bebê com vida.

— Ela é o amor da minha vida, é a força que mantém meu coração batendo e que dá rumo à existência dos nossos filhos. — Ele encarou o médico, seus olhos ardendo ao apenas cogitar a ideia absurda que o homem lhe apresentava. — Entre lá e salve a minha esposa. — Ele apontou para a porta.

Dr. Leeson entrou no quarto e disse à Sra. Daniels:

— Láudano vai aliviar o sofrimento dela. Levante sua cabeça.

No primeiro andar, o café da manhã ainda terminava, com as crianças à mesa aproveitando a ausência dos pais para comer mais bolo e aprontar. Lydia estava sem fome e ficava perfurando seu pudim com o garfo. Bertha tentava segurar Nicole, que ia cair da cadeira a qualquer momento. E a Srta. Jepson, que tinha acabado de passar uma descompostura em Aaron, deu o desjejum como finalizado e mandou que fossem para o passeio matinal.

Quando as crianças abriram a porta da frente e correram para fora, rodearam Lorde Greenwood, que estava a ponto de tocar a sineta.

— Bom dia. — Ele abriu um sorriso.

Bertha franziu o cenho para ele enquanto ainda estava segurando o chapéu que Nicole deixou para trás. Lydia veio correndo pelo hall e estacou ao dar de cara com ele.

— Lorde Greenwood? — Ela franzia o cenho, surpresa.

— Como estão?

A Srta. Jepson passou, tomou o chapéu que Bertha segurava, cumprimentou o visitante e saiu atrás das crianças, como ela estava acostumada a fazer.

— O senhor gostaria de entrar? — perguntou Bertha, já que Lydia havia acabado de engolir a língua.

Ele aceitou e as seguiu até a sala, mas, assim que chegou lá, anunciou:

— Eu retornei para o campo há poucos dias e soube que estavam na região. Não há muitas companhias para uma corrida matinal. Pensei se aceitariam — ele disse, gentil, endereçando ambas, mas era Lydia que vivia desafiando-o e alfinetando.

Eles escutaram os passos apressados na escadaria e o marquês apareceu. Dava para ver o transtorno em sua face, mas, quando viu os três na sala, ele respirou e diminuiu para um nervosismo claro.

— Quem é o condutor mais rápido da casa, Sr. Roberson?

O mordomo nem teve tempo de se aproximar, mas estacou e pensou por um momento.

— Acho que Dods. Não é rápido nem insano como o senhor, mas é...

— Eu preciso de alguém insano — interrompeu Henrik.

— Bem, milorde...

— Alguém tem que trazer a Sra. Russell aqui imediatamente, não posso me ausentar — ele explicou.

— Eu sou rápida — disse Lydia.

— Não! — exclamou Henrik. — Você tem de ficar — ele disse rápido, mas não explicou o porquê.

— Eu sou rápido e fora do meu juízo — disse Lorde Greenwood, mesmo sem saber para que era a necessidade de trazer a senhora.

Henrik só pareceu tomar ciência da presença dele naquele momento, mesmo que tivesse visto um rapaz ali; sua mente estava ocupada demais para registrá-lo. Porém, ele se aproximou de Grenwood e o olhou seriamente.

— Minha esposa está em trabalho de parto. A Sra. Russell está na vila de Reeds e é de extrema importância para a vida dela. Seria a viagem mais rápida que já fez por essas terras. No meu faetonte, meu veículo mais veloz. Conseguiria trazê-la?

Lorde Greenwood notou a intensidade no olhar do marquês e não gastou tempo fazendo perguntas. Sua necessidade era maior do que tudo. Assim como a preocupação em sua face.

— Nunca me venceram em um faetonte por essas estradas, milorde. Eu farei a corrida da minha vida e a trarei para ajudar.

Greenwood recolocou o chapéu, deu um breve meneio de cabeça para Lydia e Bertha e saiu apressadamente atrás do Sr. Roberson, que o levaria ao faetonte e lhe diria para onde ir. Lydia balançou a cabeça, alternando o olhar entre o homem que corria para fora e seu pai, que corria escada acima. Ela se apressou e subiu atrás do marquês.

— Papai. — Ela o alcançou no patamar de cima. — Não tenho mais a idade dos meus irmãos, pare de me poupar. O que há de errado com a minha mãe?

— O parto está difícil. — Ele tocou seu braço e a segurou ali. — Nós vamos conseguir.

— Você não me deixou ir e não quis ir! Isso significa que precisamos estar aqui para...

— Não significa nada. — Henrik passou o braço em volta dela e beijou seu rosto, notando que a filha precisava de alguma segurança ou entraria em pânico, assim como ele estava fazendo de tudo para não se deixar levar pelo medo. — Fique com seus irmãos.

O Dr. Leeson não acreditava que os conhecimentos de uma mulher sem educação formal em medicina os ajudaria nesse ponto. Poderia ser perda de tempo ou piorar tudo, mesmo que a Sra. Russell tivesse realizado mais partos do que ele sonharia fazer. A mulher não era conhecida por pouco, e essa não era a especialidade dele.

O médico se empenhou em uma forma de resolver aquela situação. Em sua visão, ele precisava salvar o bebê. Por causa de experiências anteriores, ele achava que, se aquela criança fosse o herdeiro do marquesado, eles já teriam resolvido a situação.

Mas só com um menino nascido, o marquês não deveria se dar ao luxo de não pesar suas escolhas. Se algo acontecesse ao seu filho, ele ficaria com duas meninas e nenhum herdeiro. Podiam estar perdendo um ali. E não teriam nem um bebê nem uma marquesa.

— Não posso aplicar mais nada, pois assim ela não poderá parir essa criança com suas próprias forças — disse o médico, depois de checar Caroline outra vez.

A Sra. Daniels estava descabelada e desesperada, sofrendo com sua adorava marquesa. As lágrimas desciam por sua face ao vê-la com dor. A Sra. Birdy tentava lhe dizer palavras gentis, mas estava ocupada demais com o aumento do sangramento.

— Mas ela logo não poderá de qualquer forma — retorquiu a Sra. Daniels, vendo que Caroline não estava mais ativa. Não sabia se era por exaustão, dor, pelo sangue perdido ou algo pior.

Dr. Leeson tornou a levantar os lençóis para tentar retirar a criança de alguma outra forma, mas acabou sujo de sangue e sem um bebê nos braços. O tempo estava passando e ele via que a criança não estava coroando.

— É melhor me acompanhar, milorde. — Dr. Leeson o levou para fora outra vez, para longe do que ele considerava a sensibilidade das mulheres lá dentro. — Milorde, nós temos de usar os instrumentos.

O Sr. Roberson ficou pálido imediatamente e Henrik apenas o olhava.

— Você vai destruir a minha esposa. — Seu olhar era de incredulidade e dor.

— E talvez, se for um menino e ainda estiver viável, seja possível salvá-lo.

— Perdão? — Henrik não podia nem acreditar nos seus ouvidos.

— Não tenho como saber, precisamos ser realistas. Mas uma craniotomia será meu método escolhido para retirar o feto se chegarmos a tanto.

O Sr. Roberson mal teve tempo de segurar o marquês, e o médico deu um passo para trás. Só que, da última vez que quase foi atacado, ele estava tentando salvar o herdeiro de um nobre que queria a criança viva a todo custo. E ele acabou numa discussão, pois, naquele dia, achava que podia salvar ambos, se lhe dessem tempo. Ele sabia as prioridades da vida, mas, quando possível, tentava aplicar seu conhecimento.

Só que uma craniotomia ainda destruiria Caroline, com um instrumento em seu canal vaginal, que quebraria seu bebê e o arrancaria dela por pedaços. Ela nunca superaria isso.

— Se a abrirmos, talvez ainda dê tempo de tirar o bebê com vida, mas... — terminou o médico, expondo seu último recurso.

Henrik ficou visivelmente transtornado com a ideia, e o Sr. Roberson se recusou a soltá-lo. Ainda bem que aquela conversa estava ocorrendo apenas entre os três. O mordomo nem devia estar ali, mas ele já era próximo demais para se retirar num momento como esse. Partos, apesar de tão numerosos e rotineiros, ainda eram um assunto considerado "delicado" que não se tratava em público.

— Se cortá-la, eu arrancarei o seu pescoço — disse o marquês.

O "mas" do final da frase do médico era o fato de que as mulheres simplesmente não sobreviviam a "serem abertas". Todos sabiam disso. Ele ainda era um dos poucos médicos que usavam fórceps e dos raros que se prestariam a promover uma cesariana.

Se Caroline estava sangrando agora, se Henrik permitisse que o médico abrisse seu ventre e tirasse o bebê de lá, ela sangraria até a morte. O método era extremamente inseguro e famoso por ser usado para retirar bebês em grau de urgência do corpo de mães que morreram durante o parto. Também conhecido por ser um assassino silencioso, que matava a mulher em sofrimento mudo, sangrando até a morte e sofrendo de febre pela infecção.

Ninguém ali conhecia uma mulher que havia sobrevivido a algo assim. Nem o médico conhecia um caso de sucesso. Porém, todos conheciam, ou melhor, conheceram mulheres que haviam morrido no parto. Porque elas simplesmente não paravam de morrer, com ou sem seus bebês falecendo junto com elas. Era um dos maiores motivos para a morte de mulheres, e eles já não sabiam se Caroline sobreviveria sem que alguém a cortasse ou introduzisse instrumentos nela.

Henrik sentia seu corpo estremecer e suor frio descer por suas costas, sua respiração estava entrecortada e pânico corria por sua corrente sanguínea. Ele usava com seu traje completo, até o colete, mas seu corpo estava frio.

— Volte lá e salve a minha esposa! — disse o marquês, lutando para não ceder a uma onda de terror bem ali.

A Sra. Russell chegou junto com sua neta e o Sr. Roberson lhe indicou a porta em frente. Ela tomou fôlego para dizer algo, mas então olhou bem para o marquês e viu que aquela não era uma dessas situações típicas.

— Por que vocês não me chamaram antes do parto? — Ela passou pelas portas do quarto principal, sem nem hesitar, e sua neta correu com a valise que ela usava. — Esses médicos não sabem lidar com mulheres. Não é isso que lhes ensinam. Eu creio que é sua última preocupação. Não sabem colocar bebês no mundo e manter as mães vivas. E isso, porque sempre escolhem salvar os bebês como se saíssem de ovos que podem ser quebrados e não de mulheres.

A Sra. Russell dizia tudo isso na frente do médico; ela tinha uma opinião muito forte sobre o assunto. Ela entregava bebês há muito tempo. Não permitiram que estudasse formalmente por ser mulher, então teve de aprender informalmente a profissão com um primo que estudou numa faculdade.

Depois de ver todo o sangue e suspirar com pesar, ela levantou a cabeça.

— Ela tem de botar tudo para fora, entendeu? Tudo. — Então, olhou para o Dr. Leeson. — Vamos, ajude-me. Você tem de aprender a manter a mãe viva. E esse não é o modo. Já vi muitas morrerem porque simplesmente não tiraram tudo que elas carregavam em seu ventre.

A Sra. Russell disse que ela não poderia empurrar assim, que estava exausta, fraca e deitada sobre suas costas há muitas horas. Eles a levantaram e Caroline não tinha força para manter a posição.

— Força, milady. Temos de tirar esse bebê. Ele está vivo, vamos, pois está coroando!

Henrik estava sentado no chão, contra a porta. A Sra. Russell disse que não queria mais ninguém tocando na marquesa além dela, o médico e as duas senhoras que já estavam lá dentro. O Sr. Roberson estava sentindo palpitações e tentava se acalmar, porque não podia cair logo nesse momento. Os outros criados não iam até lá. Paulie era a única que aparecia em alguns momentos para pegar as bacias, ajudar com água ou perguntar se poderia auxiliar em mais alguma coisa. Depois, ela descia para dar a notícia.

A casa estava parada, ninguém conseguia se concentrar. A Srta. Jepson estava mantendo as crianças ocupadas com atividades na mesa da sala traseira. Lydia andava de um lado para o outro, subia e descia as escadas, sentava-se lá perto das crianças e voltava. Era sua maneira de lidar com o pânico. E Bertha ficou de pé no canto, perto da janela, e se abraçou, sofrendo em silêncio.

Foi muito difícil para Caroline ser amparada enquanto se agachava sobre a cama, pois não tinha mais força nas pernas. Ela usou tudo que tinha para empurrar e entregar seu bebê nas mãos da Sra. Russell. Caroline chorava, com a Sra. Byrd e a Sra. Daniels a segurando. Com os olhos fechados, ela sequer viu seu bebê ser passado para o Dr. Leeson.

— Segure mais um pouco, milady — disse a Sra. Russell, apalpando sua barriga.

Caroline não podia e acabou sobre seus joelhos. As mulheres tentaram levantá-la um pouco, mas ela não tinha mais condições. Seu corpo, no entanto, ainda lhe dava dor e contrações. E logo depois, ela expeliu um segundo bebê, bem menor do que o primeiro.

O sangue era tanto que a decisão de tirar o marquês do quarto obviamente foi acertada. A cabeça dela caiu para trás e seu corpo foi parando de responder.

O segundo bebê foi passado para a neta da Sra. Russell, pois o médico ainda estava ocupado com o primeiro e ficou extremamente surpreso ao ver aquele pequeno embrulho ensanguentado nos braços da moça.

— Não sinto pulso — disse a Sra. Russell, num tom alarmante.

Dr. Leeson deixou o bebê no cesto e voltou correndo, subiu na cama e também não sentiu pulso em Caroline. Ele começou a pressionar sobre seu coração imediatamente.

— A senhora sabe bombear ar? Como em afogados? — ele perguntou à parteira.

A Sra. Russell também subiu sobre a cama — ambos ignorando todo o sangue — e se inclinou sobre Caroline, tampou seu nariz e soprou ar através de sua boca.

Dr. Leeson continuou pressionando seu peito repetidamente.

— De novo! — ele disse, mas nem precisava, a mulher sabia o que fazia.

Eles repetiram o procedimento e a senhora Daniels perdeu as forças nas pernas e caiu sentada.

— Está fraco demais, ela não vai mantê-lo — anunciou o médico. — Melhor chamar o marquês.

A Sra. Russell checou por conta própria, então o encarou:

— Nós ressuscitamos bebês dessa forma desde sempre — ela anunciou, ensinando mais alguma coisa ao médico. — Deixe-a. Ele não pode fazer nada por ela agora. Certifique-se de que ao menos a primeira criança sobreviva.

Ele pulou da cama e voltou para atender o bebê enquanto a Sra. Russell foi checar se o seu trabalho no corpo de Caroline estava acabado. Ela parou por um momento, lamentando e levantou a cabeça, retomando sua força interna.

— Terminei, vamos limpá-la — disse a parteira, segurando as pernas dela para esticá-las enquanto as outras duas deitavam seu corpo cuidadosamente.

Henrik cobriu o rosto com as duas mãos e não conseguiu sentir alívio com o choro de um bebê lá dentro.

Eles tiveram de trocar tudo na cama; os lençóis e panos ensanguentados se amontoavam do lado enquanto as mulheres lavavam a marquesa com panos embebidos em água morna do fogareiro. Elas se recusavam a deixar as manchas secas de sangue maculando a sua pele clara. Também procuraram uma escova, pois seu cabelo castanho estava úmido e bagunçado, porém a Sra. Daniels não conseguia se recompor o suficiente e controlar suas lágrimas. Ela não conseguia aceitar aquele fim.

A Sra. Birdy a abraçou, tentando ampará-la, e lhe disse palavras de conforto que serviriam para ela também.

O Dr. Leeson saiu do quarto e encarou o marquês. Ele havia lavado as mãos, porém suas roupas ainda estavam manchadas de vermelho, dando-lhe um péssimo aspecto.

— Eu sinto muito, milorde — ele disse, com verdadeiro pesar. E se afastou dali, para se recompor com roupas limpas e de todas as formas.

Henrik parou em frente à porta e respirou fundo. Ele olhou a madeira à sua frente, buscando força interior.

— Pai. — Lydia apareceu na entrada para os aposentos. — Acabou?

Quando olhou para o pai, ela soube que algo de muito errado havia acontecido e agarrou a maçaneta.

— Volte para os seus irmãos, Lydia.

— Mas e a mamãe? — ela exclamou, com os olhos enchendo de lágrimas.

— Ajude-me, por favor. — Ele levantou a mão para ela, como se pedisse um momento. — Vá contê-los.

Lydia ficou olhando para o pai por um momento, reparando em sua expressão, então deixou escapar um som de dor, virou-se e saiu correndo. Deu para escutar os passos dela até alcançarem o final do corredor. Henrik entrou no quarto lentamente e andou até a cama. A Sra. Birdy estava debruçada sobre Caroline, e a Sra. Daniels chorava perto da lareira. A Sra. Russell estava no canto, de onde vinha os sons do bebê, e sua neta despejava mais água numa bacia.

Ele chegou à cama e tocou o pé de sua esposa, só para conseguir alguma conexão com ela, qualquer uma. Só que ela estava gelada e não podia esboçar reação. Então, ele puxou as cobertas, ajudando a Sra. Birdy a cobri-la. O marquês ficou ao lado da cama e a Sra. Russell se aproximou com o bebê no colo, enrolado em uma manta.

— Aqui, milorde.

Ele olhou para aquela coisinha pequena e indefesa que precisava ser reconhecida e atendida. E então olhou sua esposa, inerte e gelada.

# CAPÍTULO 26

Lydia entrou correndo na sala. Dessa vez, Bertha estava esperando perto da escada, pois não conseguiu mais ficar lá fingindo com as crianças.

— Caroline? — ela perguntou com urgência.

Sua amiga se jogou contra ela, chorando e murmurando.

— Eu não sei, eu não sei. Por favor, fique com eles. Não consigo, estou desmoronando. Por favor.

Ela continuou e saiu apressadamente pela porta do jardim traseiro, para seus irmãos não escutarem nada. Quando chegou ao lado de fora, passou a mão pelos olhos e Lorde Greenwood se levantou do banco.

— Achei melhor dar-lhes privacidade, porém não poderia partir sem notícias da marquesa. — Ele se aproximou quando viu que ela chorava.

Lydia balançou a cabeça e correu para longe, afastando-se pelo jardim, descendo até chegar à grande e velha árvore que dividia o caminho lá no final. Greenwood lamentou, pois aquilo não podia significar boas notícias. Ele deixou o chapéu no banco e a seguiu, mas não sabia bem o que fazer. Só tinha certeza de que ela não merecia ser deixada agora.

Bertha observou a amiga sumir e pensou em como faria para não desmoronar também. Lydia parecia fora de si, e ela estava com medo de saber exatamente o que acontecera. Ela também amava Caroline, como uma mãe que ela adotou para seu coração. Não literalmente como Lydia, pois Bertha tinha pais vivos, mas por amor, pois Caroline a acolheu desde sempre, mesmo quando era só uma convidada.

Antes de voltar à sala do jardim, ela respirou fundo para evitar lágrimas.

*Seja forte, Bertha. Vamos lá, invente algo para eles.*

A Srta. Jepson ficou de pé assim que Bertha entrou e elas trocaram um olhar significativo.

— Hora de roubar biscoitos! — anunciou Bertha.

— E a mamãe? — perguntou Nicole.

— Ela ainda está ocupada, vamos roubar biscoitos e guardar para ela, coloquem no bolso para quando formos chamados lá em cima para conhecer o bebê novo — ela instruiu.

Telma foi na frente. Era a desculpa perfeita para ela ir à cozinha descobrir o que os criados sabiam; Paulie já devia ter descido com mais roupa suja e saberia algo. Nicole correu no encalço da preceptora, mas dobrou para o outro lado, para o paraíso dos biscoitos. No entanto, Aaron ficou para trás e parou ao lado de Bertha.

— Você está escondendo algo, não é? — ele indagou, em sua voz infantil, tentando soar normal e não assustado. — Nicole ainda é um bebê, mas eu já sou grande. Sou um futuro marquês, tenho que entender as coisas. O bebezinho novo está se comportando mal, não é? Sequer nos chamaram ainda.

Ela sorriu, sem consegui conter as lágrimas, mas fingiu que era por diversão.

— Sim, Aaron. Tenho certeza de que estão arrumando a bagunça antes de nos chamarem. — Ela sorriu.

Nicole voltou, com a boca cheia de biscoito.

— Lydia foi espionar? — ela perguntou, notando a falta da irmã, mas entender o que ela dizia estava difícil.

Aaron assentiu para Bertha, então avançou para a irmã, tomou o biscoito que estava na sua mão e passou correndo por ela.

— Eu vou tomar o leite todo! E só eu vou levar biscoito para a mamãe!

— Não! Eu também vou! — Nicole cuspiu mais do que falou e correu atrás dele.

Henrik se sentou na cadeira ao lado da cama e olhou atentamente para a esposa. Ele esfregou seu peito, tentando suportar a dor que se formara ali. Haviam colocado Caroline levemente virada, com a cabeça sobre um travesseiro macio, como se assim fosse mais confortável para ela.

— Foi muito sangue, milorde. Eu lamento tanto — disse a Sra. Russell, tocada pela dor dele. — Eu não pude salvá-la.

As palavras dela se registravam como um zumbido. Ele só continuava olhando para a esposa. E o choro do bebê parecia ficar mais alto. Aquela criança estava estressada e precisava de conforto e calma, e carinho de alguém que a amasse. Henrik nem conseguia se mover. Por mais que seus instintos lhe dissessem para pegar o bebê, ele não conseguia sair de perto de Caroline.

— Dê-me ele aqui. — A Sra. Daniels se recompôs e foi pegar o bebê. — Pronto, pronto, não precisa ficar assustado. — Ela balançou a criança muito levemente.

Henrik estava ali sentado, tentando se manter inteiro e composto. Só que era demais; internamente, ele já havia se despedaçado. E sua face demonstrava que ele estava novamente arruinado de um jeito completamente diferente.

— Caroline... — ele sussurrou para ela, esticou a mão sobre o colchão, abrindo-a na direção da esposa, como se lhe implorasse para responder. Henrik tentou engolir a saliva, mas sua garganta doía demais.

Como ela não reagiu, ele baixou a cabeça e não conseguiu mais se recompor, toda a região dos seus olhos doía pelo choro contido.

— É fome, ele precisa mamar — disse a Sra. Russell, pois o bebê não podia ser acalmado.

— E se dermos a criança a ela? — a Sra. Birdy sussurrou de volta.

Apesar disso, era óbvio que ele podia ouvi-las.

— Milorde, o senhor vai... — começou a Sra. Daniels, aproximando-se com a criança no colo.

— Eu vi minha esposa amamentar dois dos nossos filhos, por que eu sairia? — ele perguntou baixo, mas seu olhar estava na cama.

— Então, segure-o, milorde.

Ele pendeu a cabeça, olhando sua esposa, mas levantou a cabeça, forçando seu corpo a responder, e pegou o bebê no colo pela primeira vez. Henrik segurou com cuidado, olhando para aquela coisinha pequena e chorosa.

— Esse é o menino, milorde.

As mulheres moveram Caroline, e Henrik ficou segurando o bebê; aquela visão cortou seu coração que já estava destroçado, mesmo que elas a tocassem com tanto cuidado. Depois que a recostaram no travesseiro, ele segurou o bebê contra o seio dela; estava odiando a forma como elas lhe davam a chance de ajudar o filho a se alimentar porque aquela poderia ser sua última chance de interagir com a esposa. Caroline tinha muito leite; seus seios estavam cheios.

Ela finalmente reagiu ao bebê sugando seu seio e piscou lentamente, mas sua cabeça não levantou do travesseiro. Depois de um tempo de amamentação, ele devolveu a criança à Sra. Daniels, mas permaneceu ali sentado, esperando que Caroline desse algum sinal de que ficaria com eles.

Demorou, mas o marquês levantou e foi olhar o pequeno embrulho que era o bebê que não sobreviveu. Aquele que a Sra. Russell lamentava não ter conseguido salvar, porém, segundo ela, já havia nascido morto.

Uma vez, ele disse a Caroline que não viu o filho que perdeu. Ele o amou e lhe deu um nome, só que, na época, com tudo que aconteceu, não teve forças para ver o corpo, só viu o caixão já fechado. Quase vinte anos já haviam se passado, mas ele ainda lembrava disso. Como alguém conseguiria esquecer um filho?

Henrik foi até lá e segurou seu pequeno bebê que não resistiu. Aquelas mulheres não achavam que um dia veriam um marquês chorar. Pessoas como ele eram parte do imaginário de pessoas como elas. E já estavam vendo-o devastado, mas, quando segurou o bebê que não vingou, embrulhado na manta que fizeram para ele, as lágrimas desceram pelo rosto de Henrik.

Elas nem se moveram, não sabiam o que fazer. Ele deitou a criança na cesta e tornou a enrolá-la. O bebê havia sido limpo e vestido, mesmo que tudo tivesse ficado grande, porque ela realmente nasceu muito pequena. Então, Henrik se recompôs e tornou a olhar para a esposa. A Sra. Russell tomou coragem e foi lá perto dele.

— Milorde, nós temos chances. Porém, a marquesa não pode adoecer. Entende? Nenhum tipo de enfermidade, nem a mais tola. Ou ela não resistirá. Quando aquele médico recolher suas emoções e voltar aqui, ele pode usar o lado que sabe e confirmar. Ou não, esqueça-o. Nada de ventos. Ela tem de ficar aquecida. Tudo deve ser limpo. E ela precisa se alimentar, tudo bem cozido. Não deixe muitas pessoas entrarem, nunca sabemos o que elas têm. Descanso e alimentação. E cuidados. Sem ventos sobre ela não é o mesmo que abafado. Mulheres morrem quando são colocadas naqueles quartos úmidos e fechados para "se recuperar". Deixe arejado. Sorte e força de vontade. Tenho certeza de que a marquesa tem ambos.

O marquês olhava para a mulher numa mistura de composição e sofrimento. Era nos seus olhos que estava o que realmente sentia, mas seu sofrimento chegara a um ponto que sua expressão ficou nula. Tudo lhe dizia que sua esposa partiria junto com o seu pequeno bebê que não resistiu. E ele precisava pensar nos seus filhos que estavam lá embaixo, mas alguém estava corroendo seu coração outra vez, arrancando-o junto com sua marquesa, a mulher que o trouxe de volta à vida, sua melhor amiga, o amor da sua vida. E seu verdadeiro refúgio. De onde ele tiraria forças para não afundar outra vez e apoiar seus filhos?

— Mas deixe as crianças vê-la agora — ela aconselhou.

Ao mesmo tempo em que ela lhe dava um sopro de alívio, a Sra. Russell também lhe dava um choque de realidade. Precisava deixar as crianças verem a mãe ainda viva, caso fosse sua última chance. Como ele não conseguia se afastar dali, esperando que sua esposa lhe desse um sinal de que reagiria, ele instruiu a Sra. Daniels:

— Por favor, peça a Srta. Jepson para limpar as crianças e trazê-las com Lydia e Bertha. Avise quando estiverem prontas.

— Sim, milorde. — A governanta precisava mesmo de um tempo fora dali para pôr as emoções no lugar. Ela saiu e foi lavar o rosto, então procurou a preceptora.

O Dr. Leeson retornou, já limpo e controlado, e se aproximou para checar sua paciente. Ele a examinou, depois tentou tirá-la do torpor com álcool. Caroline estava fraca demais para isso, mas emitiu um som que para Henrik pareceu de dor ou tormento, e ele se ajoelhou ao lado da cama.

— Ela ainda está com dor?

— Não sei, milorde, mas, no estado dela, não aconselho que seja aplicado nada que nuble os seus sentidos, até vermos reações de sua parte.

O olhar de Henrik voltou para o rosto de Caroline, e ele apertou sua mão fria; não sabia como seria trazer as crianças para verem a mãe daquela forma. Poderia dizer aos pequenos que ela estava cansada e dormindo, porém Lydia não acreditaria. Nem Bertha que, para eles, era exatamente como um de seus filhos.

Quando Greenwood alcançou Lydia, ela estava apoiando a mão contra o tronco da árvore velha e se inclinando para ela. Seu choro era baixo e doloroso.

— Srta. Preston, se eu puder ser de alguma ajuda, por favor, aceite meu auxílio.

Lydia virou-se abruptamente, não esperava que ele viesse até ela. Porém, quando olhou para sua face, não conseguiu esconder.

— Minha mãe... minha mãe. Meu pai não quer me dizer e ele nunca mente para mim. Ele nunca me esconde coisas. Se ele está me afastando...

Ela voltou a cobrir o rosto e chorar, numa incontida demonstração de dor. Greenwood se aproximou e tocou seu ombro.

— Eu não estou pronta para perder a única mãe que tive. Creio que não sou tão adulta quanto pensam.

Como ela pendeu para frente, ele a amparou, e Lydia abraçou-o, escondendo o rosto contra o tecido grosso de sua casaca de montaria. Greenwood colocou a mão em suas costas e a confortou. Ele realmente não entendia o que ela dizia, pois não lembrava que a atual marquesa não era a mãe biológica de Lydia; quem não soubesse do passado, jamais imaginaria. Pois era assim que elas se sentiam. Porém, ele podia entender o sentimento e o desespero da perda.

— Acho melhor esperarmos por notícias — ele disse, torcendo em seu coração para que o pior não acontecesse.

Lydia deu um passo para trás, notando o que estava fazendo nos braços dele, e baixou a cabeça, numa mistura de embaraço e tristeza. Greenwood apertou sua mão ternamente, transmitindo-lhe força.

— Lydia! Lydia! — Bertha apareceu na porta da casa e desceu um pouco pelo jardim. — Venha, chamaram as crianças!

— Obrigada, Lorde Greenwood. — Ela se virou e correu de volta.

Houve uma batida na porta alguns momentos depois e a voz do Sr. Roberson reverberou:

— Eles estão vindo, milorde.

Henrik ficou de pé e olhou a esposa mais uma vez. Ele se inclinou e disse baixo para ela:

— Vou trazer nossas pestes para visitá-la. Por favor, Caroline. — Ele tornou a tocar sua mão e disse tão baixo, que, se estivesse consciente, apenas ela escutaria. — Não nos deixe, eu jamais suportaria.

Assim que ficou de pé, Henrik olhou para a camareira:

— Sra. Birdy, por favor. — Ele nem precisava explicar, era para ela ajudar a fingir que estava tudo sob controle.

Até Lydia e Bertha tiveram de se limpar, mas a Srta. Jepson realmente levou Aaron e Nicole para serem limpos e trocados. Afinal, eles estiveram rolando nos jardins naquela manhã.

— Papai! — Nicole correu para ele e Henrik a pegou no colo.

A filha menor era muito agarrada à mãe e, para contê-la e impedir que se jogasse na cama, ele escolheu mantê-la no colo. E a distrairia com o bebê.

— Comportem-se e não façam barulho, sua mãe está dormindo e está muito cansada por trazer seu irmãozinho ao mundo.

— Não é uma menina? — exclamou Nicole, no colo do pai.

— Outra menina? — Aaron revirou os olhos.

— É um menino — ele especificou.

Henrik apenas virou o rosto, evitando o olhar de Lydia e Bertha. Eram dois bebês, mas agora só tinham um. Eles entraram no quarto e ele levou Nicole para perto de Caroline. Ela ficou esticando a mão, triste porque a mãe não respondia. Henrik a levou para ver o irmão, mas Aaron ficou parado ao lado da cama, olhando fixamente para a mãe, como o pai fizera. Só que seu olhar era de uma criança em sofrimento, ele achava que algo ali não estava certo, só não sabia o quê.

Lydia se ajoelhou ao lado da cama e pegou a mão de Caroline, olhando para ela, esperando que se movesse. Bertha apenas parou ao lado, se sentou na mesma cadeira onde o marquês esteve e observou ambas.

— Mãe... — Lydia esfregou os dedos sobre o torso da sua mão. — Eu acho que ela está com frio, ela tem que estar com frio. — Ela olhou em volta, sem saber o que fazer com o toque frio da pele de Caroline.

Bertha colocou a mão no ombro dela e apertou levemente, para lembrá-la de não deixar seus irmãos em pânico. Nem elas sabiam o que se passara ali, porque o marquês simplesmente não lhes disse. E tinham de acreditar que a marquesa estava apenas exausta; todos na casa viram que ela passou horas em trabalho de parto.

— Ela está bem. — Bertha esticou o braço e o colocou por baixo das cobertas. — Perfeitamente aquecida.

Lydia ficou de pé e foi ver seu pequeno irmãozinho. Ela hesitou um pouco, porém o segurou com cuidado e nem se moveu, temendo derrubá-lo.

— É tão pequenininho. — Ela sorriu, observando o bebê. — Eu também era uma criança quando Nicole nasceu, acho que não reparei como agora.

— Posso ver? — Bertha chegou mais perto e tocou a manta, afastando-a um pouco para ver bem o rostinho ainda enrugado do menino.

Apesar das diferenças entre ambas, era engraçado que Lydia — justamente quem tinha menos apelo e talento para pretendentes e casamento — tinha uma veia mais maternal e naturalidade com bebês. No entanto, Bertha tinha mais delicadeza e tato para lidar com crianças grandes como Aaron e Nicole. Lydia era direta demais em certos momentos.

Henrik botou Nicole no chão e a primeira coisa que ela fez foi correr para onde viu Lydia se ajoelhar e pegou a mão de Caroline também. Ele tornou a pegá-la no colo, então Aaron deixou que eles passassem e fez a mesma coisa: segurou a mão da mãe. De forma mais discreta.

— Vamos lá fora — disse Henrik, chamando os filhos.

As crianças não sabiam que havia outro bebê e que esse não resistiu, e ele não tinha energia para contar. No entanto, era exatamente isso que precisava fazer, pois teriam de lhe dar um enterro digno e familiar no dia seguinte. Ele só não lhes diria que talvez tivessem de enterrar mais de um caixão. Bebês nasciam, viviam por horas ou poucos dias e simplesmente morriam, inexplicavelmente. E ele sequer sabia se ficariam ao menos com um.

Assim que saíram, Dr. Leeson foi checar Caroline de novo e não sabia se ficava aliviado ou alarmado por ela não ter febre.

— Foi sangue demais, ela já ficou sem pulso — ele murmurou e levantou o olhar para a Sra. Birdy.

— Nem fale nisso, nem ouse falar isso — ela advertiu. — O senhor não sabe o que aconteceria nessa casa se... — A camareira balançou a cabeça, sem conseguir completar a frase.

— É uma realidade que precisa ser encarada — ele respondeu, procurando ver a questão de forma objetiva, pois já havia se deixado abalar emocionalmente por todos ali.

— Então, trate de se esforçar para mantê-la conosco, porque tudo que viu aqui ruirá se a marquesa não sobreviver.

Assim que conseguiu pôr todas as crianças sentadas, Henrik estava pronto para sua tarefa quando a marquesa viúva chegou. Com sua idade, ela não ficava mais indo e voltando todo dia de sua casa, mas havia recebido um bilhete do filho, dizendo que mandaria avisar assim que a criança nascesse. No entanto, quem enviou o bilhete seguinte foi o Sr. Roberson, avisando do nascimento e resumindo o fato de as notícias não serem boas. Com todos os últimos acontecimentos, demorou muito até o mordomo lembrar de enviar algo.

— Ah, meu filho. Venha aqui. — Ela o resgatou de sua tarefa e o segurou em seus braços.

— A vovó veio ver o pequenininho também — disse Nicole, mas Bertha manteve-a em seu colo, para deixar o pai falar brevemente com a marquesa viúva.

Henrik apoiou a mão da mãe sobre seu braço e a guiou para perto da porta, então perguntou baixo:

— Como está sua saúde, mãe?

— Ora essa, para uma mulher da minha idade, estou mais forte do que muitas debutantes. Não tenho nada.

Ele abriu a porta, colocou-a dentro do quarto, olhou para trás e fez um sinal que seus filhos já conheciam, colocando a palma para baixo e levantava os dedos. Era para eles ficarem quietos e onde estavam.

Hilde exultou assim que entrou e viu Caroline, com o médico segurando seu pulso e checando se ela respirava. Ela nem imaginava tudo que se passara ali.

— Henrik... — ela murmurou.

— Foram momentos difíceis — ele resumiu muito o que vivenciaram.

Quando a levou até o berço para conhecer seu novo neto, Henrik contou-lhe o que se passou e Hilde o abraçou com força e apertou o rosto contra o peito do filho. Depois, ela acariciou a cabeça do bebê que ainda estava satisfeito e dormia. E foi se sentar perto da cama, ao lado de Caroline.

— Vou ficar um pouco aqui, vá dizer as crianças. Antes que fujam.

O marquês saiu, puxou uma cadeira e sentou-se à frente das crianças, porque, em sua cabeça de pai, ele as generalizava assim, mesmo que Lydia e Bertha já fossem adultas. E começou seu relato numa voz baixa, mas clara:

— Amanhã cedo, nós vamos colocar nossas roupas de luto e vamos enterrar sua irmãzinha. — As crianças fizeram cara de espanto. — Nasceram dois bebês, mas, infelizmente, um deles foi viver no céu. E temos que nos despedir dela e dizer que ela teria sido muito amada se ficasse conosco, mas sabemos que ela também será amada para onde partiu. — Ele puxou a respiração pelo nariz, contendo suas próprias emoções. Seu discurso era para confortar Aaron e Nicole, mas ele sabia que faria efeito em Lydia e Bertha também.

— Ah, pai... — Lydia já sentia os olhos ardendo de novo, levantou-se e o abraçou bem apertado, inclinando-se sobre ele, já que o marquês permanecia sentado. — Eu sinto tanto.

Ele a abraçou e se obrigou a não perder o controle emocional na frente dos filhos; estava estampado em sua face que ele estava arrasado. Porém, com a mãe deles de cama e correndo perigo de partir também, ele não podia desmoronar para as pessoas que o buscariam como apoio.

Nicole começou a chorar no colo de Bertha, que a virou de lado e a abraçou, esfregando suas costas. Aaron também levantou e se enfiou no abraço de Lydia e do pai.

— E a mamãe? — Aaron perguntou baixo.

— Ela não vai conosco porque tem de ficar com o seu irmão. Mas vamos nos despedir por ela.

No quarto, Hilde se inclinou e apertou a mão de Caroline.

— Sejam sinceros comigo — demandou a marquesa viúva, olhando o médico e a Sra. Russell, que já havia se arrumado para deixar o quarto. — O que eu devo esperar?

— Eu sinto que as notícias não sejam boas, milady — disse o médico.

— Ora, pare de me enrolar. Seja claro.

A Sra. Russell passou à frente dele e encarou Hilde.

— Ela tem chances, milady. Se nenhuma enfermidade a atingir e ela recuperar as forças e for bem cuidada.

— Você não pode afirmar isso, prepare-se para tudo, milady. Inclusive o pior — interferiu o Dr. Leeson.

— Fique quieto — cortou a Sra. Russell. — Eu posso afirmar o que eu quiser. Ela tem chances. Se não tivesse, ela teria ido embora assim que colocou a segunda criança nesse mundo. Você e eu sabemos o que se passou. Dê-lhe algum tempo, ela está lutando para ficar.

O Dr. Leeson balançou a cabeça e a marquesa viúva alternou o olhar entre eles, entendendo que tinha de esperar algo entre a opinião de ambos, mas rezar pelo melhor resultado. E depois voltou a olhar Caroline.

— Da última vez, você acordou lá em casa, não me obrigue a levá-la para lá outra vez — ela avisou. — Nós acabamos em uma aventura por Londres e eu duvido que meu filho gostará que eu a leve para dançar com outros cavalheiros pelos salões londrinos. De novo. Imagino que ele ficaria um tanto enciumado. E imagine as crianças indo até lá pisar no pé de todos. Seria uma catástrofe. Porque elas fariam isso.

Dessa vez, Caroline não se moveu como naquele dia, anos atrás, mas piscou algumas vezes e, pelo movimento em sua boca, a marquesa viúva teve esperança de que conseguia diverti-la mesmo num momento como aquele.

— Ah, eu sabia que a ameaça de ter suas pestes invadindo salões pela cidade a traria de volta — brincou Hilde, ajeitando-se na cadeira. — Nem você poderia consertar algo assim. Receberíamos mais olhares tortos do que já recebemos. E imagine quando as cartas educadas começassem a chegar, cancelando os convites. Nunca mais conseguiríamos casar as meninas com pretendentes decentes. E os garotos já sairiam da infância com a fama de impossíveis. Mas você sabe como é para os homens, o dinheiro perdoaria. Não me deixe com uma batata quente como essa em meu prato. Sabe que prefiro purê.

Caroline apenas piscou e moveu o braço. A Sra. Birdy se aproximou imediatamente e ajeitou-a contra os travesseiros, colocando mais um para ela conseguir olhar para a marquesa viúva sem precisar se mover. A camareira tinha tanto carinho por ela que deu para notar na forma como ajeitou sua camisola e seu cabelo castanho por cima dos ombros.

— Meu bebê? — ela sussurrou.

— Ainda está dormindo, guarde forças, pois ele vai acordar com fome a qualquer momento.

— Henrik... — ela murmurou muito baixo.

A marquesa olhou para a Sra. Birdy, que entendeu. Eles esperavam que ela melhorasse, mas não podiam deixar que o marquês perdesse um só momento de seu período acordada. Hilde ficou de pé e deixou o quarto, logo depois, Henrik entrou e correu para o lado da cama, ajoelhando-se para vê-la de perto.

— Caroline. — Ele segurou sua mão e a beijou, depois apertou sua palma contra o rosto. Ainda estava fria, mas ele não se importava.

— Eram dois, não eram? — Ele teve de se inclinar para ela, para poder escutar o que dizia, mas não havia jeito de ele não entender essa pergunta.

— Sim.

— Deixe-me ver.

Henrik ficou de pé e a olhou por um momento. Caroline apenas fechou os olhos enquanto esperava. Ela continuava tão pálida e gelada e, agora, acordada e exausta, seu aspecto era miserável e triste. E não ficaria acordada por muito tempo. Ele se virou, foi até o outro lado do cômodo e trouxe a cesta do bebê para a cadeira. Então, a pegou e sentiu aquela dor da perda novamente, mas puxou a manta e mostrou a ela.

— Um menino e uma menina. Nós escolhemos dois nomes, sem saber o que nasceria — ele disse.

Caroline abriu os olhos e ficou olhando para sua pequena filha, que parecia estar dormindo. Estava tão limpa e vestida, como se fosse voltar para o berço. Mas era tão pequenina. Ela usou todas as forças que tinha no momento, levantou as mãos e segurou sua cabeça, tocando-a com cuidado.

— Chame-a de Juliet. E faça uma lápide bonita para ela... bela como ela teria sido.

As mãos dela voltaram a cair sobre o colo e as lágrimas desceram pelo seu rosto. Caroline começou a chorar, numa profunda dor de uma mãe em luto. Mas ela não tinha forças nem saúde para isso, então passou a tossir e seu corpo pendeu para o lado, sobre os travesseiros. A Sra. Russell correu para ela, com medo que parasse de respirar outra vez.

O marquês cobriu a filha com a manta e a colocou de volta na cesta. Depois, ajudou a deitar sua esposa. Caroline voltou a fechar os olhos, deitou a cabeça para o lado e descansou a mão perto do rosto. As lágrimas desciam em profusão e ela não se moveu mais.

Os Preston não separavam a família, fosse para alegria ou para a dor. E as crianças sabiam o que estava acontecendo. Assim que o pequeno caixão chegou, eles partiram para o cemitério perto da capela. Enquanto o reverendo terminava suas palavras de conforto, eles apenas observavam o caixão ser colocado na cova.

De longe, a família vestida de negro era um grupo isolado, com uma figura importante faltando. A marquesa viúva estava lá e alguns dos empregados ficaram em volta, a certa distância. Nicole chorava no colo de Bertha; ela não conseguia entender que bebês também morriam. Lydia estava ao lado delas, com os braços em volta do próprio corpo e o braço da avó sobre seus ombros.

Aaron se manteve ao lado do pai, sentindo o queixo tremer. Ele olhou fixamente para o pequeno caixão, depois pendeu a cabeça e olhou para o pai, procurando se espelhar nele para saber o que fazer. E viu que era permitido sofrer também, pois o marquês estava de pé, liderando a família. Porém, seu rosto era o exemplo do sofrimento. Ele continuava devastado.

Aaron tornou a olhar o caixão, e as lágrimas começaram a descer pelo seu rosto. Ele apertou a mão do pai, mas acabou se virando e abraçando seus quadris. Henrik acariciou sua cabeça e, quando tudo terminou e estava na hora de voltar, ele o pegou no colo e seguiu os outros de volta para casa. O pai era o único que ainda o carregava; os outros membros da família diziam que ele estava muito pesado, pois crescia a olhos vistos.

Até sua mãe costumava segurá-lo no colo apenas quando estava sentada. E agora, ela estava doente. Porque não era mais possível dizer que ela estava apenas dormindo. E não o seguraria em nenhum momento em breve.

Assim que deixou as crianças, o marquês encontrou quase todos os empregados da casa na sala de jantar, principalmente aqueles que prestavam seus serviços nos andares de cima. Ele resumiu a situação atual, apesar de todos já saberem, pois as notícias dentro da casa voavam. Porém, seu objetivo era outro.

— Eu peço que não entrem no quarto da marquesa. E se não tiverem certeza quanto às suas condições de saúde, por favor, não se aproximem do segundo andar. Caso adoeçam, mesmo que seja a mais leve das enfermidades, peço que se abstenham de seus serviços até estarem curados. — Ele pausou e viu que alguns o olhavam com certo estranhamento. Eles paravam de trabalhar em casos graves. Ninguém ficava longe de suas tarefas por uma dor de cabeça, um pouco de tosse ou algo assim. — Isso não é uma ordem, eu estou lhes implorando. Não ajudem o destino a tomar a minha esposa, ele já trabalha bem por conta própria.

Henrik os deixou lá e eles ficaram desolados. Nem mesmo aqueles que estavam na casa há mais tempo, como o Sr. Roberson — o criado mais antigo em atividade —, achavam que algum dia em suas vidas veriam um marquês convocar os empregados para lhes implorar algo. Ou demonstrar-lhes tamanha crueza de sentimentos.

# CAPÍTULO 27

O médico partiu depois de alguns dias, porém a Sra. Russell ficou um pouco mais. O marquês se sentou lá naquela cadeira todos os dias, por horas. Na verdade, ele quase não saía de lá. Só o fazia enquanto Caroline dormia e então ele tinha de lembrar que a vida na propriedade continuava. Henrik fazia duas refeições com seus filhos e ajudava a amamentar o pequeno Benjamin. Mesmo que Caroline passasse o tempo descansando e não pudesse conversar, ele lhe fazia companhia.

As pessoas não viam mais o marquês; ele mal saía da casa. Os empregados também não o encontravam mais, com exceção daqueles que serviam as refeições e atendiam chamadas nos aposentos principais. Para saber sobre a marquesa, tinham de esperar a Sra. Daniels se sentar para o jantar na mesa dos empregados, lá embaixo. E esperavam que ela dissesse que a marquesa estava mais forte.

Caroline também não recebia visitas. Os vizinhos acabaram sabendo do nascimento, do falecimento e das condições sensíveis da marquesa, e enviaram bilhetes e flores, desejando melhoras. Os Preston não estavam sequer recebendo, porém uma visita inesperada os surpreendeu.

Como ninguém via o marquês pela casa naquele horário, não esperavam que ele fosse receber, mas seu visitante ainda estava de pé no hall quando Henrik apareceu à sua frente e cruzou os braços. Ele encarou bem o conde de Sheffield e não demonstrou nenhuma hospitalidade ao lhe dizer em tom rude:

— Se o senhor veio até aqui para insultar, desrespeitar ou ser meramente deselegante com a Srta. Gale, dê meia-volta, pois não é bem-vindo. Saiba que ela é uma dama de valor inestimável e, acima disso, um ente querido para nós. Minha esposa e eu sentimos por ela como por nossos filhos. E o senhor não vai querer me irritar nesse momento. Eu já estou a um palmo de expulsá-lo. Pense bem antes de abrir a boca. Não vou ter pena de arremessá-lo lá fora.

O conde assentiu para o que ele dizia e aceitou o que merecia.

— Justo — Sheffield respondeu. — Eu vim me desculpar.

— Pois eu acho pouco — declarou o marquês, nada impressionado.

— Vim até aqui pedir perdão. E corrigir meu erro. Se a bondade da Srta. Gale permitir, talvez ela me conceda o favor de me escutar.

Henrik só levantou a sobrancelha para ele, porém Bertha saiu da sala amarela e parou atrás do marquês.

— Tudo bem, eu posso recebê-lo.

A resposta do marquês foi olhar o homem de cima a baixo, como se estivesse desconfiado. Mas, já que Bertha queria, ele deu um passo para o lado, permitindo a entrada do visitante, e disse:

— Ela é mesmo bondosa, pois, com todo respeito, eu estava a ponto de agarrá-lo pelo cocuruto e jogá-lo de volta em sua carruagem pomposa. — Henrik foi à frente deles e disse a Bertha: — Não subirei ainda, estarei por perto caso precise que alguém seja expulso.

Bertha acompanhou o conde até a sala principal e se sentou; sentia-se mais confortável ali do que recebendo numa sala particular, como a marquesa fazia. E era sua forma de mostrar ao conde que não sentia nenhuma vergonha. Estavam à vista de qualquer membro da família que entrasse na sala e ela não precisava se esconder. Era ele quem não era bem-vindo.

— Eu vou direto ao assunto — ele anunciou, assim que se sentou.

— É bom que vá, milorde. Pois eu não pretendo lhe oferecer o chá — ela devolveu, decidida a nunca mais deixá-lo humilhá-la. Aconteceu uma vez, o choque foi grande demais, porém Bertha aprendia rápido.

— Eu cometi um terrível erro com a senhorita e vim reconhecê-lo e pedir as mais sinceras desculpas. Apesar da forma como me comportei, recebi uma boa educação e sei me redimir em palavras. Porém, espero que me permita a redenção em atos.

— Não vamos nos encontrar o suficiente para isso, milorde.

— Sim, eu imagino que essa opinião seja acertada. No entanto, deve saber que meu neto não compartilha de minhas opiniões de nenhuma forma. Tampouco a minha bisneta. E desde que soube que a senhorita o havia rejeitado e escolhido outro cavalheiro, ele ficou arrasado. Acredito que eu tive grande culpa nisso. Eu a tomei como uma... concubina e essa não era a situação.

— Sim, milorde. Teve a sua cota, todos tivemos — ela confirmou, sem piedade.

— Porém, não foi responsável por tudo que se passou.

O velho lorde passou as mãos pelas coxas; havia apoiado sua bengala ao seu lado, no pequeno sofá.

— No entanto, perdoe-me a intromissão, soube que a senhorita não se casou com o suposto cavalheiro escolhido.

— Eu preferi não firmar um compromisso.

O homem sorriu e ficou um tanto afoito com a notícia, então, fechou as mãos e voltou a se controlar.

— Com o perdão da intromissão, algum dos seus motivos para declinar da proposta do outro cavalheiro foram... — Ele hesitou e manteve o olhar nela. — Seus sentimentos pelo meu neto?

— O senhor espera que eu fale de sentimentos na sua frente? — Bertha virou o rosto e juntou as mãos sobre o vestido.

— Perdoe-me, sei que é deselegante de minha parte fazer tal implicação. E espero que não chame o marquês para me expulsar. Porém, se esse for o motivo, deve saber que seria a salvação da minha família e, mais importante, do meu neto.

— Ele sabe que o senhor veio até aqui? Pois isso apenas o irritará mais, ele nunca mais quer tornar a me ver.

— Atualmente, eu nem sei se ele continua vivo. Acredito que sim, pois os empregados da propriedade teriam me dado a notícia, e minha bisneta afirma vê-lo. Não o vejo há muito tempo, ele se retirou para seu pavilhão de caça. E mora lá sozinho. Não retornou à sociedade nem tem planos para tal. Eu sequer sei se ele tem planos de sair de lá na próxima década. E não creio que viverei por mais dez anos.

Bertha foi tornando a virar o rosto para ele enquanto o conde descrevia a atual situação de Eric. Aquele velho lorde detestável jamais confessaria algo assim se não estivesse desesperado. Aliás, ele deveria estar em pânico para ter ido até Bright Hall.

— Ele está bem? — ela perguntou, alarmada com aquela descrição.

— Não sei, não faço ideia. — É claro que ele também aproveitaria a chance, precisava impressioná-la. — Como disse, imagino que sim. Sinto falta do meu neto, eu não soube lidar com ele. Nem com a senhorita. Afastei todos. E, como citei, não acredito que tenha mais uma década. Coloquei meus atos em análise e foi como cheguei aqui. Meu neto é tudo que tenho e ele é tudo que minha bisneta tem. Ela também não gosta mais de mim. Eu preciso recuperá-los.

— Eu lhe desejo sorte, milorde.

— A senhorita pode me ajudar.

— Não, não posso. — Ela baixou o olhar para as mãos. Sua relação com Erik terminara da pior maneira, certamente era a última pessoa que ele desejava ver na vida.

— Ah, pode. Ele pensa que está casada com outro homem, provavelmente vivendo sua lua de mel. E está devastado desde então. A senhorita também tem um erro a consertar. Se não ia se casar com esse tal capitão, por que disse que ia? Um cavalheiro deve saber a hora de retirar seus corcéis da batalha. Foi isso que meu neto fez, mas partiu com eles.

— Eu nunca disse que ia, milorde, jamais disse sim.

Bertha voltou a apertar as mãos, não queria dar o braço a torcer. Ela achou que conseguiria se reprimir e seguir o caminho esperado e se casar com o capitão. E era melhor terminar seu envolvimento com Eric; eles já haviam ido longe demais. Ela se forçou a não acreditar nos sentimentos dele. Se fosse uma breve paixão, ele se arrependeria em pouco tempo e a devastaria, deixando-a para trás. Mas, se assim fosse, o tempo que haviam passado juntos teria sido suficiente para queimar uma paixão passageira.

Não queimou para ela, os sentimentos ficaram tão profundamente marcados em seu coração que podiam ter sido feitos a fogo.

E sim, ela cometeu um erro. Bertha o subestimou e lhe tirou as esperanças. Se olhasse para trás, com os olhos de quem acreditava em tudo que aquele homem dizia e fazia, veria exatamente o momento em que destruiu seu coração. Pois nunca foi passageiro; foi real e intenso. Jamais esteve marcado para queimar até se extinguir.

— Se não acredita em mim, converse com minha bisneta. Ela me ignorou por toda a viagem, deixando sua impertinência bem clara. Só que está sofrendo sem o meu neto. E acredito que já desenvolveu apreço pela senhorita.

— O senhor a trouxe?

— Sim, fiz com que viesse do chalé para uns dias em Sheffield e a trouxe comigo.

— E a deixou na carruagem! — Bertha se pôs de pé e foi saindo.

— Não sabia nem se seria recebido.

— Nós não somos bárbaros, milorde. Só o senhor seria expulso, ela seria convidada para o lanche — ela disse, indo bem à frente dele.

Bertha desceu os degraus e abriu a porta da carruagem. Assim que a viu, Sophia se jogou nos braços dela.

— Ainda bem que está aqui! — a menina disse, abraçada a ela. — Pensei que havia partido!

— Não, estou bem aqui. — Ela a segurou e a tirou da carruagem. — Venha, vamos entrar.

— Não! — Sophia puxou a mão dela. — Diga que não se casou! Diga que foi um engano. E que mandou seu pretendente embora. E que ainda pode ser minha mãe! E que vai salvar o meu pai do eterno amargor e solidão. E da escuridão da tristeza. Da dor de um coração quebrado!

Com um sorriso, Bertha colocou a mão na cintura e olhou bem para a menina.

— Vejo que alguém esteve trabalhando em seu vocabulário, assim como na arte do drama. Leu muitos livros nesse verão?

— Por favor!

— Eu não me casei. Vamos entrar.

— Não? — ela exclamou e pulou à frente dela. — Vamos salvá-lo!

— Vamos entrar primeiro.

— Mas... mas... — Ela olhou para cima e viu o avô no topo das escadas. — Ele já lhe pediu perdão? Ele me prometeu.

— Sim, ele pediu.

Sophia cruzou os braços quando elas passaram pelo bisavô, para deixar claro que ainda estava chateada. O Sr. Roberson, um desses mordomos mágicos, informou que já havia solicitado um lanche para a pequena dama. Porém, a privacidade acabou um pouco depois quando as crianças apareceram e Aaron levou um enorme susto ao ver Sophia na sala.

— O que você está fazendo aqui? — Aaron exclamou, estacando no lugar.

— Sophia! — gritou Nicole e foi correndo abraçá-la.

— É senhorita — corrigiu a Srta. Jepson, passando por ele.

Aaron saiu do seu choque e se aproximou, olhando-a de forma desconfiada. Assim que Nicole a soltou, Sophia o olhou e lhe estendeu a mão.

— Apesar da sua falta de educação, eu estou feliz em revê-lo — disse a menina.

Aaron apertou a mão dela.

— É para beijar, seu tolo! Sou uma dama.

Ele se inclinou e deu um leve beijo no dorso de sua pequena mão e depois a cumprimentou, encabulado enquanto se esforçava ao máximo para não demonstrar. Ele não se relacionava com outra menina além da irmã, e Sophia estava sempre o alfinetando.

— Também estou contente em revê-la em boa saúde — ele declarou.

— Muito bom! — aprovou a preceptora, piorando demais a situação, pois ele acabou corando.

O menino se afastou rapidamente e foi sentar no canto do sofá. Nicole agarrou a mão de Sophia, que teve de ajudá-la a subir no sofá. E o conde, apesar de longe de ser perdoado, não foi expulso enquanto as crianças lanchavam.

Caroline pediu a Henrik para levá-la ao jardim interno; disse que precisava de um pouco de ar. Estava desesperada para olhar ao longe. Ele a carregou até lá e a colocou sentada numa poltrona perto das janelas, assim ela podia ver a vista, porém ele só deixou uma fresta aberta. Ela estava com a saúde tão frágil e ele vivia com o coração na mão. Bertha estava lá no canto; ela vinha cuidando das plantas enquanto a marquesa se recuperava, estava até conseguindo a ajuda das crianças.

Elas ficavam felizes, pois acreditavam que assim deixariam a mãe feliz e ela ficaria boa logo. Henrik deixou-as ter alguma privacidade; ele desconfiava que Caroline pediu para ir no jardim naquele horário porque já sabia que era quando Bertha apareceria.

— Você vai partir, não vai? — Caroline puxou a manta que a envolvia e se encolheu na poltrona.

Bertha foi para perto dela, não queria sequer obrigá-la a falar alto.

— Não haverá volta se eu o fizer, mas não posso ficar sem saber se há como consertar tudo para nós dois. Eu sei que estarei desafiando meus pais e indo contra tantas convenções, mas não suporto essa dor. Ficar longe dele me corrói mais a cada dia. Nada do que passei em Londres chega perto do que estou passando longe dele. Você me entende, não é? — ela indagou, com a voz baixa e agora os olhos marejados.

— Quando eu me apaixonei por Henrik, estava cometendo um erro. Nós não poderíamos ficar juntos. Não havia futuro em alimentar uma esperança. E éramos um desastre até para manter um caso. Porém, eu teria ficado. Eu sabia que seria feliz com ele, apesar de tudo. Nossa situação era tão complicada e condenável. No entanto, eu não estava mais disposta a ser presa na caixa da conveniência apropriada, ou da aceitação social de pessoas que sempre me criticariam, acorrentada à expectativa alheia, ao aceitável e digno para todas as outras pessoas, menos para mim. Eu me arrisquei ao esperar por ele. E faria tudo de novo. Se demorasse mais, eu voltaria para a casa da marquesa viúva. Não conseguiríamos nos manter longe um do outro. Seríamos dois pecadores e apaixonados, mas eu não iria embora outra vez.

Bertha conhecia a história de amor do marquês e da marquesa, mas não em detalhes. Ela só tinha seis anos quando Caroline morou lá e então partiu. Cerca de dois anos depois, ela voltou e se casou com o marquês. Bertha só lembrava de ficar muito feliz por Caroline ter voltado. E com certeza não conhecia esse lado mais profundo da história deles. Na verdade, ela nunca parou para questionar, pois eles se amavam e Bertha passou muitos momentos felizes com eles.

Não era nenhuma surpresa que fossem um exemplo do que esperar um dia.

Porém, olhando para trás, fazia todo sentido. Era óbvio que eles haviam se apaixonado antes de Caroline partir com a marquesa viúva para Londres. Não houve tempo para isso acontecer após a morte da antiga marquesa. E explicava o motivo para eles não terem podido ficar juntos antes.

— Eu não poderei contar aos meus pais, não poderei dizer nada.

— Ninguém contará, mas siga com seu plano — disse Caroline, movendo a mão, parecendo que a dispensava. — Ele pensa que você se casou. Arrisque tudo. Caso volte com o coração despedaçado, vamos ajudá-la a costurá-lo de novo. Colocaremos fitas novas. — Ela lhe deu um sorriso de incentivo e apertou sua mão.

Bertha ficou até que Henrik voltou e viu que a esposa se apertava dentro da manta. Estava frio ali. Ele a levou de volta e colocou-a na sua poltrona preferida, perto da lareira. Depois, ajeitou suas pernas sobre o pufe. Caroline estava tentando ficar fora da cama, mas era difícil.

— Você deve ir, Henrik — disse Caroline.

Ele parou, apenas olhando-a.

— Você precisa de um tempo para espairecer.

— Não quero me afastar de você — ele respondeu.

— Eu também preciso de um tempo por minha conta — ela disse baixo, mas não conseguia olhá-lo ao dizer isso. — E você não tem passado tempo algum junto com Lydia, apenas as refeições. Ela precisa de você. Desde sempre, era você e ela. Não sabemos por quanto tempo ainda a teremos conosco. Vocês precisam de uma aventura juntos, como sempre faziam.

Henrik apenas assentia, mas seu olhar continuava fixado em sua esposa, que agora encarava o fogo decididamente.

— Quando voltar, passe o dia com Nicole e Aaron. Deixe-me com o bebê.

Caroline ainda preferia não encará-lo. Ela vinha fazendo isso, mas era a primeira vez que pedia para ele se afastar, mesmo que seu propósito fosse lógico e necessário. Ele não conseguia retomar sua rotina completamente e precisava voltar a ter um tempo especial com os filhos, algo que faziam juntos, mas por enquanto ele teria de fazê-lo sozinho.

Mas Henrik apenas sentia sua esposa se afastando. A sensação crescia junto com a felicidade por ela parecer mais forte. E ele não tinha como lidar ou remediar isso. Não saberia nem pôr em palavras o que estava sentindo. Não faria sentido se explicasse, mas ele sabia o que sentia. Caroline era sua esposa e estavam há uma década juntos, descontando o tempo que se conheceram antes do casamento.

Ela estava confinada a poucos cômodos, pois caminhava pouco e lentamente, e tinha horror da cadeira de rodas, pois esta lhe trazia péssimas lembranças de um tempo que já estava enterrado em Bright Hall. Porém, era real em sua memória. Caroline sabia que a situação era diferente, mas ainda assim. Ela preferia seus poucos passos, não queria a cadeira, não aceitaria ficar presa ao quarto. Eram lembranças horríveis.

Uma mulher já vivera naquela casa confinada ao quarto e a uma cama, logo após ter um bebê. E usou a cadeira para suas vilanias. Não importava se ela escolheu permanecer assim e Caroline lutava contra, havia acontecido.

— Eu irei. — Ele se afastou lentamente para ir ver o bebê.

Lydia ficou muito feliz quando o pai disse que iria escoltar Bertha parte do caminho e que deviam ir juntos. Bertha dirigiria seu faetonte. Saindo cedo, chegariam à bifurcação da estrada ainda no final da manhã. O problema todo era que parte do trajeto era na estrada que cortava Devon e ia embora; era uma boa ideia o marquês ir com elas.

Não era a melhor época para viagens, o céu estava escuro, o clima, frio, a estrada, lamacenta e eles não seguiram na velocidade que gostariam. Acabaram levando mais tempo no trajeto.

— Lydia e eu ficaremos aqui — Henrik falou sobre a hospedaria. — Vamos nos aventurar na vila e voltaremos para cá. Caso algo dê errado ou este rapaz não esteja lá, volte para cá imediatamente. Caso permaneça, envie um bilhete dizendo que está bem. Caso não o envie pela manhã, nós iremos buscá-la. Pelo que soube, a preferência para entradas triunfais em resgates é um talento que corre na família — provocou o marquês, pois já sabia do que Lydia fez com sua espingarda. — E reze para seus pais jamais saberem que eu participei desse embuste. Eu negarei tudo e direi que jamais vi tamanha falta de decoro. — Henrik piscou para ela.

Quando Bertha chegou ao chalé de Sunbury Park, teve a sensação de já ter visto aquela cena. Era a segunda vez que chegava ali com chuva caindo sobre sua cabeça. Ela estava pingando quando saltou do faetonte e bateu na porta.

— Mocinha! — disse a Sra. Mateo assim que a viu. — Resolveu retornar, não é? Pois acho que demorou muito tempo perdida nesse caminho. Ele não está aqui.

— Para que lado fica...

— Para lá! — A governanta saiu para a proteção da varanda que cobria a entrada lateral do chalé. — Mas você vai atolar, não sabe cortar caminho. Ele está lá! — Ela olhou o veículo leve e aberto que Bertha dirigia. — Você nasceu aqui, meu bem. Deve saber que não há um evento importante nesse país que a chuva não faça uma participação.

A Sra. Mateo tinha toda razão. Bertha não conhecia o caminho para o pavilhão de caça e a estrada estava terrível, mas ela via algo que de longe parecia uma construção. Guiou até onde pôde, depois soltou o cavalo do veículo, montou e o cavalgou pela grama. Desceu em frente à casa. Não caía mais chuva em sua cabeça, apenas a típica garoa tão leve quanto poeira. Ela não sabia para onde ir, parecia que todas as construções ali não ficavam de frente para a estrada. Era assim com o chalé e ela tinha certeza de que não estava olhando para a frente do pavilhão.

Bertha vinha escutando um som de batidas enquanto se aproximava, mas, quando o som parou, cerca de um minuto depois, ela se viu perante Eric. Ele saía da lateral coberta do pavilhão, com toras de madeira nos braços. Assim que a viu, ele estacou e soltou toda a madeira que cortou. Não deixou cair, Eric realmente soltou bruscamente e franziu o cenho.

Os passos dela eram rápidos, mas ele parou assim que chegou à frente da casa. Então, Bertha pôde vê-lo melhor, e ele era exatamente a visão que ela sonhara: estava encantadoramente desarrumado, usando apenas camisa, colete, calça e botas. E deixara a barba crescer. Seu cabelo não parecia ter recebido um corte desde que ele se retirara para o pavilhão e as ondas claras estavam bagunçadas e úmidas pelo vento e a chuva.

Vencendo a pequena subida para o pavilhão, Bertha agarrou suas saias úmidas, correu pelo último pedaço, jogou-se contra ele e o abraçou tão apertado que foi doloroso para ambos, colando seus corpos e suas roupas. Ela deu um passo para trás quando a mente dele se recuperou do choque e Eric a afastou pelos ombros, seu olhar sobre ela sério e inquisidor.

— De onde você surgiu?

— Larguei o faetonte em algum lugar. — Ela moveu a mão, sem se importar. — E deixei lá meu juízo e inibições, eles podem ir para o inferno.

Eric manteve o olhar nela, mas não se moveu.

— Você fugiu do seu marido? — Sua pergunta soou dolorosa e sombria.

— Eu não pude me casar com outro homem. Nunca consegui me despedir de você e deixá-lo no passado.

Ele permaneceu no mesmo exato lugar, com o coração quebrado espelhado em seu olhar. E aquela leve garoa só piorava tudo, fazendo seus olhos arderem. A dor o reclamava de volta para seu esconderijo.

— Eu não pude esquecê-lo nem por um dia. Então vim até aqui pedi-lo em casamento, Eric Northon! — ela informou bem alto, para ele ter certeza do que ela pretendia e para sua coragem não lhe deixar. — Você me daria a honra de ser meu companheiro pelo resto de nossas vidas?

Eric franziu o cenho para ela e deu um passo em sua direção. Bertha pulou de volta para ele, envolveu seu pescoço com os braços e o beijou. Ele a agarrou pelo traseiro, levantando-a e levando-a com ele para dentro da casa. Ele sabia o caminho, mas Bertha sequer o viu. Apenas sentiu suas costas batendo contra a porta, depois o som dela fechando, os passos pesados de Eric pelo curto hall e a forma como ele a colocou rapidamente no chão da sala, onde o calor de uma lareira aquecia o ambiente.

Eles beijavam-se com desejo e saudade, tomados por desespero e sofreguidão, agarrando as roupas úmidas do corpo um do outro, devorando-se por todo o tempo. Suas mãos tremiam, ambos sem ar ou foco. Apenas necessidade um pelo outro.

As roupas sequer chegaram a sair por completo; eram mais camadas do que precisavam. Eric cheirava a chuva, terra e madeira fresca; era o paraíso. Bertha puxava-o para perto, enquanto ele também sentia o cheiro de chuva e sabonete de lavanda em seu cabelo. Aquele seu cheiro lhe trazia lembranças felizes e mais desejo reprimido.

Ele arrancou a camisa, abriu a braguilha e chutou as botas. Bertha apertou-se contra seu peito nu e ele também arrancou o vestido do seu corpo, forçando o tecido úmido que tentava dificultar. Ela sequer usava o corset. A frente do chemise cedeu e ele libertou seus seios. Eric a deitou sobre o tapete e mergulhou o rosto entre seus seios, capturando os mamilos com pura gula. Sua barba arranhava a pele clara e sua boca deixava os botões rijos úmidos e avermelhados, chupando-os com fome demais.

Bertha o puxou pelo cabelo, e ele soltou o laço de uma de suas meias, mas não havia tempo de tirar nada mais. Ela o segurou pela nuca, mordendo seus lábios, e ele levantou suas coxas e ficou dentro dela. Bem ali, sobre o tapete, ao lado da mesinha de centro. Eles gemeram de alívio e prazer, olhos cerrados sob o peso do mar de sensações e da saudade incontrolável que mantinha suas mãos agarrando um ao outro com tanta força.

A cabeça dela pendeu, seu corpo arqueando, seus gemidos ecoando pelo cômodo, prazerosos e convidativos. Eric sussurrou seu nome, agarrado ao seu corpo, estocando-a com força. Eles não conseguiam ficar parados, não pensavam direito, seu aperto para manter-se juntos podia ser brutal. Deixaria marcas.

Eles deslocaram a mesinha. Ele a apertava com força e Bertha agarrava-se a ele, sem conseguir conter um gemido ou um estremecer de prazer. Seus corpos colidiam e esfregavam-se em harmonia e confusão, de um jeito que apenas sexo tão desesperado e apaixonado poderia criar. Eles empurraram tanto a mesinha que ela ficou imprensada contra o sofá. As estocadas ainda a empurravam. Os sons ainda eram altos.

O tapete estava fora do lugar e eles, fora de si, gozando incontrolavelmente, balançados por orgasmos que faziam tudo rodar e explodir por trás de suas pálpebras. Era forte demais para conseguir abri-las agora.

Até que os sons pararam, a mesinha deixou de empurrar o sofá e os suspiros tomaram o lugar dos gemidos. Eric a beijou e Bertha tentou segurá-lo, mas ainda não tinha forças. Eles ofegaram. Eric escondeu o rosto na curva do seu pescoço e recuperou o fôlego. Seus corpos finalmente começaram a esfriar e a lareira precisava ser alimentada para aquecê-los.

Eric saiu de cima dela e se sentou com as costas contra o outro sofá, observando o fogo baixo. Bertha sentou-se bem ao seu lado, mas não disse nada. O olhar dele era perdido e machucado. Ele não conseguia entender o tempo que se passou. Precisando de um momento, Eric levantou-se e ajeitou as calças, recolocou a camisa e a prendeu. Bertha dobrou as pernas e continuou ali perto do fogo. Ele pegou a manta do sofá e colocou sobre os ombros dela.

— Para onde você vai? — ela indagou ao vê-lo vestido novamente.

— Buscar seu faetonte. Suas coisas estão lá, não é?

— Sim.

— Não demorarei.

Ela o escutou partir e deixou a cabeça cair para trás. Eric precisava de um tempo para acalmar sua mente e seu coração. E engolir a mágoa ou mesmo seu orgulho. Não seria a primeira vez ignorando o segundo, pois ele a amava mais do que precisava do seu orgulho. Bertha aproveitou o momento sozinha. Ela havia pensado mil vezes sobre o que faria ao reencontrá-lo, mas, assim que o viu, não houve mais plano algum.

Quando Eric voltou, carregando a valise, ela estava no mesmo lugar, enrolada na manta.

— Eu vivo aqui com poucos empregados, dessa vez, minha governanta não aparecerá com suas ajudantes; alguns só vêm aqui em certos dias — ele contou e a levou para o quarto. — Eu não estava esperando visitas.

E havia desistido de esperá-la novamente em algum dia.

— Não importa, eu gosto. Vamos conseguir ficar sozinhos por um tempo — ela respondeu.

Eric colocou água para esquentar e ela viu um dos poucos empregados ajudá-lo com a água fria para a banheira. Depois, ele misturou as duas chaleiras quentes e fez um banho para ela. Mas ela insistiu para que ele ficasse, e ambos se lavaram da chuva e dos resquícios do sexo. Eric acabou cheirando ao seu sabonete de lavanda.

Ele sentou-se no banco perto da janela e não se preocupou em vestir o traje completo. Bertha colocou uma camisola fina por cima de seu corpo levemente úmido e foi até ele.

— Você vai me perdoar? — ela indagou baixo, numa voz suave.

— Eu não preciso.

— Sim, você precisa. Eu não sabia ser egoísta, Eric. E quando fui, errei profundamente. Não acreditei em você. Fiquei com medo. Eu tinha certeza de que eu seria um peso para você e seríamos infelizes.

Eric levantou e se afastou dela, andou alguns passos até a frente da cama, virou-se subitamente e a olhou:

— Seu amor por mim finalmente venceu o seu medo do resto do mundo? Ou você finalmente acreditou que eu não me importo? E meus sentimentos subitamente tornaram-se tão fortes para você, que passou a acreditar que eu a protegeria e sempre estaria ao seu lado? Apenas agora?

Bertha engoliu a saliva e apertou as mãos na beira do banco.

— Talvez eu devesse ter vindo, mas tudo que tivemos até agora foi a partir do que não deveríamos ter feito.

Eric bufou, deu mais alguns passos e sentou-se sobre a cama.

— Você me machucou tão profundamente. E agora voltou, revivendo todos os meus sentimentos contidos. Eu ainda não superei esse reencontro.

— Eu pensava que você se arrependeria, Eric. E que eu era só uma novidade proibida que morreria depois de satisfeita. Exatamente como nas histórias que todos conhecem.

— Eu a amava demais para me arrepender.

— Naquela época, eu jamais acreditaria.

— Eu já havia entendido isso quando lhe pedi para ficar comigo da primeira vez. Eu não a entendi por muito tempo e não havia como me pôr em seu lugar, eu errei em certos momentos, mas não ia deixá-la.

Bertha levantou-se e foi para perto dele. Ela segurou a camisola, levantando-a até suas coxas, e subiu em seu colo. Eles precisavam do contato e ela tinha de dizer tudo que estava guardado.

— Dessa vez, eu serei egoísta do jeito certo. Se você acreditar em mim... Eu sei que não acreditei quando devia, mas, por favor.

— Pare de pedir, você não precisa. Eu não consegui me recompor, você me tem em suas mãos. Para dispor novamente. E eu não tenho orgulho suficiente para negar, tampouco sou tolo para não agarrar uma segunda chance de ser feliz quando ela vem sentar-se em meu colo.

Ela não gostava de ver aquele olhar dele, enquanto lhe dizia tudo aquilo. Era doloroso, como se Eric soubesse que ela iria magoá-lo novamente. E mesmo assim, não pudesse evitar. Dessa vez, a questão era ele. Ainda não acreditava nela. Não tanto quanto gostaria.

Contudo, ele usava seus sentimentos expostos em sua face. Não conseguia deixar de olhar para Bertha e havia algo belo e dolorido naquele seu olhar turbulento. Seus dedos tocavam sua face, deslizavam pelas ondas do seu cabelo e desciam pelos ombros. Eric havia feito amor com ela, banhara-se em sua companhia, mas continuava observando-a e tocando-a para acreditar que ela viera, voltara para ele e lhe dizia que ficaria.

— Eu não me importo, não faz diferença se me amaldiçoarem, banirem, falarem por minhas costas ou insultarem-me.

— Ninguém pode insultá-la. Eu jamais permitiria.

— Eu vou ficar com você. — Ela tocou seu rosto. — Não me preocuparei com suposições ou mesmo com o futuro. Serei feliz ao seu lado, não voltarei a pensar em mudanças, eu prometo.

— Eu não vou mudar de ideia — ele lhe disse seriamente. — Uma pessoa simplesmente não volta atrás sobre amar alguém. Você ama ou não ama e, se vai permanecer comigo, você tem de acreditar.

— Mas eu te amo, Eric. — Ela o segurou, pressionando as pontas dos dedos em sua face. — Eu nunca deixei de amá-lo. Por momento algum. Nem pelos meus erros ou mesmo minhas escolhas levadas pelo medo e pela dúvida. Eu não conseguia acreditar que você poderia sentir tanto por mim. Chegou a um momento que me preservar não era mais uma escolha sua, era uma escolha minha, ficar ou partir.

Eric ficou observando-a por um longo momento, até que indagou:

— Você parou de duvidar de si mesma?

Bertha devolveu o olhar, tentando entender seus motivos para perguntar.

— Diga para mim — ele insistiu.

— Sim.

— Ao ponto de acreditar que é tão importante para mim que minha vida parou no dia em que você partiu, levando meu coração e indo se casar com outro?

— Você consegue acreditar que parti deixando meu coração para trás? Eu não teria conseguido ir até o final, mesmo que tivesse dito sim. Porém, eu nunca disse sim, Eric. Eu não aceitei me casar com outro.

Ele a trouxe para ainda mais perto e aquele olhar tão direto cravou-se nela intensamente.

— Não duvide de si, não duvide de nós. Foi assim que acabamos destruídos, com nossos cacos espalhados de ponta a ponta de Devon. Eu não podia partir, pois jamais terminei de recolhê-los. E cada caco se estilhaçava novamente ao pensar em sair daqui e enfrentar a realidade em que você estaria casada com outro, dando-lhe seus sorrisos, seus sentimentos, sua intimidade e seu corpo.

— Eu tinha a ilusão de que, partindo para outro país, eu sobreviveria à certeza de que você seguiu o caminho certo e se casou com alguma jovem que escolheu num baile para ser o par perfeito e aceitável.

— E por que você acha que eu quero o caminho certo? Não há nada certo para mim nesse caminho. Apenas o fato de que eu a perderia.

Bertha abraçou-o e escondeu o rosto em seu ombro. Eric escutou os sons baixos e sentiu a umidade morna molhando sua camisa, o corpo dela balançava levemente contra o seu e ele afagava suas costas. Ele esperava que suas lágrimas fossem de felicidade também. E alívio, pois assim pareciam. Como alguém que finalmente chegou ao final de um caminho e, apesar das boas notícias, o choro foi mais forte, por tudo que passou até ali, de bom e de ruim.

Chegar ao final de uma jornada de altos e baixos e um turbilhão de emoções sempre causava reações intensas. Bertha queria passar mais tempo com ele e reconectá-los, mas ela estava tão feliz por ele tê-la aceitado de volta e por ter seu amor correspondido. E sentia também outro tipo de alívio. Foram tantos medos, humilhações, erros e arrependimentos. O amor perdido e agora recuperado. Enquanto suas lágrimas desciam por seu rosto e pelo ombro dele, ela sentia todos esses sentimentos guardados finalmente a deixarem, para ela poder continuar em frente, em busca de novas aventuras. Junto com Eric.

Ele a abraçou apertado, para se acostumar à sensação de certeza de que eles estariam ali no dia seguinte e no próximo mês e nos próximos anos. Eric chegou ao pavilhão de caça destroçado e magoado, chorou amargor e perda. E agora fechava os olhos para esquecer aqueles dias, apertando-a forte e escondendo o rosto no seu cabelo. Havia doído demais. Eric tinha certeza de que aquela dor tão profunda só podia ser seu amor morrendo. Ele quis se convencer disso. E foi só olhar para ela novamente que seu coração machucado bateu forte, ecoando tanto amor, que ele soube que nada o faria deixar de amá-la.

— Você ainda não disse a palavra definitiva. — Ela passou os dedos pelos olhos e o encarou. — Eu o pedi em casamento. Afinal, o senhor vai ou não vai me dar a honra de ser meu companheiro pelo resto de nossos dias? Eu vou lhe fazer muito feliz, eu prometo.

— Sim, eu disse, centenas de vezes desde que chegou aqui. Cada vez que olhei para você, inspirei seu cheiro e toquei sua pele com todo amor que sinto, eu estava lhe dizendo sim.

# CAPÍTULO 28

— Você vai ser a minha mãe! — Sophia deu impulso e jogou-se no colo de Bertha, assim que a viu chegar acompanhada de Eric.

Ninguém deu a notícia a ela. Quando eles desceram da carruagem em Sheffield, a garota saiu da casa como um raio. Afinal, não havia motivo para eles estarem ali juntos se não fosse para dar boas notícias.

— Nós vamos visitar os Preston de novo — disse Eric. — Você está pronta?

— Estou bonita? — Sophia mostrava seu vestido branco e lilás para Bertha.

— Está fantástica. — Ela sorriu e ajeitou sua gola. Depois de pular sobre ela, seus laços estavam desarrumados.

Os três partiram para Bright Hall, de onde Bertha supostamente nunca havia saído. Ela já estava com Eric há quatro dias e eles pretendiam resolver tudo o mais breve possível.

— Eu não acredito! Finalmente! — exclamou Lydia, abrindo os braços quando eles chegaram.

Nicole e Aaron foram mais rápidos, passaram correndo pelo seu lado e foram recepcionar Sophia.

— Nosso plano finalmente deu certo! — As crianças comemoraram e estavam tão felizes que ninguém estava implicando.

— Ei, nosso plano! — Lydia disse aos pequenos, afinal, ela participara.

Sem a ajuda dela, eles nunca teriam conseguido dar as ordens erradas ao cavalariço dos Preston. E passar a informação para Eric de quando exatamente a carruagem de Bertha partiria de Londres. Claro que depois tudo deu errado, mas eles acreditavam que sequer teriam chances se aquele "rapto" não tivesse acontecido, mesmo que Eric tenha modificado o plano por conta própria, Bertha tenha se rebelado e ficado mais do que devia e Lydia o tivesse ameaçado com uma espingarda.

Por falar em espingarda... Henrik abriu um sorriso e ofereceu um aperto de mão a Eric.

— É bom reencontrá-lo, não nos vemos desde aquele nosso encontro, mas tenho ouvido falar muito de você — disse o marquês.

— Qual encontro? — intrometeu-se Lydia.

Os dois trocaram um olhar rápido.

— Nós nos encontramos em uma visita social em comum — ele contou, claramente escondendo detalhes. — E foi bem-sucedida.

— Muito agradável — completou Eric, irônico.

Bertha deixou os outros no térreo e aproveitou esse tempo para visitar a marquesa. Eles ainda tinham uma parada e Lydia ia se trocar antes de acompanhá-los. Caroline estava em sua cama, descansando. Ela havia caminhado pelo quarto e ninado o pequeno Benjamin. Sua saúde estava melhorando de forma estável, mas havia dias que tinha mais energia e disposição e, em outros, estava cansada e até apática. Sua força de vontade, porém sempre a mantinha alerta. E ela abriu um grande sorriso quando Bertha veio sentar-se ao lado da cama.

— Se está com esse sorriso, imagino que não precisaremos remendar seu coração com fitas — gracejou Caroline.

— Não! — Bertha sorriu. — Eu vou me casar com Eric. Ao menos, eu pretendo. Eu o pedi em casamento e ele aceitou.

Caroline riu, aprovando seu pedido.

— Vamos esperar o período de luto.

— Por favor, não. Case-se o quanto antes.

— Eu não poderia me casar sem a sua presença ou imaginar não ter um de vocês lá. Vocês são minha família também.

— Case-se aqui. Eu irei. Estou mais forte do que pareço. — Caroline apertou sua mão. — Além disso, pode haver contratempos.

— Quais? — Bertha franziu o cenho. Dessa vez, estava tão feliz que não voltara pensando em determinados detalhes.

— Um bebê. — Caroline não precisava de sutileza com ela. — Você teve sorte antes, mas realmente pode ter acontecido dessa vez. Já corri esse mesmo risco. E ambas sabemos que é melhor não dar munição a inimigos.

— Jamais — concordou Bertha.

— Aceite a oferta. Case-se aqui. Eu não perderia esse casamento por nada no mundo. Será como ver uma filha se casar com o amor de sua vida. Você não poderia ter escolhido momento melhor para me deixar compartilhar dessa felicidade.

Os olhos de Caroline se encheram de lágrimas e Bertha se emocionou e inclinou-se para abraçá-la.

Lydia os acompanhou até a casa dos pais de Bertha, pois sua amiga precisava de uma acompanhante, para ninguém suspeitar da natureza de sua relação com Eric. Elas chegaram um pouco antes.

— Por que você disse que era imprescindível que eu também estivesse aqui para vê-las? — indagou Oswald, ao recepcioná-las na sala.

Nonie cruzou os braços e olhou para o marido.

— Bertha tem outro pretendente — ela disse, achando aquilo muito estranho.

— Como assim? Outro rapaz? Nada disso, se deixou de casar com o capitão para se envolver com algum fulano dessas redondezas, nós teremos uma conversa muito séria — decidiu Oswald.

— Quantos pretendentes ela pode ter? Não estou gostando disso, Bertha devia ficar aqui conosco — reclamou o irmão dela, um menino de doze anos que estava sempre pelas redondezas, aprontando traquinagens ou ajudando o pai, mas hoje ficou curioso.

— Acho que ele chegou! — Bertha pulou do lugar e correu para a porta.

— Bertha, não é assim que se recebe um cavalheiro! — brigou Nonie.

— Ele não se importa, afinal, já esteve lá em casa. O conde... digo... ainda visconde, sabe como somos — disse Lydia, sendo uma endiabrada como sempre.

— Visconde? — Oswald virou-se imediatamente.

— Conde? — Nonie parecia desesperada.

— De Bourne ou Sheffield ou... Não sei bem se corre algum outro título na família. De qualquer forma, nós gostamos muito dele. — Lydia sorriu inocentemente. — E o Marquês o aprova.

— Sheffield é aqui perto... — Oswald franziu o cenho.

— Bertha vai se casar com um visconde e um conde? Isso é permitido? — intrometeu-se o irmão, lá do canto do sofá.

Bertha voltou para a sala, levando Eric pelo braço, que havia se vestido de acordo com a ocasião, ou seja, estava impressionante. Seu valete o havia penteado e barbeado. Ele era aquele tipo de visão que mães avisavam a debutantes antes de elas chegarem a Londres, do tipo que virava a cabeça de moças em um só baile.

— Lorde Bourne, madame. É um imenso prazer finalmente conhecê-la. — Ele fez uma mesura perfeita para Nonie e abriu o sorriso encantador de pretendente mais perseguido da temporada.

A mãe dela arregalou os olhos e logo depois os estreitou para a filha, no momento em que se lembrou dela lhe dizendo que havia "se perdido" com um conde, ou será que foi visconde? Aquele rapaz à sua frente resumia perfeitamente a definição de *perdição*.

Oswald era o único perdido na história, não entendera ainda o que um visconde estava fazendo em sua sala. Eles custaram a se acostumar com os Preston aparecendo lá esporadicamente. Agora mais um? O que os vizinhos iam dizer? Pensariam que eles estavam muito bem de vida, a ponto de se associarem com a nobreza ou algo similar.

— Oswald, querido, está surdo? — perguntou Nonie. — Vou servir limonada. Lorde Bourne deseja sua atenção. — Ela lhe deu o olhar de que era para ele parar de se comportar mal.

Lydia estava com uma vontade desesperadora de começar a rir. Nonie parecia que ia esganar a filha por colocá-los nessa situação sem aviso prévio. E o marido não estava agindo de acordo. O único neutro era o travesso Otto, que queria tirar aquela situação a limpo e foi perguntar:

— Afinal, qual dos novos pretendentes é o senhor? O conde ou o visconde? Eu preciso entender isso antes de aprovar qualquer ligação sua com a minha irmã.

Bertha o enxotou de volta para o sofá e Eric seguiu o protocolo:

— Eu gostaria de ter uma conversa em particular com o senhor — ele pediu.

Oswald finalmente voltou a si, limpou a garganta e se aprumou. Ele o levou para sua sala de trabalho, que estava atulhada de materiais com os quais ele gostava de mexer, a mesa coberta de coisas, inclusive itens de carpintaria e selas que ele estava consertando. Mas havia o que os dois queriam: privacidade para conversarem.

— Perdoe-me a indelicadeza, milorde, mas eu sei que Sheffield fica a umas boas horas daqui. Como o senhor entrou em contato com a minha filha?

— Londres tem o poder de nos reunir em um só local.

— A temporada, claro... E devo entender que já a conhece o suficiente para vir até aqui.

— Eu vim lhe pedir permissão para me casar com a sua filha — anunciou Eric, pois detalhes eram algo que jamais poderiam ser fornecidos.

Oswald ficou perturbado com aquilo. Ele havia tentado conversar com a filha sobre a recusa inesperada ao capitão e até hoje era um tópico que não morrera entre eles. E agora, tinha certeza de que estava olhando para o grande motivo para a recusa dela.

— Diga-me, o senhor vai tornar a vida da minha filha um inferno? Eu sei como essas histórias terminam. Pode me achar um simplório e caipira, mas não sou tolo. Não tenho poder para protegê-la de alguém como o senhor, caso ela precise deixá-lo para manter-se viva. Deus não nos deu a benção de ter muitos filhos, mas amamos os que temos. Temos uma vida digna aqui e eu só posso imaginar que não será fácil para ela.

— Não foi fácil até aqui. Deve saber que nós nos aproximamos em Londres, e, ao final da temporada, houve um afastamento. Recentemente, reencontramos o caminho um para o outro. Eu tenho absoluta certeza do que sinto pela sua filha e preciso de sua benção para torná-la minha esposa, pois não me importo com o que os outros pensam, eu a amo. E não viverei mais um dia sem ela. Todos à nossa volta terão de aceitar isso, ou que Deus os perdoe, pois mandarei todos para o inferno.

Eric terminou o que tinha a dizer e encarou o homem que seria seu futuro sogro, pois ele estava decidido, se casaria com Bertha, mesmo que precisassem convencer os pais dela após o enlace. Porém, Oswald assentia para ele, como se finalmente estivessem se entendendo.

— O senhor sabe falar a língua do povo, gostei da sua iniciativa, espero que tenha colhões para mantê-la. Para mim serve. — Ele estendeu a mão.

Eric apertou a mão dele e disse:

— Então, por favor, seremos uma família, meu nome é Eric.

— Oswald, prazer.

Eric saiu de lá com um sorriso e Bertha o abraçou no meio da sala. Porém, com o casamento acertado, todos fizeram vista grossa. Ele partiu para reaver Sophia, pernoitariam em Bright Hall e voltariam para Sheffield enquanto o vestido de Bertha ficava pronto.

Pelo tempo que Eric conversou com Oswald, Nonie passou uma descompostura na filha. Mas, logo depois, já estava se arrumando, pois precisava ir ao ateliê da Sra. Garner para iniciarem os preparativos do vestido. E para contar para a vila inteira que sua filha seria uma viscondessa e uma condessa. Nonie estava até com medo de ser apedrejada; certas inimizades iriam odiá-la eternamente, pois pretendia fazer pouco caso para todos que torceram o nariz quando souberam que eles permitiriam que Bertha fosse para a temporada.

Apesar das ideias da mãe, Bertha sabia como iria se casar. Seu vestido seria azulado, leve e sutil. E estaria na última moda. Ela queria renda belga de cor branca como enfeite das mangas e renda curta para as beiras do decote baixo e amplo. As mangas de baixo seriam bufantes e curtas e as de cima, de tecido translúcido e pomposo, que se prenderia ao seu pulso, dando muita delicadeza ao conjunto.

A cintura alta teria uma fita branca em seda, descendo para a leveza da saia de musselina. E tudo daria ao vestido um estilo tão romântico quanto a época, a ocasião e as preferências da noiva.

Os proclamas correram pelo tempo padrão de um mês e foi o suficiente para enviar convites a amigos e familiares e fazer os preparativos. Eric não precisou pensar sobre o pedido dela para se casar em Bright Hall. Se era o que ela desejava, ele estaria lá para esperá-la, junto com sua pequena família.

Os convidados começaram a chegar no dia anterior, pois era um casamento, ninguém queria descer da carruagem amarrotado e dolorido. Era um acontecimento. A Srta. Gale havia fisgado o melhor partido da temporada de 1816! Ainda bem, pois ele já havia feito suficiente em 1815 e, se o deixassem solto em 1817, seria outro ano de confusões. E Lorde Bourne havia passado meses lutando para convencê-la a fisgá-lo.

Os outros ficariam com a primeira declaração, mas seus amigos sabiam do que estavam falando. Foi uma batalha épica conquistar aquela dama.

— Deus sabia o que estava fazendo quando não me tornou um belo espécime, um arrasador de corações — disse Deeds, quando chegou na tarde anterior. — Eu não tenho disposição para isso, prefiro comer doces. Espero encontrar uma dama com as mesmas preferências: paz, doces, belas paisagens e acertos amigáveis para uma vida agradável. Não essa confusão, insanidade e todos os escândalos, meu coração pararia. Ele quase parou só de ser cúmplice de tudo isso.

— Não seja tolo, Deeds. Tenho certeza de que encontrará alguém com gostos similares. — A Srta. Jones balançou a cabeça, rindo das reclamações deles.

Lorde Pança tinha muitas histórias para contar sobre aquele ano e tudo que ele presenciou. Especialmente sobre aquele casamento. Foram tantas emoções que ele estava um tanto traumatizado. Não sabia se aguentaria outro ano como aquele. Já rezava para os casos de 1817 serem tediosos e, então, em 1818, ele estaria pronto para ser cúmplice de mais altercações.

O casamento aconteceu numa manhã de dezembro. Fazia frio, porém o céu estava limpo. Os convidados se apertaram na capela de Bright Hall e, depois que a noiva entrou, fecharam as portas para ficarem aquecidos. Havia lugar para todos sentarem, mas não eram muitos convidados. Os noivos não queriam várias pessoas que não lhes importavam participando da cerimônia.

Aliás, Nonie disse algo assim ao explicar por que certos vizinhos não estariam no importante casamento da sua filha. "Espero que vocês entendam, é um visconde, ele não vai querer tanta gente desconhecida no seu casamento" — Nonie dissera.

Ela não sabia que a reserva deles não se devia apenas a gostos pessoais, eles não se importariam com os vizinhos dos Gale. Eles apenas se recusavam a convidar pessoas que não lhes trariam nenhum sentimento bom.

Pessoas como certa dama que passou a temporada toda reclamando que suas amigas e primas não eram convidadas. Dessa vez, ela teria razão, ela também não estava lá.

Todo o grupo de Devon estava.

Para vários deles, era apenas algumas horas de viagem para chegar ali. E todos compareceram: Lorde Pança, Lorde Apito, Lorde Murro, Srta. Amável, Lorde Soluço, Lorde Bigodão, Lorde Sobrancelhas, Lorde Tartaruga, Lorde Garboso, a Srta. Festeira e Lorde Vela. As Margaridas fizeram questão de comparecer, junto com a Srta. Durant, que ainda tentava se livrar do apelido de Srta. Sem Modos. Assim como o Sr. Querido, que não deixo de ir desejar felicidades pelo casamento do Diabo Loiro com a Srta. Graciosa.

A Sra. Garner não parava de chorar, não dava para saber se era de emoção ou porque o vestido de casamento ficou tão lindo que ela tinha certeza de que faturaria muito com encomendas de novas clientes.

Caroline pôde ir ao casamento e descobriu que a capela ficava mais longe do que ela lembrava. Henrik teve vontade de carregá-la. Era a primeira vez que ela deixava a casa desde que o filho nasceu e ele estava mais nervoso do que ela. Porém, ele se contentou em acompanhá-la lentamente e parar cada vez que ela precisou. Nicole e Aaron também os acompanharam, felizes por voltarem a ver a mãe fora da casa.

Após chegarem lá com sucesso, o marquês a levou para os lugares na primeira fileira, bem longe das portas, e ajeitou o xale em volta de seus ombros. Seu alívio era saber que a comemoração seria no hall, pois, se tivessem que passar mais tempo naquele frio do lado de fora, ele seria o próximo a passar mal. De preocupação.

Apesar de tudo, Caroline estava muito feliz por Bertha. Aquele dia a fez sorrir novamente e, assim que viu a noiva, cobriu as bochechas com as mãos, em puro deleite. Seu bebê ficou com a babá. Até passou da hora de ela amamentar, porém eles não exporiam o pequeno Benjamin àquele clima.

Mesmo ocupada com o casamento, Bertha esteve em Bright Hall por vários dias. Ela achava que algo não estava certo com o Marquês, apesar de ele não ficar mais sumido o dia todo. Talvez ele não voltasse ao normal até que sua esposa recuperasse a saúde e seu bebê se fortalecesse. Mesmo assim, ela viu o enorme sorriso que ele abriu durante o seu casamento. Ao se despedir, ele abraçou-a e desejou-lhe toda felicidade do mundo.

— Eu aceito. — Bertha abriu um sorriso e sentiu calafrios pelo corpo. Ela estremeceu e deu uma leve risada. Eric apertou suas mãos e manteve um enorme sorriso.

Sairia um grande anúncio no jornal, informando sobre o casamento. Eric já iria fazê-lo, porém seu avô fez questão de fazer algo grande. Jonah não podia remediar os machucados que causou e resolveu que o mínimo que podia fazer, até para provar seu arrependimento, era apoiá-los. Estava declarando publicamente o quanto estava contente que seu neto finalmente encontrara uma adorável jovem para se casar. E ninguém tinha coragem de dizer algo sobre a noiva perto dele.

— Vou sentir saudade! Voltem logo! — Sophia alternava, indo de um para o outro e os abraçando.

Ela mal podia esperar para iniciar essa novidade em sua vida, junto com a nova mãe que queria tanto. Ela havia dito ao tio que só o chamaria oficialmente de papai depois que ele lhe arranjasse uma mãe, pois achou que assim ele se empenharia. Mas ela nunca manteve a palavra. E ficava muito brava se alguém tentasse corrigi-la e dissesse que ele não era seu pai. Iria escrever uma lista de coisas que precisava fazer com sua nova mãe, e Bertha tinha planos de passar o tempo com ela, para não ser apenas um nome.

— Mas eu também me divertirei como nunca! — Sophia contou, animada.

Enquanto eles estivessem fora, ela iria ficar com os Preston. Nunca havia passado tanto tempo com outras crianças. Seriam dias memoráveis, mas, agora, acabaria encontrando com Nicole e Aaron frequentemente. Era certo que todos se visitariam com frequência.

— Eu vou sentir tanto a sua falta. Mas não poderia estar mais feliz por você. — Lydia abraçou Bertha, e havia lágrimas em seus olhos. Ela tentou não chorar, mas seu coração até parou de alegria quando sua melhor amiga e irmã mais velha entrou na capela.

— Eu também sentirei sua falta. Nunca nos separamos por tanto tempo. — Bertha sorriu, apertando suas mãos.

— Com exceção daquela vez que a sua tia, aquela bruxa malvada, nos separou. Ela cortou nosso cabelo e a proibiu de vir ao meu piquenique. — Lydia riu.

— Aquela bruxa! — Bertha tornou a abraçá-la.

— Eu quero que você seja muito feliz, e não deixe de me escrever. Será assim que nos acostumaremos à distância. Quando você voltar, eu escreverei três vezes por semana!

— E eu escreverei quatro!

— Duvido. Você terá o Diabo Loiro para importuná-la.

Eric escutou sua deixa, virou-se e franziu o cenho para ela.

— Quando você perceberá que continua muito mais loira do que eu? — indagou Eric. — Srta. Endiabrada.

— Ainda não entramos num acordo sobre esse apelido — reclamou Lydia.

Aproveitando o momento, ele se inclinou e sussurrou para as duas:

— Eu sei quem começou com os apelidos.

Lydia olhou imediatamente para a amiga.

— Bertha! — ela exclamou.

— Eu juro que ele deduziu sozinho, eu juro! Eu jamais diria, você sabe.

— Mas as duas pioraram tudo e espalharam por todos os locais em que o responsável não estava. — Eric assentiu, estreitou o olhar para elas e abriu um sorriso, afastando-se para se despedir dos amigos.

— Ele não vai contar, não é? Nem mesmo para o Pança — disse Lydia.

— Agora ele é da família, o segredo está seguro. — Ela piscou.

Falando em Lorde Pança, ele foi um dos últimos a se despedir dos noivos. Afinal, o cardápio do *brunch* de comemoração do casamento estava fantástico. Eram doces demais para ele provar. Os Preston tinham uma equipe de primeira. Alberta era a cozinheira-chefe desde que a Sra. Greene faleceu. E o chef dos Northon veio com seus assistentes e todos os ingredientes finos. O resultado da combinação foi um banquete memorável. Ao menos, Lorde Pança não esqueceria tão cedo.

— É um verdadeiro alívio chegar ao fim dessa batalha. — Ele beijou a mão de Bertha. — Madame, foi um imenso prazer passar parte desse ano em sua companhia. Eu não poderia estar mais feliz com esse desfecho, pois agora não terei mais palpitações. Ficarei meses sem correr ou me envolver em brigas. E não andarei em alta velocidade pela cidade para entregar recados, buscar amigos apaixonados e precisando de ajuda. Sinceramente, vocês têm corações de ferro para sobreviver a isso. Sejam muito felizes, vocês merecem!

Eric sobressaltou Deeds ao lhe dar um grande abraço e até levantá-lo um pouco.

— Por favor, não me façam passar vergonha antes da próxima temporada! — Deeds exclamou enquanto os amigos riam.

— Obrigado por tudo, meu amigo. Inclusive pelas cartas que me mandou em meus momentos sombrios. E pelos seus conselhos e companheirismo.

— Saiba que eu o esperarei como meu apoio bruto e físico e não se atreva a não corroborar as minhas tolices.

— Conte comigo! — garantiu Eric.

Bertha se abaixou para abraçar seu irmão, Otto. Até hoje o garoto não sabia como haviam chegado até ali, mas entendera que o visconde e o conde eram a mesma pessoa. Para ele, importava apenas que sua irmã mais velha estava se casando e estava feliz. E isso era suficiente para ele. Também era ótimo que agora poderia ficar com seu quarto, que era maior que o dele. Depois, ela quase foi derrubada pelos seus outros irmãos, Nicole e Aaron. Eles estavam muito mais envolvidos na história, como era de se esperar.

— Não precisa chorar, eu juro que vamos nos ver frequentemente. — Bertha acariciou o rosto de Nicole e deu um beijo em sua testa.

— Você promete? — ela perguntou.

— Eu já deixei de cumprir alguma promessa para você?

— Não. — A pequena sorriu e assentiu.

— E ela tem de voltar para buscar aquela menina esnobe — completou Aaron.

— Eu escutei isso, seu menino sem educação! — disse Sophia.

Eric evitou que eles começassem uma discussão e franziu o cenho para Sophia, que só cruzou os braços e ficou quieta.

— Vocês vão ficar algumas semanas juntos, não impliquem tanto. — Eric olhou para Aaron. — Eu conto com você para ser um ótimo anfitrião e mostrar tudo a Sophia e proporcionar diversões para as pequenas damas.

Aaron estufou o peito, aceitando sua incumbência. Ele partiria de volta para o colégio, mas havia tempo para se divertir com Nicole e Sophia.

— Claro, afinal, tenho um nome a manter — respondeu o menino.

Eles partiram logo depois, pois tinham várias paradas planejadas para os dias que ficariam fora. Dessa vez, ao invés de fugir para se divertirem no verão, teriam dias frios para passarem muito tempo juntos.

# CAPÍTULO 29
*Duas semanas depois*

— Sra. Gale — gracejou Eric, ao surpreendê-la na janela.

— Sr. Gale — Bertha devolveu e encostou a cabeça quando ele a abraçou.

Apesar do vento frio, ela estava observando o Rio Exer, que cortava a cidade. O clima estava bem gelado e eles não voltaram para a costa como da outra vez que viajaram juntos. Dessa vez, seguiram para o norte. Estavam viajando juntos por Devon, vivendo algumas aventuras e aproveitando sua lua de mel.

Por pura diversão, haviam ficado em algumas hospedarias de meio de viagem como Sr. e Sra. Gale. Era o nome que usavam para passarem despercebidos. Mas, quando chegavam ao seu destino, voltavam a ser Lorde e Lady Bourne. Como agora, que estavam em Exeter para visitar a Catedral e divertir-se com as atrações da capital do Condado.

— Estou feliz e ao mesmo tempo desapontada porque já vamos voltar. — Bertha fechou a janela e se virou.

— Eu só vou me preocupar quando chegar novamente a Sunbury Park. — Ele a levantou e levou para a cama. Não estava tarde, mas estava frio e eles não sairiam mais pelo resto do dia.

— Teremos de voltar bem rápido se vamos chegar para o Natal. — Ela puxou as cobertas enquanto ele ia avivar a lareira.

— Então creio que você vai dirigir no lugar do nosso cocheiro. — Ele riu e voltou correndo, juntando-se a ela.

— Não vou! Só se ele ficar muito lento, estarei ocupada na carruagem.

— Comigo, certamente. — Ele abriu um sorriso preguiçoso.

Eles eram esperados para o Natal em Bright Hall, porém ninguém pretendia culpá-los, caso não chegassem a tempo. Eles mereciam passar todo tempo juntos.

— Mas teremos todo o tempo do mundo. — Bertha virou-se de lado, acariciou seu rosto e empurrou as ondas claras do seu cabelo.

— Não parece suficiente para mim. — Ele se virou e chegou perto, passando o braço por cima dela.

— Você tem sido um romântico incurável! — Ela riu e aconchegou-se contra ele para aquecê-los.

— Você desperta isso em mim. — Eric se ajeitou, apoiando-se na cama para beijá-la.

Bertha sorriu contra seus lábios e o abraçou, puxando-o sobre ela e ajeitando-se para encaixá-lo. Dessa forma, ficava muito mais aquecido para ambos.

— Você também desperta os mais diversos sentimentos em mim. — Ela sorriu e lhe lançou um olhar malicioso.

Ambos se divertiram e continuaram abraçados, beijando-se e aproveitando o início da noite.

— É verdade. — Ele roçou os lábios nos seus e a olhou. — Nunca terá sido suficiente. No meu último dia, eu saberei disso, terei sido o homem mais feliz do mundo ao seu lado. Partirei com um sorriso pelas memórias e uma lágrima por não haver mais tempo com você.

— Eu já estou chorando, Eric. — Bertha passou os dedos pelos olhos, virou-se e cobriu um lado do rosto. — Por que você faz isso comigo?

Ele beijou a lateral do seu rosto e sorriu levemente.

— Você sabe por quê.

Bertha tornou a virar-se e o abraçou apertado.

— Eu não sei por que achei que suportaria viver longe de você, eu o amo demais para isso. Não aguentaria, era certo que voltaria correndo.

— E é certo que não irá mais para longe, Lady Bourne.

Bertha voltou para os seus braços e tocou seu rosto.

— Éramos os únicos com esse poder, meu amor. Nada mais poderá nos separar — ela sussurrou para ele e ainda sorria levemente quando o beijou.

## *Meses depois*
### Sunbury Park, 1817

— Você tem uma lagoa no quintal! — disseram os pequenos Preston e correram para o lado de fora, seguindo Sophia.

— Estão todos proibidos de se molhar! — disse Lydia, prevendo um problema. Ela estava responsável por eles, não podia devolver aqueles dois endiabrados com qualquer arranhão ou molhados como dois patos.

Bertha veio correndo para a sala da entrada lateral do chalé.

— Eu sabia que todo aquele barulho só podia ser vocês!

— Senti sua falta!

Elas correram para se abraçar e riram juntas.

— Tenho tantas histórias para lhe contar — disse Bertha.

— Eu também — devolveu Lydia. — Mas duvido que sejam excitantes como as suas, já que fiquei aqui quase todo o tempo.

Os Preston já haviam deixado o luto, mas ainda se recuperavam do que lhes tinha acontecido nos últimos meses do ano passado. Bertha e Eric, por outro lado, haviam ido a Londres. Eles não ficaram por todo o tempo da temporada, mas não deixaram de comparecer e encontrar alguns amigos.

E hoje estavam recebendo esses amigos na reabertura do chalé de Sunbury Park. Assim que retornaram, fixaram residência no pavilhão de caça, onde Eric esteve vivendo nos meses entre a partida de Bertha e o casamento. É claro que eles poderiam ter ficado em Sheffield, lá era muito maior, havia mais empregados e comodidades. Porém, eles preferiam sua independência. Assim como lugares menores.

Havia quartos para hóspedes e acomodações para os empregados. Sophia gostou de ficar lá. Seria apenas enquanto o chalé estava em reforma. Eric vinha pensando em fazer isso, mas sempre deixava para lá. Agora era o melhor momento, havia se casado e Sophia tinha uma nova preceptora. Eles precisavam renovar algumas coisas e instalar comodidades modernas, antes que a família começasse a aumentar.

— Aconteceu tanta coisa estranha por aqui enquanto você esteve fora — comentou Lydia, acompanhando Bertha para a sala que dava vista para a lagoa.

— Vejo que está inteira. — Eric sorriu para Lydia.

— Diabo Loiro, eu até senti a sua falta. — Ela se apressou para cumprimentá-lo.

Bertha estava muito feliz pela forma como vivia e gostou de terem passado apenas dois meses longe dali. Ela não parava de contar em suas cartas sobre todas as atividades que fazia.

— A Sra. Mateo desistiu de me repreender. Eu aprendi a assar tortas com a Sra. Buxton, nossa cozinheira. Eu até vou pescar com Eric. Nós vamos caçar nos próximos dias. E irei à vila fazer algumas encomendas. Quero assar pães! Da última vez, eles ficaram tão duros! — Ela riu.

Depois, contou sobre as confusões da reforma e a casa deles em Londres, assim como sua primeira aparição em um baile. Ela não arranjou muitos aliados ao ser anunciada como Lady Bourne, mas era inacreditável como várias pessoas sequer sabiam de onde ela surgira.

— Disseram que ele se casou com uma flor de sua terra Natal. — Bertha riu. — Essa declaração deveras cafona foi feita pelo conde e foi terrível quando começaram a repetir para explicar de onde eu saí. Eu não sou uma flor, por Deus! Se ao menos fosse uma flor silvestre — ela contava entusiasmada.

Lydia sabia que houve momentos incômodos, mas era ótimo ver que Bertha não dava importância a eles. Ela estava muito ocupada vivendo a novidade de sua vida, cheia de planos e ocupações. E muito apaixonada para se incomodar. Seus olhos brilhavam e seu tom era de pura animação.

— Encontrei essas pequenas criaturas tramando uma fuga num barco. — Lorde Greenwood entrou na sala, pela porta dupla que dava para a lagoa.

— Seus traidores! — Lydia pulou de pé.

Nicole estava no colo dele, tão confortável que parecia passear ali todos os dias. Ela até passara o braço em volta do seu pescoço e suas saias estavam perfeitamente arrumadas.

Sophia também vinha ao seu lado, segurando sua mão e parecendo plácida e inocente. Aaron os seguia, como o garotinho comportado que fingia ser.

Greenwood sabia que, se as crianças estavam ali, era certo que ele encontraria Lydia. Mesmo assim, estacou ao encontrá-la. E ela fez de tudo para desviar o olhar e tentou disfarçar seu súbito nervosismo com a travessura dos irmãos.

— Isso foi feio, muito feio. Da próxima vez, eu não os trarei — Lydia disse.

Nicole foi colocada no chão e, junto com o irmão, foram para perto de Lydia e fizeram aquelas expressões de inocente culpa.

— Sophia, vocês não podem ir para a lagoa sozinhos, eu lhe disse. É perigoso, mesmo que já consigam nadar. Prometa-me — pediu Bertha, puxando-a pela mão para sentar-se.

— Eu prometo.

Aaron olhou para a irmã e depois para Bertha.

— Bertie! Nós também prometemos, diga a ela para nos trazer.

— Ela vai perdoá-los. — Bertha sorriu.

— Só se não tentarem mais se matar, pelo menos por hoje — decidiu Lydia.

Eles prometeram e ela deu a volta no sofá e foi para longe de onde Greenwood havia se sentado. Bertha cruzou os braços. O verão mal havia começado e Lydia já se envolvera em algum tipo de confusão com Lorde Greenwood. Ela disse algo sobre isso, de forma muito breve no bilhete que enviou para confirmar que viria ao lanche no chalé. E agora estava com aquela expressão embaraçada e as bochechas coradas.

E isso porque Lorde Greenwood esteve na temporada, mas fugiu da cidade antes do tempo. Bertha queria saber se a sua partida adiantada tinha alguma relação com o que pudesse ter acontecido entre eles.

Eles escutaram mais carruagens e Lorde Deeds entrou logo depois, seguido pelas Srtas. Jones e Wright. E Lorde Keller chegou com tremendo estardalhaço. Ele trouxe seu irmão mais novo para brincar com as crianças; estava exausto de tomar conta do menino. Supostamente, eles estavam de luto pela morte recente da avó, o que causou a ida do seu meio-irmão e de sua madrasta para viver com ele.

Lorde Richmond chegou com o Sr. Knowles, o mesmo irmão que esteve com ele em alguns eventos e naquele dia da grande confusão que por pouco não resultou num duelo. E logo estavam completos para o lanche e moveram o grupo para o lado de fora, aproveitando a brisa fresca da lagoa.

Mesas e cadeiras estavam montadas do lado de fora, e o chef dos Northon cuidava do cardápio. Ali, ninguém iria notar os supostos desvios dos amigos. Não houve mais casamentos no grupo e Lorde Deeds estava a calmaria em pessoa.

— A temporada desse ano foi plácida e monótona, tudo que eu precisava. — Ele se reclinou na cadeira; ainda estava na parte salgada do lanche.

— Eu não achei nada plácido — reclamou Lorde Hendon.

— Isso porque você quase levou um tiro entre essas sobrancelhas postiças por dançar demais com a irmã dos outros! — disse Keller, rindo.

— Eu já tirei as sobrancelhas! — defendeu-se Hendon.

— É mesmo, então elas voltaram a crescer? — indagou a Srta. Wright, inclinando-se para olhar.

— É um milagre! — anunciou Glenfall.

— Milagre foi você ter deixado de ser da cor da sua camisa — implicou Hendon.

Lydia terminou de engolir e sorriu. Por ter ficado longe da temporada, ela não havia se divertido com eles nos últimos meses.

— Isso quer dizer que o problema de Lorde Bigodão também foi resolvido com um milagre? — ela indagou.

Todos se viraram em suas cadeiras e olharam para Lorde Latham, que estava na mesa à direita, junto com Richmond e o irmão.

— Ah, por favor! Eu segui o conselho de vocês. Preciso conhecer alguém no próximo ano. — Ele jogou as mãos para cima, mas riu. Afinal, tinha abandonado o bigodão e levava uma barba bem cortada agora; estava ótimo. Porém, o apelido ficaria.

Eric e Bertha juntaram-se a eles, conseguindo um lugar na mesa do meio.

— Um brinde ao primeiro e talvez único casal decente que conseguiremos formar! — Lorde Keller levantou sua limonada.

— Agora não podem nos acusar de sermos indecentes, inadequados e problemáticos, temos um exemplo de casal perfeito para nos representar — brincou Richmond, arrancando risadas. Mesmo sem detalhes, eles sabiam bem que o caminho até ali não foi o que as matronas chamariam de correto, discreto e inocente.

— Não seja pessimista, Lorde Keller, você também encontrará o amor. Um dia... — provocou a Srta. Jones.

— A senhorita gostaria de me ajudar a encontrá-lo? — ele galanteou.

— Por tudo que é sagrado, Keller! Deixe a Srta. Jones em paz! — vários disseram em termos similares.

— Estou inspirado por todo o amor que presenciei nesta união. Vocês esperam que eu acredite no amor, mas não colaboram com a minha procura — ele reclamou, o que só causou risadas.

Eles permaneceram por toda a tarde. As distâncias no campo diferiam muito da cidade e eles pernoitariam, para não passar a noite na estrada. Podiam dizer muito sobre todos ali, mas eles até seguiam as regras de decoro: as moças ficariam no chalé e os rapazes seriam despachados para o pavilhão. Com certeza seria uma noite de diversão para todos.

Inclusive para as crianças, mas Aaron não gostou de saber que, após o jantar, ele não acompanharia "os outros cavalheiros" na ida para o pavilhão. Afinal, ele também era um lorde. Pequeno, ele admitia, mas era.

Eric parou nas portas para os jardins e para a lagoa e observou todos; era a primeira vez que recebiam em Sunbury Park e ele não podia pensar em convidados melhores. Bertha foi para junto dele e abraçou sua cintura, encostando a cabeça em seu ombro.

Alguém brincou sobre não ser aceitável demonstrar esse tipo de afeição na frente das visitas. Outro disse que não era um bom exemplo para as crianças. O resto do grupo riu. Para corroborar, eles trocaram um leve beijo e continuaram abraçados.

Eram um péssimo exemplo, se assim fosse. Eles inspiravam amor, carinho, perdão, tolerância e perseverança. E provavam aquela temida ideia de que valia a pena quebrar algumas regras e desafiar convenções para alcançar a felicidade.

*Fim*

# NOTA DA AUTORA

Querido Leitor,

Eu adorei escrever sobre vários temas da regência que usei para construir esse livro. E vou dar atenção especial a alguns deles. Sigam-me nessas curiosidades.

O grupo de Devon, por exemplo, é baseado em algo que nascia na juventude daquela década, algo notável entre a classe alta e que chega ao seu ápice em 1820. Essa foi a parte mais difícil da pesquisa para o livro. A regência é minha época favorita e mais usada para escrever, porém todo bom autor de romances de época confirmará que não importa o quanto você já saiba, o quanto já tenha escrito ou quantos romances tenha publicado, sempre haverá pontos que lhe darão trabalho e o farão sentir que é um novato. Para mim, isso é particularmente instigante!

E assim foi com meu grupo de jovens "rebeldes". Foi difícil embasá-los em realidade e conseguir provas escritas, exemplos e comentários. Minhas dádivas da pesquisa foram: recortes de jornais, cartas, partes de diários e relatos de escritores publicados naquela época; além de memórias de pessoas reais que viveram entre 1800 e 1825. E a correspondência com pesquisadores fantásticos. Meus jovens saíram deliciosamente modernos e românticos. Era um ultraje que eles quisessem a liberdade para escolher seus amores e que tivessem ideias diferentes, planos e diversões que difeririam de tamanha tradição. Algo assim certamente seria muito notado entre o seleto grupo da classe nobre e alta.

É a mais pura verdade que a "classe média" da época considerava todos na nobreza — especialmente estes jovens — como uns sem modos, perdidos, permissivos, indecentes e sem rumo. Aqueles escândalos que saíam no jornal "só poderiam ter acontecido entre os escandalosos da nobreza e da realeza". Pura falta de vergonha!

E diversão garantida para aqueles que não sofriam consequências graves. Estamos falando sobre o ápice romântico desses anos. É o ano que Lorde Byron teve de fugir da Inglaterra, devendo até as calças, mas com obras de amor virando a cabeça das mocinhas e inspirando rapazes. Seus próprios escândalos amorosos são um exemplo do que se desenrolava por baixo dos panos daquela sociedade.

Razão e Sensibilidade e Orgulho e Preconceito, de Jane Austen, já estavam em suas segundas edições. E até Eric, Lorde Bourne, deu uma olhadinha no primeiro volume do livro!

Essa era a época em que a moda inglesa revivia o romantismo, com detalhes elisabetanos dando forma à moda Romântica, com mangas levemente bufantes, que acho lindíssimas, cobertas por leves transparências e entremeadas com pequenas e caras rendas, como boa parte dos vestidos usados por Bertha, inclusive em seu casamento. Ela é uma verdadeira romântica, dos pés à cabeça.

Vocês sabem que o sistema de classes daquela época era algo muito, muito sério e levado ao pé da letra na sociedade inglesa. Eu sei que talvez tenham me odiado em alguns momentos, mas eu peguei leve com toda a discriminação dirigida a Bertha.

Escrevi essa nota, pois eu também gostaria de falar sobre todas as mulheres que morreram de gravidez naquela época. Morrer de gravidez era uma realidade. Não existia cesariana. Esse processo era conhecido como o recurso para retirar um bebê do corpo de uma mãe morta. Houve relatos de casos de sucesso, ocorridos quando uma mulher não estava à beira da morte e o bebê não estava em sofrimento. E longe de hospitais, pois, naquela época, era mais fácil morrer de infecção num hospital do que fora dele. Caroline certamente teria morrido numa cesariana, era tarde demais.

A marquesa tinha poucas chances de sobreviver sem uma transfusão de sangue. Seu destino seria a hemorragia que a levaria à morte. Mas é na vida real que a gente se inspira para criar casos inesperados, conhecidos como milagres.

A primeira transfusão de sangue entre humanos é datada de 1818, dois anos depois da ambientação deste livro, executada pelo obstetra James Blundell, exatamente para salvar uma paciente pós-parto. Ele transferiu o sangue do marido para ela e a salvou. Se pudesse, o marquês daria todo o seu sangue para salvar sua esposa.

E passariam décadas até a transfusão se tornar algo amplamente usado e seguro, pois tipos sanguíneos só seriam descobertos em 1900, pelo austríaco Karl Landsteiner. Uma descoberta tão importante que lhe deu o prêmio Nobel de medicina.

Até essas descobertas serem feitas, até os médicos entenderem que precisavam lavar as mãos e trocar as luvas ao examinar pacientes diferentes, um número incontável de mulheres morreu no parto ou após, em terríveis mortes por infecção, hemorragia e sofrendo até o fim. Frequentemente junto com seus bebês.

Crianças só eram consideradas uma certeza a partir dos cinco anos, pois a taxa de mortalidade infantil era altíssima e adoecer ainda tão pequeno era o esperado. Era um dos motivos para vários filhos serem almejados. Adicionando à falta de um método de contracepção efetivo, famílias grandes — especialmente para nobres — podiam ser mais bocas para alimentar, mas eram status e a garantia de herdeiros vivos.

A parteira disse ao marquês que precisava deixar ar fresco entrar, pois ela sabia que era assim que matavam as mulheres. Se qualquer problema se apresentasse na gravidez, elas eram trancadas no quarto, todas as janelas deviam ser fechadas e então elas passavam até meses deitadas. Para segurar o bebê. E adoeciam naquele ambiente úmido, mal arejado e consequentemente vil para sua saúde.

Eles fizeram ressuscitação na marquesa, algo considerado inovador feito em alguém não afogado. Havia uma completa falta de informação e, apesar disso, mulheres — ainda impossibilitadas de receber uma educação formal como médicas — salvaram muitas vidas, especialmente na zona rural, antes que os homens tomassem esse assunto como uma prioridade e o levassem à luz da evolução médica e as mulheres fossem aceitas como médicas.

Apesar das barreiras, a primeira cesariana reconhecida e bem-sucedida no império britânico foi executada por uma mulher disfarçada de homem. James Miranda Stuart Barry a executou em algum momento entre 1815 e 1821 na África do Sul.

No início dos anos 1800s, cirurgiões eram vistos com maus olhos, mesmo aqueles com conhecimento anatômico. E acredite, isso não era um pré-requisito. Essa história é ambientada em 1816 e só em 1849 um método de anestesia foi amplamente reconhecido. E criticado, pois ia contra a Bíblia e o que uma mulher deveria passar para parir um filho. Isso mudou quando, em 1853, a rainha Vitória — chefe da igreja inglesa — usou clorofórmio para dar à luz ao seu primeiro filho. Sim, já estamos no período vitoriano. Décadas se passaram desde que a marquesa de Bridington quase morreu.

Hospitais dedicados a mulheres só foram se espalhar na segunda parte do século dezenove, estimulados pelo crescente interesse daquele período na sexualidade feminina e em suas doenças. Décadas após a história desse livro.

Mulheres grávidas simplesmente morriam.

Se elas morriam na classe alta, imagine nas mais baixas.

É uma curiosidade triste, mas é parte essencial da evolução da medicina e do que as mulheres passaram para dar à luz seus bebês. Nenhuma mulher estava imune a esse sofrimento, nem mesmo uma marquesa.

Eu espero que a Caroline consiga se recuperar com o tempo e que o pequeno Ben encontre forças para vencer os próximos meses. E que seja mais um diabrete na família Preston. Espero muito que vocês voltem para descobrir como os Preston ficarão no próximo livro! Muitas novidades e emoções estão por vir!

Com amor,

*Lucy Vargas*

# AGRADECIMENTOS

Muito obrigada a todos vocês que se apaixonaram pela história de Caroline e Henrik em O Refúgio do Marquês e assim possibilitaram a criação de mais esse livro sobre a família Preston.

Um agradecimento especial às minhas editoras, Verônica Góes e Andrea Santos, que acreditaram e investiram nos meus romances de época. E a todos os envolvidos na publicação do marquês selvagem e da nossa dama imperfeita, especialmente as revisoras.

Obrigada a Elimar, Patrícia e Ariane pelo apoio que jamais conseguirei pagar. E a Fernanda Figueiredo, por ter sido a primeira a ler este livro.

E obrigada a todos que trabalharam ao longo da história e ainda trabalham para tornar o parto um momento mais seguro e humano para as mães e seus bebês. Ainda há muito a ser feito, mas seu trabalho tem nos tirado das trevas.

*Um beijão de fã para Ariana Grande e Adele, pois me levaram pela escrita desse livro com seus álbuns novos — Dangerous Woman e 25 — no repeat eterno! <3

*Este livro foi escrito a base de muito Skittles para adoçar minha loucura e muito Guaraviton e café para me manter acordada e atenta. Beijão para eles também! :D

Entre em nosso site e viaje no nosso mundo literário.
Lá você vai encontrar todos os nossos
títulos, autores, lançamentos e novidades.
Acesse www.editoracharme.com.br

Você pode adquirir os nossos livros na loja virtual:
loja.editoracharme.com.br

Além do site, você pode nos encontrar em nossas redes sociais.

https://www.facebook.com/editoracharme

https://twitter.com/editoracharme

http://instagram.com/editoracharme

@editoracharme